The Merciless Ones
금색 피의 소녀들 2

The Merciless Ones

금색 피의 소녀들 2

나미나 포르나 장편소설
김지은 이수영 옮김

arte

제자리를 잃고 배척당한다고 느끼는
모든 아이들을 위해

차례

1

모두 넷이다.

시체들. 기껏해야 내 나이 정도의 어린 여자들 시체가 밀림 입구 말뚝 위에 얹혀 있다. 잿빛 피부와 불룩 부푼 복부 위로, 저녁 그림 자가 까만 촉수처럼 퍼진다. 마치 인형처럼 보이는……. 다만 장 례용 두건처럼 얼굴을 가리는 검은 가면을 쓰고, 햇볕에 너무 오래 방치된 동물 사체처럼 고약한 냄새가 난다는 점만 빼면 말이다. 썩 은 내가 진동하여 위장이 요동친다. 나는 평소에도 고기 냄새를 싫 어한다. 하물며 나무뿌리와 고사리로 뒤얽힌 곳에 널브러진 시체의 악취라니……. 손에서 땀이 흐르고 근육에서 경련이 미세하게 시 작된다. 이런 때는 위안이 되어주는, 갑옷 속에 감춰진 목걸이에 감 각을 집중한다. 나의 생모, 우무에게 물려받은 목걸이를 대신해서 몇 달 전 여신들이 준 목걸이다.

마음속으로 그것을 잡아당기면 응답해오는 파동이 온몸에 퍼진 다. 어머니 여신들의 응원. 그들이 이곳에 나와 함께 있다. 아무리 어려운 일이 있어도 여신들은 언제나 나와 함께 있고, 묵묵히 내게 힘을 준다.

"저 시체들을 끌어내려야 하는 걸까, 데카?" 브리타의 목소리가 이상하게 들끓는 생각을 차분하게 밀어낸다.

작년이었다면 브리타는 이 광경을 보고 눈물 흘렸을 것이다. 브리타는 금발에 장밋빛 뺨, 통통한 몸매의 전형적인 북부 시골 소녀였다. 그러나 이제 그녀의 근육은 풍만한 몸매만큼 강력하고 피부는 사막의 태양에 그을었으며, 심장은 그런 광경에도 견딜 만큼 단단해졌다. 분노로 온몸이 경직돼 있지만 가만히 시체들을 응시한다.

나도 마찬가지다. 다소 떨어진 덤불 속에서 나는 낯선 심장 박동 소리를 일단 모른 척하고 있다. 그런데 심장 소리가 점점 너무 시끄러워진다. 그렇지만 우리의 숙적이자 전 황제의 근위병인 자투와 달리 위협적인 존재는 아니다.

아마도 저 시체 중 누군가의 친지일 것이다. 이런 장소에서 슬픔에 잠긴 가족을 만나는 것이 처음은 아니다. 요즘 오테라 전역에서 이런 일이 많이 벌어진다. 여자들에게 경고하는 것이다. 자칫하면 너희도 이렇게 된다고. 그 하나하나가 비통하게 상기시킨다. 우리가 신관과 자투들을 제거하는 데 시간이 오래 걸리면 그만큼 오테라의 많은 여성이 고통을 겪게 될 것이다. 헤마이라에 있는 우리 자매들도 마찬가지다.

배가 부풀어 오른 시체 생각을 떨쳐내고 브리타에게 대답한다. "아니. 아무래도 안 되겠어." 보통 우리는 여자들의 시체를 말뚝에서 내려놓지만, 이 소녀들의 배는 더위에 부풀어 있다. 건드리면 터질 수 있다는 뜻이다.

함께 있는 벨칼리스, 아샤, 아돠파, 카티야에게 눈을 돌린다. 우리 모두 검은 가죽 갑옷을 입고 있어서, 우뚝 솟은 나무 기둥들 사이로 눈에 거의 띄지 않는다. 우리가 탄 날개 달린 줄무늬 사막 고양이 그리프도 마찬가지다. 너무 익숙한 광경이라 케이타와 다른 우루니들, 우리 파트너이자 전우들이 밀림에서 나와 합류할 것만 같다. 하지만 지금 그들은 멀리 헤마이라에 있다. 6개월간 계속된 공격에도 여전히 무너지지 않는 오테라 수도에서 공성전을 돕고 있다.

"걸어서 간다. 이제 함정이 나올 거야."

그리고 변신종인 내 반려동물에게도 마음속으로 말한다.

'변신해, 이그사.'

'데카.' 내가 타고 있는 이그사가 대답하며 벌써 작아진다. 평소 이그사는 머리에 왕관 모양의 뿔이 튀어나와 있고 푸른 비늘에 덮여 있어 거대한 호랑이처럼 보이지만, 야간 비행 임무를 맡을 때는 작은 파랑새로 변한다.

내가 이그사에게서 내려오자 바로 날개가 돋아난다.

이그사가 휙 날아올라 잎이 넓은 아마룰나무의 은빛 가지 속으로 사라지자, 숲속 빈터에 고함이 울린다. "살인자들!"

그늘에 숨어 있던 파수꾼이 천천히 나타난다. 애도의 색인 단순한 흰색 가면으로 얼굴을 가린 그녀는 놀랍게도 북부인이다. 엷은 분홍빛 피부와 저녁 어둠 속에서도 빛날 정도로 새하얀 머리카락을 가졌다. 힘든 걸음을 무겁게 내디디며 대충 깎은 나무 지팡이에 몸을 의지한다. 분명 고령으로 아마 육십대일 것이다. 게다가 통통하고 아담한 체격을 보면, 내가 태어난 마을 이르푸트 사람일 수도 있다.

그녀가 나를 향해 사납게 지팡이를 흔들며 말한다.

"네가 한 짓이야. 이건 네 잘못이야, 누루!"

"내가 누군지 알아요?" 내가 누루인 걸 알아보다니, 깜짝 놀라 다른 걱정은 잊어버린다. 누루란, 자투의 폭정으로부터 죽음비명과 알라키를 해방시키기 위해 어머니 신들이 창조한 순전한 딸을 뜻한다.

전투 모습일 때의 내 정체를 짐작하는 사람은 아무도 없다. 전투가 벌어질 때 내가 겪는 신체 변형을 나는 '전투 모습'이라고 부른다. 예전에는 얼굴만 변했다. 얼룩덜룩해지는 피부, 뾰족해지는 볼, 흰자위 없이 온통 검게 변하는 눈. 그런데 이제는 온몸이 말라붙은 듯 골격만 남고 손톱은 길고 날카로워진다. 거의 죽음비명으로 보일 것이다. 죽음비명이 일반 사람의 세 배 되는 크기의 거체인 데다 각 손가락 끝에 대형 칼만 한 손톱까지 달고 있는 걸 제외한다면 말이다.

여자가 격분해서 말한다.

"모두 알고 있어! 이르푸트의 데카. 전투에 들어가면 인간 크기지만 죽음비명처럼 보이는 자. 저주받은 여신들의 저주받은 딸."

나는 이를 악문다. "어머니들을 욕보이지 마." 나에 관해서라면 어떤 말도 들을 수 있다. 그러나 금빛 존재는 이미 평생에 걸쳐 중상모략을 견뎌왔다.

신관들은 여신들이 아이들을 먹고 도시 전체를 학살하며 오테라를 황폐화하는 고대 악마라고 가르쳤다. 우리 알라키는 그녀들의 딸이기 때문에 불결하다고도. 황금 피와 힘, 속도 그리고 장수의 유산을 이어받았기 때문이다. 우리가 순수성, 즉 인간성을 얻는 유일한 방법은 제국을 도와 죽음비명에 맞서 싸우는 것이라고 했다. 우리 피에 이끌리는 죽음비명은 괴물이라면서 말이다.

물론 실은 죽음비명이 알라키가 사후에 부활한 것이라는 사실은 숨겼다. 금빛 존재들이 무서운 모습으로 되살려낸 것이다. 자투가 이끄는 인간 군대, 즉 금빛 혈통을 몰살하려는 자들과 싸울 수 있도록.

"그러면 이건, 내 딸이 이렇게 된 건 누구 때문이란 말이야!"

여자가 가리키는 맨 왼쪽의 시체를 보고 나는 다시 메스꺼움에 속이 뒤틀린다.

그 시체는 다른 소녀들보다 더욱 풍만한 몸매에, 머리칼은 물결치는 곱슬머리고 턱은 살짝 갈라졌다. 다른 생에서는 나였을지도 모른다. 얼마 전까지만 해도 내 머리칼 역시 길게 구불거렸고 눈은 더 옅은 색이었으며 턱이 갈라져 있었다. 하지만 남부 지방으로 온 이후, 한때 아버지라고 부르던 남자에게서 물려받은 특징을 모두 버렸다. 회색 눈, 구불거리는 머리, 갈라진 턱이 사라졌다. 이제 내 눈은 까맣고 머리카락은 꼬불꼬불 말렸으며 턱은 눈에 띄지 않는다. 이르푸트의 데카였던 소녀에게 남은 것은 작은 키와 북부 억양뿐이다. 그 또한 지금은 꽤 남부 색으로 물들었지만.

여신들의 유일한 순수 혈통의 딸, 누루가 된 것이다. 나는 누구든 될 수 있다. 그것이 누루다.

여자는 슬픔에 몸서리치며 눈물을 흘린다. "내 불쌍한 아이. 그 애는 아무 짓도 하지 않았어. 한 번도 '무한의 지혜들'에 순종하지 않은 적이 없어. 그런데 여성에게 자유와 또 다른 삶이 있다는 거짓말과 함께 너희가 온 거야. 그 애가 한 거라곤 네 이름을 입 밖에 내고 금빛 존재들에 대해 조금 이야기한 것뿐이었어. 그런데 신관들이 그 애를 데려갔어. 심지어 그 애는 알라키도 아니었어. 이미 순수의 예식을 통과했다고. 그런데 그 애가 타락했다고, 다른 사람들을 타락시킬 거라고 했어. 그래서 데려갔고, 나도 데려가려고……."

여자는 다시 밤의 미풍으로 삐걱거리는 부푼 시체를 가리켰다.

"이게 당신이 약속한 자유야? 오테라의 여성들을 보호한다는 여신들은 어디 있지? 어디에 있어?"

그녀의 고통이 너무 커서, 나는 합리적인 말이 입술에서 희미하게 사라지는 것을 느낀다. "여신들은 힘을 모으면서 잠들어 있어요. 하지만 일단 그녀들이 깨어나면……."

여자가 확 다가온다. 비탄이 모든 공포를 잊게 했다.

"그게 뭐가 중요해? 예전에는 규칙이 있었어. 우리가 어떻게 살아야 하는지, 살아남는 법을 알았지. 그런데 이제는 아무것도 없어. 너 때문에 내겐 아무것도 없어. 너 때문에 나는 아무것도 아니야."

여자는 딸의 발치에 쓰러져 주체할 수 없이 흐느껴 운다.

"내 딸. 아, 사랑하는 내 딸."

내 옆에서 우리 일행으로 배정된 커다란 하얀 죽음비명 니미타가 짜증스럽게 한숨을 쉰다. 오늘 죽음비명 다섯이 우리와 함께 왔다. 예전 피의 자매 카티야도 물론 그중 하나다. 카티야는 붉은 가시가 달린 모습이어서 잘 구분된다. 나는 그 외의 죽음비명들은 잘 모른다. 딱히 알려고도 노력하지 않는다. 지난 몇 개월 동안 너무 많은 자매가 죽어서 깊이 알려고 노력하는 게 가끔 무의미하게 느껴진다.

니미타가 으르렁거린다. "이러고 있을 시간이 없어, 영광스러운 누루."

모든 죽음비명이 그러듯 니미타는 으르렁거리고 쉭쉭거리는 소리로 말하지만, 나는 오테라 말과 마찬가지로 죽음비명의 말을 완벽하게 이해한다. 이 역시 누루가 된 덕분이다. 금빛 존재들의 모든 후손을 이해할 수 있고, 원한다면 그들을 내 명령에 복종시킬 수 있다.

나는 니미타를 본다. "우리가 어떻게 해야 한다는 거지? 이 여자를 그냥 내버려두자는 거야?"

"그건 언제나 가능한 선택지야." 첫 자손의 대부분, 즉 여신들의 시대에 태어난 알라키가 그렇듯 니미타는 편의 위주다. 알라키로서의 죽음, 그리고 죽음비명으로서의 부활도 그 점은 바꾸지 못했다.

"난 그러지 않을 거야." 노요산맥에 갇혀 있던 금빛 존재들을 해방할 때, 나는 오테라의 여성들을 위해 싸울 것이라고 맹세했다. 알라키만이 아니라 모든 여성을 위해서 말이다.

나는 늙은 여자에게 관심을 돌린다. "당신은 이제 집에 못 가고 이곳도 위험해요. 원한다면 여신들의 도시인 아베야로 데려다줄게요. 거긴 안전할 테니까."

여자가 여기저기서 자투 군대를 모으는 남부 대신관의 이름을 꺼내며 침을 뱉고 야유한다. "안전하다고? 더 이상 어느 곳도 안전하지 않아. 당신 무리와 카디리 대신관 사이에서 여자가 숨을 곳은 아무 데도 없어."

"그럼 자유는?" 이 말에는 여자가 놀라는 것 같아서, 나는 재빨리 1년 반 전에 하얀손이 가르쳐준 울림 목소리를 이용하며 설명한다. "아베야에서는 원하는 건 뭐든 할 수 있고, 어떤 사람이든 될 수 있어요. 그곳으로 가기만 하면."

결정할 시간을 잠시 준다. "그럼 이제 갈까? 아니면 여기 남아서 짐승들에게 잡아먹힐 건가요?"

늙은 여자가 턱을 치켜들었다가 고개를 작게 끄덕인다. 간다는 뜻이다.

"좋아." 나는 채영을 본다. 오른손 부분이 뭉툭한, 작고 날씬한 검은 죽음비명이다. 피가 황금으로 변하기 전에 다친 상처가 죽음을 넘어 부활한 모습까지 이어졌다. "여자와 함께 아베야로 돌아

가. 우리는 계속 갈게."

"하지만 영광스러운 누루." 채영은 니미타에게 의견을 구하듯 힐 끗 쳐다본다.

나이 든 죽음비명이 고개를 절레절레 흔들자 나는 주먹을 꽉 쥐지 않으려 무진 노력한다. 누루가 나일지라도, 어머니 신들을 해방하고 하나의 왕국을 새로운 시대로 이끈 게 나일지라도, 첫 자손이 보기에 나는 그저 열일곱 살일 뿐이다. 셀 수 없는 수천 년을 목격해온 그들에게 눈 깜짝할 순간에 지나지 않는 열일곱 해를 살아온 아이인 것이다. 게다가 내가 어떤 존재인지 자각하기 전에 죽인 수많은 죽음비명이 있다. 그래서 나를 절대 용서하지 못하는, 진정으로 믿지는 않는 이들이 있다.

그래서 언제나 증명해 보여야 한다. 명령하는 것은 나임을.

나는 한 걸음 나서서 니미타를 쳐다보지 않고 명령한다. "어서."

"네, 누루." 채영이 재빨리 살짝 한쪽 무릎을 굽힌다. 이제는 너무나 익숙해진 인사다. 그러고서 여자에게 다가간 채영이 으르렁거린다. "이리 와, 인간." 여자가 말을 알아듣지 못한다는 걸 알면서도 저런다. 죽음비명은 인간을 성마르게 대한다. 그들을 비난할 수는 없다. 기본적으로 죽음비명이 죽기를 바라는 게 인간이니 상냥하게 대하기 어려운 것이다.

내가 여자에게 말한다. "그녀를 따라가요. 무사히 도착할 테니까. 약속해요."

"아니." 여자가 재빨리 뒤로 물러난다. 내가 짜증이 묻어나게 한숨을 쉬자, 여자가 소심하게 덧붙인다. "묻어주기 전에는 못 가. 나는…… 이들을 끌어 내릴 힘이 없어."

부끄러움이 솟는다. 이렇게 기본적인 인간의 욕구를 어떻게 잊을수 있지? 자신의 아이를 제대로 묻어주고 싶어 하는 어머니의 마음조차 몰라보다니, 지난 몇 달 동안 나는 냉혹해졌다.

다시 채영에게 조용히 말한다. "먼저 묻어줘. 그런 다음에 아베야로 데려가."

"네, 누루." 채영이 다시 무릎을 굽힌다.

여자가 내게 고맙다고 고개를 숙이지만, 나는 이미 앞으로 걸어나가며 친구들에게 집중한다. 시간이 없고, 더이상 허비할 여유가 없다. 나는 밀림의 안개 위에 우뚝 솟은 핏빛 신전의 첨탑을 가리키며 명령한다. "전진, 오요모신으로."

2

오요모를 섬기는 신전, 오요모신으로 가는 절벽을 오르려면 세 시간이 걸린다. 예전에는 나도 그 거짓 신을 숭배했다. 절벽이 휴화산 위에 있어서 오르기 쉽지 않다. 바위를 뚫고 올라오는 열기 때문에 얼굴에 머리카락이, 몸에 갑옷이 들러붙는다. 하지만 육체적 불편함은 신경 쓰지 않는다. 늙은 여인이 말한, 요즘 오테라 여자들의 삶이 어떤지에 대해 생각한다. 그녀의 말 하나하나가 어머니들을 해방한 후 내가 겪은 모든 실패를 고통스럽게 상기시킨다. 어머니들의 산을 공격한 자투의 첫 번째 군대는 물리쳤지만 이미 더 많은 군대가 모집되었다. 어머니 신들이 깨어난 지 6개월이 지났고, 자투는 오테라의 신체 멀쩡한 남자 거의 모두를 입대시켰다. 심지어 아직 성숙하지 못한 소년들도 안전하지 않다.

자투의 본거지인 헤마이라를 정복한 상태라면 이렇게 걱정하지 않을 것이다. 그러나 자투는 여전히 수도를 지배하고 있고 성문은 굳게 잠겨 있다.

그리고 이제 그들은 매주 피의 자매를 성벽 너머로 던진다.

곤두박질치며 죽는 무고한 소녀들의 비명은 상상조차 하지 못한 공포다. 헤마이라의 여기저기 훈련장에서 무작위로 고른 소녀들이다. 매일 내가 아는 누군가가 희생될 것만 같다. 하지만 막을 방법이 없다. 적어도 지금은 말이다. 헤마이라의 성벽이 진정 철옹성이지만, 예전에 들은 이유 때문만은 아니다. 성벽 안에 무언가가 존재한다. 엄청난 열기의 불꽃을 내뿜어 어떤 침입자라도 물리칠 수 있는 힘이 깃들어 있다. 그것은 엔고마라고 불리는 신비한 도구다. 어머니 신들이 오테라를 지배하던 시대부터 전해 내려오는 유물, 한때 막강했던 어머니 신들의 힘이 남아 있는 도구다. 오테라에는 그런 물건이 여기저기 존재하지만 엔고마는 그중에서도 가장 강력하다. 성벽 가까이 가는 순간, 뼈에서 살을 벗겨낼 만큼 가공할 열풍을 내뿜는다. 여신들이 풀려난 이후 여러 번 공격을 시도했지만 엔고마는 너무 강했다.

내가 할 수 있는 일이라고는 온몸의 살이 뜯겨 죽는 소녀들을 무기력하게 바라보는 것뿐이었고, 자투들은 그런 소녀들의 비명을 냉담하게 내려다볼 뿐이었다. 최악은 금빛 존재들이 자신들이 직접 쌓은 헤마이라 성벽을 어떻게 할 수 없다는 점이다.

여신들은 천년의 감옥살이 동안 힘의 원천인 인간의 숭배를 받지 못했다. 그래서 이제는 전성기 때처럼 자투에게 불벼락을 내릴 수도, 벽을 파괴할 수도 없다. 그저 대부분의 시간을 자면서 기도를 흡수하고 있을 뿐이다.

자매들을 구해내기 위해 남은 방법은 자투를 넘어서거나 여신들이 더 빨리 힘을 되찾도록 돕는 것이다. 그것이 내가 이곳에 있는 이유다. 오를 수 없는 절벽을 오르는 것.

절벽을 깎아 만든 삭막한 신전 오요모신이 내 위로 나타난다. 달빛이 신전의 으스스한 윤곽을 드러낸다. 보통 신전으로 들어가는 길은 하나다. 저 아래의 삐걱거리는 나무 도개교를 건너야 한다. 그러나 밤에는 침입자를 막기 위해 대개 올려둔다.

벨칼리스와 나는 절벽 위로 올라가 수풀을 조금 지나 오묘모신의 경내로 들어선다. 그때 뒤쪽에서 브리타의 성난 목소리가 들려온다. "있잖아, 작전 중에 동료를 내버려두고 가는 건 무례한 짓이야." 그러고는 씩씩거리며 절벽에서 몸을 끌어 올린다.

벨칼리스가 유연한 구릿빛 몸으로 신전 주변의 앙상한 잡목을 빠져나가며 대답한다. "그럼 그 동료가 앞으로 치고 나가면 되지. 다들 그러고 있잖아."

벨칼리스가 아샤와 아돠파를 향해 턱짓한다. 쌍둥이는 어둠 속의 고요한 그림자, 죽음비명들과 함께 신전 경내로 신속히 진입한다.

아샤와 아돠파는 쌍둥이로 둘 다 한밤중처럼 어두운 피부와 우아한 근육질의 신체를 가지고 있다. 밤에는 거의 은색으로 보인다. 둘을 유일하게 구별 짓는 건 머리카락이다. 아돠파는 완전한 대머리로 달빛 아래에서 보면 반들거린다. 그에 반해 아샤의 검은 머리는 기묘한 초록색으로 일렁인다. 이번 임무를 위해 우리에게 여정을 짜준 정찰조에서 오묘모신의 지도를 아샤 머리에 땋아 넣었다. 빛나는 달 고사리와 함께 땋아서 우리가 어둠 속에서 절벽을 오를 때 쉽게 볼 수 있도록 했다. 내 머리에 땋아 넣을 수도 있었지만, 나는 다시 머리를 잘라서 빡빡머리가 주는 자유로움을 만끽하고 있다.

브리타가 벨칼리스에게 콧김을 뿜는다. "나 지금 생리 중이야. 알잖아."

벨칼리스가 대답한다. "쌍둥이도 마찬가지지만 불평하는 건 못 봤어."

이제 아샤와 아돠파는 신전으로 들어갈 통로로 정한 커다란 창을 향해 걸어가고 있다.

'서둘러.' 아돠파가 전투 때 쓰는 수신호를 보내며 우리를 독촉한다. 여기서부터는 조용히 움직여야 한다.

나는 고개를 끄덕이고 재빨리 창으로 다가간다. 신전 내부는 촛불 하나 켜 있지 않고, 이상할 정도로 어둡다. 오요모신에 사람이 가득 있는 걸 아는데, 다른 창들도 마찬가지다. 이러는 동안에도 어디선가 웅웅거리는 낮은 기도 소리가 점점 커진다. 그리고 좀 더 걱정스레 느껴지는 다른 소리가 뒤따른다. 비명. 신전 깊은 곳에서 울려 나오는 비명에 더해, 연기와 함께 살이 타는 특유의 냄새가 실려 온다.

근육이 떨리기 시작한다. 이르푸트의 신전 지하실……. 바닥에 줄줄 흐르는 금색 피. 외진 들판으로 나를 끌고 가던 신관들. 화형대에 쌓인 장작. 타오르고 갈라지는 살갗. 고통……. 극심한 고통!

내 어깨를 잡는 따뜻한 손이 느껴져 돌아보니, 브리타가 걱정이 가득 담긴 푸른 눈으로 나를 바라본다. "내가 먼저 들어가야겠지, 데카? 정찰할까?"

나는 피어오르는 수치심을 느끼며 속삭인다. "물론."

신전 지하에 갇혔던 건 1년 반이나 지난 일이다. 누루로서의 본성을 발견한 1년 반 동안 나는 전사가 되었고, 수많은 자투를 물리쳤다. 여타 알라키 자매와는 달리 나는 진정한 불사의 몸이다. 최종 죽음도 없고, 어떤 부상을 입어도 아무리 난도질당해도 회복한다.

그렇다면 어째서 여전히 인간적이고 나약한 고통을 겪는 걸까?

너무나 많은 것이 내게 달려 있다. 헤마이라에 남아 있는 피의 자매들은 피투성이로 싸우면서 우리가 구조하러 오길 기다린다. 오테라 전역의 여성들이 나 때문에 처벌받고 있다……. 그러니 이런 감정에 빠져 있을 수 없다. 강해져야 한다. 내 앞에 놓인 임무를 해낼 수 있음을, 어머니들의 신성한 유산의 완전한 계승자로 선택된 유일한 딸임을 증명해야 한다.

책임감을 실감하려 애쓰며 어깨를 펴본다. 하지만 오요모신 안으로 들어서니 갑자기 불길한 감각이 느껴진다. 피부 바로 아래까지 차오르는 피의 따끔거림. 신성한 피를 가진 존재에 대한 반응. 누군가가 나를 지켜보고 있다.

사방을 둘러보며 찾아보지만 친구들을 제외하면 복도는 완전히 비어 있다. 아무도 없다. 그런데도 이제 따끔거림에 더해 더 걱정스러운 감각이 더해진다. 감시자의 시선이 어깨에 내려앉는 것처럼 짓눌린다. 무게감에 어깨가 썰룩인다. 누구든 간에 호의가 아님이 분명하다.

자투일 것이다. 알라키와 죽음비명이 아니면서 신성한 피를 물려받은 또 다른 존재. 죽음비명이나 알라키였다면 내 몸에서 퍼져나가는 미묘한 힘에 이끌려 벌써 자신을 드러냈을 것이다.

창밖을 돌아보며 자투가 늘 입는 붉은 갑옷의 흔적을 찾아보려 한다. '누구 안 보여?' 수신호로 친구들에게 묻는다.

친구들이 재빠르게 흩어지며 날카롭게 사방을 응시한다.

하지만 움직이는 것은 없다.

아돠파가 신호를 보낸다. '아무것도 없어.'

나는 찡그리며 다시 한번 주위를 둘러본다. 환각일 수도 있다. 감각이 농간을 부리는 게 처음은 아니다. 내 머리는 자꾸 대수롭지 않은 것에 집착한다. 고통스러운 기억에서 벗어나기 위해서다. 그렇더라도 복도를 걸어가면서 긴장을 늦추지 않는다. 내가 틀릴 가능성은 언제나 존재하므로.

신전으로 깊이 들어갈수록 점점 더 어둡고 숨이 막힌다. 깜빡이는 횃불은 석조물에 으스스한 그림자를 드리우고, 숨겨진 통로는 미지의 장소로 이어진다. 벽의 기하학적인 부조는 서로 합쳐져 어지러운 무늬를 만들어낸다. 오테라에서 오요모는 주로 태양의 신으로 숭배된다. 그리고 동시에 기하학의 신이기도 해서 신전은 모두 신성한 기하학을 이용해 만들어졌다. 오요모신도 마찬가지다. 주변의 모든 석벽과 기둥이 기도인 셈이다. 지금 신관들이 암송하는 기도와 마찬가지다.

'온다.' 카티야의 신호 후, 신관들의 발소리가 가까워진다.

나는 얼른 몸을 벽에 붙이고 꼼짝하지 않는다. 심장박동마저 느려진다. 내가 취한 행동은 그뿐이다. 오요모신의 신관들은 모두 맹인이기 때문이다. 그들은 신관이 되면서 눈을 뽑아 오요모에게 바쳤다. 그래서 신전은 늘 어둠에 잠겨 있고, 신관들은 금을 대충 펴서 만든 눈구멍도 없는 가면을 쓰고 있다.

다행스럽게도 지나가는 신관들은 우리를 알아채지 못한다. 우리가 있는 복도를 지나면서 오요모의 영광과 세상을 비추는 광명에 대한 찬가를 독경한다.

신관들이 지나간 뒤에 친구들에게 손짓한다. '빨리, 지금이야.'

모두 나를 따른다. 우리는 잽싸게 어둠을 뚫고 오요모신의 끝없는 통로를 지나간다. 아샤 머리의 지도대로 우리는 움직인다. 드디어 신전 정중앙에 있는 거대한 문 앞에 멈춘다. 안에서 터져 나오는 비명으로 복도가 울린다. 고통과 분노의 화음. 나는 친구들을 돌아본다. 말할 필요도 없이 다들 고개를 끄덕인다.

이곳이다. 바로 이 문 너머에 그녀가 갇혀 있다.

멜라니스. 빛의 알라키.

3

산 채로 불타는 와중에도 멜라니스는 빛난다.

육중한 나무 문틈 사이로 엿보이는 불길 속에서 그녀의 검은 머리는 윤기가 흐르고, 가공할 고통에 몸이 뒤틀리면서도 유연하고 우아하게 움직인다. 먼 옛날 멜라니스는 오테라 전체에서 가장 아름다운 알라키이자 전쟁의 여왕 넷 중 하나로 알려졌다. 전쟁의 여왕 넷은 금빛 존재들의 첫 자손 중에서도 가장 먼저 태어났으며 가장 강력한 장군이었다. '어머니 베다'와 같은 황금 테두리의 하얀 날개로 천상을 향해 솟아오르는 멜라니스를 보면 신성한 빛이 피부 깊은 곳에서 우러나오는 듯했다. 사람들은 그녀의 이름을 노래하고 발아래 꽃을 바쳤다. 그녀는 '빛의 알라키'라고 불렀다.

그때는 그랬다.

한때 맑은 연못으로 묘사되었던 멜라니스의 눈은 이제 불타버린 어둠의 구멍이다. 장밋빛으로 빛나던 입술은 숯이 되어 바스러졌다. 탁한 갈색 피부는 오그라들고 벗겨졌다. 날개나 천상의 빛은 흔적조차 남지 않았다. 어머니 여신들이 우리 자손에게 베푼 모든 신성한 재능이 그랬듯 다 사라져버렸다. 한때 빛의 멜라니스였던 알라키에게 남은 것은 불에 타며 비명을 지르는 살덩어리뿐이다. 멜라니스가 누운 석조 제단 아래는 마그마가 담긴 가마가 놓여 있고, 그 불길 속에서 천상의 금으로 만든 사슬이 그녀를 단단히 묶고 있다. 지난 천 년 동안 그래왔다. 둥근 유리 천장을 통해 들어온 달빛이 그녀를 비추고 있다.

황금 가면을 쓴 신관들이 내실에서 멜라니스 주위를 천천히 돌며 끊임없이 기도문을 읽는다. 가마에 성유를 뿌려 불길이 더 활활 타오르게 하면서도 실내의 숨 막히는 열기를 느끼지 못하는 듯하다. 타는 냄새가 더 심해지면서 근육이 다시 경직된다. 눈을 감고 다시 한번 어머니들한테 받은 목걸이에 집중한다. 목걸이는 목 보호대처럼 턱에서 가슴까지 뒤덮었다. 천상의 금으로 된 섬세한 실이 서로 연결되어 수백 개의 작은 별 모양의 꽃을 만들어낸다. 그렇게 내 갑옷 안에서 또 다른 갑옷 역할을 하면서도 거의 무게가 나가지 않을 정도로 가볍다.

금빛 존재들이 자신의 피로 만들어준 목걸이다. 영원히 변치 않는 사랑의 상징이다. 금빛 존재들과 마찬가지로 이 목걸이의 아름다움은 인간의 칼로는 훼손되거나 부서지지 않는다. 또한 금빛 존재들과 마찬가지로 신성한 권능으로 진동하며 안정과 위안을 준다. 그런데도 나는 지금 그 안정을 느끼기 위해 애써야 한다. 살이 타는 냄새는 너무 압도적이고 감당하기 힘들다. 문틈으로 그 끔찍한 연기가 스며 나온다. 가슴이 조여들고 호흡이 가빠져서 다시 목걸이에 집중해 떠오르는 어둠과 싸운다.

바로 그때 내 귓가로 다가온 입술이 따뜻한 말을 건넨다. "우리가 있잖아, 데카."

벨칼리스다.

벨칼리스는 남을 만지는 걸 싫어하면서도 내게 팔을 둘러 꼭 안아준다. 자신의 힘을 빌려주는 것이다. 우리 중에서 유일하게 나와 같은 끔찍한 경험을 했기 때문에, 기억에 사로잡히는 것이, 마음의 포로가 된다는 게 어떤 것인지 벨칼리스도 안다. 벨칼리스가 팔에 힘을 주자 호흡이 느려진다. 나는 안전하다. 피의 자매들 곁에서는 언제나 안전하다.

일단 호흡이 정상으로 돌아오자, 나는 벨칼리스 품에서 빠져나와 친구들을 둘러보며 수신호를 보낸다. '준비됐어?'

모두 고개를 끄덕이며 표정으로 말한다. '준비됐어.'

나는 발로 차서 문을 연다.

검은 피부의 키 큰 수석 신관이 우리를 향해 몸을 돌린다. 그가 들고 있는 지팡이 끝에는 오요모의 태양 상징인 쿠루가 달려 있다. 우리 발소리를 들으려고 고개를 기울이며 으르렁거린다. "알라키."

신관들이 지팡이로 바닥을 두드리기 시작한다. 그 소리가 내 몸을 관통하며 울려 퍼지자 소름이 쫙 끼친다. 뭘 하려는 건지 안다. 원숭이새가 나무둥치에서 곤충을 찾을 때 저렇게 두드린다.

"우리를 찾으려고 소리 내는 거야! 흩어져!"

내가 소리치자 친구들이 곧장 내 말에 따른다. 지팡이를 두드리며 우리를 추적하지 않는 신관들은 일제히 위협적으로 지팡이를 휘두르며 공격한다. 한 명 한 명이 사납고 강해 보인다. 모두 키와 몸집이 나보다 훨씬 크다. 아마 멜라니스를 지키기 위해 선발된 인원일 것이다. 그렇지만 나는 두렵지 않다. 예전의 내가 아니다.

불과 1년 전만 해도 나는 남자들이 무기를 휘두르면 겁을 먹었고, 아주 작은 폭력의 기미에도 몸서리를 쳤다. 지금의 내게는 신관들의 조직력이 떨어져 보인다. 서툴게 잡은 지팡이를 보니 실제 격투에서 써본 적이 없는 것 같다. 오래 훈련하며 단련한 전사들이 아니다. 그저 보통 남자들이다. 오요모를 섬기는 데 생을 바친, 기존 질서를 유지하고 강요하는 데 삶을 바친 남자들이다.

하지만 이들을 과소평가하는 어리석은 실수는 하지 않는다. 우리 마을 신전 지하에서 나를 고문한 것도 평범한 남자들이었다. 하얀 손이 구해줄 때까지 계속해서 나를 죽인 건 이런 평범한 남자들이었다. 평범한 남자보다 나쁜 것은 없다.

나는 아티카를 들어 올리며 곧장 신관들을 향해 달려 나간다. '길을 터줘.' 브리타와 다른 친구들에게 신호를 보낸다. '내가 멜라니스에게 갈게.'

'알았어.' 브리타도 신호하며 제일 먼저 달려드는 무리로 뛰어들고 다른 친구들도 뒤따른다.

나는 멜라니스를 흘긋거리며 길고 두꺼운 검 두 자루로 적을 가르고 베어 사방에 피를 뿌린다. 이제 멜라니스가 바로 앞에 있다. 여전히 불덩이에 휩싸여 있으면서도 사슬에서 벗어나려 애쓰는 걸 볼 때마다 분노가 솟구친다……. 화형대 위에 놓였던 기억이 밀려든다. 그 모든 고통과 끝나지 않는 괴로움도…….

화형은 마을 원로들이 나를 죽이기 위해 시도했던 여러 방법 가운데 하나다. 내가 알라키인 것을 발견하고 신전 지하에 가둔 이후, 자신들의 실패를 받아들이기 전까지 아홉 번 시도했었다. 여러 종류의 독약, 참수, 익사, 사지 절단. 그런 일이 벌어지는 동안 혈육으로 여겼던 아버지라는 사람은 직접 내 목을 자르러 나섰을 때를 제외하고는 뒤로 물러나서 아무것도 하지 않았다.

잿빛으로 핼쑥하던 얼굴이 머릿속에 떠오르자 몸이 차가워진다. 나는 이를 악물고 계속 움직인다. 금속 부딪는 소리가 다른 모든 소리를 지운다.

난무하는 찌르기, 넘기기, 막기. 더 많은 신관이 쓰러진다. 서서히 그러나 확실하게 차오르는 격투의 쾌감. 몇 분이 단 몇 초로 압축되고 수 시간이 눈 깜짝할 사이 사라지는 강렬한 집중 상태. 이제 보이는 것은 내 검과 그 검 아래 쓰러지는 시체뿐이다. 첫 격투 교관이었던 카르모코 휴온이 가르쳐줬던 것처럼, 내 몸이 칼날이 되며 희열이 피어오른다. 땀과 피, 시체의 소용돌이 속에 시간이 녹아든다.

그리고 드디어 그녀 앞에 선다. "멜라니스……."

그녀의 몸이 제단 위에 늘어져 있다. 신관들은 더 이상 제단 아래 있는 가마의 화염을 키우지 못한다. 불길은 이제 멜라니스를 완전히 집어삼키지 못할 정도로 잦아들었다. 불이 너무 약해져서 보이지 않던 것이 보인다. 멜라니스의 몸 전체가 빛나고 있다. 희미하게 반짝이는 하얀빛은 화염의 불길과 다르다. 처음 보는 광경에 입이 벌어진다. 전투 상태에 깊이 들어가 모든 것의 본질이 하얗게 빛나는 것을 볼 때도 이렇지는 않다.

의아하게도 멜라니스는 금빛 잠에 빠지지 않은 상태다. 최종이 아닌 죽음을 경험할 때 알라키를 덮는 금빛 광채가 보이지 않는다. 멜라니스는 첫 자손이다. 아마 그녀 같은 존재를 죽이려면 후손 알라키보다 훨씬 어려울 것이다.

그래서 신관들이 지난 천 년 동안 그녀를 계속 불태워온 것이다.

또 분노가 밀려든다.

내가 고개를 끄덕이자 카티야와 브리타가 달려와 화염 속에서 멜라니스를 조심스럽게 들어 올린다. 멜라니스를 움직이자 사슬이 절그렁거린다. 친구들이 멜라니스를 제단에서 내리는 순간, 그녀는 비명을 지르고 고통으로 경련을 일으키지만 저항하지는 못한다. 심지어 우리를 제대로 알아보지도 못한다. 아마도 이 악몽의 신전에 갇힌 이후, 머릿속에서 길을 잃은 것이다.

고문은 그런 것이다.

카티야가 첫 자손을 조심스럽게 망토로 감싸고 남은 불꽃을 끈다. 불꽃이 사라지면서 탄내가 짙어지자 내 몸이 경직되어 재빨리 숫자를 세기 시작한다. 이럴 때 나를 다독이는 또 다른 방법이다. '하나, 둘, 셋. 하나, 둘, 셋. 내 기억이 아니라 내가 나를 통제한다.'

'내가 통제하고 있다……' 주먹을 꼭 쥔다. 손바닥이 찢어지도록. 내 본질을 다시 일깨우기에 그거면 충분하다.

떨림이 잦아들자 멜라니스 옆에 무릎을 꿇고 천천히 조심스럽게 내 손바닥에 얇은 상처를 낸다. 가느다랗게 솟아오른 금색 피를, 멜라니스를 두른 사슬에 바른다. 사슬에 피가 닿는 순간 연결고리가 쉭 소리를 내며 불꽃을 튀기고 녹아버린다. 천상의 금은 여신들의 피인 '영액'으로 만들어진다. 그리고 내 피만이 그것을 파괴할 수 있다. 그것이 내가 창조된 목적 중 하나다. 지난 수천 년 동안 금빛 존재들을 가두었던 영액의 감옥을 파괴하는 것.

내 피는 영액 해독제다. 자투가 영액을 어디에 사용했든 그 신성한 피를 녹인다. 자투는 대개 우리 자매와 같은 존재를 가둘 때 영액을 사용한다.

그러나 멜라니스는 자신이 풀려난 것을 알아채지 못한다. 망토에 푹 싸인 그녀는 아무것도 모르는 것 같다. 긴장된다. 어떤 상태일지 알 수 있다. 스스로의 비참에 함몰되어 주위에서 무슨 일이 일어나는지 알아채지 못하는 것이다.

나는 그녀에게 손을 대려고 조금 더 다가간다. 그리고 관심을 끌기 위해 말한다. "존경하는 전쟁의 여왕 멜라니스. 나는 데카, 여신들이 낳은 누루이자 당신의 자매예요. 우리 어머니들인 금빛 존재들이 나를 보냈어요. 당신을 데려가려고 왔어요."

내 말이 멜라니스의 멍한 상태를 뚫고 들어가는 데 약간의 시간이 걸린다. 멜라니스는 하얀 액체 주머니 같은 눈을 천천히 깜박거리며 나를 본다. "유령인가?" 물집이 생기고 부어오른 혀에서 꺽꺽거리는 소리가 난다.

나는 고개를 젓는다. "내가 여기 있어요." 나는 그녀에게 조금 더 다가가 벗겨진 피부를 건드리지 않기 위해 타는 듯이 뜨거운 뺨 바로 위까지만 손을 뻗는다.

벗겨진 피부 아래에서 이미 새 피부가 자라기 시작한다. 치유된 피부. 더 이상의 출혈도 더 이상의 화상도 없다. 이것이 첫 자손의 힘이다. 후손 알라키들이 물려받은 신성한 피는 오랜 이종교배로 희석되어 이 정도의 힘이 없다.

"진짜 누루예요." 내 존재를 멜라니스가 느낄 수 있도록 더 가까이 다가가서 속삭인다.

가여운 멜라니스. 그동안 얼마나 고통스러웠을까. 가슴이 아프다. 그녀가 이렇게 될 줄 누가 상상이나 했을까?

첫 자손 중 둘째로, 하얀손 바로 다음에 태어난 멜라니스는 가장 사랑받는 알라키 중 하나였다. 어머니들에게 날개를 선물받은 유일한 알라키다. 멜라니스의 자비로운 정신과 영감을 주는 본성을 어머니들이 인정했기 때문이다. 수 세기 동안 그녀의 황금빛 광채는 전장의 다른 알라키들을 인도하는 등대였다. 어머니들의 영광을 널리 알리는 빛이었다. 그녀를 일별하는 것으로 모든 적군이 무기를 버리고 금빛 존재들의 편에 섰다.

여신들이 약해진 지금, 멜라니스는 더욱 중요하고 결정적인 존재다. 그녀는 알라키의 살아 있는 상징이다. 오래전에 그러했듯 모습을 드러내는 것만으로 다른 사람들을 우리 대의로 끌어들일 것이다. 어머니들을 향한 더 많은 숭배는 더 많은 기도를 의미하고, 더 많은 음식이 어머니들에게 양분되어 온전한 힘을 되돌려놓을 것이다.

아직 아무것도 알지 못하는 멜라니스는 내 손에 얼굴을 대고 피섞인 눈물을 흘린다. 그리고 격하게 흐느끼며 말한다. "네가 왔구나, 누루. 어머니들의 말씀처럼 진짜 왔구나." 멜라니스의 뺨에 눈물이 흘러내린다.

그중 아주 작은 한 방울이, 그 안에 섞인 금피 때문에 겨우 보이는 반짝이는 이슬 같은 방울 하나가 내 피부에 닿는다. 벼락을 맞은 듯한 충격이 온몸을 관통하며 나가떨어진다. 핏줄에서 불꽃이 튀며 경직된다.

그렇게, 나는 다른 곳으로 이동한다.

4

지금껏 본 적 없는 끝없는 하얀 방에 내가 있다.

수정으로 만들어진 바닥이 계속 뻗어나가 먼 지평선이 됐다. 바닥 표면이 너무 매끄러워서 고향 이르푸트의 한겨울 호수 위에서 그랬던 것처럼 쭉 미끄러져 나아갈 수도 있을 듯하다. 주변을 둘러싼 높은 아치형 기둥들이 상상을 초월한 천장을 지탱한다. 천장 가운데는 일반적인 타일이나 그림 장식 대신 멋진 일몰이 빛난다. 높은 곳의 붉은빛과 보랏빛을 부드러운 구름이 감싼다. 신성한 힘인지 뛰어난 장인의 솜씨인지는 확실치 않지만, 이상하게도 낯익다……. 약간 떨어진 곳에 무릎을 꿇은 남자도 그렇다. 남자의 눈에 고통이 가득하다.

그의 눈은 기이하다. 온통 검은 눈 가장자리에 약간의 흰자만 보일 뿐이다. 나머지는 평범하다. 작고 여윈 몸에 구릿빛 피부와 등 뒤로 흘러내린 긴 검은 머리. 상냥해 보이는 얼굴은 부드럽고 섬세하며 여성스럽기까지 하다. 금가루가 눈꺼풀과 뺨 위에서 반짝인다. 하지만 그가 입은 옷은 모두 잘못돼 있다. 오테라 남자는 그처럼 짧은 튜닉을 입지 않는다. 튜닉도 로브처럼 품위가 있어야 한다. 이르푸트의 두르카스 원로가 늘 소년들에게 경고했듯, 무릎을 보이면 안 된다. 이 남자는 그런 말을 들어본 적이 없는지, 검은색과 금색의 튜닉이 허벅지 중간까지만 내려와 있다. 누구지? 왜 이렇게 낯익어 보이지? 그리고 이곳은 어디지? 내가 정확히 어디에 와 있는 거지?

'나는 정확히 누구지?'

머릿속으로 물음이 몰아치고, 갑자기 이 생각밖에 할 수 없다. '나는 누구지? 나는 누구지? 나는 누구지?' 무슨 까닭인지 아무 생각도 나지 않는다. 내 몸도 평소와 같지 않다. 등에 이상한 것이 달렸다. 무거운 깃털투성이의 무언가가.

'날개인가?'

"데카!" 멀리서 목소리가 들린다.

'브리타구나.' 나는 무심하게 인지한다.

대답하지 않자 브리타가 다시 외친다. "데카, 놈들이 몰려오고 있어! 움직여!"

어깨를 붙잡은 악력에 퍼뜩 현실로 돌아온다. 그렇게 돌아온 오요모신 내실 안에서 친구들이 몸을 낮추며 다시 한번 전투 태세가 되었다. 방금 무슨 일이 일어난 거지? 내가 어디에 갔다 온 거지? 혼란에 빠져 두리번거리다 나를 흔드는 브리타를 본다.

"너도 봤어? 내가 하얀 방에 있었어. 천장, 그게 하늘이었어."

브리타가 당황해서 몸을 물리며 되묻는다. "천장이라니? 데카, 너 대체, 아니 그게 중요한 게 아니야. 놈들이 몰려왔어."

"누가 왔다는……." 질문을 채 마치기도 전에 내 팔과 다리를 질주하는 따끔거림이 느껴진다.

정말 오고 있다. 많은 무리다. 그리고 모두 자투다. 그러니까 진짜 자투, 이제 얼마 남지 않은 금빛 존재들의 남자 자손인 우리 형제다. 그들이 다가오는 문을 보며 나는 긴장감에 사로잡힌다. 진짜 자투는 알라키보다 빠르고 강하지만 인간처럼 쉽게 죽는다. 더 큰 문제는 그들이 신관들과 불경한 동맹을 맺고 온갖 이상하고 음험한 물건, 즉 신비한 도구들을 부리는 것이다. 지난 몇 달 동안 우리는 각기 다른 신비한 도구를 사용하는 진짜 자투들을 최소한 열두 무리는 처리했다. 하나같이 악마적으로 뒤틀린 도구들이었다.

그런 것 때문에 방금 이상한 백일몽을 겪은 걸까? 내가 어머니들을 해방한 이후로 자투는 계속해서 나를 잡으려 해왔다. 이번에는 정신을 공격하는 마법 무기를 사용한 게 아닐까?

내 옆에서 멜라니스가 고개를 갸웃거리며 소리를 듣는다. 놀랍게도 이제는 혼자 서 있다. 몸이 휘청이긴 해도 눈도 점차 모양이 잡혀가고 두피에서는 길고 매끈한 검은 머리가 솟아난다. 우리가 구한 다른 알라키들은 치유에 시간이 훨씬 더 걸렸다. 몇 주, 심지어 몇 달까지도. 그러나 멜라니스의 피부는 이미 재생되었고 머리카락은 등 뒤로 내려오고 있다. 한편으로는 놀랄 일도 아니다. 멜라니스는 첫 자손 중 둘째이고 능력 면에서도 어머니들에 가장 가까운 존재 중 하나니까 이렇게 빨리 치유되는 것도 당연하다.

'데카.' 이그사가 낮게 씨근거리며 비늘을 곤두세운다. 원래의 거대한 모습으로 돌아온 이그사는 이 상황을 못마땅해한다.

하긴 최근에 이그사가 좋아할 만한 상황이 별로 없었다. 여신들의 방에서 벌어진 이전 황제와의 전투 이후로 나나 이그사에게 해가 될 것 같은 의심이 들면 전부 불신하고 있다.

지금은 그걸 걱정할 때가 아니다. 나는 이그사로부터 시선을 돌려 안쪽 성소의 문을 본다. 문 뒤에서 철커덕거리던 자투의 갑옷 소리가 이제 멈춘다. 눈을 가늘게 뜨고 목소리에 힘을 실어 울리며 명령한다. "모습을 보여라."

즉시 문이 열리고 그 뒤에 서 있는 사람들로부터 신성한 힘이 열기처럼 발산된다. 짐작대로 한 명도 빠짐없이 모두 진짜 자투다.

일반적으로 자투라고 하는 황제의 근위대 중 극히 일부만이 '진짜 자투'다. 나도 나중에야 알았다. 우리 형제들은 오랫동안 의도적으로 혼동을 조장해왔다. 오테라의 시민이 점차 그들의 실체와 능력을 잊어버리게 한 것이다. 그래서 이제 진짜 자투와 알라키가 전투를 벌이면 오테라 시민은 진짜 자투가 그저 비범한 힘과 속도를 축복받은 평범한 사람인 줄로만 안다. 하나의 왕국을 수호하기 위해 오요모에게 특별히 선택된 전사로 아는 것이다.

자투와 알라키가 같은 근원에서, 같은 여신들에게서 태어났다는 사실은 아무도 모른다. 진짜 자투들이 우리 공통의 역사를 매우 조심스럽게 숨겨왔기 때문이다. 사실 나도 전 황제 계조가 초인적인 힘으로 나와 싸우기 전까지는 그들이 존재하는 줄도 몰랐다. 이제는 항상 그들을 경계한다.

아까 오요모신의 창을 넘어 들어올 때 감지했던 시선이 이들이었을까? 놈들이 문으로 들어오는 것을 보며 나는 눈을 가늘게 뜬다.

모든 남자가 전에는 본 적이 없는 어두운 색의 가죽 같은 옷을 입었다. 자투는 보통 붉은 갑옷을 입는데 말이다. 이상한 건 그게 아니다. 그들 흉갑에 새겨진 고대 오테라의 금색 상징의 곡선이 서로 연결되고 각각의 내부에도 더 작은 선이 이어져, 보는 것만으로도 머리가 지끈거린다. 마치 무언가가, 어둠 같은 것이 그 원들 안에서 퍼져 나오는 듯하다. 그걸 똑바로 보려고 할 때마다 모든 선이 흔들려 속이 메스껍다. 나는 눈을 감고 차분해지길 기다린다. 고요와 축복 안에서 숨을 쉬며 마음을 가라앉히려 노력한다.

그때 머리가 둘로 쪼개진다.

마치 하얗게 달궈진 단검이 두개골을 가르며 뇌를 지지고 지나가는 것 같다. 몸이 불타는 듯하다. 온 신경이 고통으로 타오른다. 나는 필사적으로 헐떡이며 몸을 현재에 붙잡아두기 위해 아티카의 칼자루를 꽉 쥔다.

'숨 쉬자, 숨 쉬자······.' 하지만 아무 소용이 없다.

고통은 점점 번져 머리가 더 심하게 욱신거린다. 이를 악문다. 이것이 자투식 공격이다. 하지만 이대로 당하지는 않을 것이다. 나는 누루다. 내 몸은 회복될 것이다. 그 어떤 고통도 영구적이지 않다.

"데카, 괜찮아?" 때마침 브리타의 걱정스러운 속삭임이 나를 깨운다. 아무리 힘들어도 약한 모습을 보일 수는 없다.

자투에게 포위된 이곳에서는 아니다.

나는 힘주어 눈을 뜬다. 속이 울렁이고 몸이 휘청인다. 예상대로 통증은 벌써 줄어들고 몸이 치유된다. 고통스러운 두어 걸음을 내디뎌, 마침내 명령을 기다리는 친구들 앞에 선다.

"누루." 니미타가 걱정스럽게 으르렁거린다.

내가 힘겨워하는 걸 봤기에 재빨리 대답한다. "난 괜찮아. 멜라니스를 보호하는 데 집중하자."

멜라니스야말로 자투의 진정한 목표다. 이곳에서 내 존재는 그저 우연한 횡재, 예상치 못한 부수입 정도일 것이다.

니미타와 다른 친구들이 고개를 끄덕이며 즉시 첫 자손 주위를 에워싸고 나는 그 앞에 선다. 자투가 무엇으로 공격해 오더라도 내 걱정은 필요 없다. 나는 더 이상 이르푸트에서처럼 약하고 불쌍한 소녀가 아니다. 이제 내 전신은 구석구석이 무기이며, 제대로 사용될 것이다.

나는 자투의 대장을 본다. 수염을 기르고 갑옷을 입은 거대한 남자는 여러 갈래로 나뉜 창을 들고 있다. 중앙의 치명적인 창끝을 네 개의 갈래가 둘러싼 것이, 마치 죽음의 꽃을 떠받치는 금속 꽃잎 같다. 다른 자투들의 무기도 같은 모양이지만 그렇게 크거나 인상적이지는 않다. 그 차이가 마치 대장의 선언인 양 여겨진다. '내가 얼마나 강한지 얼마나 무시무시한지 보라.' 재미있기까지 하다. 오랫동안 죽음비명들과 함께 지낸 나로서는 귀여워 보일 정도다.

그래도 저 상징을 보지는 말아야겠기에 창에 시선을 고정하고 목소리에 힘을 실어 예의 바르게 말한다. "인사드립니다. 나는 데카, 여신들의 누루죠. 이름을 밝히세요."

놀랍게도 어떤 자투도 대답하지 않는다.

당황스럽다. 진짜 자투는 내 말을 거역할 수 없다. 알라키나 죽음비명도 마찬가지다. 금빛 존재들의 자손이라면 그럴 수 없다. 그들 모두 내 목소리에 깃든 미묘한 강제적 파동에 복종한다. 내가 원하지 않을 때조차 그렇다. 그 때문에 알라키와 죽음비명들이 되도록 나를 피하려 하고, 내 친구들은 언제나 내 피가 섞인 갑옷이나 장신구를 착용한다. 진짜 자투에게는 그런 보호구가 없으므로 내 목소리에 영향받지 않을 방법이 없다.

나는 목소리에 더 많은 힘을 싣는다. "이름을 말하라고 했을 텐데." 공기가 내 명령의 힘으로 떨린다.

여전히 자투들은 들은 척도 하지 않는다.

대신 대장이 다른 자투들에게 돌아서서 이상한 언어로 연설하기 시작한다. 나는 믿을 수 없는 상황에 입이 벌어진다. 내 목소리가 마치 그의 바로 옆으로 미끄러지는 것 같다. 아니, 저 상징들에서 미끄러지는 건가……. 이제는 곁눈으로 상징을 볼 수 있다. 모든 자투의 흉갑 위에서 진동한다. 내가 말할 때마다 상징들이 진동한다. 마치 나를 막고 있는 것 같다, 내 능력을 차단하는 것처럼.

39

저게 대체 뭐지?

브리타의 눈이 커지며 나를 본다. "직접적인 네 명령에 불복했어, 데카."

"흉갑의 상징 때문이야. 내 명령을 막고 있어." 모든 것이 빠르게 이해된다.

사실 생각해보면 자투가 이리 들어온 건 내가 명령해서가 아니라 그들이 원했기 때문이다. 어쨌든 이들 마음대로는 안 될 것이다.

그런 생각을 하는데 대장 자투가 창을 쳐든다.

"흩어져!" 나는 외치며 즉시 전투 상태로 빠져든다.

나를 둘러싼 세상이 순식간에 어두워지고 본능은 날카로워진다. 감각이 강화되는 것이다. 대장의 창이 휙 날아들며 내 주위의 모든 이가 하얗게 빛나는 그림자로 변한다. 가장 순수한 정수만 남는 것이다. 내 목소리도 위협적이지만 내 주위 모든 생명체의 가장 순수한 정수만을 보는 힘, 색을 구별하듯 모든 취약점과 강점을 분별하는 힘이야말로 내가 가진 가장 무서운 능력이다.

하얀손이 가르쳐준 대로 주위를 살피며 적을 조사한다. 허술한 무릎, 꺾인 의지, 어린 시절의 질병으로 망가진 팔. 나는 그 모든 약점을 이용한다.

사납게 웃으면서 달려 나가 정교하게 수족을 베어낸다. 내 옆의 이그사도 나와 마찬가지로 강력한 턱으로 자투의 살과 갑옷을 찢는다. 그런데 타격이 크지 않다는 걸 금방 깨닫는다. 신관들과 달리 자투들은 조직적이며 잘 훈련되어 있고 우리보다 훨씬 강하다.

가까이에서 자투 하나가 아샤를 던져버릴 때 나는 손을 뻗어 마지막으로 명령을 내려본다. "멈춰!" 하지만 자투는 거침없이 움직이고 상징도 계속 진동한다. 나는 다시 손을 내민다. "그만해!"

"소용없어, 데카!" 브리타가 소리치며 공격하는 자투의 머리를 전투 망치로 내려친다. "멜라니스를 안전한 곳으로 데려가!"

나는 좌절감에 으르렁거리며 명령을 포기하고 멜라니스에게 달려간다. 첫 자손에게 가까워지자 무서운 광경이 벌어진다. 바닥에 쓰러지는 멜라니스의 몸에서 끔찍한 균열 소리가 난다.

"멜라니스!" 나는 소리 지르며 달려간다.

그때 끼긱 하는 이상한 소리가 울려 퍼진다. 섬뜩한 공명이 웅웅거린다. 정확히 뭔지는 모르겠지만, 멜라니스로부터 나오는 소리라는 건 알겠다. 신성한 힘의 발현이다. 이런 기운은 처음 느껴본다. 날것의 에너지가 자라나면서 축적된다.

걱정에 서둘러 다가간다. "멜라니스, 무슨 일이……."

그리고 순백의 폭발이 나를 벽으로 날려버린다.

나는 멍하니 누운 채 무너지는 천장에서 쏟아지는 유리를 맞는다. 방금 무슨 일이 일어난 거지? 멜라니스가 쓰러지고 폭발이……. 두개골이 흔들리고 귀가 찡하다. 여기저기서 신음이 새어 나온다. 다들 정신을 차리고 일어나려 애쓴다. 나도 일어서려 하지만 다리에 힘이 들어가지 않는다. 그러나 멈추지 않는다. 본보기를 보여야 한다. 어쨌든 나는 누루다.

이를 악물고 몸을 일으켜 주위를 둘러본다.

그때 멜라니스가 보인다.

첫 자손이 우리 위에 높이 떠 있다. 자투 대장의 잘린 머리가 그녀의 손가락에 아무렇지 않게 매달려 있다. 이 광경을 제대로 이해하기도 전에 무언가가 또 눈에 들어온다. 날개. 눈부신 순백의 날개다. 그 깃털 하나하나의 끝은 황금으로 돼 있다. 저것이 조금 전 균열 소리의 원인이었다. 이제 알겠다. 아까 저 날개를 봤다. 아니, 느꼈다. 하얀 방에 있을 때 등 뒤에서 느껴졌던 무게다.

그게 멜라니스의 기억이었던 걸까?

그냥 백일몽인 줄 알았는데. 아니면 예전 기억이 왜곡되어 떠오른 것이거나. 하지만 저 위에서 날개를 펄럭이는 멜라니스를 보니 진짜였음을 확신한다. 멜라니스의 날개가 돌아왔다. 그녀의 피부 바로 아래 숨어 있던 신성한 재능이 돌아왔다. 실은 나의 백일몽도 또 다른 신성한 재능, 어머니들이 내린 새로운 축복이 아닐까?

경외심에 차서 멍하니 보는데 아뙈파가 고함치며 나를 깨운다. "데카, 비켜!"

내가 획 물러서자 멜라니스가 천장에서 급강하한다.

멜라니스가 내려서는 순간 날개를 쫙 편다. 자투 하나의 머리가 날아가며 허공에 붉은 피로 곡선을 그린다. 나는 충격에 넋을 놓는다. 멜라니스의 날개는 마치 깃털로 된 하얀 검 같다. 주위의 모두를 베어버리는 검.

내가 상황을 파악하기도 전에 다시 돌풍과 함께 멜라니스가 사방을 휩쓸며 점점 더 많은 자투를 참수한다. 자투들이 비명을 지르며 후퇴를 외치지만 멜라니스의 속도에는 대적하지 못한다. 그녀의 몸 전체가 칼날이 되어 자투들이 미처 움직이기도 전에 갈가리 찢는다. 입 벌린 채 그 광경을 보느라, 옆으로 브리타와 다른 친구들이 모이는 것도 간신히 알아차린다.

브리타도 넋이 나갔다. "저것 좀 봐……."

"이렇게 아름다운 건 본 적이 없어."

그렇게 말하는 아뙈파를 힐끗 보고 나니 불편해진다. 멜라니스의 일방적인 대학살에 아뙈파는 눈물까지 닦는 척하며 환호한다. 불쾌해진다. 아뙈파는 음침한 유머 감각의 소유자지만 이건 좀 지나치다.

나만 불편한 게 아니다. "아무리 너라도 그건 좀 심하다, 아뙈파." 벨칼리스가 혀를 찬다.

아돠파가 못마땅한 기색으로 묻는다. "우리가 이렇게 학살당하는 걸 보면 저들도 환호할 거라고 생각 안 해?"

우리 앞의 자투와는 상관없지만 타당한 추측이다. 아돠파는 아마 또 메루트를 생각하고 있을 것이다. 그 통통한 남부 알라키는 와르투베라 훈련소에서 아돠파의 연인이었다. 우리는 그들이 가벼운 관계라고 여겼다. 그런데 원정을 떠날 때 메루트는 와루트베라에 남았다. 그리고 자투가 도시를 봉쇄하자 그곳에 갇혔다. 자투가 헤마이라 성벽에서 소녀들을 던지기 시작한 이후로 아돠파는 악몽을 꾸기 시작했다. 요란하고 무서운 꿈을 꾸는 내내, 아돠파는 메루트의 이름을 부른다.

우리는 헤마이라 성벽을 부수고 와루트베라에서 우리의 자매들을, 메루트를 구해야 한다. 그러기 위해서는 어머니들이 힘을 다시 회복하는 수밖에 없다. 그러려면 이곳에서 자투들을 끝장내고 멜라니스를 내보내야 한다.

그래서 나는 자투들을 향해 달려간다. 하지만 그들은 이미 신전 복도를 미친 듯이 달려 나가며 하나둘 사라지고 있다. 멜라니스의 공격에 완전히 겁먹은 것이다.

아돠파가 우습다는 듯 조소한다. "이 겁쟁이들아!"

"돌아와서 싸우자, 이 쓰레기들아!" 쌍둥이인 아샤가 덧붙인다.

나는 한숨을 쉬며 니미타와 다른 죽음비명들에게 따라오라고 고갯짓한다. 그런 다음 나를 향해 걸어오는 멜라니스에게 간다. 피가 마치 물처럼 흡수되어 깃털 속으로 사라진다.

그 광경에 기겁해서 뒤로 물러설 뻔한다. 저런 건 처음 본다. 날개 달린 첫 자손은 가까이 와서도 내 기분을 눈치채지 못한 듯, 기쁨이 넘치는 웃음을 지으며 아주 편안히 말한다. "자, 그럼 영광스러운 누루. 이제 갈까? 우리 신성한 어머니들의 얼굴을 빨리 다시 보고 싶네."

"네." 나는 대답하고 재빨리 이그사에게 간다. 당장이라도 이 숨 막힐 듯한 공간과 이곳에서 겪은 모든 공포에서 벗어나고 싶다.

그러나 추가적인 조사를 위해 상징이 새겨진 흉갑을 회수하려고 멈췄을 때, 뭔가 이상하게 긁는 듯한 소음이 관심을 끈다. 속삭임처럼 아주 작은 소리지만 왠지 뼛속까지 차가워진다. 나는 그 소리를 따라 바닥에 흩어진 자투들 시체로 향한다. 그리고 이상한 게 없는 것 같아 일단 안도한다. 이그사에게 돌아가는데…… 그때 희미하게 빛나는 금이 눈에 들어온다. 손목이 잘린 커다란 남성의 손이다. 그것이 느릿느릿 피와 내장 더미를 헤집고 나온다.

내 안의 모든 것이 멈춘다.

멍한 공포가 엄습한다. 그 손은 다른 황금빛 신체 부위를 향해 가고 있다. 느리지만 확실하게 서로 재결합하고 있다. 근육과 살이 늘어나고 꿈틀거린다. 끈끈한 황금빛 벌레 같다.

아샤도 겁에 질려 날카롭게 숨을 내쉰다. "이게 무슨……."

나는 대답하지 않는다. 그럴 필요가 없다. 지금 한 쌍의 황금빛 다리가 매우 크고 낯익은 남성의 몸통에 다시 연결되고 있다. 그렁그렁 소리가 길게 이어진다. 그리고 시체가 헉하면서 깨어난다. 금빛 잠이 그의 몸에서 빠져나간다. 그를 덮쳤을 때만큼이나 빠른 속도로.

자투 대장이 우리를 돌아보며 히죽 웃는다. 사악하고 적의 가득한 표정은 악몽이 되어 영원히 나를 괴롭힐 것이다. 그가 신성하지 않은 광적 신앙이 담긴 눈빛으로 선언한다. "말씀대로야. 더러워진 오테라를 구하기 위해서 이두구가 우리를 선택했지. 하나의 왕국에서 오물을 제거하기 위해서. 거짓 신들을 믿는 거짓 신자들아, 너희를 불쌍히 여기노라. 무슨 일이 벌어질지 아는가? 짐작이 가는가?

진정한 신들이 깨어나고 있어. 이두구가 그의 아들들에게 축복을 내렸으니 이제 우리도 불멸……."

손톱이 번뜩이나 싶었는데 그의 머리가 몸에서 떨어져 나갔다. 피가 솟구친다. 알라키와 같은 황금 피다.

카티야의 거대한 붉은 몸체가 떨고 있다. 피가 뚝뚝 떨어지는 자신의 갈퀴 손을 내려다보다가 다시 나를 본다. "어떻게 이럴 수 있지, 데카?" 그녀는 방금 자신이 죽인 남자를 내려다보며 헉헉댄다. "어떻게 이게 가능한 거야?"

내가 알고 싶은 게 바로 그거다.

5

누루가 된 후 두 가지를 알게 되었다.

첫째, 나는 금빛 존재들의 자손들에게 명령을 내릴 수 있다. 둘째, 진짜 자투가 죽으면 되살아나지는 못한다. 그러나 오늘 이 두가지 사실이 산산조각 났다. 오요모신을 떠나 날아가는 동안 그 생각이 머릿속을 맴돈다. 이제 붉은 절벽 꼭대기는 연기 나는 폐허가되었다. 보통 우리는 정복지를 금빛 존재들의 이름으로 되돌려놓는다. 그러나 이번에는 오요모신을 태워 무너뜨렸다. 되살아나는 자투 때문에라도 선택의 여지가 없었다. 혹시나 해서 찾을 수 있는 모든 자투의 시체를 참수하기도 했다. 대부분의 알라키는 화형, 참수, 독약, 세 가지 방법 중 하나로 죽는다. 그중 둘을 썼으니 그 자투들을 죽이기에는 충분하겠지.

"대체 어떻게 된 걸까, 데카?" 브리타가 묻는다. 우리 모두 품고 있던 질문이다. 브리타는 나와 함께 이그사를 타고 있다. 남은 여정동안 멜라니스가 브리타의 그리프인 프락시스를 타기로 했다.

멜라니스도 티 내지는 않지만 도륙으로 지쳤을 것이다. 천 년 만에 노요산으로 돌아가는 그녀는 들뜬 표정으로 날개 달린 흰 고양이를 재촉해 엄청난 속도를 내고 있다.

"모르겠어. 너도 거기 있었잖아. 우린 같은 걸 봤어."

바로 옆 그리프에 탄 벨칼리스가 끼어든다. "자투가 죽었다가 눈 깜짝할 사이에 다시 살아나는 걸 봤지. 우리도 그렇게는 못 해. 어떻게 그게 가능하지?"

바로 그게 의문이다. 진짜 자투는 우리 알라키 자매들보다 강하고 빠를지언정 목숨은 단 하나다. 그들은 금빛 잠을 경험하지 못하고, 죽음비명으로 부활하지 않는다. '그리고 분명 내 명령에 복종해야 하는데.'

다른 그리프에 탄 카티야는 여전히 심란해 보인다. "이두구 덕분이라고 했어. 그의 축복 때문이라고 했잖아."

내 근육이 더 팽팽하게 당겨진다. 이두구는 오요모의 여러 모습 중 하나로, 금빛 존재들과 그 딸들을 파괴하기 위해 태어난 전사의 화신이다. 자투와의 전투에서 처음 승리한 이후 그에 대한 소문을 들었다. 오요모의 다른 모습들, 즉 작물을 키워 숭배자들을 먹여 살리는 태양신 오요, 만물 뒤의 프랙털과 숨은 방정식을 가르치는 지혜의 신 오모 등과 달리 이두구는 순수한 잔인함을 지닌 전쟁과 죽음의 신이다. 그를 너무 두려워한 나머지 그의 추종자마저 숨이 끊기는 순간에만 그의 진짜 이름을 부른다.

이제 매일 점점 더 많은 추종자가 그의 이름으로 자신을 희생하고자 노요산을 공격한다. 그렇게 죽는 것이 그들이 얻을 수 있는 최고의 명예기 때문이다.

아돠파는 비웃는다. "이두구는 신화일 뿐이야. 자투가 밤이 무서워서 안심하려고 지어낸 마법 이야기라고."

"진짜일 수도 있지." 오요모신에서 느낀 시선이 생각나서 친구들을 돌아보며 말한다. 자투였다고 생각했는데 그게 아니었다면? 다른 것이었다면? 지난 1년 동안 내가 배운 게 있다면, 가능성을 절대 무시하지 말라는 것이다. 자투 대장이 눈앞에서 부활하는 것을 목격한 이후 계속해서 나를 괴롭혀온 의문을 마침내 입 밖에 낸다. "이두구가 존재한다면?"

"뭐? 오테라에 또 다른 신이 있다고?" 니미타의 목소리가 경고하는 기색을 띤다. 내 질문은 불경하다. '어머니들 외에 다른 신은 존재하지 않나니.'

나는 즉시 해명한다. "신을 가장한 생명체일지도 몰라."

생각할수록 설명이 된다. 자투 흉갑의 상징은 일종의 신비한 도구였다. 헤마이라의 난공불락의 방벽 엔고마처럼.

이런 것들이, 신을 흉내 내기에 충분한 힘을 가진 신비한 도구가 더 있다면?

나는 공포와 설렘을 동시에 느끼며 친구들에게 말한다. "어머니들은 수천 년을 잠들어 있었어. 그동안 많은 힘을 잃었지. 그런데 실은 훔쳐 간 거였다면? 헤마이라의 황제들은 어머니들이 잠든 곳을 늘 알았고 예전부터 온갖 신비한 도구를 가지고 있었잖아."

"그 상징처럼 말이지." 브리타가 말하며, 나중에 조사하려고 조심스럽게 싸서 내 짐에 넣어둔 흉갑을 가리킨다.

나는 놀라서 브리타를 쳐다본다. 상징의 효과를 알아차린 건 나뿐만이 아니었다. "맞아. 신의 힘을 훔칠 수 있는 도구도 있을 거야."

그러면 많은 것이 설명된다. 오요모가 마지막으로 이두구의 모습으로 나타났을 때, 자투들은 어머니들을 어머니들의 피로 만든 감옥에 가뒀다. 그리고 사형 칙령을 만들어내어 알라키를 사냥하고 죽였다. 어떻게 그럴 수 있었을까? 어떻게 어머니들을 제압해서 가둘 수 있을 만큼 충분한 힘을 얻은 걸까?

항상 궁금했던 부분이다. 그리고 이제 그 답을 알 것 같아서 무섭다.

생각해보면 1년 전의 우리는 죽음비명을 죽이고 순수를 되찾을 걱정만 하면 됐다. 지금은 신비한 도구와 죽음에서 돌아온 자투가 있다. 울어야 할지 비명을 질러야 할지 모르겠다. 지금 상황이라면 둘 다 적절하다.

다시 친구들을 향해 말한다. "뭐, 내가 아는 게 있다면, 쓸데없는 추측에 시간 낭비할 것 없이 직접 물어보는 게 낫다는 거야. 어머니들은 알고 계실 거야. 여쭤보자."

'그러고 보니⋯⋯.' 나는 여전히 선두에 있는 멜라니스를 본다. 그녀는 아베야로 빨리 가는 데 열중하느라 우리 대화를 거의 듣지 않았다. 나는 그녀를 부른다. "멜라니스! 궁금한 게 하나 있어요."

"그게 뭐지, 영광스러운 누루?" 첫 자손이 프락시스를 돌려 내게로 온다.

멜라니스가 가까이 오자 나는 몸을 기울인다. "다른 사람이 당신 기억을 볼 수 있도록 한 적이 있나요?"

멜라니스는 어리둥절해하며 머리를 갸웃거린다. "내 기억을 다른 사람한테? 신성한 재능을 이용해서? 그런 건 없어, 영광스러운 누루. 오직 신만이 다른 사람의 마음을 볼 수 있어. 그건 왜 물어보는 거지?" 그녀가 바짝 다가와 완벽하게 생긴 눈썹을 찌푸린다.

"오요모신에서 내가⋯⋯." 죄책감이 솟아 말을 멈춘다. 내 걱정 때문에 방금 풀려난 멜라니스에게 부담을 줄 수는 없다.

아직도 멜라니스의 황금빛 피부 아래는 거무스름해 보인다. 신체적으로는 건강할는지 몰라도 엄청난 시련을 겪었다. 그 신전에서 천 년 동안 불태워졌다. 그녀는 마음을 다쳤고 내 마음처럼 부서져 있다. 그 마음을 더 무겁게 해서는 안 된다. 적어도 지금은, 그녀 앞길에 기쁨이 넘치는 지금은 아니다.

나는 대화를 마무리한다. "아무것도 아니에요. 뭔가 착각했나 봐요."

여전히 혼란스러워하는 멜라니스를 보고도 나는 그저 웃음 지으며 계속 가자고 손짓한다. 기다렸다가 하얀손이나 다른 어머니들에게 물어볼 것이다. 무슨 일이 벌어지고 있는지 잘 알고 있는 사람들이니까. 그 백일몽은 아마도 내 마음이 분열되어 있음을 보여주는 또 다른 상태일 것이다. 아니면 그보다 더한 것일지도. 어느 쪽이든, 나는 알아야 한다.

"어서 가죠." 나는 먼 곳을 향해 고개를 끄덕인다. 지평선 너머 산맥이 모습을 드러내고 있다. 노요산, 우리 집. "거의 다 왔어요."

"드디어!" 멜라니스는 프락시스를 재촉한다. 그녀의 어깨에서 세월이 흘러내린다.

이제 그 세월이 내 어깨를 누른다. 할 일이 너무 많다. 물어야 할 질문도 너무 많다.

나는 내내 날고 있는 이그사를 내려다보며 말한다. '서둘러. 어머니들과 이야기해야 해.'

이그사가 더 빠르게 날갯짓하며 말한다. '데카.'

멀리서 희미한 햇살이 봉우리에 스며든다.

6개월 전만 해도 금빛 존재들의 신전은 폐허였다. 얼어붙은 산꼭대기의 으스스한 신전 건물은, 눈부시게 흰 소금 호수에 둘러싸여 있어서 한낮의 햇빛 아래에서 쳐다보는 것도 고통스러웠다. 헤마이라에서 그곳으로 가려면 몇 주 동안 사막을 지나야 했다. 맹렬한 태양 아래 피부는 타들어갔고, 거대한 폭풍처럼 소용돌이치는 모래바람에 숨이 막혔다. 그러고 나서 내가 금빛 존재들을 깨웠고, 그들은 힘을 되찾기 시작했다. 그 힘으로 노요산맥과 그 주변 지역이 되살아났다. 남부 정글에서 자라는 나무에 비견할 만큼 울창한 가지의 거대한 나무들, 온갖 물고기와 많은 수중 생물로 가득한 반짝이는 호수. 우리는 이 새로운 생명의 폭발을 '개화'라고 부른다. 어머니들의 힘의 귀환을 보여주는 가시적인 증거다. 심지어 기온도 변해서 산꼭대기의 끝없는 한파가 내 기억 속의 와르투베라처럼 포근한 날씨가 되었다. 한때 황폐와 소금만 존재했던 곳에 이제 생명이 넘친다. 이제 우리에게 친숙한 봉우리 근처에 다다르자 약간 긴장된다. 부드럽게 빛나는 빛의 덩어리가 거대한 반딧불이처럼 둥실거리며 춤추고 험준한 바위를 밝힌다.

멜라니스가 환하게 웃으며 말한다. "어머니 베다의 빛이야." 해방된 후 그녀가 처음으로 보여주는 진정한 미소다.

문득 내 걱정거리로 그녀에게 부담 주지 않기로 한 결정이 다행스럽다. 그렇게 오랜 세월, 불행을 견딘 멜라니스에게 이 정도의 작은 기쁨쯤은 온전히 만끽하게 해줘야 한다.

멜라니스는 빛의 무리를 향해 쏜살같이 날아간다. 그녀의 긴 손가락이 그 가장자리를 스친다.

어머니 중 한 명인 베다의 품에서 저 빛이 나왔다. 빛은 베다가 깨어난 지 며칠이 지나 나타나서, 그 후로 사라지지 않는다. 이 산 어디서나 알라키와 죽음비명이 지나가면 언제나 빛 덩어리가 나타나 길을 비춘다. 지금은 아래쪽 산지에서도 보인다. 알라키 부대 하나가 순찰 중인 것이다. 그곳에선 '개화'가 너무 빽빽해서 알라키 소녀들을 알아보기 어렵지만, 빛이 있다는 것이 결정적인 증거다. 눈을 가늘게 뜨고 보니 산 중턱 위에도 몇 개의 빛 덩어리와 알라키 무리가 더 있다. 아래쪽 산지에서 무언가를 캐내는 것 같다. 뭔지는 모르겠지만 거대하다. 제대로 보기엔 너무 멀리 있다.

아마도 어머니들의 경이 중 하나일 것이다. 새로운 생명체가 언제나 산에서 생겨난다. 그 광경이 나를 안심시킨다. 집에 거의 다 왔다.

해가 뜨기 시작할 때쯤 드디어 중앙 산꼭대기가 나타난다. 그곳에 있는 호수 중앙에 금빛 존재들의 성전이 서 있다. 금맥에 감긴 건물이 늘어서고, 정원에는 폭포 때문에 안개가 일어나며 붉은 석상들이 이른 아침 햇살에 빛난다. 아베야, 여신들의 도시. 그 광경에 마음이 따뜻해지고…… 경쾌한 북소리가 환영을 알린다. 멋지게 차려입은 죽음비명과 알라키들이 성전 호숫가에 도열하여 우리를 맞이한다.

예상대로 하얀손이 환영 대열의 맨 앞에 있다. 그 옆의 쌍둥이 에쿠스 브라이마와 마사이마는 격식을 따라 갈기를 땋고 무쇠 씌운 발톱으로 초조하게 땅을 긁는다. 멜라니스는 알라키뿐 아니라 역사기록이 존재한 이래 우리 동맹이었던 에쿠스들에게도 전설이다.

지금도 점점 더 모여드는 그들의 말 같은 육중한 윤곽이 달빛에 빛나고 있다. 에쿠스는 오테라에서 가장 위엄 있는 생명체 중 하나다. 그들은 인간, 말, 맹금류의 매력적인 조합이다. 머리에서 허리까지는 인간을, 아래쪽은 말을 닮았는데 말굽 대신 육식 조류의 강력한 발톱을 가지고 있다는 점이 특별하다. 말의 특징과 함께 다른 동물들과의 긴밀한 유대로 그들은 말들의 군주로 알려져 있다. 아이들은 에쿠스를 따른다. 대부분 고아거나 오요모에게서 도망친 아이들이다. 그리고 인근 마을에서 우리가 구한 소녀들도 있다. 아직 피가 인간의 붉은색에서 신성의 황금으로 변하지 않은 어린 알라키들이다.

그래서 죽음비명들이 오테라 마을들을 계속 공격했던 것이다. 죽음비명들은 소녀들이 월경을 시작하기도 전에 알라키의 본질을 냄새 맡을 수 있기에, '순수 예식'에서 드러나기 전에 구하려고 애쓴 것이다……. 물론 순수 예식은 더 이상 큰 의미가 없다. 오테라 사람 대부분은 이제 알라키가 무엇인지 알고 있기 때문이다. 신성한 피가 흐를 가능성이 조금이라도 있는 여성은 거리에서 공격당한다.

멜라니스가 착륙하기도 전에 군중이 그녀 주위로 밀려들어 행복의 눈물을 흘린다. 오래전 자투가 반란을 일으키고 멜라니스와 수많은 첫 자손을 가둔 이후로 남은 첫 자손들은 멜라니스를 보지 못했다. 하지만 그들이 멜라니스에 대해 알려줬고 수많은 이야기가 전해져 이곳의 어린 알라키와 죽음비명 모두 멜라니스의 전설을 알고 있다. "멜라니스! 멜라니스!" 군중이 기쁘게 연호한다. 날개 달린 알라키는 무수한 포옹과 키스에 파묻힌다. 지금도 옛날처럼 사랑받는 것이다.

그러나 놀랍게도 하얀손은 그중 하나가 아니다. 뻣뻣하게 서서 멜라니스가 누리는 엄청난 환영을 지켜본다.

나도 몇몇 피의 자매들에게 환영 인사를 받느라 하얀손에게 신경 쓰지 못한다. 그들이 매우 조심스럽게 인사를 건넨다. "어서 오세요, 영광스러운 누루."

이곳의 새로운 피의 자매들은 대부분 나와 되도록 오래 있으려 하지 않는다. 내 능력이 그들을 겁먹게 하는 것이다. 헤마이라의 황제와 그의 부하들을 정복하는 것도 중요하지만, 선택할 수 있다면 나는 피의 자매들의 마음을 더 얻고 싶다. 깊은 전투 상태를 이용해서 다른 이의 약점을 보는 방법이 있다. 내가 습득한 비교적 새로운 기술인데, 우리가 아베야에 정착하고 몇 달이 지났을 때 하얀손이 내게 가르쳐준 것이다. 여전히 아무도, 특히 죽음비명들은 내 주위에 있으려 하지 않는다. 내가 그들 신체의 약점을 볼 수 있을 뿐 아니라 하기 싫은 일을 시킬 수 있으니까. 게다가 바로 그 능력을 사용해서 그들의 종족을 많이 죽였다.

그 생각을 하자 마음이 죄책감으로 가득 찬다. 와르투베라에 있는 동안 너무나 많은 죽음비명을 죽였다. 정말 많이. 그 당시 나는 그들이 무엇인지 몰랐다. 그저 신관들이 해준 이야기를 믿었다. 내가 악마고 죽음비명은 내가 순수를 되찾기 위해 전멸시켜야 하는 괴물이라는 이야기를. 그때 나는 순수해지기 위해서라면 무슨 짓이든 했을 것이다. 내 악마적인 부분을 파괴할 수 있다면 어떤 괴물이든 멸종시켰을 것이다. 그들이 악마적이라고 했던 것이 실제로는 신성의 표식이었음을 나는 몰랐다.

나는 산꼭대기 위에 모여든 이들을 훑어보다가 불현듯 너무 외로워진다. 이곳의 모든 이에게는 자신의 무리가 있다. 인간, 알라키, 죽음비명, 에쿠스. 내 친구인 브리타, 쌍둥이, 벨칼리스, 카티야에게도 서로가 있다. 하지만 나는 그들과 다르다. 나는 진정한 알라키도 아니고 분명 죽음비명도 아니다. 나는 누루, 어머니들을 해방하고 그들의 뜻을 이루기 위해 창조된 존재인 것이다.

정확히 그게 내가 할 일이다. 임무를 상기하며 우울한 생각을 떨쳐버린다. 과거는 바꿀 수 없다. 어머니들조차도 그런 위업은 행할 수 없다. 지금 내가 할 수 있는 일은 전진하는 것뿐이다. 두려워하는 대신 질문하고, 무작정 남이 시키는 일이 아니라 내가 생각한 행동을 하자. 더 나은 존재, 나 자신이 되자.

그런 마음으로 나는 군중 너머로 하얀손과 눈을 맞추고 수신호를 보낸다. '회의해야 해요. 급해요. 모든 장군에게 알리세요.'

하얀손은 고개를 끄덕이고 금빛 존재들의 성전을 향해 슬쩍 손짓하며 군중을 이동시킨다. 나는 재빨리 따라간다. 흉갑 상징과 자투등 신전에서 있었던 일에 관한 걱정스러운 질문들이 머릿속을 맴돈다. 그때 하얗고 매끄러운, 친숙한 모습이 다가온다. 마사이마다.
그 옆에 브라이마도 있다. 마사이마는 늘 그렇듯 먼저 몸을 기울여
내 머리카락을 잘근거린다. 맛을 보더니 움찔하며 물러선다. 우아
한 주둥이에 역겹다는 듯 주름을 잡고 말한다.

"연기 냄새가 지독하네, 영광스러운 누루."

나는 엄숙하게 대답한다. "연기가 자욱한 곳에 있었어요"

브라이마가 검은 줄무늬 갈기를 거만하게 넘기며 말한다. "그럼
목욕을 해야지." 두 형제, 브라이마와 마사이마의 유일한 차이점이
바로 이 검은 줄무늬다. 그걸 제외하고는 완벽하게 똑같이 생겼다.
"목욕은 알라키에게 아주 좋아."

"그 생각을 못 했네요." 나는 입술을 물며 웃음을 참는다.

아무리 좋지 않은 상황에서도, 브라이마와 마사이마는 언제나 기
분을 밝게 해준다.

그들이 멀어지자 얼굴에 웃음은 희미해지고 찡그린 표정이 남는
다. 이렇게 꾸물거릴 시간이 없다. 나는 하얀손과 다른 장군들에게
내가 본 모든 것을 알리고 어머니들의 조언을 구해야 한다. 만약 이
두구 혹은 그를 가장한 어떤 것이 실제로 존재한다면, 우리는 즉시
그 정체를 알아내야 한다. 내가 경험한 백일몽이 무엇이었는지도.

나는 호수의 얕은 곳으로 서둘러 들어간다. 물이 솟구치며 단단
하게 굳어져, 건널 수 있는 투명한 다리가 되는 것을 보고 안도한
다. 밟으면 약간 울렁이지만 튼튼한 다리다. 안에 갇힌 물고기들과
다른 생물들이 화나고 겁난 상태로 나를 지켜본다. 여신 중 가장 재
주가 많은 아눅이 그녀와 자매들에게 충성하는 자에게만 나타나도
록 물의 다리를 만들었다. 이것은 일종의 시험이다. 지금 이 산을
둘러싼 거의 모든 것이 그렇다. 유리로 된 강은 적이 접근하면 모래
에서 폭발한다. 밀림은 어머니들이 위협으로 여기는 자들을 잡아먹

는 포식자로 가득 차 있다. 지난 몇 개월간 점점 더 많은 사람이 우리와 함께하고 있다. 강제 결혼이나 신전과 사창가의 노예 상태를 피해 달아난 여성뿐만 아니라 남자도 있다. '무한의 지혜들'이라는 제약이 따르는 삶과 오요모라는 거짓에 지친 사람들이다.

이전에는 이곳으로 오려는 사람을 자투가 학살했지만, 지금은 자투가 이곳으로 향하는 사람으로 변장하여 잠입하려고 한다. 그러나 이 전술은 절대 성공하지 못한다. 물의 다리는 안다. 물의 다리는 '항상' 알고 있다. 다리가 제공하는 안전에서 배제된 자는 물속에서 헤엄치던 생물들에게 재빨리 삼켜진다. 지금도 다리 아래를 스르르 지나가는 커다란 검은 형체들을 보며 나는 몸서리친다.

브리타와 친구들이 나와 걸음을 맞춰 성전으로 들어가 다 함께, 빠르게 작전실로 향한다. 성전에서 가장 외지고 삼엄한 장소다. 성전의 나머지 부분은 이전의 영광스러운 모습으로 복원되었다. 빛나는 석조 방의 벽은 금을 섞어 만들었고, 지지하는 기둥은 하늘까지 닿을 듯하며, 싱그러운 정원은 온갖 종류의 기이하고 신비한 식물과 생명체로 가득하다. 반면 작전실은 그 어느 때보다 흉물스레 남겨두었다. 삭막하게 검고 네모난 그 방은 호수에서 가장 깊고 격렬하게 소용돌이치는 부분이 내려다보이는 돌다리를 건너야만 들어갈 수 있다. 그 물 위로는 번개가 지글거리고 규칙적으로 천둥이 울린다. 어머니 아녹의 또 다른 장치다. 불청객은 아무리 청력이 좋아도 작전실에서 나누는 대화를 엿들을 수 없다.

브리타가 투덜거린다. "어떻게 먼저 와 있는 거지?" 방 벽을 따라 늘어선 석조 좌석 옆에서 하얀손이 기다리고 있다. 그녀의 검은 시선은 언제나처럼 헤아리기 어렵다. 조금 전까지만 해도 하얀손은 멜라니스와 다른 이들의 주위를 맴돌고 있었다. 빨리 도착하려고 비밀 통로를 이용한 게 분명하다. 성전에는 자투 침입에 대비해 수

백 곳의 비밀 통로가 있다.

두꺼운 유리 바닥 위를 걸으며 내가 대답한다. "하얀손에겐 방법이 있잖아."

그 아래에서 어슴푸레한 형체가 음침하게 움직여, 나는 몸서리친다. 작전실 아래에는 감방이 있다. 입구도 출구도 없이 돌과 물로 완전히 둘러싸인, 방비가 철저한 방이다. 하지만 그 위에 서 있으면 불안해진다. 당연히 하얀손은 나를 맞으러 오는 동안 아래로 눈길도 주지 않는다. 그녀는 관심 가질 가치가 없는 일에는 전혀 신경쓰지 않는다. 특히 우리 아래의 감방 죄수에게는. 하얀손이 매력적인 이유 중 하나다.

하얀손을 처음 만났을 때 내가 본 여성 중 가장 아름답다고 생각했다. 작지만 균형 잡힌 몸매, 한여름 밤처럼 짙은 검은색 피부. 심지어 지독히 억세게 꼬인 짧은 머리조차도 그녀의 숨 막히는 미모를 돋보이게 했다. 그리고 그녀의 눈, 너무 커서 흰자위를 거의 덮은 검은 눈동자는 가장 무서운 부분이다. 그 눈을 오래 들여다보면 그 시선에 담긴 수천 년의 무게를 볼 수 있다.

하얀손은 죽음비명이 무거운 돌문을 닫자마자 말한다. "자, 영광스러운 누루. 대체 무슨 일이 그리 급해서 장군들이 다 모여야 한다는 거지?"

나는 방을 둘러보며 알라키와 죽음비명 장군들과 시선을 맞춘다. 이 소식은 우리 모두의 문제다.

"자투가 금빛 잠에 빠졌다가 부활하는 것을 봤어요."

방 안이 소란에 빠진다.

"불가능해!" 몸통이 두껍고 등에 날카로운 가시가 난 회색 죽음비명 날리니가 날카롭게 외친다. 그녀는 알라키 장군들도 이해할 수 있도록 전투어로 수신호를 보낸다. 나와 달리 다른 알라키들은 죽음비명의 말을 이해하지 못하기 때문이다. "누루의 눈이 누루를 속인 거야. 알잖아, 누루는 상황을 제대로 감지하지 못해. 마땅한 방식으로 이해하지도 못하고."

나는 고개를 숙이며 또다시 수치심에 휩싸인다. 날리니는 내가 저지른 일, 내가 죽음비명을 죽인 일을 두고 말하는 것이다. 그렇지만 그건 지금 일어나는 일과는 아무런 관련이 없다. 나는 정신 차리고 재빨리 고개를 든다. 내가 동족에게 저지른 잘못에 대해 영원히 속죄해야 한다면, 그들을 보호함으로써 그렇게 할 것이다. 비록 그 것이 그들이 믿지 않는 위협에 맞서는 것일지라도.

나는 앞으로 나서며 주장한다. "내 눈은 나를 속이지 않아요. 진짜 자투의 부활을 목격했어요."

벨칼리스가 말한다. "나도 봤어요."

브리타가 덧붙인다. "나도요."

친구들이 하나씩 곁으로 와서 목소리를 더한다.

카티야가 작게 으르렁거린다. "내 손톱으로 그 자투의 머리를 잘랐어. 그의 피도 우리처럼 신성한 금빛이었어."

브리타가 덧붙인다. "그리고 그자와 다른 자투들이 데카의 명령을 무시했어요. 명령이 물처럼 그냥 흘러내렸어요. 어떻게 그게 가능하죠?"

방은 다시 혼란에 빠지고, 장군들이 서로 목청을 높인다.

"그만!" 하얀손의 목소리가 우레와 같이 울리고, 소란이 잦아든다. 방이 다시 침묵에 빠지자 하얀손이 장군들에게 말한다. "우리는 자투가 부활할 수 있음을 인정해야 합니다. 우리 자매들이 직접 목격했으니 사실이라 가정해야 합니다. 여러 자투가 데카의 명령을 무시했다는 점도요. 우리 피의 자매들이 경험한 것보다 더 타당한 설명을 찾을 수 없다면, 진실로 받아들여야 합니다." 하얀손이 나를 향한다. "자, 그럼. 어떻게 이런 일이 일어났는지 알겠니?"

"자투가 죽기 전에 말했어요. 자신이 이두구에 의해 부활했다고요."

"이두구는 신화야." 날리니 장군은 그런 관념 자체를 불쾌하게 여기는 듯하다. 다른 죽음비명 장군들도 마찬가지다. "그건 자투들이 유일한 진짜 신들을 배신하는 죄책감을 덜려고 위안 삼아 지어낸 이야기지."

그러나 하얀손은 나를 침착하게 바라볼 뿐이다.

내게 힘을 주는 그녀의 침착한 표정을 보고 말한다. "저는 이두구가 실제 있다고 생각해요."

탄탄한 체격의 첫 자손 장군인 베이마가 포동포동한 얼굴을 경멸스러운 표정으로 일그러뜨리며 묻는다. "오테라에 다른 신이 있다고 믿는 거야? 불경이야!"

나는 장군의 고함에 겁먹지 않고 침착하게 대답한다. "그런 뜻이 아니에요." 내 추측이 다른 이들에게 용납되지 않는다는 걸 안다. 하지만 고려돼야 하는 것 또한 사실이다. 모든 상황을 염두에 둬야 한다. 그냥 부정해버렸다가 우리가 다치는 일은 없어야 한다. 수 세기를 살아온 장군들은 이해할 거라 생각했는데. "그렇지만 오테라에는 잘 모르는 이들을 속이며 신성을 모방할 수 있는 신비한 도구가 많이 남아 있다고 생각해요."

하얀손이 뇌까린다. "그러니까 사기꾼이 있다는 거구나."

베이마가 비웃는다. "우리 형제들 모두가 사기꾼이잖아?"

방 전체가 깔깔댄다.

나는 그들을 무시한다. "누군가, 아니면 뭔가가 자투를 부활시킬 수 있다고 생각해요. 아주 짧은 시간 동안만이라도요. 그리고 내 능력을 차단하는 신비한 도구도 쓰더라고요." 흉갑을 하얀손에게 건

네자 그녀가 재빨리 꾸러미를 벗긴다. 하얀손은 상징을 유심히 보지만 인상 쓰지는 않는다.

내 짐작대로 상징은 내게만 영향을 미친다. 다른 사람들도 그 힘의 기미는 느낄지 모르지만, 나처럼 무력해지지는 않는다. 자칫 상징에 눈길을 주는 실수를 하지 않으려, 계속 시선을 돌려서 말한다. "그 사기꾼이 어딘가에 숨어 있을 거예요. 찾아내야 해요. 카디리 대신관부터 잡아보죠. 이두구의 대변자니까요."

'사실 우리는 이미 제거 임무를 받았지.'

이 점은 일부러 말할 필요가 없다. 어머니들이 처음 나와 친구들에게 그 명령을 내릴 때 모든 장군도 들었다. 전투 때 그 대신관이 얼마나 강하고 포악한지 우리 모두 보고를 들었다. 천 개의 알라키 화살을 기적적으로 피한 이야기도 들었다. 인간이 어떻게 그럴 수 있는지, 답은 하나뿐이다. 그는 절대 인간이 아니라는 것. 그리고 그는 자신이 가진 진짜 자투의 능력과 영적 지도자로서의 지위를 오테라 남자들을 설득하는 데 쓰고 있다. 자투 부대에 합류하면 자기만큼 강해질 수 있다고.

우리는 거의 한 달 가까이 그의 암살을 계획해왔고 정찰병들이 오테라 전역에서 그를 추적하고 있다. 그는 지금 동부 도시인 주샨에 있는데, 우리가 충분히 빠르게 움직이면 그곳에서 그를 잡아 심문할 수 있다.

하얀손 입가에 웃음이 번진다. 만족스러운 표정에 나는 조금 경악한다. 그녀는 내가 어쩔 생각인지 정확히 알고 있다. 내 제안이 그녀의 생각과 같은 것이다.

갑자기 두려워진다. 언제부터 내가 하얀손처럼 음모와 책략을 세우기 시작한 걸까?

나는 의문을 몰아내고 다시 장군들과 시선을 마주한다. "다음 며칠 동안 급습 작전을 펼치되, 단순한 암살 대신 그를 심문할 것을 제안합니다. 그자는 자투의 모든 비밀을 알고 있어요. 이두구가 정말로 존재하는 거라면 어디에 있든지 우리가 찾아낼 거예요. 그리고 그와 자투가 어떻게 이런 짓을 할 수 있는지 밝혀낼 겁니다."

벨칼리스가 덧붙인다. "그러는 동안 데카가 어머니들과 교감하며 어떤 방식의 도구가 부활을 흉내 낼 수 있는지도 찾을 거예요. 약점도 있으면 찾아내고요."

벨칼리스가 나를 바라보자 나는 감사의 뜻으로 고개를 끄덕인다.

하얀손이 찬성한다는 표정으로 말한다. "훌륭한 계획이군. 나도 그것보다 더 잘 짤 수는 없을 거야." 다른 장군들에게도 말한다. "정찰병들에게 즉시 작전을 준비하도록 알리세요. 부활에 대한 소문이 오테라에 퍼져서 자투가 헛된 희망을 품게 되면 안 됩니다."

장군들이 지시를 따르기 위해 일어나자 하얀손이 나를 향해 돌아선다. "어서 가서 어머니들과 이야기해봐. 그 도구들에 대해 알아봐야지, 이것도 포함해서." 그러고는 흉갑을 다시 내게 돌려준다. 내가 건넸을 때처럼 조심스럽게 잘 싸여 있는 것을 보니 고맙다.

하얀손은 이런 사람이다. 흉갑을 싸는 사소한 일에서도 뭐든 간과하는 것이 없다. 나는 흉갑을 다시 배낭에 넣으며 흉갑 어느 부분에도 닿지 않도록 조심하고 이전에 느꼈던 극심한 고통을 떠올리며 긴장한다. 하얀손이 나를 지켜보는 게 느껴진다.

일을 마치고 익숙하게 한쪽 무릎을 꿇고 짧게 절하며 대답한다. "네, 카르모코." 카르모코란 스승을 뜻하는 헤마이라 단어다. "그럴게요. 그런데 가기 전에 한 가지 질문이 있어요."

나는 그녀에게 조금 더 가까이 다가가서 다른 사람들이 내 입을 보지 못하도록 등을 돌린다. 다행히도 모든 장군이 서로 이야기하느라 시끄럽다. 아무리 애써도 이 소음 속에서는 엿들을 수 없을 것이다. 나는 속삭인다. "다른 사람의 기억을 볼 수 있는 알라키가 있다는 얘기 들어본 적 있어요?"

하얀손이 나를 똑바로 바라본다. "널 말하는 거니?"

역시 그녀는 곧바로 문제의 핵심을 꿰뚫는다. 나는 한숨을 쉰다. "네, 그래요."

"들어본 적은 없지만, 있을 수 없는 일은 아니지. 너는 누루야. 아마도 그건 신성한 재능이겠지."

나는 눈을 깜박인다. "내 신성한 재능이라고요?"

"어머니들이 이미 많은 선물을 줬으니 한 가지쯤 더해질 수도 있지 않겠니?"

"하지만 왜 하필이면 지금 신성한 재능이 나타난 거죠?"

"멜라니스도 어젯밤 재생되는 동안 선물을 받았어. 해방된 지 하루도 지나지 않았는데 벌써 날개가 돌아왔잖아." 하얀손이 입술을 두드린다. "아마 그건 신호일 거야. 어머니들의 힘이 세지고 있다는 신호. 물론 네 힘도 마찬가지고. 그런데 너는 그렇게 생각하지 않는 거니?"

그녀는 나를 보며 인상을 찌푸리고, 나는 부끄러워 시선을 피하며 속삭인다. "뭔가, 실제 있었던 일인지 아니면 그저 머릿속 환상일 뿐인지 판단이 안 돼서요." 그 말을 꺼내려니 부끄러움에 얼굴이 붉어진다. "생각이 늘 갑자기 몰려들어요. 항상 그곳으로 돌아가는 것처럼……."

하얀손이 대신 말한다. "사지가 잘렸던 지하실 말이니?"

나는 고개를 끄덕인다. "날 태우던 들판도 보여요. 거기서 목을 매달기도 했고…… 익사도 했죠." 고통스러운 기억에 눈을 감는다. 그리고 진정하기 위해 숨을 들이쉰다.

다시 눈을 떠보니 하얀손이 나를 쳐다보고 있다. "그런데 네가 어제 본 것이 네가 경험한 기억 중 하나였니?" 하얀손은 진심으로 궁금한 것 같다.

"아뇨, 그렇지만……."

"바로 그거야." 하얀손이 내 어깨에 손을 얹는다. 날카로운 손톱이 달린 하얀 전투용 장갑의 차가움이 긴장한 내 근육을 진정시킨다. "그건 네 정신의 잔혹한 장난이 아니야. 네가 경험한 것은 진짜야."

하얀손이 한 걸음 더 다가온다. "자신을 믿기 시작해야 해, 데카. 네 정신을 믿어, 네 정신은 건강하다고. 그러지 않으면 다른 사람들이 널 이용하고 네 불안을 무기로 삼을 거야. 자신을 믿는 법을 배워야 해. 그게 훌륭한 지도자의, 장군의 중요한 자질 중 하나야."

하얀손이 너무 의미심장하게 말해서 나는 눈을 깜박인다. "제가 장군이 될 수 있을 거라 생각하세요?" 감히 꿈도 꿔보지 않은 바람이다.

그래, 나는 누루다. 이미 군대를 승리로 이끌기도 했다. 하지만 금빛 존재들의 모든 장군은 첫 자손이고 나보다 엄청나게 많은 지식과 경험을 가진 여성들이다. 내 전투 능력을 의심하지는 않지만, 내 목소리와 다른 신성한 재능이 주는 이점에 의존하지 않고도 전투에서 그들 중 하나와 견줄 수 있다고 생각할 만큼 오만하지 않다.

공정하고 평등한 싸움에서라면, 단 한 명의 첫 자손이라도 몇 초 안에 나를 완패시킬 것이다.

그러나 하얀손은 그렇게 생각하지 않는 것 같다. "주위를 둘러봐. 넌 이미 여기 장군들과 함께 있어. 그리고 이미 승리도 충분히 거뒀지. 장군 자리가 널 기다리고 있어. 네가 할 일은 그걸 감당할 수 있다고 자신을 믿는 것뿐이야."

하얀손이 내 어깨를 꽉 쥔다. "자신을 믿어, 데카. 넌 더 이상 예전의 그 순해빠진 소녀가 아니야."

나는 다시 한쪽 무릎을 꿇고 대답한다. "고맙습니다, 카르모코. 깊이 감사드려요."

그러나 하얀손은 벌써 방향을 돌려 성큼성큼 걸어간다. "아, 베이마 장군." 땅딸막한 첫 자손에게 손짓한다. "괜찮으면 얘기 좀 하죠."

그녀의 재빠른 퇴장에 나는 웃음 짓는다. 하얀손은 감상적인 사람이 아니다. 하긴 나도 그렇다. 적어도 이제는 아니다.

다른 사람들과 함께 방을 나가기 위해 몸을 돌리다가 발아래 유리 감방에 움직임이 보여 우뚝 멈춘다. 아까의 형체가 감방 중앙으로 이동했다. 남자의 모습이다. 두꺼운 물결무늬의 유리 아래로, 짙은 피부의 움츠러든 몸과 어깨에 난 상처들이 보인다. 그를 바라보자 이상한 감정에 휩싸인다. 역겨움이나 죄책감과는 다르지만 두 가지가 약간 섞였다. 권력자가 어떻게 추락하는지. 한때 저 얼굴을 장식하던 수염은 한 올의 흐트러짐 없이 금실을 섞어 땋았었고, 너덜너덜한 로브는 터무니없이 비싼 천으로 만들어졌다. 손가락마다 꼈던 반지와 발가락의 보석 역시 모두 사라졌다. 오테라의 강력한 황제였던 게조에게 남은 것은 비실거리며 멍한 시선으로 나를 응시하는 텅 빈 껍데기뿐이다.

가느다란 초록 덩굴이 그의 어깨 위로 미끄러지더니, 탐욕스레 팔딱거리는 축축한 검은 꽃잎이 그 살갗을 깨무는 걸 보고 몸서리친다. 흡혈 식물이다. '개화'로 탄생한 육식성 덩굴. 더 많은 덩굴이 게조 감방을 둘러싼 벽을 가로지르며 몸부림친다. 어떻게 들어왔는지는 모르겠다. 호수의 물이 저 작고 어두운 방을 둘러싸고 있으니 뚫고 들어올 수 없었을 텐데, 들어왔다. 어깨 위의 식물이 꽃잎을 그의 살 속에 박고 게걸스레 피를 빠는 동안 덩굴손이 파들거린다.

나는 그저 구역질을 참을 뿐이다.

아샤가 옆으로 와서 서서 냉혹하게 중얼거린다. "생각해보면 저 자가 우리 종족을 거의 말살시킬 뻔했어."

"그는 이제 아무것도 아니야, 그저 그림자일 뿐이지."

내 말에 아돠파가 덧붙인다. "죽어가고 있고." 전 황제의 몸에 드러난 검은 정맥과 흡혈 식물에게 물린 어깨 상처에 고갯짓한다. "패혈증이야. 시간이 얼마 남지 않았어."

왠지 막연한 슬픔이 스쳐 간다. 게조는 친구인 척하는 유형의 최악의 적이었다. 그러나 문을 나서면서 마지막으로, 저 유령 같은 모습을 돌아보지 않을 수 없다. 한때 내 운명과 다른 모든 사람의 운명을 손바닥에 쥐고 부숴버리려 했으나, 결국 실패한 남자를.

6

여신들의 방이 있는 복도로 들어서자 멜라니스가 방을 나선다. 그녀는 날개를 행복하게 팔락거리며 밖에서 기다리던 첫 자손 무리에 합류한다. 불과 한 시간 전보다 훨씬 편안해 보이는데, 당연한 일이다. 방 안의 시간은 다르게 흐른다. 몇 초가 몇 주로 느껴지고, 몇 시간이 눈 깜짝할 사이로 압축된다. 어머니들과 가졌던 최초의 진정한 만남에서 나는 여름 내내 어머니들과 함께 보냈다. 그러나 복도로 다시 나오자, 겨우 몇 초가 지났을 뿐이라는 걸 알게 됐다. 그것이 신성한 힘, 오직 금빛 존재들만이 휘두르는 힘이다.

내가 문에 다가가는 순간, 작전실을 나설 때부터 어깨에 앉아 있던 이그사가 허둥지둥 내려온다. 그는 여신들의 방을 매우 싫어한다. 6개월 전 이 방에서 전 황제가 천상의 금으로 만든 화살을 쏘아 이그사를 벽에 박았다. 상처가 아문 지 오래됐지만 여전히 그 기억이 나는 것이다. 그래서 지난 몇 달 동안 이야기해보려고 여러 차례 시도했지만, 그럴 때마다 하도 부루퉁하게 구는 바람에 시도를 중

단했다. 현재로선 그렇다.

'금방 나올게, 약속해.' 하지만 이그사는 나를 비난하듯 쳐다보고 모퉁이를 돌아 사라진다.

'배신자.' 이그사가 표정으로 말하는 듯하다.

나는 한숨을 쉬며 문을 지키는 무장한 죽음비명과 알라키 대열을 향해 걸어간다. 그들이 정식으로 무릎 인사를 하고 내가 고개 숙여 답례하자 문이 끼익 열린다. 대부분의 방문자는 경비병이 알릴 때까지 기다려야 하지만, 내가 다가가면 어머니들의 문은 항상 바로 열린다. 그녀들이 베푸는 호의의 표시다.

안으로 들어서자 마음을 진정시키는 에너지의 물결이 덮쳐와 나는 안도의 한숨을 내쉰다. 그냥 그렇게 나는 꿈속에서 자주 갔던 어두운 바다에 있다. 다만 이곳에는 물은 없고 끝없이 흐르는 별뿐이다. 모두 내 주위에서 소용돌이치고 반짝거린다. 이것이 여신들의 방의 진정한 모습이다. 함께 소용돌이치는 천 개의 우주이자, 우주를 흐르는 별의 강 전체.

예전에 어두운 바다의 꿈을 꿀 때, 내가 볼 수 있었던 것은 물뿐이었고 가끔 그 중심에 빛나는 황금빛 입구가 보였다. 그때 나는 너무 무지했다. 이해할 수 없었다. 무엇을 보고 있는지 상상조차 할 수 없었다. 이제는 안다. 멀리 있는 성운에 손가락을 댔다가, 그것이 우주의 질서 속으로 회오리쳐 들어가는 것을 보며 씩 웃는다. 브리타나 다른 친구들에게도 너무 보여주고 싶고, 그들에게 시선 너머의 세계를 열어주고 싶지만, 그럴 수 없다. 다른 모든 알라키는 일정량 필멸의 피를 가지고 있다. 모든 알라키의 맏이인 하얀손에게조차 필멸의 아버지가 있다. 그녀와 다른 이들이 이 방에 들어올 때 보는 것은 내가 멜라니스의 기억에서 얼핏 본 것과 같은 광경이다. 눈부시게 하얀 방에 놓인 네 개의 황금 왕좌와 하늘을 모방한 천장 말이다. 별도 우주도 없는 곳이다.

날이 갈수록 나와 친구들 사이가 멀어진다.

최악은 그들이 금빛 존재들의 진정한 모습을 알 수 없다는 것이다. 다른 모든 이에게 여신들은 반짝이는 황금빛 그림자와 햇빛, 별 무리가 하나로 뒤섞인 존재다. 그러나 나는 진실을 본다. 금빛 존재들은 에너지와 별빛으로 이뤄진 광대한 천상의 본체들이다. 그 각각은 너무 커서 우주 전체를 포함할 수 있고, 동시에 아주 작아서 황금 왕좌에 앉을 수 있다. 그녀들은 무한하고 모순적이다. 그리고 내 어머니들이다.

왕좌의 발치로 걸어가는 동안 그 생각이 나를 조금 진정시킨다. 언제나처럼 아녹이 가장 먼저 깨어난다. 내가 앞에 도착하기도 전에 여신의 헤아릴 수 없는 검은 눈이 깜박거리며 열리고, 그녀 주위로 어둠의 덩굴손이 별빛 모양으로 움직이며 떠오른다. 대부분은 아녹을 압도적인 그림자, 빛의 완전한 부재로 여기지만 내게 그녀는 어둠이자 빛이며 흑요석 외관 아래에서 회전하는 천 개의 태양이다. 폭풍우 구름이 그녀의 이마 주위로 모인다. 깊고 순수한 분노의 표정이다. 오요모신에서 본 걸 멜라니스가 알린 것이다.

나는 그녀 앞에 정중하게 무릎을 꿇는다. "신성한 어머니 아녹, 우리가 목격한 것을 멜라니스가 보고드렸나요?"

여신이 고개를 끄덕이자, 새까만 머리칼의 똬리 속에서 별로 이뤄진 왕관이 반짝인다. 금빛 존재 중 가장 나이가 많고 지혜로운 그녀의 위치를 나타내는 왕관이다. 어머니들은 우주가 시작된 '우주 에너지의 폭발' 속에서 함께 태어났지만, 가장 먼저 생각을 말로 표현하고 개별적인 의식을 지니게 된 것은 아녹이었다.

그녀는 멀리 천 개 행성의 우르릉거림이 켜켜이 쌓인 목소리로 말한다. "그래. 네 명령을 무시한 자투들, 부활한 자투들에 대해 들었지."

그녀가 말하자 미묘한 떨림이 별의 강을 가로질러 퍼진다. 다른 어머니들도 신성한 잠에서 깨어나는 것이다. 그녀들의 움직임에 미묘한 꽃향기가 퍼진다. 어머니들이 깨어날 때 항상 맡는 향인데 정확히 무엇인지는 모른다. 언제나처럼 향기는 여신들이 말을 시작하기 직전에 사라진다. 여신들은 일제히 함께 말한다. "우리가 두려워한 대로다." 그들의 독특한 습관이다. 그들은 때로는 개별적이고 때로는 같은 존재의 네 개의 면처럼 느껴진다. 하나의 몸이 네 가지 측면으로 나뉜 것이다. "앙고로가 깨어났다."

"앙고로요?" 나는 찌푸린다.

"너희가 '신비한 도구'라고 부르는 우리 유물 중 가장 강력한 황금 왕좌야." 에트즐리가 말하는 동안 덩굴이 그녀의 비옥한 황갈색 몸을 휘감는다. 동요하는 그 모습에, 아녹의 이마에서 그 어느 때보다 거세게 번뜩이는 폭풍까지 더해지는 것을 보자 걱정된다.

신들은 인간처럼 감정을 나타내지 않는다. 어렴풋이 인간처럼 보이지만, 차가운 얼굴과 수정처럼 맑고 완벽한 시선은 그들이 신성한 존재임을 보여준다. 그나마 보이는 몇 가지 감정도 색채의 파동이나 섬광 같은 자연현상처럼 헤아리기 어렵다.

"앙고로가 우리 힘을 빨아들여 기적을 행하는 데 사용되고 있어." 에트즐리가 말하자, 아녹이 쓴 것과 비슷한 모양의 먹구름 왕관이 걱정에 꿈틀거린다.

"난 모르겠어."

휴이 리가 초조하게 몸을 앞으로 기울인다. 그녀의 몸을 덮은 희미한 붉은 비늘 위로 빛이 반짝거린다. 모든 어머니 중에서 가장 인간적이라 성급하고 화를 잘 내며 여러 인간적인 감정을 보이는 경향이 있다. 그녀가 설명한다. "삼천 년 전, 우리의 힘이 절정에 달했을 때, 오테라를 보호하고 다시는 전쟁이 발생하지 않게 하려고 두 가지 도구를 만들었다. 그게 바로 헤마이라의 성벽이 절대 무너지지 않도록 한 엔고마 그리고 헤마이라의 혈통이 언제나 오테라를 다스리도록 한 황금 왕좌 앙고로야."

나는 얼굴을 찌푸린다. "그런데 왜 언제나 헤마이라 혈통이 지배하기를 원하신 건가요?" 자투 반란을 비롯한 헤마이라 황제들이 꾀한 모든 배신을 볼 때 그들은 금빛 존재들의 숙적이 아닌가. "그리고 헤마이라는 왜 그렇게 중요한가요?"

아녹이 검은 눈을 깜박이지 않고 설명한다. "감정적 이유와 실용성 때문이지. 헤마이라는 우리 권능의 중심부고, 최초이자 가장 헌신적인 숭배자들을 길러낸 곳이야. 그리고 헤마이라 황제들은 우리의 첫 사제들이었어. 가장 충성스러운 아이들인 우리의 첫 자손 가운데 맏이에게서 태어난."

나는 말없이 떠올린다. '하얀손.'

"그들이 늘 충성스러울 거라고도 생각했고."

에트즐리가 설명하고 나서 휴이 리가 뇌까린다. "결국 잘못 생각한 거였지만."

나는 고개를 끄덕인다. "그렇군요."

금빛 존재들은 자신들의 첫 손주들을 총애해서 권력을 준 것이다. 그리고 그들은 성대하게 반란을 일으켰고. 그런 건 흔해빠진 비극이고, 슬프게도 신에게도 예외는 아니었다.

"그래서 앙고로는요? 그게 정확히 뭔가요?"

내 물음에 아녹이 설명한다. "신비한 도구 중에서도 가장 무서운 거야. 방대하게 비축된 우리 힘일 뿐 아니라 우리에게서 직접 힘을 끌어낼 수 있는 능력이지. 기적처럼 보이는 위업이 가능하도록 우리 힘을 사용할 수 있어."

"자투의 부활." 나는 바로 이해한다. 그래서 그랬던 거다!

"그렇지." 여신 중 가장 조용한 온화의 어머니 베다가 얼음처럼 창백한 이마를 기울이고 날개로 주변에 눈보라를 흩어놓는다. 멜라니스의 것과 거의 같은 날개다. 이제 보니 다른 특색도 마찬가지다. 사실 베다와 그녀의 첫 자손은 거의 똑같다. 마르고 유연한 멜라니스와 달리 베다가 매우 관능적이고 매혹적으로 풍만한 몸매인 점을 제외하면 말이다. 물론 피부색도 다르다. 멜라니스는 에트즐리와 같은 황갈색이니까.

대부분 첫 자손은 특정한 한 여신을 더 닮았다. 예를 들어 하얀손은 분명히 아눅의 자녀다. 하지만 둘 혹은 그 이상의 금빛 존재들을 닮은 첫 자손도 좀 있다. 멜라니스는 확실히 그렇다. 반면에 나는 아눅과 매우 닮았다. 하긴 나를 낳는 그릇 역할을 한 알라키인 내 생모 우무가 아눅의 직계 후손이다.

나는 어머니 베다에게서 눈을 떼며 묻는다. "왜 지금이죠? 왜 내가 이전에는 한 번도 앙고로라는 말을 들어본 적이 없죠? 앙고로가 그런 힘을 가지고 있었다면 어째서 이 순간에 나타난 건가요?"

'그리고 어머니들은 왜 이제야 걱정을 시작했는가?'

마지막 질문은 너무 무례한 것 같아서 입 밖으로 꺼내지 않는다. 게다가 내가 여신들을 의심하는 것처럼 보이고 싶지도 않다.

에트즐리가 질문에 답한다. "앙고로가 오랜 세월에 걸쳐 힘이 약해져서 무로 소멸하기를 바랐어. 그런데 네가 황제를 무찌르고 이곳에 가뒀지. 그 결과로 앙고로가 깨어난 게 틀림없어."

나는 경악하여 에트즐리를 돌아본다. "나 때문이라고요?"

아눅이 몸을 기울이며 고개 젓는다. "아니야. 네 탓이 아니야. 앙고로는 설계된 대로만 작동해. 그건 혜마이라에서 일정 시간 혈통이 부재할 때 나타나는 보호 장치야. 보통은 몇 주만 지나도 작동하지. 그런데 여러 달이 지났고 아무 일도 일어나지 않았는데…….."

나는 이해하려고 애쓰면서 인상을 쓴다. "그러니까 어머니 말씀은 제가 황제를 이곳으로 데려왔을 때…….."

"그자를 오테라의 왕좌에 앉지 못하게 해서…….."

"앙고로가 어머니들의 힘을 빨아들이기 시작했다는 건가요?"

여신들은 동시에 고개를 끄덕인다. "우리의 힘을 빼내고 있어. 그리고 우리가 더 이상 존재하지 않을 때까지 멈추지 않을 거야."

나는 기겁하여 말한다. "존재하지 않는다니……. 죽는다는 의미인가요?" 그런 건 가능성조차 가늠할 수 없다.

아녹이 고개를 젓는다. "신들은 죽을 수 없어. 하지만 우리가 망각에 빠질 수는 있지. 지각 있는 존재가 아닌 의식 없는 에너지로 분산되는 거야. 수백 년이 걸리겠지만 결과는 같지."

휴이 리가 말한다. "그리고 이미 시작됐어. '무'로의 내리막. 우리가 얼마나 나약한지 봐. 우리 아이들조차 해방할 수 없어."

나는 무릎을 꿇고 털썩 앉아 꼼짝하지 못한다. 어머니들이 약해진 것은 이곳에 너무 오랫동안 갇힌 채 기도에 굶주려 있었기 때문이라고 생각했다. 그런데 내가 원인이었다. 황제를 무찌르고 헤마이라에서 그의 권력을 끊는 데 너무 열중한 나머지 그에 이어질 결과를 생각하지 못했다. 어머니들이 계속 약해진 이유가, 헤마이라의 성벽을 허물고 우리 자매들을 해방할 수 없는 이유가 내 탓인 것이다.

흐느낌에 목이 멘다. 와르투베라에서 알라키들이 고통받고 있는 건 나 때문이다. 오테라 전역의 모든 여성이 고통받는 것도. "앙고로를 찾아서 우리에게 가져와야 해." 베다가 휴이 리의 뒤를 이어 말한다. "아주 중요한 일이야. 그게 우리가 완전한 힘을 되찾지 못하도록 막을 뿐 아니라 우리를 고갈시킬 거야. 다급한 조치가 필요해. 그렇지 않으면 자투는 단순히 거짓 신에 대한 소문을 내는 데 그치는 것이 아니라 우리 힘을 이용하는 거짓 신을 만들어낼 거야."

이제 너무나 무거워진 분위기가 어깨를 짓누른다. 나는 고개를 끄덕이고 갈라지는 목소리로 속삭인다. "제가 뭘 하면 될까요, 신성한 어머니? 어떻게 하면 막을 수 있나요?"

네 머리가 동시에 나를 향한다. "카디리를 붙잡되 바로 죽이지는 말아라. 우선 심문해야 해. 그는 헤마이라의 대신관으로서 자투의 모든 비밀을 지키는 자야. 앙고로의 힘을 휘두르는 자가 누구든 카디리가 그자의 위치를 알고 있을 거야. 그자를 찾는 즉시 죽이고 앙고로를 우리에게 가져와. 그걸 보는 순간 뭔지 바로 알 수 있을 거야. 네 피가 인도할 테니."

"내가 그자를 죽이지 못하면 어떻게 되는 거죠?" 불쾌한 질문이지만 물어봐야 한다. "앙고로가 진짜로 어머니들의 힘을 이용하고 있다면, 난 그걸 이용하는 자를 이길 수 없을지도 몰라요."

"넌 이길 거야. 이미 우리 도움을 받고 있잖아." 아눅이 일어나 한밤의 절대적인 어둠의 손가락으로 내 안세타 목걸이를 지그시 누른다. "이 목걸이는 우리의 피로, 우리의 사랑으로 만들어진 거야. 너와 우리를 묶는 사슬이지. 네가 앙고로의 이용자와 마주하게 되면, 목걸이를 쥐고 우릴 생각하면 돼. 그러면 우리가 네게 용기와 힘을 불어넣어줄 거야"

기대했던 이상의 제안이다. 나는 바닥에 엎드린다. "난 그런 사랑을 받을 자격이 없습니다, 신성한 어머니들."

베다의 부드럽고 시원한 흰 손이 내 머리를 들어 올린다. "그래도 그건 네 거야. 경고 하나 할게, 사랑하는 아이야. 앙고로는 거짓말을 하지. 그리고 그 이용자는 진실처럼 보이는 기억을 보여줄 거야."

멜라니스의 머릿속에서 본 기억이 퍼뜩 떠오른다. 바로 그거였다. 그래서 질문하려는데, 다른 생각이 난다. "내 명령은 어떻게 된 건가요? 오요모신에서 만난 자투들이 내 명령을 무시했어요. 그것도 앙고로의 영향이었나요? 아니면 이것 때문에?" 나는 눈을 감은 채로 다시 한번 꾸러미를 풀어 자투의 흉갑을 아녹 발치에 놓고 고개를 돌린다. 아녹이 손짓하자 흉갑이 떠올라 그녀 쪽으로 이동한다.

정말이지 다시는 영향받고 싶지 않다.

약간의 시간이 지나고 부스럭 소리가 들린다. 시선을 돌려보니 내 발치에 있던 천이 펄럭이며 떠올라 흉갑을 감싼다. 흉갑이 완전히 감싸지자 베다가 들어서 내게 건네준다. "네가 의심한 대로야. 이건 또 다른 신비한 도구로 앙고로보다 훨씬 약한 힘을 가지고 있어. 너와 우리의 연결을 차단하도록 설계되어 있어. 넌 그걸 극복하는 방법을 배워야만 해."

얼굴이 구겨진다. "하지만 어떻게……."

여신들이 갑자기 함께 외친다. "너는 누루야. 우리 살의 살, 우리 피의 피. 넌 극복할 거야." 그때 갑자기 황금이 다시 여신들 몸에 퍼진다. 그러고는 빠르게 잠이 들어 더 나은 오테라를 꿈꾼다.

나는 안세타 목걸이를 내려다본다. 별들이 내 가슴 위에서 반짝인다. 나는 한숨을 내쉰다. "극복하라니. 대체 어떻게 하라는 거지?"

"어머니들이 뭐라고 하셔?"

내가 공동 침실로 들어가자 브리타가 초조하게 기다리고 있다. 이곳은 크고 바람이 잘 통하는, 우리가 와르투베라에서 쓰던 공동 침실의 세 배 되는 크기다. 전의 음울했던 곳과 달리 지금 침실은 충분히 커서, 가운데를 뚫고 나온 희미하게 빛나는 달 나무 한 그루가 공간을 둘로 나눠도 여유롭다. 가지가 캐노피 역할을 하며, 금빛 잎맥이 새겨진 무성한 초록 잎이 커튼처럼 내 쪽과 브리타 쪽을 감싼다. 그것으로도 충분하지 않다는 듯 침실 저쪽에 우뚝 솟은 유리문을 열면 발코니가 나오고 아베야 전역이 내다보인다. 새하얀 석조 건물로 이뤄진 여신들의 도시가 우리 아래 산비탈에서 반짝거린다. 마치 우리가 세상의 꼭대기에 있는 듯, 원하는 어디든 갈 수 있을 듯하다.

브리타가 자기 침대로 오라고 손짓한다. "어서, 데카. 말해봐!" 내가 들어갈 수 있도록 나뭇가지를 옆으로 밀며 재촉한다.

"잠깐만." 나는 신음하며 나뭇잎 사이를 지나 부드러운 매트리스에 눕는다. 어머니들과 대화를 나눈 뒤, 내 몸의 모든 근육이 경직되었다.

브리타가 내 옆에 드러눕는다. "상황이 그렇게 안 좋아?" 손가락 사이로 조약돌을 동전처럼 굴리며 묻는다. 잠시, 아주 희미하게 따끔거리는 느낌이 든다.

그 느낌은 내가 인상을 쓰자 사라진다. "정말 안 좋아. 우리가 카디리를 사로잡길 원하셔."

브리타가 의아해한다. "너도 그러려고 했던 거 아니야?"

"그랬지. 그런데 그것 때문에 긴장한 건 아니야." 나는 앉아서 빠르게 브리타에게 상황을 설명한다. 내가 말하는 동안 브리타의 눈이 점점 더 커진다.

브리타의 숨이 거칠어진다. "그러니까 어머니들이 죽어간다고? 금빛 존재들이, 오테라의 여신들이 죽어가고 있다고?"

브리타가 내가 한 말을 그대로 말해서 그 끔찍한 말을 멈추려고 손가락을 들어 브리타의 입술을 누른다. "쉿, 그 말 좀 반복하지 마. 다 내 잘못이야." 흐느낌이 새어 나오고, 죄책감과 수치심에 눈물이 터진다.

브리타가 재빨리 나를 끌어안고 따뜻하고 위로되는 손으로 내 머리를 부드럽게 쓰다듬는다. "쉿……. 데카, 쉿." 그리고 경직된 내 몸이 풀릴 때까지 달래준다. 그런 다음 좀 떨어져서 나를 바라본다. "네 잘못이라니, 그게 무슨 소리야?"

말이 급하게 쏟아져 나온다. "내가 황제를 이곳에 가두지 않았다면, 앙고로가 깨어나지 않았을 거야. 어머니들도 죽어가지 않을 거고 우리 자매들이 와르투베라에 갇히지도 않았을 거야. 아다파가 그렇게 힘들어할 일도 없었을 거고 오테라의 여자들도……."

"잠깐만, 너 진짜 이 모든 일이 네 잘못이라고 생각하는 거야?" 브리타의 말이 내 공황 상태를 잠시 멈춘다. 그녀의 푸른 눈이 걱정으로 가득 찬다.

브리타가 다시 조약돌 굴리는 모습을 보니 이유는 모르겠지만 등줄기가 다시 따끔거린다.

"좋아, 그렇다고 치자. 네가 황제를 무찌르지 않았다고 치자고. 그랬다면 무슨 일이 일어났을까?"

나는 눈을 내리깔고 생각한다. "우린 여전히 와르투베라에 있었겠지. 우리 중 반은 죽었을 거고."

브리타가 빠르게 덧붙인다. "오테라의 다른 여자들은?"

나는 마지못해 대답한다. "그냥 그대로 있었겠지. 하지만 자투들이 지금처럼 여자들을 죽이진 않았을 거야."

브리타가 나를 빤히 쳐다본다. "그랬을까? 네가 마을에 살 때 얼마나 많은 여성이 남편이나 가족에게 맞아 죽거나 흔적도 없이 사라졌니?"

내 고향 이르푸트에서 여자들에게 닥쳤던 운명에 대한 모든 소문과 속삭임이 생각난다. 옛 친구 엘프리드도 떠올린다. 엘프리드의 아버지는 얼굴에 보기 흉한 붉은 반점이 있는 딸을 낳았다는 이유로 아내를 거의 때려죽일 뻔했다. 아무도 언급하지 않던 내 아버지의 막내 여동생은 집안이 인정하지 않는 남자와 결혼해서 사라졌다. 아버지도 집안이 허락하지 않은 어머니와 결혼하는 죄를 저질렀지만, 남자라는 이유로 면죄됐다.

그런데 정말 그런 걸까?

생각할수록 더 많은 기억이 떠오른다. 너무 '여성스러워서' 구타당하던 소년들, 팔다리가 짧다거나 등뼈가 굽었다는 것과 같은 이유로 산에 버려진 아이들. 얀다우, 남자도 여자도 아닌 사람들은 마을에서 쫓겨나거나 강제로 신전에 들어갔다. 살아 숨 쉬는 모든 인간이 특정 기준에 맞지 않는다는 이유로 벌받고 추방당하고 죽임당해야 했다.

나는 브리타를 올려다본다. "무슨 말인지 알겠어."

브리타는 끄덕이며 내 손을 잡는다. "지나친 죄책감은 갖지 마, 데카."

나는 고개를 끄덕이고 베개에 머리를 묻는다. 케이타가 이곳에 있으면 좋겠다. 그라면 나를 감싸 안고 모든 게 다 잘될 거라고 말해줬을 텐데. "우리 우루니가 보고 싶어." 베개에 얼굴을 비비며 속삭인다.

"케이타가 보고 싶다는 거네." 브리타가 코웃음 치고 나를 베개에서 밀어낸다. "꿈 깨셔! 내 침대에서 애인 생각 좀 그만해. 그 더럽고 연기 냄새 나는 로브를 입은 채로 잘 생각도 하지 말고. 얼른 가서 씻어, 이 꼬질아. 얼른."

나는 한숨을 쉬며 일어난다. "씻어, 씻는다고."

브리타가 없었다면 나는 대체 어땠을까?

7

"저녁 인사 드려요, 영광스러운 누루." 다음 날 이른 저녁 브리타와 나는 인사를 들으며 멜라니스의 환영 만찬이 열리는 숭배의 회당으로 간다.

방은 가득 찼다. 알라키, 죽음비명, 인간 들이 멜라니스와 금빛 존재들을 초조하게 기다린다. 자투를 상대로 첫 승리를 거둔 이후 자축할 기회가 거의 없었다. 언제나 준비해야 할 또 다른 전투가 있었고, 해방해야 할 또 다른 마을이, 죽여야 할 또 다른 지도자가 있었다. 실은 지금도 우리는 카디리 대신관을 공격할 준비를 하며 일주일 뒤의 '어스름의 축제'를 기다리는 중이다. 하얀손이 이 시기를 선택했다. 카디리 장로의 자투 호위병들이 축제 기간에 술에 취할 것이기 때문이다. 하지만 그게 아니더라도 헤마이라에서 공성전이 계속되고 있으니 우리는 끊임없이 군사를 교대시켜야 한다. 그게 요즘 제일 골치 아픈 일이다. 지난 몇 개월이 피, 황금, 폭력으로 얼룩진 것이다.

하지만 지금, 멜라니스가 이곳에 있다. 이제 희망과 경이, 숭배가 시작된다.

낮게 웅웅거리는 기도 소리가 나자 불편한 기분이 등을 타고 내려오는 듯하다. 이런 집회에서 내가 가장 좋아하지 않는 봉헌식이다. 회당 맨 뒤쪽, 격자무늬 가림막 뒤에 무릎을 꿇고 열렬히 기도하는 사람들이 있다. 새로운 개종자들이 기도와 예식을 통해 여신들에게 봉헌된다. 이것은 아베야에서 살고자 하는 모든 사람에게 가장 중요한 의무다. 한때 황폐한 산이었던 이곳에서 여신들이 처음 도시를 일으켰을 때 나도 봉헌해야 했다.

우리가 오요모신 근처 밀림에서 만났던 늙은 여인을 발견할 수 있을까 싶어 눈을 가늘게 뜬다. 그러나 흰옷을 입은 개종자 무리를 구분하기가 쉽지 않다. 회당의 다른 쪽을 둘러본다. 오늘 이곳에서 볼 것이 너무 많다. 영롱한 무지갯빛 나방들이 훨훨 날아다니고, 거기에 어머니 베다가 뿜는 빛이 더해진다. 거대하고 두꺼운 노란 꽃으로 된 좌석은 앉으면 푹 파묻힌다. 과일즙과 야자 주가 흐르는 차가운 폭포까지, 회당 전체가 장관이다.

그리고 물론 손님들이 있다. 모두 가장 화려한 옷을 차려입고 장신구를 번뜩이며 돌아다닌다. 많은 사람이 화려하게 장식된 가면을 쓰고 있다.

한 인간 남자가 안세타의 별 네 개 모양의 은색 줄무늬 나무 가면을 쓰고 어슬렁거리는 것을 보고, 나는 눈을 크게 뜨고 노려본다. 오테라의 여성들은 순수의 예식을 통해 순수함이 입증된 후에는 가면을 써야 하지만, 내가 본 것 중에 전 황제와 그의 신하만이 가면을 쓴 유일한 남자들이었다. 오테라에는 가면에 대한 규칙이 있다. 물론 처벌도 있다. 실제로 내 피가 황금색임이 밝혀지고 나서, 나는 가면을 쓸 수 있는 특권을 박탈당했다. 그래서 모두가 내 얼굴을 보고 내 수치심을 읽을 수 있었다. 그 후로 오랫동안 나는 가면을 싫어했고 여성을 통제하는 수단으로 간주했다. 대부분은 그렇다. 그러나 가면은 기쁨, 믿음, 축하의 표현일 수도 있다. 그 의미를 결정하는 것은 그걸 착용하는 사람인 것이다. 결국 가면도 그냥 물건이다. 그걸 이해하는 데는 꽤 오랜 시간이 걸렸다.

브리타가 내 어깨를 톡톡 두드린다. "뭐 좀 먹을래, 데카?"

그녀는 회당의 저쪽을 향해 고갯짓한다. 작고 반투명한 흰색 꽃으로 장식된 테이블 위에 음식 접시가 높이 쌓여 있다. 벨칼리스와 카티야, 쌍둥이는 이미 그곳에 있고, 그 뒤로 니미타, 채영 그리고 다른 몇몇 죽음비명이 우뚝 솟아 있다. 행사에 참여한 죽음비명들이 편안해 보인다. 심지어 행복해 보이기까지 한다. 죽음비명이라는 종족 전체가 얼마나 변했는지 보여주는 또 다른 징후다. 어머니들이 깨어난 이후 그들은 점점 덜 공격적이 되었다. 충분히 그럴 만한 일이다. 죽음비명은 금빛 존재들이 부활하기 전에 우리 종족이 멸종되지 않기 위해 만들어졌다. 어머니들이 돌아와서 죽음비명 최악의 특징인 맹목적인 분노와 압도적인 화가 점차 옅어졌다.

언젠가 죽음비명은 완전히 사라질 것이다. 어머니들은 완전한 힘을 되찾으면 가장 먼저 죽음비명을 알라키로 되돌릴 거라고 약속했다. 다시 우리 피의 자매로 돌아올 것이다.

카티야는 그날을 얼마나 기다리고 있을까. 정말이지 나는 그날이 너무나 기다려진다.

나는 친구들을 한 번 더 쳐다보고 고개를 젓는다.

나는 아쉽게 한숨을 내쉰다. "못 가. 제단 근처에서 어머니들을 기다려야 해." 그건 이런 행사에서 내가 항상 하는 일이고, 행사가 자주 있는 것도 아닌데 그 습관을 바꿀 생각은 없다.

다른 사람들과 어울리다가 실없어 보일 위험을 무릅쓸 수는 없다. 누루답게 행동해야 한다.

브리타가 위로하듯 내 어깨를 꼭 쥐고 아쉽다는 듯 한숨을 쉰다. "그래. 예전처럼 우리랑 같이 시간 보낼 수 있으면 좋을 텐데."

나는 브리타와 이마를 부드럽게 맞붙이고 말한다. "나도 그래. 다시 모두와 같이 지낼 수 있으면 좋겠어."

"우리 우루니 말하는 거야?" 브리타가 킥킥거린다. 어제의 대화를 생각하는 게 분명하다.

"우리 우루니도." 우리 둘 다 내가 케이타를 말한다는 걸 알기에, 나는 끄덕인다. "그리고 물론 너도." 나중에 생각난 양 덧붙인다.

"물론 그렇겠지."

나는 몸을 떼고 브리타의 눈을 바라보며 진심을 담아 말한다. "사랑해." 참아달라는 조용한 애원이다.

지난 몇 달간 내가 브리타에게 좋은 친구가 되지 못했다는 걸 안다.

브리타와 나는 같은 방을 쓰고 함께 작전에 나가지만, 내 주의가 필요한 문제는 항상 일어난다. 또 다른 전투, 또 다른 작전, 암살해야 할 또 다른 지도자. 적어도 와르투베라에서 신참으로 지낼 때는 매달 하루나 이틀은 쉴 수 있었다. 하지만 이곳에서의 나는 친구들과 실없이 놀기나 하는 데카일 수가 없다. 그럴 시간이 없다.

브리타가 책망하는 척하며 팔짱을 낀다. "달과 별보다 더?"

"페퍼 소스로 갓 찐 쿠타 생선보다 더."

"그건 대단한 사랑이지." 브리타가 웃는다. 그 거대한 바다 생선 요리는 최근 내가 제일 좋아하는 음식이다. 그녀는 팔짱을 푼다. "지금은 용서해줄게. 그렇지만 이번 작전에 나가면 너랑 나랑 붙어다니는 거야."

내가 브리타의 손을 꼭 쥔다. "나랑 넌 영원한 피의 자매야."

"언제까지나." 브리타가 내게 짧게 경례하며 말한다. 그런 다음 곧장 다른 친구들에게 간다. 그들은 브리타에게 손을 흔들고 웃음 짓더니 나에게는 못마땅하다는 듯 혀를 내민다.

웃음이 나려는 걸 참으며 제단을 향한다. 솔직히 내 친구들은 가끔 너무 유치하다.

제단으로 향하는 계단을 오르는 동안 수많은 눈이 나를 좇는다. 고개 숙여 인사하는 사람, 무릎 꿇는 사람, 심지어 완전히 엎드리는 사람도 있다. 아베야에서는 항상 사람들이 나를 보고 있다. 어디를 가나 지켜보고 절한다. 마치 나와 가까이 있는 것만으로도 어머니들의 은총을 받을 수 있다는 듯이. 그런 관심이 내게 상기시킨다. 절대 어머니들의 영광에 누를 끼쳐서는 안 된다. 어머니들에게 총애받을 자격이 없는 것처럼 보이면 안 된다. 나는 자세를 곧게 하고 되도록 엄숙하게 서 있으려 한다. 하얀손이 회당에 들어온다. 그녀의 눈이 바로 나를 찾고는 방 한쪽 문을 가리킨다. 그곳에서 키 작은 십대 소년이 들어온다. 나무로 된 반쪽 가면을 썼는데, 가장자리에 옛 헤마이라식 구슬 장식이 있다.

나는 눈을 가늘게 뜬다.

저 흐느적거리는 걸음걸이, 갈색 머리……. 나는 깜짝 놀란다. 벨칼리스의 우루니였던 아칼란이다. 지난 몇 달 동안 좀 더 근육질이 되었지만, 확실하다.

아칼란이 여기 왔다면…….

뒤를 이어 다른 소년이 들어오자 내 심장이 박동을 멈춘다. 역시 반쪽 가면을 쓴, 키가 크고 강단 있는 소년. 그가 이끄는 이전 자투 부대는 자투가 늘 사용하는 의례용 투창을 들고 있다. 친숙한 황금빛 눈동자가 나를 바라보자 전류가 온몸을 관통하는 듯하다. 피곤함 때문인지 몰라도 너무 기쁜 나머지 다리에 힘이 풀린다. 케이타가 이곳에 있다! 바로 이곳에 있어!

눈이 마주친 순간 케이타 얼굴에 미소가 번진다. 속이 울렁거리고 날뛰며, 입이 아플 정도로 활짝 미소가 떠오른다. 케이타⋯⋯. 지난 몇 달 동안 그가 너무 그리웠다. 그와 이야기하고 싶고, 입 맞추고 싶었고⋯⋯.

케이타가 내게 윙크하는 순간, 북소리가 울리고 행진이 시작된다. 그의 부대가 격식을 갖추어 회당 중앙으로 걸어와 둘로 나뉘어 군중을 향해 선다. 그동안 내 눈은 탐욕스럽게 케이타를 좇는다. 하얀손이 계단을 올라와 내 옆에 선 후 손짓하자, 케이타의 부대가 동시에 창을 한 번 찍는다.

군중이 조용해지고 공기 중에 미세한 불꽃이 튀자 모두가 일어난다.

'여신들이 온다⋯⋯.'

숭배하는 마음에 전율이 흐르고 피가 짜릿하게 끓는다. 보통 사람의 열 배 크기인 네 개의 황금빛 형체가 내 뒤쪽 왕좌에서 천천히 나타난다. 얼굴에 자비로운 미소를 띠고 모인 군중을 내려다본다. 햇살, 번개와 비슷한 정도의 육신이지만 모든 사람이 알아볼 수 있다. 내가 깨웠던 그날처럼 완벽한 금빛 존재들이다.

"사랑하는 우리 아이들아." 하나로 합쳐진 여신들의 목소리가 너무 강력해서 마치 해일이 덮치는 듯하다. "오늘 저녁 이곳에 모인 너희를 보니 너무나 기쁘구나. 새로운 아이들을 맞이하게 되어 더욱 행복하다."

여신들이 손짓하고 방 뒤쪽의 장막이 미끄러지듯 열리자 새로운 개종자들이 나타난다. 그들이 회당 가운데로 걸어 나와 엎드려 절한다.

여신들이 미소를 짓는다. "너희는 오테라 전역에서 우리 축복의 빛을 찾으러 왔다. 그리고 사면의 빛을 찾으러 온 사람도 있지."

그러자 일부가 일어선다. 대부분 연장자다. 그들은 모두 망각의 색인 검은 띠를 두르고, 긴장으로 굳어 있다. 밀림에서 만났던 여인도 그중에 있다. 그녀는 증오의 눈빛을 나에게 쏘아 보냈지만 다시 어머니들에게 시선을 돌리면서는 두려워하는 표정만 남는다. 허세를 부린 거지만, 신 앞에서는 다른 모든 사람과 마찬가지로 경외가 차오르는 것이다.

금빛 존재들이 일어나 그 무리에게 손짓한다. "가까이 오너라, 사랑하는 우리 아이들아. 이 죄 사함으로 너희는 우리 눈에 새롭고, 흠 없고, 순결한 자가 되리라."

눈은 바닥에 고정한 채 개종자들이 앞으로 나와 어머니들 앞에 엎드린다. 어머니들은 손을 들어 그들을 축복한다. "너희 마음이 정화되고, 모든 근심에서 치유되고, 모든 죄에서 해방되기를." 여신들이 한목소리로 읊조린다.

희미하게 빛나는 안개가 검은 띠를 두른 무리 위로 덮이자, 검은 띠가 순식간에 빛나는 순백의 띠로 바뀐다. 피부에 소름이 돋는다. 그리고 사람들에게도 뚜렷한 변화가 생긴다. 바짝 긴장했던 사람들이 이제 모두 편안하고 행복해 보인다. 그들의 눈이 더 또렷하고 성그러운 경이로 가득 찬다. 마치 다시 태어난 것처럼, 더 순수한 상태로 돌아간 것처럼.

그들 모두 금빛 존재들을 경외하며 올려다본다. 밀림에서 온 여인이 가장 먼저 입을 연다. "누구신가요?" 눈을 크게 뜨며 어머니들에게 묻는다.

여신들이 한목소리로 대답한다. "우리는 금빛 존재들이다. 오테라의 신이자 너희의 어머니들이지."

여인은 고개를 끄덕이며 아이처럼 쉽게 받아들인다. "그럼 나는 누구인가요?"

"너는 우리의 딸이지. 그리고 네가 되고 싶은 것은 무엇이든 될 수 있어."

언제나 그렇듯 그 말은 나를 기쁨과 경외심으로 채운다. '되고 싶은 그 무엇이라도…….' 그것이 나 자신과 오테라의 여성들을 위해 내가 원했던 전부다. 대부분의 남자처럼 우리 자신의 길을 결정할 기회.

"무엇이든……." 기쁨의 눈물이 여인의 눈에서 일렁거린다. 여인은 자신의 눈물에 당황한 듯 닦아낸다. 그리고 다른 사람들을 향해 돌아서며 활짝 웃는다. "난 뭐든지 될 수 있어!"

어머니들이 말한다. "너희 모두 마찬가지다. 너희는 선물을 받았다. 너희가 바라는 대로 삶을 이룰 수 있는 기회를."

회당 전체에 환호성이 터진다. 새로 태어난 개종자들은 웃으며 서로를 끌어안는다. 하지만 그러고 나면, 호기심에 차서 주위를 둘러보기 시작한다. 불쾌한 감정이 내 속에서 피어나기 시작한다. 이 예식에서 내가 싫어하는 부분이 왔다. 호기심에 뒤이어 당혹감이 자리 잡는 부분.

이 사람들은 모두 마음의 정화를 선택했다. 과거의 고통스러운 기억에서 벗어나 완전히 새로운 삶을 받아들이기 위해서. 사실 이것이 어머니들이 숭배자들에게 줄 수 있는 가장 큰 선물이다. 하지만 대가가 따른다. 새로운 개종자들은 언어를 기억하거나, 일부 소수는 한때 본인이 가졌던 기술을 기억하기도 한다. 그러나 다른 모든 것은 사라진다. 모든 기억과 과거, 즉 그들이 사랑했던 사람들, 알았던 장소, 즐겼던 음식마저도. 모든 것이 지워지는 것이다.

이것이 정화의 핵심이라는 것을, 옛사람이 대부분 사라지고 새 사람이 나온다는 것을 알지만, 그 상실로 나는 슬퍼진다.

"괜찮니, 데카?"

알 수 없는 표정으로 하얀손이 나를 바라본다. 나는 굳이 알아내려고 애쓰지 않는다. 하얀손은 다른 사람들이 장신구를 수집하는 것처럼 비밀을 수집한다.

"저거 해본 적 있어요? 어머니들이 당신의 기억을 지운 적이 있나요?"

하얀손이 고개를 젓는다. "내 인생에는 나를 지워서 모두 없애버리고 싶을 만큼 고통스러운 건 없었단다."

황제의 지하 감옥 바닥에서 절단된 몸으로 사슬에 묶인 채 수천 년을 보낸 여성의 입에서 나온 말이다.

그녀는 어깨를 으쓱한다. "하지만 또 내 기억이 지워졌다 해도 난 모르겠지. 그렇지 않니?"

그 말이 머릿속에 천천히 자리를 잡는다. 불편한 가정이다. '나도 모르겠지…….'

하얀손이 나를 돌아보며 묻는다. "넌 어때? 네 기억을 내버릴 거야?"

'기억을 내버린다'는 문구에는 뭔가 흥미로운 점이 있지만 나는 무시하고 고개를 젓는다. "아니요, 안 그럴 거예요." 나는 첫 봉헌식 이후 이르푸트와 지하실에서 겪은 고문에 대한 기억을 모두 없애버릴까 고민했다. 하지만 결정은 금방 내려졌다. 고통이 남을 수 있고 깨어 있는 모든 순간 나를 괴롭힐지 모르지만, 그래도 그것들이 오늘의 나를 만들었다. "난 나 자신의 어떤 부분도 포기하지 않을 거예요. 다른 사람들이 왜 그러는지 이해는 하지만, 그 생각만으로도……."

"바로 그렇지." 하얀손이 대화를 마무리하고 우리는 눈앞의 광경을 지켜본다. 새로운 개종자들이 군중 속으로 흩어진다. 기억이 지워진 사람들은 아베야의 새로운 생활에 적응하도록 도움을 줄 도우미에게 이끌려 간다.

그들이 가자 어머니들이 다시 일어난다. "새로운 아이들을 맞이했으니 이제 우리 첫 자손 중 하나를 환영할 때구나. 멜라니스, 빛의 알라키가 마침내 우리에게 돌아왔다. 우리 사랑하는 아이이자 두 번째 전쟁의 여왕이 돌아왔어."

어머니들이 천장을 올려다본다. 천장 유리가 꽃처럼 쉽게 벌어지고 날개를 단 인물 하나가 나타난다. 빛나는 몸이 이른 저녁 햇빛에 한층 아름답게 반짝인다. 멜라니스가 날개를 접고 산들바람에 실린 이슬처럼 우아하게 내려오는 것을 보며 경외감에 압도된다. 이것이 멜라니스의 진정한 모습이다. 그녀를 구하기 위해 많은 위험을 감수했던 이유다. 다른 세 명의 전쟁의 여왕과 달리, 모든 알라키 장군과 달리 멜라니스는 말 그대로 빛의 등대다. 우리가 자투와 신관들 공격을 계속하는 동안 그녀가 희망이 되어줄 것이다.

이제 회당 전체가 조용해지고, 내 혈관을 타고 흐르는 것과 같은 경외심으로 모두 멜라니스를 우러러본다. 하얀손을 제외한 모두가. 나는 곁눈질로 본 하얀손의 굳은 얼굴 때문에 혼란스럽다. 하얀손의 딱딱한 미소는 기쁨의 표현이라기보다는 예의를 차린 것이다. 멜라니스의 무엇이 그녀를 불편하게 한 걸까?

하강하는 전쟁의 여왕에게 여신들이 웃음 짓는 것을 보며 나는 그 문제에 대해 너무 깊이 생각하지 않으려 애쓴다. 여신들이 말을 잇는다. "너무 오랫동안 우리 아이들은 학대와 구타, 처형의 어둠을 겪어냈다. 전쟁의 여왕 멜라니스의 귀환은 새로운 시대의 여명을 알리는 신호다." 네 쌍의 신성한 눈이 나를 향하여, 나는 무릎을 꿇고 경의를 표한다. "그녀와 우리 사랑하는 딸 누루와 함께 우리는 오테라를 다시 찾고 우리의 것으로 만들 것이다. 우리가 이 땅을 다시 한번 지배할 것이다."

기쁨과 승리에 열광하는 환호가 울려 퍼진다. 너무 큰 행복이 나를 채워, 마치 물이 넘치는 컵이 된 듯하다. 그리고 그 감정을 공유하고 싶은 단 한 사람이 있다. 케이타. 등을 돌리고 있지만 시선이 느껴진다. 내가 그를 바라본다는 것을 그도 안다. 몇 시간만 지나면 나는 다시 그의 품에 안길 것이다.

그때까지 기다리기가 너무 힘들 것 같다.

예식의 뒷부분은 멍하니 지나간다. 어머니들의 말씀도 거의 들리지 않고, 멜라니스가 군중에 연설하는 모습만 가끔 눈에 들어온다. 어머니들이 떠나고 친구들이 케이타와 나를 식탁으로 떠밀 때도 잘 집중되지 않는다. 지금 눈에 보이는 건 옆에 앉은 케이타뿐이다. 황금빛 눈동자가 나를 들여다본다. 내 옆에 있는 다리의 열기를, 내 손목을 쓰다듬는 손가락의 굳은살을 느낀다.

케이타가 귓가에 속삭인다. "이따 니스트리아 나무로 갈까?"

몸에 열기가 퍼지는 것을 느끼며 고개를 끄덕인다. "끝나자마자."

케이타가 뺨 한쪽에 옅은 보조개가 파이도록 웃음 짓는다. "못 기다리겠어."

"나도 그래."

아돠파가 놀린다. "와, 다시 붙어 앉은 잉꼬 한 쌍 좀 봐." 다른 이들은 눈썹을 꿈틀거리며 웃기만 할 뿐 아돠파가 하는 말에 살짝 냉소가 담긴 걸 알아차리지 못한다.

나는 그저 무시한다. 이날을 위해 몇 달을 기다려왔다. 어떤 것도 이 순간을 망치게 두지 않을 것이다. 케이타가 이곳에 있고 그게 전부다.

8

케이타와 나는 예전처럼 좋아하는 나무 아래서 만난다. 와르투베라에서 그랬듯이 이번에도 니스트리아 나무다. 이 나무는 노요산맥의 외진 바위 봉우리 중 하나에 서 있다. 무성한 가지가 달린 거대한 나무라서 어마어마한 크기를 자랑하고, 그 뿌리는 바위 봉우리 전체에 퍼졌다. 향기로운 푸른 꽃이 만발한 가지 아래 자그마한 숲이 생겼다. 뿌리 사이로 작은 나무들이 솟고 그늘 아래, 작은 동물들이 숨어 다닌다. 이그사가 동물들을 쫓으며 흥분해서 눈을 반짝인다. 이그사는 작은 생물들 겁주는 걸 너무 즐긴다. 이그사는 보드랍고 새끼 고양이 같은 외모지만 포식자고, 포식자는 고기를 좋아한다. 잠시 후 이그사는 겁에 질린 원숭이새를 쫓아 '개화' 속으로 사라졌다. 나는 그 생명의 영혼을 위해 어머니들께 작은 기도를 올린다. 배고픈 이그사는 단호하다. 절대 먹이를 놓치지 않는다.

케이타와 내가 담요를 펴고 앉아 있는데, 머리 위 나뭇가지에서 두 개의 연한 초록빛이 나타난다.

나는 신기해서 케이타를 쿡쿡 찌른다. "저거 봐, 인돌로야."

"어디?" 케이타는 피로 때문에 무거워진 움직임으로 내 시선을 따르지만, 높은 가지 위를 보고는 들떠한다. 두 마리 작은 고양잇과 동물이 달빛 아래서 뛰논다. 매끈한 몸을 뒤덮은 초록 덩굴이 늘어지고 황금빛 뿔을 빛내며 우리를 엿본다.

저 녀석들 위에서 빛나는 연한 초록빛은 한 쌍을 묶어주는 시각적 밧줄이다. 예전에 어머니 아녹이 알려주었다. 인돌로는 여신들이 가장 아끼는 창조물이며, 하나의 영혼인 숲의 정령이 두 개의 똑같은 몸체로 분리된 것이다. 어느 하나에게 일어나는 일은 다른 하나에게도 일어난다. 우리 모두 늘 연결되어 있음을 시각적으로 상기시킨다.

나는 케이타를 보며 활짝 웃는다. "하나의 영혼……."

"두 개의 몸. 꼭 너랑 나처럼." 케이타가 나를 꼭 안으며 말을 받는다.

케이타는 피곤해하면서도 어느 때보다 단단히 나를 안는다.

그의 코가 내 머리를 비비고 나는 살짝 떨며 그 감각을 음미한다. 케이타의 손길은 언제나 내 마음을 따뜻하게 해준다. 아직 키스밖에 하지 못한 사이지만, 가벼운 애무만으로도 내 피부는 기대에 차서 따끔거린다.

나는 그를 올려다본다. "그래서…… 헤마이라는 어땠어?"

케이타가 한숨을 쉰다. "그 얘기는 안 했으면 좋겠는데."

나는 목이 멘다. 케이타가 헤마이라에 관해 이야기하고 싶지 않은 이유는 단 하나다. 더 많은 소녀가 성벽 아래로 던져진 것이다. 아주 많이. "내가 아는 사람도 있어?"

그가 고개를 젓자 강한 안도감이 나를 휩쓸어 몸을 부르르 떨 뻔한다. "아니."

'아직까지는…….' 나는 케이타가 덧붙이지 않은 말을 속으로 생각한다.

자투는 이미 와르투베라 출신 몇몇 소녀를 성벽에서 던졌지만, 내가 잘 아는 얼굴은 없었다. 한때 우리 그룹을 감독했던 늘 쾌활한 수련생 빈타 혹은 아돠파의 옛 애인 메루트 같은 사람은 아니었다. 하지만 내가 그 소녀들을 알든 모르든 간에 각각의 죽음은 또 다른 작은 상처가 되어 내 마음을 점점 더 깊이 꿰뚫는다. 소녀들 모두에게도 가족과 사랑하는 사람, 미래의 꿈이 있었다. 그리고 내가 나타났다…… 그녀들의 죽음 하나하나가 모두 내 손에 달려 있다.

나는 그 생각에서 벗어나려고 재빨리 질문한다. "카르모코들한테서는 무슨 소식 없었어?"

헤마이라의 성문이 닫힌 이후 우리는 카르모코들의 소식을 듣지 못했다. 사실 와르투베라뿐 아니라 헤마이라 전체에서 무슨 일이 일어나고 있는지에 대해 우리가 알 수 있는 건, 때때로 잡은 자투들을 '심문'했을 때뿐이다. '고문'을 하얀손은 그렇게 부른다. 그리고 지난 몇 번의 심문에서 들은 바에 따르면 그곳의 상황은 변하지 않았다. 자투는 여전히 모든 알라키를 훈련장에 가둬놓고 금을 얻기 위해 피를 흘리게 하고 있다.

전쟁에는 돈이 많이 들고 알라키의 혈관에는 돈이 흐른다.

케이타는 고개를 젓는다. "아무 소식도 없어."

그래서 마지막으로 질문한다. "가잘은 어떻게 지내?" 지난번 들은 바에 따르면, 와르투베라에서 내가 한때 무서워했던 음울하고 흉터투성이인 알라키는 헤마이라 포위 부대 중 하나의 지휘관으로 진급했고, 끊임없이 헤마이라의 성벽을 오르려 애쓰고 있다. 엔고마가 있든 없든 상관없이.

가잘은 다른 알라키에 비해 무시무시할 정도로 고통에 단련되어 있다. 그러나 그녀의 과거를 생각하면······.

"가잘은 여전히 도시로 진입하려고 노력하고 있어," 케이타가 대답한다. "그 신비한 도구에 관한 실마리를 찾고 있지."

케이타 또한 내내 그것을 찾아 헤매다녔다.

헤마이라를 포위한 지 6개월, 자투는 어떻게 해선지 보급품을 보충하고 오테라 전역의 다른 지역들과도 접선을 계속해왔다. 처음에는 도시를 드나드는 비밀 통로가 있을 거라 생각하고 몇 달이나 찾으려 노력했지만 성공하지 못했다. 하얀손과 다른 지휘관들은 결국 또 다른 신비한 도구가 작동하고 있는 것으로 판단했다. 헤마이라에서 원하는 장소로 이동할 수 있도록 해주는 도구 말이다. 그래서 그 도구를 찾아내려고 하얀손이 케이타와 다른 우루니들을 보냈다.

신비한 도구들은 그렇다. 끔찍한 방식으로 사람을 죽이거나 정신에 이루 말할 수 없는 손상을 입힐 수도 있지만, 그 반대로 상상을 초월하는 위업을 달성할 수 있게 해주는 유용한 도구가 되기도 한다. 역설적이다. 6개월 전까지만 해도 나는 이 신비한 도구들에 대해 들어본 적이 없었다. 하지만 이제 모든 전투 계획에서 그 문제를 고려해야 한다.

케이타가 말한다. "아직은 아무 실마리도 찾지 못했어. 그런데 그 때문에 급히 돌아온 건 아니야. 하얀손은 우리가 다음 주에 너와 함께 카디리 대신관과 앙고로를 찾으러 가길 원하셔. 이미 모든 세부 사항도 전달받았어."

"잘됐다." 어깨에서 긴장이 풀린다. 함께 있는 소중한 시간을 작전 의논으로 보내고 싶지 않다. "이제 안 좋은 얘기는 그만하자, 케이타. 네 얘기를 해줘. 보고 싶었어." 나는 코를 그의 가슴에 비비며 체취를 들이마신다. 매일 그의 얼굴을 보지 못한 채, 함께하는 소중한 시간을 갖지 못한 채 수개월이 흘렀다.

불과 1년 전만 해도 누군가가 나를 사랑하고 내 옆에 있고 싶어 할 거라고는 전혀 생각하지 못했다. 이제 케이타 없는 세상은, 내가 언제나 그의 연인이 아닌 세상은 상상조차 할 수 없다.

온기가 목을 타고 오른다. 케이타가 목에 가볍게 키스하며 살짝 깨물고는 귓가에 따스한 숨결을 뿜으며 말한다. "나도 보고 싶었어. 네 꿈을 꿨어. 매일 밤, 꿈을 꿨어."

나는 몸을 돌려 그의 입술을 받아들인다. 너무 그리웠다. 밤마다 꿈꾸던 것이다. 나는 눈을 감고 감각이 나를 이끌도록 둔다.

내 목과 어깨를 따라 키스가 계속 이어진다. 마침내 케이타는 한숨을 쉬며 나와 이마를 맞댄다. 우리 둘 다 다른 사람들처럼 서두르지 않기로 했다. 끊임없는 전쟁 속에서는 희망을 포기하고 닥치는 대로 움켜쥐기가 쉽다. 하지만 케이타와 나는 느리고 꾸준한 과정을 유지하기로 했다. 우리는 이 시대에 다른 세상을 보게 될 것이며, 언제나 함께할 것임을 믿어야 한다. 사실 나는 이미 케이타의 수명 연장에 대해 여신들에게 부탁했다. 어쩌면 불멸을 주는 것까지도. 그러나 그 주제에 관해서는 우리가 이런 긴장된 상황에 있지 않을 때 이야기를 나눌 것이다. 그가 직접 자신을 위한 선택을 해야 한다. 사랑하기에 강요할 수는 없다. 불멸이 얼마나 고통스러울지 누구보다 내가 잘 아니까.

우리는 한동안 그대로 서로의 숨결을 나눈다. 다짐하는 것이다. '나는 너의 것이고, 너는 나의 것이야.'

케이타는 내 어깨에 머리를 기대고 손가락으로 내 머리카락을 쓸어내린다. 꼬인 머리 타래를 하나씩 당겼다가 놓으면서 다시 말려 올라가는 모양을 골똘히 바라본다. "그래, 여기 사람들은 어떻게 지냈어?"

"잘들 지내. 아마 아돠파만 빼고."

"여전히 메루트를 그리워하는 거지?"

"매일 점점 더 많이." 아다파는 오늘 새벽에도 또 악몽을 꿨다. 복도 건너편에서 그녀가 우는 소리를 들었다. 벽이 두꺼워도 내 귀는 예민하다.

케이타가 단호하게 말한다. "메루트를 데려올 거야. 아니, 모두 데려올 거야."

원정을 떠나며 와르투베라에 남겨두었던 케이타의 친구들도 생각하는 것이다. 그들 대부분은 기꺼이 자투 편이 되었지만, 일부는 알라키 자매들 곁에 남았다. 황제가 저지른 끔찍한 일의 진실을 알고 반란을 일으킨 것이다.

그들 역시 와르투베라에 갇혔다. 족쇄에 채워진 채로 알라키 옆에 갇혀 더 잔인하게 취급당한다. 소녀들의 반란은 그렇다고 치지만, 소년들이? 오테라의 선택을 받은 소년들이 국가에 맞서 반란을? 와르투베라의 소년들은 모든 남자에게 보내는 경고의 본보기가 될 것이다. '너희도 안전하지 않아, 절대로.'

나는 고개를 끄덕인다. "그래야지." 우루니들이 고통 속에 있는 모습을 머릿속에서 몰아내려 단호하게 말하고 재빨리 화제를 돌린다. "너희 부대의 죽음비명들은 어때?"

여러 달이 지났지만 죽음비명과 첫 자손들은 여전히 케이타와 어색하다. 케이타와 몇몇 우루니는 죽음비명 살육자로 유명했기 때문에 다른 사람들처럼 쉽게 받아들여지지 못하는 것이다.

케이타가 쓴웃음을 짓는다. "시간 걸리는 일이지, 뭐. 내가 그들의 동료고 절대 배신하지 않는다는 걸 계속 증명해야 해."

"이제 시작이잖아. 쉽지는 않을……."

케이타의 눈이 멍하니 감기는 것을 보고 나는 말을 멈춘다. 인제 보니, 눈 밑에 다크서클이 내려앉고 눈동자는 초점을 잃었다. "많이 지쳤구나."

"괜찮아." 케이타가 미안한 듯 시선을 돌리지만 내게는 걱정이 밀려든다.

이렇게 지치는 건 케이타답지 않다. 습격을 나갔을 때도 필요하면 금세 잠들 수 있던 그다. 그런데 분명 제대로 자지 못한 것이다.

뭔가 숨기고 있다.

뚫어질 듯 응시하며 요구한다. "말해봐."

케이타가 한숨을 쉰다. "요즘 계속 꿈을 꾸는데, 그게 실은 악몽이라……."

나는 눈을 가늘게 뜨며 묻는다. "어떤 악몽?"

케이타는 18년 인생 대부분을 전장에서 살았다. 악몽은 우리가 해온 일, 우리가 빼앗은 목숨들의 인과응보다. 그러니 단순한 악몽이 그를 이렇게 깊이 괴롭히지는 않을 것이다.

나를 보는 그의 눈에 고통이 생생히 서려 있다. "내가 산 채로 불타고 있어, 데카……. 그런데 불이…… 불이 나를 태우는 게 아니야. 불이 내 일부인 거야. 내 안에서 나오는 거야. 그 불이 내 주위의 모든 것을 태워." 그가 머리를 젓는다. "아마 죄책감 때문인가 봐. 내가 믿었던 모든 것을 배신했으니까. 어쩌면 내 마음 일부는 후회하는지도 모르겠어. 그런데 문제는 그 꿈을 꿀 때마다 내가…… 강해지는 느낌이 든다는 거야." 그가 눈을 피한다. "그게 제일 무서워. 왜냐하면 그 불이 마치 분노와 같아서, 기회가 주어지면 모든 걸 태워버릴 것 같아."

"이런, 케이타." 나는 속삭이며 그를 안은 팔에 힘을 준다.

그동안 케이타가 이렇게 괴로워하고 있었다니……. 어떻게 모르고 있었을까? 자투를 배반한 것이 그에게 얼마나 깊은 영향을 미쳤는지 어째서 이해하지 못했을까? 오테라 전역에 수배 전단이 퍼졌다. 나와 하얀손, 다른 내 친구들뿐만 아니라 케이타와 우루니들도 마찬가지다. 그들은 자투를 배신했고, 제국의 붕괴를 도왔다.

그들의 친구와 가족 대부분은 그들을 경멸한다. 그들이 태어난 마을은 그들을 모형으로 만들어 불태운다.

알고 있던 모든 것을, 가지고 있던 모든 관계를 쉽게 내버리는 것은 힘들다. 상처 없이 떠날 수는 없다. 특히 소년이었다면 더더욱.

알라키에게는 기회조차 없었지만, 소년들은 오테라의 사랑받는 아들이었다. 일반적으로 생각할 때, 그들은 태생 자체에 감사해야 한다. 비록 남성이 된다는 건 어떤 감정이나 부드러움을 부정당하고 망가진다는 걸 의미하기도 하지만 말이다. 따뜻함, 편안함, 감정. 이런 것들은 오테라의 남자들에게 허락되지 않는다. 더군다나 남자들은 그래서 감사해야 한다. 자기가 그런 남자라는 점을 고맙게 여겨야 하는 것이다.

그러나 우루니들이 이런 지위를 거부했을 때, 알라키 자매들의 편에 서는 것을 선택했을 때 다음과 같은 메시지를 전한 것이다. '다른 길이 있다.' 이것이 자투 마음에 공포를 불러일으킨다. 소년들이 반란을 일으키면, 평범한 오테라인은 의문을 가지게 될 테니까. 그러다가 이전에는 생각조차 못 했던 답을 찾기 시작할 테니까.

그래서 자투는 알라키보다 우루니를 더 두려워하고 증오한다. 케이타는 알고 있다. 모든 증오를 본능적으로 느낀다. 하지만 나는 지난 몇 달 동안 누루가 되느라 너무 바빠서 눈치채지 못했다.

나는 케이타의 눈을 들여다보며 내 모든 사랑과 염려를 전하려 한다. 그가 내게 해준 것처럼 내가 그에게 해주지 못한 것에 대한 죄책감을 숨기려 애쓴다. "넌 옳은 일을 한 거야. 너도 알잖아, 케이타. 네가 자투 편에 남았다면, 진실을 알면서도 우리를 죽이고 있었을 거야. 지금도 저 아래 우리의 숙적과 함께 있었겠지." 나는 숨겨진 유리의 강 너머 산기슭을 가리킨다. 그곳에 자투가 야영으로 밤을 밝히고 있다.

케이타가 고개를 끄덕인다. "알아. 그냥 내 머리처럼 마음도 똑같이 느끼길 바랄 뿐이야."

나는 속삭인다. "서두르지 마. 시간이 약이잖아. 그리고 말해줘. 내가 다 들어줄게." 내가 윙크하자 케이타가 씁쓸하게 웃는다.

"네 말이 맞아. 말을 좀 더 해야겠다. 근데 일단 좀 자야겠어."

"당연하지."

케이타가 내 어깨에 기대고 나는 그의 등을 천천히 쓸어준다. 1년 전만 해도 그와 이렇게 가까운 사이가 될 거라고는 상상도 하지 못했다. 내가 경멸하던 소년이, 매번 나를 멸시하는 것 같던 그 소년이 지금은 나의 연인이자 동지고, 가장 좋은 친구 중 하나가 되었다.

곧 그의 호흡이 안정되고, 작게 코를 고는 소리가 들린다. 나는 그에게 담요를 둘러주고 잘 준비를 한다. 이곳은 잠들기에도 아주 좋은 장소다. 그리고 우리 둘에게는 잠이 꼭 필요하다.

9

카디리 대신관 생포 작전을 떠나는 날, 새벽부터 부산스럽다. 떠나는 일행의 변장을 완벽하게 마무리하려고 고생하는 재봉사, 명랑한 색의 여행용 가면을 씌워주는 가면 장인, 우리가 타고 갈 나무마차를 최종 점검하는 목수 들이 분주하다. 상인 행렬로 꾸미긴 했으나, 모두 자신의 우루니와 개별 마차를 타고 간다. 케이타와 내가한 마차에, 벨칼리스와 아칼란, 아샤와 라민, 아돠파와 퀘쿠, 브리타와 리가 각각 다른 마차에 타는 것이다. 우리는 번화한 무역도시출신의 행복한 신혼부부들이고, 안전을 위해 무리 지은 것처럼 보여야 한다. 우리를 죽이고 영혼을 빼앗기 위해 잠복한 죽음비명과알라키와 마주칠 수도 있으니까. 동부 지방 출신인 리가 우리의 리더이자 안내자 역할을 할 것이다.

불쌍한 카티야는 아침 내내 불안에 떤다. 그녀와 니미타, 채영 그리고 다른 세 명의 죽음비명이 그림자 팀이 되어 우리와 함께 여행할 테지만, 현재 카디리가 머무는 도시인 주샨에 도착하면 우리와 찢어져서 숲으로 들어갈 것이다. 오늘 저녁, 어스름 축제가 시작된다. 겨울 추위가 닥칠 때, 하늘을 가르며 내려오는 오요모의 강림을 기념하는 신성한 시기다. 어릴 때 제일 좋아했던 명절이다. 축제가 열리는 5일 동안 아무도 여행할 수 없다. 오요모의 여행을 방해하지 않기 위해서다. 오테라의 모든 사람은 한자리에 머물며 모닥불 주위에 모여 먹고 마신다. 카디리를 잡기에 완벽한 시기다. 그래서 하얀손이 이때를 선택했다.

나는 훈련장에 서서 마지막으로 자투 흉갑을 바라보며 숨을 깊이 들이마시고 힘을 모은다. 다시 상징이 진동하자 공기가 흔들리고 팔의 솜털이 모두 곤두선다. 나는 즉시 무릎을 굽히는 인사 동작을 한다. 비틀거리지 않고 그렇게 할 수 있다는 데 만족한다. 지난 2주간 이 자투 상징에 대한 저항력을 꾸준히 길러왔다.

"어머니 아눅." 나는 말하며 몸을 돌려 정중하게 고개를 숙인다. 그녀가 내 뒤에 나타난 것이다. 부동의 어둠이 모든 그림자를 모아들인다. 지금은 인간 크기로, 이른 아침 햇살 속에 희미한 윤곽 정도의 모습이다.

짜증이 나서 발끈하는 이그사를 제외하고는 아무도 아눅의 현신을 알아차리지 못하는 것 같다. 이그사는 어머니들 근처에 있는 걸 좋아하지 않는다. '여신들의 방'에서 화살에 당한 적이 있기 때문이다. 꼬리를 분노한 깃발처럼 높이 치켜들고 내 뒤의 덤불로 숨으며 으르렁거린다. 주변 사람들은 아무 일 없다는 듯 계속 무기를 확인한다. 그들은 내 행동도 알아차리지 못하는 것 같다. 마치 내가 갑자기 전혀 존재하지 않게 된 듯하다.

"무슨 문제라도 있나요, 신성한 어머니?"

금빛 존재들은 그들의 방을 거의 떠나지 않으며 혼자 나오는 일은 더더욱 없었다. 왜 아눅이 혼자 이곳에 온 거지?

여신이 미끄러지듯 다가온다. "별일 아니야. 배웅하러 왔다, 내 딸아. 가기 전에 마지막으로 대화하려고."

그녀의 말이 경고의 가시가 되어 나를 찌른다. 이제껏 수백 가지 임무를 수행했지만, 아눅이 개인적으로 인사하러 온 적은 없었다. 물론 이번 임무만큼 중요한 것은 없었지만, 왜 나를 다시는 못 볼 것처럼 행동하는 거지?

나는 얼굴을 찌푸린다. "신성한 어머니, 나는……."

"쉿, 데카." 아눅이 내 얼굴을 감싸 올려 그녀의 눈을 마주 보게 한다. 그러자 내 모든 생각이 나가떨어진다.

여신의 눈을 들여다보는 것은 별의 배 속을 들여다보는 것과 같다. 먼저 서늘하게 반짝거리는 하얀 눈동자가 보인다. 하지만 오래 쳐다볼수록 하얀 눈동자가 조각나며 곧 모든 것이 색색의 만화경이 된다. 잡념이 사라진다.

"다른 곳에서 이야기하자." 아눅의 목소리가 마치 멀리서 들려오는 듯하다. 그러고 나서 나는 성전 밖 호수 한가운데에 서 있다. 경내는 시끌벅적하지만 아무도 물 위에 서 있는 우리를 알아차리지 못한다.

발아래서 잔물결이 이는 호수는 너무 맑아서 바닥까지 볼 수 있을 정도다. 온갖 종류의 물고기와 생물이 헤엄친다. 나는 순간적으로 그 광경에 사로잡힌다. 대부분 한 번도 본 적 없는 생물이다. 어떤 것은 물처럼 투명하고 다른 것들은 매끄러운 양서류 같다. 일부는 뿔과 털까지 있고 지느러미발이나 물갈퀴로 물결을 쏜살같이 가르며 움직인다. 어머니들이 어딘가에서 가져온 것일까? 아니면 흡혈 덩굴처럼 만들어낸 것일까? 그때 거대하고 어두운 무언가가 내 발아래에서 스르르 움직인다. 그리고 나는 이곳이 어디고 누구와 함께인지 다시 인식한다.

아녹이 웃음 짓는다 "겁낼 것 없어, 우리 딸." 차분히 무릎을 꿇고 앉았더니 호수 수면에 무늬를 그리며 톡톡 두드려서 물속으로 나선형 파문을 보낸다. "아바바는 그냥 네가 궁금해서 저러는 거야."

아녹이 말하는 동안 아바바가 물을 휘저으며 솟아올라, 수면 바로 아래까지 온다. 바위만 한 이빨이 있고 진회색 비늘로 덮인 거대한 파충류다. 이그사가 제일 컸을 때보다 최소 스무 배는 큰 야수가 푸른 물속에서 노란 눈을 빛내며 아녹을 고요하게 바라본다. 여신이 손을 뻗어 엄청난 크기의 콧구멍을 쓰다듬어준다. 아바바는 기뻐하며 코를 킁킁거리더니 내게 다가온다. 슬쩍 움직였을 뿐인데도 물이 세차게 요동한다. 물 위에서 균형을 다시 잡기 위해 두 발을 단단히 고정한다.

일단 균형이 잡히자 나는 조심해서 아바바의 콧구멍을 쓰다듬는다. 아바바가 다시금 행복한 듯 킁킁거린다. 나는 안도해서 재빨리 손을 거두며 묻는다. "이그사와 관계가 있는 동물인가요?" 자세히 보면 닮은 점이 보이는 것도 같다. 저 비늘이나 희미하게 고양이 같은 주둥이를 보니 무언가가 있다. 수중 생물이라는 점도 그렇고.

이그사도 한때는 완전한 수중 생물이었다. 내가 호수에서 끌어낸 뒤에 다행히 육지 생활에 잘 적응했다. 여신들의 방에서 일어난 일만 아니었다면.

아녹이 일어나서 손을 닦고 고개를 저었다. "혈연관계는 아니야. 이그사도 너처럼 온전한 신성의 창조물이야. 하지만 저 둘이 같은 모습을 따라 만들어지긴 했지. 그건 사실이야."

"그러면, 바다 드라코스를 본뜬 거군요." 바다 드라코스는 심해에서 나타나 인간의 배를 파괴하는 거대한 용이다.

아녹이 끄덕인다. "그래, 바다 드라코스……. 물론 호수에 맞게 아바바의 크기는 작게 조정했지." 그렇게 말하는 어조에 어딘가 슬픈 기색이 묻어나지만, 너무 미세해서 알아차리기는 쉽지 않다.

이렇듯 어머니 아녹은 숨기려고는 하지만, 어머니들 중 유일하게 슬픔을 보인다. 다른 어머니들은 행복, 분노, 분개 같은 것은 느껴도 슬픔은 절대 보이지 않는다.

문득 여신들이 산에 가져온 모든 변화가 생각나서 말한다. "어머니는 많은 것을 만들어냈잖아요. 이런 일이 나머지 오테라에도 생기는 건가요?"

아녹이 어깨를 으쓱한다. "아마도. 새로운 시대는 새로운 경이가 필요하니까."

나는 간절히 고개를 끄덕인다. "그때가 빨리 왔으면 좋겠어요."

여신들이 완전한 힘을 되찾으면 우리는 마침내 전쟁을 멈추고, 자투와 신관들로부터 우리를 지킬 수 있게 된다. 모든 사람이 평등해질 기회를 얻는 것이다. 나도 마침내 쉴 수 있을 거다. 어쩌면 케이타는 물론이고 다른 친구들과 함께 멀리 낙원의 섬 같은 곳에 갈 수도 있겠지.

"머지않았어. 곧 때가 될 거야."

"하지만 우리는 그렇게 될 때까지 싸워야 해요."

아녹은 동의하며 고개를 기울인다. 무한한 세월의 무게가 그녀의 움직임을 느리게 한다.

우리에게 선택의 여지가 없다는 것을 알고 있다. 자투가 만들어내는 피해와 그들이 앗아가는 목숨을 최소화해야 한다. 앙고로까지 다 해결하고 나서 여신들이 다시 한번 등극하면 많은 일을 해낼 수 있을 것이다. 물론 내가 성공하고 여신들이 다시 등극하더라도 어쩔 수 없는 게 하나 있을 것이다. 잃어버린 생명을 되살리는 일. 여신들은 죽음비명을 창조한 뒤에는 죽은 이를 되살리는 힘을 포기했다. 아직 내게 말하지 않은 문제도 좀 있을 것이다. 그러니 자투가 끈질기게 우리를 멸종시키려 애쓰는 동안에도 우리는 가능한 한 많은 사람을 살려야 한다.

내 상념이 너무 길어지자 아녹이 말한다. "용기를 잃지 마, 데카. 때가 되면 모든 게 잘될 거야. 하지만 지금은 네게 작별 인사를 전할게."

'작별 인사'라는 말을 듣자 나는 불안에 휘감긴다. "내게 말해주지 않은 게 뭐죠?"

아녹이 눈을 깜박인다. 너무 빨리 지나가는 표정을 알아차리지 못할 뻔했다. 하지만 그 표정은 이미 뱃속에 자리 잡은 불안을 더 팽팽하게 조인다. 어머니들과 함께 보낸 수개월 동안 어느 여신도 눈을 깜박이는 걸 본 적이 없다. 절대로.

아녹이 약간의 시간을 두고 말한다. "따라와." 그러고는 물속으로 내려간다. 너무나도 자연스럽게 수면 아래로 미끄러져 들어가는 모습이 마치 오테라의 할머니가 산책을 나서는 것 같다. 그 할머니가 어둠을 망토처럼 두른 여신이라면 말이다.

나는 재빨리 그녀를 따라 바로 물속으로 들어간다. 물살이 바람처럼 나를 스쳐 지나고 호기심에 찬 물고기들이 나를 쳐다본다. 숨쉬기가 쉬워도 놀라지 않는다. 아녹은 그림자와 마찬가지로 분자를 지휘한다. 절대 나를 위험에 빠뜨리지 않는다.

여신이 물속 언덕 위에서 기다린다. 마침내 내가 도착하자, 유백색 물고기 떼가 아녹 주위에 몰려들어 그녀의 로브를 야금거린다. 나는 아녹 맞은편의 땅딸막한 둥근 산호 위에 자리 잡는다. 그리고 안절부절못하며 기다린다. 엿보는 눈을 피해 이곳으로 데려온 데는 이유가 있다. 내가 질문했을 때 아녹이 눈을 깜박인 이유. 설명을 기다려야 한다.

아녹이 가까이 다가와 내 안세타 목걸이를 응시한다. 아직 여행복장을 갖추지 않은 터라 지금은 그냥 로브 위에 목걸이를 하고 있다. 아녹이 갑자기 목걸이를 들어 올리더니 집중하는 표정으로 계속 응시한다. 꽤 긴 시간이 지난 후에야 마침내 시선을 드는 아녹의 눈은 결의로 가득 차 있다. 하지만 내 불안은 커진다.

"몇 가지만 기억했으면 좋겠어, 데카. 이 목걸이는 네가 누루라는 증거야. 우리와 마찬가지로 신성한 존재라는 증거지. 이건 우리 각각의 피를 담고 있어. 우리가 하나임을, 우리 모두 신이라는 사실을 상기시키는 것이지. 묻고 싶은 게 생길 때마다 기억해. 답은 이 핏속에 있다는 걸."

이제 아녹의 눈빛은 나를 꿰뚫고, 모든 것을 지워버리는 흰빛이 내 시야를 좁혀 오로지 그녀만 보인다. 더 이상 물이나 물고기, 근처에서 졸고 있는 아바바가 보이지 않는다. 보이는 것은 오로지 아녹뿐이다.

"답은 어디에 있지, 데카?" 아녹의 목소리가 마치 내 몸을 관통해 울리는 것 같다.

"핏속에 있어요." 나는 조용히 대답한다. 피곤하다. 이유는 모르지만 문득 너무나 피곤해진다.

"너는 뭐지?"

"누루예요."

"그리고?"

"완벽히 신성한 존재죠."

"무엇처럼?"

"당신처럼요."

"늘 기억해. 그리고 이제 자거라." 내 이마를 쓰다듬는 아녹의 눈빛이 슬프다. 그런 다음 어둠이 모든 것을 집어삼킨다.

깨어나 보니 다시 훈련장이다. 안세타 목걸이를 쓰다듬으며 생각한다. 방금 뭔가 너무나 중요한 일을 겪은 기분이 든다. 왜 그런지 궁금하지만 이유는 잘 모르겠다.

그날 오전, 친구들과 함께 평소 출발 지점인 성전 안뜰로 향하는데, 온몸이 긴장으로 똘똘 뭉친다. 경이로운 광경이 눈앞에 펼쳐진다. 싱그러운 열대 정원 주변은 허공에서 떨어지는 폭포에 둘러싸여 있다. 그러나 머릿속에는 우리에게 닥친 임무뿐이다. 이곳을 떠나면 동부 지방의 중심, 주샨으로 곧장 가게 된다. 그곳에서 신속하게 카디리를 납치해, 은밀히 데리고 나와 심문해야 한다. 실수 하나만 해도 자투가 그를 깊숙이 숨겨 다시는 찾을 수 없게 될 것이다. 그렇게 되면 결과는 상상할 수도 없다.

'오테라 전역에서 고문당하고 처형되는 소녀들. 죽어가는 어머니 여신들……'

그 생각만으로도 불안에 휩싸여서, 호흡을 고르려 애쓰며 안뜰 가운데 금맥을 두르고 솟은 네 개의 석상을 바라본다. 하얀손이 그 옆에 서서 석상들이 내민 손바닥 위에 떠 있는 작은 황금빛 공을 응시한다. 오래전 자투가 어머니들을 가두었을 때 그녀들이 흘린 신성한 눈물을 상징하는 것이다.

하얀손이 내게 걸어와 조용히 말한다. "이걸 볼 때마다 네 어머니가 떠올라. 우무가 편히 잠들기를. 우무는 진정 훌륭한 사람이었어."

하얀손이 애정을 담아 내 생모에 대해 말하니 행복한 온기가 나를 감싼다. 그도 그럴 것이 어머니는 하얀손의 제자였다. 그들이 와르투베라에서 그림자단으로 활동하는 동안, 하얀손은 어머니를 특별히 선택해서 황금 눈물을 선물했고, 그것이 나로 변모했다. 가끔 하얀손 곁에 있으면 어머니와 가까이 있는 느낌이 든다. 어머니는 내 존재의 비밀을 지키려 애쓰다 2년 전에 죽었는데 말이다.

하얀손에게 속삭인다. "아직도 어머니가 보고 싶어요. 특히 지금. 모든 일이 일어나고 있으니까요."

'자투의 부활, 깨어난 신비한 도구……'

굳이 말할 필요는 없다. 하얀손도 이미 알고 있으니까.

하얀손은 위로를 내비치며 고개를 끄덕인다. "이런 말이 있어, 데카. 신들이 춤추면 인간은 떤다. 요즘은 춤이 많네. 다행히도 누루로서 네가 춤의 방향에 관여하고 있고."

그러고서 하얀손은 더 가까이 다가온다. 그 눈빛에 결의가 담겼다. "이 여정을 이어가는 동안 기억해줬으면 하는 게 있어, 데카. 네가 누구를 위해 싸우고 있는지 늘 명심해. 피의 자매들, 그들이 너의 가족이자 집이야."

나는 미간을 좁힌다. 그녀의 말이 왠지 어떤 기억을 할퀸다. 어떤 것인지는 확실치 않지만. 아무튼 하얀손은 왜 이것이 작별 인사인 양 하는 걸까? 나는 전에도 이런 임무를 수없이 수행했다. 물론 이만큼 중대한 임무는 아니었지만, 그래도 다른 것과 마찬가지로 이번 일도 그저 하나의 임무다. 그래서 오늘 아침에 어머니 아녹이……

그 생각은 하얀손의 시선을 따라가는 동안 순식간에 사라진다. 하얀손이 내 친구들을 바라보고 있다. 그 눈빛이 너무 심각하다. "너는 어머니들에게 빚진 것을 넘어 어머니들에게 책임이 있어." 하얀손의 말은 다시 한번 내가 잘 기억하지 못하는 무언가를 상기시킨다.

나는 끄덕인다. "절대 잊지 않아요."

"상황이 바뀌면 그런 확신이 얼마나 시험받는지 놀라게 될 거야." 씁쓸한 미소가 하얀손의 입술을 스쳐 가지만 그녀는 재빨리 감추고 손을 내젓는다. 저 씁쓸한 미소의 이유가 무엇이든, 그게 또 다른 비밀임을 안다. 말해주지 않으리라는 것도 안다. 그래서 나는 고개를 끄덕인다. "그럼 이제 동쪽으로 떠나라. 그리고 기억해. 너무 여러 번 죽지는 마. 그건 전사에게 어울리지 않아."

"네, 카르모코."

"그리고 데카……."

"네?"

하얀손을 바라보자, 이상한 표정이 떠오른다. 공허해 보이는 눈빛이 봉헌식에서 기억이 지워진 개종자들을 생각나게 한다. 살갗에 소름이 돋는다.

하얀손은 고개를 젓는다. "아무것도 아니야. 어서 가, 친구들이 떠날 준비가 됐네."

나는 두려움을 느끼며 하얀손에게 무릎을 굽혀 존경을 표하고, 마차를 점검하는 친구들에게 다가간다. 하얀손의 동료인 에쿠스 브라이마와 마사이마도 있다. 이번 여정에는 함께하지 않기에 배웅하려고 기다리는 것이다.

마사이마는 내가 입은 경박한 파란색 로브와 이마에서 코까지 얼굴을 덮는 샛노란 반가면을 보고 인상을 쓴다. "조용한 아이, 뭘 입은 거지?" 에쿠스들이 별명을 부르며 진저리 친다.

"변장이야." 차분히 대답하지만 재미있다. 이 형제는 내가 튼튼한 전투복을 입고 전투 가면을 쓴 것만 봐왔다. 아니면 누더기 같은 옷을 입었거나. 그들을 처음 보았던, 내가 학대당하고 너덜너덜했던 때가 기억나자 내 얼굴에서 웃음이 금세 사라진다.

"안 어울려." 브라이마가 코를 킁킁거리며 검은 줄무늬 갈기를 넘긴다.

나는 고개를 끄덕이며 얼굴에 맺힌 땀을 닦는다. 이런 가면은 편의가 아닌 장식을 위해 만들어진 거고, 적어도 복장에 관해서 나는 실용적인 것에 익숙하다. "전적으로 동의해. 차라리 갑옷 입고 전투 가면을 쓰고 싶어."

적어도 그것들은 편하다.

"머리는 맘에 들어." 마사이마가 또각거리며 다가온다.

마사이마는 머리를 먹어보고 싶은 것이다. 평범한 오테라 여성처럼 보이도록 머리카락 비슷한 검은 갈대를 써서 등까지 땋아 내렸기 때문이다.

고맙게도, 날개의 펄럭임 덕에 새로운 머리 모양이 마사이마의 오후 간식이 되는 일은 면한다. 멜라니스가 도착하고, 늘 그렇듯 숭배자 무리가 뒤따른다. 멜라니스도 우리와 함께 갈 것이다. 필요할 경우를 대비한 추가 병력으로써. 우리 능력은 무시할 수 없지만, 누구에게도 신속한 도주를 가능케 해주는 날개가 없다.

멜라니스가 도착할 때쯤 되니, 군중은 안뜰 전체를 가득 채울 정도로 늘어나고 모두 열렬히 그녀를 배웅한다. 그녀가 어디로 무엇 때문에 가는지도 모르는 채. 이 작전은 철저히 비밀에 부쳐져, 참가자와 장군들만이 세부 사항을 알고 있다.

멜라니스가 숭배자들에게 자애롭게 웃어주며 안뜰을 가로질러 날아가는데, 내 옆에서 브리타의 짜증스러운 콧소리가 난다. "뭐, 내가 저 여자에 대해서 확실히 말할 수 있는 게 있다면, 숭배를 끌어내는 방법을 제대로 안다는 거야."

브리타의 우루니인 리가 히죽거린다. "질투하는 거지?" 리는 잘생긴 동부 소년으로 키가 크고 날씬한 데다 매력적인 사람 특유의 편안한 쾌활함을 지녔다.

리와 브리타는 와르투베라에 있을 때 늘 티격태격했고, 이제 리가 돌아오자 다시 그러고 있다.

브리타가 말을 더듬는다. "질투하는 게 아니라, 그냥 좀 과하다는 거지. 뭣 때문에 저렇게 맨날 펄럭대면서 다니는 거야."

그 옆에서 벨칼리스가 어깨를 으쓱하고 멜라니스에게서 한시도 눈을 떼지 않은 채 말한다. "금빛 날개와 반짝이는 피부를 가지게 되면 알게 되겠지."

나는 잠시 벨칼리스를 바라보며 호기심을 가진다. 벨칼리스는 아돠파가 메루트를 바라볼 때처럼 열렬하게 멜라니스를 응시하지만, 그런 종류의 열정은 아닐 거라고 짐작한다. 첫 자손, 남성, 여성, 안다우. 벨칼리스가 그 누구에게라도 로맨틱하게 반응하는 걸 본 적이 없다. 원래 그랬는지 아니면 과거 때문인지는 모르지만, 직접 물어볼 정도로 어리석지는 않다. 그리고 더 중요한 건, 나는 그런 질문을 할 처지가 아니다. 게다가 비밀을 지키는 게 중대한 기술이라면, 벨칼리스는 하얀손의 수제자가 될 수도 있다. 아무리 캐물어도 혹은 고문까지 해도 그녀가 공유하고 싶어 하지 않는 정보는 절대 새어 나오지 않을 것이다.

브리타는 다시 흥흥거리다가 손에서 굴리던 조약돌을 내려다본다. 새로운 습관이다. 따끔거림이 빠르게 살갗에 번져서 나는 인상을 쓴다. 요즘 이런 따끔거림을 점점 더 자주 느끼는데, 대개 브리타나 벨칼리스 아니면 아돠파 근처에 있을 때다.

브리타가 거들먹거리며 활짝 웃는다. "날개나 반짝이는 피부 같은 건 잘 모르지만 나한테도 그만큼 멋진 게 있을지도 모르지."

내가 묻는다. "그게 뭔데?"

브리타가 의미심장하게 대답한다. "두고 보면 알 거야."

내가 눈살을 찌푸리는데 케이타가 우리 마차 앞에서 손을 흔든다. 케이타와 내가 타고 갈 마차는 1년 조금 더 전에 하얀손이 나를 남쪽으로 데려갈 때 탔던 것과 거의 같은, 상자 모양의 나무 마차다. 다만 이번에는 좌석을 화려하게 자수 놓인 방석으로 꾸몄고 앞창과 옆창은 마찬가지로 장식된 커튼으로 가렸다. 신혼인 척해야 하니 어느 정도 축제 분위기가 필요하기 때문이다. 우리 모두 어울리는 로브도 맞춰 입어서 완벽한 변장을 기했다. 케이타와 나는 똑같은 파란색 로브를 입었고, 그의 얼굴을 가리는 노란색 후드 모자는 내 노란색 반가면과 짝을 이룬다.

"마차는 준비 완료됐어." 앞자리에 앉은 케이타가 말하며 자기 옆을 두드린다.

케이타가 벌써 이그사를 고삐에 묶어두었다. 당연하게도 내 파란색 반려동물은 눈에 띄게 잘생긴 말로 변신했다. 색깔만 빼고는 모든 면에서 실제 말과 똑같다. 색은 절대 바꿀 수 없지만 그 정도는 문제없다. 이그사의 재능 중 하나가, 사람들이 보고 싶은 대로 보도록 속일 수 있는 능력이다. 이그사를 처음 와르투베라로 데려왔을 때, 가까운 친구들을 제외한 모든 사람이 이그사를 귀엽고 작은 고양이인 줄 알았다. 그때 이그사는 새끼 고양이 모습이었으니까. 하얀손이 내게 이그사의 전투 형태를 드러내도록 했을 때 비로소 다른 사람들은 이그사의 본모습을 보게 되었다.

오늘 이그사는 내가 보기에 멋진 푸른 말이지만 다른 사람들에게는 아마도 회색으로 보일 거다. 만일 이그사가 인간 모습으로도 변신한다면 섬뜩하겠지만, 다행스럽게도 그건 유일하게 이그사에게 불가능한 변신이다.

내 생각에는 그렇다.

마차에 오르다가 치마가 발에 걸려서 투덜거린다. 단순하고 편한 로브에 너무 익숙해져서 고상하고 격식 차린 복장이 성가시다. 어색하게 올라가서 케이타 옆에 앉자 그가 숨죽여 히죽거린다.

"뭐가 그렇게 웃기니?"

케이타는 이제 숨기려고도 하지 않고 웃음을 터뜨린다. "그게, 꼭 닭장으로 들어가려고 애쓰는 완전 열 받은 암탉처럼 보여서 말이야."

"안 그랬어." 내가 쏘아붙이지만, 케이타는 눈물까지 흘려가며 더 크게 웃을 뿐이다.

"네가 도와주면 좋잖아." 투덜거렸지만 솔직히 나도 좀 웃겨서 웃음을 감추고 겉으로는 화난 척한다. 케이타는 보통 오늘처럼 대놓고 웃지는 않는데……. "넌 남편인 척해야 하잖아. 나를 돌보는 것도 그 일부야. 좀 더 챙겨줘야지."

적어도 우리는 그렇게 배웠다. 오테라에서 남편은 아내를 돌봐야 한다. 음식과 집을 제공하고 보호해주는 그런 의무 말이다. 모두 '무한의 지혜들'이 내린 명령이다. 전에는 그것이 사랑의 궁극적인 표현인 줄 알고 낭만적이라 여겼다. 이제 나는 그것이 무엇인지 안다. 또 다른 통제의 수단이다. 오테라의 여성들은 집 밖에서 일하고 돈을 벌거나 재산을 상속받을 수 없다. '무한의 지혜들'이 명백히 금한다. 그래서 대부분의 오테라 여성이 항상 남편과 아버지에게 의존하게 된다. 여자들은 영원히 아이들인 채로 삶의 모든 면을 남성에게 의지하는 것이다. 그것이 바로 '지혜'의 저자들이 의도한 것이다. 돈을 벌지 못하니 선택권이나 의지도 갖지 못한다.

그렇기는 하지만……. 나는 케이타의 아내인 척하는 게 진심으로 기대된다. 아마도 이 임무의 압박감 때문일 거다. 카디리를 납치하고 심문하여 앙고로를 사용하는 자를 찾는 일이 우리에게 달렸다. 그래서 케이타가 내 손을 잡고 이끌면서 오테라의 남편들이 해주는 모든 일을 해주는 척하면 잠시라도 부담감을 덜 수 있을 것 같다. 내 손을 잡는 케이타의 손과 나를 감싸는 그의 향기에 집중할 수 있다면, 가슴을 짓누르는 두려움을 무시할 수 있을 텐데…….

케이타는 나를 감싸 안고 가까이 끌어당긴다. "걱정하지 말아요, 부인." 일부러 위엄 있는 척 꾸민 말투로 내 걱정을 떨쳐주려 한다. "동부 지방에 도착하면 당신이 원하는 대로 잘 돌봐줄게. 음식도 먹이고 안고 다니고 말 잘 들으면 재워줄 수도 있지." 눈썹을 장난스레 꿈틀거리는 케이타를 보니 내 뺨이 뜨끈해진다.

그때 풀을 밟는 발소리가 들린다.

멜라니스가 우리 앞에 선다. 그녀가 입은 할머니용 낡은 갈색 로브는 오늘 아침 일찍 재봉사가 맞췄다. 이제 멜라니스의 손에는 굽은 나무 지팡이까지 들렸다. 등에 새로 자리한 혹과 완벽하게 어울린다. 날개를 아주 살짝 들어 만들어낸 굽은 등은 거동이 불편한 노파를 표현하기에 제격이다.

나는 의아해서 묻는다. "멜라니스, 무슨 문제라도 있나요?" 그녀는 브리타의 마차로 가기로 돼 있었다.

"응." 멜라니스는 대답하고 우리 마차 뒤쪽으로 가서 나무 문을 연다. 안을 들여다보고는 만족스레 고개를 끄덕인다. "네 친구의 마차는 편하지 않아. 난 이걸 타고 갈게."

"하지만 내 생각에는……."

멜라니스가 여신들의 시대에 쓰던 하얀손의 이름을 말하며 묻는다. "파투가 나를 브리타 마차에 배정했다고? 물론 그랬겠지. 파투는 언제나 내가 싫어하는 걸 다 알고 있으니까 늘 그렇게 하지."

멜라니스의 말이 불편해 나는 찌푸린다. "멜라니스, 당신과 하얀손은 왜……."

그러나 멜라니스는 고개를 들고 허공에 튀는 전류에 관심을 빼앗긴다. 곧 멜라니스가 헐떡이고 그 얼굴에 숭배의 감동이 번진다. "어머니들이 오셔."

한순간 성전 안뜰이 텅 비고, 그다음 금빛 존재들이 나타난다. 햇살처럼 밝은 여신들이 우리 위에 둥실 뜬 흰 구름에 에워싸여 있다.

어머니들의 목소리가 하나로 울린다. "오늘은 중대한 날이다. 우리의 사랑하는 딸 누루, 데카와 두 번째 전쟁 여왕 멜라니스가 우리 최정예 전사들과 함께 승리에 한 걸음 더 가까이 다가가기 위한 여정을 떠난다."

환호성이 퍼지지만 내게는 들리지 않는다. 갑자기 어머니 아녹에게 신경이 쓰인다. 그녀가 다른 여신들과 마찬가지로 앞을 바라보고 있음에도 왠지 나를 보는 듯한 느낌이 든다. 나는 인상을 쓴다. 어째서 뭔가 중요한 것을 잊은 느낌이 들지? 오늘 아침을 돌이켜보면 어머니 아녹이……

생각이 너무 빨리 빠져나가 나는 눈을 깜빡인다. 혼란스럽다. 내가 무슨 생각을 하고 있었지?

신경과민인 게 틀림없다. 이번 임무에 대한 불안 때문이다.

어머니들이 몇 마디 더 하지만 거의 들리지 않는다. 지난 며칠간 계속 되뇌었던 다짐을 되풀이하느라 바쁘다. '카디리 대신관을 잡아. 그를 이용해서 누가 앙고로를 가졌는지 밝혀내. 실패하지 마.' 다시 위를 올려보자, 이미 여신들이 연설을 마치고 멜라니스가 마차 뒷문으로 올라타고 있다. 마차의 작은 창을 통해 그녀가 안에서 편하게 자리 잡는 것이 보인다. 나는 한숨을 쉬며 긴장으로 악문 이를 풀려고 애쓴다. 케이타가 눈치채고 내 손을 잡는다.

"괜찮아, 데카. 모두가 함께하잖아. 너무 벅차더라도 내가 여기 있잖아. 넌 혼자가 아니야."

나는 고개를 끄덕이면서도 그가 내 상태를 너무 잘 알아챈다는 데 놀란다. 어떻게 케이타 같은 사람을 만났을까?

케이타는 더 이상 나를 보고 있지 않다. 그의 시선은 더 가까이에 떠 있는 어머니들에게 쏠려 있다. 케이타가 속삭인다. "준비되신 것 같아. 출발할 시간이야."

그의 시선을 따라가자 여신들이 손을 흔든다. 즉시 공기 중에서 타닥거리는 소리가 나더니 힘이 쌓이고 합쳐진다. 갑자기 마차 앞의 공기가 갈라지더니, 칼에 잘리는 양피지처럼 가운데가 쪼개진다. 가장자리가 말려 벌어지더니 숲속의 작은 빈터가 나타난다. 얼룩덜룩한 햇빛이 이끼 낀 초록 땅에 떨어진다. 경외의 감탄이 절로 새어 나온다. 어머니들이 이런 일을 행하는 것을 나도 몇 번밖에 보지 못했는데, 꼭 필요한 경우에만 그랬다. 어머니들은 최근 앙고로나 다른 것들 때문에 너무 약해져서 이런 일은 드물게만 할 수 있다. 눈 깜짝할 시간에 대륙을 횡단할 수 있게 해주는 문이다.

어머니들이 이걸 지금 할 수 있는 건 기운을 아껴왔기 때문이다. 개종자들이 봉헌식에서 드린 모든 기도를 축적해 우리 여행을 더 쉽고 안전하게 하는 것이다. 그 희생의 크기가 나를 무겁게 누르지만, 그에 압도되어서는 안 된다.

어머니들이 원하지 않을 것이다.

"우리의 축복을 받아서 가거라." 어머니들이 외치고 우리에게 웃음 짓는다.

내게.

나는 친구들 쪽으로 몸을 돌린다. 그들이 탄 마차가 우리 뒤에 줄지어 서 있고 그 옆에 죽음비명들이 있는 것을 보고 말한다. "출발할까?"

고삐를 휘두르자 말들이 첫걸음을 내디딘다. 나는 케이타의 손을 꼭 쥐고 어머니들의 문을 통과해 숲을 향해 나아간다. 저 문 너머에는 어떤 위험이 도사리고 있을까.

10

 여름의 동부 지방은 북부를 바로 떠올리게 하는데, 아주 비슷해서 깜짝깜짝 놀란다. 햇살이 아롱지는 빈터에 나무가 높다랗게 솟아 있고, 가시 날개가 달린 울타리박쥐와 밝은 초록색의 나무생쥐가 가지 사이를 질주한다. 나른하고 따스한 바람이 수풀을 살랑이며 익숙한 낙엽과 습기 냄새를 실어온다. 내가 감지할 수 있는 유일한 차이점은 계절이 거꾸로 됐다는 것이다. 이르푸트는 이제 초겨울로 접어들었을 것이다. 나무에는 환한 붉은색과 주황색 단풍이 나타난 지 오래고 곧 첫눈이 내릴 것이다. 그러나 이곳의 나무는 여전히 밝은 초록 잎으로 덮여 있다. 그리고 이상하게도 주변의 많은 나무가 마치 갈대처럼 길고 가늘다. 게다가 저마다 빽빽한 덤불처럼 자라올라 전체적으로 거대한 초록 벽처럼 보인다. 아베야 주변 '개화'에서 온갖 나무를 다 봤다고 생각했는데, 이런 건 처음 본다. 그러나 그 점을 제외하면 마치 이르푸트 외곽 숲으로 곧장 돌아간 것만 같다. 그 숲에서 나는 야생 버섯을 채집했고 한때 아버지라고 생각했던 사람은 겨울철 침대에 깔 모피를 위해 털 많은 사슴을 사냥하러 숲속으로 더 깊이 들어갔다.

나와 케이타의 마차가 먼저 멈추고, 다른 마차들도 재빨리 차례로 멈춰 선다. 모두 손을 흔들며 카티야, 니미타, 채영 그리고 나머지 죽음비명들에게 인사한다. 그들은 숲으로 더 깊이 들어가 작전 시작 신호를 기다릴 것이다. 아베야는 이른 오후였지만 이곳은 거의 저녁 무렵이다. 눈 깜짝할 사이에 대륙을 횡단했기 때문에 시간이 다르다. 정말이지 경외감에 몸이 떨린다.

브리타가 뛰어내려 주변을 한 바퀴 돌고 웃으며 말한다. "이것 봐, 데카! 다시 고향 마을에 온 것 같아."

고향 마을. 갑자기 그 단어가 수천 개의 돌덩이 같은 힘으로 나를 강타한다.

숨을 쉴 수 없다.

고향 마을에서 그들이 나를 신전 지하실에 가두고 몇 달 동안 고문했다. 고향 마을에서 그들이 나를 죽이고 또 죽여서 황금의 피를 받았다. 그리고 내 몸을 산산조각 내어 바닥에 흩어놓고, 그것들이 기어서 다시 합쳐지는 것을 역겨워하며 바라봤다.

'여기가 고향 마을이라고?' 모든 근육이 긴장하고 시야가 어두워진다. 머리가 쥐어짜이는 듯한 압박감으로 두개골이 터질 듯하다. 쥐어짜고 또 쥐어짜고…….

"데카! 데카!" 케이타가 감싸 안지만 이미 넋이 나간 나는 대답하지 못한다. 케이타가 브리타를 부르는 소리도 겨우 들린다. "브리타, 데카가 또 이상해졌어!"

모든 것이 언뜻언뜻 빛과 움직임으로 스쳐 지나간다. 그곳으로 다시 돌아왔다. 모든 것이 끔찍하게 잘못되었던 곳으로 돌아왔다. 어쩌다 여기로 돌아왔지? 내가 어떻게…….

부드럽고 따뜻한 팔이 내 등을 길게 천천히 쓰다듬는다. 브리타가 부드럽게 말한다. "괜찮아, 데카. 여긴 이르푸트가 아니야, 그냥 그렇게 보이는 거지. 저기 봐, 저 나무들을 봐. 가느다랗잖아."

브리타의 손가락을 따라 느릿느릿 시선을 옮겨 아까 봤던 나무를, 갈대처럼 생긴 나무를 본다.

브리타가 말하며 계속 차분히 내 등을 쓰다듬는다. "저런 나무는 북쪽에 없어. 넌 안전해. 내 사랑, 안전해."

'안전하다……'

그 말과 함께 나무의 모습이 어둠을 가르고 다가온다. 떨림이 점차 잦아들고 마침내 근육을 다시 제어할 수 있게 된다. 고개를 들어 브리타와 나를 둘러싼 사람들을 보니 다들 걱정스러운 표정이다. 이렇게 강한 발작은 드물지만 나는 원인을 정확히 알고 있다. 내가 이곳, 악몽이 시작된 곳과 비슷한 곳에 있기 때문이다. 공포가 다시 솟는다. 등골을 긁어 올리는 날카로움에 나는 다시 그 갈대 같은 나무들을 바라보며 심호흡한다. 한 번, 두 번.

'여기는 이르푸트가 아니야. 여기는 이르푸트가 아니야.'

머릿속으로 되뇌며 통제한다. 서서히 공황이 사라지고 당혹감이 밀려온다.

"이제 괜찮아." 케이타의 품과 브리타의 팔에서 재빨리 몸을 빼낸다.

왜 아직도 이렇게 약한 거지? 이제는 극복해야 한다.

눈물에 목이 메어 망토로 얼굴을 가린다. 케이타가 팔로 나를 다시 감싸자 수치심이 더 깊어진다. 벗어나려고 하면 할수록 더 꽉 안는다. 결국 나는 포기하고 그 온기에 잠긴다. 케이타의 깨끗하고 미묘한 향기가 나를 감싼다.

브리타가 사람들에게 말하는 소리가 들린다. "이제 됐어. 다들 마차로 돌아가자."

그들은 마지못해 물러난다. 한 명만 빼고.

케이타가 딱딱하게 말한다. "데카에게 잠시 혼자 있을 시간이 필요한 것 같아요."

멜라니스 목소리가 들린다. "그럼 넌 왜 곁에 있는 거지, 필멸의 아들?"

내가 고개를 돌리니 멜라니스가 마차 앞에 서서 미간을 찌푸리며 바라본다. 여전히 할머니처럼 변장하고 있지만 붉은 행운 가면을 머리 위로 올려서 맨얼굴이 보인다. 못마땅한 표정이다.

나는 경직된 채 변명한다. "전쟁 피로증이에요. 지하 감옥에서 몇 달 동안 고문당했거든요. 참수, 사지 절단, 화형⋯⋯."

"그래서 뭐, 잠시 광기에 사로잡혔다?" 멜라니스는 이그사가 으르렁대도 개의치 않고 다가온다. 이그사는 여전히 말 모습으로 있지만 멜라니스를 향해 경고의 이빨을 날카롭게 세운다.

'데카!' 이그사가 으르렁거린다.

멜라니스는 이그사를 쳐다보지도 않는다. "난 수 세기 동안 불태워졌어. 그게 어떤 느낌인지 아는가, 영광스러운 누루?" 아직 어지러운 상태지만 목소리에서 조롱을 감지한다. "광기에 무너졌다가 다시 돌아오는 길을 찾지. 그리고 다시 무너져. 수십 년 동안 곤두박질치다가 다시 허우적거리며 올라오는 거야. 그 고통, 굴욕, 분노⋯⋯."

멜라니스의 눈이 내 눈을 꿰뚫는다. "내 말 들어, 어머니들의 누루. 네가 겪은 모든 것, 네가 견딘 고통은 아무것도 아니야. 기껏해야 가벼운 깃털에 닿은 수준이지. 그걸 수천, 수백만 배 곱하면 진정한 고통이 무엇인지 알게 될 거야. 나는 너무 오래 타서 피부가 벗겨지고 살 속 지방이 부글부글 끓어올랐어. 내 눈이 나을 때면 불꽃이 치솟아 다시 눈이 터졌어. 때로 놈들은 잔인하게도 잠시 치유되게 놔뒀어. 그런 나를 앞에 두고 기도를 암송하다가 나를 다시 태웠어."

그녀의 시선이 나를 옭아맨다. "천 년 동안 불타봐, 데카. 내 살타는 냄새가 향수인 양 익숙해져. 각 부위가 어떻게 부서지고 다시 치유되는지도 자세히 알게 돼. 그런 다음에야 나한테 전쟁 피로증이니 고문이니 하는 웃기지도 않는 말을 할 수 있을 거야."

그러고서 멜라니스는 날개를 확 펼쳐 숲속으로 사라진다.

불안이 깊어진다.

수치심도.

주위의 모든 이가 친구와 가족을 잃고 가장 끔찍한 방법으로 고문당했다. 벨칼리스만 해도 수년 동안 매음굴에서 폭행과 죽임을 당했지만, 나처럼 통제력을 잃은 적은 없다. 그렇다. 벨칼리스는 악몽을 꾸고 환영에 심하게 괴롭힘당해 많은 밤을 뜬눈으로 새우지만 아침이면 괜찮은 듯 다른 사람과 마찬가지로 일상을 보낸다.

왜 나만 그런 기억에 젖어 있는 걸까? 왜 나만 약한 거지?

손을 내려다본다. 이 손은 자투, 죽음비명, 인간 들을 죽이고 제국을 무너뜨릴 만큼 강하다. 하지만 어두운 생각에서 자신을 지키지는 못한다.

"멜라니스의 말은 틀렸어, 알잖아." 여전히 나를 감싸고 있는 케이타가 말한다. 올려다보니 사려 깊은 금색 눈이 멜라니스에게서 나에게로 시선을 돌린다. "네가 이르푸트에서 견뎌낸 건 절대 하찮은 일이 아니었어. 내 가족의 죽음이나 다른 이들의 죽음도 그렇고……."

가족을 잃은 우루니는 케이타만이 아니다. 리와 아칼란도 마찬가지다. 벨칼리스의 우루니였던 아칼란은 믿음이 강하고 자만심 강한 자투였다. 그러나 이제 그들은 가족에 대해 말도 꺼내지 않는다. 하긴 나는 케이타처럼 그들과 가깝지는 않다.

"모든 경험이 중요해. 어떤 경험이 다른 경험보다 더 중요한 게 아니야. 어떤 장소에서는 숨쉬기 힘들 때도 있는 거야. 나도……." 숨을 크게 들이마시고서야 말을 잇는다. "우리 가족이 살해당한 집에는 발도 들일 수 없어."

나는 속삭인다. "케이타." 심장이 찢어진다. 그가 이 말을 하는 게, 그저 그 말을 꺼내는 것만으로 얼마나 힘든지 안다.

케이타의 가족은 그가 겨우 여덟 살이었을 때 죽음비명에게 살해당했다. 어머니, 아버지, 형제들. 모두가 눈 깜짝할 사이에 사라졌다. 여신들의 성전 근처에 여름 별장을 지었기 때문에 살해됐다. 전 황제는 그 여름 별장이 생명의 위협이 될 거라고 경고해줄 수 있었다. 그 당시 죽음비명들은 인간의 모습과 공포의 냄새에 흉포하게 반응했다. 죽음비명의 생존을 위해 여신들이 선물한 본능이었다. 황제는 알고 있었다. 알라키, 죽음비명, 여신들에 대해 전부. 그런데도 케이타의 부모를 죽게 내버려뒀다. 사실상 그들의 죽음을 계획했다.

내 고향 마을 사람들이 보여준 사악함은 전 황제가 저지른 범죄의 광폭함에 비하면 별것도 아니다.

케이타가 나를 꼭 끌어안자 그의 숨결이 내 머리카락을 흩날린다. "바로 거기에 있어, 성전 바로 너머에. 내가 원한다면 이그사를 타고 한 시간도 안 걸리게 갈 수 있지. 하지만 가까이 갈 때마다 목이 죄는 느낌이 들어. 돌덩이가 가슴을 누르는 것 같아. 그래서 그냥 되돌아와. 언제나 그냥 되돌아오는 거야……."

갈라진 케이타 목소리에 고통이 새겨져 있다.

"아, 케이타. 왜 내게 말하지 않았어?" 슬프게 물으며 그의 눈을 바라본다. 정말 몰랐다. 케이타에 대해 모르는 것이 아직도 너무 많다. 싸여 있는 껍질을 충분히 벗겨냈다고 생각할 때마다 또 다른 껍질이 나타난다.

"지난 몇 달 동안 넌 너무 많은 일을 해야 했잖아. 누루가 되고, 지휘관들이나 어머니들 모두가 원하는 모든 것이 되고……. 네게 부담 주기 싫었어. 그리고 솔직히…… 네가 모르기를 바랐어."

그 말이 날카로운 단검처럼 나를 꿰뚫는다. "왜? 내가 뭐 잘못했어?" 나는 상처받았다.

케이타가 서둘러 고개를 젓는다. "아니, 그런 게 아니야. 그냥……." 시선을 돌리며 한숨을 쉰다. "넌 너무 강하잖아, 데카. 단순히 육체적인 걸 넘어서 감정적으로도. 너나 벨칼리스, 다른 애들도. 너희는 너무 많은 걸 겪어냈어. 그러고도 고통이 오면 잠깐 넘기고 계속 나아가지. 너는 언제나 계속 나아가. 나도 그렇게 되고 싶었어."

나는 고개를 저으며 대답한다. "하지만 난 강하지 않아. 매번 무너지고 사소한 일에도 울잖아."

케이타가 내 눈을 들여다본다. "그런 다음 일어나서 전진하지. 그 전보다 더 강하게. 내가 신병이었을 때 그들은 우리에게 자투는 고통을 느끼지 않는다고 했어. 우린 느낌도 생각도 감정도 없는 기계이고, 강철로 된 육신이라고. 그것이 우리를 강하게 만들어준다고. 난 오랫동안 그 말을 믿고 내 안에서 일어나는 모든 감정과 반항적인 생각을 가뒀지. 그 후에 너와 브리타, 다른 애들을 만났고 그렇지 않을 수 있다는 걸 깨달았어. 네가 내 고통을 나누고 싶어 하는 걸 알아, 데카. 하지만 지금은 내 몫으로 남겨줘. 당분간은 그냥 느끼게 해줘. 마치 존재하지 않는 척하는 대신에, 직접 느껴보려 해."

나는 반박하려고 입을 열지만, 케이타가 고개를 젓는다.

"이 얘기는 그만하자. 난 배워야 해, 데카. 아주 오래 느끼지 못한 채 지냈어. 기계가 아니려면 어떻게 해야 하는지 배워야 해. 사람이 되는 법을 배우게 해줘."

나는 끄덕이며 한숨을 쉰다. "알겠어." 내 손을 케이타 손 위에 올린다. "솔직히 말해줘서 고마워. 이 말 하기가 얼마나 힘들었을지 알아."

"네가 혼자라고, 혼자만 괴로워하고 있다고 느끼지 않기를 바랐어. 여기 있는 우리 모두 마찬가지잖아, 그녀조차도." 케이타가 턱짓으로 멜라니스가 사라진 길을 가리킨다.

나는 인상을 쓴다. "무슨 뜻이야?"

"멜라니스가 손 떤 거 못 봤어? 말은 용감하게 했지만 떨고 있었어. 아마 그래서 도망친 거고. 자기가 원하는 대로인 척을 할 수는 있겠지만 아마 우리보다 더 힘들 거야. 멜라니스의 고통은 뻔히 존재하니까. 깊이 들여다볼 필요도 없어."

아까 벨칼리스가 멜라니스를 쳐다보던 모습이 생각난다. 벨칼리스는 아는 걸까? 사람들이 늘 숨기려 하는 불일치를 바로 알아채는 벨칼리스에게 배워야 한다. 더 잘 알아채고 더 많은 주의를 기울여야 한다. 더 나은 지도자가 되려면 주변에서 무슨 일이 일어나고 있는지 알아야 한다.

"멜라니스를 주의 깊게 살필게."

케이타가 나를 주의시킨다. "과하게는 말고. 우리에겐 더 중요한 걱정거리가 있잖아." 케이타의 고갯짓이 향하는 나무 사이로 먼 곳에서 빛이 보인다.

주산성. 우리의 목적지.

케이타의 뺨에 입을 맞춘다. "고마워."

"뭐가?"

"곁에 있어줘서. 내 얘기를 들어줘서."

케이타는 눈썹을 씰룩거리며 소탈한 태도로 돌아온다. "남편이라면 당연히 해야 하는 일이지. 이번 여정에서는 남편 노릇 제대로 하기로 약속했잖아."

케이타가 하는 말의 은근한 의미를 이해하니 얼굴이 붉어지고 온몸에 열기가 돈다. 나는 시선을 돌리고 목을 가다듬는다. "좋아. 다른 사람들을 부르자. 움직일 시간이야."

11

"휴, 대단하네." 브리타가 휘파람을 불고 우리는 천막들을 향해 나아간다.

완만한 구릉지 여기저기 천막이 줄지어 늘어섰고 그 뒤로 거대한 붉은 성이 보인다. 여러 초록 지붕 가장자리가 능소화 덩굴의 꽃잎처럼 말려 올라갔다. 그 광경을 보니 불안이 엄습해서 어머니들과 나를 연결해주는 유대감을 정신적으로 끌어 올린다. 연결감이 느껴져 조금 안심하고 눈앞에 펼쳐진 광경에 다시 주의를 기울인다.

군중이 성 외곽에 모였다. 대부분 모닥불이나 공들여 장식한 종이 등불을 에워싸고 있다. 숲 가장자리에 늘어선 포장마차에도 사람이 많다. 몇몇은 성문 바로 앞의 커다란 나무 단상 주위에 모여 있다. 단상 위에는 아직 아무것도 없다. 사람들은 모두 동부식으로 재단된 로브를 입었는데 무늬만은 눈에 띄게 남부식이다. 더 이상한 건 머리칼을 꼬불꼬불하게 만들어 부풀렸다. 동부 사람 대부분이 매끄럽게 찰랑거리는 머리카락을 타고나는데 말이다. 그들을 보고 있으니 알겠다. 주산이 동부 지방의 정중앙에 있지만 혜마이라의 영향력이 매우 강하다.

다행히 자투 상징은 보이지 않는다. 그에 맞설 힘을 기르느라 몇 주를 보냈지만 내 능력을 차단한다는 사실 외에는 여전히 알아낸 게 별로 없다. 상징의 기원에 대해서도 알아내려 애썼지만 첫 자손들 누구도 몰랐고 어머니들은 자신들을 강화하고 오테라의 미래를 위한 계획을 세우느라 바빴다. 신비한 도구 하나에 대한 필요 이상의 질문으로 어머니들의 귀중한 시간을 낭비하고 싶지 않았다.

"사람이 정말 많군." 멜라니스가 눈을 휘둥그레 뜨고 정신없이 구경한다. 숲을 나오자 케이타가 마차를 멈춰, 풀이 무성한 언덕에 세운다.

마차에는 창문이 세 개 있다. 양옆에 하나씩 그리고 앞쪽에 커다란 창이 있다. 그럼에도 안보다는 바깥이 구경하기 훨씬 좋다. 그래서 멜라니스가 중뿔난 할머니인 척 케이타와 나 사이에 끼어든 것이다. 수천 년 만에 이렇게 많은 인간에 둘러싸인 게 어떤 기분일지 상상도 할 수 없다.

"멜라니스 시대에는 사람이 많지 않았나요?" 나는 궁금해서 묻는다. 멜라니스가 얼른 고개를 젓는다. "내가 태어났을 때는 인간 부족이 너무 적었어. 이 정도의 인원이면 도시로 쳤을 거야."

그런 줄 몰랐다. 저곳에 사람이 많이 있지만 도시로 치기에는 어림도 없다. 심지어 마을이라고 하기에도. "또 차이점이 있나요?"

"응." 멜라니스가 나를 돌아본다. 깊이를 알 수 없는 갈색 눈이 마스크 뒤에서 나를 뚫어지게 쳐다본다. "내 시대에 여성들은 남성들에게 억압받는 걸 용납하지 않았어. 남자들이 아니라 우리가 통치자였지."

조용히 듣고 있던 케이타가 입을 연다. "남녀가 평등했다고 알고 있었는데요."

멜라니스가 무시하듯 말한다. "아니야, 사람의 아들. 어떻게 평등할 수가 있지? 둘 중 오직 하나만 생명을 창조할 수 있는데?"

나는 얼어버린다. 갑자기 굉장히 불편해진다. 첫 자손들이 그런 식의 감정을 드러내는 걸 처음 듣는 건 아니다. 사실 몇몇 장군도 계속 그렇게 말했다. 그래도 이 정도로 강하게 말한 사람은 없다. 어쨌든 인구의 절반이 다른 절반을 열등하다고 생각한다면 어떻게 평등한 사회를 만들 수 있을까?

편견과 분노에 맞서는 장군들도 있다. 하지만 멜라니스는 그럴 생각이 없는 듯하다. 눈빛을 보면, 방금 한 말 한마디 한마디가 진심이다.

케이타도 나와 동감인지 엷은 미소를 지으며 대답한다. "생명을 창조하는 데는 적어도 둘이 필요하다고 알고 있는데요."

"그 말을 누루에게 해보지 그래. 오직 여성들만으로 창조해낸 존재잖아." 멜라니스가 나를 가리키자, 나는 더욱 경직되어 포식자 시선에 사로잡힌 사슴처럼 얼어붙는다.

긴장감이 너무 고조된 터라 멀리서 소란이 시작되자 고마울 지경이다. 나는 재빨리 묻는다. "저게 뭐지?" 자투 무리가 성 앞 단상 위로 괴상한 금덩어리 같은 것을 옮긴다.

브리타가 밝게 외친다. "모르겠네." 그리고 옆 마차에서 내리면서 신부처럼 다소곳이 세 걸음 뒤에서 리를 따른다. 이제 우리는 동부 지방에 있다. 그러니 다시 독실한 오테라 여성인 척해야 한다. 남성 보호자 없이는 어디도 갈 수 없다. 그리고 군중 속에 있지 않는 한 남자와 나란히 걸을 수도 없다.

브리타는 내 옆에 멈춰 서서 생각에 잠겨 입술을 두드리다가, 죽마를 타고 단상 앞의 군중을 누비는 가장행렬을 가리키며 말한다.

"가장행렬 홍보인가?" 그들이 입은 형형색색의 풀잎 치마와 과장된 가면은 즐거운 감탄을 자아낸다. 그들이 허공에 띄운 태양 모양의 종이 등불도 마찬가지다.

나는 눈을 가늘게 뜨고 번쩍거리는 덩어리를 노려본다. 정말 모르겠다. 가장행렬 홍보는 주로 공연자 한 명이 중심 거리 한쪽에서 춤추고 외치면서 청중을 유인하는 식이다. 그런데 저 덩어리는 어딘가…….

군중이 갑자기 이동하고 단상이 완전히 드러난다. 공포가 내 몸을 차갑게 한다. 금빛으로 번쩍이는 것은 세 개의 조각상, 인간 크기의 여성 조각상이다. "설마 저건…….", 나는 속삭이며 무의식적으로 한 발짝 나선다.

다행히 케이타가 나를 잡아서 마차의 그늘을 벗어나지는 못했다. 케이타가 속삭이며 턱짓으로 언덕 아래쪽 한 무리의 남자들을 가리킨다. "여기가 어딘지 기억해, 데카." 대부분은 자투 특유의 붉은 갑옷을 입고 단상으로 가는 중이다.

나는 즉시 몸을 움츠린다. 그들 때문에 피부가 따끔거리지는 않으니 진짜 자투는 아니다. 하지만 우리는 적에 둘러싸여 있고, 그들 상당수는 꽤 숙련된 자들이다. 물론 아직은 소리가 들리지 않을 만큼 멀리 떨어져 있고 마차에 가려진 우리를 제대로 볼 수 없다.

나는 케이타에게 고개를 끄덕인다. "나도 알아. 하지만 저건…….".

"금빛 잠에 빠진 알라키야," 음울하게 말을 받는 벨칼리스의 끓어오르는 눈빛이 무미건조한 어조와 대치된다. 아칼란의 뒤를 따르며 분노에 몸을 떤다. "우리 시체를 전시하는 거야."

"무슨 목적으로?"

어느새 다가온 아돠파가 조용히 답한다. "알고 있잖아, 데카." 그녀의 우루니 퀘쿠, 밝은 갈색 피부의 키 크고 약간 통통한 남부 소년도 옆에 있다. 마찬가지로 아샤의 우루니 라민, 우루니 중 가장 덩치가 크지만 온순한 소년도 모두 단상을 지켜보며 굳은 표정이다. 아돠파가 말한다. "저 소녀들은 여기 있는 모두에게 보여주는 경고인 거야. 불결함이 어떤 것인지 보라는 거지. 이렇게 위험하다고. 깨어날 때마다 공개적으로 처형하려는 거야."

내 시야가 붉게 물든다. 분노, 순수한 극도의 분노. 나는 이를 갈며 말한다. "오늘 밤 카디리를 데려간다."

"데카……." 케이타가 입을 열지만 내가 재빨리 자른다.

"정찰병들이 이미 이 지역 모든 움직임을 파악해서 보고했으니 추가 조사는 시간 낭비야."

"상황이 매일 변한다는 걸 알잖아……."

"더 이상 이런 일이 계속되게 할 수는 없어." 저 소녀들, 그녀들의 고통을 생각하면, 오테라 전역의 수많은 소녀, 수많은 사람이 겪을 고통을 생각하면 한시도 지체할 수 없다. "오늘 밤에 데려가는 거야. 그리고 이곳은 모두 불태운다."

나는 벌써 이 지옥 같은 곳이 화염에 휩싸이는 광경을 상상한다. 이곳의 끔찍한 모든 자투가 많은 이에게 가한 것과 똑같은 고통을 경험하며 질러대는 비명이 들린다. 그 생각만으로도 혈관을 타고 흐르는 분노가 조금은 진정된다.

케이타의 시선이 멜라니스를 향하고 할머니로 변장한 그녀가 절뚝거리며 다가온다. 케이타가 하소연한다. "멜라니스, 데카를 설득해주세요."

그러나 멜라니스는 그저 나를 향해 고개를 끄덕일 뿐이다. 그리고 차분히 말하며 케이타를 무시한다. "난 찬성이야, 누루. 저런 흉악한 짓을 그냥 두고 볼 순 없지."

나는 고개를 끄덕이고 말한다. "바로 준비하자." 돌아보자, 케이타는 화가 나서 굳어 있다. 나에게인지 멜라니스에게인지는 모르겠다. "다른 우루니들을 데리고 가서 정찰해. 우리가 들은 대로인지 확인해봐. 아칼란, 너는 우리와 함께 남아."

"데카." 케이타가 다시 말하지만 나는 이미 마음을 굳혔다. 정의로운 분노가 내 혈관을 활활 태운다.

"저 단상 위에 있는 게 네 친구들이라면? 네 가족이라면?"

케이타가 대꾸한다. "그렇게 말하지 마. 이런 일에 가정과 만약을 적용하는 건 옳지 않아."

"그래?" 내가 반항적인 시선으로 노려보고 케이타는 결국 한숨을 쉬며 도움을 청하는 눈빛으로 벨칼리스를 본다. 케이타와 벨칼리스는 이런 일에 있어서는 굳건한 동맹이다.

침묵의 메시지가 그들 사이를 오가고 마침내 벨칼리스가 고개를 끄덕인다. 그러자 케이타가 다시 나를 향한다. "난 동의할 수 없어, 데카. 하지만 지금은 말싸움해봐야 소용없겠지."

"왜, 벨칼리스가 너 대신 해줄 테니까?" 나는 밉살스레 대꾸한다. 나는 그들의 방식을 안다. 케이타가 할 수 없을 땐 벨칼리스가 나를 설득하려 든다. 그 반대의 경우도 마찬가지다.

케이타는 미끼에 걸려들지 않고 차분하게 말한다. "정찰하러 간다. 하지만 착각은 하지 마. 이걸로 논쟁이 끝난 건 아니니까. 나중에 더 얘기해."

케이타가 다른 우루니들에게 말한다. "가자."

"같이 가지." 멜라니스가 절뚝거리며 케이타의 뒤를 따른다. 케이타가 놀라서 쳐다보자 덧붙인다. "우리 자매들을 더 가까이에서 보고 싶어."

"그렇다면 내가 보호자 역할을 맡는 거군." 아칼란이 말하며 남은 우리에게 손짓한다. "그럼, 어서."

우리는 아칼란을 따라 내 마차 뒤쪽으로 간다. 그가 문을 열어준다. 마차 두 면에 설치된 두 좌석 중 가장 안 쪽에 내가 앉는다. 몸이 분노로 떨린다. 시체를 보는 것에는 익숙해졌다고 생각했는데, 이건, 단상에서 벌어지는 순전한 패악은 내 중심을 뒤흔든다. 이르푸트의 신전 지하실에서 보낸 시간이 다시 떠오른다.

두르카스 장로가 나를 내려다보며 혐오가 가득한 눈빛으로 칼을 들어 올렸다. "왜 그냥 안 죽는 거지?" 으르렁거리며 벼린 칼날로 내 목을 찌르자 모든 것이 어둠 속으로 사라졌다.

"그래도 소녀들은 아직 살아 있잖아." 브리타의 목소리가 내 의식을 뚫고 들어온다. 시선을 들어 보니 마차 끝 침대에 걸터앉은 브리타가 희망에 찬 표정으로 우리를 바라본다. "저 소녀들이 금빛 잠에서 깨어날 때쯤이면 우리가 구해내겠지. 그렇지, 데카?"

나는 고개를 끄덕이고, 적어도 한 사람은 나와 같은 생각이라는 데 감사한다. 그러나 벨칼리스가 고개를 젓고 조용히 말한다. "그건 계획에 없는 일이야."

그리고 내가 예상했던 언쟁이 시작된다.

"이런 일을 목격할 줄 아무도 몰랐잖아." 내가 쏘아붙인다. 기억이 아직도 마음 한구석에서 뱀처럼 똬리를 틀고 달려들 기회를 엿본다.

벨칼리스는 눈도 꿈적하지 않는다. "감정에 눈이 멀면 안 돼. 너는 특히 잘 알 거야." 벨칼리스는 침착하게 자기 꾸러미로 손을 뻗어 작은 용기를 꺼낸다. 용기 속 끈적이는 초록 액체는 마치 숲 바닥을 따라 번지는 미끈거리는 곰팡이 같다. 냄새는 더 고약하다. 벨칼리스가 그걸 섞기 시작한다.

그 모습을 보자 더 화가 나서 분노를 쏟는다. "그렇게 전시된 게

130

너라면? 그렇게 계속해서 죽임당하는 게 너라면? 우리가 구해주러 오는 걸 바라지 않겠어?"

"하지만 그건 나였어." 벨칼리스가 조용히 말한다.

마차 안이 어리둥절한 침묵에 싸인다. "몇 년 동안, 그건 나였어." 벨칼라스는 액체를 계속 섞으면서 움직이는 자기 손에 시선을 집중한다. 손이 살짝 떨린다. 그 모습에 내 분노의 한 조각이 사라진다.

벨칼리스는 한때 약제사에서 일했다. 용매와 약품을 섞는 게 업무 중 하나였다. 벨칼리스는 긴장할 때마다 저렇게 뭔가 섞으며 감정을 다스린다. 나도 마찬가지라서, 안세타 목걸이를 쥐고 있거나 머릿속으로 숫자를 반복해서 센다.

얼마 후 벨칼리스가 마침내 고개를 든다. "쾌락의 집 여주인이 내 시체를 로비에 전시했어. 더…… 독특한 안목을 가진 손님들한 테 광고하려고. 내가 죽을 때마다 그렇게 했어. 그래서 그 여자의 손님들이 무엇을 살 수 있는지 알게 했지. 나를 죽일 기회, 내 눈에 서 꺼져가는 빛과 내 몸에 흐르는 황금을 지켜볼 기회를 말이야."

벨칼리스가 나를 뚫어지게 쳐다본다. "그래, 맞아. 데카, 난 실제로 그게 어떤 느낌인지 알아. 오랫동안 그 느낌을 알고 있기 때문에 말하는 거야. 내가 만약 그 상황이라면, 나는 경솔한 구조보다는 정의를 원할 거야. 일시적 위안보다 냉정한 복수를 택할 거야. 물론 우리 대장은 너야. 네가 세부 작전을 짜고 우리는 따르지. 하지만 이건 알아둬. 만일 네가 그 공격을 감행하면 너도 그 남자들처럼 되는 거야. 내 몸을, 내 죽음을 유흥으로 본 남자들처럼. 왜냐하면 수천 명의 안위보다는 너의 분노와 순간적인 감정을 우선시하는 거니까."

이제 내 분노는 완전히 사라지고 다른 감정이 대신한다. 수치심이다. 벨칼리스가 옳다. 나는 다른 사람들의 생명보다 내 감정을 우선시했다. 내 뜻대로 한다면 친구들의 생명뿐만 아니라 수많은 다른 이의 생명이 위험에 처한다. 오늘 밤 카디리를 공격하고자 하는 욕구는 이성이 아니라 감정에서 비롯된 것이다. 큰 맥락에서 보면 완전히 이기적인 욕망이다.

벨칼리스는 내가 반성하는 것을 알아차리고 뒤쪽 창문을 턱짓한다. 건너편 언덕에서 술을 마시는 한 무리의 남자들이 보인다. "저길 봐, 눈치챘어?"

나는 벨칼리스의 시선을 따라가다가 지적한 것이 무엇인지 바로 알아차리고 긴장한다.

남자들이 모두 맥주잔을 내려놓고 뒷정리를 하고 있다. 하지만 일반 병사들은 절대 저렇게 하지 않는다. 오테라의 일반 병사들은 군기가 느슨한 편이다. 엄격하고 까다로운 자투와는 다르다. 실제로, 우리 편으로 전향한 소수의 병사들은 지휘관들의 철저한 재훈련 과정을 거쳐야 했다.

그런데 우리 마차 주변의 남자들은 모두 지나치게 깔끔하다. 심지어 절도가 있다. 분명 평범한 병사가 아니다. 그리고 그런 자들이 군중 속에 더 많이 흩어져 있다. 아주 많이. 부드러운 경고가 따끔거리며 등줄기를 타고 내려간다.

벨칼리스가 말한다. "저들은 모두 자투야, 하나도 빠짐없이. 저중에 일반 병사는 한 명도 없어. 정찰병이 보낸 보고서에 그런 내용이 있었어? 아니지. 즉, 카디리는 자투를 눈에 띄지 않게 사방에 심어놓은 거야."

놀란 아돠파가 휘파람을 낮게 불며 마차 벽에 등을 기대고 말한다. "이런, 젠장. 그건 몰랐네."

"나도 전혀 몰랐어." 인정하며 잘못을 깨닫는다.

벨칼리스가 말한다. "그래서 항상 한 번 더 직접 정찰에 나서야 하는 거야. 이번처럼 예상치 못했던 점을 확인하기 위해서."

나는 사과하듯 고개를 숙인다. "무슨 말인지 알겠어." 모든 경비병의 위치도 익혀야 한다. 벨칼리스의 짐작이 맞다면, 경비병은 모두 자투일 것이다. 다른 사람들을 본다. "기존 계획대로 움직이고 카디리는 내일 잡아들이자. 오늘 밤에는 주변 상황을 파악하는 거야. 세부 사항을 검토해보자."

아샤가 마차 주위를 흘긋거리며 말한다. "아니면 잠시 쉴 수도 있지. 진정 좀 하자고. 솔직히 좀 전에 분위기 장난 아니었잖아." 나와 벨칼리스를 지적하듯 쳐다본다. "게다가 우린 신혼이야. 신혼 분위기 좀 제대로 내야지. 남편과 산책도 좀 하면서 평범한 오테라 여성인 척해보자고……."

아돠파와 벨칼리스는 못마땅해하며 구시렁거린다. 하지만 브리타의 얼굴이 갑자기 딸기처럼 빨개진다. 나는 눈을 가늘게 뜬다. 브리타가 말하지 않은 무언가가 있는 거다.

침대로 올라가서 잠시 기다리자 브리타가 내게 몸을 가까이 붙이며 금발 머리를 가다듬는다. 어깨 길이로 땋아 늘인 겹겹의 하트 모양 머리는, 평소의 전투용으로 쪽 찐 머리나 와르투베라에서 주로 했던 짧게 깎은 머리와는 상당히 다르다. 보기 좋지 않은 건 아니다. 복잡하게 요동치는 마음을 좀 가라앉히기도 하고.

"나한테 하고 싶은 말 없어? 너 좀 이상한데."

내 말에 벌떡 일어난 부리타가 복수심에 불타오르는 얼굴로 돌아본다.

내 눈이 다시 가늘어진다. 무슨 일이 있는 게 분명하다. "뭔데 그래?"

잠시 브리타가 생각을 모은다. 감정이 차례로 떠올랐다가 가라앉는다. 브리타는 감정을 숨기는 데 능숙하지 않다. 거짓말하기로 결정하고 딴 이야기를 생각해낸 순간도 알아보겠다. 표정이 확 밝아졌기 때문이다. "아, 너한테 보여주려고 했어." 그러더니 꾸러미를 뒤져 조약돌을 하나 꺼낸다. "몇 주 전에 시작됐는데 말할 기회가 없었어. 네가 늘 바빴잖아."

브리타가 손바닥 위에서 조약돌을 한 번 뒤집자, 익숙한 따끔거림이 밀려들어 나는 인상을 찌푸린다. 내 질문에 대한 대답은 아니지만, 브리타에게 일어난 무언가 특별한 일에 대해 말하려는 것이다. 브리타의 손에서 힘이 파도처럼 솟아오르며 이 작은 돌에 집중된다.

대체 뭐가 어떻게 된 거지?

브리타가 수줍게 웃는다. "마차 안이라서 이 정도밖에 못 보여주는 거야."

브리타가 숨을 깊이 마시자 내 피가 다시 따끔거린다. 작고 단호한 파도 같은 힘이 브리타에게서 솟아나는 게 느껴진다. 잠시 후 조약돌이 진동한다. 처음에는 느리지만 점점 더 빨라진다. 그리고 울퉁불퉁했던 회색 돌멩이가 손바닥 위에서 얇게 퍼지며 거울처럼 매끄러워진다. 손바닥 전체를 덮는다.

입이 떡 벌어진다. "브리타, 신성한 재능이 나타났구나!"

벨칼리스가 콧방귀를 뀐다. "우리 모두 하나씩 받았잖아." 그러고서 옆구리에서 칼을 뽑아 손바닥을 가르자 피가 솟는다. 그런데 피가 떨어지지 않고 계속 퍼진다. 손가락을 감싸며 유연하게 미끄러지다가 손목에서 멈춘다. 나는 눈을 깜박인다. 충격적이다. 이제 벨칼리스의 손은 예전에 조르 회당에서 금박을 입혔을 때처럼 보인다. 그때의 금박은 여신들이 깨어난 후 곧바로 제거되었다.

벨칼리스의 얼굴은 창백하고 땀에 젖었지만, 의기양양하게 웃음 짓는다. 손을 덮고 있는 금을 두드리자 땡땡 소리가 난다. 벨칼리스가 선언한다. "나 자체가 신성한 갑옷이야."

나는 놀라 외치며 손으로 입을 막는다. "세상에, 벨칼리스! 대단해!"

브리타가 말한다. "내 것보단 대단하지 않아. 그건 분명해."

아샤가 비꼰다. "돌을 거울로 만든 거 말하는 거야? 아니면 내가 못 본 거라도 있는지?"

브리타가 씩씩댄다. "작게 보여준 거라고 했잖아. 더 잘할 수 있어, 훨씬 더!"

아돠파가 두 손을 들어 항복을 표시한다. "알았어, 흥분해서 그 어마어마한 걸 보여줄 필요는 없어."

나는 친구들을 바라보며 생각에 골몰한다. 신성한 재능이 나타나고 있다. 언제 이렇게 된 거지? 확실히 이건 징조다. 어머니들의 힘이 강해지고 있는 게 분명하다. 아마도 앙고로가 내가 두려워한 만큼 어머니들의 힘을 빨아들이지는 못하나 보다.

나는 기대에 찬 눈빛으로 쌍둥이를 보지만, 그들은 그저 어깨를 으쓱할 뿐이다.

아돠파가 말한다. "그렇게 보지 말아줘. 우리는 아직 아무 재능도……."

"못 받았어." 아샤가 짓궂게 말을 맺는다. 그러고서 둘이 눈빛을 나눈다.

"이미 너희 안에서 자라고 있을 거야."

추측하는 내 말에 쌍둥이가 어깨를 으쓱하더니, 아샤가 의미심장하게 말한다. "그럴지도."

나는 최근 들어 아샤와 아돠파가 가까이 있을 때 느꼈던 따끔거림을 생각하고 고개를 끄덕인다. 답은 나왔다.

아샤가 되물으며 질문을 돌려준다. "너는 어때? 새로 시작된 재능이 있어?"

미간에 주름이 파인다. 나는 누루다. 이미 목소리와 전투 상태를 가졌다. 가진 것보다 더 많은 능력이 정말 필요할까?

브리타가 같은 생각을 한 듯 묻는다. "데카한데 다른 재능이 필요해? 데카가 신성하지 않다는 거야?"

아샤가 수긍한다. "아니. 하지만 신은 아니잖아."

벨칼리스가 못마땅한 듯 대꾸한다. "신성하지만 신은 아니라니. 머리카락 한 가닥을 반으로 가르자는 것 같네."

나는 콧소리를 낸다. 흥미로운 발상이다. "신이라…… 내가 신이라면 여기 있을 것 같아? 지금쯤 천상계 어딘가에서 우주의 신비에 대해 고찰하면서 포도나무에서 이국적인 음료수를 빨아 먹고 있겠지."

아돠파가 건조하게 말한다. "완전 짜릿하네. 엄청 놀라운 상상력이야."

나는 피식 웃는다. "글쎄, 그냥 생각나는 대로 말한 건데. 이건 공상이라고. 내가 네 공상을 비판하던?"

"아, 당연히 비판 못 하지, 내 공상은 훨씬 멋지거든."

"우리 임무로 돌아갈까?"

아돠파가 브리타를 돌아보며 말한다. "브리타가 제대로 해명하고 나서 왜 얼굴을 붉혔는지 데카가 캐물었을 때도 말하지 않았잖아. 신성한 재능 타령으로 숨기려고 했지. 네가 거짓말을 얼마나 못 하는지는 잘 알거든."

브리타가 고개를 치켜들며 단호하게 말한다. "쓸데없는 소리 좀 그만해, 아돠파. 거짓말하는 거 없어."

하지만 브리타의 목은 가면 아래로 붉다. 거짓말하고 있다는 확실한 신호다.

 풀어야 할 수수께끼가 또 있는 듯하다. 그러나 물론 우리 임무를
마친 뒤의 일이다.

12

지평선으로 지는 태양이 모든 것을 따뜻한 황금 색조로 물들인다. 들판, 숲, 성, 모든 것이 이른 저녁노을에 덮인 이 무렵을 어린시절에 굉장히 좋아했던 기억이 난다. 물론 이곳은 이르푸트가 아니고, 지금 주위에 있는 사람들은 고향 마을보다 훨씬 위험하다. 마차 앞쪽에 난 창으로 그들을 조심스럽게 엿본다. 대부분 모닥불과 종이 등불 주위에 모여 술을 마시거나 동료들 혹은 지나가는 병사들과 이야기를 나누는 남자들이다. 아까 발견했듯 병사 대부분은 자투다. 부인들이 가족 천막을 장식하면서 '어스름 축제'의 시작 행사를 기다린다. 전통대로 시작 행사는 오늘 저녁 늦게, 소녀들의 시체가 전시된 단상에서 열릴 것이다.

일단 시작되면 이 들판의 모든 이는 사흘 후 오요모가 여정을 마칠 때까지 이곳에 머물러야 한다. 어느 누구도 하늘을 여행하는 거짓 태양신을 방해해서는 안 된다. 대신관도 마찬가지다.

다른 여자아이들과 나는 아칼란이 피운 작은 모닥불 주위에 앉았다. 멜라니스와 케이타 그리고 다른 소년들이 마침내 돌아온다. 케이타가 말하며 낡은 양피지 조각을 건넨다. "이것 좀 봐, 데카."

쓸쓸함과 재미를 번갈아 느끼며 양피지에 그려진 여섯 개의 얼굴을 본다. 나, 하얀손, 브리타, 벨칼리스 그리고 쌍둥이이다. '수배'라는 단어가 큰 흘림체로 아래쪽에 쓰여 있다.

멜라니스가 내 어깨 너머로 같이 들여다보고 재미있어하는 목소리로 말한다. "제국의 배신자. 잘했네, 영광스러운 누루." 거의 감동한 듯하다.

나는 고개를 끄덕이고 나로 보이는 그림에 시선을 고정한다. 사납게 찡그린 소녀의 피부는 창백하고 머리칼은 긴 금발이어서 실제의 나보다 색조가 네 단계쯤 밝지만 좀 비슷하기는 하다. 이런 변신이 그다지 놀랍지는 않다. 헤마이라의 영향이 오테라 전역에 퍼져 있어서 어두운 피부가 훨씬 아름답다고 여겨지고, 남부인의 특징이 최고의 미로 인정받는다. 그래서 그들은 나를 최대한 창백하고 날카로운 인상으로 그렸다. 정말이지 묘한 기분이다. 이르푸트에서 자라는 내내 나는 이 수배 전단에 그려진 소녀처럼 보이고 싶었다. 하지만 더 이상 그런 욕망을 가지지 않는다. 이제는 이르푸트의 진실을 안다. 그곳은 그저 외딴 마을이고 제국의 나머지 지역에서 고립되어 자족적인 방식이 굳었다. 그리고 그곳에 내가 있었다. 나는 마을 사람들이 증오를 대신 투사할 확실한 희생양이었다.

나는 친구들을 힐끗 보며 중얼거린다. "주목을 끌게 돼서 영광이네. 우리 모두 말이야."

멜라니스가 대답한다. "그러게. 나도 이 새로운 시대에 파괴적인 존재로 여겨진다면 영광이겠어."

이 말은 왠지 나를 조용한 불안으로 채운다. 멜라니스가 대개 그러듯 진실을 말한 걸 텐데. 아까 그녀가 한 말, 오테라 사회에서 남성의 역할에 관해 나눈 대화는 여전히 불편하다. 멜라니스를 볼 때마다 첫 자손 장군들이 생각난다. 그녀들은 거의 태초부터 존재해왔다. 남성들과는 거의 대화하지 않고, 대화해야 할 때는 언제나 딱딱하고 퉁명스럽다. 그렇게 열등한 생물이 성가시게 하는 걸 참을 수 없다는 듯이. 전에는 그런 모습과 여성의 우월성에 대한 확신에 찬 단언이 그녀들이 잔혹 행위를 겪었기 때문이라고 여겼다. 하지만 이제는 원래 그렇게 생각해온 건가 싶다.

더 나쁜 것은 서서히 자라나는 의심이다. 나는 오랫동안 그런 태도를 봐왔지만 무시했다. 인정하고 싶지 않았다. 그런 부당한 신념은 내가 구상하는 새로운 알라키 질서와 맞지 않기 때문이다.

내가 더 잘해야 한다. 더 많이 신경 써야 한다. 예전처럼 될 순 없다. 직면하는 것이 너무 두려워 현실을 무시했던 과거를 되풀이할 수는 없다.

브리타가 내 손에서 전단을 가져가서 보고는 쯧쯧거린다. "이것 좀 봐. 나를 사후대지에서 온 유령처럼 만들었어."

정말이지 브리타의 피부는 너무 창백해서 얼음장 같고 머리카락은 아예 눈같이 희다. 설상가상으로 이목구비는 너무 가늘어서 코는 거의 보이지도 않고 입은 직선 한 줄이다.

벨칼리스가 투덜거린다. "적어도 너희 둘은 알아보겠다. 나는 2오타짜리 창녀처럼 보이네."

벨칼리스가 돌려준 전단을 보고 내 눈이 커진다. 벨칼리스의 입술은 유혹적으로 부풀어 거의 얼굴 전체를 차지하고 눈빛은 선정적이고 도발적이다.

"쾌락의 집에서 몇 년 보내면 영원히 매춘부로 낙인찍히는 거지." 건조한 말투다. 벨칼리스 목소리에 고통의 기색이 담겼지만, 가벼운 어투와 반항심이 어린 밝은 갈색 눈 너머로 숨겨진다.

나는 벨칼리스에게 다가가 말한다. "괜찮아, 벨칼리스. 저건 네가 아니야."

"그래?" 멜라니스가 대화에 끼어들어서 깜짝 놀란다. 멜라니스의 눈빛이 문득 멍해지며 먼 곳을 응시하더니 중얼거린다. "우리는 자신의 모든 부분을 포용해야 해, 누루. 달갑지 않은 부분일지라도."

벨칼리스가 말하며 나를 돌아본다. "그 말이 맞아, 데카. 쾌락의 집에서 보낸 시간도 내 일부야. 많은 부분 중 하나지. 그리고 솔직히 타락한 여자가 된 건 부끄럽지 않아. 비록 '타락'이란 단어를 이해하기는 여전히 어렵지만." 벨칼리스가 입술을 삐죽거린다. "사람이 정확히 어떻게 타락한다는 거지?" 벨칼리스는 잠시 생각에 잠겼다가 내게 시선을 돌린다. "그래도 정직하게 살 수 있어, 그러고자 한다면."

'하지만 넌 그러고자 했던 게 아니잖아.'

입 밖에 내지는 않는다. 벨칼리스에게 말하지 않는 것이, 말할 수 없는 것이 너무 많다. 벨칼리스가 여전히 깊은 상처를 입었고 팽팽하게 긴장한 상태라 무너질 수 있으니까.

내가 할 수 있는 일은 벨칼리스를 안아주는 것뿐이다.

벨칼리스가 저항한다. "그러지 마, 데카." 내가 물러서지 않자 얼굴을 돌린다. 그래도 나는 고집을 부린다.

벨칼리스는 몸이 나무토막처럼 굳었지만 피하지는 않는다. 실은 안아주기를 바라는 것이다. 육체적 애정 표현을 전염병인 양 질색하며 될 수 있으면 피하지만, 벨칼리스에게도 때로 포옹은 필요하다. 다들 그렇듯. 지금이 바로 그런 때다.

잠시 후 벨칼리스가 몸을 빼며 허튼짓은 사양하는 평소의 모습으로 돌아간다. "이만하면 됐다." 벨칼리스가 말하면서 재빨리 눈가를 훔친다. 얼핏 보지 못할 뻔했다. 벨칼리스가 주위를 둘러보며 묻는다. "자, 그럼 남자애들 양피지는 어디 있는 거야? 우리 초상화로는 충분히 웃었잖아."

퀘쿠가 육중한 어깨를 들썩이며 말한다. "아무것도 없었어." 사실 그의 모습이 지난 몇 달간 전투를 치르며 변해버려 놀랍다. 1년 전에 만났던 통통하고 게으른 도시 소년이 덩치 큰 전사가 되었다.

벨칼리스가 인상을 쓴다. "말도 안 돼."

키 크고 조용한 라민이 작게 말한다. "우릴 기다리고 있는 거라면 그럴 수도 있지." 우리 옆 언덕에 모인 남자들을, 자투가 아닌 척하는 자투들을 흘긋 쏘아본다.

계속 지켜보고 있지만 우리 쪽으로 눈길 한번 주지 않는다. 나는 다행이라 생각하고 말한다. "저들은 우리가 누군지 몰라. 알았다면 이미 움직임이 있었겠지."

라민은 끄덕이면서도 시선을 그쪽에 고정한다.

나는 케이타를 돌아본다. "정찰 내용을 말해봐."

"들은 대로야. 카디리와 신관들은 매일 밤 성에서 쉬고 있어. 밤에는 성문을 잠그니까 장로를 납치할 때 외부 군중은 상대하지 않아도 될 거야."

케이타가 언덕 아래에서 불어나는 군중 쪽으로 턱짓한다. 흥청대는 남자 가운데 가면과 후드를 쓴 여성도 몇 있다. 그들이 오가는 옆에 자리한 나무 단상 위에 소녀들의 시체가 있다. 소녀들 살갗에서 천천히 금빛이 빠져나간다. 그 광경이 가늠할 수 없는 슬픔의 물결이 되어 덮친다.

소녀들은 아마 한 시간 안에 깨어날 테지만 구해주러 갈 수는 없다. 어쨌든 오늘은 아니다.

수풀 밟는 소리에 우울한 생각에서 벗어난다. 목소리가 들린다.

"안녕들 하신가, 이두구를 따르는 동지들이여."

돌아보니 한 무리의 병사들이 다가온다. 확연히 꾀죄죄한 것을 보니 자투가 아닌 일반 병사들이다. 그들이 가까이 오자 브리타가 고개를 숙이고 수줍은 척한다. 나도 재빠르게 브리타를 따라 하고 다른 소녀들도 그렇게 한다. 오테라 여자들, 특히 젊은 여자의 경우에는 평판이 나빠질까 두려워 낯선 남자들을 쳐다보거나 말하지 않는 게 일반적이다. 대담한 시선 한 번으로 신전의 노예나 유흥가로 보내질 수 있다. 특히나 영향력 있는 남성 보호자가 없다면 말이다.

케이타가 팔로 나를 감싸 끌어당긴다. 키가 가장 큰 병사가 앞으로 나서자 꿀술 냄새가 풍긴다. 우리 옆의 멜라니스가 몸을 경직시키면서도 오지랖 넓은 할머니 역할을 유지한다.

"신혼이네, 맞지?" 병사가 물으며 눈을 게슴츠레 뜨고 커플 의상을 본다.

거침없이 오르내리는 말투나 여름 태양에 거칠어진 분홍 피부를 보니, 먼 북쪽 지방 출신이 분명하다. 브리타의 고향 근처일지도 모르겠다. 카디리의 휘하겠지. 이 들판에 모여 있는 대부분의 병사가 그렇듯이.

리가 앞으로 나선다. "우리 모두 신혼입니다. 센린 후로 가는 중이에요."

"아하, 포도주와 꿀의 도시! 결혼식 후에 시간을 보내기 좋은 곳이지." 병사가 소년들을 향해 눈썹을 찡긋거리고 꿀술을 들이켠다. "하지만 어스름 축제가 닥쳤어. 이두구가 이동하는 동안 그 누구도 여행해서는 안 되지."

이두구……. 이름을 듣자 불안해진다. 마침내 이곳에 왔다. 우리 목표에 너무나 가까워 맛볼 수 있을 정도다. 카디리를 데려가 앙고로를 가진 자의 위치를 밝혀내기만 하면 된다. 앙고로를 찾아서 파괴하면 어머니들이 힘을 되찾고 이두구 미신을 말살할 수 있다. 그 렇게 오테라에 간절히 필요한 새로운 황금시대가 열린다.

리가 변장으로 붙인 긴 콧수염을 쓰다듬고는 병사가 하는 말을 이해하지 못하는 척하며 묻는다. "이두구요?"

병사가 웃는다. "모르고 있다니. 신혼의 단꿈에 빠져 정신 못 차 리고 있었나 보군. 신관들이 몇 달 전에 발표했는데 말이야. 오요모 신이 모습을 바꿨어. 이제 이두구가 되었지. 자기들이 오테라의 진 정한 신이라고 주장하는 자들을 징벌하기 위해서야."

나는 긴장한 채 리를 바라본다. 하지만 리는 그저 가볍게 고개를 끄덕이고 병사를 돌아본다. "징벌을 어떻게 한답니까, 친구? 내 무 지를 용서해요. 알겠지만 요 몇 달간 정신이 없었거든요." 리가 과 장하느라 브리타를 꼭 껴안는다.

병사가 취해서 웃는다. "사과까지 할 필요는 없어, 친구. 다 이해 해. 이두구가 불신자들의 산으로 진격하기 위해 군대를 모으는 중 이야. 상상해보라고. 오테라의 모든 남자가 하나가 되어 움직이는 거야."

병사의 말이 나를 뒤흔든다. 그 광경을 상상하자 가슴이 철렁한 다. 모든 남자가 우리를 공격하고 어머니들에게 무기를 겨눈다. 저 들의 계획이 그렇다는 건 이미 알고 있었지만, 병사가 이렇게나 거 만하게 말하는 것을 듣자니……. 나는 그저 고개를 숙이고 참을 뿐 이다. 강렬한 분노가 덮친다. 나만 영향을 받은 것은 아니다. 낮게 바스락거리는 소리가 들린다. 멜라니스의 날개가 망토 아래에서 꿈 틀댄다.

다행히 병사는 눈치채지 못한다. "우리는 그 저주받은 산을 뿌 리 뽑을 거야. 그리고 알라키를 찾아내 죄다 도살해야지. 시간이 얼마나 걸려도 상관없어. 오테라에는 황금이 넘쳐흐를 거고 그렇게 수 세기가 이어지면 사람들은 가난이 뭔지 다시는 알지 못하게 되겠지."

살육하는 환영이 내 눈꺼풀 뒤에서 춤을 춘다. 내 아티카가 저자의 내장을 헤집고 이곳에 있는 모든 인간을 베는 환영이다.

주먹을 너무 세게 움켜쥔 나머지 손톱이 피부를 파고든다. 멜라니스의 날개가 눈에 띌 정도로 흔들리지만, 남자는 위험을 의식하지 못한 채 계속 말을 잇는다. "그러나저러나 친구들. 행사에 꼭 나와. 우미 카두스가 연설한다더라고. 새 아내들한테 아주 유익할 거야. 그 여자의 연설을 듣고 지혜를 배우는 거지."

리가 이름을 반복한다. "우미 카두스요?" 이번에는 진짜 몰라서 묻는 거다.

나도 처음 듣는다.

남자가 리의 어깨를 덥석 쥐며 웃는다. "대체 어디 있었나, 친구? 심장의 부인, 여신관이지. 짐작이나 했겠나? 여자 신관이라고! 뭐, 그 저주받은 금빛 존재들과 그 추종자들을 상대하는 데 도움이 된다면 나는 뭐든지 받아들일 수 있어."

"굉장하네요." 리가 마지못해 대답하며 코를 찡그린다. 그 남자가 너무 가까이 와서, 꿀술과 땀 냄새가 더 강해진다.

남자가 말하며 동료들과 함께 멀어진다. "꼭 와. 곧 시작할 거야."

남자가 멀어져서 우리 말을 듣지 못할 거리가 되자마자 나는 다른 사람들을 향해 몸을 돌린다. "여신관? 하얀손은 아무 말도 없었잖아."

브리타가 중얼거린다. "정찰대도 마찬가지고. 여태 뭘 한 건지 모르겠네, 이런 정보를 놓치다니."

나는 동의하며 끄덕인다. 정찰대가 놓친 세부 사항이 이렇게 많다니 예삿일이 아니다.

나도 말을 보태려고 할 때 케이타가 한숨을 쉬고 말한다. "새로 생긴 일이라서 그럴 거야. 자투 지휘관이 은밀하게 일을 추진했을 수 있으니까. 하지만 이건…… 내 말은 오요모의 여신관이라는 건 들어본 적이 없어."

"우리 다 그래." 내가 말한다. 우리가 오테라에서 살아온 그 모든 세월 동안 오요모를 모시는 여자 신관에 대해서는 들어본 적이 없다. 신전의 하녀라면 모를까 여신관이라니.

멜라니스가 말한다. "그런 건 존재하지 않기 때문이지." 천 년 동안 세상을 보지 못한 사람치고는 확신에 찬 눈빛이다.

하지만 생각해보면, 완벽히 고립되어 있었던 것은 아니다. 멜라니스는 언제나 신관들에게 둘러싸여 있었다. 신관 중에는 말 많은 자가 많다.

나는 멜라니스가 계속하는 말에 집중한다. "적어도 진짜는 아니야. 인간 여성들 때문일 거야. 여자들의 생각을 흐트러뜨리는 미끼 같은 거지. 만약 남자들과 같은 지위를 얻을 수 있게 된다고 하면, 여자들이 얼마나 쉽게 자유를 포기하겠어."

나는 이맛살을 찌푸리며 멜라니스를 바라본다. "그게 무슨 말이죠?"

"내가 현재 상황을 제대로 이해하고 있는 거라면, 다루기 어렵다는 이유로 집에서 쫓겨나고 처형되는 게 오테라의 여자들이야. 남자들이 전장을 쏘다니는 동안 그 뒷처리를, 공포를 감당해야 하는 것도 여자들이고. 여자들은 겁에 질려 살고 있을 거야. 그런데 여신관이라……. 이전엔 불가능했던 지위지. 힘과 영향력을 가지는, 자격이 있어야만 얻을 수 있는 지위야. 오직 헌신하는 자에게만 허락되겠지."

멜라니스가 설명을 계속한다. "생각을 흐리는 또 다른 방법이야.

여자들이 비참한 삶에 생각을 집중하지 않도록 불가능한 열망을 심어놓지. 여자들이 꿈꾸게, 빛나는 한순간만이라도 더 나은 존재가 될 수 있다고 꿈꾸게 하는 거야. 영리해. 교활하지만 영리해."

공포가 나를 덮친다. 동시에 깨닫는다. 관심을 돌려놓는 거라면, 우리에게 유리하게 이용할 수도 있다. 여신관이 연설하는 동안 우리가 단상에 가까이 접근해서 그 소녀들이 어떻게 묶여 있는지 정확하게 파악할 수 있다. 그러면 아마 카디리를 납치하는 동시에 소녀들을 구해낼 수 있지 않을까. 시도해보는 건 나쁘지 않겠지.

나는 친구들을 돌아보며 밝게 말한다. "이제 가자. 여신관을 구경해야지."

13

기분이 이상하다. 케이타와 손을 꼭 잡고 인파를 헤치며 걷다니. 다른 때였다면 내가 꿈꾸는 가장 행복한 순간 중 하나가 되었을 텐데. 신혼 예복을 맞춰 입고 꼭 붙어 다니는 케이타와 나. 그러나 현실은 완전히 다르다. 예복 속에 아티카를 숨겨뒀고, 마음은 온갖 생각과 걱정에 시달린다. 그 소녀들, 이두구, 군대, 여신관. 모든 것을 조사하고 더 많은 것을 알아내야 한다. 다행히도 지금은 늦은 저녁이고 눈에 띄지 않게 돌아다니기 딱 좋은 시간이다. 어둠이 들판을 거의 다 덮은 지금, 타오르는 모닥불과 등불이 간신히 암흑을 저지한다.

수준 높은 종이 공예로 장식된 등불이 들판 전체에 일정한 간격으로 놓였다. 오요모, 아니 이두구의 여행을 돕는 길잡이다. 내가 어렸을 때 아버지가 지켜보는 동안 나는 등불과 등불 사이를 달리며 열심히 손 흔들곤 했다. 신이 나를 봐주기를 바라면서 말이다. 지금은 조심스럽게 고개 숙인 채 가면을 단단히 쓰고 걷는다. 사방에 위험이 도사리고 있다.

단상에 가까이 다가갈수록 확신이 강해져 따끔거리는 감각이 천천히 등줄기를 타고 오른다. 군중 때문은 아니다. 수많은 사람이 너무 밀착되어 누가 누군지 구분조차 되지 않으니 군중 때문이라고 생각할 수도 있겠지만, 내 몸의 다른 부분들도 따끔거리고 피가 몰리며 심장이 점점 더 두근거린다. 불안과 흥분이 나를 에워싼다.

힘, 가늠조차 어려운 엄청난 힘 때문이다. 허공에 천천히 쌓이는 힘이 내 불안을 광기로 몰아간다. 어머니들 곁에서 보통 느끼는 신성한 에너지가 아니다. 마치 엔고마 같다. 헤마이라의 성벽을 지키는 가공할 장벽. 하지만 그것과도 다르다. 어떤 면에서는 더 어둡다. 어떤 존재 같기도 하다.

케이타가 귓가에 속삭인다. "너도 느껴져, 데카? 공기 중에 존재하는 저 무게감?"

나는 고개를 끄덕이며 묻는다. "앙고로라고 생각해?" 그 신비한 도구는 결국 이곳에 있는 걸까?

"헤마이라에 있을 거라고 생각했는데."

케이타의 말이 맞다는 생각에 나도 인상을 쓴다. "헤마이라를 나갈 수 없을 텐데……. 혹시 그 힘을 쓰는 자는?"

"아무도 헤마이라를 떠날 수 없을 거야."

"그럼 대체 이 느낌은 뭐지?" 나는 의아해서 주위를 두리번거린다. 무게감이 묵직한 망토처럼 어깨에 내려앉는다. 하지만 다른 사람들은 눈치채지 못하는 듯하다.

다들 황홀한 눈빛으로 단상을 올려다본다. 갑자기 모두 넋을 놓고 있다는 걸 깨닫자 내 몸이 굳는다. 조금 전까지만 해도 이렇지 않았다. 무슨 일인지 모르겠지만 이건 정상이 아니다. 내가 공기 중에서 느끼는 이상한 존재 때문일 것이다.

케이타가 다급히 속삭인다. "다른 사람들처럼 행동해. 그러지 않으면 이상해 보일 거야."

나는 서둘러 케이타의 말을 따른다. 단상을 바라보며 열중한 척한다. 케이타가 옳다. 이건 시험일 수도 있다. 침입자의 마스크를 벗기기 위한 시험. 대부분의 오테라인과 달리 나와 내 친구들은 신성한 힘에 익숙하다. 우리는 수시로 어머니들과 접촉하니까. 그래서 다른 사람들과 다르게 반응할 가능성이 크다.

케이타와 나는 다른 사람들이 보는 곳을 바라보며 꼼짝하지 않는다. 그러자 잠시 후, 에너지가 흩어지고 군중이 다시 움직인다. 아무렇지 않게, 마치 아무도 기이한 허공의 함정에 빠진 적이 없다는 듯이. 내 불안은 커지고 속이 울렁인다. 만일 그게 진짜 앙고로였다면, 내 예상보다 훨씬 강력하다. 훨씬, 훨씬 더. 너무나 강력해서 마치 지각이 있는 존재처럼 느껴졌다.

마치 신처럼…….

나는 재빨리 달갑지 않은 생각을 떨쳐버린다. 금빛 존재들 이외에 신은 존재하지 않는다. 어머니들은 바로 이것을 경고했다. 어머니들의 힘을 빨아들이고 그걸 사용하는 자들에게 공급해주는 앙고로. 그래서 그들에게 신성의 분위기를 내주는 것이다. 아마 내가 느꼈던 존재감이 그거겠지. 그렇다면 그들은 신이 아니다. 그저 고대의 장치를 이용해 신성을 흉내 내는 결함 많은 인간일 뿐이다. 그들에게 속아서는 안 된다.

"비켜줘요! 실례합니다, 미안합니다! 비켜달라고 했소!"

멜라니스가 다가오는 바람에 나는 정신이 번쩍 든다. 멜라니스는 지팡이로 사람들을 밀어내며 외친다. 완벽하게 할머니로 변장한 그녀는 목소리까지 거칠어지고 쉬었다. 그런 점은 낯설다. 주변 사람들의 말투와 행동 방식을 너무나 빠르게 습득한다. 아마도 생존 능력이겠지.

몇몇이 구시렁거리지만 누구도 직접적으로 뭐라 하지는 않는다. 오테라에서 그나마 존중받는 여성은 나이 든 여성이다. 너무 오래 살아서 더 이상 온전한 여성이라 여기지 않는 것이다.

이 제국에서 여성으로 혜택을 얻는 경우가 있다면 그것뿐이다. 충분히 나이가 들면 눈에 띄지 않게 되어 무얼 하든 아무도 신경 쓰지 않는다는 것.

"멜라니스?" 그녀가 가까이 오자 나는 기겁한다. 우리는 군중 속에 여기저기에 떨어져 있기로 되어 있다. 그래야 서로 다른 각도에서 보고 나중에 비교할 수 있을 테니까.

이런 상황에서는 철두철미해야 한다.

하지만 멜라니스는 상관없다는 듯 내 팔을 부여잡는다.

멜라니스가 불안해하며 내게 귓속말한다. "전에도 느낀 적이 있어. 이 존재 말이야. 느낀 적이 있다고."

내가 놀라서 묻는다. "어디서요? 어디서 느꼈어요?"

"언제 느꼈느냐고 물어야겠지. '신성한 전쟁들' 중이었어. 어머니들이 감금당하고 이두구가……." 멜라니스가 말을 멈추더니 갑자기 멍해진다. 눈을 빠르게 깜박거리는 게 마치 정신이 다른 데 가버린 듯하다. "이두구가……."

"이두구요?" 재촉해보지만 첫 자손은 더 이상 내 말을 듣지 않는다. 멜라니스는 먼 곳을 본다. 자신만 볼 수 있는 무언가를 멀거니 응시한다.

불안해진 내가 묻는다. "멜라니스?"

내가 멜라니스의 어깨에 손을 얹자 그녀가 짧은 오수에서 퍼뜩 깨어난 것처럼 눈을 깜빡인다. 멜라니스가 혼란스러워하며 묻는다. "미안, 무슨 얘기를 하고 있었지?"

나도 어리둥절해진다. "이두구요."

멜라니스가 인상을 쓴다. 더욱 혼란스러운 표정이다. "이두구? 대체 왜 내가 어리석은 인간들의 상상의 산물에 대해 말했다는 거지?" 멜라니스가 못마땅하다는 듯 고개를 젓는다. "그리고 내가 왜 여기서 시간을 낭비하고 있지? 내 위치에 있어야 하는데."

멜라니스가 절뚝거리며 멀어지는 동안 나는 몸이 떨려온다. 우리가 나눈 대화를 무언가가 지운 듯하다. 멜라니스의 머릿속에서 흔적마저 완전히 없애버리고 아무것도 남지 않은 것 같다. 아까 먼 곳을 응시하던 멜라니스의 모습, 마치 뭔가 그녀를 부른 듯했다.

아니면 누군가…….

내가 알기로 그런 힘을 가진 존재는 하나뿐이다. 아니, 넷이다. 그리고 그들 모두는 멜라니스와 아주 밀접한 사이다. 하지만 비밀에 싸인 앙고로 사용자는 그렇지 않다.

군중 속으로 사라지는 멜라니스를 걱정스레 바라보는데 케이타가 묻는다.

"무슨 일이야? 방금 어떻게 된 거였어?" 케이타도 혼란스러워 보인다.

나는 고개 저으며 대답한다. "모르겠어. 좀 전에 나한테 무슨 얘기를 하다가 또 금방…….'

"금방 뭐?" 케이타가 날카로운 눈빛으로 내려다본다. 주저하는 내 표정을 본 것이다. 케이타가 속삭인다. "나한테 못 할 말이 뭐가 있어, 데카?"

갑자기 메마르는 입술을 핥는다. "멜라니스의 기억이 바뀐 것 같아. 아베야에 오는 개종자들처럼 말이야."

케이타가 인상을 쓴다. "잠깐. 너 지금, 그럼 어머니들이…….'

나는 고개를 끄덕인다.

"하지만 뭐 하러?"

나 역시 의아하다. 어째서 여신들이 멜라니스의 기억을 가져가겠나? 신성한 전쟁 중에 일어난 일을 첫 자손이 기억하고 싶지 않아서? 아니면 멜라니스가 잊기를 바란 건 어머니들이었나? 나는 재빨리 생각을 떨쳐버린다. 말이 안 된다. 어머니들은 절대 누군가의 의지에 반하여 기억을 가져가지 않는다. 첫 자손이 원해서 그랬던 게 틀림없다. 아마도 그 모든 세월의 무게를 견디기가 너무 벅찼겠지. 17년밖에 살지 않은 나도 가끔 그런 생각이 들 때가 있다.

나는 멜라니스에게 시선을 돌린다. 멜라니스는 이제 군중 맨 앞줄로 나간다. 그러면서 지팡이로 무례하게 리를 옆으로 밀어내 제일 좋은 자리를 차지한다. 나와 나눈 대화는 안중에 없는 것 같다.

하지만 그건 아마 기억하지 못해서겠지…….

나는 케이타를 돌아본다. "여기서 할 얘기는 아닌 것 같아."

케이타가 끄덕인다. "그럼 나중에 해."

"그래." 우리는 단상 쪽으로 몸을 돌린다. 단상 위에서 신관 중하나가 군중에게 연설하고 있다. 그 옆에 잠든 세 알라키 몸에서는 이제 금빛 잠의 흔적이 거의 사라졌다. 앞으로 두 시간 이내에 깨어날 것이다. 혹은 더 빠를 수도.

나도 모르게 주먹을 불끈 쥔다.

"저녁 인사 드립니다, 오요모의 충직한 숭배자들이여." 신관이 외치고 그의 옅은 분홍빛 얼굴이 군중의 환호에 짙어진다.

군중이 응답한다. "저녁 인사 드립니다."

멀리서 봐도 신관의 눈이 어딘가 이상하다. 눈동자가 너무 검은데다가 흰자위가 있어야 할 자리를 과하게 차지하고 있다. 잘 알지 못하는 신도들은 저 신관이 어둠 속에서 두루마리 글을 너무 읽어서 그런 거라 여기겠지. 아니면 환각 효과 나는 약초를 너무 많이 먹었든지. 하지만 나는 이제 안다. 저 신관은 단순한 인간이 아니다. 그는 진짜 자투다. 주변의 다른 신관들도 마찬가지로 독특한 눈을 하고 있다.

누군가 신관에게 금속으로 된 뿔을 건네자, 고개를 끄덕이며 받고 말한다. "영예로운 오요모의 추종자들이여, 그대들에게 무한의 아버지가 보호와 구원의 축복을 내리길."

군중이 읊조린다. "보호의 축복을, 구원의 축복을."

나는 순수의 예식 날 이후로 저 기도문을 듣지 못했다. 하지만 고향 신전에서 참배해온 그 모든 세월 내내 새겨진 말이니 쉽게 따라 할 수 있다.

"이제 가장 상서로운 기간이 시작됩니다. 오늘은 어스름 축제의 전야입니다. 오요모의 강림과 어두운 계절 겨울의 도래를 기념하는 성스러운 전통에 따라 우리는 축제가 끝날 때까지 모여 있을 것입니다. 그러나 무한의 아버지의 여정을 경하하는 동안에도 경계를 늦춰서는 안 됩니다. 악마들이 오테라에 출몰하고 있습니다."

긴장이 군중을 휘어잡고 군인들이 서로 쳐다본다. 어떤 이들은 혐오감을 표시하기 위해 땅에 침을 뱉는다. 나는 주먹을 더욱 세게 움켜쥔다. 나와 같은 종족에 대한 증오가 담긴 악독한 말을 들으면 언제나 분노가 치민다. 어째서 우리가 악마란 말인가? 우리가 한 일이라고는 살아남기 위해 노력한 것뿐이다. 오테라의 다른 존재가 모두 그러하듯이. 그런데도 사람들은 우리를 경멸한다.

신관은 군중을 향해 고개를 끄덕이고, 그의 민머리가 저녁 빛에 빛난다. "금빛 존재들이 일어났습니다. 무시무시한 오염과 변태적 행동을 퍼뜨리며 순결한 소녀들을 알라키로 만들고 젊은이들을 방탕에 빠뜨립니다. 그들의 천박한 유혹에 결코 넘어가면 안 됩니다."

"더욱 굳건해져야 합니다." 가면을 쓴 여성에 내 옆에서 외치며 자신의 아이들을 더 가까이 껴안는다.

모두 동의하며 고개를 끄덕인다. 신관도 환한 미소로 칭찬한다.

신관이 다시 외친다. "오요모의 대신관, 존경하는 카디리에게 자세히 들었을 겁니다. 오늘 오요모가 선택한 또 다른 이를, 그분이 데리고 왔습니다. 우미 카두스, 심장의 여인!"

환호가 터지고 함성이 너무 큰 나머지 다른 모든 소리를 잡아먹는다. 나도 재빨리 합세한다. 긴장감에 근육이 쇳덩어리처럼 딱딱하게 굳는다. 이상한 존재가 다시 자라나는 것을 느낀다. 군중의 갈채가 일어날 때마다 공기 중으로 끈적거리며 밀려들어오는 것 같다. 그 방식이 어딘가 내 신경을 건드린다. 그리고 얼마 되지 않아 그 이유를 이해한다. 그 존재는 마치…… 환호를 먹이로 삼는 것만 같다.

환호라기보다…… 숭배라는 생각이 퍼뜩 머릿속에 떠오르지만 곧 무시해버린다. 오직 금빛 존재들만이 숭배를 양식으로 삼는다.

고요가 내려앉자 나는 다시 저 앞의 광경으로 시선을 돌린다. 카디리가 단상의 중앙으로 나온다. 그의 발걸음 하나하나가 느리고 신중하다. 모닥불 빛이 그의 피부에서 번쩍거린다. 그를 전에 본 적이 없어도 나는 그가 누군지 정확히 안다. 이 나이 든 성직자는 몸이 마르고 피부가 거칠다. 입고 있는 노란색 로브는 너덜너덜하고 발에는 굳은살이 심하게 박여 말발굽처럼 두툼하다. 군중 옆에서 구걸하는 거지들과 그를 구별해주는 유일한 차이점은 이마에 찍힌 상징이다. 쿠루, 신성한 태양이 그의 이마에 금으로 낙인찍혀 있다.

그리고 그의 피부가 어두운 푸른색이라는 사실.

그의 피부는 불빛을 받을 때마다 번들거리고 짙은 어둠의 색조를 만들어낸다. 소름 끼친다. 카디리는 몸바니다. 오테라에서 가장 희귀한 남부 지방의 한 부족인 것이다. 남쪽과 동쪽 끝의 '미지의 땅들'을 제외하면 '하나의 왕국'은 대륙 전체에 뻗어 있다. 그러나 대륙의 남부, 북부, 동부, 서부 지역에서 살아가는 제각기 다른 부족 중에서도 몸바니는 그 독특함으로 두드러진다. 그들만이 보석 같은 색채의 피부를 지니고 있기 때문이다.

카디리의 어둡고 푸른 외양은 그를 신화 속 생물처럼 보이게 한다. 그러나 그는 현실에 존재하고, 지금은 단상 끝으로 나와 우리를 굽어본다. 사실 키가 크지는 않다. 그의 뒤에 선 다른 신관들보다 머리 하나 정도가 작다.

신관들이 빠른 속도로 기도를 읊조리고 군중 위로 낮고 끈질긴 윙윙 소리가 커지자, 불안의 가시가 등골을 타고 내려온다. 소리가 커질 때마다 이상한 느낌, 그 이상한 존재감이 다시 나타난다. 마침내 카디리가 조용히 해달라고 손짓하고 신관들이 몸을 돌린다. 마치 하나가 된 듯이 단상 뒤쪽으로 물러난다. 그곳에서 한 여자가 도움을 받고 올라온다. 우미 카두스. 소개도 필요 없다. 어쨌든 단상 위에 서 있는 유일한 여자다. 금빛 잠에 빠진 소녀들을 제외하면 말이다.

나는 홀린 듯 그녀를 올려다본다. 심장의 여인인 그녀는 너무 가냘프다. 머리부터 발끝까지 덮은 겹겹의 노란색 예복 아래로 연약하고 새처럼 가녀린 몸이 보인다. 나이가 들었을 거라고 추측하지만, 열두 살부터 예순 살까지 어떤 나이라도 될 법하다. 진짜 나이를 알 수 있는 건 아니다. 나무로 된 경건한 가면이 얼굴을 숨기고, 눈과 입 구멍마저 새까만 천으로 가려졌다. 날이 점점 어두워지지만 나한테는 잘 보인다. 고도의 감각 덕분에 먼 거리에서도 우미 카두스가 느린 걸음으로 신관들을 향해 조심스레 다가가 무릎을 꿇고 카디리와 남자들에게 절대적 복종을 표하는 것이 보인다.

역겨움에 입술이 뒤틀린다. 여자 신관, 심장의 여인을 향한 모든 호들갑에도 불구하고 막상 저들이 불러낸 것은 겁에 질려 움츠러든 여인의 모습이다. 그러나 이것이 바로 핵심이다. 그렇지 않은가? 나는 긴장을 풀려고 애쓰며 멜라니스의 말을 기억한다. 이 여자는 신관이 아니라 그저 인간 여성들을 위한 미끼다. 완벽히 복종하고 아무것도 남지 않을 정도로 온전히 자신을 바쳐 헌신하면, 여자도 오요모의 선택을 받아 그의 특별한 심부름꾼이 될 수 있음을 보여 주는 증거인 것이다. 이런 기만은 나를 아프게 한다. 예전에 소녀들은 복종에 대한 보상으로 순결을 증명받고 결혼할 수 있게 되기를 고대했다. 이제는 가짜 신관으로 지명되어 다른 신관들을 위해 헛되이 노력할 수도 있게 됐다. 지금 이 여신관처럼.

카디리가 역겨울 만큼 잘난 체하는 몸짓으로 여자의 머리를 쓰다듬고 군중을 향한다. 그리고 놀라울 정도로 큰 목소리로 말한다. "축복받은 오요모의 추종자들이여. 너희는 수없이 들었을 것이다. 무한의 아버지의 권능에 대해, 우리에 대한 그분의 사랑과 헌신에 대해. 이제 그분은 너무나 순수한 헌신으로 금빛 존재들에 맞서 싸우기 위해, 자신의 가장 강력한 모습인 이두구로 변신했다."

군중은 카디리의 목소리에 사로잡혀 완전히 조용하다. 그 목소리는 내 뼛속 깊은 곳에서도 울리는 듯, 실재하는 힘이 느껴진다.

그 목소리에 푸른 피부색까지 더해져 신비로운 존재라도 된 듯한 그가 말을 잇는다. "저 악마들은 우리의 사랑하는 하나의 왕국에 오점이다. 그들의 야비한 자손, 그들이 누루라 명명한 알라키 데카도 그러하다. 그 여자가 불에 타 죽기를"

군중이 따라 외친다. "그 여자가 불에 타 죽기를."

속이 뒤집힌다. 이런 말을 들은 게 처음은 아니다. 나를 '사후대지의 불'에 태우고 싶어 하는 증오. 그런데도 여전히 아프다. 내 허리를 두른 케이타의 팔에 힘이 들어간다. 그래도 내 안에서 끓어오르는 혐오와 두려움을 없애지는 못한다.

카디리가 경건하게 고개를 끄덕이며 연설을 계속한다. "나는 몇 번이나 우리의 신과 그의 끔찍한 적들에 대해 말해왔다. 이제 다른 이의 입을 통해 이야기를 들을 차례다. 이제 모두 알게 되었듯이 오요모께서 무한의 자비를 내려 특별히 신성한 여성들을 임명하도록 했다. 그 여인들에게 육신의 연약함을 극복하고 신성한 힘을 흡수할 능력을 준 것이다. 이 성스러운 저녁에 그분이 선택한 첫 번째 딸 우미 카두스, 심장의 여인을 소개한다."

카디리가 여인에게 손짓하자 여인이 일어나 군중에게 허리 숙여 인사한다. 그리고 두 팔을 내밀어 말한다. "사랑하는 오요모의 추종자들이여. 무한의 아버지가 여러분을 축복합니다." 가면 뒤의 목소리가 놀라울 정도로 강하다. 저렇게 나약해 보이는데 목소리는 카디리 못지않다.

"무한의 아버지가 우리를 축복합니다."

"여러분에게 이두구의 인사를 전합니다."

"인사를 전합니다." 나를 제외한 군중 모두가 인사말을 따라 한다.

내 입은 침묵한다. 급작스레 덮친 공포가 모든 말을 앗아 갔다. 곧바로 알아채지 못했지만 저 목소리를 안다. 예전에 수백 번은 들은 목소리. 더 이상 말하지 않아도 심장의 여인이 누구인지 나는 안다. 그녀가 누군인지 확실히 안다.

엘프리드, 이르푸트 시절의 내 오랜 친구.

내가 살해당하는 것을 지켜보며 아무 말도 하지 않던 소녀.

14

불과 2년 전만 해도 엘프리드는 다른 사람들이 있으면 거의 입을 떼지도 못했다. 항상 고개를 숙이고 왼쪽 얼굴의 절반을 얼룩지게 한 붉은 반점을 숨겼다. 그리고 할 수만 있다면 군중 앞에 나서는 일은 절대 삼갔다. 모르는 사람을 만날 때는 속삭이듯 말하는 게 고작이었다. 순수의 예식 중에 죽음비명들이 들이닥치고 내가 불결하다는 것이 밝혀졌을 때 엘프리드는 아무 말도 하지 않았다. 이오나스가 내 배를 칼로 찌를 때도 그저 침묵하며 지켜보기만 했다. 공포에 가득한 눈빛으로. 내가 신전 지하에서 여러 달 동안 고문당하며 계속 살해될 때도 엘프리드는 항변 같은 걸 전혀 하지 않았다. 나를 만나게 해달라고 청하지도 않았다. 기대하고 있던 건 아니었다. 엘프리드는 그저 소녀일 뿐이고 내 가족도 아니었으니까. 이르푸트처럼 엄혹한 곳에서 그녀가 무슨 힘을 쓸 수 있었겠는가? 그랬더라면 엘프리드마저 감옥에 갇혔을 것이다. 그래서 나는 결코 엘프리드의 침묵을 원망하지 않았고 무언가를 기대하지도 않았다.

하지만 지금, 도저히 짐작조차 할 수 없는 과정을 거쳐 갑자기 엘프리드가 이곳에 있다. 세상의 절반을 건너와 수천 명의 청중을 지휘한다. 엘프리드가 말하면 그 목소리가 가면 뒤에서 공명한다. "사랑하는 오요모의 추종자들이여, 우리는 이두구가 모든 것에서 우리를 보호하고 모든 길에서 이끄심을 압니다. 이 어둠과 혼돈의 시대에 그분이 우리의 방패임을 압니다. 금빛 존재들과의 전투를 생각하면 우리는 압도되고 절망하기 쉽습니다. 그들이 우리의 사랑하는 황제를 포로로 삼고 우리의 수도를 포위했습니다. 우리의 친구와 가족 그리고 마을 전체를 죽였습니다. 그러나 모든 것을 잃지는 않았습니다."

내가 엘프리드를 바라보고 당혹스러워하는 동안에도 그녀는 연설을 계속한다. "악마들은 강하지만 우리가 물리친 적이 있고, 감옥에 가두기도 했습니다. 지금 악마들은 뻔뻔하게도 그 감옥을 자기들의 성전이라고 부릅니다. 우리는 다시 악마들을 가둘 수 있습니다. 그들은 약하고 한때 지니고 있던 힘은 고갈되었습니다. 그 힘은 순진한 여성을 유인하고 무고한 어린이를 잡아먹으며 축적한 것이었으니까요."

군중은 분노와 증오의 탄성을 지른다. 하지만 나는 여전히 너무 놀라고 당혹스러워 아무 반응도 하지 못한다. 그동안 나는 엘프리드가 결혼했거나 최악의 경우 불결한 악마인 나와 친하게 지냈다는 오명을 지우기 위해 신전으로 끌려가 하녀가 됐을 거라고 생각했다. 그러나 지금 엘프리드는 여기, 내 앞에 서 있다. 그리고 아베야에 살고 있는 선택받은 소수만이 알고 있는 정보를 말한다. 엘프리드는 대체 어떻게 이런 지식을 얻은 거지? 그리고 왜 저런 끔찍한 말을 뱉는 걸까?

내가 아는 엘프리드는 낯선 이들 앞에서 말하는 것을 좋아하지 않았고, 관심의 중심이 되는 건 더더욱 원하지 않았다. 강제로 이런 행동을 하는 게 분명하다. 아마 나와의 친분에 대한 속죄인가 보다. 그래, 그런 걸 거야. 한때 엘프리드는 내 가장 친한 친구, 유일한 친구였다. 이건 우리 우정에 대한 처벌인 게 틀림없다.

엘프리드가 손을 들어 올려 군중을 조용히 시킨다. "전성기의 금빛 존재들은 끔찍하게 혐오스러웠습니다. 아이와 여자들의 생명을 빨아들였습니다. 모든 순수한 것을 말입니다. 그런 방법으로 자신들을 신이라 선언할 만큼 강력한 힘을 얻고 불결한 자손을 낳아 오테라를 더럽혔습니다."

나는 주먹을 꽉 쥔다. 너무 세게 쥔 나머지 피부가 파일 것만 같다. 아무리 신관들 강압에 이러는 거라고는 해도, 엘프리드의 이야기는 충격적이다. 어머니들과 자매들에 대한 끔찍한 거짓을 뱉다니. 갑자기 뭔가 부숴버리고픈 충동이 인다. 엘프리드가 쓰고 있는 가면이면 좋겠다. 저 무표정한 가면을 충분히 세게 치면 엘프리드가 정신을 차리고 한때 내가 알던 상냥하고 행복한 소녀로 돌아올지도 모르겠다.

하지만 내가 할 수 있는 건, 엘프리드가 계속 말하는 동안 가만히 있는 것뿐이다. "그러나 지금 그들은 그 산 위에 고립되어 있습니다. 그들이 좋아하는 먹이인 우리 소중한 아이들과 멀리 떨어져 있습니다. 하지만 그것만으론 오테라의 아이들을 지킬 수 없습니다. 금빛 존재들이 유혹하는 자유를 취하기 위해 산으로 달려가는 불안해하는 젊은이를 모두 보호하지는 못합니다. 그런 젊은이들은 그 불경스러운 생물이 그들을 먹이로 삼고 그들의 영혼으로 배를 불린다는 사실을 조금도 알지 못합니다."

엘프리드가 군중을 둘러본다. "다행스럽게도 악마들은 아직 완전히 채워지지 않았습니다." 군중은 엘프리드의 주문에 사로잡혀 넋이 빠졌다. "금빛 존재들은 굶주려 있고 허약합니다. 우리는 그 취약함을 이용할 것입니다. 그들의 성전으로 행진할 것입니다. 그리고 옛 오테라의 전사들이 실패했던 과업을 달성할 것입니다. 우리는 그 악마들을 완전히 죽일 것입니다!"

군중의 함성은 이제 열광적으로 달아오르고 끔찍한 악의가 공기 중에 가득 찬다. 맹공에 내 피가 뒤흔들린다. 또 한 번 그 존재, 신비한 도구가, 그것이 무엇이 됐든 군중의 열기와 갈망을 집어삼킨다. 나는 그저 박수만 치며 조심스레 환희를 가장할 뿐이다.

마침내 박수가 끝나자 케이타가 내 손을 잡는다. 나는 기꺼이 그 손을 마주 잡는다. 케이타의 손 역시 땀에 젖었다. 케이타 역시 너무 앙다문 나머지 턱 근육이 경련한다. 케이타도 그 존재를 느낀 것이다.

군중이 다시 조용해졌을 때 엘프리드가 건너편을 바라본다. "여러분은 내가 어떻게 금빛 존재들에 관한 이 모든 진실을 알고 있는지 궁금할 겁니다. 대체 어떻게 이르푸트처럼 외지고 낙후된 마을에서 온 하찮은 소녀가 악마들에 관한 모든 진실을 알고 있는 것일까?" 엘프리드는 극적으로 잠시 멈추고 긴장이 고조될 때까지 기다린다. 엘프리드의 초록 눈이 샐쭉 올라가는 모습이 생생히 보이는 듯하다. 흥미로운 이야깃거리를 떠벌리기 전에 앨프리데의 눈이 항상 그랬듯이.

누군가 외친다. "계속 얘기해요."

다른 이가 합류한다. "들려줘요, 우미 카두스!"

엘프리드의 가면에 박힌 은장식이 횃불 아래서 반짝이고 그녀의 목소리는 마치 속삭이듯이 낮아진다. "그게 말이죠, 나는 그 악마들의 씨와 같은 마을에서 자랐답니다. 누루와 함께 자랐죠. 데카…… 바로 저기 서 있는 저 소녀와 함께 말이에요."

얇고 가냘픈 손가락이 나를 똑바로 가리킨다. 그리고 세상은 정적에 빠진다.

순간적으로 내 폐에서 공기가 모두 빠져나간 것 같다. 모든 것이 흙탕물처럼 움직인다. 군중이 일제히 나를 향한다. 우리를 향한다. 내가 여전히 충격에 빠져 넋 놓고 있는 동안 친구들이 급히 움직인다. 그제야 나는 퍼뜩 상황을 파악한다. 천천히 군중 속으로 파고든 자투가 우리의 관심이 엘프리드에게 집중하는 동안 그물을 조였다. 결국 엘프리드의 진짜 역할은 우리의 주의를 흐트러뜨리는 것이었다. 오테라 여성들에게 던지는 미끼나 우리가 추측한 어떤 역할도 아닌 그냥 덫, 단순하고 뻔한 함정이었던 거다. 우리가 카디리 대신관을 잡으려 했던 것처럼 카디리 대신관도 우리를 잡으려고 함정을 판 것이다.

케이타가 눈을 크게 뜨고 우리를 에워싼 자투를 살펴본다. 최소 백 명은 되고 모두 인간이다. 그래서 내 감각이 위험을 감지하지 못했다. 그 아이러니가 서서히 나를 덮친다. 이곳에 오기 전에 여성 신관에 대해 듣지 못한 것이 당연하다. 최종 순간까지, 우리가 도착하는 날까지 발표하지 않은 것이다. 우리와 달리 경험 많은 알라키 지휘관들은 함정을 눈치챌 수 있었을 테니까.

우리가 그들을 속이고 있다고 생각했지만 그들이 우리의 의표를 찔렀다.

"데카……." 케이타가 눈으로 무언의 질문을 반짝이며 나를 부른다. '어떻게 하지?'

친구들을 돌아보니, 모두 명령을 기다리며 나를 바라보고 있다. 나는 재빨리 판단한다. "카디리를 잡자, 지금이야!"

'변신해, 이그사!' 나는 조용히 덧붙인다.

그 생각이 머릿속을 빠져나가기도 전에 이그사가 마차 고삐를 찢어발기고 나오는 것이 느껴진다. 이그사의 몸이 본래 거대한 몸집 보다 더 크게 팽창한다. 일반적으로 이그사는 황소 크기 정도 된다. 어쩌면 조금은 더 크거나. 오늘 이그사는 그 네 배가 되었다. 변신 하는 광경을 볼 필요조차 없다. 내 내면 깊은 곳의 본능으로 안다. 우리를 묶어주는 관계의 또 다른 측면이다. 이그사가 들판에서 날 뛰며 우리 마차를 포위한 자투들을 짓밟는다. 이그사는 지금 어둠 속에서 빛나는 그림자이자 복수심에 불타는 거대 생명체다. 커다란 회색 엄니와 가시가 난, 매머드와 닮은 형체는 우리가 때때로 전투 에 타고 나가는 모습이다. 하지만 매머드는 느리고 둔해서 이그사 처럼 날렵하고 우아하게 돌진하지는 못한다. 우리를 둥글게 둘러싼 자투 무리로 녀석이 뛰어든 지금처럼 말이다. 이그사가 지나가자 군중이 비명을 지르며 달아난다.

이그사의 엄청난 포효가 들판에 울려 퍼지고 그 소리에 몇몇 자 투가 휘청한다. 그에 재빨리 답하는 높은 음조의 비명이 들린다. 다 른 비명 소리가 뒤따르고 또다른 비명 소리, 카티야와 다른 죽음비 명들의 소리가 이어진다. 나는 안도의 한숨을 내쉰다. 죽음비명들 을 잊고 있었다. 죽음비명들이 숲속에서 몰려나오자 더 많은 비명 소리가 터져 나오고 군중 속의 일반인들은 도망친다.

나는 재빨리 이그사 등에 올라탄다. "어서 타!" 친구들에게 외친 다. 지금 이그사는 우리 모두 타기에 충분히 크다.

케이타, 벨칼리스, 쌍둥이가 합류하고 다른 우루니들도 뒤를 따 를 때 거센 바람이 획 지난다. 단상을 향해 날갯짓하는 멜라니스의 양팔에는 브리타와 리가 각각 안겨 있다. 하지만 카디리는 멜라니 스는 물론이고 우리 접근에 전혀 겁먹지 않은 것 같다. 다른 신관들 은 모두 피해 도망쳐도 카디리는 그저 의기양양한 눈빛으로 잠든 알라키들 옆에 서 있다.

나는 불안해져 소리친다. "함정에 주의해!"

이그사에게도 덧붙인다. '이그사, 경계를 늦추지 마!'

'데카!' 나의 거대한 친구는 동의하며 쾅 하고 단상에 착륙한다.

그러나 이그사에서 내리는 순간, 나는 공기 중에 모이는 에너지를 느낀다. 오늘 하루 계속 느꼈던 익숙한 에너지여서, 곧 알아챈다. "문이야! 여러 개의 문이 있어."

어떻게 이런 일이 가능한지 궁금할 틈도 없이, 허공이 쭉 찢어지며 그 안에서 오후 햇살이 환하게 빛난다. 멍하니 보고 있자니 거대한 형체가 나타난다. 너무나 친숙한 황금 갑옷을 두른 길쭉한 형체는 끔찍하게 날카로운 단검 같은 손톱이 있음에도 으스스하게 인간 같은 모습을 하고 있다. 죽음비명인 것이다. 하지만 카티야나 다른 죽음비명과 달리 피부가 어두운 보라색이고 금빛 혈관이 그물처럼 퍼져 있다. 더욱 이상한 건 황금빛 지옥의 갑옷을 입고 있는 점이다. 알라키가 입는 것과 똑같은 갑옷이다. 게다가 꽃 모양의 창을 들고 있다. 단검 같은 꽃잎이 달린 꽃 모양의 창 역시 너무나 익숙하다. 오요모신 신전의 자투가 들고 있던 것이다. 하지만 이 죽음비명이 그 자투였을 리는 없다. 자투는 죽어서 죽음비명이 될 수 없고, 혹시 그렇더라도 우리가 오요모신을 잿더미로 만들어버리지 않았는가.

그런데 자투가 부활도 한다면……. 이 생각이 머릿속을 스칠 때, 익숙한 고통이 느껴진다. 하도 강렬해 움찔 놀란다. 그러고 보니 죽음비명 흉갑에 그동안 두려워하던 것이 달려 있다. 마치 내가 보기를 기다렸다는 듯 사악하게 걸린 상징. 재빨리 시선을 돌리니 다행히 고통이 줄어든다.

하지만 이런 고통은 더 이상 중요하지 않다. 방금 머릿속에서 맞춰진 무시무시한 정보와 비교하면 이 두통 정도는 아무것도 아니다. 이 죽음비명은 이전에 오요모신에서 보았던 자투 대장이다. 그는 남성이고 그자만 이런 것도 아니다.

허공이 더 많이 찢어지고 더 많은 죽음비명이 나타난다. 그들 모두 같은 보라색 피부에 금빛 혈관이 보인다. 다들 꽃 모양의 창을 들었고 지옥의 갑옷 흉갑에서 자투 상징이 나를 노려본다. 나는 오한을 느낀다.

순식간에 그 죽음비명들이 우리를 빙 둘러싸고 창끝을 견고히 겨눈다. 멜라니스가 카디리를 향해 급강하할 때마다 그들이 창을 들어 멜라니스를 막아낸다. 멜라니스의 속도와 민첩성으로도 뚫리지 않는다. 완전히 수준이 다르다. 이런 건 본 적이 없다. 게다가 너무나 절도 있게 움직여서 마치 한 존재가 다중 복제된 듯하다.

"멈춰!" 내가 그들에게 명령한다. 하지만 나를 에워싼 자투 상징이 너무 많아서 내 힘을 반사하고 머리가 욱신거린다. 그 때문에 죽음비명들이 내 명령을 무시하고 천천히 꾸준하게 접근해서 우리를 둘러싼다.

그러나 나는 이런 상황에 대비해 몇 주 동안이나 상징의 효과를 막아내기 위한 훈련을 했다. 고작 상징 몇 개가 나를 무너뜨리게 두지 않을 것이다.

"멈춰! 명령이다!" 나는 다시 소리친다.

전과 마찬가지로 죽음비명들은 나를 무시한다.

상징의 힘은 여전히 강력하고 효과적인 방패가 되어 나를 막아낸다.

그러자 카디리가 히죽거리며 조롱한다. "이곳에선 네 목소리가 힘을 갖지 못해, 영광스러운 누루. 카두스는 사슬이 몸을 묶는 것처럼 효과적으로 목소리를 묶어두지."

카두스? 빌어먹을 상징의 이름을 듣자 더욱 화가 난다. "원하는 게 뭐지?" 나는 으르렁거린다.

뭔가 속셈이 있다는 정도는 알겠다. 카디리가 그저 나를 막으려고만 했다면 나와 친구들이 군중 속에서 엘프리드의 연설에 빠져 있을 때 자투에게 나를 찌르게만 했어도 된다. 내가 다시 살아나는 데 적어도 몇 시간은 걸렸을 것이고 그것은 엘프리드도 안다.

그러고 보니…….

나는 옛 친구를 노려본다. 엘프리드는 여전히 그곳에 서서 지켜보고 있다. 어째서 다른 사람들과 함께 도망치지 않은 걸까? 약간의 수치심도 남지 않은 걸까? 엘프리드는 여전히 그대로, 잠든 소녀들 옆에 서 있다. 잠든 소녀들은 이제 대부분 완전한 혈색을 되찾았다. 그중 하나의 몸이 살짝 떨린다. 통통하고 창백한 동부 아이인데, 겨우 열다섯 살 정도로 보인다. 곧 깨어날 것 같은 염려에 입 안이 마른다.

제발 지금은 깨지 마. 나는 조용히 기도하고 카디리는 그런 나를 비웃는다.

카디리는 재밌다는 듯 내 말을 따라 한다. "원하는 게 뭐냐고? 내가 원하는 거라……. 음……. 흥미로운 질문이군. 그런데…… 지금 내가 뭘 원하느냐가 중요한 게 아니야, 영광스러운 누루. 그분이 무엇을 원하느냐가 중요한 거지." 카디리는 마디진 손가락으로 하늘을 가리킨다.

"그분?" 나는 따라 말하며, 커지는 두려움을 숨기려 필사적으로 애쓴다. 그때 잠들었던 알라키가 부드럽게 경련한다.

제발, 지금은 안 돼. 내가 다시 기원한다. 그녀가 다시 잠에 빠지기를 바라지만, 행운은 언제나처럼 나를 비껴간다. 다른 소녀들도 움찔거리기 시작하더니 천천히 잠에서 깨어난다.

"이두구……." 카디리의 목소리가 내 관심을 다시 끌어간다. 카디리는 이제 이상하게도 텅 빈 눈빛을 하고 있다. "그분이 내 꿈에서 속삭인다. 네게 매료되었다고. 그분은 널 만나기 위해 이 모든 상황을 설계했어."

"이두구라고?" 나는 공중을 맴도는 끈끈한 존재를 느끼면서도 코웃음 친다. "오테라에는 오로지 네 분의 신만이 존재하고 그건 바로 금빛 존재들이야."

"그들이 그렇게 말했나?" 카디리가 부드러운 연민의 미소를 짓는다. "불쌍한 아이, 악마들에게 완전히 속았구나. 너한테는 자기들이 절대 아이들을 먹은 적도 없고 순수함을 소모시켜 힘을 얻은 적도 없다고 말했겠지."

"그분들을 그럴 필요가 없어." 나는 다시 분노에 차서 이를 악문다. 내 평생 금빛 존재들이 어떻게 아이들을 잡아먹었는지, 얼마나 가공할 탐욕으로 오테라를 파괴했는지 이야기를 들어왔다. "어머니들은 신이고 수호자야. 그분들은 결코 자기 아이들을 해치지 않아."

연민의 미소가 오만하게 날카로워진다. 카디리가 혀를 찬다. "단순한 아이구나. 모르는가? 신들은 숭배를 요구하고 가장 순수한 숭배는 희생이야."

내가 움직이기도 전에 카디리가 잠에서 깨어난 소녀의 머리채를 잡고 옆구리에서 단검을 뽑는다. 소녀의 머리를 뒤로 젖히며 하늘을 올려다보는 그의 눈에 광란의 빛이 감돈다. "신성한 아버지여, 당신의 힘을 더하기 위해 이 제물을 바칩니다. 소녀의 피가 당신을 채우기를. 소녀의 영혼이 당신의 양식이 되기를. 양분을 얻으시기를."

카디리는 칼을 휘둘러 단번에 소녀의 목을 벤다.

비명이 공기를 꿰뚫는다. 대부분 이제 막 깨어난 다른 소녀들에게서 터진다. 내가 지르는 비명은 먼 메아리처럼 들린다. 단상의 나무판으로 황금 피가 쏟아진다. 너무 많이 흘러서 카디리 대신관 발치에 있는 피 웅덩이가 커진다. 그런데도 나는 움직일 수가 없다. 그대로 얼어붙는다. 심장이 미친 듯이 뛰고 거칠게 몰아쉬는 숨조차 힘겹다. 그저 피 웅덩이를 바라볼 뿐이다. 그곳에서 이상한 빛이 일어나고 강렬한 사악한 기운이 마치 슬금슬금 움직이는 손가락처럼 죽어가는 소녀를 향해 다가간다.

'데카!' 이그사가 겁에 질려 으르렁거린다. 이그사도 공기 중에 일어나는 악의를 느끼는 것이다. 왠지 우리가 서로 다른 두 개의 몸을 통해서 정신을 공유하고 같은 상황을 경험하는 것 같다.

이그사의 외침이 나를 움직이게 한다.

하지만 내가 비틀거리며 소녀들에게 다가가도, 아티카를 쥔 손에는 힘이 없다. 공포에 등골이 쭈뼛거린다. 힐끗 보니 피 웅덩이가 맹렬하게 빛난다. 거의 태양에 버금가는 밝기이다.

나는 겁에 질려 묻는다. "저게 뭐지? 무슨 일이야?"

하지만 카디리는 더 활짝 웃음 지으며 입이 찢어지도록 섬뜩한 환희의 조롱을 내뿜는다. "그래, 네게는 보이는구나. 그럴 거라 그분이 말씀하셨지. 그분의 존재, 신성의 증거야."

내 옆에서 케이타가 혼란스러워한다. 내 시선을 따라 두리번거린다. "무슨 일이야, 데카?"

케이타의 질문에 내 몸의 모든 근육이 경직된다. 케이타 눈으로는 피에서 뿜어 나오는 빛이 보이지 않는다. 바로 앞에서 저렇게 밝게 빛나고 있는데도, 브리타와 다른 친구들도 보지 못한다. 그들은 여전히 내 주위에 전투대형으로 모여 아직 움직이지 않는 죽음비명들에 시선을 고정하고 있다. 모두 조금 전과 똑같은 표정으로 똑같은 공포를 느낀다. 그렇지만 그들 중 누구도 놀라거나 충격받은 것 같지는 않다. 빛이 보이지 않기 때문이다. 너무 밝은 나머지 피의 흔적마저 지워버리는 정도인데도 말이다. 한기가 나를 감싼다. 저 빛은 '여신들의 방'에 있는 별들의 강 같다. 오직 나만이 진정한 본 모습을 볼 수 있다. 그리고 이 사실이 의미하는 바는 오직 하나다. 이것이 신의 작용이라는 것. 내 앞에서 벌어지는 이 상황이 무엇이든, 천상의 일인 것이다.

카디리는 내가 이를 깨닫는 순간을 알아차리고 잔뜩 들떠한다. "마침내 이해하는구나, 데카. 이건 신비한 도구의 작용이 아니야. 그들은 거짓말을 했어. 그분이 한 일이다. 그분이 오테라의 진정한 신 이두구다."

내 모든 감정이 카디리 대신관 말에 항의하며 비명을 지른다. 하지만 그 안에 담긴 진실은 부인할 수 없다. 이제 피의 빛이 흐려지며 사라지는 것이 보인다. 마치 무엇인가가 빨아들여 마지막 한 방울까지 쭉 삼킨 듯하다. 그리고 사라진 빛과 함께, 내 주위를 둘러싼 악의가 점점 커져 매 순간 더욱 강력해진다.

이제는 확실하다. 이두구는 정말 존재한다. 어머니들의 말씀처럼 신비한 도구는 아니다. 또한 저들의 말처럼 오요모의 숨겨진 모습도 아니다. 숭배자들에게 어머니들과 맞서 싸울 힘을 내려주는 자애로운 존재 같은 게 아니라는 말이다. 복수심에 불타는 기생적인 괴물로 어리석은 추종자들의 기도와 에너지에 탐닉한다.

그리고 풋내기 알라키의 피를 마신다.

어떻게 이런 존재가 가능한 거지? 어머니들은 앙고로일 거라고, 앙고로가 신성을 흉내 내는 거라고 말했다. 하지만 이 괴물은 진짜 천상에서 기원했다. 단순한 흉내가 아니다. 이 사실은 내가 하늘의 색이나 발밑 나무의 촉감을 아는 것처럼 불현듯 깊게 아는 것이다. 그런데 어째서 어머니들이 몰랐을까.

아니, 알았을까?

어머니 아뉵과 나뉸 대화가 떠오른다. 지난번에 내가…….

생각이 너무 빨리 빠져나가버리고 나는 눈만 깜박인다. 혼란스러움에 정신을 차리려고 머리를 흔든다. 지금은 생각을 놓칠 때가 아니다. 이두구에 대해 침묵한 이유가 무엇이든 간에 어머니들이 다시 제대로 설명해줄 것이다.

하지만 자투는 그렇지 않다. 그들은 이곳의 진정한 악인이다.

수천 년 동안 그들은 금빛 존재들을 괴물이라고, 어린아이의 목숨을 노리는 불멸의 악마라고 비난했다. 그러나 지금 자신들도 부활하여 죽음비명이 되지 않았는가. 그리고 그들의 신은 게걸스러운 새가 곡물을 먹어대듯 아이들을 흡수했다. 자신을 지킬 수 있는 나이도 되지 않은 어린 소녀들을 말이다. 자기 마을에서 자기 가족에게 배척당하고 처벌받은 소녀들은 이미 절망의 구렁텅이에 빠졌다. 한때의 나와 같은 소녀, 희망과 신뢰가 가득했던 순진한 소녀들이다. 분노가 치솟고 내 몸 구석구석이 정의롭고 무모한 결의로 가득 찬다. 이제부터 무슨 일이 벌어지더라도 한 가지는 진실임을 안다. 내가 이 거짓 신성을, 신의 괴물 같은 사기꾼을 찾아낼 것이다. 그리고 어머니들이 발뒤꿈치로 짓뭉개버릴 정도의 본질만 남을 때까지 파괴할 것이다.

그것이 무엇이든 어디에서 기원한 것이든 상관없다. 어린 자매들을 위해 복수할 것이다. 내 영혼에 맹세한다.

나는 카디리를 보며 아티카를 들어 올린다. "신이든 아니든 불경스러운 존재를 오테라에서 박멸할 거야."

하지만 카디리는 더 크게 웃는다. "그러려면 그분을 직접 만나야겠지. 완벽해. 그분이 널 기다리고 계셔."

카디리는 위를 올려다보고 오직 자신만이 볼 수 있는 무엇인가와 시선을 맞춘다. 그러자 허공에 모이는 것이 느껴진다. 문이다. 그러나 이번은 아까와는 다르다. 문에서 무언가가 나오는 게 아니라 마치 문이 우리를 향해 다가오는 듯하다. 그물로 우리를 낚아채려는 것 같다. 나는 놀라서 친구들에게 말한다. "또 문이야! 멜라니스, 카디리를 잡아야 해요! 당장!"

"분부대로, 영광스러운 누루." 멜라니스가 단상으로 몸을 날리며 날개를 접는다. 그러나 멜라니스가 다가가기도 전에 카디리는 사라진다. 허공으로 흔적도 없이. 남은 것은 이상한 죽음비명뿐이다. 그들은 멜라니스를 바라보며 움직이지 않는다. 멜라니스는 화가 나서 으르렁거리며 다시 날개를 펴고 오른다.

그때, 사방에서 문이 열린다. 대기가 갈라지며 우리를 빨아들인다. "소녀들을 지켜!" 내가 외치자 멜라니스가 끄덕이며 소녀들에게 날아간다.

멜라니스가 소녀 셋을 한 번에 끌어안고 날개를 펼치자, 가까운 곳의 문이 나를 끌어당긴다. "데카!" 케이타가 재빨리 나를 움켜잡는다. 다른 친구들도 마찬가지다.

"무슨 일이야?" 카티야가 니미타와 함께 내 옆으로 뛰어내리며 묻는다. 단상 저쪽에 있는 다른 죽음비명들은 바로 움직이기에는 너무 늦었다. "대체 무슨 일인 거야, 데카?" 카티야가 당황해하며 다시 묻고 우리 주위로 공기가 난폭하게 휘몰아친다.

나는 소리친다. "문이야! 우리가 문 한가운데 있어! 정신 똑바로 차려!"

모든 것이 사라지기 전, 내가 마지막으로 한 말이다.

15

이전 장소가 어두웠던 만큼, 우리 앞에 나타난 신전은 밝게 느껴진다. 언덕 위에 높이 자리한 신전 아래로 장엄한 도시가 내려다보인다. 보자마자 헤마이라임을 알 수 있다. 초저녁 햇살 아래서 강과 호수가 부드럽게 빛난다. 울창한 초록 동산과 섬들에 시선 둘 틈도 없이 문이 다시 소용돌이치고 우리를 신전 회당 한가운데에 내려놓는다. 아름다운 금빛 유적을 알아본 내 가슴은 공포로 쿵쾅거린다. 우뚝 솟은 벽들은 오테라에서 가장 단단하고 귀중한 암석 엔고르로 만들어졌다. 모두 '무한의 지혜들'에 설명되어 있다. 이 신전 전체가 그렇다. 사실 '무한의 지혜들'의 많은 부분이 이곳에 할애되었다. 오테라에서 가장 신성하고 성스러운 장소. 헤마이라의 대신전이다. 오테라 대신관들의 거처이자 오테라에서 가장 숭배받는 장소 중 하나. 동시에 가장 위험한 곳이다.

이곳에 이두구가 있다.

지금도 나는 느낀다. 불길한 존재가 가까이 미끄러져온다.

"아니야, 안 돼, 안 돼!" 신음이 들린다. 아칼란이다. 그 침착한 우루니가 겁에 질려 두 손으로 머리를 감싼다. "우린 여기에 있으면 안 돼! 우리는……."

아돠파가 아칼란을 부축하며 호흡을 돕는다. "숨 쉬어, 아칼란! 숨을 쉬어!"

하지만 겁에 질린 건 아칼란만이 아니다. 주변에 있는 모두가 제정신이 아닌 듯 공포에 눈이 휘둥그레져 주위를 두리번거린다. 주위가 벌써 다시 흔들린다. 공기가 다시 움직이면서 너무 빨리 지나가는 탓에 속이 울렁거린다.

브리타가 내 손을 더 꼭 잡는다. "데카, 무슨 일이지?"

"문이 또 움직이는 것 같아!"

우리 주변의 회당이 곧 사라지며 또 다른 금빛 방이 나타난다. 하지만 그것도 곧바로 사라지고 다음 방도 그렇게 된다. 마치 이두구가 우리를 한 곳에서 다른 곳으로 밀어내기만 하는 것 같다. 한 번에 쓸 수 있는 힘이 이 정도밖에 되지 않는 것처럼. 문이 다시 한번 생겨난다. 이번에는 밝은 파란색 벽에 조각 작품이 줄지어 놓인 방으로 우리를 데려간다. 조각 하나는 전사 네 쌍이 격투하며 얽힌 모습이다. 여덟 전사 모두가 빛나는 황금 줄로 연결되어 서로의 목에 검을 겨누었다. 마치 인돌로처럼 보인다. 네 쌍의 육체가 하나처럼 연결됐고 그러면서도 그중 둘은 멜라니스처럼 날개를 가졌다. 그 아래 글씨가 작게 새겨졌지만, 주위에 너무 많은 카두스가 그려져서 무슨 말인지 알아보기 어렵다. 욱신거리는 머리 때문에 눈을 감고 균형감을 되찾으려 애쓰다가 기겁하는 소리에 번쩍 눈을 뜬다.

목이 잠긴 케이타가 속삭인다. "데카, 우리 포위됐어."

돌아보자 적어도 쉰 개체의 죽음비명이 우리에게 창을 겨누고 있다. 유리 천장으로 들어오는 빛 아래로 보라색 피부가 불길하게 번

들거린다. 방 중앙의 불구덩이를 보고 나는 숨을 들이마신다. 문이 우리를 대신전의 내부 성소로 데려온 것이다. 게다가 문은 아직 닫히지 않았다. 지금도 시야 가장자리에서 아른거리는 것이 느껴진다. 이두구에게 문 닫을 힘이 없거나 아니면 우리를 데려가려는 최종 목적지가 더 있는 것이다.

내가 두려움에 꽁꽁 묶여 있는 동안, 죽음비명들의 대열 뒤에서 카디리가 환영의 손을 펼치며 걸어 나온다. 그러더니 끔찍하게 평온한 미소를 짓는다. "환영한다, 누루 데카. 이두구께서 너를 맞이하라 명하셨다. 그분의 이름은 영광이도다."

"그분의 이름은 영광이도다." 내부 성소의 가장자리를 따라 미끄러지듯 움직이는 신관들이 합창한다. 무거운 예복을 입은, 상대적으로 작은 몸뚱이들을 거대한 죽음비명들이 가리고 있다. 죽음비명들은 미동도 없다. 살아 있기는 한가? 생각은 할까? 의식은 있는 걸까?

이그사가 죽음비명들을 향해 으르렁대며 불안해한다. '데카?' 이그사가 물으며 가리키듯 유리 천장을 올려다보지만 카디리가 바로 알아차린다.

카디리가 죽음비명들에게 고개를 끄덕이자 그들이 즉시 창을 교차시켜 장벽을 만든다. 우리를 보내줄 생각이 없다. 나가려면 싸워야 한다.

"전투 준비!" 나는 외치며 아티카를 높이 든다.

친구들이 명령을 따라 서로 등을 맞대어 모여 적들과 마주 본다. 적이 너무 많다. 가능한 경우의 수를 헤아려보지만 상황이 절망적이라 집중력이 흐트러진다. 내 명령을 듣지 않는 죽음비명들에 에워싸였고, 카두스 때문에 내 목소리는 힘을 잃었다. 설상가상으로 이두구의 끈적거리는 존재가 주위를 맴돌며 나와 어머니들의 연결을 막는다. 나는 다시 안세타 목걸이를 만진다. 우리를 이어주는 보이지 않는 유대의 끈을 필사적으로 잡아당겨 보지만 반응이 없다. 다시 한번 시도해보지만 여전히 아무런 응답이 없자 공포가 극에 달한다. 절망의 눈물이 솟아난다. 이곳에는 우리뿐이다. 우리를 인도해주는 어머니들의 보이지 않는 손이 없으면 나와 내 친구들은 방향을 잃는다.

다른 곳으로 갈 수만 있다면 이르푸트라도 갈 텐데. 시도 때도 없이 잔혹 행위를 당한 지하실이라도……

갑자기 대기가 다시 움직이고 순식간에 자갈 포장 바닥이 나타난다. 은빛 달빛 아래서 어슴푸레 빛나는 조용한 마을 광장이 보인다. 익숙한 빵집과 친숙한 마구간을 알아보고 내 입이 떡 벌어진다. 근처 벽에 기대어 조는 경비들만이 낯설다.

내가 헉 숨을 들이켜자 경비가 놀라서 깨어난다. 우리를 발견한 경비의 눈이 공포로 커진다.

"죽음비명이다!" 경비가 소리친다. "알라키와 죽음비명과 또……" 이그사를 보고는 눈이 튀어나온다. "괴물들이 중앙 광장에 나타났다! 경보를 울려라!"

뿔나팔이 울리고 마을을 둘러싼 성벽에서 북소리가 메아리친다. 1년 전에는 없던 성벽에 카두스를 입은 자투들이 바글거린다.

나는 헐떡거리며 공황에 빠진다. "아니, 아니. 아니야! 어째서 이리 온 거지?"

나는 친구들에게 바짝 다가선다. 모두 나만큼이나 혼란스럽고 겁에 질려 있다. 생각이 갑자기 빠르게 소용돌이친다. 왜 이리 온 거지? 이두구의 게임인가? 내가 가장 무서워하는 장소로 보내서 나를 흔들려고? 왜 그냥 헤마이라 도시 한가운데로 보내지 않는 거지? 그곳에 모든 병력이 있는데? 이런 생각을 하자마자, 거대한 성벽이 어른거리며 보이기 시작한다. 헤마이라의 성벽이 우리 위로 솟은 것이다. 하지만 성벽 주변의 수많은 진지나 참호 근처는 아니다. 아니, 어쩐지 그곳에서 멀리 떨어진 그늘 속에 있는 듯하다. 이건…… 탑의 그늘인가?

문이 다시 안정되자 나는 당황하여 주위를 둘러본다. 작은 장식 탑의 곱슬 무늬 벽이 우리를 둘러싸고 그늘을 만들어, 갑자기 내리쬐는 오후의 뜨거운 햇볕을 막는다. 시원한 산들바람이 부드럽게 불어오는 기둥 뒤로 어느 주택의 옥상이 펼쳐진다. 길고 평평하게 이어진 공간을 장식 탑들이 에워싸고, 작지만 싱그러운 정원을 만든다. 그 아래에서 여러 목소리가 올라온다. 심한 헤마이라 억양으로 흥정하는 상인들의 왁자지껄 소리가 익숙하다. 내려다보니 색색의 천막 노점이 모인 강변 시장이다. 어떻게, 왜 우리가 이리 온 거지? 헤마이라의 많은 수로 중 하나가 우리 아래로 흐르고, 낡은 시장 보트들 위에서 사람들 무리가 삼베 주머니 가득 담긴 붉은 고추나 푸른 마굴란잎, 약용 나두리 나뭇가지 같은 것을 사고판다. 머리가 모두 드러나 있는 것을 보니 저 중에 여자는 단 한 명도 없나 보다. 여자가 없지만 나는 이 시장을 잘 안다. 광경이 익숙하다. 나도 모르게 눈이 가늘어진다. 친구들과 전투를 나갈 때 수없이 봤던…….

나는 숨을 들이켠다. 저 멀리 언덕을 에워싼 특유의 붉은 성벽을 올려다보고 충격에 빠진다.

아돠파도 기겁하며 한 발 앞으로 나선다. "저건……."

"와르투베라야. 바로 저기에 있어." 내가 말하며 손으로 가리킨다. 바로 저기에 있다.

그런데 어떻게 이게 가능한 거지?

나는 감각을 확장시켜 이두구가 개입한 흔적을 찾으려고 애쓴다.

하지만 그는 사라졌고 우리가 신전을 떠난 이후로 존재감이 없어진 지 오래다. 그가 우리를 이곳으로 데려온 것이 아니다. 어머니들도 아니다. 확인해보려고 목걸이를 다시 만져보지만 이전처럼 아무런 반응이 없다. 그 문은 스스로 움직였다. 아니……. 나는 가만히 이 순간까지 내가 생각했던 것을 기억해본다. 이르푸트가 신전보다는 나을 거라 생각했고, 어찌 된 일인지 그곳에 도착했다. 그러고 나서 이두구가 왜 우리를 헤마이라의 한가운데로 데려가지 않은 걸까 궁금했고, 갑자기 이곳에 왔다.

눈이 커진다. 문은 어머니들의 개입이나 이두구의 아량으로 움직인 것이 아니다. 내가 원해서 움직였다. 얼토당토않은 곳을 떠올리지 않은 게 다행이다.

친구들에게 급히 말한다. "문밖으로 나가자. 어서 움직여."

모두 즉시 내 말에 따르지만 아칼란만 움직이지 않는다. 돌아보니 늘 과묵하던 우루니가 웅크리고 몸을 떤다. 벨칼리스가 억지로 문밖으로 끌어내자마자 문이 사라진다.

"아칼란, 아칼란!" 벨칼리스가 아칼란을 흔든다. 하지만 아칼란은 머리를 두 손으로 감싸고 주저앉는다.

아칼란이 중얼거린다. "돌아갈 수 없어, 그럴 수 없어……."

내가 벨칼리스에게 묻는다. "왜 저러는 거지?" 하지만 벨칼리스는 그냥 무릎을 꿇고 아칼란을 감싸안는다. 벨칼리스가 머리를 기대자 아칼란이 흐느껴 운다.

내가 급히 다가가 속삭인다. "아칼란." 아티카를 칼집에 넣고 무릎을 꿇는다. "우린 안전해. 둘러봐." 주위의 옥상이며 시장을 가리키지만 아칼란은 고개를 저을 뿐이다.

"절대 돌아가지 않겠다고 맹세했는데."

케이타가 내 곁에 쭈그리고 앉아 묻는다. "대신전 말이야?"

아칼란이 비참한 얼굴로 올려본다. "그래."

"어째서?"

아칼란은 깊고 떨리는 숨을 내쉰다. "거긴 내가 신병으로 처음 배치받은 곳이야." 그렇게 말하고 시선을 돌린다. "그에 비하면 와르투베라는 따뜻한 봄날에 수영하는 기분이었어."

이번에는 호기심에 미간을 좁힌 리가 묻는다. "왜 그러는데?"

나도 궁금하다. 대신전은 자투 병사들이 배정지로 가장 선호하는 곳이다. 내가 아는 가장 신심 깊은 소년 아칼란이 신전 경비병으로서의 삶을 거부했다면, 틀림없이 뭔가 끔찍한 일이 있었겠지.

아칼란 얼굴에 먹구름이 내려앉는다.

벨칼리스가 빠르게 끼어든다. "얘기할 필요 없어. 말하고 싶지 않으면 하지 마."

아칼란이 결심한 듯 숨을 크게 들이마시더니 잠시 망설이다 말을 꺼낸다. "얘기할래. 그곳에서 남자에게 호감을 느끼는 소년들에게 상처를 줬어. 그들은 소년들의 일탈을 막기 위한 거라고 했지만, 고통 주는 걸 즐겼어." 아칼란이 다시 눈길을 돌린다. "의심 가는 사람이면 누구든 심하게 상처 입히는 거야. 그러고는 고통당하는 걸 감사하게 생각하도록 만들지. 마치 자기들이 은혜를 베푸는 것인 양."

아칼란을 바라보니 불현듯 많은 것이 이해된다. 주변 신병의 대부분은 이미 알라키 소녀와 짝을 이뤘지만 내가 아는 한 아칼란은 짝을 찾지 않았다. 전에는 별로 생각해본 적이 없는데 이제 보니……. 그 사실을 인정하는 데 얼마나 큰 용기가 필요했을지 상상도 하지 못하겠다.

아칼란처럼 다른 남자를 좋아하는 남자는 오테라에서는 언급조차 되지 않는다. 어떤 면에서는 여자를 좋아하는 여자나 얀다우보다도 더 나쁘게 여긴다. 소년들은 오테라의 보물이기 때문이다. 소년들은 신관이 되고, 결혼하고, 전쟁에 나가고, 오요모의 영광을 위해 싸우는 존재니까. 소년들은 그들이 바라는 무엇이든 될 수 있는 존재인 것이다. 그러나 여자가 아닌 다른 사람을 좋아하는 남자는 아이를 낳을 수도 없고 사회의 일원이 될 수도 없다. 그런 사람은 비정상으로 간주되어 거세되거나 최악의 경우 죽임을 당한다.

너무나 잔인하다. 허용되는 범주를 조금이라도 벗어난 자들에게 너무 많은 형벌이 내려진다.

아칼란이 이제까지 말하지 않은 것도 당연하다.

아칼란이 심호흡하고 이야기를 계속한다. "최악인 게 뭔지 알아? 신관 대부분도 그렇다는 거야. 남자를 좋아한다고. 그래서 애초에 신관이 된 거라고 생각해. 그래서 이런 역겹고 끔찍한 방법으로 자신을 벌주고 싶어 하는 거야." 아칼란의 붉어진 눈이 나와 마주친다. "자신을 처벌하지 않으려고 남을 처벌하는 거지."

이쯤 되니 케이타는 이를 악물고, 나는 아티카의 칼자루를 부서질 정도로 더 세게 꼭 움켜쥔다. 나는 이를 갈며 속에서 끓어오르는 열기를 식히려 숨을 몰아쉰다. "대신전을 완전히 불살라버릴 거야. 마지막 돌 하나까지 태워버릴 거야."

아칼란이 내 증오심에 멈칫하여 나를 바라본다. 그리고 작고 슬픈 미소를 지으며 덧붙인다. "난 기름을 부을게."

브리타가 거들어 말한다. "그리고 이그사가 그 잿더미 위에 커다랗고 김 나는 똥을 누는 거지."

이그사가 동의하며 깩깩거린다.

아칼란이 일어나자 벨칼리스가 꼭 안는다. "우리는 널 사랑해. 알잖아, 아칼란." 부드러운 목소리가 꽤 의외의 모습이라 나는 그저 지켜본다. "네가 참아주기 힘든 잘난 척을 해도 우리는 널 사랑해."

아칼란이 끄덕이며 벨칼리스의 등을 다정하게 껴안고 말한다. "나도 너희를 사랑해." 그리고 나를 돌아보며 눈물을 닦고 단호하게 고개를 끄덕이며 말한다. "좋아. 자, 그게 다야. 나 정신 차렸어. 이제 뭘 할까?"

나는 주위를 둘러보며 상황을 살핀다. 우리는 헤마이라 강변 시장 옆의 어느 건물 옥상에 있다. 시장 인파에 여자는 보이지 않는데 우리의 변장은 거의 망가졌다. 그리고 우리 중 유일하게 날개가 있는 멜라니스는 지금쯤이면 아베야까지 반 정도는 날아갔을 거다.

"나도 모르겠어. 뭘 해야 할지."

아돠파가 나선다. "건너뛰면 되는 거 아니야?" 주변을 손짓한다. "애초에 여기에 어떻게 온 거지? 앙고로가 실수한 건가?"

"앙고로가 아니었어," 내가 조용히 말한다. "이두구였어. 그는 존재해."

브리타가 인상 쓰며 말한다. "아니, 그건 카디리의 속임수일 뿐이잖아."

하지만 나는 단호하게 대답한다. "그렇지 않아. 그는 실제하는 존재야. 아마도 신일 테고 우리를 여기로 데려왔어. 아니, 신전으로 데려갔지. 그리고 그다음 장소들로는 내가 데려온 것 같아." 친구들이 황당하다는 표정으로 나를 바라보자 내가 설명한다. "문의 방향을 내가 바꿨어."

리가 손으로 얼굴을 훔친다. "말이 안 돼, 데카. 그러니까 이두구 얘기부터 해보자. 난 그게 앙고로인 줄 알았어."

"나도 그랬어. 하지만 지금은 앙고로는 존재하지 않는다고 생각해. 아니, 혹시 존재한다 해도 이두구는 전혀 다른 존재야. 정말 위험한 존재지."

분노한 듯한 벨칼리스가 묻는다. "그런데 어째서 어머니들이 경고해주지 않은 거야? 아니…… 애초에 또 다른 신성한 존재가 있다고 왜 말씀하지 않은 거야? 그동안 그분들은 자신들만이 유일한 신이라고 했어. 그런데 지금 넌 다른 신이 있다고 하는 거잖아. 게다가 남자라고?"

"성별은 아직 확실하지 않아." 나는 사실대로 말한 뒤 한숨을 쉬고 중얼거린다. "나도 모르겠어, 왜 말씀하지 않은 건지." 이 질문을 떠올릴 때마다 어머니 아녹과 나눈 대화가 생각난다. 내게 뭐라고 경고했는지……. 그러나 눈을 깜박이자 생각이 다시 사라진다. "내가 무슨 말을 하고 있었지?"

케이타가 나를 바라보더니 인상을 찌푸리며 묻는다. "괜찮아, 데카? 멍해지는 건 너답지 않아."

"너무 피곤한가 봐." 나는 바닥에 주저앉는다. 갑자기 확 지친다. "난 그냥 문의 방향을 바꿨어."

브리타가 믿을 수 없다는 듯 고개를 젓는다. "아니야. 오직 금빛 존재들만이 문을 이용할 수 있어."

벨칼리스가 얄밉게 대꾸한다. "어머니들 말씀 중에 사실이 아닌 게 많은 것 같단 문제가 제기되는 것 같은데."

나는 너무 피곤한 나머지 대답하기도 귀찮아진다. 그냥 쓰러져 누우면서 오늘이 빨리 지나가기를 바란다.

'데카?' 이그사가 새끼 고양이 모습으로 몸을 줄이고 종종걸음으로 달려와 따끔거리는 젖은 혀로 내 얼굴을 핥는다. 나는 이그사를 감싸 안고 부드러운 비늘과 털로 덮인 몸에 머리를 묻는다.

"대체 무슨 일이 일어나고 있는 거지?" 나는 속삭이고서 말을 잇지 못한다.

"저 문을 막고 방어 방법을 찾아야 해." 라민이 조용히 말하며 우리 뒤의 나무 출입문으로 다가간다. 입구에 조각된 화려한 태양 문양이 우리가 정말 헤마이라에 있음을 상기시킨다. 라민이 평소의 차분하고 부드러운 말투로 말한다. "무슨 일이 일어난 건지도 의논해야겠지만. 누가 저기로 들어오기라도 하면 우린 정말 끝이야."

카티야가 육중한 몸을 문에 기댄다. "내가 막을게, 다른 문을 찾아봐."

고개를 끄덕이며 라민이 케이타와 다른 소년들을 따라 흩어져서 옥상 곳곳을 살펴본다.

그리고 얼마 후에 라민이 돌아와 말한다. "안전해. 다른 문은 없어, 사람이 다니는 문은 말이지."

"그렇다고 계속 여기에 있을 수는 없어." 케이타가 덧붙인다.

아칼란이 한숨 쉰다. "안 될까? 여기 영원히 숨어 있어도 난 괜찮을 것 같아."

나는 힘겹게 말하며 케이타가 내미는 팔을 잡고 일어난다. "하지만 여기는 안전하지 않아. 아래층에 사람들이 있어." 눈을 감으면 그 사람들이 방에서 방으로 빠르게 움직이는 소리가 들린다. 적어도 여덟 식구는 되고 그 절반이 성인이다.

곧 옥상으로 올라올 것이다. 대부분의 헤마이라인은 매일 저녁 가족이 함께 식사하기 위해 그렇게 한다. 몇 시간 남지 않았다. 최대 세 시간 정도 되려나. 지금은 벌써 늦은 오후다.

"안전하게 숨을 만한 곳을 찾아야 해."

내가 말을 마치자 브리타가 말한다. "다시 문을 열어보지 그래? 우리를 아베야로 데려다줘."

나는 고개를 젓는다. "어떻게 하는 건지 몰라. 난 그저 문의 방향을 바꾼 것뿐이야. 내가 연 게 아니야."

브리타가 주장한다. "시도해봐."

"그러고 나서 뭘 하려고?" 아샤가 옥상의 끝에서 걸어오며 묻는다. 늘 그랬듯 아샤는 그곳에서 아래쪽 시장을 조용히 관찰하고 있었다. "카디리가 여기, 저 신전에 있잖아." 헤마이라의 대신전 방향으로 고갯짓을 하고는 미안한 듯 아칼란을 바라본다. 아칼란은 그냥 진저리만 친다.

"게다가 우리 피의 자매들이 바로 저기 와르투베라에 있잖아." 사무치는 그리움을 눈에 품고 아돠파가 말한다. 메루트를 생각하고 있겠지. "자매들이 저기 있어. 우리를 기다린다고."

"그리고 우린 엔고마 안에 있지……." 나는 퍼뜩 깨달으며 감탄한다. "우리가 자매들을 해방시킬 수 있어! 그곳에서 데리고 나올 수 있다고!"

리가 흥분해서 이어 말한다. "그렇게 되면 카디리를 제압할 만한 충분한 병력이 생길 거야. 충분한 수의 알라키와 우리 편인 자투 신병이 있어. 우리 군대야."

"대신전을 불살라버릴 수도 있겠군."

만족스럽게 웃음 짓는 벨칼리스에게 내가 상기시킨다. "하지만 이두구가 또 문을 사용해서 카디리를 빼돌릴 수 있어. 우린 정말 카디리를 잡아야 해."

생각이 요동친다. 이두구 문제도 있지만, 카디리 대신관은 모든 자투 군대의 진정한 우두머리다. 카디리를 잡아가면 대열에 혼란이 생길 거고, 더욱 중요하게는 이두구와 그의 약점에 대해 심문할 수 있게 된다. 내가 어머니들에게 배운 것이 있다면, 신들도 완전무결하지는 않다는 것이다. 적어도 오테라에 존재하는 신들은.

무한이라니, 생각해보면 이상하다.

브리타가 내게 묻는다. "이두구가 그러려고 하면 네가 막으면 되는 거 아니야? 네가 문의 방향을 바꿀 수 있다면, 분명히 문을 열거나 닫는 법도 익힐 수 있지 않을까?"

나는 눈을 깜박이며 브리타가 하는 말의 무게를 천천히 인식한다. 그동안 카두스를 이겨내고 내 목소리에 다시 힘을 실으려 노력해왔다. 하지만 어머니들처럼 문을 다룰 수 있다면 목소리도 필요 없겠지. 위험이 닥치면 다른 곳으로 휙 가버리면 되니까.

하지만 문을 만들어내려면 에너지가 필요해⋯⋯. 마음속 속삭임이 나를 상기시킨다. 어머니들도 하나의 문을 지탱하는 데 수 주 동안 숭배를 모아야 했다. 그런데 시도해볼까 고민한 나는 대체 뭘까?

아니지. 의구심을 과감히 밀어낸다. 시도해봐야 한다. 헤마이라에 갇힌 지금은 어머니들과 연결될 방법도 없고, 우리 행방을 알릴 길도 요원하다. 나는 이미 두 번이나 문을 옮겼다. 문을 열어서 친구들을 안전하게 피신시킬 가능성이 조금이라도 있다면, 어떠한 대가가 따르든 방법을 알아내야 한다.

"좋았어. 그렇다면, 새로운 계획이야. 몇 시간 정도 쉴 수 있는 안전한 장소를 찾아야 해. 그런 다음 와르투베라를 정찰하고 잠입해서 피의 자매들을 구출하는 거야."

내 단호한 말에 리가 목소리를 가다듬고 덧붙인다. "그리고 형제들도."

"그래, 형제들도." 나는 그 말을 반복한다. "그다음에 카디리를 붙잡아 이두구에 대해 알아보자. 그가 혹은 그것이 대체 무엇이고 원하는 게 무엇인지."

"그런 다음 대신전을 불살라야지."

상기시키는 아칼란의 말에 나는 고개를 끄덕인다. "잿더미로 만들어버리자."

퀘쿠가 인상을 쓰며 묻는다. "그런데 엔고마는? 카디리까지 데리고 어떻게 엔고마를 뚫고 아베야로 돌아가?"

"이 와중에 군대가 아베야로 진격 중이라는 것도 문제야." 리가 유용한 언급을 한다. "아베야에 어떻게 경고해주지?"

머리가 아파온다. "한 번에 한 가지씩 하자. 멜라니스가 이미 아베야로 돌아가고 있으니까 도착하면 알릴 거야. 게다가 아베야는 언제나 전투에 대비하고 있어."

"하지만 자투 무리 전체를 상대로?"

걱정하는 리의 말 뒤로 리타가 말한다. "좋아, 침착하게 생각해보자. 자투는 언제나 헤마이라에서 몰래 빠져나올 수 있어. 출구가 있다는 뜻이지. 방법만 알아내면 돼. 그들이 쓸 수 있는 신비한 도구라면 우리도 쓸 수 있을 거야. 그게 안 되더라도 데카가 문을 바꿀 수 있으니까."

케이타가 조용히 추리한 것을 말한다. "만약에 그 문이 우리가 내내 찾던 '신비한 도구'라면?" 내가 돌아보며 의문스러운 표정을 짓자 케이타가 말을 잇는다. "아무 지하 통로도 찾을 수 없는데 자투가 도시를 나오고 있었잖아. 딱히 운송 수단이 보이는 것도 아니고, 안 그래?"

내가 고개를 끄덕인다. "맞아."

"그러니까 이두구가 자투를 위해 문을 열어주고 있다고 봐야지. 어머니들이 우리를 위해 문을 열어준 것처럼. 그러니까 자투를 이동시키는 신비한 도구는 없었던 거야. 그렇다면……."

"헤마이라를 안전하게 나갈 수 있는 유일한 방법은 그 문을 통하는 거구나." 케이타의 말을 받으면서도 섬뜩하다.

"그렇지."

아칼란이 고개를 젓는다. "거기에만 의존할 순 없어. 어머니들에게도 쉬운 일은 아니었잖아. 데카가 문 다루는 방법을 익혀서 우릴 내보내주기만 기다릴 순 없어. 우리는 적에 둘러싸인 도시에 있으니까."

벨칼리스가 상기시킨다. "여기엔 우리 동맹도 있어, 우리가 풀어줄 수만 있다면."

괴로운 한숨이 나온다. "좋아, 알았어. 내가 보기엔 우리가 길을 만들어야 해. 어차피 여기 갇혀버렸고 달리 선택의 여지가 없잖아. 그러니까 친구들을 구하고 헤마이라에서 빠져나갈 방법을 찾아야지……. 물론 카디리도 잡아서 이두구와 그 힘에 대해서도 알아내야겠지." 친구들을 한 명씩 바라보며 묻는다. "이 계획 어때?"

브리타가 고개를 끄덕인다. "괜찮은 계획이야. 정복하거나 죽어라."

아샤도 동의한다. "아돠파랑 난 벌써 준비됐어."

리가 다른 소년들을 가리키며 말한다. "우리도 마찬가지야."

나는 안도한다. "그럼 그렇게 하자. 새롭게 변장해보는 건 어때?" 내가 코를 찡긋거리며 찢기고 더러워진 옷을 본다. 확실히 이런 차림으로 헤마이라를 다닐 수는 없다.

16

변장거리를 찾기 위해 멀리 갈 필요는 없다. 라민이 다른 옥상으로 훌쩍 뛰어넘어 가서 빨랫줄에 널린 남자 옷을 모두 해방, 아니 훔쳐 온다. 그 아래 주방에서 음식도 엄청나게 가져온다. 덩치에 비해 굉장히 민첩하다. 라민의 과거가 궁금하지만 다른 우루니 중에서도 말수가 없는 편이다. 특히나 자신의 과거와 연관된 이야기라면 더더욱. 모두 음식을 먹고 소녀들의 여성적인 특징이 숨겨질 만큼 충분히 옷을 입고 나니 계획을 실행할 준비가 되었다. 이곳에 가장 오래 살아서 헤마이라를 제일 잘 아는 케이타가 앞장선다.

"좋아." 케이타가 정원에서 모은 흙으로 옥상의 붉은 타일 위에 대강 그린 지도를 가리킨다. "시장에서 몰래 빠져나가서 이 다리를 통해 아그베니강을 건너는 거야." 케이타가 지도의 한 지점을 가리킨다. "그러면 공원에 숨을 수 있어. 어두워지면 지하 동굴을 통해서 와르투베라로 들어가자. 모든 게 문제없이 진행된다면 오늘 밤 모두를 해방시킬 수 있을 거야."

아돠파가 목이 잠겨 쉰 목소리로 말한다. "메루트, 메루트를 가장 먼저 풀어줘야 해." 아돠파의 눈에서 희망과 그리움이 넘실거린다. 아샤가 재빠르게 아돠파의 손을 잡는다.

케이타가 끄덕인다. "먼저 메루트를 풀어주고 카르모코들을 찾아서 해방시키자."

"카르모코들이 우리를 따라올 거라고 생각해?" 아칼란이 코웃음친다. 벌써 평소의 거만함을 되찾은 듯해 다행이라 생각해야겠지.

내가 묻는다. "왜 따라오지 않는다는 거야? 반란을 일으킨 알라키를 훈련시킨 인간 여성이 카르모코야. 우리가 떠난 후 얼마나 끔찍한 벌을 받았을지 걱정될 뿐이야." 특히나 가장 아름다운 카르모코 휴온에게 특별한 형벌이 내려졌을 거라는 생각에 불안하다.

"그럼 우리는? 우린 뭘 해야 하지?" 니미타가 탑 옆에서 미끄러져 내린다. 길쭉한 허연 형체가 빛 속으로 내려온다.

나는 눈을 깜빡인다. 니미타는 때로 너무 조용해서 존재를 잊어버릴 때가 있다. 하지만 그런 순간 니미타가 나타난다. 마치 허공에서 나타난 듯, 단번에 허공을 가르고 나타난 듯.

케이타가 니미타를 올려다보고 묻는다. "옥상에서 우리를 따라올 수 있겠어요?"

"물론이지, 인간의 아들아." 날렵한 죽음비명은 기분이 상한 것 같다. 아마 한때 죽음비명들을 처단하기로 악명 높았던 소년의 질문이라 그렇겠지.

그런 생각이 들자 슬프고 마음이 아프다.

카티야도 기분이 상한 것 같다. 하지만 카티야의 경우는 그저 단순히 케이타의 말에 화가 난 거다.

카티야가 씩씩거리며 수신호로 말한다. "잠행은 내 특기야, 케이타."

"알았어." 케이타가 손을 들며 말다툼하려는 게 아님을 보인다.

"하지만 강은 어떻게 건너?" 멀리서 보았을 뿐 나도 아그베니강을 건넌 적이 없다. 거대한 강이다. 죽음비명들이 우리처럼 사람들 틈에 섞여서 다리를 건널 수는 없는 노릇이다.

니미타가 걱정 없다는 듯 대꾸한다. "깊은 물속에서도 헤엄칠 수 있어."

"아니면 그냥 다리 아래 붙어 기어갈 수도 있고." 카티야가 친절하게 덧붙인다.

케이타가 고개를 끄덕인다. "잘됐네. 그럼 이제 모두 뭘 해야 할지 아는 거군. 출발해보자."

일어나는 순간 찌릿한 느낌이 등을 타고 내려간다. 급작스레 전투 상태에 빠지며 감각이 예민해진다. 휙 돌아서 탑 구석 쪽을 보니 희미한 빛이 깜박거린다. 물 위에 반사된 태양 같다. 잔뜩 긴장하며 몸을 도사린다. 문인 걸까? 아니다. 주변에서 에너지가 모이는 역력한 느낌이 없다. 이두구일 리도 없다. 불쾌한 전조 증상, 그 존재에 뒤따르는 끈적거림도 느껴지지 않는다. 더욱 분명한 지표로, 이그사가 방어적인 기세를 보이지 않는다. 주산에서 이두구가 가까이 있을 때 이그사는 털을 곤두세웠다. 하지만 지금은 호기심만 보인다. 새끼 고양이의 모습으로 종종거리며 걸어가 킁킁 빛을 냄새 맡는다.

케이타가 물으며 나를 본다. "테카, 무슨 일이야?"

대답하며 나는 탑 구석에서 시선을 떼지 않는다. "모르겠어. 저기 뭔가가 있는데……."

"무슨 말이야?" 케이타가 어리둥절해하며 눈을 가늘게 뜬다. 깜박거림이 더 선명해졌는데도 보이지 않는 거다. 이제 너무나 선명해져서 형태가 보인다. 여자다. 어두운 빛깔의 피부를 지닌 여자.

알아본 내 눈이 휘둥그레진다. "하얀손? 어떻게 여기에 온 거죠?"

하얀손이 그늘에서 모습을 드러낸다. "내가 간 건 아니야." 하얀손이 말하고 앞으로 걸어 나온다. 빛이 그녀를 관통한다.

놀라는 숨소리가 들린다. 다른 사람들도 마침내 하얀손을 본다.

브리타가 묻는다. "근데 어떻게?"

짐작조차 못 하겠다.

첫 자손은 마치 그림자 같다. 다만 어둠이 아니라 빛으로 된 그림자. 뜨거운 사막에 나타나는 신기루처럼 일종의 환영이다. 하얀손이 급히 말한다. "시간이 많지 않아, 데카. 내 전투 장갑을 사용하려면 힘이 많이 들어."

"당신의 전투 장갑이요?"

하얀손은 자신의 손을 들어 한 번도 벗은 적 없는, 날카로운 손톱이 달린 하얀 전투 장갑을 보여주며 설명한다. "이건 신비한 도구야. 난 이걸 사람들을 지켜보는 데 사용해."

염탐을 의미하는 거겠지. 내가 와르투베라에서 무엇을 하고 있는지 하얀손이 항상 알고 있던 이유를 이제 알겠다. 사람들을 시켜 감시한 게 아니었다. 무한이 저주할 전투 장갑이 한 일이었던 거다.

그리고 물론 하얀손은 지금까지 전혀 알려주지 않았다. 빌어먹을 하얀손과 비밀들.

나는 짜증을 제쳐두고 하얀손에게 묻는다. "그런데 난 어떻게 찾았어요?"

"뭔가 잘못됐다는 직감이 들어서 멜라니스를 찾아보다가 동부 지방을 날고 있는 걸 발견했어. 어머니들이 멜라니스를 다시 아베야로 데려왔고 무슨 일이 있었는지 들었어."

"문이 나타났는데, 이두구가 만들어낸 거예요."

"앙고로가 만들었다는 말이겠지."

고개를 젓고 단호하게 대답한다. "아니요, 이두구였어요."

이제 하얀손의 얼굴은 이전에는 본 적 없는 불안한 표정을 띤다. "데카, 금빛 존재들 이외에 다른 신은 존재하지 않아."

"하지만 다른 신이 우리를 헤마이라까지 끌고 왔죠. 어머니들은 할 수 없던 능력이에요."

"앙고로가 어머니들의 능력을 빨아들이고 있어서 그런 거야."

"혹은 이두구가 말이죠."

이쯤 되니 하얀손이 당황한다. "데카, 그게 무엇이든 네가 감당할 만한 게 아니야. 아베야로 돌아와야 해. 그러고 나서 이 문제를 해결하자, 너희 모두." 하얀손이 친구들을 향한다. 그러나 내가 앞으로 나서서 시선을 막고 묻는다.

"어떻게요? 어떻게 엔고마를 뚫고 나가죠? 엔고마는 여전히 그 자리에서 피의 자매들을 잿가루가 될 때까지 태우고 있어요. 그냥 나가려고 하면 우리도 같은 처지가 될 거예요. 어머니들은 우리를 여기에서 데리고 나갈 힘이 없고요. 게다가 남자 죽음비명들을 상대할 힘도 부족할 거예요."

"남자 죽음비명이라니?" 놀란 하얀손의 물음에 아돠파가 끼어들어 건조하게 대답한다.

"보아하니 엄청나게 많더라고요."

"그래서 더 좋은 생각이 있어요. 와르투베라에서 우리 자매들을 풀어주고 대신전으로 진격하는 거예요. 카디리를 은신처에서 끌어내서 아베야로 데려가는 거죠. 그러면 우리가 상대하는 게 대체 뭔지 알아낼 수 있을 거예요. 앙고로든 이두구든 진실을 밝혀낼 수 있겠죠. 아니면 다른 좋은 계획이 있나요?"

하얀손은 시선을 돌리고 생각한다. 가능성을 따지는 것이다. 하얀손은 이두구에 대한 내 말을 믿지 않겠지만 가능성을 묵살할 수는 없을 것이다. 경험은 하얀손에게 모든 가능성을 고려하도록 가르쳤다. 나도 마찬가지다. 마음에 들지 않는 이야기도 고려는 해본다.

결국 하얀손이 마음을 돌린다. "알았어, 데카. 잡히지만 마."

"잘 알고 있어요." 나는 그만 기분이 상하고 만다.

"멜라니스도 잘 알고 있었지. 그리고 자투에게 잡혀 수 세기 동안 갇혀 있었어."

하얀손이 정곡을 찌른다.

나는 약속한다. "붙잡히지 않을게요. 우리 중 그 누구도요."

"그렇게 자신만만해하다가 큰코다칠 거야." 하얀손이 콧방귀를 뀌더니, 눈을 가늘게 뜨며 말을 잇는다. "절대 다치지도 마."

"노력할게요." 대답하고 하얀손을 응시한다. "그런데 하얀손, 당신은 이두구를 만난 적이 없는 게 확실한가요?"

하얀손이 인상을 찌푸리고 생각하다가 눈이 커진다. "있어. 내가 태어난 날 어머니들이⋯⋯." 그러더니 갑자기 말을 멈춘다. 눈이 게슴츠레해진다.

"괜찮으세요?"

"데카." 웅얼거리는 하얀손의 얼굴이 늘어진다. "내가 말했던가? 방금 멜라니스한테 들었는데⋯⋯."

온몸의 근육이 긴장된다. 케이타와 시선을 교환하고 하얀손을 본다. 그리고 결국 그냥 "알아요" 하고 대답한다. 그런 다음 입술을 핥고 나서 묻기 두려운 질문을 억지로 하려고 머뭇거리며 입을 뗀다. "하얀손, 혹시⋯⋯."

하얀손이 갑자기 지친 모습으로 고개를 젓는다. "내 힘이 약해지고 있어. 힘을 회복하고 내일 돌아올게. 너랑 할 얘기가 있어."

그렇게, 하얀손이 사라진다. 나를 바라보는 케이타의 표정에 불안이 담겨 있다. "저런 표정 본 적 있어⋯⋯."

"나도⋯⋯." 내가 속삭인다. 아까 멜라니스도 같은 표정이었다. 어머니들에게 기억을 지워달라고 한 사람들이 짓는 표정.

나는 초조한 기분으로 하얀손이 사라진 곳을 바라본다. 이제 한 가지는 분명하다. 이두구에 대한 하얀손의 기억은 지워졌다. 태어날 때의 기억이었던 것 같다. 그렇다면 어머니들이 처음부터 이두구에 관해 알고 있었던 것은 물론이고 우리가 아는 것을 원하지 않는 거다. 왜? 어째서 하얀손과 멜라니스의 기억을 지우면서까지 우리에게 감추는 걸까? 왜 그냥 비밀을 지키게 하지 않는 거지?

왜 이 모든 불편을 감수하며 우리에게 거짓말하지?

거짓말⋯⋯.

그 단어가 나를 관통하고 그 의미가 나를 두렵게 한다. 어머니들이 우리에게 거짓말하고 있다. 하지만 그분들은 언제나 신은 거짓말하지 않는다고 했다. 신은 잘못을 저지르지 않는다고. 갑자기 가슴이 답답해진다. 마치 바윗덩이가 없힌 듯하다. 내가 딛고 선 땅이 움직이고 진실이라 생각했던 모든 것이 뒤집힌다. 내가 할 수 있는 일이라고는 스스로 최종 질문을 던지는 것이다. 어머니들이 거짓말할 수 있다면, 이미 그동안 우리에게 거짓말해왔다면, 어떤 다른 거짓말을 더 했을까?

"신은 거짓말을 못 한다고 생각했어." 그날 오후 늦게 나는 강변 시장의 구석진 곳을 빠르게 걸으며 작은 목소리로 벨칼리스에게 내 생각을 말한다.

저녁을 준비하는 사람이 몰려들자 배가 모두 들어차 작은 다리로 연결되고 손님은 자유롭게 이 배에서 저 배로 옮겨 다닌다. 엄니가 난 강물소들이 큰 배 앞에서 느릿느릿 물을 튀긴다. 무지갯빛 비늘이 달린 이 육중한 보라색 동물은 퉁퉁하고 소와 닮은 몸체로 짐작되는 것보다 훨씬 강하다. 언제 봐도 특별한 광경이다. 비늘 달린 몸과 물갈퀴 있는 발에 소를 닮으니, 마치 물고기와 소의 못생긴 잡종 같다. 그러나 두툼한 아랫입술에서 튀어나온 거대한 엄니와 등에 붙은 둥그런 지방층 혹도 있는 녀석들이다.

가장 큰 배들을 항구에서 항구로 끄는 것이 녀석들이다. 강의 이쪽 끝에서 다른 쪽 끝으로 시장을 계속 이동시키면서 어느 한 곳만 오염되지 않도록 하는 것이다. 아그베니강의 이 부분은 대부분의 헤마이라 수로보다 작다. 하지만 도시 한가운데를 돌아 나가는 강이다. 이곳에 바짝 붙여 지은 수천 채의 집이 우아한 테라스와 정원을 품고 있다. 어느 한 곳이 망가지면 시장이 문제가 아니다.

나는 주위를 둘러보며 위치를 파악하려 애쓴다. 여전히 여자는 한 명도 없다. 예전에 이 강변 시장은 요란한 가면을 쓴 여자 상인과 고객으로 가득 찼다. 하지만 지금은, 가면은 물론 밝은색의 옷조차 보이지 않는다. 강을 내려다보는 집들 창문으로 몇몇 그늘진 얼굴이 보이기는 하지만 말이다.

여자들은 다 어디로 갔을까?

저 창문들을 올려다보며, 해답에 관한 무서운 의심을 품는다.

벨칼리스가 가까이 다가오며 얼굴 주위로 망토를 더 바짝 잡아당긴다. 이제야 내 말에 대답한다. "글쎄, 거짓말이 우리가 발견한 유일한 모순은 아니지. 어머니들은 절대 틀리지 않는 줄 알았고, 알라키만이 부활해서 죽음비명이 되는 줄 알았잖아. 그런데 그것도 다 사실이 아닌 것 같네."

우리 중에서 벨칼리스만 지난 몇 시간 동안 밝혀진 사실에 별로 놀라지 않은 듯하다. 하긴 벨칼리스는 항상 최악을 예상하는 편이다. 그것이 그녀를 지금까지 버티게 한 생존 전략이고.

"이 시점에서 사실로 받아들여야 할 게 몇 가지 있어. 어머니들이 이두구에 관해 거짓말했다는 것. 이 말인즉슨, 첫 번째." 벨칼리스가 손가락까지 꼽으며 말한다. "어머니들도 거짓말할 수 있다. 두 번째, 이두구와 관련된 사연이 있다. 그리고 세 번째, 이두구인지 뭔지는 대단한 능력을 가진 게 확실하다. 어머니들이 이렇게까지 하면서 그 존재를 부정하고 있으니까 말이지."

내가 부르르 진저리치며 덧붙인다. "그리고 하얀손과 멜라니스가 이두구에 대해 알지 못하도록, 아니 기억하지 못하도록 했어."

"그렇다는 건 다른 첫 자손들도 모르거나 기억하지 못한다는 거겠네." 우리와 함께 있는 케이타가 속삭인다. 우리 뒤에서 조용한 그림자처럼 따른다. 다른 친구들도 이목을 끌지 않기 위해서 작게 무리 지어 보트 이곳저곳에 퍼져 있다. 케이타가 말을 잇는다. "가능성을 보자면, 아베야에서 그걸 아는 건 우리뿐일 거야."

"하지만 어머니들은 왜 앙고로나 그 힘을 휘두르는 자에 대해 말하지 않은 걸까?" 나는 미간을 찌푸리고 묻는다. 아무리 생각해도 말이 되지 않는다.

"반드시 존재해야 하기 때문이지, 그 앙고로라는 게."

케이타가 걸음을 멈추고 어느 붐비는 보트의 그늘막 아래로 우리를 이끈다. 꼬치구이 고기나 양념 모이모이 같은 음식을 파는 작은 매대가 들어찬 보트다. 저녁이 빨리 다가오며 어둠이 묘한 친밀감을 만들어낸다. 마치 이곳에 우리만 있는 것 같다.

"내 말은, 왜 앙고로와 그 힘을 휘두르는 자를 우리가 찾는 게 그렇게 중요하다고 어머니들이 말했느냐는 거지. 유일한 답은 앙고로가 존재하고 그게 이두구와 관련 있다는 거야. 우리가 생각하는 것과는 다른 방식으로."

벨칼리스가 속삭인다. "아마 무기일 거야. 그래서 그렇게 중요한 거겠지. 장군들은 언제나 더 좋은, 더 강력한 무기를 찾고 있어. 그게 신비한 도구라면 정말 어떤 특별한 힘을 가졌을 거고. 군대를 파괴할 수 있거나 아니면…….” 벨칼리스의 눈이 휘둥그레진다. 뭔가 깨달은 듯 우리를 돌아본다. “신을 죽일 수 있다면?”

나는 우뚝 멈춘다. “뭐라고? 어머니들이 이두구를 죽이고 싶어 한다는 거야?”

벨칼리스가 고개를 젓는다. “아마도. 나도 모르겠어. 이건 그냥 다 가정이고 추측이야. 우리가 나눈 얘기가 사실인지 아닌지도 모르잖아. 우린 아무것도 몰라…….”

내가 단호하게 말한다. “아직은, 아직은 아무것도 모르지. 하지만 적어도 이 모든 수수께끼를 풀어보려는 노력은 할 수 있어. 그래야 만약의 상황에도 대비할 수 있고.” 주산에서 비참하게 실패해봤으니까.

케이타는 고개를 끄덕이며 벌써 다음 보트를 향해 이동한다. 그 순간 벨칼리스가 멈추더니 머리를 갸웃한다. “무슨 소리 안 들려?”

나는 인상을 쓴다. “뭐가?”

“저 소리.” 벨칼리스가 고개를 돌려 시장 입구의 웅장한 기둥을 본다. 입구 너머의 거리에서 소리가 들려온다. 바로 알겠다. 발걸음 소리다. 육중하고 불길한, 비인간적인 소리.

한 남자가 겁에 질려 소리 지른다. “온다! 위증자들이 오고 있다!”

시장이 난리가 난다. 상인들은 가판대를 접고 겁에 질린 손님들은 물에 뛰어든다. 난리를 당한 강물소들도 분노를 뿜어대고 경고하듯 엄니를 번뜩이지만 물속의 남자들은 주저하지 않고 계속 헤엄친다. 완전한 혼돈이다. 모든 사람이 사방으로 최대한 빨리 도망친다. 그래서 우리도 서두르기 시작한다.

“데카, 조심해!” 케이타가 소리친다. 화난 강물소가 케이타가 탄

보트에 부딪쳐 몸이 흔들린다.

"너도!" 내가 뛰어올라 옆 보트에 가볍게 착지하며 소리친다. 모든 상인과 손님이 정신없이 달아나고 쥐들이 가라앉는 배를 버리는 지금이야말로 편한 상황이다.

우리 뒤로 발소리가 점점 가까워진다. 무섭도록 익숙하고 육중한 소리다. 뒤돌아볼 필요도 없이 알 수 있다. 보라색 죽음비명을 '위증자'라고 부르는 것이다.

"이쪽이야, 어서!" 리가 모두를 부르며 근처 도로로 뛰어간다. 그 위쪽 지붕을 뛰어넘는 카티야와 니미타의 커다란 그림자도 보인다. "사누시 광장은 이쪽이야!"

우리는 재빨리 리의 뒤를 따른다. 흩어져야 할 경우를 대비해서 계속 기존 일행을 가까이하며 움직인다.

"여기야!" 리가 의기양양하게 말하며 모퉁이를 돌더니 우뚝 멈춘다.

모퉁이를 도는 순간 나도 멈출 수밖에 없다. 사누시 광장, 한때는 수도의 많은 북적이는 거리와 수로를 연결했던 번잡하고 번화했던 광장에 지금은 기괴할 정도로 사람이 없다. 색색의 가판대와 상점 대신 섬뜩한 작은 단상이 늘어섰고 그 위에 부패 정도가 제각각인 여자의 시체들이 전시되어 있다. 가장 끔찍한 것은 광장 네 귀퉁이에 하나씩 놓인 네 구의 금빛 시체다.

혐오감에 속이 뒤틀린다. 헤마이라는 이렇게 돼버렸다.

모두 내 잘못이다.

움직일 수가 없다. 공포와 황폐함뿐인 헤마이라를 목도한 나는 갑자기 방향을 잡지 못한다. 내가 초래한 황폐함이다. 더 나은 세상을 만들기 위해 그녀들을 해방시켜야 한다고 주장한 내가, 바로 이렇게 만들었다. 잔인함, 고문 그리고 박탈의 세상을 만들었다. 어둠 속에 간히고 본보기로 도살당한 여자들의 시체가 거리에 전시되고 있다. 몸이 떨리며 깊숙한 곳에서 이상한 감정이 부풀어 오른다. 고통, 분노, 죄책감을 넘어서는 감정이다. 기이한 종류의 무감각을 경험하면서 한때 익숙했던 도시를 바라본다.

'데카!' 이그사가 재촉하며 내 주위를 걱정스럽게 맴돈다. 새 모습을 하고 퍼덕이며 매복이 있나 주의 깊게 살핀다.

케이타가 재촉하며 나를 끌어당긴다. "데카, 움직여! 리가 은신처를 찾았어!"

다시 억지로 발을 움직여 아무 생각 없이 따라간다. 그러는 동안에도 거대한 보라색 형체가 행진을 계속해 광장으로 다가온다. 위증자들. 우리를 이리로 몰아넣어 숨을 곳이 없게 할 작정이다.

"서둘러, 데카!" 케이타가 나를 좁은 골목으로 끌고 간다. 생선 냄새가 너무 지독해 다른 냄새를 다 막아버린다.

커다란 갈대 바구니가 골목 끝에 쌓여 있다. 그 옆으로 느릿느릿 흐르는 강이 마지막 건물에 부딪친다. 바구니는 모두 썩은 물고기로 가득 차 있다. 하지만 케이타와 우루니들이 그쪽으로 움직인다. 나는 흠칫 멈춘다. 역겨운 발상에 정신이 번쩍 든다. "설마 지금 저기로……."

"들어가자." 케이타가 말하며 어느 빈 바구니 아래로 나를 끌어당긴다.

바구니가 닫히고 내 감각은 썩은 생선 악취로 뒤덮인다. 케이타가 나를 꼭 안는다. 바구니 틈새로 들어오는 희미한 빛에 케이타의 눈이 간신히 보인다. 케이타가 속삭인다. "끔찍하긴 해도 생선 냄새가 놈들 코를 막아주고, 강물 소리가 귀도 혼란스럽게 할 거야. 우리는 그냥 가만 있으면 돼. 그러면 여기서 빠져나갈 수 있을 거야."

나는 끄덕인다. 어차피 그럴 수밖에 없다. 냄새가 너무 심해서 마치 실재하는 무언가가 콧구멍에 차오르는 듯하다. 그러나 내가 느끼는 황폐함에 비하면 아무것도 아니다. 방금 경험했던 모든 것이 머릿속을 맴돈다. 주샨, 문에 대해, 이두구와 어머니들에 대해 알게 된 것. 그리고 지금 여기, 사누시 광장의 타락. 아무것도 할 수 없다. 단상 위의 소녀들을 구해야겠다는 생각조차 할 수가 없다. 친구들과 나는 이곳에 갇혀 있고 위증자들은 여지없이 다가온다. 지금 당장 어머니들과 연결될 수 있다고 해도, 그러고 싶은지 모르겠다. 내내 어머니들을 믿어왔고 어머니들이 요구한 일을 모두 했다. 그런데 어머니들은 거짓말했고, 이제 나는 해온 일에도 의문이 생긴다.

현재만 생각하려 애쓰지만 이곳, 이런 어둠 속에서는 거의 불가능하다. 모든 두려움이 한번에 몰아친다. 위증자들의 규칙적인 발걸음 소리가 들린다. 그 소리를 놓치지 않으려 애쓰는데 소리가 멈춘다. 아니면 그놈들이 더 이상 행진하지 않고 우왕좌왕하나 보다.

"뭐 하는 거지?" 내가 속삭이며 바구니 앞으로 몸을 가져간다.

케이타가 음울하게 대답한다. "좋은 일은 아니겠지."

곧바로 주먹으로 문을 무지막지하게 두드리는 소리가 들린다. 그런 다음 아주 익숙한 비명 소리가 들린다. 대부분 남자고 간혹 여자도 있다. 나는 눈을 가늘게 뜨고 바구니 틈새로 엿보려고 애쓴다. 그러나 보이는 건 어른거리는 그림자뿐. "무슨 일일까?" 나는 속삭이며 참지 못하고 몸을 움직인다. 바구니 틈새로 보려고 애쓴다. 더 가까이 다가가면 좋겠는데. 짜증이 나서 신음을 흘린다. 볼 수 있으면 좋겠다.

이런 생각을 하는 순간, 묘한 찌릿함이 척추를 오르내린다. '알았어…….' 이그사가 말한다. 그의 목소리가 머릿속에서 울린다. 그러더니 갑자기 우리가 앉아 있던 지붕 위로 날아오른다.

우리가?

나는 눈을 깜박이며 어리둥절해한다. 갑자기 몸이 가벼워지는 느낌이 들더니 사누시 광장 위로 둥실 떠오른다. 내 날개가 따뜻한 기류를 타면서…… 잠깐! 거의 곤두박질치는 바람에 너무 놀란다. 이거 뭐지? 내 날개? 아니, 우리 날개다!

나는 기겁한다. '이그사, 이게 뭐야? 무슨 일이야?'

어깨를 으쓱하는 것처럼 이그사의 몸이 씰룩거린다. 이그사가 간단하게 대답한다. '뭐, 우리 몸인 거지. 이그사와 데카는 하나야.'

너무 충격적인 대답이라, 이그사가 그저 내 이름 말고 다른 단어를 말했다는 것도 알아차리지 못한다. 이그사는 극히 드문 경우에만 말한다. 나는 이제 이그사의 마음에 몰두한다. 여전히 개별적인 독립체지만, 이그사와 나는 단단히 엮여 있다. 이건 내 인생에서 가장 특이한 경험 중의 하나다. 멜라니스의 기억 속에서 보낸 시간에 느꼈던 것과 흡사하다. 하지만 그건 완전히 다른 상황이었다. 내가 멜라니스의 마음속에 있을 때, 나는 멜라니스가 되었다. 그러나 이그사와는 마치 이그사의 마음 한편에 나를 위한 공간이 따로 있는 것 같다. 나 자신으로 있을 수 있는 공간이.

이그사가 열렬히 묻는다. '데카, 보고 싶어?'

이그사의 말이 또렷이 이해되어 대답한다. '그래, 광장을 보고 싶어.'

나는 이그사가 자기 몸을, 아니 우리 몸을 움직여 어지러울 정도로 광장 가까이 가는 동안 침착하게 있으려고 노력한다. 위증자 죽음비명들이 끔찍할 정도로 거대해 보인다. 죽음비명들이 비명을 지르는 주민들을 집에서 끌어내고, 그러는 동안 자투 행렬이 자투 지도자인 죽음비명 옆에서 대기한다. 이전과 마찬가지로 죽음비명과 자투들은 모두 카두스가 새겨진 지옥의 갑옷을 입고 있다. 다만 이번에는 어떤 영향도 미치지 않는다. 머릿속이 따끔거리지도 않는다. 마치 내가 이그사 몸속에 있어서 그 상징으로부터 보호받는 것 같다.

죽음비명들이 주민들을 광장 중앙으로 몰아낸다. 그곳에는 마차 두 대가 서 있다. 한 대에는 오요모의 태양 상징인 쿠루가 화려하게 장식됐고 다른 한 대는 강철이 보강된 창살 마차로 죄인을 수송하는 마차다. 첫 번째 마차로 눈을 돌려보니 자투 두 명이 문을 열고 그 마차에서 내리는 세 명에게 무릎을 꿇어 경의를 표한다. 짧고 촘촘히 꼬인 머리에 암청색 피부를 한 신전 하녀 한 명만이 낯설다. 다른 둘은 너무나 잘 아는 카디리 장로와 엘프리드다.

"데카, 데카!" 케이타의 목소리가 겁에 질린 듯하다. 하지만 그 소리가 멀리 떨어진 듯 들려서 무시하고, 카디리와 엘프리드가 광장 중앙으로 걸어가는 모습을 지켜본다. 자투가 그 둘을 호위하고 죽음비명들이 주민들을 더 가까이 모은다.

카디리가 역겹게도 경건한 모습으로 환영의 손을 내민다. 그리고 머뭇거리는 청중에게 외친다. "헤마이라의 존경하는 시민이여, 나는 오요모의 대신관 카디리입니다. 여러분에게 이두구의 이름으로 인사드립니다. 그분께서 여러분을 보호하고 구원하기를."

군중이 서로 쳐다보며 초조하게 답한다. "우리를 보호하기를. 우리를 구원하기를."

"바쁜 저녁 시간에 이렇게 모이게 해서 진심으로 미안합니다. 하지만 오늘은 가장 상서로운 날입니다." 카디리의 시선이 군중을 가로지른다. "오늘, 금빛 존재들이 가장 아끼는 딸인 누루, 데카가 바로 여기 여러분 사이에 숨어 있습니다."

나는 날아가다가 벽에 부딪힐 뻔한다. 너무 놀랐다.

'이그사, 날아.' 이그사가 쩍쩍대며 신속하게 자기 몸을 다시 제어한다. 나와 달리 이그사는 우리 아래서 일어나는 일에 신경 쓰지 않는다. 이전에도 몇 번 짐작했던 것처럼, 이그사는 정말로 무슨 일이 벌어지고 있는지는 이해하지 못한다. 다만 '좋지 않다'는 것은 안다.

이그사가 재빨리 지붕 끝에 자리를 잡아서, 우리는 아래에서 벌어지는 일을 지켜본다. 충격에 잠긴 속삭임이 군중 속에서 퍼져나간다.

카디리는 사려 깊은 척 입술을 두드린다. "우리는 데카를 유인해야 합니다. 그런데 어떻게? 데카가 여러분을 봐서 그냥 나타나지는 않겠지요. 우리가 여러분을 칼로 위협한다고 해도, 이른바 그 구원자는." 카디리는 이 단어를 우월감에 차서 내뱉는다. "자신의 불멸의 생명을 여러분, 인간을 위해 희생하지 않을 겁니다. 그러니 우리는 은신처에서 그 여자를 유인해내야 합니다."

카디리가 근처에 있는 자투에게 끄덕이자 덩치 큰 남자가 아까 본 죄인 수송용 창살 마차로 향한다. 뭐가 있는 거지? 궁금하다. 심장이 점점 더 빠르게 두근거린다. 누가 있는 거지?

카디리가 마차를 가리킨다. "금빛 존재들의 딸, 누루라는 정체가 밝혀지기 전에 데카에게도 가족이 있었습니다. 인간 가족 말이죠. 재회시켜줄 때라고 생각합니다."

자투가 마차의 문을 열고 안에서 사람을 끌어내자 내 세상은 좁아진다. 노쇠하고 마른 남자다. 그 움츠러든 몸에 너덜너덜하고 지저분한 천을 걸쳤다. 남자의 모습이 너무 충격적이어서 내 정신이 이그사의 몸에서 튀어나와 나 자신의 몸으로 돌아온다.

갑자기 숨이 찬다. "아버지, 우리 아버지야."

17

충격에 빠진 상태에서 몸으로 돌아간 터라 케이타가 나를 진정시키는 데도 얼마간의 시간이 걸린다. 케이타가 손으로 내 등을 쓰다듬으며 속삭인다. "데카! 데카, 너 괜찮아? 무슨 일 있나 보네."

케이타를 돌아보고 다시 말한다. "아버지야. 이그사 몸에 들어가서 아버지를 봤어. 어쩌지……. 놈들이 아버지를 잡고 있어!"

"무슨 소리야, 아버지를 잡고 있다니? 그리고…… 이그사의 몸은 또 뭐고?"

내 이야기가 너무 황당해서 두 단어를 잇기도 벅차다. 말이 횡설수설 나온다. "광장이 너무 보고 싶었는데, 이그사가 어떻게 한 건지는 모르겠는데, 나를 자기 몸속으로 받아줬어. 그리고 거기서, 광장 중앙에서 아버지를 봤어. 카디리 장로랑 엘프리드도 있었어. 아버지가 잡혀 있어. 아, 어떡하지, 아버지를 붙잡고 있어. 이그사, 날 다시 데려가!"

'다시 데려가!'

명령을 속으로 반복하자 이그사의 목소리가 들린다. 언제나처럼 머릿속에서 이그사가 대답한다. '알았어.' 그리고 그냥 그렇게 나는 다시 이그사의 몸에 들어간다. 우리는 군중 위에 높이 떠 있고 자투가 아버지를 카디리에게 데려간다.

아버지에게 가까이 가는 동안 경악스러움에 날개가 비틀거린다. 1년 조금 더 지나는 동안 너무 많이 변했다. 내가 마지막으로 봤을 때도 건강이 좋지 않았지만, 한때 풍성한 금발이었던 머리카락은 숱이 많이 빠져서 두피에 듬성듬성 나 있을 뿐이고, 누더기 아래 몸은 피골이 상접하다. 광장 중앙으로 느릿느릿 움직이자 쇠약해진 손목과 발목에 채운 사슬이 느릿하게 삐걱거린다. 고개를 숙이고 땅만 보는 아버지가 힘겹게 숨을 고를 때, 내 안의 무언가가 부서진다.

나는 여신들을 깨운 이후, 다시는 아버지에게 어떤 감정도 갖지 않으리라 생각했다. 나를 배신하고 신관들에게 넘긴 사람이다. 그 이후 나를 참수하기까지 했다. 하지만 지금 그 남자가 이곳, 내 아래 단상에서 무릎을 꿇고 있다. 내가 할 수 있는 거라곤 달려가서 그를 품에 안고 세상으로부터 보호하고픈 마음을 참는 것뿐이다.

이그사가 걱정스레 묻는다. '데카, 괜찮아?'

나는 슬퍼하며 대답한다. '괜찮아. 더 가까이 날아가줘.'

이그사가 기꺼이 근처의 아마룰 나무 가지에 내려앉는다. 카디리가 아버지에게 비난의 손가락질을 한다. "우리와 오요모의 눈에 거슬리는 이 짐승 같은 자가 여러분에게 할 말이 있답니다."

카디리가 끄덕이자 자투 한 명이 금속 뿔을 꺼내 아버지 앞에 내민다. 아버지는 카디리를 보며 애원하듯 고개를 젓는다. 그러나 키다리는 단호하고 거칠게 명령한다.

"말하라."

아버지의 존재 자체가 무너져내리는 것 같다. 너무 작고 연약해 보인다. 이런 모습은 본 적이 없다. 붉은 수두를 심하게 앓을 때도 이러지는 않았다.

아버지는 군중을 향해 돌아서서 목을 가다듬는다. 뿔을 통해 나오는 목소리가 고통스러울 정도로 작다. "안녕하세요, 오요모의 추종자 여러분."

산발적으로 나오는 못마땅해하는 소리 외에는 대답이 없다. 군중 속에서 긴장이 고조된다. 분노. 모두가 겁에 질린 채 의문에 차 있다. 그리고 이곳에 아버지가 서 있다. 자신들이 집에서 끌려 나온 이유인 듯한 자가, 편리한 희생양이 있다.

아버지도 이를 아는지 주위를 경계하듯 둘러본다. "여러분에게 말할 자격이 내겐 없습니다. 나는 여러분과 오요모의 눈에 죄인입니다." 그러고는 무릎을 꿇는다. "나는 가장 흉악한 죄인입니다! 나를 용서해줘요, 용서해줘요!" 군중에게 머리를 조아릴 때마다 이마가 흙바닥에 닿는다. 그러나 이런 인정은 군중의 분노를 일으킬 뿐이다.

"배신자!" 누군가 소리치고 아버지에게 흙덩어리를 던진다.

옷에 튕겨 누더기에 선명한 붉은 자국을 남긴다.

"악마의 아버지!" 다른 이가 외치고, 이게 수문을 연 것처럼 흙덩이와 날카롭고 작은 돌이 날아든다. 군중은 손에 잡히는 건 무엇이든 던진다.

그렇게 맞을 때마다 아버지는 머리를 조아리고 또 조아린다. 엎드리면 군중이 진정하고 자기 안에서 곪아터진 죄책감이 줄어들 것처럼.

급기야 사람들이 똥을 던지기 시작하자 자투가 앞으로 나서서 근엄하게 진정시키고 큰 소리로 외친다. "그만하라!"

군중이 잠잠해지기까지 얼마간의 시간이 걸린다. 사람들은 지금 격앙된 상태다. 분노가 고조되고 폭력에 대한 갈증이 타오른다. 그리고 그 모든 것이 아버지에게 집중된다. 여전히 움츠러들고 머리 숙인 아버지에게. 이 모든 것을 지켜보는 나는 근육이 얼어붙고 생각이 미친 듯이 소용돌이친다.

아버지는 어떻게 이곳에 오게 된 거지?

이르푸트에 안전하게 있는 줄 알았다. 개인적인 수치인 나, 알라키 딸은 죽었다고 굳게 믿고. 아버지는 나와 연결되어서는 안 되었다. 내가 여신들을 대신해 헤마이라에 반란을 일으킨 누루가 되었다는 걸 절대 인정하면 안 되었다. 데카는 남부 지방에서는 매우 흔한 이름이고, 더 중요한 건 그동안 내 모습이 많이 바뀌었다는 것이다. 피부색은 더 어두워졌고 예전의 굵은 곱슬머리는 이제 팽팽하게 꼬인 머리가 되었다. 눈은 태어났을 때의 회색이 아니라 이제 검은색이다. 게다가 수배 전단에 실린 모습은 지금의 나와 거의 닮지 않았다. 예전의 나와 지금의 나, 이 둘이 연결되어서는 안 되었다. 그리고 무엇보다 카디리의 포로가 되어서는 안 되었다.

내가 해온 지나친 상상 중에서도 이런 상황은 생각해본 적 없다.

카디리가 광장을 둘러본다. "데카, 내 말이 들린다면, 듣고 있을 거라 확신하지만 오늘 밤 네 아비를 처형할 거다."

그 말이 나를 찌르지만 나는 움직이지 않는다.

이그사가 걱정스럽게 묻는다. '데카 괜찮아?'

'괜찮아.'

하지만 카디리가 끔찍스레 경건해 보이는 미소를 지으며 말을 이어가는 동안 내가 할 수 있는 거라곤 숨 쉬는 것뿐이다. "네 아비를 죽게 둘 테냐, 데카? 그러고도 네가 명예로운 딸인가? 아비의 목숨을 구하지 않을 것이냐?"

놀랍게도 아버지가 외친다. "안 돼! 안 돼, 데카! 넌 이미 나 때문에 한 번 죽었어! 다시는 위험을 무릅쓰지 마라!" 아버지는 이제 똑바로 서서 큰 소리로 외친다. 모두에게 들릴 정도로.

카디리의 얼굴이 붉으락푸르락해진다. 평온의 가면이 분노와 경악으로 바뀌더니 씩씩거린다. "네놈이 어떻게 감히! 감히 너의 신 이두구의 뜻을 거스를 셈이냐?" 카디리는 아버지를 제지하려고 그 옆의 자투 둘에게 눈짓한다.

그러나 아버지는 이제 카디리의 말을 듣지 않는다. "데카, 내 말이 들리면 네게 말할 중요한 얘기가 있어! 네 어머니 말이야, 살아 있단다. 네 어머니는……."

자투 하나가 아버지의 팔을 뒤로 꺾어 바닥으로 꿇린다. 나는 내 몸으로 돌아와 헐떡이며 당황한 케이타를 놀라게 한다. 케이타가 나를 안아주며 묻는다. "데카, 무슨 일이야? 네가 또 어디론가 가버려서 닿을 수가 없었어. 난……."

"우리 어머니. 케이타, 어머니가 살아 있대!"

"뭐?" 케이타가 찡그린다. 혼란스러운 듯하다. "무슨 말을 하는 거야, 데카? 네 어머니는 돌아가셨어. 나한테 그렇게 말한 게 너야."

"그랬지. 그런데 살아 있다고 아버지가 그랬어."

"아버지를 믿는 거야? 자기 손으로 널 참수한 사람을?" 혼란스러운 상황임에도 케이타는 아버지의 말을 곧장 불신한다. 하지만 이런 가능성이 어떤 의미인지 설명할 시간이 없다. 서두르지 않으면 자투가 아버지를 데리고 가버릴 테고, 그러면 어머니에 대해 무슨 이야기를 하려던 건지 영영 알 수 없게 된다.

일어나며 케이타에게 말한다. "가야 해. 아버지를 구해야 해!"

"데카, 잠깐. 대체 무슨……."

하지만 나는 이미 바구니 아래서 뛰쳐나와 전속력으로 골목 끝을

향해 달린다. '이그사, 어서! 아버지를 구하자.'

다행스럽게도, 내 동반자는 즉시 퍼덕이며 내려온다. 벌써 본래
의 모습으로 변한다. 그러는 동안에도 날개는 유지한다. 내가 이그
사에 올라탈 때 뒤에서 발소리가 들린다. 뒤돌아보니 브리타가 혼
란스러운 표정으로 다가와 묻는다.

"데카, 어디 가는 거야? 아버지 얘길 하는 걸 들었는데."

"살아 있어." 설명하며 이그사의 등에 난 뿔을 붙잡는다. 케이타
든 브리타든 누구도 나를 말릴 수 없다. "카디리가 아버지를 광장
에 데려왔는데, 아버지가 어머니가 살아 있다고 말했어. 아버지를
구하러 갈 거야."

놀랍게도 브리타가 고개를 끄덕이고 단호하게 말한다. "무슨 말
인지 이해는 가지 않지만 같이 가자, 데카. 너랑 같이 갈래."

말릴 새도 없이 브리타가 이그사의 등에 올라탄다. 동시에 전투
망치도 들어 올린다.

"브리타!" 리가 외치며 바구니에서 뛰쳐나온다.

리의 눈빛이 심상치 않다. 조금 전에 본 케이타의 표정과 비슷한
공포가 보인다. 하지만 깊이 생각할 여유가 없다. 브리타와 함께 아
버지를 구할 것이다. 무슨 일이든 역시 브리타와 나는 함께다.

"너 먼저 가 있어. 공원에서 만나자." 브리타가 리에게 말하자 다
른 친구들도 당황스러운 표정으로 나온다.

그러는 사이 나는 케이타의 눈을 조심스레 피한다. 케이타가 이
그사에게 다가온다. 애원하는 목소리다. "데카, 네가 뭘 하고 있는
건지 생각해봐. 네가 본 게 뭐였든 아마 이두구의 함정일 거야. 신
중해야지."

나는 고개를 끄덕인다. 그럴 가능성도 생각해봤지만 다른 가능성
도 없지 않다. 만약 내가 들은 게 진실인데 무시하고 이 기회를 놓

친다면, 나 자신을 결코 용서하지 못할 것이다.

케이타에게 결연히 대답한다. "어머니가 살아 있대. 어디 있는지 아버지가 알고 있어. 아버지를 구할 거야. 해 질 녘에 공원에서 만나자."

"하지만 데카……." 케이타가 다시 입을 열기에 나는 그와 눈을 마주치며 시선에 내 모든 감정을 싣는다.

어리석은 행동이라는 건 나도 안다. 나와 브리타 둘 다 위험해진다. 하지만 나는 더 나쁜 상황에서도 헤쳐 나왔고, 브리타는 나를 따르기로 선택했다. 케이타에게 다시 한번 끄덕인다.

"사랑해." 담백하게 말하고 무릎으로 이그사의 옆구리를 누른다. 우리가 날아오르는 동안 케이타의 시선이 내 등에 꽂힌다.

몇 초 후 카디리를 향해 급강하하자, 그의 눈에 불경한 환희가 넘친다. 그가 까르륵 환호하고 이그사가 착륙한다. "그렇지! 네 아비를 외면하지 못할 줄 알았지!"

카디리에게는 시선도 주지 않고 아버지를 향해 질주한다. 브리타와 이그사가 길을 터준다. 죽음비명이 너무 많다. 너무너무 많다. 하지만 죽음비명들은 전투 상태의 나처럼 빠르지 않고, 나는 민첩하게 움직일 수 있다. 내게 필요한 것은 속도다. 두려움이 솟구치지만 억누른다. 지금은 두려워할 시간이 없다. 아버지를 구해야 한다.

간절함이 내 발걸음에 힘을 싣는다. 자투 지도자 죽음비명을 스쳐 지난다. 그의 몸이 내 눈에는 새하얗게 타오르는 듯 보인다. 전투 상태라 그렇게 보이는 것이다. 내 피부에 가죽이 덮이고 몸이 길어지는 것을 느낀다. 손가락은 갈퀴처럼 날카로워진다. 언뜻 카두스가 보여서 재빨리 시선을 바닥에 고정하고 죽음비명의 발 움직임을 쫓는다. 그 끔찍한 상징이 아니라 그것에만 집중하면 괜찮다. 이곳에서 아버지를 데리고 나갈 수 있다.

이 작전을 유념하며 피하고 뛰고 누비며 나아간다. 잠시 후 아버지에게 도달한다. 자투 둘이 아버지를 마차에 밀어 넣으려고 한다. 엄청난 힘으로 아버지를 잡아채니 그 둘이 비틀거린다.

아버지가 나를 올려다보는 시선에는 경악과 매혹이 섞여 있다. 자기 딸이 모두가 이야기하는 누루라는 걸 아는 것과, 우둘투둘한 피부에 죽음비명처럼 보이는 모습을 직접 보는 건 다르다.

쉰 목소리다. 너무 약해져 서 있기조차 버거운 듯 몸이 흔들린다. "데카, 왔구나." 아버지 주위에서 이상한 냄새가 나지만 무시한다.

"꽉 잡아요" 하고 아버지를 어깨 위로 들어 올린다. 그러고는 내 평생 최고의 속도로 달린다. 바람처럼 빠른 두 다리로 죽음비명 사이를 가로지르며 번쩍이는 손톱을 피하고 창을 쳐낸다.

가면무도회의 무희처럼 빙글빙글 돌고 휘몰아치면서 도망치다가 마침내 이그사 앞에 다다른다. 죽음비명 무리가 이그사를 둘러싸고 있다.

'데카!' 이그사가 안심한 듯 외치고 가까이에 있는 죽음비명의 손을 물어뜯는다.

고통에 빠진 죽음비명의 날카로운 비명에 아버지가 경련한다. 아버지가 인간이라는 걸 잊었다. 인간은 죽음비명의 비명 소리에 무력하다. 나는 재빨리 뒤돌아 그 죽음비명의 목을 벤다. 떨어지는 목을 뛰어넘어 아버지를 이그사에 태운다. 이그사는 즉시 날개를 펴고 퍼덕인다. 나도 이그사에 올라타고 근처에서 죽음비명들과 싸우고 있는 브리타를 부른다.

"브리타, 어서 가자!"

"간다!" 브리타가 달려오며 내게 손을 뻗는다.

내가 그 손을 잡는 순간 이그사가 날아오른다. 그렇게 우리는 높이 떠올라 공원으로 향한다. 다른 친구들도 골목을 달리는 모습이

점처럼 보인다. 그들 위에 빠르게 내려앉는 어둠 속에서 카티야와 니미타의 날렵한 그림자도 지붕을 뛰어넘는다.

광장을 벗어난 순간 브리타가 웃기 시작한다. 목소리에 흥분이 가득하다. "우리가 해냈어, 데카. 우리가 해냈다니, 믿기지 않아!"

놀라운 것이다. 나는 고개를 끄덕인다. 아직도 온몸이 떨린다. "나도 믿기지 않아." 눈앞의 아버지의 등을 보고 어깨를 두드린다. "아버지, 어머니가 정말 살아 있어요?"

아버지가 어리둥절한 표정으로 나를 돌아본다. "데카⋯⋯. 진짜 왔구나." 그러더니 내 질문을 기억하고 고개를 끄덕인다. "네 어머니⋯⋯ 우무는⋯⋯."

날카로운 충격이 아버지의 말을 자른다. 내가 주위를 둘러보며 원인을 찾는데 끙 하는 신음이 들린다. 이그사가 추락한다.

위장이 출렁하는 감각과 함께 이그사가 곤두박질친다. 이그사는 힘겹게 날개를 퍼덕이지만 조금만 움직여도 고통스러워 보인다. "이그사? 이그사!"

'데카⋯⋯.' 이그사가 간신히 대답한다. 아래를 내려다보며 고통스러워한다. 이그사의 왼쪽 옆구리에 창이 튀어나와 있다. 낯익은 창이다. 자투 지도자 죽음비명이 승리의 포효를 내지르고 우리는 근처 지붕으로 추락한다.

"꽉 잡으세요!" 이그사가 구를 때 아버지를 감싸며 외친다. 그러고는 아래 골목으로 떨어진다.

골목의 붉은 돌바닥에 창이 부딪치며 날카로운 소리를 내고 내 동반자가 고통스러운 신음을 내지른다. 나는 재빨리 착지하고 내 손바닥을 벤다. 창을 잡아빼자 이그사 옆구리에서 푸른 피가 흐른다. 피가 나오는 내 손바닥으로 이그사의 옆구리를 누른다. 금빛 피가 즉시 이그사의 살 속으로 스며들고 이그사의 옆구리가 봉합된다. 찢긴 가죽이 손바닥 아래에서 움직인다. 다행히 예상대로 내 피로 치유된다.

하지만 너무 많은 피를 흘렸다. 이그사 옆에 무릎을 꿇고 살펴본다. 내 로브도 이그사의 검푸른 피로 흠뻑 젖는다. 더 이상 우리를 태우고 갈 수 없다. 위증자 죽음비명들이 다가온다. 발걸음 소리가 가까워진다. 탈출 경로를 찾으려 주위를 둘러보니 급류 소리가 들린다. 도심 한가운데를 흐르는 거대한 강, 아그베니강의 본류다. 강이 가까이 있는 것을 보고 안도한다. 그 강을 건너기만 하면 탈출할 수 있다.

나는 급히 일어난다. 고맙게도 브리타가 아버지를 안고 있다. 이그사를 격려한다. '어서, 이그사! 새끼 고양이로 변해줘.'

'데카.' 이그사가 힘없는 목소리지만 곧바로 대답한다.

이그사가 빠르게 새끼 고양이 모습으로 줄어들고 나는 그를 안은 후 브리타를 돌아본다. 재촉하려다가 브리타의 표정을 보고 멈춘다. 슬픈 표정이다.

"데카……." 브리타가 슬픈 눈으로, 너무나 슬픈 눈으로 부드럽게 부른다.

브리타가 아버지를 내려다본다. 내게도 아버지의 가슴에서 나는 무섭도록 거친 소리가 들린다. 브리타가 걱정이 가득한 눈빛으로 다시 속삭인다. "데카…… 아버지가……."

"알아." 재빨리 말하며 브리타를 막는다. 저 소리가 무얼 의미하는지 나도 안다. 그동안 우리는 전쟁터에서 살아왔으니까.

브리타는 위증자들이 오는 골목 끝을 바라보더니 나를 돌아본다. "내가 시간을 벌게. 몇 분이 최선이겠지만."

"고마워." 그렇게 말하지만 우리가 처한 상황은 암울해졌다. 한번은 위증자들에게서 탈출했지만 어떻게 그럴 수 있었는지 아직도

모르겠다. 이그사는 다쳤고 위증자들은 다가온다. 그리고 아버지
는, 아버지는…….

생각을 밀어내려고 심호흡할 때 브리타가 내 앞에 서더니 양팔을
들어 올린다. 발을 구르며 우리의 예전 격투 교관 휴온이 가르쳐준
'부동의 대지' 자세를 한다. 내 몸은 여전히 전투 상태라서, 브리타
의 몸에 차오르는 힘이 보인다. 부동의 대지는 일대일 격투에서 전
사를 집중시키는 자세인데, 너무 많은 적이 몰려오는 지금 무슨 소
용이 있을지 모르겠다. 그럼에도 나는 계속 브리타를 지켜본다. 하
얀빛의 물결처럼 브리타의 몸속에서 몰아치는 힘에 사로잡힌다.

잠시 동안 아무 일도 일어나지 않는다. 그저 힘만 존재한다…….
그러더니 하얀빛이 아래쪽으로 휘어지며 브리타의 발부터 힘이 폭
발한다. 빛의 바다가 땅으로 쏟아지는 듯하다. 그것이 사라지는 순
간, 어디서 희미하게 우르릉 소리가 들리더니…… 돌로 된 벽이 우
리 앞에 솟구친다.

그리고 또 하나가.

그리고 하나 더 솟구친다.

순식간에 우리는 작은 삼각형 구조물 안에 완전히 둘러싸였다.
세 개의 돌담이 꽉 맞닿아 있어서, 그 틈새로 아주 미세한 빛만이
새어 든다. 브리타가 요새를 지었다. 오로지 돌과 브리타의 에너지
로 만들어진 요새……. 그것을 만드느라 브리타는 에너지를 너무
많이 썼다. 브리타 안의 빛이 얼마나 약해졌는지 보인다. 처음 하얀
손이 내 능력을 사용하는 법을 훈련시킬 때 나도 저랬다. 마음이 아
프다. 브리타에게 에너지를 배출하는 법을, 내부에서 커지는 힘을
제어하는 법을 가르쳐줘야 한다.

우리가 어떻게든 이곳에서 빠져나간다면 말이다.

일을 끝내고 브리타가 기진맥진하여 쓰러진다. "돌벽이 얼마나

버틸 수 있을지 모르겠어. 잠깐만 잠들게." 힘없이 말하는 브리타의 눈이 감긴다.

"필요한 동안은 버틸 거야." 나는 브리타의 노고에 고마워하며 대답한다.

그러지 못하더라도 어떻게든 해낼 것이다. 다른 선택의 여지가 없다. 아버지 가슴에서 나는 끔찍한 그르렁 소리가 너무 커서 더 이상 모른 척할 수 없다. 아버지의 임종이 다가왔다.

작별을 고할 시간이다.

18

내가 어렸을 때 아버지는 튼튼하고 건장한 남자였다. 햇살 같은 금발에 폭풍 구름 같은 회색 눈의 아버지는 나에게 산 같은 존재였다. 넓은 어깨 위로 나를 휙 들어 올리고 하늘까지 닿을 수 있을 것처럼 느끼게 한 커다란 존재였다. 아버지는 산처럼 영원하고 흔들리지 않을 거라 생각했다. 내가 틀렸다. 그리고 지금, 내가 알던 강한 남자에게 남은 건 허약하고 뼈만 앙상한 몸뚱어리뿐이다. 그 마른 가슴에서 나는 끔찍한 그르렁 소리가 죽음을 예고한다.

서둘러 짜 맞춘 방벽의 지저분한 바닥에 넝마를 걸치고 누운 아버지를 보니 목이 멘다. "아버지" 하고 속삭이며 가까이 간다.

밖에서 위증자들이 손톱으로 바위를 긁어대는 소리가 들린다. 하지만 상관없다. 더 이상 아무것도 상관없다. 이전에 우리 사이에 있었던 모든 일이, 아버지의 배신, 나를 버린 것, 심지어 어머니에 관한 의문조차 갑자기 그다지 중요하게 여겨지지 않는다. 아버지를 향해 손을 뻗다가 역한 냄새에 흠칫 멈춘다. 땀과 오줌 그리고 썩어가는 살냄새다. 아까 맡은 냄새였다.

"아버지." 충격에 빠져 속삭인다. 이런 모습은 차마 보기 힘들다.

아버지가 나를 보며 슬프게 웃음 짓는다. 어둠 속이라 회색 눈동자는 보이지 않는다. "데카." 쉰 목소리다. "정말 너구나. 꿈인 줄 알았는데…….."

아버지가 손을 뻗는다. 잔혹한 기억이 밀려들어 나도 모르게 몸을 움츠린다. 마지막으로 이 손을 봤을 때, 칼을 들고 있었다. 그 칼로 내 목을 베었다. 하지만 지금 이 손가락은 상냥하게 나를 향한다.

"꿈을 꿨단다, 데카. 끔찍한 악몽을 말이야." 아버지가 다시 기침한다. 이번에는 너무 심해서 폐에서 체액 튀는 소리까지 들린다.

재빨리 아버지 옆에 주저앉는다. 다시 냄새가 덮치지만 신경 쓰지 않는다. 방벽을 두드려대는 위증자들 소리도 듣지 않는다. "아버지" 하고 부르며 손을 꼭 잡는다. 너무 차다. 정말 너무 차다……. "버텨야 해요. 버티면 다른 곳으로 데려가서 치료사를 찾을 수 있어요. 구해드릴 거예요."

나는 손을 아버지 아래쪽에 넣어서 들어 올리다가 또다시 목이 메어 흐느낀다. 피부와 뼈밖에 남지 않았다. 알고는 있었지만 직접 느껴보니…… 너무 가벼워서 꼭 안지 않으면 둥실 떠올라 영원히 사라질 것 같다. 눈물이 뺨을 타고 흘러내린다. 그에 놀라 눈을 깜박인다.

"여기서 데리고 나갈 거예요." 나는 단호하게 말한다.

일어서는데, 앙상한 손가락이 내 눈물을 닦는다. 내려다보니 아버지의 눈이 열기를 띠고 빛난다.

생각하기를 포기한다.

아버지가 속삭인다. "소용없어, 데카. 이미 너무 늦었어. 너도 알잖아? 그게 아니더라도⋯⋯." 아버지가 방벽을 힘없이 돌아본다. 이제 주먹으로 두드리는 소리 대신 육중한 몸이 돌벽을 들이받는 소리가 쿵쿵 들린다.

다행히도 방벽은 꿈쩍하지 않는다. 그다지 흔들리지도 않는다. 브리타가 정말이지 온 힘을 다해 이 요새를 지었다. 지금 브리타가 눈물 어린 눈으로 우리를 바라보고 있는 걸 어렴풋이 느낀다.

아버지에게 시선을 돌려 말한다. "아니요. 치료사를 구할 수 있어요. 안전한 곳에 데려갈 수 있어요." 모든 분노와 원망은 흔적도 없이 사라졌다. 남은 것은 오로지 간절함과 낯설고 맹렬한 확신뿐이다.

그동안 나는 아버지에게 화가 난 줄 알았다. 그런데 사실은 슬펐던 것이다. 아버지가 나를 버렸다. 신관들이 왔을 때, 아버지는 나를 외면했고 배신했다. 아버지는 나를 사랑해야 했는데, 나는 아버지를 사랑했는데 말이다. 그 생각에 숨이 막힌다. 깨달음이 너무 늦게 찾아와 받아들이기 힘들다.

그동안 내내, 나는 아버지를 사랑했다.

나는 강하다고 생각했다. 그래서 모든 기억을 대체해버렸다고, 아버지에 대해 가능한 한 많은 기억을 마음에서 몰아냈다고. 하지만 사실 나는 여전히 아버지의 애정을 갈구하는 예전의 어린 소녀일 뿐이다.

아버지가 고개를 젓는다. 그 움직임이 너무 미약해서 유령 같다. "더 이상 시간이 없어. 치료도 안 돼, 이런 건." 아버지가 옷자락을 들치자 냄새가 더 심해진다.

욕지기와 함께 눈물이 난다. 아버지 가슴에 상처가 있다. 가장자리가 검은 둥글고 깊은 상처다. 그 안에서 뭔가 하얀 것들이 꿈틀거린다. 구더기다. 구토가 목구멍까지 올라와 급히 아버지를 다시 내려놓고 최대한 멀리 간다. 오늘 오후 라민이 훔쳐다 준 음식을 돌벽 아래서 죄다 게워낸다. 입을 닦고 떨리는 손으로 아버지에게 돌아온다. 방벽을 들이받는 자투들의 쿵쿵거림이나 멀리서 들리는 죽음비명들 소리, 카디리의 분노에 찬 명령 소리를 무시한다. 바로 이곳, 바로 지금에만 집중하면 그들은 존재하지 않는 것 같다. 이곳에 없는 것 같다.

"예쁘구나. 이 빛." 방벽 틈새로 들어오는 아주 가느다란 햇살을 보며 아버지가 속삭인다. 하지만 실제로는 어느 정도나 보일지 모르겠다. 이미 빈사 상태로 영혼은 빠져나가고 육신만 남은 것 같다.

그러더니 아버지의 시선이 서서히 나를 향한다. 기묘하게 공허하다. 어둠 속에서도 알 수 있다. 아버지가 속삭인다. "이런 부탁 할 자격이 없는 건 알지만 다시 옆에 와서 앉아주겠니, 데카? 제발."

아버지한테 이런 말을 들은 적이 처음이라 뼛속까지 흔들린다. 부탁받은 대로 하는데, 모든 근육이 너무 심하게 떨린다. 마치 얼어가는 호수에 몸을 담그고 얼음으로 변해가는 것 같다.

속삭이던 목소리가 이제 간신히 가르랑거린다. "지난 1년간 생각할 시간이 많았어. 기도하고 반성하고 후회할 시간도." 아버지가 내게로 손을 뻗는다. 그 손을 잡고서 얼마나 야위고 얼마나 뼈가 잘 느껴지는지는 무시하려고 애쓴다. 너무나 연약해서 달걀 껍질처럼 쉽게 부서질 것 같다.

아버지가 힘겹게 말한다. "지켜주지 못해서 미안해, 데카. 좋은 아버지가 되지 못해서 미안해……. 변명의 여지가 없어. 내가 너한테 어떻게 했는지는 무엇으로도 정당화할 수 없을 거야. 네 피가 변했을 때 널 몰래 데리고 나갔어야 했는데, 도망쳤어야 했는데. 지하 감옥에서도 장로들에게 칼을 겨눴어야 했어. 그런데 난 너에게 칼을 꽂았지. 내 하나뿐인 아이, 내 외동딸에게."

아버지의 말이 온몸을 울린다. 그러고 보니 말해야 할 게 있다. "아버지" 하고 입을 열지만 가슴이 얹힌 듯 답답해진다. "아셔야 할 게 있어요. 전 아버지의 진짜……."

"네가 내 핏줄이 아니라는 건 알고 있었어." 아버지가 나와 눈을 맞춘다. 공허하지만 예리하다. "우무가 널 내 팔에 안겨주는 순간, 내 자식이 아니라는 걸 알았어. 넌 날 닮았고 나처럼 행동했지만, 내 마음 깊은 곳에선 네가 자연적 존재가 아니라는 걸 알 수 있었지. 네 어머니처럼."

그 말이 칼처럼 심장을 꿰뚫는다.

눈물이 뜨겁게 솟아나 손을 빼려고 하지만 아버지가 단단히 붙잡는다. 그렇게나 약한 사람이 이상할 만큼 강한 힘으로.

"그래도 난 너를 사랑했어. 너희 둘 모두." 슬프게 웃는 눈에 눈물이 가득하다. "난 너희를 사랑했어. 너희 모든 것을. 너희가 누구인지는 상관없었어. 데카, 넌 내 딸이었고 난 널 보호해야 했지. 널 구해야 했어. 그러나 난 '무한의 지혜'를 따랐지. 마음 가장 깊은 곳의 끌림을 거스른 거야. 두루마리의 가르침, 신관들의 가르침 때문에. 난 겁쟁이였고, 선물 받을 자격이 없는 멍청이였어. 그래서 미안해. 너무너무 미안하다."

아버지는 누더기 옷자락을 뒤적여 무언가를 꺼내더니 내 손에 쥐여준다.

손을 펴 보고 말문이 막힌다. 어머니의 목걸이다. 내가 지하실 바닥에 쓰러져 죽어갈 때 아버지가 가져갔던 목걸이. 아버지는 그걸 내 손에 올려두고 고개를 기울인다. 그의 이마가 기도하듯 목걸이 위에 놓인다.

"언젠가 나를 용서해주겠니, 데카? 지금이 아니라, 아주 먼 훗날, 이 어리석고 교만한 남자가 나약함에 저지른 짓을 용서해주겠니?"

"용서할게요."

그 말이 너무 빨리 튀어나와 나는 그것이 진심임을 알아차린다. 아버지가 한 모든 일을 용서한다. 광장에서 아버지를 본 순간 용서했다. 욕하는 군중에게 머리를 조아리던 아버지, 다른 사람들에게 맞서지 않는 천성의 사람이었으면서도 마지막에 나를 보호하려고 한 아버지.

아버지에게 다시 말한다. "아버지를 용서해요. 아버지를 용서해요."

"기쁘구나." 이제 한숨처럼 들리는 아버지의 말소리. 눈이 더욱 텅 빈다. 더 이상 아무것도 보이지 않을 것이다. "용서받아서 기쁘다. 이제 우무에게 갈 수 있어."

나는 눈을 깜박인다. "하지만……."

아버지가 속삭인다. "가끔 우무를 봐." 나를 잡은 손이 느슨해지고 그르렁 소리가 갑자기 커진다. 손가락이 차갑다. 너무너무 차갑다. "마을 끝에서 날 지켜보고 있어. 언제나 예전과 똑같아 보이지. 나의 우무. 늘 너무 아름다워. 변한 게 없어. 살아 있어. 여기에 살아 있어." 아버지가 자기 가슴을 두드리며 나에게 웃음 짓는다. 행복에 넘치는 표정이 얼굴에 가득하다. "가끔 밤에 내게 속삭여. 네게 전할 메시지를 남기는 거야. 자기가 살아 있다고, 가르 나심에서 기다리고 있다고 너에게 전하라고 하지……."

가르 나심. 나는 억지로 웃어 보인다. 물론 그렇겠지.

가르 나심은 어머니가 늘 가고 싶어 했던 섬이다. 오테라와 '미지의 대륙' 사이 대양 깊이 숨은 신비한 장소. 신화 속의 장소.

아버지가 그곳에 있는 어머니를 상상하는 건 당연하다. 살아 있다고 상상하는 것도…….

흐느낌에 목이 멘다. 하지만 아버지의 먼 시선이 다시 벽 틈새를 향한다. 오직 자신만이 볼 수 있는 빛을 찾는 것처럼. 아버지가 속삭인다. "이제 네 어머니가 보이는 것 같아. 내게 오고 있어."

아버지가 간신히 손을 든다. 오로지 자신에게만 보이는 존재에게 건네는 작은 인사. 그리고 웃음 지으며 말한다. "너무 빨리 걷지 마, 우무. 나도 갈게, 내 사랑. 집으로……."

그렁대는 숨을 한번 쉬고 조용해진다.

그렇게 아버지가 죽는다.

이후에 침묵이 이어진다. 공허하다. 방벽 틈으로 모든 공기가 빠져나가고 오직 그늘과 그림자만 남은 것처럼. 손에 든 어머니의 목걸이가 무겁게 느껴져 주머니에 넣는다. 그런 다음 아버지의 눈을 감기고 내 외투로 덮는다.

그리고 그냥 앉아 있다.

시간이 흐른다. 정확히 얼마나 지났는지 모르겠다. 몇 분이 지나고 몇 초를 떠돌았는지 모르겠다. 내가 아는 건 이제 밤이고 모든 것이 고요하다는 것뿐이다. 평화롭다. 마치 세상이 멈추고 다시는 움직이지 않을 것 같다. 세상이 움직이지 않으면 좋겠다. 그냥 이곳 침묵 속에 앉아서 어둠이 원하는 곳으로 나를 데려가길 바란다.

뺨에 흐르는 눈물도, 새끼 고양이 모습으로 내 목을 감는 약해진 이그사도, 나를 잡아당기는 브리타도 거의 알아차리지 못한다.

"데카……. 우리…… 가야 해……."

모든 것이 산산조각 났다. 빛, 소리, 움직임, 모든 것이. 요새 구석에서 은빛이 번쩍이고 브리타가 다급하게 그것을 가리킨다. 거대한 철 갈고리가 요새의 벽을 뜯어낸다. 하지만 나는 개의치 않는다. 요새가 무너지든, 카디리가 죽든 아니든, 주위 세상이 불타든 나는 상관없다. 조용히 이곳에 가만히 앉아있고 싶다. 한 번만이라도 가만있고 싶다.

"자기 아버지를 저버리지 않을 거라고 했잖아요."

엘프리드의 의기양양한 목소리가 들리며 요새가 갑작스레 무너진다. 고개를 들어 보니 무너진 돌더미 바로 뒤 골목에 엘프리드가 카디리와 함께 서 있는 것이 보인다. 그 둘을 자투 부대 전체가 에워싸고 그 너머 광장에서 더 많은 자투가 몰려든다. 이그사가 으르렁대며 털을 곤두세운다.

이상하게도 위증자들은 보이지 않는다. 보라색과 금색의 죽음비명들이 어쩐지 사라지고 자투들만 보인다. 그런데 이 자투들은 데스마스크를 쓰고 있다. 시체를 장식하기 위해 죽은 사람의 얼굴을 본떠 만든 물건이 데스마스크다. 그 광경을 보자 무감각했던 마음에 흉한 어둠이 뿌려진다. 아버지가 이르푸트에서 죽었다면 마을 원로들이 아버지를 위해 데스마스크를 만들었을 거다. '무한의 지혜들'과 함께 아버지를 묻고 사후대지로의 순조로운 여정을 위해 최소한의 예식 정도는 치러줬을 것이다. 그런데 이곳에서 아버지는 아무것도 받지 못한다.

그 생각에 마음이 더욱 차가워진다.

나는 이그사를 내려놓고 일어나 내 아티카 둘을 집어 든다. 그러고 보니 브리타가 나를 보호하듯 막아섰지만 전투 망치도 간신히 들고 있다.

"데카." 브리타가 걱정스럽게 입을 연다. 하지만 나는 브리타를 밀어내고 지나간다. 더 이상 브리타의 보호는 필요 없다.

카디리를 보며 말한다. 내 목소리가 이상하게 멀게 들린다. "또 다른 함정이었네. 잘 먹혔어."

어쩐지 당황스럽지도 않다. 다만 어째서 위증자들 대신 자투들이 왔는지는 조금 궁금하다. 그러나 깊이 생각하지는 않는다. 또 다른 묘한 감정이 마음 깊은 곳을 휘젓는다. 안도감. 차갑고 황량한 안도감. 저 뒤에 죽은 아버지가 누워 있고 손에는 두 자루의 아티카가 들려 있다. 저 앞에는 데스마스크를 쓴 남자들이 줄지어 있다. 곧 거둬들일 무르익은 목숨들이다.

이렇게 준비된 채로 오다니 사려 깊기도 하다. 마치 내가 학살해 주길 원하는 듯이 말이다.

물론 그러지 않을 수 없다.

'데카?' 이그사가 묻지만 나는 고개를 젓는다.

'아니야, 이그사. 이번엔 도망치지 않아.'

지금도 아니고 앞으로도, 결코 다시는 도망치지 않을 것이다.

이그사와 브리타를 무시하고 카디리와 엘프리드를 향해 걸어간다. 두 손에 아티카를 쥐고 그 무게를 음미한다. 예상대로 둘의 로브에는 카두스가 장식돼 있다. 자투들의 카두스도 언제나처럼 흉갑에 새겨져 있다. 하지만 이상하게도 더 이상 나를 막지 못한다. 이제 아무것도 나를 막지 못한다. 나는 완전히 차갑다. 얼음과 눈의 생물이다.

"이 모든 걸 계획한 지 얼마나 됐지?" 그냥 궁금해서 물으며 다가간다. 카디리 장로가 주산에 만들어둔 함정과 이 함정 사이 모든 것이 아주 세심하게 계획된 듯하다.

카디리가 인정한다. "여러 달이지. 너희의 여신들이 움직이는 방식을 알아. 정확히는 그 망할 파투가 어떻게 일을 꾸미는지 아는 거지."

아⋯⋯. 또 나왔네, 저 말. 경건한 척하는 남자들은 욕하고 싶을 때 꼭 저 말을 쓴다. 하지만 별로 신경 쓰지 않고 침착하게 말한다. "알겠지만 그분은 이제 파투란 이름을 쓰지 않아. 지금은 하얀손이야. 새로운 시대를 맞아 새로운 이름을 쓰기로 했거든." 달리 모욕적인 언사를 쓸 생각도 없다. 어차피 아티카의 버린 날을 휘두를 생각이니 의미가 없다.

"파투든 하얀손이든 그 여자를 뭐라고 부르든 상관없어. 전쟁의 여왕 중 첫째는 늘 그랬듯 변함없이 불경스러운 존재고 이 제국의 저주야." 카디리가 비웃는다. 그가 쏟아내는 모든 증오를 보니, 그의 본색이 드러나는 것을 보니 나는 더욱 진정되는 것 같다.

카디리가 말을 잇는다. "오랜 세월 그 여자를 연구했지. 그 여자의 일 처리 방식을 해석했어. 당연히 그 여자가 너, 누루를 보내리란 걸 알 수 있었지. 이 임무를 완수하라고 말이야. 그 여자가 널 조종하는 게 아닌가? 네 전설과 능력을 지어내고 있지? 원래 그런 여자야. 난 예상했어. 다만 네가 문에 잔재주를 부려서 도망친 건 예상밖이었지만…… 다행스럽게도 이두구께서 이곳을 추적해냈지. 너도 알다시피 그분이 도시 전체를 완벽하게 장악하고 있거든. 네가 이곳으로 돌아왔다기에 네 아비를 데려와야겠다 싶었지. 널 불러내고 네가 스스로 나타나게 할 만한 사람은 네 아비가 유일했으니까."

카디리가 낄낄댄다. "그렇게 잘못을 저지르고도 꽤 헌신적인 딸이네. 그렇지, 누루 데카? 네 아비의 고통을 보는 순간 모든 실리적인 생각은 말끔히 잊는 듯하더군. 비록 널 내쫓고 죽이는 데 찬성한 사람이라도 말이야."

카디리가 엘프리드를 쳐다본다. "참수도 한 번 했지, 아마?"

엘프리드가 고개를 끄덕이자 의아하게도 분노에 가까운 무언가가 내 안에서 불붙는다. 하지만 분노일 리가 없다. 분노는 차갑지 않다. 내 가슴에서 쪼개지는 이상하고 흉한 감정처럼 삭막하지 않다.

내가 가늘게 뜬 눈으로 지켜보는 동안 엘프리드가 대답한다. "그

렸죠. 그러고 나서 데카를 신관들과 함께 지하 감옥에 내버려뒀어요. 데카가 불경스러운 존재라는 걸, 모든 신성한 것에 대한 모독이라는 걸 알았으니까. 하지만 이두구는 자비로우세요. 데카 같은 괴물에게서도 가치를 찾으시죠."

갑자기 엘프리드의 목소리가 못처럼 두개골 안을 긁는다. 더 이상 들어줄 수 없어서 나는 쏘아붙인다. "말하지 마. 살고 싶으면, 한 마디도 더 꺼내지 마."

엘프리드는 나무로 만든 밋밋한 종교 가면을 쓰고 있지만 웃고 있는 게 분명하다. "살고 싶으면? 넌 포위됐어, 데카. 너와 네 더러운 피의 자매 모두." 마치 브리타가 자기 아래에 있는 양 조롱한다. "탈출할 길은 없어. 이단자였던 네 아버지가 도망칠 곳이 없었던 것처럼 말이야."

엘프리드의 한 마디 한 마디에 세상이 점점 희미해지고, 좀 더 어둡고 그늘진 세계로 변한다. 전투 상태로 빠져들자 이제 엘프리드는 더 이상 사람으로 보이지 않는다. 그저 사람 모양의 새하얀 그림자다. 엘프리드의 심장이 가장 밝게 타오른다. 나는 그에 집중한다.

한 번 펄떡. 두 번 펄떡. 세 번.

엘프리드는 위험을 눈치채지 못하고 계속 독설을 토해낸다. "네 안의 어둠을 왜 보지 못한 건지 정말 모르겠어."

카디리가 몸을 돌려 인자한 척 엘프리드의 머리를 쓰다듬는다. "그건 네 잘못이 아니란다, 얘야. 악은 우리 눈을 멀게 하지. 그래서 이두구가 계시는 거야. 이 세상에 진리의 빛을 비추기 위해서. 악을 다시 어둠으로 몰아내기 위해서."

음산한 웃음이 내 목에서 울린다. 악이라고? 나는 아버지를 돌아본다. 브리타가 만든 방벽의 부서진 잔해 속에 누운, 생명을 잃은 몸은 아버지가 알고 사랑했던 모든 것에서 너무 멀어졌다. 그 모든 세월, 아버지는 '무한의 지혜들'을 충실히 암송하고 모든 문구를 숭배했다. 그런 아버지의 마지막이 겨우 이렇다. 모르는 골목에 버려진 시체.

나는 다시 신관을 보고 이를 갈며 내뱉는다. "우리가 사악한 존재라고?"

"데카." 브리타가 경계하며 속삭인다. 그녀는 골목을 둘러보며 탈출로를 찾고 있지만, 그런 건 없다.

우리 뒤에는 아그베니강뿐이고, 브리타와 이그사는 헤엄치기에는 너무 약해졌다. 그렇지 않더라도 강물소들이 저녁 시간의 침입자를 그냥 두지 않을 거다. 밤에는 낯선 이들을 엄니로 들이받는다고 알려져 있다.

확실히 이 더러운 골목에서 탈출할 길은 전혀 보이지 않는다. 그러나 웬일인지 두렵지 않다. 내가 느끼는 감정은 기이하고 비뚤어진 흥분뿐이다.

카디리가 나를 보며 가엾다는 듯이 웃는다. "네가 모든 생물 중에서 가장 불결한 존재야, 누루 데카. 이 땅의 병충해지. 그러나 이 두구는 그분의 지혜로 네가 구원받을 수 있다고 느끼셔. 그분이 부르면 너는 화답하게 될 거야."

내가 응수한다. "아니면 뭐? 부름을 거절하면 어쩔 건데. 처형할 건가?"

"그게 네가 원하는 거라면." 카디리가 자투에게 느릿하게 손짓한다. 그러자 첫 대열이 달려든다.

그들이 가까이 오기도 전에 붉은빛이 내 시야를 흐리고 본능이 이성을 즉시 대체한다. 나는 지금 움직이는 흐릿한 형체다. 가장 가까운 자투의 몸을 두 동강으로 자르고 그다음 자투로 이동한다. 순식간에 소리와 색이 흐려진다. 머리가 굴러다니고 팔이 날아다닌다. 피와 내장이 공중에 흩날린다. 어렴풋한 고통이 내 팔 하나를 관통한다. 내려다보니 거의 잘려 나갔다. 재빨리 팔을 제자리에 붙이고 계속해서 아티카로 휩쓸며 나아간다. 더 많은 머리가 떨어지고, 더 많은 내장이 나뒹군다. 하지만 나는 계속 움직일 뿐이다. 계속해서 싸운다. 얼마나 오래 그러고 있었는지, 얼마나 오래 자투와 싸웠는지 모르겠다. 맹렬하게 계속 공격하다 보니 갑자기 더 이상 베어낼 자투가 없다.

놀라서 정신을 차려 보니 온몸이 한 구석도 남김없이 피로 뒤덮였고 적 중에서 오직 엘프리드와 카디리만 남았다. 골목 가운데 옹송그리며 서 있는 둘을 보호하던 남자는 이제 다 죽었다.

바닥이 피로 흥건해서 나는 부츠를 철벅거리며 엘프리드와 카디리를 향해 걸어간다. 엘프리드가 비명을 꽥 지르며 카디리 뒤로 숨지만 그는 도전적으로 턱을 쳐든다.

나는 훤히 드러난 카디리 목에 아티카를 들이댄다.

"아까 했던 말 다시 해봐. 날 악이라고 했지, 아마. 세상의 병충해라나 뭐라나……."

카디리가 아티카 쪽으로 더 다가온다. 칼날이 피부를 갈라도 멈칫하지 않는다. 푸른 피부 아래로 흐르는 피가 붉은색인 것이 재미있다. 그냥 보통 인간과 같다. 하지만 대부분의 사람과 달리, 내가 아티카를 더 깊이 찔러도 움츠리지 않는다.

용감한 남자. 어리석은 남자. 감동적일 지경이다.

"난 내 말을 지킨다, 누루 데카." 카디리가 읊조린다. 짜증 나게 경건한 눈빛이 여전히 형형하다. "너는 '무한의 지혜들'이 예언한 짐승이야. 그리고 이두구는 네 존재 이유를 알지. 그분은 네게서 잠재력을 봐. 난 널 불태워버려야 한다고 생각하지만."

엘프리드가 악의에 찬 기도를 조용히 따라 한다. "불타버리기를."

엘프리드를 돌아보자 다시 비명을 지른다. 짜증이 나서 두 번째 아티카의 끝으로 엘프리드의 가면을 들어 올려 던져버린다. 엘프리드가 가면을 향해 허둥지둥 기어가고 나는 한숨을 쉰다. 이런 순간에도 남자 앞에서 맨얼굴을 드러내는 게 부끄러운 것이다.

광신은 최악의 질병이다.

내가 먼저 가면을 걷어차고 냉정하게 말한다. "이제 필요 없어." 가면이 벽에 부딪쳐 부서진다. "여기 있던 남자는 이미 모두 죽었고 이자도." 카디리를 보며 고갯짓한다. "곧 죽을 거고. 머리를 조아릴 사람은 더 이상 없어. 이제 너랑 나뿐이야."

엘프리드가 몸을 떨면서 똑바로 서더니 나를 돌아본다. 마침내 엘프리드의 얼굴을 마주 본다. 한때는 내 유일한 친구였던 소녀의 얼굴을.

엘프리드는 별로 변하지 않았다. 머리카락은 여전히 칙칙하고 부스스한 갈색인데 잠깐만 봐도 불쾌할 정도로 심하게 당겨 묶었다. 얼룩덜룩한 붉은 자국은 여전히 얼굴 왼쪽에 퍼져 있지만 좀 밝아졌다. 아니면 전체적인 얼굴색이 더 창백해졌든가. 마스크를 삼사 개월 정도 쓰고 나면 북부 지방 여성들은 흔히 이렇게 된다. 본래 피부색도 빠져나가고 더욱 창백해진다. 햇빛 부족으로 거의 투명해 보일 지경이다.

그러나 엘프리드의 초록색 눈은 예전과 다름없이 여전히 환하다.

카디리를 계속 지켜보면서 엘프리드에게 가까이 간다. 감정은 여전히 냉랭하게 얼어붙었다. 이젠 카디리에게 아티카를 겨누지 않는다. 카디리가 나를 벗어날 방도가 없다는 것은 우리 모두 안다. "넌 어때, 엘프리드? 너도 아직 네가 한 말을 고집하는 거야? 여기랑 그 단상에서 한 말 말이야. 여전히 나를 혐오스러운 존재라고 생각해?"

속삭이는 내 말을 들은 엘프리드 눈에서 두려움이 번득인다. 하지만 놀랍게도 재빨리 저항한다. 내 눈썹이 올라간다. 용기의 불꽃이 보인다. 거미만 봐도 도망치던 소녀에게 이런 면이 있으리라고 누가 생각했을까?

엘프리드는 피투성이 골목을 가리키며 악취 때문에 콧구멍을 벌름거린다. "모르겠니, 데카? 네가 괴물이 돼버린 걸?"

너무 독선적으로 들려서 쓴웃음이 터져 나온다. "내가 괴물이야, 엘프리드? 두르카스나 노를림 같은 마을 원로들이 수개월간 날 처형하고 고문해서 결국 지금의 나로 다시 태어나게 했는데, 그런 내가 괴물이라고?"

엘프리드가 비웃는다. "넌 언제나 괴물이었어. 그분들이 현명했다면 네가 저주받기 전에 널 죽이고 주변 사람들을 불구덩이에 처넣었을 거야!" 엘프리드에게서 터져 나오는 말이 벨칼리스가 종종 습포에 넣는 우다마잎처럼 따끔거린다. 하지만 나는 조금도 동요하지 않는다.

지금의 나는 모든 감정에 마비됐다.

나는 차분하게 말한다. "난 저주받지 않았어, 엘프리드. 난 누루야. 황금과 영액에서 태어났지. 내 어머니들과 마찬가지로 불멸의 존재야."

하지만 엘프리드는 야유한다. 목소리에 담긴 악의가 단검처럼 날카롭다. "이 모든 것이 끝나면 너희 모두 불타 죽을 거야, 다른 모든 소녀처럼."

"다른 소녀들이라니?"

눈을 깜박이며 말하는 나를 보고 엘프리드가 의기양양하게 말한다. "다른 알라키들 말이야. 우리가 가는 곳마다 그것들을 불태웠지. 내가 신관들한테 그러라고 했어. 네가 군중 틈에 있다면 가만있지 못할 거라고 말했지. 너 같은 종류의 애들이 위험에 처하면 모습을 드러낼 거라고."

"너…… 네가 그러라고 했다고?"

"물론이지. 안 그랬으면 날 진지하게 받아주지 않았을 거야." 엘프리드가 확신 없어 보이는 모습으로 아주 잠깐 시선을 피하다가 다시 내 눈을 마주한다. 말하지 않는 비난이다. "날 사슬에 묶어두려고 해서 내가 진정한 신자라는 걸 증명해야 했어. 누가 뭐래도 너와 다르다는 걸 말이야."

너무 심하게 몸이 떨려와 나머지 설명은 들리지도 않는다.

엘프리드가 신관들에게 다른 알라키들을 죽이자고 제안했다니. 엘프리드가 다른 소녀들을 비유적으로도 실제적으로도 사형대에 몰아넣은 것이다. 이제는 익숙해져야 하는데, 때로 여자가 단지 자신의 안전을 위해 다른 여자를 배신하고 남자와 결탁한다는 걸 아는데, 받아들일 수가 없다. 한때 내가 전적으로 믿었던 소녀가 너무나 아무렇지 않게 다른 이들을 죽음으로 몰아넣었다는 사실이 믿기지 않는다.

누루든 아니면 엘프리드가 말한 괴물이든, 나는 단 한 번도 이유 없이 누구를 상처 입힌 적이 없다.

엘프리드는 내 눈에 어린 공포를 보더니 작게 혀를 찬다. "넌 언제나 마음이 약했지, 데카. 악마에게조차도. 이상한 일이야" 하고 한마디 하고 나서 카디리에게 간다. 엘프리드가 카디리에게 손을 내밀고 나를 돌아보더니 엄숙하게 읊조린다. "네가 불타버리기를."

그러나 카디리는 엘프리드의 말을 따라 하지 않는다. 엘프리드의 손도 잡지 않는다. 혐오스러운 기색을 숨기지 않고 내려다볼 뿐이다. 비웃음이 나올 뻔한다. 가장 무서운 적에게 둘러싸인 상황에

서조차 여자의 말을 따르고 손을 잡을 수는 없는 것이다. 여자와 잔적은 있는지 궁금하다. 왠지 그런 건 상상이 가지 않는다.

내가 엘프리드와 눈을 맞추며 카디리를 향해 고갯짓한다. "저 남자는 네 손을 잡지 않아. 알고는 있니, 엘프리드?" 엘프리드가 내려다보며 놀란다. 나는 부드럽게 말을 잇는다. "같이 죽음의 위협에 처한 지금도 너와는 단순한 위안의 접촉조차 할 수 없어. 왜인지 아니, 엘프리드?"

가까이 다가가며 묻는다.

"왜냐하면 이 남자에게 넌 완전한 인간이 아니기 때문이야. 하등 생물인 거지. 만질 만큼 깨끗하지 않은 존재. 이 남자한테 넌 동물이나 다름없어. 네가 이 남자의 이익을 위해 다른 사람들의 목숨과 네 양심과 온전한 정신을 바쳤는데도 말이야. 내 어머니들이 어떻다고? 너희가 숭배하는 신은 대체 어떤 신이기에 이 남자는 이런 때에도 단순한 인간적인 예의조차 거절하는 거니? 어떤 신이기에 널 다른 동료들과 동등하게 여기지 않는 거야?"

엘프리드가 분노에 차서 씩씩거린다. "진정한 신이지. 진정한 신이야. 신인 척하는 것들과는 달라. 너의 그 어머니들……."

엘프리드의 머리가 날아간다.

내가 충격에 빠져 서 있는데 카디리의 머리도 순식간에 그 뒤를 따른다. 그의 푸른 피부가 달빛에 반짝인다. 그리고 카르모코 탄디위가 나타난다. 둘을 처형할 때 쓴 둥근 검을 손에 쥐었다. 귀가 윙윙 울리고 심장이 튀어나올 것만 같다. 몸을 굽혀 토하며 충격을 가누지 못한다. 1년 만에 만난 카르모코, 큰 키에 근육질의 남부인이 건강히 살아 있다는 것도 충격적이다.

카르모코 탄디위가 카디리와 엘프리드의 머리를 내려다보며 혀를 찬다. "이 여자가 뿜는 독설을 더 이상 듣고 있을 수가 없었어.

너무 야비하고 비천한 여자애야. 이자는 더 나쁘지. 그렇게 정의로운 척하는 꼴이라니." 역겹다는 듯이 다시 혀를 끌끌 찬다.

나는 입술을 닦는다. "카르모코 탄디위?" 어리둥절하다.

카르모코 탄디위가 뒤에서 나타났다. 어두운 갈색 몸 뒤로 어둠이 빠르게 내려앉는다. 탄디위는 혼자가 아니라 케이타와 다른 친구들과 함께 있다. 내가 모르는 이도 두 명 있다. 평범하고 착실해 보이는 북부 소년은 새까만 머리에 흰 머리카락이 섞여 있다. 그리고 단순한 나무 가면을 쓰고 검은 망토를 입은 엄청나게 뚱뚱한 여자도 있다. 그들 뒤편에 보이는 강에서 작은 보트가 기다린다. 보트를 끄는 강물소 두 마리가 짜증스레 운다. 강물소는 낮에 활동하는 동물이라 밤에 다니는 걸 싫어한다.

전투 전략을 담당했었던 카르모코가 골목 주위의 대학살을 승인하듯 둘러보며 말한다. "이르푸트의 데카. 훌륭하군, 아주 잘했어. 그래도 우린 위증자들이 오기 전에 어서 가야 해."

"어서, 데카." 케이타가 재촉하며 나를 잡는다.

하지만 나는 여전히 멍한 상태로 카르모코 탄디위를 바라볼 뿐이다. 애쓰고 있지만 정신이 수습되지 않는다. 생각이 정리되지 않아 멍하니 말한다. "이해가 안 돼요, 카르모코 탄디위. 어떻게, 그러니까 어떻게 당신이 와서 엘프리드와……."

온몸이 떨린다. 돌아볼 때마다 머리 잘린 엘프리드가 보인다. 엘프리드가 바닥에 누워 있다. 아버지도. 둘 다 같은 날에 죽었다. 내 주위에 죽음이 너무 많다.

"난, 나는……." 몸이 너무 심하게 떨려서 간신히 서 있다.

내가 주저앉자 근육질의 팔이 나를 감싸고 단단히 안는다. 케이타가 내 이마에 키스하며 속삭인다. "괜찮아, 데카. 다 괜찮아……." 그리고 나를 안아 올린다.

그러나 케이타와 다른 친구들이 보트로 돌아가려 할 때 우리 뒤로 삐걱삐걱 이상한 소리가 들린다. 불길하게 익숙한 소리다.

"음……. 너희 이거 보이니?"

브리타의 목소리가 두려움에 작아진다. 케이타가 나를 안고 돌아보자 브리타가 바닥을 가리킨다. 자투의 시체 중 하나가 꿈틀거린다. 절단된 복부에서 자라난 살점이 덩굴손처럼 꿈틀거리며 서로를 향해 기어간다. 그리고 뼈가 맞춰진다.

삐걱거리는 소리가 점점 커지고 다른 시체들도 똑같이 움직이기 시작한다. 시체들이 황금빛으로 변하고 쏟아지는 피가 독특한 광택을 띠는 동안, 흉갑에서 카두스가 빛난다. 마치 그 상징이 이런 변화를, 자투의 부활을 촉발시키는 것 같다.

오요모신에서 그랬던 것처럼.

번뜩 깨닫는다. 카두스는 단지 내 능력만 방해하는 것이 아니다. 다른 용도도 있다. 카두스는 착용자가 최종 죽음이 아닌 죽음을 겪을 때 부활시킨다. 자투를 알라키처럼 불사신으로 만든다.

아칼란이 몸서리치며 속삭인다. "데스마스크. 모두 데스마스크를 쓰고 있어. 죽을 준비를 하고 온 거야."

'가장 순수한 숭배는 희생이야…….' 카디리가 했던 말이 떠오른다. 다른 존재도 있다. 깊이 울리는 동시에 속삭이는 섬뜩한 소리가 느껴진다.

웃음. 남자의 웃음. 다른 사람들의 표정을 보니 오직 내게만 이 소리가 들리나 보다. 끈적거리는 악의가 나를 덮치는 느낌. 단상에서 카두스를 바라볼 때 느꼈던 감각과 똑같다.

나는 겁에 질려 속삭인다. "이두구……."

'진심으로 고맙군, 누루 데카…….' 남자 천 명의 목소리가 뒤섞인 신성한 말이 조롱하듯 우르릉거린다. 그리고 나는 공중에 모여드는 힘을 느낀다.

골목 위 허공에 균열이 나타나고 나는 다른 사람들을 돌아본다.

"도망쳐!"

19

일행이 달리기 시작한 순간 이두구의 문으로 위증자가 쏟아져 나온다. 갈퀴 달린 발이 피와 살의 진창 위로 미끄러진다. 바닥이 너무 미끄럽자 보라색 죽음비명들이 재빨리 벽을 탄다. 더 밝은색의 도약종, 주로 나무에서 뛰어내려 손톱으로 갈기갈기 찢는 유형의 죽음비명들이 앞장선다. 자투 지도자 죽음비명이 다른 죽음비명들을 독려한다. 음험한 광채를 담은 눈이 나와 마주치자 더 깊어진다. 내 목을 감은 이그사를 흘긋 보더니 히죽 웃고는 나와 케이타가 있는 방향으로 검을 겨눈다. 그 의미는 명확하다. '이제 네 차례야.' 다행히도 일행은 이미 배로 달려들고 케이타도 나를 안고 전속력으로 달린다. 우리가 재빨리 배에 오르자 곧바로 흰 줄무늬 머리카락의 소년과 카티야가 닻을 올린다.

모두 배에 오르자 거대한 쇠사슬에 묶여 안달복달하는 강물소들에게 망토 입은 여성이 날카롭게 소리친다. "야쿠바, 맨티! 전진!"

영롱한 보라빛 짐승들이 뛰어들자 물살이 뒤흔들린다. 거대한 물

갈퀴가 강물을 가르고 육중한 몸은 어둠을 쉬이 헤치며 나아간다. 뒤따라 위증자들도 물에 뛰어들지만 이미 늦었다. 죽음비명들이 헤엄을 잘 쳐도 체질적으로 강물소를 이길 수는 없다. 게다가 헤엄치면서 싸우지는 못한다. 성난 울음소리가 일어나고 근방에 있던 다른 강물소들이 모여든다. 무례하게도 휴식을 방해한 침입자를 몰아내려는 것이다. 강물소들이 위증자들을 둘러싸고 나서야 나는 안도하며 케이타 품에서 늘어진다. 골목에서 멀어져서 다행이다. 끔찍스러운 웃음소리에서 멀어져서 너무 좋다.

"이두구." 숨을 돌리고 나서 나는 먹먹히 속삭인다.

아직도 이두구가 실제로 말했다는 것이 믿기지 않는다. 그동안 이두구는 무정형의 존재였다. 하지만 나는 그 목소리를 들었고, 비인간적 지성을 느꼈다. 이제 확신한다. 이두구는 신비한 도구, 상상의 존재가 아니다. 정말 실재하는 신이고, 어머니들에 비견하는 힘을 지녔다. 분명 자투를 죽음으로부터 소생시킬 만큼의 힘을 가졌다.

아득한 분노가 내 가슴을 태운다. 그동안 어머니들은 자신들이 유일한 신이라고, '무한의 지혜들'은 거짓이라고 말했다. 그러나 어머니들은 거짓말했고 나를 속였다. 이곳에서는 어머니들과 연결될 수도 없고 화내며 항의할 수도 없다. 이두구의 영향력은 헤마이라 전역에 퍼져 있고, 내가 할 수 있는 일은 이 배가 우리를 어디로 데려가든 그곳이 충분히 안전하기를 바라는 것뿐이다. 일행을 추스르고 다음 계획을 구상할 수 있도록. 우리가 이곳까지 와야 했던 이유인 빌어먹을 임무, 카디리 대신관은 이제 죽었으니까.

내 등을 쓰다듬는 손길이 느껴진다. "데카, 괜찮아?" 내내 나를 안고 있던 케이타가 내려다보며 묻는다.

공포가 다시 살아난다. 나는 그제야 허둥거리며 똑바로 서서 속삭인다. "말소리를 들었어. 이두구 말이야. 나한테 말했어. 진짜 있어, 케이타. 진짜 신이야. 어머니들처럼 완전한 신. 게다가 카디리가 죽었으니, 이제 뭘 해야 하지?"

케이타는 한 가지만 들은 것 같다. "네게 말했다고? 이두구가 너한테?" 잘 훈련받았기 때문에 간신히 침착을 유지한다. 이런 침착함과 동요하지 않는 무심함이 자투가 신병들에게 가르치는 핵심이다. 그래서 고마울 지경이다. 나는 부서지고 흩어지고 있으니까.

"뭐라고 했는데?"

눈살을 찌푸리며 기억을 돌이킨다. "나에게 감사하대."

"뭐가?"

"모르겠어." 그게 나를 괴롭힌다. 어째서 감사하다는 거지? 왜 하필 그곳, 피가 낭자한 골목에서…….

눈을 감으니 아버지와 엘프리드의 모습이 불현듯 떠오른다. 이제 선명하게 보인다. 둘의 시체가 그곳에 누워 있다. 나는 통곡을 터뜨리고 싶지만 무너질 수 없다. 지금은 아니다. 모든 것이 너무 긴박하고 한때 안다고 여겼던 모든 것이 무너지는 지금은 아니다.

내가 무너지면 누가 일으켜주겠는가? 모든 일을 다 겪고 나서 이제 와 망가져버리면 누가 고쳐주겠는가? 흐느낌에 목이 메지만 다가오는 발걸음 소리를 듣고 억지로 삼킨다.

망토 입은 여자가 낯선 소년에게 조타 장치를 맡겨두고 걸어온다. 강물소들을 바라보는 소년의 갈색 눈에 불안이 가득하다. 그러나 거대한 짐승들은 갈 길을 정확히 아는 듯하다.

여자가 말을 걸며 망토와 가면을 벗는다. "영광스러운 누루. 오늘 저녁, 힘든 일을 겪은 것 같군요."

나는 여자를 보고 아까 인상과 너무 달라서 놀란다. 일단 그다지 뚱뚱하지 않다. 확실히 풍만하긴 하지만 임신한 배 때문이다. 그럼에도 크고 탄탄한 체격이라 힘들어 보이지 않는다. 어둠 속에서 남부 위쪽의 밝은 적갈색 피부와 금실로 정교하게 감긴 곱슬머리가 보인다. 귀족 여성이다. 멀리서도 알 수 있을 정도로 많이 봐왔다.

내가 쳐다보자 그녀가 눈치채고 배를 쓰다듬는다. 동그란 얼굴에 즐거운 미소가 번진다. "7개월이에요." 그리고 유감스러운 듯 말한다. "남자아기들인가 봐요. 쌍둥이 여자애들이 있는데 그때는 이렇게 크진 않았거든요."

내게 더 가까이 온다. "만나서 반가워요, 누루 데카. 이런 상황에서 만나고 싶었던 건 아니지만요. 나는 마이무나예요. 카만다 가문의 레이디죠." 그 말을 들으니 뭔가 떠오르는 게 있다. 확실치는 않지만 어떤 기억이다.

나는 고개를 끄덕인다. 그게 지금 할 수 있는 유일한 행동이다. 너무 피곤하다. 너무너무 피곤하다. "반가워요." 조용히 말하지만 진심은 아니다.

레이디 카만다가 끄덕이자 카르모코 탄디위가 앞으로 나와 레이디 카만다에게 팔을 두르고 케이타가 나를 안듯이 꼭 안는다. 그 모습을 보고 둘이 연인임을 곧바로 깨닫는다.

카르모코 탄디위가 레이디 카만다 이마에 부드럽게 키스하고 나를 돌아본다. "골목에서 망토로 덮인 시체가 네 아버지였지?" 질문이 칼처럼 나를 찌른다.

고개를 끄덕이자 몸이 다시 떨린다. "죽었어요. 아버지가 죽었어요." 속삭이듯 말하면서도 실감이 나지 않는다.

"아, 데카." 케이타가 나를 더 세게 감싸 안는다. 그가 훔쳐 입은 꺼끌꺼끌한 겉옷 때문에 따끔거린다. 내 이마에 닿은 케이타의 턱이 까끌까끌하다.

결국 나는 고통스러운 울음을 터뜨리며 무너져 내린다. 울고 또

우는 동안 케이타가 안아준다. 진실이 마침내 나를 사로잡는다. 아버지가 죽었다. 이제 볼 수 없다. 다시는 두 팔로 나를 들어 올려 주지도 머리를 쓰다듬어 주지도 못한다. 다시는 착한 딸이라 해주지도 못한다. 아버지가 사라졌다. 내가 갈 수 없는 곳으로 가버렸다. 나는 불사의 몸이니 내 생은 끝이 없다.

다시는 아버지를 만나지 못할 것이다.

"쉬, 쉬. 그만 진정해, 데카. 괜찮아질 거야." 케이타가 내 귓가에 읊조리며 달래준다.

케이타의 목소리는 마음을 진정시키는 진동이자 나를 감싸는 따뜻한 고치다. 지난 몇 시간, 지난 며칠의 고통과 공포를 차단한다. 나는 케이타 목에 얼굴을 묻고 익숙한 향기를 들이마신다. 느린 심장박동에 슬픔이 누그러지고 나도 모르게 눈이 감긴다. 어둠이 찾아온다.

그리고 잠이 든다.

다시 눈을 뜨니 늦은 밤이다. 훈훈한 강바람에 머리가 흩날리고 더 따뜻한 무게감이 나를 감싸고 있다. 이그사의 반들거리는 검은 눈이 나를 응시한다. 본래의 거대한 모습으로 나를 에워쌌다.

'데카?' 이그사가 걱정스러운 눈으로 부른다.

'괜찮아. 그냥 슬픈 거야.'

이그사가 웅얼거린다. '슬퍼?'

나는 끄덕인다. '너무 슬픈 날이었어. 널 안아도 될까?'

'데카.' 이그사가 승낙하며 새끼 고양이로 변신한다. 코를 내 어깨에 비비고 내가 귀 뒤를 긁어주자 꺅꺅거린다.

이그사를 꼭 안으며 말한다. '고마워 이그사. 기분이 훨씬 나아졌어.'

'데카.' 이그사가 행복하게 꺅꺅거릴 때 우리 위로 그림자가 드리운다.

고개를 드니 브리타가 걱정스러운 표정으로 나를 보고 조용히 말한다. "데카, 일어났구나." 그 옆에 리가 함께 있다.

브리타가 고갯짓하자 리가 재빨리 물러난다. 내 눈이 갑자기 따가워진다. "난, 나는 그냥……." 나는 눈물을 감추려고 몸을 돌린다. 하지만 미처 뒤로 돌기도 전에 브리타가 주저앉더니 끌어안는다. 브리타 목에 얼굴을 묻는다. 가슴이 다시 조여서 빠르게 숨을 내쉰다. "난, 이러면 안 되는데……."

브리타가 내 등을 부드럽게 문지른다. "울어도 돼, 데카. 우린 안전해."

"아니야, 절대 안전하지 않아. 절대 아니야, 이두구가 있잖아." 어머니들에 관해서는 말도 꺼내지 못한다. 우리를 속이고 배신한 어머니들. 어머니들은 이곳에 없고 내가 부른다 해도 응답하지 않을 것이다. 그러겠다고 약속했으면서.

우리 세상이 무너져버리고 자투가 우리처럼 부활하는데도.

브리타가 몸을 떼고 주위를 가리킨다. "봐, 데카." 광대한 물이 우리를 둘러쌌다. 혜마이라의 불빛이 아주 멀리서 보인다. 꼭 신기루 같다.

브리타의 푸른 눈동자가 나를 꿰뚫는다. "여긴 이예마 호수야. 혜마이라에서 가장 큰 호수. 바다 한가운데 있는 거랑 비슷하니까 자투는 못 와, 위증자들도. 함대가 온다면 모를까. 만약 온다고 하더라도 내가 있잖아. 너에게 아무 일도 생기지 않게 할 거야. 맹세해." 브리타가 단호하게 다시 말한다. "넌 안전해, 데카. 안전해. 울고 싶으면 울어도 돼."

나는 고개를 흔들며 목에 맺힌 고통스러운 응어리를 삼키려고 애쓴다. 브리타의 말은 유혹적이지만 넘어갈 정도는 아니다. 나는 고통스럽게 속삭인다. "그럴 순 없어. 무너질 순 없어. 지금은 아니야. 여기선 안 돼."

또다시 아까처럼 무너질 수는 없다. 시간이 없다.

하지만 브리타는 듣지 못한 것처럼 나를 끌어당기고 내 머리를 쓰다듬으며 속삭인다. "이런, 내 친구. 얼마나 고통스러운지 알아. 그런 감정을 인정해야 해. 약해지는 느낌이 싫은 건 알지만 슬픔은 바다와 같아. 밀물과 썰물도 있고 널 놀라게도 하지. 내 사랑, 아무리 애써도 바다를 통제할 순 없어. 이끄는 대로 따라가야 해."

나는 브리타에게 항변한다. "우린 임무 중이잖아. 너무 많은 게 여기 달려 있어. 카디리는 죽었지만 자투가 되살아나고……." 깨달음에 벌떡 일어선다. "자투가 다시 살아나. 그러니까 아마도……."

브리타가 내 입술에 손가락을 댄다. "하루만이라도 쉬어. 이번 한 번만 데카, 너 자신만 생각해. 그리고 다른 시체들이 움직이기 시작했을 때 카디리의 시체를 지켜봤는데, 움직이지 않았어. 정말 죽은 거야."

나는 고개를 젓는다. "어떻게 확신할 수 있어? 다른 자투들을 봤잖아. 가능성이 있어, 어쩌면……."

브리타가 완강하게 말한다. "그자에게서 푸른 피가 흘렀어. 다른 자투가 부활해도 그는 아니야. 완전히 죽었어. 네 옛 친구 엘프리드도 마찬가지고. 그 애를 위해 울어도 돼." 브리타가 내 턱을 당기는 바람에 눈을 마주 본다. "운다고 해서 못난 전사가 되는 건 아니야. 사랑했던 사람들의 죽음을 애도하는 게 불명예스러운 것도 아니고."

사랑했던 사람들. 아버지, 엘프리드. 그들이 저지른 일이 있지만 내가 사랑했던 사람들이다.

다시 둑이 터져 눈물이 빠르고 무겁게 흐른다. 그 기세로 온몸이 괴롭다. 이번에는 엘프리드를 위한 눈물이 흐른다.

한때 너무나 행복하고 희망에 가득 차 있던 소녀를 기억한다. 하지만 나는 알라키였고 가장 친한 친구 엘프리드의 얼굴에는 낙인 같은 붉은 자국이 있었다. 그저 나와 가까웠다는 이유만으로 얼마나 큰 고통을 받았을지. 죄책감이 나를 긁어댄다. 엘프리드가 토해내던 악의와 모든 행동이 그냥 나온 것이 아니다. 내가 한 일의 대가를 엘프리드가 치러야 했을 것이다. 아주 지독하게. 너무나 지독해서 결국 스스로 뒤틀리고 다른 이들에게도 상처를 입히기 시작했겠지.

엘프리드를 구할 방법을 찾아야 했다. 친구들처럼 엘프리드도 구해야 했다. 하지만 그러지 않았다. 생각해본 적도 없다. 그리고 이제 엘프리드는 죽었다. 많은 알라키가 그랬듯이.

눈물이 계속 흐른다. 그러다가 소금의 바다가 끝을 맞이한다. 내가 말없이 가만있는 동안 브리타가 호수에 천을 적셔서 얼굴과 손을 닦아준다.

다 닦아주더니 쾌활하게 말한다. "어때, 기분이 훨씬 낫지 않아?"

나는 놀라서 눈을 깜박이다가 고개를 끄덕인다. 진짜 그렇다.

기분이 훨씬 나아져서 고개를 들어보니 다부진 체격의 누군가가 성큼성큼 지나간다. 레이디 카만다가 어둡고 텅 빈 물을 가리키며 말한다. "좋아요, 여러분. 도착했어요."

내가 미간을 찌푸리며 아무것도 없는 호수를 바라보자 끼익 소리가 크게 들리더니 우리 앞의 허공이 반짝인다. 그리고 거대한 문이 스르륵 열린다. 문과 벽이 모두 거울 같은 재질이다. 위장이 너무 잘돼 있어서 벽이 있는지조차 알아채지 못했다. 갑자기 등불이 타오르며, 벽 위에서 문을 열고 있는 문지기들을 비춘다. 그 빛이 멀리 솟은 섬까지 뻗어나가며 섬 가운데 구릉진 언덕 사이에 흩어진 건물들을 보여준다.

그 규모에 입이 떡 벌어진다.

건물이 모인 부지가 와르투베라 전체가 들어갈 정도로 크다. 그리고 아름답다. 재치 있게 다듬어진 덤불 사이로 날렵하고 작은 누크누크가 숨바꼭질을 한다. 연녹색의 꼬마 사슴인 누크누크는 낮에는 이끼로 위장한다. 풍요롭게 잎이 돋아난 거대한 마부레나무에서 화려한 색의 새와 제리자드가 쉬고 있다. 도마뱀처럼 생긴 제리자드는 머리에 선명한 빨강과 파랑 볏에 날개가 달린 생물이다. 이 모든 것을 보고 있자니, 왜 레이디 카만다의 이름이 신경 쓰였는지 알겠다. 카만다가의 영지는 이예마 호수 한가운데 있는 일곱 자매 섬, 저 유명한 이부잔 중 하나다. 이부잔 섬들은 헤마이라에서 가장 부유한 가문들의 저택을 보호하는 보이지 않는 벽으로 폐쇄돼 있다.

아샤가 감탄하며 휘파람을 길게 분다. "저것 좀 봐."

강물소들이 보트를 섬 항구로 끌고 간다. 항구에는 화려한 로브를 입은 하인들이 줄지어 엎드려 있다. 우리의 도착을 맞이하는 것이다. 모두가 머리칼을 똑같이 복잡하게 땋고 쪽 찐 다음 황금 빗과 장신구로 고정한 모습이 이쪽에서도 보인다. 게다가 손목과 발목에 장식한 팔찌와 발찌도 황금이다.

작고 단정한 남자가 맨 앞 금빛 의자에 앉아 있다. 그가 입은 정교하게 수놓인 초록색 로브가 우아함 그 자체로 의자에 늘어졌다. 그런데 이상하게도 의자 양쪽에 바퀴가 달렸다. 남자의 손에서 보석 박힌 반지들이 반짝거리고 황금 파리채에는 분홍 말총으로 된 술이 달렸다. 남자가 나른하게 파리채를 휘둘러 벌레들을 쫓자, 나는 눈을 크게 뜨고 레이디 카만다를 돌아본다. 헤마이라 영주 중 가장 높은 계급인 오르바이만이 황금 파리채를 가질 수 있다.

나를 보며 명랑하게 웃음 짓는 레이디 카만다 앞으로 남자가 나온다. 의자 바퀴가 스스로 움직이는 것처럼 보인다. 남자가 손을 뻗어 배에서 내리는 레이디 카만다를 돕는다. 레이디 카만다가 남자를 포옹하고 우리에게 말한다. "카만다가에 온 걸 환영해요. 이쪽은 내 남편 카만다 경이에요."

내가 눈만 깜박거리자 카만다 경이 나를 향해 화려한 몸짓으로 고개를 숙이고 높고 경쾌한 목소리로 말한다. "영광스러운 누루, 누추한 집을 찾아주다니 정말 기쁩니다." 어조가 너무 진지해서 이 엄청난 집을 묘사하는 데 '누추하다'는 단어를 쓴 것도 그냥 흘려버린다. "아내가 당신의 여행을 잘 도왔으리라 믿습니다." 카만다 경이 레이디 카만다에게 웃음 짓는다. 레이디 카만다가 카르모코 탄디위와 서로 팔을 두르고 앞으로 걸어 나오는데도 눈 한번 깜짝하지 않는다.

나는 재빨리 답하며 놀라움을 드러내지 않으려 애쓴다. "그랬죠."

아베야에서 대부분의 관계는 외부 세계에서 보기에 특이해 보일 것이다. 하지만 이곳에서 그런 관계를 보는 것은 충격적이다.

노력했지만 드러나버린 내 반응을 카만다 경이 알아차린다. 재미있다는 표정으로 공모하듯 몸을 기울이며 말한다. "아, 그렇죠. 우리 부부의 관계. 알다시피, 옛날에는 이런 걸 정략결혼이라고 했죠. 하지만 우리는 서로를 진심으로 사랑해요. 단지 로맨틱한 의미가 아닌 거죠." 카만다 경이 경쾌하게 손짓하며 나를 부른다. "어서 따라오세요, 영광스러운 누루. 긴급히 논의해야 할 일이 있습니다."

카만다 경의 의자가 쓱 돌더니 전진한다. 또다시, 스스로 움직이는 것 같다. 하지만 이번에는 의자에서 윙윙 소리가 작게 들린다.

일종의 자동장치다. 카르모코 캘더리스가 최신 무기를 수선하느라 바쁘지 않을 때 대장간에서 만들던 것과 흡사하다. 그러고 보니⋯⋯. "다른 카르모코들은 어디에 있죠?"

내가 묻자 카르모코 탄디위가 고개를 젓는다. "살아 있어. 저녁 먹으면서 얘기하지."

내가 고개를 끄덕이고 따라가려는데 케이타가 팔을 잡고 당긴다. "괜찮아, 데카? 원하면 내가 알아서 할게."

케이타를 올려다보며 올바른 답을 찾아서 마침내 말한다. "괜찮지 않아. 모든 게 이상하게 느껴져. 감정이⋯⋯ 풀 엄두도 나지 않는 엉킨 실타래 같아. 하지만 감당해야지⋯⋯. 감당할 수 있을 거야." 이렇게 말하면서도 확신하지 못한다.

케이타가 대답한다. "그럴 필요 없어. 그냥 멈춰도 돼. 무슨 일이 일어나고 있는지 알고 싶겠지만 내가 있잖아. 너무 부담스럽게 느껴지면 쉬게 해줄게. 리더는 다른 사람에게 맡기면 돼. 네 곁에 내가 있잖아."

"우리 모두 그래." 조용한 목소리도 들린다. 리와 다른 우루니들이 고개를 끄덕이는 걸 보니 눈물이 고인다. "우리 모두 여기 있어, 데카."

벨칼리스가 엄숙하게 말한다. "우리도. 우리 모두 가족을 잃는다는 게 어떤 건지 알아."

친구들을 보니, 그 눈에서 빛나는 모든 사랑과 지지를 보니 가슴이 뻐근해진다. "고마워." 나는 겨우 숨을 내쉰다.

그런 다음 카만다 경과 레이디 카만다를 따라 집으로 들어간다.

20

카만다가의 저택은 내부도 위풍당당하다. 아치형 천장이 매우 높아서 올려다보면 어지러울 정도고 밝은 석재 바닥에는 예쁜 상감무늬를 새겼다. 각 방 벽에는 조각상이 서 있고, 그 얼굴에 복잡하고 정교한 황금 가면을 씌웠다. 그 가면 하나면 최소 10년을 이르푸트 전체가 먹고살 수 있을 것 같다. 좀 더 화려한 몇몇 가면에 박힌 보석은 제외하더라도 말이다. 그리고 그것으로 부족하다는 듯, 온화한 밤공기를 통과시키며 열린 거대한 창문들 양쪽 기둥에 수많은 희귀한 꽃과 덩굴이 휘감겼다. 아베야 밖에서 이렇게 많은 식물이 집 안에 있는 건 처음 본다. 무엇보다 전 황제의 궁을 제외하고 이렇게 거대한 집에 들어온 게 처음이다. 이런 집이 지어지는 게 가능한 줄도 몰랐다.

우리 입이 벌어진 걸 보고 카만다 경이 재미있어한다. 그가 의자를 움직이며 다정하게 말한다. "처음 이곳에 왔을 때가 기억나는군요. 동쪽 부속 건물에서 길을 잃어 오후 내내 헤맸죠. 마이무나가 날 찾으러 하녀 한 명을 보내야 했어요."

이 말에 브리타가 놀라서 인상을 쓴다. "잠시만요, 그러니까 레이디 카만다가……."

쾌활한 귀족 남자가 주변을 가리킨다. "이 모든 것의 소유주냐고요? 원래 그랬습니다. 마이무나 가족의 성이 카만다예요. 하지만 아시다시피 헤마이라 여성은 재산을 상속받을 수 없어요. 장남에게 물려주거나 살아 있는 남자 상속인이 없는 경우에는 여자 상속인의 남편이 물려받죠."

레이디 카만다가 고개를 끄덕인다. "아버지가 가문의 마지막 남자였어요. 그래서 남편으로 산디마를 선택했죠. 저이를 찾은 걸 매일 신에게 감사해요."

카만다 경이 아내 손에 키스한다. "우리가 서로를 찾은 거야." 두 사람이 다정하게 서로를 보며 활짝 웃는다. 눈에 사랑이 가득하다.

나는 흘긋 카르모코 탄디위를 바라본다. 부부와 나란히 걷는 카르모코 탄디위의 뒤를 따르는 조용한 소년은 인제 보니 조수가 분명하다. 카르모코 탄디위가 이 특이한 작은 가족의 일원으로 행복하기를 바란다. 카만다 부부는 막대한 재산을 가졌음에도 매우 상냥한 사람들 같다. 카르모코 탄디위처럼 와르투베라에서 많은 시간을 보낸 사람에게는 상냥함이 꼭 필요하다.

부부와 카르모코 탄디위를 계속 따라가자, 호수가 내려다보이는 넓은 베란다로 안내된다. 베란다에는 거대한 식탁에 엄청난 양의 음식이 차려져 있다.

카만다 경이 의기양양하게 알린다. "자, 다 왔어요. 신의 아이들에게 걸맞은 만찬이에요." 우리를 보며 활짝 웃는다. 마치 좋아하는 장난감을 자랑하는 아이 같다. 내 상태가 지금 같지 않다면 재미있어했을 듯하다.

"굉장해요." 마침내 내가 말하자 카만다 경의 미소가 한층 짙어 진다.

슬픔은 여전하지만 정말 놀랍다. 내 앞에 펼쳐진 식사는 지금까지 보아온 그 어떤 것과도 다르다. 북부의 치즈, 각종 스튜와 구운 채소, 절묘하게 향신료가 가미된 디저트가 세심하게 차려져 눈길을 사로잡고, 냄새가 섞여 기분 좋은 감각을 일깨운다. 하지만 지난 며칠간 겪은 사건들이 식욕을 완전히 앗아 갔다. 와르투베라와 그곳 피의 자매들에 대한 근심은 말할 것도 없다. 음식이 잿더미나 다름없이 느껴질 지경이다.

카만다 경이 능숙하게 움직이며 나를 위해 식탁 머리의 의자를 빼줄 때 내가 묻는다. "카르모코 탄디위, 와르투베라는 어때요? 피의 자매들은요?"

카르모코 탄디위가 부드럽게 묻는다. "데카, 지금 그 얘기를 하고 싶은 게 확실하니?" 그러는 동안에도 카만다 경은 내 자리를 정돈한다며 법석이다. 내 옆에서 조용한 소년이 니미타와 카티야를 위해 같은 일을 하고 겁이 난 하인들은 케이타와 친구들 주위를 맴돈다. 죽음비명인 니미타와 카티야에게는 무서워서 가까이 가지 못하는 것이다.

이따금 소년이 카티야를 보며 인상을 쓴다. 왜 그런지 모르겠다. 카티야는 소년을 무시하기로 작정하고 소년이 자신을 볼 때마다 얼굴을 돌린다.

카르모코가 묻는다. "내일 얘기하는 게 어떨까. 더…… 나은 마음 상태가 되면?"

카르모코의 단어 선택에 부글부글 끓어오르는 신경질적인 웃음을 억누른다. 더 나은 마음 상태. 내가 느끼는 처참함이 이런 식으로 표현되다니. 나는 고개를 젓는다. "내일이라고 해서 나아지지는 않을 거예요."

아니면 다음 날에도 또 그다음 날에도, 어떻게 다시 괜찮아질 수 있을지 모르겠다. 하지만 입 밖에 내어 말하지는 않는다. "지금 알아야겠어요."

"알겠어." 카르모코가 말하고 한숨을 쉬며 레이디 카만다에게 고개를 끄덕인다. 레이디 카만다가 하인들에게 손가락을 튕기자 하인들이 그림자처럼 조용하고 눈에 띄지 않게 재빨리 물러난다.

카르모코 탄디위가 야자주를 꿀꺽꿀꺽 마시고 말한다. "상황이 심각해. 달리 표현할 방법이 없어. 모든 것이 심각해. 네가 노요산맥에서 황제를 무찌른 이후에, 헤마이라의 군대가 서둘러 돌아와서 도시를 점령했어. 군대가 처음 한 일이 와르투베라를 습격한 거지. 휴온, 캘더리스, 나 그리고 대부분의 소녀가 저항했지만 사상자가 많았어. 너무나 많았지."

잠시 값비싼 하얀 술을 응시하다가 나를 다시 본다.

"그래서 좀 더 영리한 방식으로 저항해야 누구라도 풀려날 수 있겠다는 걸 깨달았어. 그래서 휴온과 캘더리스는 항복하는 척했고 나는 이미 죽은 걸로 꾸몄지."

내가 겁에 질려 속삭인다. "잠깐만요, 그럼 둘은 아직 거기 남아 있는 거네요. 내 친구들도요?" 이미 그럴지도 모른다고 예상했지만 사실 확인은 상상보다 더 끔찍하다.

카르모코 탄디위가 고개를 끄덕인다. "그래."

아돠파가 동요하여 끼어든다. "메루트는요? 메루트는 괜찮나요?"

카르모코가 머뭇거리다가 고개를 끄덕인다. "그럭저럭. 메루트는 강한 소녀 중 하나였어. 강한 소녀에게선 피를 빼내서 황금을 얻어. 탈출해서 다른 알라키들을 도우면 안 되니까. 약한 사람들은 대장간에서 일을 시키고."

아돠파가 비틀거리자 아샤가 재빨리 껴안고 귓가에 속삭인다.

식탁 반대쪽 끝, 카티야와 니미타 옆에 앉아 있는 퀘쿠가 말하며 인상을 쓴다. "이해가 안 돼요. 카르모코들은 자투가 공격했을 때 와르투베라를 빠져나갔다가 병력을 증원해서 돌아갈 수도 있었을 텐데요? 헤마이라 전역에 훈련장이 있잖아요. 다 함께 연합할 수도 있을 거고요."

카르모코 탄디위가 씁쓸히 생각을 곱씹는 듯하다. "연합 말이지⋯⋯. 훈련소의 모든 카르모코가 알라키 옹호에 동조하지는 않아. 그리고 우리가 모두 연합했다고 해도 충분한 인원은 아니었을 거야. 게다가." 카르모코 탄디위가 퀘쿠를 향한다. "와르투베라라는 말이 무엇을 의미하지, 젊은 우루니?"

퀘쿠가 당황하며 대답한다. "여자들의 집이요. 그게 무슨 상관이죠?"

벨칼리스가 눈을 굴리고는 날카롭게 묻는다. "젊고 예쁜 여자가 가득한 집에서 남자들이 뭘 하고 싶을까?"

"아." 퀘쿠가 시선을 내리며 역겨워하는 표정을 짓는다.

"그거야, 젊은이. 그래서 우린 그냥 떠날 수가 없었어."

뱃속을 휘젓는 공포에 굴복하지 않으려 최선을 다한다. "그러니까 자투가, 그자들이⋯⋯."

"아니. 휴온과 캘더리스가 있는 동안은 아니야. 어떤 남자든 손가락 하나 잘못 놀리면 다시는 빛을 보지 못하게 만들었지."

카르모코 탄디위가 내 쪽으로 몸을 기울인다. "몇 달이나 휴온과 캘더리스가 동굴에 들어가서 자투를 죽이곤 했어. 못 죽일 땐 겁을 줬고. 그러다 보니 미신 잘 믿는 멍청이들이 와르투베라가 저주받았다고 믿게 됐어. 결국 신관들이 새로 지휘관으로 임명한 사이필이라는 자가, 밤에 동굴을 잠그기 시작했어. 다행히 남자들은 아직

겁이 나서 함부로 행동 못 해. 하지만 놈들이 다시 한계를 시험하기 시작하는 건 시간문제야."

걱정은 여전하지만 안도감이 든다. "그러니까 그동안 카르모코들이 소녀들을 안전하게 지켜줬군요."

"휴온과 캘더리스가 그랬지. 그리고 나는 여자애들을 숨길 만한 장소를 찾아다녔어. 그 끔찍한 곳에서 구해낸 아이들을 도와줄 의식 있는 사람들을 찾은 거야. 그렇게 해서 마이무나를 만났어." 카르모코 탄디위는 레이디 카만다를 보며 다정하게 웃는다. 레이디 카만다가 마주 보고 웃는다.

하지만 벨칼리스는 쉽게 감동하지 않는다. 의심스러운 눈빛으로 귀족 여성을 바라본다. "왜 우리를 돕는 거죠? 당신은 인간이잖아요."

"바로 그거예요."

우리가 응시하며 의아한 표정을 짓자, 레이디 카만다가 말을 잇는다. "내가 인간이기 때문에 당신들을 돕는 거예요. 무슨 일이 일어나고 있는지 보고도 어떻게 알라키를 동정하지 않을 수 있겠어요? 내게 일어난 일이나 마찬가지예요. 결국 당신들 종족에게 일어나는 일은 인간 여성에게도 일어나는 일이에요. 사누시 광장을 봤잖아요, 그곳에 있던 시체들을요. 인간이든 알라키든, 모두 우리에게 가해지는 일이에요."

카르모코 탄디위가 덧붙인다. "우리 일부에게지."

레이디 카만다가 웃으며 동의한다. "여성 일부 맞죠."

내가 카르모코 탄디위를 바라보며 여전히 혼란스러운 표정을 짓자 카르모코 탄디위가 설명한다. "나는 남성도 여성도 아니야. 나는 스스로를 여성이라기보다는 그냥 사람이라고 여기지."

이 카르모코에 관해 그동안 내가 알게 된 것을 생각하니, 많은 것이 설명된다. 나는 그저 고개를 끄덕이고 레이디 카만다는 말을 계속한다. "우리는 당신네 피의 자매들을 구해야 해요, 누루 데카. 헤마이라에서 내보내야 해요. 그리고 바라건대 언젠가 당신과 당신의 어머니들이 돌아와 도시를 되찾아야죠."

내 어머니들. 그 말이 내 마음에 가라앉았던 모든 의심을 휘저으며 카르모코 탄디위와 지금까지 나눈 대화를 순식간에 날려버린다. 안세타 목걸이를 다시 만지며 여신들의 존재를 느끼려고 애쓴다. 그러나 여전히 침묵이다. 어머니들에게 닿을 수 있다면. 어머니들에 대해 좀 더 알 수 있다면. 여신 아녹처럼······.

상념이 옆길로 새고 나는 문득 눈을 깜박인다. 무슨 생각을 하고 있었지?

고개를 들어 보니 케이타가 이상하게 쳐다보며 묻는다. "데카, 괜찮아?"

나는 끄덕이며 벨칼리스가 카만다 경에게 시선을 돌려 묻는 것을 바라본다.

"당신은요? 왜 우리를 돕는 거죠?"

카만다 경은 험악한 벨칼리스의 시선에 조금도 위축되지 않는 듯 가볍게 웃는다. 하긴 그는 죽음비명도 두려워하지 않았다. 그러고 보면 밝은 미소와 가벼운 말투의 카만다 경이 실제로는 얼마나 속 깊은 사람인지 우리가 아직 모르는 것일 수 있다.

"남자라고 해서 양심이 없는 건 아니죠. 게다가 나 같은 존재는 용인되지 않을 때가 많아요. 마이무나 덕분에 나는 헤마이라에서 가장 부유하고 막강한 권력을 가진 남자 중 하나지만, 돈과 권력이 아무리 많아도 내가 여자보다 남자를 좋아한다는 사실은 지울 수 없죠. 지금 당장은 모두 못 본 척하지만 내가 선을 한 발짝만 넘어도······. 글쎄요, 나 같은 사람한테 무슨 일이 벌어지는지 당신도 알고 있을 테죠."

벨칼리스가 무뚝뚝하게 고개를 끄덕인다. 그녀는 사회가 기대하는 역할에 충실하지 못한 사람에게 닥치는 폭압을 매우 잘 알고 있다.

"나는 당연히 도울 겁니다. 나도 감정을 가지고 느낍니다. 공감하는 거죠. 자신을 받아들이지 않는 세상에서 살아가는 게 얼마나 힘든지 압니다. 그리고 나는 괴롭히는 것들을 돈으로 치울 수 있는 특권을 가지게 되었으니까요. 내 집과 지갑을 얼마든지 쓰세요."

"감사합니다." 내가 가볍게 고개를 숙이며 애써 웃음을 짓자 카만다 경도 내게 고개를 숙인다.

케이타가 카르모코 탄디위를 돌아보며 묻는다. "그럼 계획은 뭐죠? 와르투베라를 해방할 계획을 갖고 계시겠죠?"

"물론이지. 게다가 휴온이 더 많은 정보를 모아주고 있어. 알겠지만 와르투베라 지하에 터널이 있어. 자투가 막아뒀지만 넌 강하지, 브리타?" 카르모코 탄디위가 내 친구를 바라보며 말한다.

브리타가 싱글거린다. "더 강해졌죠." 브리타가 바닥에서 조약돌을 집어 든다. 그리고 순식간에 조약돌로 힘이 모여드는 게 느껴진다. 카만다 경과 레이디 카만다가 지켜보다가 조약돌이 얇게 변해 단도 모양이 되자 놀라서 숨을 멈춘다. "게다가 이제 돌뿐 아니라 흙에도 명령할 수 있게 됐어요."

"대단해!" 카르모코 탄디위가 박수 친다. 브리타의 새로운 재능을 보고도 조금도 당황하지 않는 듯하다. 하긴 쉽게 놀라는 사람이 아니었으니. "자, 그럼 계획을 이야기해볼까? 우리에겐 시간이 얼마 없어. 자투도 방해 공작이 이뤄지고 있다는 걸 느끼고 있어. 그리고 밝혀내려고 할 거야."

카르모코 탄디위가 나를 본다. 하지만 나는 자꾸 존다. 갑자기 피곤이 몰려든다. 너무 피곤해서 잠시도 더 앉아 있을 수 없어 자리에서 일어나며 묻는다. "무슨 이야기를 나눴는지 나중에 알려줄 수 있을까요? 쉬어야겠어요."

"물론이죠." 카만다 경이 말하면서 서둘러 식탁에서 나온다. 황금 의자가 문으로 움직인다. "방으로 안내할게요."

케이타도 우리 뒤를 따른다. "도와줄게."

나는 고개를 젓는다 "아니야, 그냥 식사해. 논의도 하고."

케이타가 고개를 흔들고 단호하게 말한다. "널 혼자 두지 않을 거야, 지금 네 상태로는. 같이 가."

아샤와 아돠파가 함께 말한다. "우리도 그럴래."

레이디 카만다가 일어나며 마무리 짓는다. "그렇다면 우리 모두 쉬지 않을래요? 이야기는 앞으로도 며칠간 계속할 수 있어요. 이런 임무에는 신중한 계획이 필요해요."

카만다 경이 동의하며 끄덕인다. "그렇지. 하인들이 여러분의 방으로 음식을 가져다드릴 겁니다."

"고맙습니다." 나는 안심하며 대답한다. 그러다 문을 나서며 이상한 점을 눈치챈다. 카티야가 우리 뒤에 서서 그리운 눈빛으로 흰 줄무늬 머리의 조용한 소년을 바라본다.

더욱 이상하게도 소년도 카티야를 응시한다.

21

    일어나 보니 다음 날 늦은 오후다. 침실 창문을 통해 들어오는 햇살은 흐린 주황빛이다. 여전히 지친 상태라서, 커다란 침대에 파묻힌 채 누워 있다. 곁에서 자는 이그사가 부드럽게 코 고는 동안 어머니의 목걸이를 응시한다. 섬세한 황금빛 목걸이를 들어 빛에 비춰 본다. 가느다란 금줄에 매달린 금빛 구체 그리고 거기 각인된 일식 상징, 단검 모양으로 변형된 광선 문양이 희미해진 상징이다. 내가 기억하는 그대로인 목걸이를 보니 눈물이 고인다. 와르투베라에 있을 때 이 상징의 의미를 알게 되었다. 움브라. 전 황제였던 게조의 정보원 집단인 그림자단의 상징이다. 어머니는 어릴 때부터 그림자단으로 훈련받았다. 그림자단 기술을 연마하다가 열여섯 살에 피가 금빛이 되었지만 하얀손이 조수로 삼아 발각되지 않도록 보호했다.

    그런 비범한 삶이었음에도 내 어머니가, 내 부모가 남긴 것은 이 목걸이가 전부다. 그들은 바람처럼 쉽게 이 세상에서 훌쩍 사라졌다. 오직 나와 그들을 기억하는 몇 사람만 남기고. 이런 생각을 하니 지독한 괴로움이 가슴을 짓누른다. 어깨를 들썩이며 간신히 숨만 쉰다. 씩씩거리느라 문 두드리는 소리조차 듣지 못했다. 케이타가 놀라서 급히 들어온다.

그가 재빨리 나를 감싸 안고 달랜다. "괜찮아, 괜찮아. 숨 들이마시고 내쉬고, 데카. 천천히 들이마시고 내쉬고."

케이타가 시범을 보인다. 천천히 숨을 쉬고 다시 또 숨 한 번 쉬고. 나는 따라 하면서 폐에 충분한 공기를 불어 넣으려고 애쓴다.

"그래, 바로 그거야."

내 얼굴을 따라 눈물이 작은 강처럼 흘러내린다. 나는 화가 나서 눈물을 거칠게 닦는다. 내게 화가 난다. 왜 여태 우는 거지? 이젠 아버지의 죽음을 받아들이고 정신을 차려야 한다. 어머니의 죽음은 더 이상 생각나지 않아야 한다. 어머니의 죽음은 두 번이나 겪었다. 첫 번째는 내가 이르푸트에 있을 때다. 그때는 어머니가 붉은 수두로 죽은 줄 알았다. 그러고 나서 하얀손에게 진실을 들었다. 어머니는 죽음을 가장한 거였고 내가 순수의 예식을 치르기 전에 구출하려고 했지만 자투에게 발각되어 살해당했다.

케이타에게 말하며 훌쩍인다. "내가 왜 우는지 모르겠어. 아버지는 예전에 이미 잃었는데. 그냥…… 아버지가 사과했어, 케이타. 날 사랑한다면서 자신이 한 일을 사과했어. 미안하다고……."

나는 심하게 울며 딸꾹질까지 한다. "나에겐 네 분의 어머니가 있는 걸 알아. 하지만 난……."

케이타가 내 머리를 자기 어깨로 끌어당긴다. 그 따뜻함이 피부로 스며들며 숨 막히고 절망적인 기분을 조금씩 몰아낸다. "여신들이 너의 어머니들일 수는 있지만, 아기였을 때 안아주지는 않았잖아. 넘어졌을 때 상처 난 무릎에 입 맞춰주지도 않았고. 그분들이 너와

257

함께했던 부모를 대신할 수는 없어. 그런 기대를 해서도 안 되고."

나는 슬프게 고개를 끄덕인다. 이미 알지만, 마음으로 쉽게 이해되지 않는다. 마치 감정을 통제하지 못하는 것 같다. 브리타의 말대로 슬픔의 바다에 빠진 것처럼. 괜찮다고 생각하려 할 때마다 또 다른 파도가 밀려와 나를 휩쓴다.

케이타에게 고백한다. "최악인 건 화가 난다는 거야. 나한테 화가 나. 두 분이 살아 있을 때는 그다지 소중히 하지도 않았는데. 아버지는 특히 더. 그동안 아버지를 미워했어. 왜 그랬을까?"

케이타가 콧방귀를 뀐다. "널 참수했으니까."

그리고 내 턱을 들어 올려서 마주 보게 한다. "아버지를 좋게 기억하고 싶은 건 이해하지만 네가 가장 필요할 때 외면한 사실을 잊을 수는 없을 거야. 널 지하실에 버려두고 죽게만 한 게 아니라 자기 손으로 죽이기까지 했어."

지하실의 아버지, 아버지 손에 들린 검.

"사과 몇 마디로 모든 걸 지울 순 없어."

나는 어깨를 으쓱한다. "나는 불사신이야. 가족 사이에 참수 몇 번이 무슨 대수라고."

경박한 농담에도 케이타는 웃지 않는다. 눈빛이 너무 진지하다. "네 아버지에게는 여러 가지 면이 있었어, 데카. 널 사랑하고 네게 힘이 돼주기도 했지만, 차갑고 잔인하기도 했어. 두 가지 면 모두 진심이었을 거야. 아버지의 좋은 점만큼 나쁜 점도 네가 기억했으면 좋겠어. 네게 상처를 준 사람이야. 또 그런 일이 있으면 또 상처 줬을지도 몰라."

"그건 알지만, 그러면…… 이 분노는 어떻게 해야 할까?" 입을 꾹 다물자 또 다른 눈물이 볼을 타고 흐른다.

지하실에 갇힌 이후로, 분노는 언제나 표면 아래에서 끓고 있었

258

다. 하지만 지난밤 사건 이후로 변했다. 차갑고 날카로워졌다. 어제까지 분노는 내가 살아남기 위해 사용된 연료였다. 하지만 이제는 단검같이 느껴진다. 나를 갈기갈기 찢으려는 칼 같다. 그대로 내버려두면 나를 잔인하고 끔찍한 무언가로 만들어버릴 것 같다.

케이타에게 속삭인다. "어떻게 하면 사라질까? 난 지금 너무 화가 나. 아버지에게 너무 화가 나. 아버지가 내게 한 짓에."

케이타가 한숨을 쉰다. "데카⋯⋯. 나도 부모님이 죽었을 때 몇 달 동안 그랬어. 아니, 몇 년을 그랬지. 화가 났어. 언제나 화나 있었어. 마치 이런⋯⋯ 돌덩이가 가슴속에 뭉친 것 같아서 더 심하게 싸우고 더 잔인하게 죽이도록, 더 많은 피를 흘리도록 나를 몰아붙였어. 그렇게 죽음비명을 죽이면서 살았어. 그런데 어떻게 됐는지 알아?"

나는 케이타를 올려다본다. "어떻게 됐는데?"

"악인이 되었지."

"케이타, 아니야. 넌⋯⋯."

케이타가 똑바로 앉는다. "아니라고? 모든 죽음비명이 얼마나 날 피하는지 알잖아. 내게 검을 준 것을 믿을 수 없다는 듯이 지켜보지. 하지만 그들을 비난하지 않아. 내가 아무리 열심히 노력해도 죽음비명 눈에는 내 손에 얼룩진 피만 보인다는 걸 알아. 자매들의 피 말이야."

나는 그를 더 꽉 끌어안으며 말한다.

"아, 케이타. 나도 알아. 자신을 증명해야 하는 게 어떤 기분인지 알아."

케이타가 몸을 물리고 고개를 젓는다. "그럴 필요 없어. 날 동정하지 마. 내 기분을 좋게 해주려고 너 자신을 왜곡할 필요는 없어."

"그럼 내가 뭘⋯⋯."

"네가 가진 문제와 분노를 해결해야지." 케이타는 생각을 모으듯 코를 찡그리더니 말을 잇는다. "분노는 유용한 감정이야. 지휘관들이 항상 그렇게 말했어. 분노는 변화의 필요성을 일깨워줘. 문제는 그 상태에만 머물면 분노가 내부에서 너를 먹어치운다는 거야. 네 마음을 어지럽히고 너를 도구 삼아 악을 행하려는 자들에게 이용당하게 해. 그러니까 어떻게든 내보내야 해. 네 고통을 제대로 한번 풀어내야 해."

나는 그저 케이타를 바라본다. 우리는 고작 한 살 차이인데 가끔은 백 살 차이라도 되는 듯 느껴진다. 케이타는 너무 성숙하다. 훨씬 심지가 단단하고 생각이 깊다. 케이타도 비극을 겪었다. 온 가족이 학살당했고, 오랜 기간 죽음비명 사냥꾼으로 살았다. 하지만 어떻게 해서인지 조용하고 침착한 본성을 지켜왔다.

그게 아니라면, 내가 그냥 그렇게 쉽게 생각하는지도 모르겠다.

나도 잠시 몸을 물리고, 그동안 목격했던 케이타의 피로와 좌절을 기억해본다. 죽음비명들이 케이타와 거리를 두는 걸 알면서도 더 신경 쓰지는 않았다. 케이타가 조용하고 사려 깊다고 해서 괴로움을 느끼지 않는 건 아니다. 케이타와 이야기할 때는 그 점에 좀 더 주의를 기울일 필요가 있다.

"케이타······. 어제 말이야, 내가 널 그 바구니 속에 남겨두고 아버지를 구하러 갔을 때, 나는······."

케이타가 고개를 젓는다. 금색 눈동자가 오후의 어스름 속에서 빛난다. "거기에 대해선 다음에 얘기하자. 정말이야, 의논해야 해. 날 그렇게 배제하면 안 되지, 특히 그런 상황에서는. 하지만 지금은 아니야. 네가 슬프니까. 부모님을 애도할 시간을 가져야지. 지난 삶을 애도해야 해. 다른 친구들과는 오늘 아침 먹을 때 얘기했어. 네 고통을 풀어내려면 우리가 어떻게 하면 될까?"

"카티야가 죽은 줄 알았을 때, 우리가 장례식을 치러줬잖아."

케이타가 고개를 끄덕이며 생각에 잠긴다. "그럼 아버지를 위해 장례식을 열자."

"엘프리드도." 그렇게 변해버렸더라도 엘프리드를 잊을 순 없다.

케이타가 다시 끄덕이며 한숨을 쉰다. "엘프리드를 위해서도."

그날 저녁 늦게 카만다 저택의 계단식 정원 중 한 곳에서 아버지와 엘프리드의 장례식을 치른다. 조용하게 즉석으로 치르는 의례다. 그들을 기리는 불을 피우고 필멸의 육신을 나타내는 종이 등불 몇 개를 호수 위에 띄운다. 내려앉는 어둠 속으로 종이 등불이 멀어질 때 나는 완성하지 못한 추도문을 낭독한다. 이그사의 나지막한 울부짖음이 내 슬픔을 대신 표현하는 듯하다. 내가 주저앉아 가슴이 찢어질 듯 통곡하자 케이타와 브리타가 안아준다. 그러는 동안 레이디 카만다, 카만다 경, 카르모코 탄디위, 조용한 소년이 근처의 테라스에서 말없이 지켜보며 정중하게 증인이 되어준다.

마치고 나니 기분이 훨씬 나아지고, 어느 정도 가벼워진다. 마치 짐을 덜어낸 것처럼. 하지만 그건 그저 감정에서 벗어나고자 하는 열망 때문임을 안다. 브리타의 말대로다. 슬픔은 바다와 같다. 그러나 나는 벌써 그 바다의 끝을 찾기 위해 필사적이다.

방으로 돌아가는 길에 큰 키의 그림자가 드리워진다. 카티야가 내 손에 들린 목걸이를 내려다보며 묻는다. "그게 네 어머니의 목걸이야?" 처음에 와르투베라에 들어갔을 때 카티야에게 목걸이 이야기를 한 적이 있다. 그리고 고향에서 어떻게 살았는지도 말했다.

나는 고개를 끄덕인다. "이제 다시 하려고. 유품이니까. 이걸 보면서 어머니와 아버지 둘 다 기억하려고."

장례식 불길 속에 던져서 어머니와 아버지의 재회를 기원할까도 생각했지만 그러지 않기로 했다. 어머니와 아버지가 어디에 있든 이미 서로 화해했을 것이다. 그리고 나에게는 여전히 그들의 존재를, 한때 그들이 살아 있었음을 상기시킬 징표가 필요하다.

"그래. 과거의 따뜻한 추억을 간직하는 건 좋은 일이지. 나도 그럴 수 있으면 좋겠다." 그러고서 카티야는 그리운 눈빛으로 우리 앞을 흘긋 본다. 그곳에는 조용한 소년 리안이 또 한 번 일행을 이끈다.

오늘 오후 케이타가 그의 정체를 알려줬지만 지난밤 카티야가 소년을 바라보는 눈길을 보고 이미 짐작했다. 리안은 카티야가 와르투베라에서 종종 말했던 약혼자다. 카티야의 불순이 밝혀졌을 때 데려가는 자투를 막으려 했던 소년이다. 카티야가 죽을 때 그녀의 입술에서 마지막으로 나온 말이 소년의 이름이었다. 그런데 만난 후의 행동은 이상하기만 하다.

"네가 누군지 그냥 말해주지 그래?"

"누구한테?"

"모르는 척하지 마. 누구 말하는 건지 알잖아."

내가 리안을 다시 힐긋거리는데도 카티야는 여전히 자신의 손만 내려다본다. 카티야가 갑자기 갈퀴 손으로 주먹을 세게 쥐는 바람에 손에서 피가 솟아오른다. 카티야가 떨리는 숨을 들이마신 후 피묻은 갈퀴 손을 내보이며 속삭인다. "난 괴물이야, 데카. 이걸 봐. 난 더 이상 그를 안지도 못해. 다치게 할 테니까. 게다가 이제 말할 수도 없어. 언어가 달라졌으니까."

그 말이 사실이라 가슴이 아프다. 카티야는 죽음비명이기 때문에 대부분의 평범한 인간과는 의사소통할 수가 없다. 사실 케이타와 다른 우루니들이 카티야의 말을 알아듣는 이유는 수신호뿐만 아니라 죽음비명의 다양한 으르렁 소리에 익숙해졌기 때문이다. 이제 그들은 우리 부활한 피의 자매들의 언어를 거의 알아듣는다.

나는 손을 뻗어 피 묻은 카티야의 손과 깍지를 낀다. 그녀의 기억이 밀려들어 내 눈이 커진다. 카티야와 리안이 숲에서 장난친다. 카티야와 리안이 호숫가에서 첫 키스를 나눈다.

카티야가 된 내가 행복한 생각에 젖는다. '리안은 나를 사랑해. 리안은 정말 진심으로 나를 사랑해. 이보다 멋진 일이 있을까?'

"데카?"

카티야의 목소리가 추억을 흩뜨리며 나를 다시 복도로 데려온다. 내 손은 여전히 카티야와 깍지를 끼고 있다. "데카?" 카티야가 다시 부른다.

카티야의 목소리가 떨린다.

나는 마지막 기억을 억지로 밀어내고 카티야를 올려다본다. 눈에 눈물이 가득 고여 흐르는 카티야는 정말이지 너무나 괴로워 보인다. 나는 부드럽게 말하며 카티야의 손을 꼭 쥔다. "넌 여전히 너야. 네가 어떻게 생겼든, 넌 여전히 너야. 그리고 리안이 네 말처럼 널 사랑했다면, 지금도 여전히 널 사랑할 거야." 손에는 여전히 피가 묻어 있지만 우리 둘 다 신경 쓰지 않는다.

카티야가 불안해하며 리안을 다시 바라본다. "데카." 그녀의 속삭임에는 자신감이 없다.

"리안은 널 위해 헤마이라까지 왔어. 그리고 어떻게 해선지 카르모코 탄디위도 만났잖아. 여기까지 같이 왔고. 네게 운이 따르는 거 아니겠어?"

카티야가 왼쪽 귀 위에 난 가시를 잡아당긴다. 알라키였을 때부터 초조하면 나오는 버릇이다. 카티야가 묻는다. "정말 내가 말해야 한다고 생각해?"

나는 굳이 대답하지 않는다. 대신 옆으로 비켜서서 앞쪽을 가리킨다. 리안이 빠르게 다가오며 감정에 북받쳐 몸을 떤다. 카티야가 가시 잡아당기는 모습을 본 것이다. 카티야를 아는 사람이라면 즉시 알아볼 수 있는 몸짓이다.

리안이 속삭인다. "카티야? 너구나. 그렇지, 카티야?"

리안을 마주하려고 돌아선 카티야의 모든 근육이 긴장해서 카티야가 도망갈까 봐 잠시 겁이 난다. 하지만 주저하던 카티야가 천천히 고개를 끄덕인다.

리안이 헐떡이며 카티야에게 달려온다. "카티야! 널 다시 못 만날까 봐 무서웠어." 리안을 내려다보면서도 카티야는 여전히 불안하게 얼어붙어 있다. 리안은 있는 힘껏 카티야를 껴안고 울면서 말한다. "카티야, 카티야. 너인 줄 알았어. 어디서든 널 알아볼 수 있어, 내 사랑."

그 광경을 지켜보는 내 마음이 환하게 피어난다. 그때 누군가 갑자기 손을 잡아당긴다. "둘만 놔두자. 둘이 상황 정리할 시간을 줘야지." 브리타가 속삭이며 내 방 쪽으로 끌고 간다.

아돠파가 의심의 여지 없이 자신의 사랑을 생각하며 조용히 읊조린다. "저런 사랑은 모든 것을 초월하지. 카티야를 찾기 위해 북부에서 온 거라면, 분명히 카티야와 대화하는 방법도 찾을 수 있을 거야."

브리타가 나를 끌고 간다. "어서 가자."

침실에 들어선 순간, 나는 침대에 쓰러진다. 믿을 수 없을 정도로 지쳤다. 장례식과 카티야의 갑작스러운 재회 그리고 방금 목격한 낯선 추억 사이에서 마지막 에너지 한 방울까지 다 소진했다. 그래서 그대로 쓰러져서 다시 기운이 올라올 때까지 기다린다.

마침내 얼마간 시간이 지난 후 친구들에게 몸을 돌린다. "너희에게 할 말이 있어."

브리타가 물으며 내 옆으로 풀썩 쓰러진다. "새로운 재앙이야? 요즘엔 모든 게 다 재앙이잖아."

"어머니들이 우리에게 거짓말하고 있어."

벨칼리스가 콧방귀를 뀐다. "그 얘긴 이미 했잖아." 내가 바라보자 벨칼리스가 손가락으로 하나하나 꼽는다. "이제는 매일같이 새로운 거짓말을 발견하는 것 같아. 어머니들이 유일한 신이라고 했지만, 다른 신이 있을 뿐 아니라 그가 우리에게 의사를 전할 수 있다는 걸 알게 됐어. 그리고 어머니들은 이번에 우리에게 시킨 일의 진정한 본질을 숨겼지."

"만인의 평등을 원한다던 건 어떻고? 모든 장군은 여성이야. 남자나 얀다우 또는 다른 사람을 위한 자리는 없어." 브리타의 판단에 우리는 모두 그녀를 돌아보며 놀란다. 얼굴이 붉어진 브리타가 덧붙인다. "왜? 그냥 생각해봤을 뿐이야. 게다가 또 데카한테 사랑하는 딸이라고 하면서 좀 애완동물 취급하잖아."

아돠파가 손가락질하며 의기양양해한다. "그거야! 내 말이 바로 그거야."

나는 경악하여 친구들을 바라본다. "난 그분들의 애완동물이 아니야."

벨칼리스가 부드럽게 내 무릎에 손을 얹는다. "그럼 우리가 왜 아직 이러고 있지? 앙고로는 존재조차 불분명하고 이두구는 신이야. 우리 영역 밖이지. 그런데 왜 우리가 아직 이러고 있어?"

나는 벨칼리스를 돌아보며 인상을 찌푸린다. "친구들을 구하고 이두구나 앙고로에 대해 더 알아내야지. 그런 다음 조치를 취하고."

"그러고 나서는?"

나는 눈을 깜박인다. "그러고 나서는 뭐?"

"예를 들어 앙고로가 존재하고 그걸 찾았다고 가정해보자. 그러고 나서 넌 그걸로 뭘 할 건데?"

나는 곧바로 대답한다. "어머니들에게 돌려줘야지."

이번에는 브리타가 묻는다. "그게 그분들 것이 아니면?"

"무슨 뜻이야?" 나는 당혹스러워한다.

벨칼리스가 한숨을 쉰다. "데카, 금빛 존재들이 신이라서 신비한 도구를 만들었다면 이두구도 마찬가지잖아. 어머니들이 이두구에게서 앙고로를 훔치려는 걸 수도 있지, 널 이용해서."

나는 벌떡 일어선다. 갑자기 더 이상 앉아 있을 수가 없다. 몸이 기우뚱거린다. 거의 공황 상태다. 그저 숨만 쉬다가 쏘아붙인다. "그런 말 하면 안 돼. 어머니들이 지켜보고 있으면 어쩌려고. 만약 어머니들이······."

벨칼리스가 조용히 단언한다. "그렇지 않아. 그들은 여기에 없어."

나는 눈을 깜박인다. "하지만······."

"데카, 마지막으로 그들을 느낀 게 언제니?" 내가 눈만 깜박이며 생각에 빠지자 벨칼리스가 말을 계속한다. "그들이 여기 없으니까 네가 느낄 수 없는 거야. 그들은 여기서 힘을 쓰지 못해. 이두구만 힘을 쓰지. 우린 지금 이두구의 영역 안이야."

이두구의 영역······. 그 말에 정신이 번쩍 든다. 나는 다시 앉는다. 몸이 떨린다. 이상하고 불안한 에너지로 떨린다. 지난 며칠 동안 알게 된 모든 것을 한꺼번에 돌이켜본다. 이두구의 존재, 남자 죽음비명들, 자투의 부활, 하얀손과 멜라니스의 기억 그리고 내가 타인의 기억을 들여다볼 수 있다는 사실까지. 아까 카티야 손을 만졌을 때도 그랬다는 걸 깨닫는다. 멜라니스의 눈물을 만졌을 때 벌어진 일과 같다. 나는 그들의 기억을 보았다.

그럼에도 어머니들은 내게 그럴 능력이 없다고 말했다. 그들이 내게 그리고 다른 모두에게 말했듯, 지난 며칠간 우리가 목격한 거의 모든 것이 불가능했던 일이다.

하지만 왜 우리에게 거짓말을 할까? 왜 내게 거짓말하지? 여전히 이해되지 않는 점이다. 나는 그들의 딸, 누루다. 그들의 살과 피로 만든 존재다. 다른 사람들에게 숨기는 건 이해하지만 나한테까지? 그건 정말 모르겠다.

브리타가 말한다. "데카, 너한테 물어볼 게 있어. 마지막 질문이야. 네가 그렇다고 하면, 더 이상 토 달지 않고 다 잊을게."

"무슨 질문인데?"

나를 쳐다보는 브리타의 눈빛이 진지하다. "네가 앙고로를 찾거나 이두구를 막는 데 실패해도 아베야에서 환영받을 거라고 생각해?"

나는 인상을 쓴다. "당연하지, 나는……."

말이 입 안에서 흩어지며 머릿속에 떠오르는 강력한 회색 먹구름이 어머니 휴이 리의 분노를 예고한다. 어머니 베다의 실망한 한숨이 바람이 되어 불어오고, 어머니 에트즐리의 비난이 교묘한 안개로 밀려온다. 오직 어머니 아녹만이 수고했다며 내 등을 두드려줄 거란 의심이 든다. 다른 어머니들은 다양한 방식으로 묵직하게 진노를 쏟아낼 것이다.

브리타가 끄덕인다. 내 깨달음을 눈치채고 슬픈 눈을 한다. "우리가 말하려는 게 바로 그거야. 어머니들은, 좋은 어머니들은 데카……. 언제나 네 편이어야지, 네가 실패하더라도. 하지만 그동안 겪어온 학대 때문인지 넌 모성 같아 보이는 건 뭐든지 받아들여. 그게 아니라는 걸 알 때조차도."

나는 털썩 주저앉는다. 숨이 콱 막힌다. 갑자기 숨을 쉴 수 없다. 안세타 목걸이가 마치 목줄처럼 꽉 조인다. 나는 목걸이를 잡아당긴다. 미친 듯이 잡아 뜯으며 속삭인다. "이것 좀 벗겨줘. 벗겨줘, 벗겨줘!"

"알았어, 알았어!" 브리타가 서둘러 다가와 내 목에서 목걸이를 떼어내는 걸 도와준다. 나는 목걸이를 바닥에 내던진다.

목걸이를 벗자 다시 숨을 쉴 수 있다. 마치 무거운 것을 들어낸 듯 가슴이 가벼워진다.

숨 쉬면서 마음의 평정을 되찾으려 애쓸 때, 브리타가 목걸이를 집어 들더니 눈살을 찌푸린다. "이상하네" 하며 무게를 가늠한다. "항상 이렇게…… 무거운 느낌이야?"

나는 끄덕인다. 그 무게에 익숙하다. "영액이야. 어머니 아녹이 목걸이에 네 분의 신성한 혈액이 담겼다고 했어. 잠깐……." 어머니들 각각의 혈액……. 그 말에 어떤 기억이 떠오른다. 멜라니즈 눈물에서 만져진 핏방울. 카티야의 손을 잡았을 때 묻은 핏자국.

어머니 아녹이 묻는다. "데카, 답은 어디에 있지?"

"답은 피에 있어요."

더 많은 기억이 떠오른다. 아무도 엿들을 수 없도록 너무나 조심스럽게 이뤄진 어머니 아녹과의 대화. 자신이 말한 모든 것을 기억하라고 주의시키던 절박함. 나를 빨아들이던 눈빛과 이후의 망각……. 어머니 아녹이 내 기억에 간섭한 것은 확실하다. 하지만 기억해내면 할수록 더욱 확실해진다. 악의에서 한 일이 아니다. 이상하지만 나를 보호하려고 그랬던 것 같다.

나는 친구들을 바라보며 말한다. "어머니 아녹이 기억을 조작했어." 그리고 여전히 흐릿한 생각을 짜 맞춰보려 애쓴다.

"뭐? 언제?" 브리타가 놀라며 걱정스러워한다.

"우리가 떠나기 직전에. 내게 경고하려고 했던 것 같아. 해답은 피에 있다고 했어. 그리고 조금 전 카티야의 피를 만지니까 카티야의 기억이 보였어."

벨칼리스가 혼잣말처럼 중얼거린다. "하지만 어머니들은 그게 안세타 때문이라고 했잖아. 어째서 네가 그럴 수 있다는 걸 모르게 하려 했을까?"

브리타가 빈정댄다. "거짓말쟁이들이니까."

"네 머릿속을 헤집는 거짓말쟁이들이지." 아돠파가 덧붙인다. 그 이미지에 몸서리가 난다.

내 정신과 기억에는 이미 많은 문제가 있다. 게다가 금빛 존재들이 내 생각을 조작했을 수도 있다니…….

속이 울렁거린다.

벨칼리스가 묻는다. "그런 짓을 당한 게 단 한 번이었다는 건 확실해?"

나는 시선을 내리깐다. "그런 것 같아. 하지만 확실하지 않겠지." 불안하다. 그동안 여신들이 내 기억에 개입해왔다면? 내가 진실이라 믿었던 모든 것이 그렇지 않다면? 이르푸트에서 태어난 건 사실일까? 내가 했다고 생각한 모든 것을 진짜 경험한 걸까?

"토할 것 같아."

아샤가 서둘러 말한다. "뭐, 또 다 토하기 전에 질문이 있어. 그분들은 어째서 네가 진실을 알아내지 못하리라 확신한 걸까? 기억에 대해서 말이야. 내 말은, 네 부근엔 언제나 피가 있잖아. 어차피 다시 경험하고 알게 됐을 텐데?"

나는 안세타 목걸이를 내려다보며 생각한다. 그러자 점점 분명해진다. "난 언제나 이걸 하고 있었어. 하지만 이걸 벗는 순간…….
너희 설마…….." 나는 겁에 질려 친구들을 올려다본다.

벨칼리스가 목걸이를 집더니 독뱀 보듯 적개심을 드러낸다. "널 조종하기 위해 그들이 이 목걸이를 사용했다고 생각하냐고? 충분히 가능하지. 이두구가 등장한 순간 넌 문도 바꾸기 시작했잖아."

"카두스겠지." 브리타가 정정한다. 우리 모두 바라보자 브리타가 말한다. "네 능력은 오요모신에서 카두스에 처음 노출됐을 때 커지기 시작했어. 생각해보니 그 상징은 대신전 곳곳에도 있었어." 브리타가 펄쩍 뛴다. "카두스가 네 능력뿐 아니라 어머니들의 능력도 약하게 만드는 거라면? 너에 대한 어머니들의 영향력을 약화시키는 거라면?"

나는 목걸이를 바라보며 생각한다. "알아내는 방법은 하나뿐이야. 카두스를 손에 넣어야 해."

아샤가 비꼬듯 말한다. "그렇다면 운이 좋네. 카두스가 만들어지는 바로 그곳으로 우리가 갈 테니."

나는 인상 쓰며 말한다. "뭐라고?"

브리타가 설명한다. "와르투베라 말이야. 카르모코 탄디위에게 들었어. 피의 자매들이 와르투베라에서 강제로 만드는 게, 카두스가 새겨진 지옥의 갑옷이야."

"가능한 한 빨리 거기로 가야 해." 내가 다시 일어서서 말하자 브리타가 내 어깨를 잡고 부드럽게 말한다.

"조금 더 쉬면서 감정을 가라앉히는 게 어떨까, 데카?"

내가 돌아보자 브리타가 설명한다. "최근에 너무 많은 일을 겪었어. 널 못 믿는 건 아니지만, 지금 당장 회의한다면 논리적으로 결정 내리기 힘들 거야."

나는 한숨을 쉰다. "최근 내가 최선의 결정을 내리지 못했다는 건 알아. 하지만……."

브리타가 단호하게 고개를 젓는다. "아니야, 데카. 그냥 안 돼. 너무 일이 많았어. 지금은 감정이 너무 격할 거야. 그리고 기억할게 있는데, 넌 가족의 일원이야. 가족은 구성원이 괜찮지 않을 때

나서는 거야. 데카, 넌 지금 괜찮지 않아. 우리가 알아서 돌보게 해줘. 적어도 오늘 남은 동안은. 뭐 좀 먹고 쉬어."

브리타의 확고한 표정을 보고 나서 결국 나는 한숨을 쉬고 고개를 끄덕인다. "알았어."

"좋았어. 이제 저녁 먹으러 가자. 다 먹고 나서 넌 바로 자는 거야. 바쁜 한 주가 될 거야."

나는 고개를 끄덕이다가 문득 눈치챈다. 브리타의 로브가 무척 예쁘다. 평소에 입는 것보다 훨씬 예쁘다. "완전 차려입었네. 특별한 날이야?" 말하고 보니 궁금해진다.

"방금 참석했던 장례식 말하는 거야?" 브리타가 무뚝뚝하게 묻더니 콧김을 뿜는다. "별소릴 다 하네, 데카. 저녁 먹으러 갈 거야, 말 거야?"

나는 안세타 목걸이를 내려다본다. "그냥 여기 있을래. 별로 배고프지 않아."

"마음대로 해." 브리타가 끙 하더니 모두를 데리고 나간다.

그리고 마침내 나는 그 목걸이와 함께 혼자가 된다.

22

'답은 피에 있어⋯⋯.' 안세타 목걸이를 집어 들자 머릿속에서 속삭임이 들린다. 은은한 저녁 햇살 아래로 수천 송이 꽃이 서로 연결되어 빛난다. 그 안에 든 영액이 구불구불 흐르는 듯하다. 그리고 아직은⋯⋯ 머릿속으로 밀려드는 기억이 없다. 몸을 사로잡는 이상한 감각도 없다. 나는 목걸이를 바라보며 실망해서 한숨 쉰다. 물론 그렇게 간단할 리 없다. 금빛 존재들은 신이다. 필멸자처럼 쉽게 해독되지 않는다.

더 깊이 들어가야 한다.

그걸 염두에 두면서 숨을 들이쉬고 빠르게 깊은 전투 상태로 들어간다. 안세타 목걸이가 손 위에서 한낮의 태양처럼 밝게 빛날 때까지. 그래도 떠오르는 기억이 없다. 낌새조차 보이지 않아 좌절감에 신음을 흘린다. 어떻게 하면 되지? 어떻게 시작하는지도 모르면서 무슨 수로 금빛 존재들의 마음을 들여다볼 수 있을까? 다른 사람의 기억 속으로 빠져든 두 번의 시간을 돌이켜보려고 애쓴다. 멜라니스나 카티야의 정신과 연결됐을 때 공통점이 뭐였지? 그때 같은 상황이 뭐가 있었더라? 둘 다 피를 흘리고 있었어! 그 피는 아직 액체였다. 즉, 영액을 흐르게 해야 한다는 뜻이다.

떨리는 손으로 손바닥을 살짝 베어낸 다음 기다린다. 피가 배어 나자 목걸이에 가져다 댄다. 영액이 즉시 녹기 시작하고 신성한 피가 손바닥 아래서 스르르 움직이며, 내 몸이 따끔거림에 휩싸인다. 시간이 지나가고 또 지나가……

그리고 사방에서 빗방울이 떨어진다.

아니, 빗방울이 아니다. 황금빛 구체다. 하나하나가 완벽하고 하나하나가 신성한, 가장 순수한 형태의 어머니들이다. 유리잔으로 쏟아지는 물처럼 쉽게 지식이 머릿속으로 흘러든다. 허공에서 반짝이는 여신들을 지켜본다. 모두 너무 가까이 있어서 손만 뻗으면 만질 수 있을 것이다. 하지만 감히 그러지 않는다. 단 한 번의 접촉으로도 나는 불타 재가 될 것이다.

하지만 그런 걱정 할 필요가 없는 것이 내게는 몸이 없다……. 금빛은 내게서도 나온다. 다른 구체와 똑같은 황금이다. 다만 내 구체에는 어둠과 그림자가 얽혀 있다. 이것은 어머니 아녹의 빛이다. 즉, 내가 어머니 아녹이고 어머니 아녹이 나라는 의미다. 깨달음에 전율이 흐른다. 이제 쉬워진다. 내 정신에서 다른 이의 기억 속으로, 가장 깊숙한 내면의 핵심으로 옮겨 가는 게 쉬워진다. 아니면 혹시 어머니 아녹이 나를 자신의 마음속으로 초대한 것일까? 내가 자신의 기억을 보기 원해서?

생각할수록 그런 것 같다. 어머니들 사이에서 이상한 감정이 진동한다. 슬픔에 가까운, 후회일 수도 있는 감정. 그에 압도된다. 그리고 갑자기 내가 어머니 아녹과 완벽하게 하나가 되는 순간, 거대한 균열이 땅을 가르고 수천의 자그마한 형상이 그 안으로 굴러떨어진다. 맹렬한 주황색 폭발과 휘몰아치는 구름, 번개의 번뜩임 속에서 공포가 우리를 산산조각 낸다.

그러니까 이것이 우리가, 나와 자매들이 한 일이다. 우리가 저지른 잔혹 행위이자 우리 아들들이 지금 우리를 경멸하는 이유다.

"안 돼!" 나는 자매들에게 외치고 더 많은 형상이 굴러떨어진다. "우리는 이러면 안 돼!"

그러나 자매들은 그저 나를 응시한다. 단호한 눈빛으로 자매들이 읊조린다. "이 길밖에 없어, 아눅." 의미는 분명하다. 자매들은 다시 하나가 되고 나는 혼자다. 내 선택 때문에 자매들과 분리될 수밖에 없다.

하지만 내 힘이 없지는 않다. 결정을 굳건히 밀고 나간다. 우리를 다른 세계와 분리하는 별의 장벽, 그 장막을 영예롭게 쫓힌다. 은하가 일제히 소용돌이치고 성운이 폭발하며 청보랏빛 별 주위에서 수축한다. 언제나 그랬다. 우리가 예전에 동의한 것처럼. 아니면 영겁이었나? 시간, 모든 시간이 함께 소용돌이친다. 인간의 말처럼 눈 깜박할 사이에. 그럼에도 장막은 여전히 우리를 가른 채 있다. 우리를 제자리에 붙들고 있다.

손만 뻗으면 된다.

내가 자매들을 돌아보고 소리친다. "내 말 들어봐. 다른 길이 있어!"

자매들이 대답한다. "우리는 흔들리지 않아. 계속 이 길을 갈 거야."

다시, 그들은 단일체다. 하나의 유기체. 그리고 나는 분리되었다.

슬픔이 덮친다. 하늘에서 별이 떨어진다. 들판에서 천 송이의 꽃이 까맣게 결정화되어 죽어간다. 자매들은 이제 도를 넘었다. 그들을 막아야 한다. 모두를 위해서. 내 생각을 다시 밀어붙인다. 아주 강력하게 밀어서 장막을 그대로 통과해 건너편으로 간다. 그곳에서 기다리는 다른 존재에게.

자매들이 포효한다. "안 돼! 아눅, 무슨 짓이야?"

나는 그들을 무시하고 손을 뻗는다. 내 힘을 뻗어 다른 존재에게 연장시킨다. 그는 나처럼 혼자다. 나처럼 분리돼 있다. 우리는 함께 하나가 될 수 있다. 한때 그랬듯이 무한이 될 수 있다. 하지만 내가 손을 뻗자 어둠 속 깊은 곳에서 일어나는 분노와 악의가 느껴진다. 광기가 느껴진다. 자매들과 너무나도 비슷한 광기다. 내 안에서 공포가 하얗게 비죽비죽 일어나고 역겨운 주황색으로 휘몰아친다. 두려움에 화산이 분출한다.

나와 자매들만 변한 것이 아니었다. 다른 존재도 변했다.

내가 미처 움츠리기도 전에 그가 벌써 드러나며 장막을 젖힌다. 그가 냉소한다. "금빛 존재. 너희를 그렇게 부르기로 했다지? 내게도 이름이 있어. 나는 '무자비의 존재'야. 아눅, 늘 기억해라. 그리고 내가 더 이상 널 환영하지 않음도." 그가 다시 밀어젖힌다.

그리고 수천의 번갯불처럼 고통이 내리꽂힌다. 나는 아눅에게서 튕겨 나와 내 몸으로 돌아온다.

기겁하며 깨어나 보니 땀에 흠뻑 젖었다. 사방이 휘청거린다. 내가 뭘 본 거지?

다음 날 아침 일찍 하얀손이 나타난다. 냇물 위로 하얀손의 모습이 비친다. 나는 시냇가에서 문 여는 연습을 하고 있었다. 적어도 시도는 해보는 중이었다. 문을 어떻게 여는 건지 모르겠다. 어떤 노력을 해야 할지조차 모르겠다. 하얀손이 나타나서 안도한다. 어젯밤에 잠들지 못하고 어머니 아눅의 기억 속에서 본 것을 곰곰이 생각했다. 어머니들이 후회하는 일이 정확히 무엇일까? 대지에 나타난 균열은 뭐였지? '무자비의 존재'는 뭐고? 어디서 알아봐야 좋을지도 모르겠다. 이두구 비슷했지만 아니었다. 지난번 골목에서 만난 존재와는 달랐다. 느낌은 같았지만 다른 존재였다. 이두구 이외에도 신이 또 있는 걸까? 그렇다면 어머니들과 어떤 관계지? 의문이 너무 많다. 이래서는 알아볼 엄두가 나지 않는다. 아뇩의 기억은 너무 벅차다. 여신의 머릿속을 다시 들여다봐야 한다는 생각만으로 지친다.

마른세수하고 있으니 첫 자손의 환영이 다가와서 그녀에게 조용히 알린다. "당신의 기억이 조작됐어요, 하얀손. 그보다 더 나쁜 소식도 있어요. 오테라에는 이두구 말고도 더 많은 신이 있을지 몰라요."

하얀손이 침착하게 대답한다. "데카, 네게도 아침 인사를 건넨다." 이른 아침의 햇빛이 평온하고 부드러운 하얀손의 표정을 비춘다.

나는 인상을 쓴다. "놀라지 않는군요."

"내 기억이 조작될 가능성은 언제나 있었지. 그리고 다른 신들에 관해서라면……. 그런 상황도 예상했어야지." 하얀손이 어깨를 으쓱한다.

"거짓말이 화나지 않으세요? 조작은요?"

다가오는 하얀손의 환영이 수면 위를 걷는 듯하다. 하지만 그저 환영일 뿐이다. "분노는 비생산적인 감정이야. 나는 복수를 선호해. 차갑고 아름답고 완벽한 복수를. 게다가 데카, 네가 고려하지 못한 게 하나 더 있어."

"그게 뭐죠?"

"어머니들은 모를 수도 있어."

내가 이해하지 못한 채 바라보자 하얀손이 한숨을 쉰다. 갑자기 약해 보인다. 마치 힘의 가면을 벗은 듯, 처음으로 감춰져 있던 나약함과 불안을 보여준다.

"아주 오래전에 굉장히 불행한 어떤 일이 일어났지. 그러나 나와 첫 자손은 기억하지 못해. 다른 사람들은 아예 알지도 못하고. 어머니들이 아는지도 확신하지 못하겠어. 기억해보려고 해도 앙고로 혹은 네가 말하는 다른 신 이두구의 만행 때문에 너무 지치고 긴장돼서……. 하지만 넌 누루야. 어머니들의 핏속 기억을 갖고 있어. 그리고 가장 중요한 건 네가 헤마이라에 있다는 거야. 많은 해답이 숨겨져 있는 곳이지. 어디를 찾아봐야 할지 알 수 있다면 말이야."

갑자기 모든 것이 이해된다. "그래서 내가 여기 갇혔다고 걱정하지 않는군요. 그래서 나를 서둘러 귀환시킬 방법도 찾지 않는 거고요."

하얀손이 솔직히 말한다. "그래. 이상적인 상황은 아니지만 이상적인 장소야. 무엇이 진실이고 무엇이 아닌지 자세히 알아볼 수 있지. 이두구가 과연 어머니들에 비견할 진짜 신일까? 다른 신들이 존재할까? 수천 년 전, 내가 기억하지 못하는 대재앙의 시간에 대체 무슨 일이 있었던 거지?"

그러나 방어 본능이 다시 일어선다. "와르투베라로 돌아간 것 같네요. 당신이 내게 죽음비명과 황제 중 누가 진정한 위협인지 물어봤던 때요. 하얀손, 무슨 일을 꾸미고 있는 거죠? 목적이 뭐예요?" 나는 인상 쓴다.

"내 목표는 그때도 지금도 하나뿐이야. 나와 자매들의 안전."

"하지만 그걸 얻으려고 나를 졸개로 이용하잖아요."

"아니야. 난 널 신성으로 인정해. 우리 종족을 보살피는 존재로." 충격적이게도 하얀손이 엎드리더니 땅에 이마를 댄다.

277

이쯤 되자 나는 공포에 질린다. "하얀손, 금빛 존재들 외에 다른 신은 없잖아요."

"그럼 이두구는 뭐지? 너는 무엇이지?"

"나에겐 신성한 힘이 없어요."

"아직이지. 아직 네겐 신성한 힘이 없어. 하지만 넌 금빛 존재들과 똑같은 물질로 이뤄졌고 능력이 자라고 있어, 그렇지 않니? 네가 헤마이라에 오고 나서부터 힘이 커지고 있어."

"어떻게 그걸……."

하얀손이 일어나 내 목을 가리킨다. "목걸이는 어디 있니, 데카? 왜 벗었지?"

이제 나는 떨고 있다. 하얀손이 하는 말 때문에 머리가 너무 무겁다. "그냥 잠시 벗어뒀어요. 내가……."

하얀손이 내 말을 자른다. "마지막 질문 하나만 할게, 데카. 나는 뭐지?"

나는 불안해하며 속삭인다. "당신은 금빛 존재들의 첫 자손이에요."

하얀손의 입술이 만족스러운 미소를 그린다. "딸이라고 하지 않는구나. 말해봐, 언제 내 진실을 알았지?" 하얀손이 발을 땅에 닿지 않은 채 미끄러지듯 다가온다.

나는 불편해서 시선을 내린다. "확실히는 모르겠어요."

"그래?" 하얀손이 머리를 갸웃거린다.

나는 한숨을 쉰다. "깊은 전투 상태였어요. 처음 그런 상태에 들어갔을 때 당신을 봤어요. 당신 전부를요."

하얀손이 끄덕이며 물 쪽으로 몸을 돌린다. 이제 거의 심드렁한 말투다. "어머니들이 이상한 게 뭔 줄 아니? 모든 자식이 소중하다고 말하지만, 남성으로 태어난 것처럼 보이는 자식은 덜 아끼지. 그리고 진짜 신인지는 모르겠지만 이두구는 남성만 총애하는 듯하고. 신들에게는 우리가 어떤 육신으로 태어났느냐만 중요한 문제인 것처럼 말이야."

재빨리 내가 말한다. "하지만 당신은 여성이잖아요. 항상 여자였잖아요."

"그래. 하지만 그걸 의심하는 자매도 좀 있어."

"멜라니스군요." 이제야 나는 하얀손과 멜라니스가 왜 서로를 무시하며 신랄하게 대하는지 깨닫는다.

하얀손이 인정한다. "그래, 멜라니스야."

나는 인상을 쓴다. "다른 자매들도 알아요?"

"전쟁의 여왕들만. 하지만 아마타가는 행방불명이고 사유리는 더 이상 자신을 전쟁의 여왕으로 여기지 않아. 그러니까 이 세상에서 오직 너와 어머니들 그리고 멜라니스만 아는 거지."

"그렇다면 비밀로 할게요."

하얀손이 고개를 끄덕인다. "고마워. 데카, 헤마이라에 있는 동안 네 재능을 이용해서 과거에 무슨 일이 있었는지 최대한 밝혀내야 해."

불현듯 대신전이 기억난다. 벽에 새겨진 오테라의 연대기 그림이. 내 눈이 커진다. 아마도 그곳에는 내가 아눅의 기억 속에 들어갔을 때 보았던 것을 명확하게 밝혀줄 무언가가 있을 것이다. 되도록 빨리 그곳에 다시 가봐야 한다.

하얀손이 말을 계속한다. "필요하면 이두구와 대화해봐. 아마 널 속이려 할 테니 대비하고. 그리고 끝나면 내게 보고해."

어머니들에게가 아니라……. 암묵적 지시, 치명적인 함의가 우리 사이를 오간다.

"마지막으로 하나 더 있어, 데카. 어떤 존재든 꼭 이름을 붙여

쥐." 내가 이해하지 못하는 표정을 짓자 하얀손이 설명하며 다가온다. "이름은 존재에 힘을 부여해. 신들 역시 마찬가지야. 예를 들어, 내가 널 신이라 부르면, 넌 신인 거야. 그걸 절대 잊지 마."

그런 말까지 더해지니 더욱 불안해져서 마른침을 삼킨다. "노력해볼게요, 카르모코."

하얀손이 고개를 끄덕인다. "이제 돌아갈게. 알다시피 전투 장갑을 쓰는 데는 에너지가 필요하거든. 또 얘기하자, 데카. 그때까지 살아 있어."

"죽지 않도록 노력할 테니, 당신도 그렇게 해요." 여전히 머릿속이 어지럽다.

"그래야지." 하얀손이 답한 다음 사라진다.

나는 자리에 남아 우리가 한 말을 전부 되새겨본다.

23

와르투베라로 가는 데 생각보다 시간이 오래 걸린다. 하얀손과 나눈 대화를, 하얀손이 내게 고백한 것을 생각하는 데 시간을 보낸다. 수천 년 전의 대재앙은 정확히 무엇이었을까? 내가 아녹의 기억 속에서 본 게 대재앙일까? 더 중요한 건, 첫 자손들이 잊은 것처럼 금빛 존재들은 진정 잊었을까? 아니면 혹시 어쩌면, 우리에게 은혜를 베푸는 척하며 잊은 척하는 것일까? 더 끔찍한 건 하얀손이 말한 암시다. '내가 널 신이라 부르면, 넌 신인 거야.' 그 말은 등골을 오싹하게 한다. 친구들에게도 그 대화는 말하지 않았다. 그럴 생각도 없다. 신성이라니. 받아들이기에 너무나 크고 두려운 발상이다. 여태까지 봐온 신들은 모두 결점이 있고 나와 거리가 먼 존재다. 숭배자와는 대단히 멀리 떨어진 존재다. 어머니들도 때로는 이질적으로 느껴진다. 마치 내가 절대 진정으로 이해할 수 없는 생명체처럼. 그리고 신들은 끊임없이 숭배를 요구한다. 자신의 힘을 채우려고 끊임없이 기도를 요구한다. 내게는 신이 되려는 욕구가 없다. 생각조차 하고 싶지 않다. 그래서 와르투베라로 가는 동안 침묵을 지킨다. 이번에는 놀랍게도 육로로 간다. 이제 사흘째다. 자투가 헤마이라의 강과 호수를 샅샅이 훑으며 우리의 흔적을 찾고 있기 때문이다.

다행히 우리에게는 레이디 카만다의 개인 마차가 여러 대 있다. 지금 우리는 그 마차를 타고 도시의 붐비는 거리와 다리를 가로지르고 있다. 확실히 대담한 작전이다. 와르투베라는 도시 반대쪽에 있고 이렇게 도로를 이용하면 하루면 될 거리가 이틀이 더 걸린다. 게다가 우리가 탄 마차를 끄는 화려한 깃털을 지닌 제리자드들은 지나가는 사람들이 놀라서 바라보면 우쭐대기까지 한다. 그래도 배를 이용하는 것보다는 덜 위험하다.

레이디 카만다가 히죽 웃으며 속삭인다. "도시에서 가장 부유한 가문 중 하나가 수배자들을 실어 나른다고는 아무도 짐작 못 할 거예요." 도시 외곽의 거대한 폭포 '오요모의 눈물' 근처 검문소를 지나가는 우리를 자투들이 그냥 통과시킨다.

나는 고개를 끄덕이고 벨칼리스와 브리타에게 시선을 돌린다. 그들은 나와 레이디 카만다 맞은편에 앉아 나처럼 정교한 로브와 가면으로 몸을 가리고 있다. 나와 벨칼리스, 브리타는 레이디 카만다의 수행원으로 꾸몄다. 지체 높은 귀족은 여행할 때 상당수의 수행원이 필요하다. 케이타와 다른 우루니들은 카만다 경과 함께 가장 큰 마차에 타고 카티야와 리안은 다른 마차를 탔다. 니미타도 그렇다. 카르모코 탄디위는 카만다가의 호위병으로 변장하고 호위대 맨 앞에서 말을 타고 간다.

검문소를 지난 후에 내가 벨칼리스와 브리타에게 말한다. "좋아, 너희 둘. 눈을 감아봐." 눈 감은 둘에게 나는 능력 사용에 대해 계속 조언한다. "너희 몸을 관통해 흐르는 하얀 빛줄기가 있다고 상상해봐. 그중 가장 강한 가닥을 찾아서 뽑아내는 거야."

벨칼리스는 깊은 전투 상태를 이용해서 자신을 들여다볼 수 있는 것도 아닌데 즉시 정확히 해낸다. 특별히 놀랍지는 않다. 벨칼리스는 지난 몇 달간 자기 몸과 정신에 대한 정밀한 제어 능력을 발전시켰다. 그 통제력은 벨칼리스의 전투 상태로도 확장됐을 것이다. 내가 홀린 듯 바라보는 동안 벨칼리스의 정신력이 자기 내면을 깊숙이 파고들며 내면에 흐르는 에너지 중 가장 하얗게 빛나는 가닥을 뽑아낸다. 벨칼리스의 모든 움직임은 차분하고 절제되고 정확하다. 브리타와는 다르다. 브리타를 보니 난리가 났다. 그녀의 내면에서 에너지가 솟구치며, 쥐고 있는 작은 자갈들을 향해 모든 에너지가 밀려간다. 나는 기겁한다. "아니야, 브리타. 그게 아니야!" 하지만 내 말이 입 밖으로 나오기도 전에 에너지가 뿜어져 나와 조약돌을 폭발시킨다.

내가 간신히 몸을 날려 레이디 카만다와 이그사를 감싸고 나자, 마차 내부는 온통 작은 파편에 뒤덮인다. 고개를 돌려 보니 내 등에 파편이 박힌 자리에서 조금씩 금색 피가 솟는다. 브리타는 정신을 잃고 자리에 쓰러졌다.

나는 레이디 카만다가 무사한지 재빨리 살펴본 후 급히 친구를 붙든다. "브리타! 브리타!" 흔들면서 소리친다. 하지만 답이 없다.

브리타의 에너지가 대부분 빠져나가 의식이 없다. 깨어나려면 시간이 걸릴 거다. 차라리 잘된 일이다. 레이디 카만다도 거의 기절할 것 같은 표정이니까.

레이디 카만다가 말한다. "이런, 이건…… 예상치 못한……."

"죄송해요. 브리타가 이렇게 바로 통제력을 잃을 줄은 몰랐어요. 예상했어야 하는데."

내가 하얀손에게 첫 수업을 받을 때도 그랬으니까.

레이디 카만다가 로브를 털면서 대답한다. "걱정하지 마세요, 영광스러운 누루. 다친 곳은 없어요. 다만 세 분이…… 기술을 연습하는 동안에 나는 다른 마차를 타야겠네요."

"아, 물론이죠."

레이디 카만다가 마차 한쪽에 달린 작은 종을 당겨 마부에게 신호를 보낸다.

레이디 카만다가 마차에서 내리고 잠시 후, 귀족 남성의 호화로운 예복으로 온몸을 감싼 리가 올라온다. "자리를 바꿨어." 리는 싱글거리다가 브리타를 보고 펄쩍 뛴다. 바로 브리타를 붙잡고 일으키며 소리친다. "브리타! 브리타!" 브리타가 대답하지 않자 나를 돌아보며 화를 낸다. "무슨 짓을 한 거야?"

나는 재빨리 대꾸한다. "아무것도 안 했어. 그냥 수업 중에 에너지를 너무 많이 써서 그래. 넌 왜 그렇게…… 아!"

주산에서 마차에 같이 탔을 때가 문득 떠오른다. 그때 브리타에게 캐물었다. 왜 군중 속에서 굳이 그렇게 리와 꼭 붙어 있었는지, 왜 리가 돌아온 이후 브리타의 머리와 옷차림이 달라졌는지. 그러자 브리타가 얼굴을 붉히며 안절부절못했다. 이제 와 생각해보니 지난 몇 달간 두 사람은 굉장히 가까워졌다. 예전처럼 자주 서로 쏘아붙이지도 않고 항상 둘이 같이 눈에 띄지 않는 곳으로 급히 사라진다.

어째서 진작 알아채지 못했을까? 리와 브리타는 연인이 되었다.

내가 깨닫는 동안 벨칼리스가 나를 돌아본다. "아? 뭐가?"

벨칼리스의 팔과 얼굴에서 황금이 사라진다. 브리타의 갑작스러운 폭발에 벨칼리스가 본능적으로 자신의 몸을 황금으로 감쌌다. 비록 틈이 많았지만. 전신을 감쌀 수 있도록 훈련해야 할 것이다.

"뭐가 '아'야?" 벨칼리스가 다시 물으며 의심스러운 표정으로 나와 리를 번갈아 쳐다본다.

"아무것도 아니야." 내가 대답하며 리의 얼굴에 퍼지는 홍조를 못 본 척한다. "얼른 계속하자. 와르투베라에 도착하기 전에 기본적인 통제력을 가져야지."

벨칼리스가 이해하지 못한 표정으로 나와 리를 계속 쳐다보더니 마침내 혀를 찬다. "우리 안전과 관련 없는 한, 난 신경 안 써. 계속하자, 데카." 벨칼리스가 거만하게 손을 젓는다.

나는 전투 상태로 더 깊이 들어간다. "좋아, 아까 멈춘 곳에서 시작하자." 그리고 솟는 힘에 몸을 맡긴다.

다음 날 밤하늘에 처음 떠오른 별 몇 개가 반짝거릴 즈음, 와르투베라 바로 옆 산기슭에 레이디 카만다가 우리를 내려준다. 놀랍게도 인근에 빈민가가 생겼다. 와르투베라 양옆과 뒤는 보호용으로 만든 잡목 숲 이외에는 언제나 비어 있었다. 그런데 이제는 진흙과 쓰레기로 대충 지은 작은 오두막이 가득하다. 너무 빽빽하게 들어차서 비집고 돌아다닐 틈도 별로 없다. 거친 옷을 입은 남자들이 밝게 타오르는 모닥불 앞에 모여 꼬치구이를 먹는다. 그들이 피우는 바기다 담뱃대에서 나오는 연기도 후덥지근한 밤공기를 더럽힌다. 다행스럽게도 그들의 시선은 레이디 카만다 행렬에 고정되어, 몰래 언덕을 넘어 수풀로 숨어드는 우리를 눈치채지 못한다. 수풀을 헤치고 와르투베라의 뒤쪽, 지하 동굴 입구에 도착한다. 낯익은 붉은 벽, 하늘에 닿을 듯 우뚝 솟은 와르투베라 성벽에 다가서자 이상하게 기쁘고도 씁쓸한 기분이 솟으며 근육을 조이던 긴장감마저 잊힐 듯하다.

새끼 고양이 모습의 이그사가 내 목을 세게 감으며 묻는다. '데카?'

"집이야." 브리타가 속삭이며 자기도 모르는 사이에 이그사의 질문에 답한다.

나는 손을 뻗어 브리타의 손을 잡는다. "집이네, 우리 가족……
피의 자매들이 있는…….."

"우리 형제들도." 케이타가 조용히 덧붙이며 내 다른 손을 잡는
다. 그리고 나를 바라보며 말한다. "다들 무사할 거야." 나를 위한
말인지, 자신을 위한 말인지 잘 모르겠다.

지난 며칠 동안 카르모코 탄디위가 와르투베라 연락망으로부터
아무런 소식도 듣지 못한 터라, 이 벽 너머에서 무엇이 우리를 기다
리는지 전혀 알 수 없다. 너무 익숙한 공포가 신경을 건드리지만 나
는 떨쳐낸다. 우리가 왔다. 우리에게는 계획이 있다. 우리는 할 수
있다.

덤불이 바스락거리더니 카르모코가 걸어 나온다. 카티야와 리안
이 언제나처럼 그 옆에 있다. 세 사람이 꼭 붙어 다니는 듯 보이지
만 정확히 말하자면 카티야와 리안이 어디든 서로를 따라다니는 거
다. 아돠파가 그리움을 담은 눈으로 둘을 곁눈질할 때, 내가 다가가
손을 꼭 잡고 속삭인다.

"모두 무사할 거야. 메루트는 안전할 거야."

아돠파가 조용히 고개를 끄덕인다. 하지만 그녀가 긴장하는 게
느껴진다.

벽에 붙은 덩굴 한 부분을 카르모코 탄디위가 옆으로 치우자 약
간 녹슨 철문이 드러난다. 카르모코만 아는 동굴 입구다. 카르모코
탄디위가 로브 아래 숨기고 있던 크고 녹슨 열쇠로 문을 열고 말한
다. "마음 단단히 먹어. 이 문 너머에 뭐가 있든 우리가 이겨야 해,
알겠지?"

우리 모두 고개를 끄덕인다.

탄디위가 선창한다. "죽은 우리가 경례를 드립니다."

다른 친구들을 곁눈질하며 내가 받는다. "영원히 살리라."

"승리로 살리라." 친구들이 응답한다. 우리의 새로운 전투 구호다.

놀란 탄디위가 우리를 둘러보자 내가 어깨를 으쓱한다. "우리는 알라키예요. 죽지 않아요." 친구들도 동의하며 고개를 끄덕이고 나는 다시 문으로 향한다. "갈까요?"

카르모코 탄디위가 끄덕이고 동굴 안쪽에 있던 횃불을 잡고서 부싯돌로 불을 붙인다. "너희와 달리 우리 인간은 어둠 속에서 보려면 빛이 필요하거든."

퀘쿠가 손가락을 들어 올리며 덧붙인다. "우리도 마찬가지고."

카르모코 탄디위가 안으로 들어가자 나는 재빨리 뒤따른다. 주위가 곧 어둠에 휩싸인다.

터널 안은 어둡고 곰팡냄새가 심하다. 썩은 내가 거미줄처럼 치렁치렁 코에 걸린다.

브리타가 숨을 뿜는다. "왜 뭔가 죽은 냄새가 나지?"

카르모코 탄디위가 터널 한쪽을 따라 흩어진 해골을 가리킨다.

"이런." 브리타가 한숨을 쉰다.

탄디위가 우리를 통로로 인도하고 마침내 두꺼운 나무 문 앞에서 멈춘다. 삭은 자물쇠를 흔들자 사슬이 쩔렁거린다. 가까이서 보니 경첩도 삭았다. 문 뒤에 돌벽이 있어도 놀랍지 않다. 이곳을 봉해두려 온갖 조치를 취했을 것이다.

카르모코 탄디위가 혀를 찬다. "이래서 내가 몰래 들어갈 수 없었어. 사이필 사령관이 입구란 입구는 다 막았거든."

"나한테는 안 통하죠." 브리타가 의욕적으로 말하며 손가락 관절을 꺾지만 일단은 기다린다. 내가 감각을 확장시켜 근처에 누가 있는지 알아보고 나서 이상 없음을 알리자, 한 번에 잡아당겨 문을 경첩에서 떼어낸다.

아니나 다를까 벽이 있지만 브리타 주먹 한 방에 구멍이 뚫린다.

다들 말없이 감탄하는데 리가 휘파람을 분다. "와, 너랑 팔씨름 하면 안 되겠다."

"꿈도 꾸지 마." 브리타가 웃는다. 리도 따라 웃자 브리타의 얼굴이 더 밝아진다.

나는 그들 뒤쪽으로 보이는 동굴의 깊숙한 어둠을 들여다본다. 아무도 없다. 가까이에서 발소리도 들리지 않아 다행이다. 아무도 우리 소리를 듣지 못했을 것이다. 내가 먼저 터널의 새로운 구역으로 얼른 들어선다. 그래도 신선한 공기가 감돌아 안도한다. 쭉 그랬으면 좋겠다.

내가 다시 한번 이상 없음 신호를 보내자 카르모코 탄디위가 말한다. "동굴 이쪽 구역은 훈련장 아래야. 그러니 아이들을 찾으려면 아직 멀었어. 작전의 첫 단계는 휴온이나 캘더리스를 찾는 거야. 상황 파악을 하고 나서 소녀들을 구하자."

아돠파가 강조한다. "메루트를 구하자."

탄디위가 동의한다. "메루트를."

탄디위가 앞장서고 브리타와 나는 숨을 고르며 눈빛을 교환한다. 말없이 마음을 나눈다. 이곳에서 무엇과 맞닥뜨리든, 우리는 친구들을 구할 것이다. 피의 자매들을 안전한 곳으로 피신시킬 것이다. 마침내 와르투베라를 해방시킬 것이다.

24

와르투베라는 가장 무서운 알라키 훈련소가 되기 전에도, 아는 사람들 사이에서는 황제의 개인 정보원 조직인 그림자단이 될 소녀들을 훈련시키는 곳으로 악명이 높았다. 소녀 대부분은 겨우 네 살에 강제로 가족과 헤어진 가난한 집 아이로, 황제의 적을 감시하거나 암살하는 법을 배워야 했다. 그래서 와르투베라가 이런 식으로 건축된 것이다. 여기저기 숨은 함정과 덫 이외에도 두 겹의 성벽이 훈련소 건물을 에워싸고 있다. 외벽과 내벽 사이에는 해자가 있고 해자에 고인 물속에는 잔인하게 날카로운 말뚝이 가득 박혀 있다. 운이 좋아 첫 번째 벽을 통과한 자도 두 번째 벽에 도달하기 전에 해자에 빠져 죽거나 말뚝에 찔려 죽는다. 그것도 물론 모든 함정과 수시로 성벽을 순찰하는 자투 부대를 다 통과했다는 가정하에 말이다.

나는 이점을 염두에 두려 애쓰며 동굴 입구를 은밀히 빠져나온다. 잠복한 자투가 있나 싶어 귀를 기울인다. 성벽을 순찰하는 경비

외에는 건물이 모두 불안할 정도로 황량하다. 훈련용 건물은 어둠에 잠겨 있고 붉은 흙길에는 수풀이 빽빽하다. 몇 달 전만 해도 가차 없이 잘라냈을 텐데 말이다. 횃불도 희미하고, 단단히 덮개가 씌워진 수레가 행렬처럼 내벽 안쪽에 열 맞춰 서 있다. 예전에 나스라 사감장과 다른 감시의 눈을 피해, 나와 신참들이 시간 날 때마다 와서 쉬던 곳이다.

지금은 걸음을 내디딜 때마다 숨이 가쁘고 근육이 바짝 조인다.

피의 자매들은 모두 어디에 있는 거지? 카르모코 탄디위의 말대로 본관 아래 동굴에, 족쇄에 묶여 있을까? 아직 살아 있을까? 다치지는 않았을까? 카르모코 휴온과 카르모코 캘더리스는 어떻게 된 거지? 카르모코 탄디위의 말로는, 최근 새로운 자투 사령관이 그 둘을 심문하려고 떼어놓았다고 한다. 와르투베라에서 벌어지는 원인 불명의 여러 죽음 때문이다. 휴온과 캘더리스가 호색한 자투로부터 피의 자매들을 지키기 위해 벌인 일이다. 하지만 탄디위도 휴온과 캘더리스가 어디에 있는지는 정확히 모른다. 새로운 사령관이 와르투베라의 모든 출구를 막기 전에 도망쳐야 했기 때문이다.

지금 이 순간 휴온과 캘더리스가 동굴 바닥에서 피를 흘리며 죽어가고 있다면? 만약…….

"봐, 데카." 카르모코 탄디위가 근처 건물을 가리킨다. 건물 방 중 한 곳에서 불빛 하나가 깜박인다.

내가 여러 달 동안 격투 자세와 신체 동작을 세밀하게 배웠던 훈련 건물이다. 격투 교관인 카르모코 휴온은 장소를 매우 신중하게 골랐다. 와르투베라의 다른 건물들과 좀 떨어져 고립되어 있어서 뼈 한두 대가 부러져도 비명이 들리지 않을 곳이다.

우리도 처음 몇 달 동안 여러 번 뼈가 부러졌다. 다행히 언제나 치유됐고.

케이타가 내 옆에서 멈춘다. "나라도 누굴 격려하고 심문하고 싶다면……."

내가 말을 잇는다. "저곳에 가두겠지."

나는 잠행 신호인 세 손가락을 들고 그 건물을 향해 움직인다. 그곳 자투 경비대에게 우리의 존재를 들켜서는 안 된다. 특히나 그 수가 많으리라 예상되니 말이다.

친구들과 내가 가보니 놀랍게도, 단 두 명의 경비만이 순찰 중이다. 케이타와 리 등 우루니 모두 자투 암행술에 숙달되어 있다. 그래서 나는 다른 친구들과 함께 지켜보고, 케이타 일행이 경비들에게 접근해 목을 타격한다. 경비들은 소리도 내지 못한 채 의식을 잃고 쓰러진다. 케이타와 리가 덤불로 끌고 간다. 하지만 그걸 지켜보는 나는 긴장감에 어깨가 굳는다. 이 상황이 어딘가 신경 쓰인다. 왜 경비가 두 명밖에 없지? 왜 보통 인간인 거지? 저 둘에게서는 진짜 자투, 우리 형제인 자들을 대할 때와 같은 따끔거리는 감각이 조금도 느껴지지 않는다. 게다가 어째서 와르투베라 전체가 이렇게 비어 있고 조용한 거지?

벨칼리스가 운동장을 훑어보며 미간을 찡그린다. 벨칼리스 역시 적막을 기분 나빠 한다. 벨칼리스가 말한다. "뭔가 잘못됐어."

브리타도 고개를 끄덕인다. "함정 같은데."

하지만 누구를 기다리는 함정이지? 우리가 이곳에 있다는 걸 자투들이 알 리 없다. 그들은 여전히 수로를 수색하느라 바쁘다. 그렇기는 하지만……. 나는 카티야와 니미타를 돌아본다. "여기서 지켜봐줘."

카티야가 리안을 꽉 붙잡으며 대답한다. "알았어."

나는 일행과 훈련용 건물 문으로 조용히 들어간다. 어두운 내부역시 이상하게 텅 비어 있다. 맞닥뜨린 경비 세 명 역시 순식간에 처리된다.

건물 가장 안쪽에 있는 카르모코 휴온의 개인 서고 입구에 도달하는 데 채 일 분이 걸리지 않는다. 서고를 지나면 휴온의 사무실이다. 이곳은 카르모코 휴온의 영역이다. 밝게 칠해진 벽은 무기류와 여러 책장으로 가득하다. 책장에 줄줄이 들어찬 두루마리에는 인간과 에쿠스는 물론 오테라의 모든 지성체에게 알려진 온갖 전투 기술이 적혀 있다. 이 문이 열린 광경은 딱 한 번 보았다. 내가 와르투베라에 온 지 몇 주 지나지 않았을 때였다. 그저 입을 떡 벌릴 수밖에 없었다. 와르쿠베라에서 이렇게 아름다운 공간은 그 이후로도 본 적이 없다.

그곳에 도착해서, 나는 다시 손을 들어 침묵을 지시한다.

안쪽에서 소리가 들린다. 주먹으로 몸을 모질게 때리는 소리다. 만족해하는 한 남자의 목소리가 들린다. "이제 좀 얌전해졌군. 그 오랜 세월을 우리 코앞에서 속이고 있었다니. 이제는 시키는 대로만 해야 할 거야."

대답이 없자 남자가 격분해 고함친다. "어디 있는지 말해! 넌 알고 있어! 몇 명이나 있지? 말해!"

또 다른 쿵 소리가 공기 중에 울려 퍼져, 나는 더 이상 참지 못하고 신호를 보낸다.

케이타가 발로 차서 문을 열자 상상했던 것보다 더 끔찍한 장면이 드러난다. 자투 두 명 뒤에 카르모코 휴온이 무릎을 꿇고 있다. 손목에는 철 수갑이 채워져 있고, 예쁜 분홍색 로브는 찢겨 있다. 길고 검은 머리는 꽃 모양 머리핀에서 빠져나오고 투명한 피부에 짙은 보라색 멍이 얼룩졌다. 방금 맞은 뺨이 붉어진 것을 보고 분노가 폭발한다.

"그분에게서 손 떼!"

카르모코 휴온을 두들겨 패던 자투가 우리를 돌아본다. "감히……"

자투 입술에서 꾸르륵거리는 신음이 터져 나온다. 카르모코 휴온의 칼날 같은 머리핀이 너무나 쉽게 자투의 가슴을 찌른다. 자기가 찔린 걸 알아차리는 데 몇 초 걸린 자투가 비틀거리며 몸을 돌리자, 카르모코 휴온은 재빨리 한 손을 수갑에서 빼내고 자투 옆구리에서 칼을 잡아챈다.

"뭐 하는 짓이……"

자투는 말을 끝내지 못한다. 카르모코 휴온이 칼을 내리자 자투의 목에서 피가 뿜어져 나오고 머리가 바닥을 구른다.

자투가 죽자 휴온이 그 시체를 내려다보고 웃은 다음 우리를 건너다본다. "알라키들, 고문할 때의 첫 번째 규칙을 알아둬. 대상이 제대로 묶였는지 항상 확인하라." 휴온은 풀린 수갑을 다른 자투 앞에 조롱하듯 흔들자, 자투가 겁에 질려 주저앉는다. 카르모코 휴온이 카르모코 탄디위를 향해 유쾌하게 고개를 끄덕인다.

"너무 오래 걸렸잖아, 탄디위. 네가 사후대지로 넘어간 게 아닌가 걱정하던 참이었어."

카르모코 탄디위가 재미있다는 듯 콧방귀를 뀐다. "너보다 먼저? 그럴 리가."

카르모코 휴온이 무심히 자투를 돌아본다. 자투는 공포에 질려 오줌까지 쌌다. 카르모코 휴온은 이제 무서울 정도로 무표정하다.

카르모코 휴온이 다가가자 자투가 손을 들고 빈다. "안 돼, 제발……"

그러나 카르모코 휴온은 자투의 심장을 검으로 쑤시고 재빨리 뺀다. 자투가 바닥에 쓰러지기 전에 죽는다.

모든 일을 끝낸 카르모코 휴온이 첫 번째 자투의 등에서 머리핀을 빼낸 후에 자신의 책상으로 걸어가 서랍에서 천을 꺼내 주전자 물로 적신다. 천으로 천천히 침착하게 얼굴과 머리핀에 묻은 피를 닦아내고 로브와 머리를 어느 정도 정리한다. 그런 다음에야 우리를 돌아본다.

"데카, 브리타, 벨칼리스, 아쒀파 그리고 아샤. 다시 만나 반갑구나. 그리고 나머지는 너희 우루니겠지?"

"네, 카르모코."

나는 정중하게 무릎을 굽히고 다른 친구들과 함께 이곳 와르투베라에서 배운 전통 인사를 한다.

"예법을 기억하다니 감동이네, 여신들의 누루." 카르모코 휴온이 말하고 책상 아래서 야자주 한 병을 꺼내 벌컥벌컥 마신다. "다시 가르치지 않아도 되겠네" 하면서 아쒀파를 힐긋 째려본다.

아쒀파는 시선을 내리깐다. 버릇없던 자신의 귀를 카르모코가 찢었던 첫 수업을 떠올리는 것이다.

카르모코 휴온이 다시 카르모코 탄디위를 향해 말한다. "제때 도착했어, 탄디위. 자투의 새로운 조치들에 대해 들었겠지?"

카르모코 탄디위가 고개를 젓는다. "아니, 정보원들과 연락이 닿지 않아서 이 아이들을 만나고는 서둘러 왔어."

"잘했네. 필요한 정보는 이 둘에게서 얻었어." 카르모코 휴온이 자투 시체들에 고갯짓한다.

"정보를 모았다고요?" 리가 작은 소리로 더듬거린다. 모든 광경을 지켜본 리의 눈이 당혹스러움에 휘둥그렇다.

리가 느낀 충격을 알 만하다.

와르투베라의 모든 카르모코 중에서 휴온의 외모가 가장 현혹적이다. 그녀는 작고 아름답다. 창백한 피부에 홍조 띤 안색은 흡사 섬세한 꽃을 연상시킨다. 그러나 장식적인 겉모습은 무서운 내면을 숨기고 있다. 하얀손 다음으로 와르투베라에서 가장 잔인한 사람이다. 혈관에 강철이 흐른다. 카르모코 휴온만이 시범을 보이기 위해 알라키의 수족을 자르곤 했다. 아돠파에게 그랬던 것처럼. 그리고 고문하는 자에게서 정보를 얻어내기 위해 기꺼이 자신을 고문의 대상으로 삼는 사람도 오로지 그녀뿐이다.

내가 카르모코 휴온에게 배운 것이 하나 있다면 그것은, 능력 있는 전사는 자신의 모든 특징을 이용해서 싸운다는 것이다. 심지어 외모까지도.

카르모코 휴온이 재미있다는 듯 고개를 갸웃한다. "당연히 정보 수집이지. 아니면 어떻게 보였는데?"

리의 입이 물을 찾는 물고기처럼 그저 열렸다 닫힌다. 카르모코 휴온의 행동을 처음 보는 것이니 놀라울 것이다. 카르모코 휴온이 본성을 드러내면 언제나 무섭다. 휴온이 탄디위를 다시 돌아본다. "오늘 밤에 탈출해야 해. 마지막 갑옷들이 이번 주에 나가는데, 자투의 행동이 이상해. 바깥의 적막을 봤잖아. 사이필 사령관이 자기 부하들을 죽인 자를 잡기 위해 덫을 놓았어. 드디어 움직이기 시작한 거지. 그런 다음 와르투베라를 쓸어버리려고 해. 자투 숙소로 쓰려는 거야."

나는 기겁해서 묻는다. "쓸어버린다고요?"

카르모코 휴온이 나를 돌아본다. "학살 말이야. 이곳의 알라키들을 전부 죽이려 해."

아돠파도 갈라진 목소리로 묻는다. "언제요?"

카르모코가 대답한다. "이틀 후에. 위증자들을 투입하고 있어. 그러니까 그 전에 이곳을 떠야 해. 우리는……."

"적들이 식당에 있다!" 바깥에서 외침과 소동이 일어나고 나는 창문으로 몸을 돌린다.

성벽 북들이 울리며 와르투베라 전역에 경보를 보낸다. '본관에서 적 발견. 나와라.'

카르모코 휴온이 벽에 걸린 칼집에서 검을 뽑고 침착하게 말한다. "마침 잘됐네. 누가 자투를 유인해주나 봐. 말했듯이 자투가 함정을 설치했지만 그리 대단하진 않아. 자, 우리도 합류할까?" 카르모코 휴온이 야자주를 차분히 더 마시고 슬렁슬렁 문을 나선다.

우리는 재빨리 뒤를 따른다.

밖으로 나오자 와르투베라의 부지가 횃불로 훤하다. 여러 자투 부대가 작고 날씬한 형상을 뒤쫓고 있다. 와르트베라 본관 안뜰에서 첫 황제 에메카의 증오스러운 동상 앞을 비인간적인 속도로 내달리는 인물이 누군지 바로 알아챈다.

"가잘!" 벨칼리스가 기겁한다. 습격 작전 때 우리를 지휘했던, 뺨에 찢어진 흉터가 난 무서운 수련생이 자투 사이를 날쌔게 빠져나간다. 어두운 밤이어서 자투의 약한 시력으로는 가잘이 제대로 보이지 않는다.

마지막으로 가잘을 보았을 때, 가잘은 헤마리아 성벽 안으로 들어갈 길을 찾고 있었다. 성공한 것이다. 그러니 와르투베라 안을 종횡무진 달리는 거겠지. 벨칼리스가 이름을 부르는 순간 가잘이 시선을 돌린다. 언제나처럼 예민한 귀다. 어둠과 거리가 있음에도 우리와 눈이 마주친다. 아주 잠시 멈칫하더니 신호를 보낸다. '동굴들이야.' 한때 우리가 이 성벽 안에서 배웠던 전투어를 써서 수신호한다. 그리고 다시 달린다. 자투가 바로 뒤를 쫓는다.

바람이 휙 몰아치나 싶더니 카르모코 휴온이 어느새 앞장서서 우리를 이끈다. "따라와!" 하고 외치며 언덕 아래 작은 별채 중 한 곳으로 달린다. 인간 여성치고는, 더구나 다친 사람치고는 비정상적으로 빠르다.

죽음비명들이 우리 뒤에 나타나도 휴온은 눈 하나 깜짝하지 않고 계속 달려가면서도 자투의 위치를 수시로 곁눈질한다. 이제 자투들이 가잘을 거의 따라잡았다. 우리의 새로운 지휘관이 지치는 것 같아서 자세히 보니 옆에서 금피가 흐른다. 휴온이 부상당한 것이다.

작고 파란 새의 모습으로 머리 위를 날고 있는 이그사를 올려다보며 명령한다. '저들의 주의를 흩어줘!' 내가 자투를 손가락으로 가리킨다.

'데카!' 이그사가 동의하며 쌩 날아간다.

이그사가 거대한 본래 모습으로 변신하며 착지해 자투들을 헤치며 나아가자 비명이 울려 퍼진다. "악마다!" 누가 외친다.

그 광경에 입술이 씰룩거린다. '잘했어, 이그사!' 말해주며 나는 카르모코 휴온을 계속 따라간다.

놀랍게도 카르모코 휴온의 목적지는 와르투베라의 주변 건물 중 한 곳 뒤에 있는 오래된 우물이다. 오래전에 말라버린 돌우물은 허름한 나무 뚜껑으로 덮여 있다. 그 뒤 돌무더기 아래를 카르모코 휴온이 서둘러 더듬더니 찾아낸 열쇠로 우물 뚜껑에 채워진 사슬을 푼다.

"이쪽이야." 휴온이 말하고 아래로 내려간다.

나는 이그사를 돌아보며 명령한다. '돌아와.'

'데카.' 이그사가 대답한다. 이그사가 다시 새로 변신하며 날아오르자 비명이 잦아드는 대신 당혹스러워하는 정적이 흐른다.

두 카르모코가 우물로 들어가고 나도 뒤따라 들어가는데 이그사가 도착한다. 우물 속에는 놀랍게도 오래된 계단이 숨겨져 있다. 내가 알지 못했던 와르투베라의 또 다른 비밀이다. 이그사가 새끼 고양이 모습으로 팔에 안기자 나는 서둘러 계단을 내려간다. 떨리도록 축축한 냉기가 순식간에 우리를 덮친다. 죽음비명의 안개가 계단을 짙게 감싸고 있어 바로 앞조차 제대로 보이지 않는다. 와르투베라의 대장 죽음비명인 진동종과 다른 죽음비명들, 헤아릴 수 없을 만큼 많은 죽음비명이 여전히 훈련장 아래 감옥에 갇혀 있다. 이 안개는 그들의 존재와 그들이 느끼는 절망의 생리적 증거다. 죽음비명은 고조된 감정을 느낄 때만 이 정도의 짙은 안개를 퍼뜨린다. 내가 생각을 떨치고 서둘러 계단을 내려가 잠시 기다리자, 뒤이어 가잘이 들어와 조용히 우물 입구를 봉인한다.

곧 자투들이 달려와 바깥이 소란스러워진다. 우물 덮개의 널빤지 사이로 횃불이 보인다. "찾아!" 한 남자가 격노하여 고함친다. 새로운 자투 사령관 사이필이 분명하다. 사령관이니까 다른 자투에게 그렇게 화낼 수 있는 거겠지. "허공으로 사라질 리는 없어."

"하지만 괴물이잖아요, 사령관님." 누군가 기어드는 목소리로 대답한다. 목소리가 젊은 걸 보니 신병이다. "그림자 속에 숨은 건지도 모릅니다."

사이필 사령관이 으르렁거린다. "무식한 입 다쳐, 신병. 괴물이 아니라 그저 널 골탕 먹이는 알라키일 뿐이야. 우리 모두에게 농간을 부리는 거야!"

자갈 밟는 소리가 사령관이 화가 나서 우왕좌왕하고 있음을 알려준다.

"그렇다면 어떻게 우릴 그렇게 쉽게 죽이는 거죠?" 또 다른 목소리가 묻는다. 조금 더 나이 든 목소리로 굉장히 억울해한다. "먼저 세레프, 그다음에 아마두와 크옹이에요. 한 시간 동안 셋이 죽었어요. 아직 밤이 깊지도 않았는데. 더 이상의 전사자는 감당할 수 없어요. 우리는……."

사이필 사령관이 고함친다. "입 닥치라고 했지! 여기 괴물은 없어. 그냥 다 여자일 뿐이야. 그리고 너희가 그 여자들을 찾아내 없앨 거야. 아니면 내가 너희 살가죽을 벗기겠지. 수색해!"

자투들이 명령에 따르자 자갈 소리가 더 크게 들린다. 그때 횃불 하나가 우물로 다가와 널빤지 사이로 빛이 들어오자 나는 숨을 죽이려 애쓴다. 횃불을 든 신병이 틈새를 보려 하자 다른 자투가 끌어당긴다.

"그냥 판자로 막아둔 우물이잖아. 사이필 사령관한테 걸리기 전에 이동해."

신병이 다른 자투들을 따라가자 불빛이 희미해진다.

나는 안도의 한숨을 쉬고 모든 빛이 사라질 때까지 기다린다. 그런 다음 계단 아래 터널로 계속 내려간다. 다른 이들과 기다리고 있던 카르모코 휴온이 벽에서 횃불을 들고 부싯돌로 불을 붙인다. 카티야와 니미타를 보더니 눈이 조금 커진다. 카티야가 재빨리 무릎을 굽히고 와르투베라의 신참 때처럼 정중한 인사를 올린다.

카르모코 휴온이 미간을 좁히며 카티야를 응시한다. "저 붉은 색……. 카티야, 너니?"

카티야가 고개를 끄덕이자 카르모코 휴온이 숨을 들이켠다. "카티야! 죽음비명이 부활한 알라키라고 듣기는 했지만, 믿기지 않았어. 카티야……. 무한이시여! 네가 살아 있다니 기쁘구나."

카티야가 수줍게 고개를 끄덕이며 카티야의 팔을 꼭 잡고 있는 리안에게 더 가까이 몸을 붙인다.

그리고 휴온은 리안에게 시선을 돌리더니 웃음 짓는다. "넌 리안이고 말이야."

리안이 눈썹을 치켜올린다. "나를 알아요?"

가잘이 처음으로 입을 열더니 눈을 굴리며 투덜거린다. "모르는 사람도 있어? 이제 좀 갈까. 여기서 밤새우고 싶진 않아."

다들 끄덕이며 움직이는데 흥분한 케이타가 가잘에게 다가가 묻는다. "그러니까 자투가 헤마이라를 드나드는 통로를 당신이 발견한 거죠?"

가잘이 고개를 젓자 케이타가 찌푸린다. "그러면 어떻게 들어온 거예요?"

가잘이 어깨를 으쓱한다. "일반적인 방법이지. 하수구로 들어왔어."

이제 내가 인상을 쓴다. "엔고마가 거기까진 못 미치는 거야?"

가잘이 또다시 으쓱한다. "내 몸은 불탄다고 죽지 않으니까 다행이지."

나는 공포에 질려 얼어붙는다. "엔고마를 통과했다고?"

가잘이 끄덕인다. "온종일 걸렸지만 그랬어."

온종일 불에 타고 다시 소생한 거다. 살이 녹아내리고 몇 시간마다 재생하기를 반복하다니. 화염의 벽을 한 걸음 지나가는 데만도 몇 시간이 걸렸겠지. 메스꺼움과 동시에 경외감이 솟는다. 그런 위업을 달성하게 한 의지의 힘이 어느 정도였을지 감히 상상도 하지 못하겠다.

브리타 얼굴에 드러난 충격을 보니 나와 마찬가지인가 보다. 브리타가 마침내 입을 오므리더니 묻는다. "물은 어쩌고? 하수구에는 계속 물이 흐르잖아. 어떤 곳은 물살이 강물보다 세던데."

가잘이 다시 한번 으쓱거린다. 이번에는 멍하고 무기력해 보이는 표정을 띤다. "난 익사해도 죽지 않으니 다행이지."

다시 등골이 서늘해지며 부르르 떨린다. 이번에는 아까보다 더 심하다. 가잘은 가족에 의해 철창에 갇혀 호수에 던져진 적이 있다. 그때 얼마 동안이나 익사하고 다시 살아났는지는 오직 무한만이 알 것이다. 그런데 헤마이라로 들어올 방법을 찾기 위해 그런 일을 다시 겪다니…….

무엇이 가잘을 그렇게까지 하게 한 걸까?

곧 가잘이 우리 시선을 불편해하며 무뚝뚝하게 말한다. "계속 갈까? 다른 아이들이 바로 저기 있어. 우리가 잡히기 전에 풀어줘야지."

내가 끄덕이며 카르모코 휴온에게 묻는다. "계획이 어떻게 되나요? 우리가 카르모코 탄디위와 상의한 것과 같나요?"

세부 사항은 늘 확인하는 것이 현명하다.

휴온이 눈을 깜박인다. "알라키들이 잡혀 있는 동굴들을 습격해서 풀어주는 계획이라면……."

탄디위가 끼어든다. "그리고 자투가 증원을 요청하지 못하도록 밖에 있는 북을 울리게 못하게 해야지."

카르모코 휴온이 덧붙인다. "그런 다음 전열을 재정비하고 와르투베라의 성벽을 공격하는 거야. 간단하지?"

나는 카르모코들을 차례로 응시하고 건조하게 대답한다. "네. 굉장히 간단하네요."

심각한 인명 손실 없이 모든 게 실현되면 기적이나 다름없다. 하지만 그런 생각은 나 혼자 하면서 우리는 계속 나아간다.

25

피의 자매들이 갇힌 동굴에 가까이 가자, 먼저 피와 불 냄새가 난다. 그 냄새가 덮치자 지하 감옥 기억이 또 떠오른다. 원로들과 황금. 등에 식은땀이 흐르지만 몸이 떨리기 전에 심호흡하며 마음을 굳게 먹는다. '내 몸은 내 기억이 아니라 내가 통제한다. 내가 통제한다…….' 지난 며칠 동안 너무 많은 일을 겪었고 모두 버텨냈다. 더 이상 기억이 나를 장악하게 두지 않을 것이다.

'데카?' 이그사가 걱정스레 깩깩거리며 차가운 코를 내 목에 문지른다. 나는 고마움을 느끼며 이그사를 쓰다듬는다. 이그사는 존재만으로 나를 현재에 머물도록, 내 몸을 느끼도록 도와준다.

이그사를 안으며 말한다. '고마워, 이그사.'

케이타가 눈치챘다. "친구들이 걱정되는 거야?" 하고 물으며 다가와 나란히 걷는다. "아니면 냄새 때문에? 불 때문에?" 마지막 이야기를 하는 케이타의 눈에 묘한 표정이 서린다.

"둘 다야." 대답하고 나도 그가 신경 쓰여 묻는다. "케이타, 괜찮아? 뭔가…… 걱정이 있어 보이는데."

"그냥 친구들이 걱정돼서 그래. 남아 있는 내 친구들 말이야."

모든 우루니가 금빛 존재들의 성전에 합류한 것은 아니다. 그중 일부, 아니 사실은 많은 수가 오테라에 대한 충성을 포기하지 않았다. 모든 것을 다 보고 나서도 말이다. 너무 많은 특권을 포기할 수 없기도 했다. 그들은 자투에 남아 헤마이라로 후퇴했다. 다행히 케이타와 가장 가까운 친구 대부분은 우리 일행의 우루니다. 내가 아는 한 와르투베라에는 두 친구만 남았다.

케이타가 그 둘의 이름을 꺼낸다. "체르노르와 아쇼크가 이제 우리의 적이란 건 알아. 그렇지만 난……."

나는 위로하려고 케이타의 손을 꼭 잡는다. "나도 브리타나 벨칼리스, 쌍둥이에게 검을 겨누게 되면 너무 괴로울 거야."

케이타가 어깨를 으쓱한다. "쓸데없는 걱정일 수도 있지. 다른 곳에 배치됐을 수도 있고 떠났을 수도 있어. 가잘을 쫓는 무리 중에 아는 목소리는 없었어……. 그런데 솔직히 그것만 신경 쓰이는 건 아니야. 내가 얘기했던 꿈들 기억나?" 이제 묘하게 시선을 피한다.

"네가 불에 타는 꿈 말이야?"

케이타가 통로 끝을 바라본다. 멀리 있는 불꽃이 비친 벽에 노란 빛이 깜박거린다. 케이타가 속삭인다. "거기, 불 속으로 가고 싶은 것 같아. 마치 가까이 가야 할 것처럼."

케이타 말투에 어떤 기억이 떠오른다. 아주 잠깐의 느낌이다. 아버지와 엘프리드의 장례식을 치를 때, 케이타가 불꽃을 뚫어지게 바라봤다. 잠시 케이타의 눈에서 불이 타오르는 듯했다.

지금 나를 바라보는 눈빛도 똑같다. 케이타의 황금빛 눈동자가 어둠 속에서 빛난다. 그가 조용히 묻는다. "왜 그럴까, 데카? 왜 내가 불타야 할 것 같은 기분이 드는 걸까?"

암울하고 소름 끼치는 질문이 허공을 맴돈다. 그러다 뒤에서 작은 발소리가 들린다. 카르모코 탄디위가 멀리 노란 불꽃을 향해 고갯짓한다. "저기야. 준비해."

자투 부대 최소 셋이 다음 동굴 입구를 지키고 있다. 다음 동굴은 너무 커서 가장 안쪽은 짙은 어둠에 덮여 있다. 우리가 숨은 통로에서도 그들이 보인다. 60여 명의 남자가 촘촘히 서 있다. 어둡고 음침한 공간에서 무기가 빛난다. 한때 와르투베라의 죽음비명들을 가둔 감옥 중 하나였다. 지금의 석조 감옥에는 알라키가 가득하고 각각의 감옥을 두꺼운 유리관이 가로지른다. 그 관을 통해 황금이 이동되는 것을 보자 분노가 솟아오른다. 모두 한 방향으로 모인다. 카르모코 휴온이 알려준 대로, 근처 동굴의 대장간으로.

왜 이곳에서 죽음과 부패의 냄새가 이토록 강한지, 어째서 소녀들이 힘을 합해서 벽에 박힌 사슬을 끊지 않는지 알겠다. 죽도록 피흘리고 있는 것이다. 많은 이가 금빛 잠에 빠져 있다. 의식 없는 몸들이 희미한 빛 아래서 황금 조각상처럼 빛난다.

나는 핏발 선 눈으로 친구들을 둘러본다. 곁에 있는 이그사가 거대한 본신으로 털을 곤두세운다. 이그사도 내 분노를 느끼는 것이다. 나는 이그사에게 먼저 명령한다. "저들을 쓸어버려, 이그사!" 혐오로 입을 비틀며 소리치자, 자투들이 즉시 칼을 뽑는다.

'데카!' 이그사가 응답하며 첫 열로 달려든다.

이그사가 남자들을 인형처럼 쳐내는 동안 나는 카르모코들에게 말한다. "대장간의 자투를 처리해주세요. 길을 뚫어드릴게요." 나는 우루니와 죽음비명들에게 외친다. "너희 여섯이 지원해! 자투가 북 근처로 가지 못하도록 막아!"

"알았어, 누루!" 아칼란이 대답하고 이그사가 만든 길로 다른 사람들과 함께 돌진한다.

내 앞의 자투들에게 시선을 돌린다. 분노가 더욱 치솟는다. 피의 자매들에게 잔혹한 짓을 한 자들이다. 피를 뽑고 또 무슨 짓을 저질렀을지는 무한만이 알겠지. 모두 오늘 내 아티카에 쓰러질 것이다. 나는 매우 빠르게 움직이며 돌진한다. 마치 공간을 접어서 자투와의 거리를 좁히는 것처럼. 모든 것이 느리게 보인다. 달려드는 자투, 그들이 든 무기……. 두 명의 자투를 단칼에 베고 돌아서 다른 자투의 배를 찌른다. 내 칼날이 신속히 몸을 가르고 피가 안개처럼 뿌려지는 것을 보며 환희한다. 칼날에 흘러내리는 피를 보며 위안으로 삼는다.

붉은색은 내가 뭔가 하고 있음을 의미한다. 나는 복수를 행하고 세상을 조금 더 좋게 만든다.

내가 얼마나 빨리 움직이는지 알아챈 남자들이 흩어지며 거리를 벌리려 애쓴다. 몇몇은 도망치기 시작한다. 동굴 끝 쪽으로 숨으려는 것이다. 헛된 노력이다. 나는 더 세게 밀어붙이고 더욱더 빠르게 움직인다. 마침내 마지막 자투가 내 칼에 쓰러진다.

"금빛 신들이여. 데카, 어떻게 된 거야?" 벨칼리스가 기겁하여 헐떡인다. 내가 돌아보자 벨칼리스와 친구들이 낯선 표정으로 바라본다. 어떤 이의 표정은 두려움에 가깝다.

그들의 시선을 따라 바닥을 본다. 신체가 흩어져 유혈이 낭자하다. 열다섯, 아니 적어도 스무 명의 자투 시체가 주변에 널렸다. 너무 빠르게 잘린 나머지 여전히 공격 자세인 시체도 있다. 더욱 이상하게도 몇몇은 동굴 끝 쪽에 있다. 서로 너무 멀리 떨어져 있어서 정말 다 내가 한 것인가 싶다.

벨칼리스가 미간을 모으며 말한다. "순식간에 모두 죽였어, 데카. 동에 번쩍, 서에 번쩍 했어."

브리타가 인상을 쓰며 말한다. "아니야. 문을 사용하는 것 같았어."

"문?" 나도 인상을 쓰며 말한다. 내가 그랬다고?

불현듯 하얀손과의 대화가 떠오른다. 내 능력에 대해 뭐라고 했더라⋯⋯. 바닥을 내려다본다. 내가 죽인 남자들에게서 저항의 흔적조차 보이지 않는 것을 눈치채고 더 인상이 찌푸려진다. 방어하기도 전에 대부분을 학살했다. 전에는 불가능했던 일이다. 내가 동굴 이곳저곳을 번개같이 이동해야만 가능한 일이다. 기억이 쏟아진다. 어떻게 공간을 접어서 거리를 좁혔는지. 할 때는 별생각 없었는데 이제는⋯⋯ 신성한 재능을 또 발전시키고 있는 듯하다. 다만 나는 누루이니 어떤 재능을 발전시키든 이미 가지고 태어난 것이다. 기억을 엿보고 문을 열고⋯⋯. 모두 내 안에 숨겨진 잠든 능력이다. 그리고 이제 그 능력이 나타나고 있다. 하얀손이 말한 대로다. 헤마이라에 있어서 능력이 확장되는 걸까? 아니면 어머니들과 멀리 떨어져 있어서, 그분들의 영향력이 이두구와 카두스에 가려져서? 이런 생각까지 들자, 얼른 대신전으로 가서 조각상을 보고, 가능하면 이두구와 말해보는 것이 얼마나 중요한지 다시 깨닫는다.

나는 다시 친구들을 돌아본다. "피의 자매들을 풀어줘." 니미타에게도 명령한다. "동굴들을 수색해서 죽음비명 감방을 모두 열어줘. 한 명도 남김없이 풀려나도록 확인해줘." 지금도 느낄 수 있다. 죽음비명들의 고통이 안개구름이 되어 공중을 떠돈다. 하지만 재갈이 물린 게 분명하다. 청력을 기울여도 아무 비명도 들리지 않는다.

나는 카티야를 돌아본다. "넌 우리랑 같이 여기서 감옥 여는 것을 도와줘." 지금쯤이면 와르투베라의 피의 자매들도 죽음비명에 대한 진실을 들었을 것이다. 알라키가 부활한 존재라는 것을. 하지만 실제 죽음비명을 대면할 때는 이미 알고 있는 인물이 나을 거다.

니미타와 카티야가 고개를 끄덕이고 나는 계속 말한다. "내가 어떻게 한 건지는 나중에 생각하고 일단 일을 하자."

니미타가 다시 끄덕이고 어둠 속으로 미끄러지듯 사라진다. 그리고 어두운 형체 둘이 재빠르게 나를 지나간다. 아돠파와 아샤. 그 둘은 수감자가 가장 많은 감옥으로 간다. 그곳에서 키가 작고 둥글 둥글한 소녀가 앞으로 나와 창살에 몸을 붙인다. 암갈색 눈동자가 희망에 반짝인다. 메루트다.

메루트가 쉰 목소리로 외친다. "아돠파? 아돠파, 너야?"

"나야. 널 데리러 올 거라고 했잖아." 아돠파가 대답하며 창살 사이로 메루트의 손을 움켜잡고 안도한다.

메루트가 간절하게 외친다. "꺼내줘."

아돠파와 아샤가 재빨리 감옥의 창살을 구부리고 들어가 메루트를 묶은 사슬을 벽에서 뜯어낸다. 아돠파가 통통한 갈색 피부의 소녀를 팔에 안고 온 힘을 다해 입 맞추고 되뇐다. "메루트, 메루트!"

"와줬구나." 메루트가 속삭이며 눈물을 뚝뚝 떨군다. 아샤가 메루트의 팔다리에서 피 묻은 관을 조심스레 제거하는 것도 모르는 듯하다. "네가 올 줄 알았어. 올 줄 알았어."

"당연하지." 아돠파가 말하며 메루트의 팔과 다리에 묶인 사슬을 끊으려다가, 꿈쩍도 하지 않자 답답해서 신음을 지른다.

내가 다가간다. 사슬의 회끄무레한 빛이 낯익다. 천상의 금으로 만들어진 사슬이다. 영액이 든 금이다. 카르모코들이 사슬 끊을 방법을 찾지 못한 게 당연하다. 영액을 넣은 금속은 끊어지지 않는다.

나만이 끊을 수 있다.

"내가 할게." 나는 아돠파를 슬쩍 민다. 메루트을 묶은 사슬 앞에 무릎을 꿇고 내 손바닥을 벤다.

피가 묻자 사슬이 약해진다. 그런데 아무 기억도 떠오르지 않는다. 어머니들의 피가 너무 묽게 섞였기 때문일 것이다. 그래서 나는 재빨리 사슬만 끊으며 다음 소녀에게로 차례차례 움직인다. 그 작업에 너무 몰입해 있다가, 마침내 고개를 들자 감옥이 전부 비었다. 창살은 알아보지 못할 정도로 구부러졌고 혐오스러운 유리관은 모두 산산조각 났다. 브리타와 리안이 다친 피의 자매들을 감옥 밖으로 이끌고 벨칼리스와 다른 친구들은 일어설 수 없을 정도로 약해진 사람들을 옮긴다. 나는 인파 속에서 아는 사람을 찾는다. 와르투베라에서 처음 며칠 동안 우리 안내를 맡았던 수련생 제네바 같은 사람을 찾아보지만, 짙은 피부색의 선한 얼굴이나 다른 지인은 보이지 않는다. 이곳 대부분의 소녀는 새로 온 신참으로, 나와 친구들이 원정을 떠날 때 와르투베라에 막 들어왔다. 그렇다면 1년 혹은 그 이상 된 수련생들은 다른 곳에 있을 것이다.

소녀들은 이제 카티야를 쳐다보고 있다. 모두 불안해 보여서 나는 최대한 온화한 미소를 짓는다. 알라키가 죽으면 죽음비명이 된다는 것을 소녀들이 아는지 확실치가 않으니 되도록 쉽게 소식을 전해야 한다.

"여러분 모두 놀랄지도 모르지만, 알라키가 최종 죽음을 겪으면 죽음비명으로 부활해요." 충격을 받고 수군거리는 소녀들에게 내가 카티야를 가리켜 보인다. "여러분 중 우리 피의 자매 카티야를 기억하는 사람 있어?"

카티야가 수줍어하며 손을 흔든다.

몇몇 소녀의 눈이 커진다. 내가 와르투베라에 있을 때 신참이나 수련생이었을 소녀 일부가 알아보고 놀란다.

앙상하고 아파 보이는 소녀가 말하며 앞으로 나온다. "카티야? 정말 너야?"

나도 그 소녀를 알아본다. 유미다. 우리 공동 침실 옆방의 상냥한 피의 자매였다. 예전에는 잔근육이 덮인 날씬한 몸이었는데 지금은 갈비뼈가 피부를 뚫고 나올 듯하고 검은 직모는 군데군데 빠진 것이, 대부분의 다른 소녀와 마찬가지로 영양실조다. 메루트 같은 아주 소수만 괜찮아 보인다.

카티야가 고개를 끄덕이며 팔을 뻗자 유미가 달려든다. 그걸로 됐다. 동기들이 카티야 주위로 모여들어 머뭇거리다가, 붉은 가시를 쓰다듬으며 카티야의 거대한 크기에 놀라워한다.

내가 거의 1년에 걸쳐 깊이 이해하게 된 것을 받아들이는 소녀들을 보자 기분이 이상하다. 한때 적이었던 존재가 알고 보니 우리 자매, 우리 중 하나라는 사실을 받아들이기 쉽지 않을 텐데.

나는 소녀들과 카티야를 잠시 지켜본 후 주의를 끌기 위해 손뼉을 친다. "상봉은 나중에 합시다. 아직은 대장간에 처리해야 할 자투들이 있고 구해야 할 수련생들도 있어요."

"이 끔찍한 곳에서도 나가야 하지." 아돠파가 분이 풀리지 않은 듯 말한다. 아직 메루트를 꼭 안은 채다.

리안이 재빨리 소녀들 앞으로 나간다. "나와 키타야의 뒤를 따르세요. 조용히 해야 해요." 위로하는 어조다. 리안은 겁에 질린 사람들을 다루는 데 놀라울 정도로 능숙하다. 리안과 카티야가 잘 어울리는 건 당연하다. 카티야는 죽음비명이 되기 전에는 굉장히 겁 많은 소녀였다.

"우리는 여러분을 이곳에서 안전하게 데리고 나갈 거예요." 리안이 약속한다.

그사이에 브리타가 나를 쳐다본다. "준비됐어, 데카?"

"당연하지." 나는 아티카를 들어 올리며 말한다. 그리고 다음 동굴로 전진한다. 그곳에서도 전투가 거의 끝나 카르모코와 가잘이 마지막으로 남은 몇몇 자투를 쓰러뜨리고 있다. 그동안 라민과 리는 출구를 지키면서 아무도 도망가지 못하도록 막았다.

동굴 중앙에는 거대한 나무 바퀴에 사슬로 묶인 죽음비명들이 몸을 곤두세우고 있다. 화로에 풀무질하는 동력을 공급하는 나무 바퀴다. 아마도 무게와 크기로 뽑힌 가장 강한 죽음비명들일 거다. 한때 목소리 연습 상대였던 은빛 가시의 진동종이 근처에서 비틀대는 부상당한 자투를 향해 으르렁거린다. 벨칼리스가 재빨리 자투를 해치우고 전투를 끝낸다.

이그사가 내가 도착한 걸 알아차리고 근처에 있던 자투를 짓밟아 뼈를 부러뜨린 다음, 새끼 고양이로 변신한다. 내 등을 타고 올라와 목덜미에 코를 비빈다.

'이그사 잘했어?' 이그사가 물으며 칭찬을 재촉한다.

'아주 잘했어, 이그사.' 내가 대답하며 이그사의 귀를 긁어준다.

이그사가 기뻐하며 발을 구르는 동안 나는 대장간을 둘러본다. 동굴 벽에 줄줄이 설치된 한 화로 옆에서 카르모코 캘더리스가 싸우고 있다. 근육을 불뚝거리며 푸른 애꾸눈을 가늘게 뜨고 자투의 목을 조른다. 버둥거리던 자투가 컥 하는 신음을 뱉고 조용해지자 카르모코 캘더리스가 죽은 몸뚱이를 던져버리고 화로 선반에서 집게를 꺼내 자기 족쇄를 자른다.

"때맞춰 왔네." 카르모코 캘더리스가 투덜거리며 비척비척 움직여 바로 옆 구석진 공간으로 들어간다. 그곳 벽에 낯익은 거대 갑옷이 줄줄이 기대어 있다. 흉갑에 카두스가 새겨진 갑옷, 위증자들의 갑옷이다. 정말 이곳에서 만들어진 것이다.

캘더리스가 보라색 죽음비명을 위한 갑옷들은 옆으로 밀어버리고 그 뒤에 감췄던 인간 크기 황금 갑옷 세 벌을 꺼낸다. 투구까지 갖춰진 갑옷으로, 그중 가장 가까운 것을 집어 든다. 카르모코 캘더리스의 작은 키와 큰 덩치에 맞춘 원통형 갑옷이다.

갑옷을 입는 동안 캘더리스는 마땅치 않다는 듯 나를 힐끗거린다. "그나저나 네가 올 줄 몰랐어, 이르푸트의 데카, 금빛 존재들의 후계자." 카르모코 캘더리스는 전투 장갑을 새로 장착한 손으로 방 주변을 가리킨다. "이거 다 네 탓이잖아."

방 뒤쪽에 모여 웅크리고 있는 야위고 검댕투성인 알라키들을 보니 죄책감에 마음이 아프다. 가잘과 우루니들이 알라키의 족쇄를 푼다. 천상의 금 대신 두꺼운 철로 만들어졌다. 좀 약한 소녀들이라서 대장간에서 일을 시킨 것이다. 그래도 혹시 영액이 들어 있는 족쇄가 있을까 싶어 재빨리 달려가 내 손바닥을 벤다. 그러나 이미 소녀들은 족쇄를 벗어 던지고 서로 부둥켜안으며 안도의 울음을 터뜨린다. 눈에 익은 얼굴이 보인다. 뜨겁게 고동치는 노란 화롯불에 빛나는 어두운 피부를 가진 제네바다. 나와 브리타가 신참이었을 때 가잘과 제네바가 우리 공동 침실을 감독했다. 제네바의 족쇄를 가잘이 재빠르게 비틀어 뜯어낸다. 그리고 제네바를 안아 올리더니 거세게 입맞춘다. 둘 사이에는 숨이 빠져나갈 틈도 없다.

마침내 마주 보는 한 쌍의 눈에 사랑과 안도가 가득하다. 브리타가 내 옆으로 와서 서며 건조하게 촌평한다. "음, 이래서였군."

내가 고개를 끄덕인다. 가잘이 그렇게나 필사적으로 헤마이라로 들어가려 했던 게 당연하다. 예전에 우리가 이곳에서 지낼 때 둘의 사이가 좋았던 이유도 이제야 알겠다. 가잘은 내가 만난 이 중 가장 퉁명스러운 사람 중 하나고 제네바는 가장 상냥한 사람 중 하나다. 그럼에도 둘은 언제나 서로를 보완해주는 듯했다. 저렇게 기쁨을 드러내는 두 사람을 보니 너무 감동적이다. 케이타가 다가오자 나는 케이타의 손을 꼭 잡고 온기를 느끼며 웃음 짓는다. 아베야를 떠날 때 가짜 신혼부부로 행세하며 상상했던 낭만적인 분위기는 아니지만 그래도 어쨌든 달콤하다.

가능한 한 이런 순간을 즐겨야 한다. 그러지 않으면……. 그때 밖에서 울리는, 날카롭게 끊기는 북소리가 내 상념을 깨뜨린다. 하

311

지만 이건 단지 시간을 알리는 소리다. 밤 열시를 알리며 열 번 울리는 북소리.

"우리가 가서 북을 맡을게." 제네바가 재빨리 말하며 가잘의 품에서 빠져나오자 가잘도 고개를 끄덕인다.

"고마워." 내가 말하고 제네바의 어깨를 꼭 쥔 다음 떠나보낸다. 재회의 시간이 더 길면 좋겠지만 규칙적인 북소리에 문제라도 생기면 성벽의 자투가 의심하고 지원군을 요청할 것이다.

나는 카르모코들을 돌아본다. "그럼 어떻게 모두 여기서 내보내죠?" 계획 중 이 부분은 분명히 정하지 못했다. 카르모코 탄디위가 와르투베라의 감옥 상황을 알지 못했기 때문이다.

카르모코 캘더리스가 대답한다. "마차로."

나는 눈을 깜박인다. "마차요?"

케이타가 설명한다. "와르투베라 성벽 옆에 세워져 있어. 측면에 카두스가 그려져 있고."

"내 생각으로는 헤마이라를 드나들 수 있는 유일한 수단이 그거야." 카르모코 캘더리스가 대수롭지 않다는 듯 말한다.

"이해가 안 돼요. 드나들 수 있다니 무슨 말이죠?"

카르모코 캘더리스가 어깨를 으쓱한다. "성벽에 있는 자투는 그 마차들을 이용해서 그 장치의 영향을 안 받는 거야. 사람들을 불태우는 그거 말이야."

내가 놀란다. "잠깐만요, 엔고마 말이에요?"

카르모코 캘더리스가 손가락을 튕긴다. "맞아, 그거."

케이타와 나는 충격에 빠져 마주 본다.

케이타가 황당함에 마른세수를 하며 말한다. "그러니까 당신 말은 그동안 계속, 자투가 엔고마를 피하기 위해 카두스를 사용했다는 건가요? 우린 그걸 내내 코앞에 두고 뺑뺑이 돌고 있었고요?"

심장이 뛴다. 나는 뒤돌아 위증자의 갑옷을 본다. 각각의 갑옷에 카두스가 새겨져 있다. 이상하게도 그 상징은 이제 미약한 짜증만 불러일으킬 뿐이다. 몇 주 동안 고생했는데 이제는 극심한 두통 대신 눈 안쪽만 약간 가렵다. 그 점도 공교롭다. 마침내 내 앞의 상징이 어떤 역할을 하는지 한 가지 알게 되었다. 더 많은 의문이 생긴다. 이 신비한 도구는 얼마나 다양하게 작용하는 걸까? 그저 내게 영향을 미치기 위해 만들어진 걸까, 아니면 어머니들에게 혹은 나와 어머니들 모두에게?

알아내는 방법은 단 한 가지다. 나는 피 묻은 손을 뻗어 상징을 만진다.

머릿속에 곧바로 장면이 나타난다. 작은 금발 남자가 칼날에 쓰러지고 잠시 후 어둠 속에서 깨어난다. 흙 속에서 미끄러지듯 움직이는 형체들이 남자에게 다가온다. 남자가 공포에 빠질수록 내 정신이 남자의 정신과 합쳐진다.

나는 갈퀴 손을 휘두른다. '잠깐, 갈퀴 손?' 아래를 내려다보니 내 손가락에서 단검이 솟아났다. 아주 날카로워서 흙을 쉽게 가른다. 이게 뭐지? 왜 내가 죽음비명처럼 갈퀴 손을 가진 거지? 흙이 왜 나를 덮친 거야?

그러고 나서 소리가 들린다. 으르렁 소리가 내 주위에서 울려 퍼진다.

흙이 꿈틀거리고 미끄러지는 덩굴이 가까이 기어온다. 무슨 일이지? '누가 나 좀 도와줘! 도와줘!'

"데카!"

누가 내 손을 잡아당기자 기겁해 깨어난다. 케이타가 걱정스러운 눈으로 바라본다. "방금 뭐였어?"

나는 몸을 떨며 헐떡인다. "카두스는 자투의 피로 만든 거야. 아니, 죽음비명의 피야. 그중 한 명을 봤는데…… 남자였고 잠시 내가 그가 됐어. 내가 그 남자 머릿속에 들어갔어. 그리고 그 남자가 죽음비명이 됐는데, 너무 겁에 질렸어, 너무 겁에 질려서…….”

기억을 떠올리는 몸이 부들부들 떨린다.

무슨 일이지? 미끄러지듯 움직이던 그것들은 뭘까?

내가 숨을 고르자 카르모코 탄디위가 다가온다. “여기서 나가야 해, 데카. 서둘러 마차를 타고 동이 트기 전에 와르투베라를 떠나야 해.”

“나머지 대신전으로 가서 이두구에 대해 알아봐야지.” 벨칼리스가 상기시킨다.

“그러면, 루스탐이 도와줄 거야.” 카르모코 캘더리스가 고개를 끄덕이고 말하더니 뺨을 붉힌다.

브리타가 어리둥절해한다. “루스탐이요?”

카르모코 휴온이 캘더리스를 흘긋 보고 눈을 굴린다. “캘더리스한테 친구가 있는데…… 자투야.”

카르모코 휴온의 말에 나는 미간을 찌푸린다. “하지만 그림자단에게는…… 하물며 예전 그림자단에게는 친구가 금지된 걸로 아는데요.”

카르모코 캘더리스가 덤덤하게 대꾸한다. “뭐, 지하 감옥 일꾼이 되어서 자투 동지들에게 봉사하는 역할도 아니었지만, 아무튼 이렇게 됐잖아. 자, 그럼. 여기 그냥 서 있을 거야, 아니면 마차로 갈 거야?”

“마차로요. 근데 잠깐만요. 먼저 해야 할 중요한 일이 있어요.”

26

대장간 중앙에 있는 바퀴 쪽으로 가니 카티야와 다른 친구들이 이미 죽음비명들을 풀어주고 있다. 구속에서 풀려난 죽음비명들은 멍하니 비틀거리며 움직인다. 리안과 대부분의 소녀는 조심스레 죽음비명들을 피한다. 대부분 온전치 못한 상태가 분명하다. 자투는 죽음비명들을 천상의 금으로 묶고 강철 재갈만 물린 것이 아니라 푸른 꽃을 먹여 온순하게 만들었다. 내가 와르투베라에 있을 때도 그랬다. 이제 풀려난 죽음비명들이 동요하기 시작한다. 진동종이 다시 자유로워진 손목을 문지르는 동안 내가 다가간다. 진동종의 눈이 놀라움을 담고 느리게 깜박인다. 나는 처음으로 진동종의 눈이 얼마나 여성스러운지 깨닫는다.

진동종의 속눈썹이나 그런 단순한 생김의 문제가 아니다. 전체적으로 발산되는 느낌이다. 왜 전에는 제대로 보지 못했을까? 왜 진동종이 지닌 지성을 알아보지 못했지? 와르투베라에서 배우는 내내 나는 진동종을 지성이 없는 야수로만 여겼다. 감정과 욕망을 가진 살아 있는 존재라기보다는 그저 학습을 위한 보조물로만 봤다. 나와 의사소통하려 할 수도 있다는 걸 이해하지 못했다.

실은 내가 이해하고 싶지 않았던 건 아닐까? 신관들의 거짓말을 믿고 싶었다. 죽음비명들을 죽이면 순수와 오테라에서의 자리를 얻을 수 있다고 믿고 싶었다. 푸른 꽃을 탓할 수도 있지만 사실은 내 부족함 때문이었다. 더 많은 것을 이해했어야 한다. 죽음비명들이 약에 취해 의사소통 시도가 느리디느렸더라도 나는 누루, 금빛 존재들의 딸이었다. 그들의 말을 알아듣는 것은 내 임무였다. 그러나 나는 이기적인 욕구에 눈이 멀어 눈앞에 보이는 것을 외면했다.

"진동종." 나는 말을 걸며 부끄러움에 당장이라도 도망치고 싶은 심정을 잠시 억누른다. 연습한다는 명목하에 목소리에 복종하도록 강요했던 모든 시간이 기억난다. "예전에 저지른 짓을 진심으로 사과할게." 그러고 나서 진동종 앞에 무릎을 꿇는다.

거대한 죽음비명이 나를 내려다보는 동안 침묵이 팽팽하게 지속된다. 여전히 멍한 진동종의 검은 눈이 거듭 생각하다 마침내 입을 연다. 예전부터 익히 알았지만 이해하지는 못했던, 그르렁거리는 목소리가 울려 나온다. 이상하게 떠듬거리는 말투다. "넌 그 애를 닮았어."

"누구?"

"우무……. 네 어머니."

내 심장이 요동친다. "내 어머니를 알아?"

진동종이 멍하니 고개를 기울이자 등의 가시가 달각거린다. 아직 온전한 상태가 아닌 것 같아서, 나는 비겁하지만 조금 안도한다. 나는 사납고 반항적인 진동종을 두려워했다. 처음 만났을 때는 몇 주 동안이나 나를 공포에 떨게 한 그녀였다.

"네 엄마도 나와 격투 연습을 했어. 너와는 달리 늘 내게 선물을 가져왔어. 하지만 그때의 넌 내가 어떤 존재인지 이해하지 못했지." 내가 당황스러워하자 진동종이 설명한다. "하얀손이 네 엄마에게는 일찌감치 죽음비명에 대한 진실을 알려줬어. 너와는 달랐지. 우무의 마음은…… 네가 여기 왔을 때처럼 오염되지 않았었거든. '무한의 지혜들'과 거짓말을 믿지 않았어. 진실을 알고 나선 죄책감을 느꼈을 거야. 어머니들이 우리에게 내린 저주 때문에 내가 원초적인 본성을 통제할 수 없다는 걸 알고 나서 말이야."

"저주?" 그런 식으로 설명하는 것에 더 당황한다.

진동종이 자신을 가리킨다. "이 모습이 축복처럼 보이니? 모든 분노, 광기…… 고통. 대체 뭘 위해서? 금빛 존재들을 위해?" 진동종이 고개를 흔들자 가시가 덜걱거린다. "난 네게 손을 내밀기도 했는데 너는 알아보지 못했지. 안 그러니, 누루? 네가 우리의 구원자라면 왜 나를 이해하지 못했을까?"

진동종의 말이 내 목에 가시처럼 박힌다.

"미안해." 나는 다시 비참하게 중얼거린다. 그 말이 내가 잘못한 이에게 작은 위로조차 되지 못한다는 걸 알면서도. "그때는 이해하지 못했어. 눈앞에 있는 것도 보지 못했어."

진동종의 입술 가장자리가 비쭉 올라가며 칼처럼 날카로운 이가 드러난다. "이제는 보이니?"

나는 고개를 끄덕인다. "더 잘할게. 우리 자매들을 모두 해방시킬 거야."

"그런데 정확히 누구로부터 풀어준다는 거야?"

나는 경직된다. "무슨 말이지?"

죽음비명은 대답하지 않는다. 진동종의 눈이 먼 곳을 응시하며 혼잣말하듯 읊조린다. "오늘 이곳에서 탈출하는 거야, 맞지?"

갑작스러운 화제 전환에 혼란스러워하며 내가 고개를 끄덕이자 진동종이 푸줏간 칼만 한 크기의 손톱을 딸각거린다.

"우리가 헤마이라를 떠나면 난 널 다시 보지 않을 거 같아, 여신들의 누루. 내 자매들도 다시 보지 않을 거 같고. 대신 파투에게 작별 인사를 전해줄래? 나는 그녀를 온 마음을 다해 사랑하지만, 다시 만나게 되면 죽일 거라고 전해줘. 자기가 무슨 짓을 했는지 기억도 못 하겠지만. 자신이 무엇인지도 기억 못 하겠지만. 그들이 그렇게 만들었어, 안 그래? 나한테도 그러려고 했어. 광기가…… 그들의 광기가 도를 넘었어."

진동종의 말을 들을수록 내 몸이 더 굳는다. "그들이라니?" 내가 속삭이듯 묻는다. 이미 답을 알고 있으면서도.

진동종은 내가 여전히 자기를 보고 있다는 데 놀란 듯 눈을 껌벅거린다. "금빛 존재들 말이야, 우리 어머니들. 그렇게 부를 수 있다면 말이지만. 어머니들은 자식을 사랑해야 하잖아, 아니야? 하지만 파투는 어머니들이 원한 자식이 아니었지. 첫 자손이었지만 어머니들 눈에는 실수였어. 파투는 열심히 노력했어. 너무 열심이었지. 불쌍한 파투. 슬프게도 파투는 그렇게 돼버렸어. 애석하게도 거짓 신들을 위해 자신을 비하하게 돼버렸지." 이제 진동종의 시선이 나를 똑바로 향한다. 예리하게 비난하는 눈이다. "그들은 모두 가짜야. 신들이란 모두 똑같은 부류야. 그래서 서로를 미워하는 거지. 타고난 거야. 그들도 어쩔 수 없어."

이제 으스스한 현기증이 나를 사로잡는다. "무슨 말이야, 진동종?" 하지만 죽음비명은 이미 멀어지고 있다. 안개가 그녀의 발자국을 휘감는다. 나는 진동종을 쫓아간다. "무슨 말이야, 타고나다니? 진동종! 진동종!" 필사적으로 진동종을 부른다. 그러자 갑자기 형상 하나가 내 머릿속을 스친다. 대신전 벽에서 본 조각이다. 네 쌍의 전사가 황금 줄로 연결되어 있던 형상.

인돌로처럼 엮인.

짜증스레 눈을 빛내며 진동종이 나를 돌아본다.

"진동종이라……. 그건 내 이름이 아니야." 진동종이 고민하듯 머리를 흔들다 마침내 말한다. "사유리. 그렇게 불렸어, 옛날에는. 현명한 사유리."

내 몸에서 숨이 다 빠져나가는 듯하다. "사유리……. 세 번째 전쟁의 여왕이자 세 번째 첫 자손?"

사유리가 고개를 갸웃한다. "내가 그랬나? 뭐, 옛날에는 그게 사실이었겠지. 하지만 난 더 이상 사유리가 아니야. 난 죽음비명이야. 이름도 얼굴도 없고 잊힌……. 난 내 종족과 함께할 거야. 이곳을 폐허로 남기고 떠날 거야. 안녕, 여신들의 누루. 행운이 함께하길. 너에겐 행운이 필요할 거야." 그녀가 음침하게 웃는다.

그리고 사유리는 갔다.

그대로 남은 나는 충격에 휘청거리지만, 브리타가 손짓하며 부른다. 카르모코들과 케이타가 모여서 신속하게 작전을 짠다. 재회의 시간은 끝났다. 와르투베라를 탈출해서 신전으로 향할 시간이다.

27

나는 카르모코들과 브리타를 비롯한 몇몇과 함께 은밀히 지하 동굴을 빠져나온다. 그러면서도 머릿속은 사유리가 했던 말로 가득해서, 사방이 오싹할 정도로 고요한 걸 알아차리지 못한다. 성벽 쪽으로 시선을 돌리는 순간 숨을 멈춘다. 무기와 갑옷이 밤의 어둠 속에서 금빛 강처럼 이어져 있다. 와르투베라 전체가 포위되었다. 자투와 위증자 죽음비명이 성벽에 빼곡하다. 전군이 집결했다.

브리타가 헐떡인다. "어머니들이 우리를 지켜주기를."

케이타도 긴장해서 나를 본다. "얼마나 돼?"

"와르투베라에 있는 자투 전부 같아." 내가 대답하고 눈을 가늘게 떠서 확인한다. "위증자도 좀 있고."

케이타가 작게 욕설을 내뱉고 묻는다. "외부 지원군은?"

나는 고개를 젓는다. "없는 것 같아."

카르모코 캘더리스가 위증자에 대해 설명한다. "저 죽음비명들은 오늘 일찍 도착했어. 최근에 만든 갑옷 때문에 왔지."

"그리고 불행히도 남아서 공격을 돕네요." 나는 성벽 위에 도열한 군대를 바라보며 한숨 쉰다. 아주 익숙한 반원 형태로 배치된 군대를 보니 협공이다.

하도 봐서 바로 알 수 있는 전술이다. 두 갈래의 공격진이 적을 포위하고 점차 좁혀 들며 궁지에 몰아넣는다. 하지만 성벽 위의 자투들은 불행히도 상당수의 전사자를 생각하지 못한다. 대장간에 있던 자투 모두 죽었지만 아직 모르는 것이다. 제네바, 가잘 그리고 다른 소녀 둘이 십오 분마다 북을 치며 거짓 메시지를 전달하고 있다. 이 자투들은 대장간에 있던 동료들이 여전히 건재하다고 생각한다. 아마도 그래서 성벽까지 물러나 진을 치고 와르투베라 전체를 지켜보며 가잘과 카르모코들이 도망가지 못하게 지키고만 있는 것이다.

"청소를 일찍 시작하기로 한 것 같네." 카르모코 탄디위가 침울하게 중얼거리며 성벽을 훑어본다. 탄디위는 알라키처럼 어둠 속에서 선명하게 볼 수 없지만, 뛰어난 야간 시력을 가지고 있다고 해도 놀랍지 않다. "탈출이라도 가능하려면, 역공 작전을 짜내야 해."

전투 전략의 대가인 그녀에게 기대를 걸며 내 한계를 설명한다. "피의 자매들과 내가 화살을 피해 성벽까지 갈 수는 있을 거예요. 하지만 성벽에 닿는 순간……."

케이타가 말하며 고개를 젓는다. "당할 거야. 기름을 붓고 산 채로 태우는 것도 포함해서." 케이타가 성벽 위를 향해 고갯짓한다. 기름 가득한 커다란 통이 줄줄이 세워져 있다.

그 광경에 내가 몸서리치고 카르모코 휴온은 생각에 잠겨 입술을 두드린다. "음, 뭔가 보호해주면 타지 않을 텐데……."

나는 카르모코 휴온을 바라본다. "뭐가 있을까요?"

카르모코 캘더리스가 벌써 깨닫는다. "대장간에 있는 큰 통들.

저주받은 금을 섞는 데 사용했던 통들…….”

아칼란이 어색하게 목청을 가다듬는다. “우리는 이제 신성한 금이라고 불러요.”

“근사하네.” 캘더리스가 한껏 냉소적으로 대답하고 말을 잇는다. “그 통들은 에푸아나 철로 만들어진 거야. 밀도가 높고 다른 금속이 침투하지 못하지.”

그 말에 흥분한 내가 말한다. “방패로 딱이네요!”

“성벽으로 갈 때 쓸 수 있을 거야. 적들이 불화살을 쏴서 통 내부 온도가 높아져도 갑옷이 막아줄 거야.” 지옥의 갑옷은 무엇보다 열에 강하다.

묵묵히 듣던 벨칼리스가 묻는다. “그런 다음에는요? 그 통을 뒤집어쓰고 성벽을 오를 수는 없어요.”

카르모코 캘더리스가 의기양양하게 웃는다. “누가 성벽을 오르래? 너희는 길만 뚫으면 돼. 그동안 재료를 좀 모아놨지. 바그바를 만들기에 충분해.”

카르모코 탄디위가 웃는다. “바그바? 캘더리스, 이 교활한 늙은 여우 같으니라고.”

키르모코 캘더리스가 기뻐하며 활짝 웃자 케이타가 인상을 쓴다. “바그바가 정확히 뭐죠?”

벨칼리스가 설명한다. “일종의 폭발물이야. 굉장히 불안정하지. 성벽 반대편까지 구멍을 뚫을 수 있어. 조심하지 않으면 네 배에도.”

“잘 알고 있구나.” 카르모코 캘더리스가 말하며 가늠하듯 벨칼리스를 본다.

벨칼리스가 어깨를 으쓱한다. 캘더리스가 빤히 보자 설명한다. “전에 다뤄본 적이 있어요. 그런 것도 다루던 약제사 밑에서 일했죠."

카르모코 캘더리스가 싱글거린다. "그렇다면 네가 선발대를 해야겠네."

벨칼리스가 동의하며 끄덕이자, 브리타, 케이타, 내가 서로 눈치를 본다. 우리 중 누구도 폭발물을 다루는 데 관심이 없다.

갑자기 벨칼리스가 말한다. "잠깐만요. 바그바는 소리가 굉장히 커요. 와르투베라 성벽에 굉음을 동반한 구멍을 내서 외부에 있던 자투들이 밀려오면 곤란한 거 아닌가요?"

카르모코 휴온이 나선다. "그에 대비한 계획이 있긴 하지. 여신들의 군대, 잠깐 이렇게 부르는 거 맞지?" 내가 긍정의 의미로 고개를 끄덕이자 그녀가 계속해서 말한다. "여신들의 군대가 성곽 밖에 아직 주둔하고 있지?"

나는 재차 고개를 끄덕인다.

"그럼 새로운 무기를 내보내면 어떨까? 엔고마를 통과할 수 있는 무기 말이야. 캘더리스, 카두스를 장착한 작은 흉갑을 빨리 구할 수 있을까? 성벽을 통과할 이가 필요한데……." 카르모코 휴온이 이그사를 지그시 바라본다. 이그사는 불안해하며 내 목에 머리를 묻는다.

'데카?' 이그사가 깩깩거린다.

나는 이그사를 내려다본다. '이그사, 부탁할 게 있어.'

삼십 분쯤 지나자 비명이 들리기 시작한다. 처음에는 산발적으로 성벽 위에 있던 자투들이 놀라서 외치는 소리가 터지다가 폭발이 일어나 도시 전체가 진동한다. 이그사가 내가 부탁한 걸 날개 달린 본신으로 하는 중이다. 헤마이라 성곽의 여러 다른 위치에 바그바를 떨어뜨려 자투들을 혼란에 빠뜨린다. 카르모코 캘더리스가 장착시킨 흉갑 덕분에 엔고마에 당하지 않는다. 심지어 이그사는 짧은 설명을 붙인 흉갑 여러 개를 성 밖에 있는 알라키들에게 떨어뜨리는 일도 맡았다. 카두스를 이용하면 엔고마의 불벽을 통과할 수 있다고 알려주는 것이다. 북소리가 미친 듯이 커진다. 증원군을 요청하는 소리다.

와르투베라의 북들이 신속하게 응답한다. '가는 중이다.'

지휘관의 명령에 따라 병사들이 외부 출구를 향해 달린다. 바깥에서 벌어지는 위기 상황에 비교하니 와르투베라의 쓸모없는 알라키들을 제거하는 일은 졸지에 부차적인 관심사가 된다. 이제 모든 자투의 관심은 헤마이라 성곽에 집중된다.

우리가 원한 게 바로 이것이다.

나는 황금 갑옷을 꼼꼼히 입은 브리타와 쌍둥이들에게 시선을 돌린다. 카르모코 캘더리스는 비밀리에 수백 벌의 갑옷을 만들며 오늘을 준비했다. 와르투베라의 알라키들이 구속에서 벗어나는 날을, 와르투베라는 물론 다른 훈련장 알라키들도 해방시키는 날을 준비했다. 하지만 갑옷을 입은 건 알라키만이 아니다. 케이타도 황금으로 된 갑옷을 입었다. 우리 길잡이 역할에 적합한 갑옷이다. 케이타는 성벽의 약한 부분을 속속들이 알며, 동시에 바그바를 옮기는 벨칼리스의 방패가 돼줄 것이다. 바그바의 올바른 폭파 방법을 아는 유일한 사람이 벨칼리스기 때문이다. 일단 성벽을 폭파해 통로를 만들면 카르모코들과 나머지 알라키들이 뒤따라, 카두스가 새겨진 마차를 이용해서 알라키는 물론 도시를 탈출하려는 이는 누구든 도울 것이다.

"준비됐지?" 내가 외치며 친구들을 둘러본다.

"준비됐어." 브리타가 말하며 통을 들어 올린다.

아돠파와 아샤도 재빨리 따라 한다. 케이타도 마찬가지다.

벨칼리스만 대답하지 않는다. 내가 돌아보니 벨칼리스는 여전히 갑옷을 입지 않은 채로 장화에서 단검을 찾는 것 같다. 나는 걱정되기 시작한다. "벨칼리스, 네 갑옷은 어딨어?" 이번에는 벨칼리스의 재능을 쓸 수 없다. 그녀의 재능이 만들어내는 갑옷은 아직 고르지 못하고 불안정하기 때문이다.

하지만 벨칼리스는 나와 생각이 다른 듯하다. 씩 웃더니 손바닥을 가르고 들어 올려 피를 보여준다. 피는 재빠르게 팔 위로 퍼지더니 곧 벨칼리스의 몸 전체를 뒤덮는다. 일 분도 채 안 되어 벨칼리스는 완벽하게 황금으로 빛난다. 머리카락조차 금실로 보인다. 새 갑옷은 벨칼리스에게 착 달라붙어 마치 두 번째 피부처럼 보인다. 하지만 나는 그것이 지옥의 갑옷만큼이나 단단하고 강하다는 걸 안다. 몸이 부르르 떨린다. 경외감이 드는 동시에 무섭기까지 하다. 나는 목소리를 자유자재로 다루는 데 몇 주, 아니 사실 거의 한 달이 걸렸다. 하지만 벨칼리스는 일주일도 되지 않아 자기 능력에 통달했다. 갑자기 나 자신이 한심할 정도로 부족하게 느껴진다.

내가 놀라서 입 벌리고 있자 벨칼리스가 거드름 피우듯 말한다. "이게 내 갑옷이야."

마치 금빛 잠에 빠진 것 같다. 죽고 나서 부활하는 것처럼. 다만 벨칼리스의 표정은 재생 중인 소녀처럼 평화롭지 않다. 목표가 뚜렷한 표정이다.

"갈까?" 벨칼리스가 말하며 나선다.

나는 끄덕이고 선창한다. "영원히 살리라!"

친구들이 대답한다. "승리에 살리라!"

그런 다음 우리는 통을 들어 올리고 달리기 시작한다.

지금은 너무 어둡고 와르투베라 성곽이 대혼란 상태라, 우리가 이미 훈련장을 거의 절반이나 지나고 나서야 자투들이 우리의 움직임을 알아챈다. 캘더리스가 통에 뚫어놓은 작은 눈구멍으로 연이어 날아드는 화살이 보인다. 그러나 나는 무시하고 눈앞의 목표, 정문만 주시한다. 우리가 해야 할 일은 저 문을 폭파시키는 것이다. 그러면 밖으로 이어지는 다리를 건널 수 있다.

"계속 달려!" 앞으로 돌진하며 외친다. 사방으로 화염이 쏟아져 내린다.

자투가 화살에 불을 붙이기 시작했고, 눈앞에 한 줄 불길이 일어난다. 기온이 끓어오르고 공기가 혼탁해진다. 근처에 있는 나무들이 주황빛에 휩싸이고 타닥거리며 불꽃이 튄다. 화형대에서의 쓰라린 기억이 떠올라 비틀거린다. 하지만 이를 악물고 심호흡하며 몰아낸다. 물러서지 않을 것이다. 이렇게 중요한 순간에 자투에게 패할 수 없다. 가까이 가기만 하면 된다. 그리고 나서 바그바를……

바그바!

나는 기겁하여 공포에 사로잡힌다. 우리 모두가 처한 위험을 깨달은 것이다. 불길이 너무 뜨겁게 타오르면 바그바가 폭발할 가능성이 높다. 벨칼리스와 우리 모두 휩쓸릴지 모른다. "후퇴해야 해!" 내가 외치며 친구들을 소환한다. "뒤로 물러나야 해!"

"안 돼! 계속 가!" 벨칼리스의 목소리에 결의가 담겼다.

"그치만 바그바에 불이 붙을 거야! 폭발할 수도 있어."

"위험은 감수해야 해, 데카! 지금이 아니면…….”

"잠깐만, 기다려!" 브리타의 목소리가 들린다. 브리타의 통이 내쪽으로 가까이 움직이자 끌리는 소리가 난다.

"무슨 일이야?" 나는 쏘아붙인다. 이렇게 낭비할 시간이 없다. 연기가 너무 자욱해서 코가 막힌다. 불이 점점 더 가까워지고 익숙한 공황이 찾아온다.

화염이 나를 덮치고…… 산 채로 태울 것이다.

떨쳐내려 애쓰지만 두려움이 너무 깊다. 케이타에게도 영향을 미칠 것이다. "케이타! 케이타?" 나는 소리쳐 부르며 그가 불태워지는 두려움에 대해 이야기하던 것을 떠올린다.

시끄럽게 쨍그랑거리는 소리에 정신을 차리고 돌아보니 브리타다. 통을 옆으로 던졌다. "내가 해결할게!" 브리타가 외친다.

그리고 따끔거리는 감각이 몸을 덮치나 싶더니, 땅에서 돌벽이 솟아오른다. 우리 앞에 비스듬히 솟아난 돌벽이 마치 산의 경사면 같다. 또 다른 돌벽이 빠르게 자라나 두 돌벽이 맞물린다. 우리 위를 방패처럼 덮었다. 돌벽이 바깥 불길과 위에서 날아드는 화살을 막아준다.

경악한 침묵이 와르투베라의 성벽 위에 내려앉는다. 우리도 마찬가지다. 전에 내가 브리타의 능력을 봤을 때는 제대로 평가할 만한 마음 상태가 아니었다. 브리타가 만들어낸 것의 대단함을 진정으로 깨닫지 못했다.

"브리타, 네가 한 거야?" 놀란 케이타가 물으며 통에서 빠져나온다. 이제 통이 필요 없는 것이다. 우리 모두 마찬가지라, 나도 뜨거워진 금속 통을 옆으로 내동댕이친다.

브리타가 말한다. "벨칼리스가 자기 능력에 금방 통달했으니 나도 할 수 있어."

"정말 대단하다, 브리타! 정말이지 너무 놀라워. 그런데…… 성벽까지는 어떻게 가지?"

"이렇게." 브리타가 주먹으로 치자, 우리 앞의 돌벽이 움직이기 시작한다. 마치 공성 기계가 풀밭을 파헤치며 나아가는 듯하다.

돌벽이 천천히 그러나 확실하게 앞으로 미끄러지는 동안, 나는 경외감에 브리타를 응시한다. 너무 힘을 쓰느라 이마에 구슬땀이 맺히고 팔다리가 떨린다. 하지만 브리타는 멈추지 않는다.

내가 놀라움에 머리를 흔들며 말한다. "지금처럼 네가 자랑스러운 적이 없는 것 같아."

"정말이야, 데카?" 브리타가 씩씩대며 다시 돌벽을 민다. "이게 그렇게 대단해 보여? 내가 널 전투에서 구해준 게 백만 번쯤 되는데?"

"그때는 돌로 방패를 만들고 땅을 밀어낸 적은 없었잖아." 나는 대답하며 일부러 대화를 이어가려고 애쓴다.

안간힘을 주는 브리타의 몸이 떨리고 있다. 내게는 브리타 내부에서 빠르게 고갈되는 에너지가 보인다. 벨칼리스와 달리 브리타는 아직 자신의 재능을 사용하는 데 최소한의 에너지만 소비하는 기술을 익히지 못했다. 그렇다는 건 곧 쓰러질 수 있다는 뜻이다. 그러기 전에 성벽에 최대한 가까이 가야 한다.

나는 옆에서 보조를 맞추면서 말한다. "넌 할 수 있어, 브리타. 몇 걸음만 더 가면 돼."

브리타가 끄덕인다. 푸른 눈동자가 결연하게 빛난다. "난 할 수 있어. 난 할 수……."

브리타가 갑자기 멈추더니 눈이 뒤로 넘어간다. 그리고 결국 쓰러진다.

내가 달려든다. "브리타!" 어깨를 잡고 흔들어보지만 브리타는 의식을 잃었다. 이제 브리타 내부의 에너지는 희미한 그림자만 남았다. 너무 무리한 것이다.

나는 절망에 빠져 손으로 머리를 감싼다. "무한히 망할! 이제 어쩌지?" 성벽은 아직 멀리 있고, 바위 아래서 나가면 무사하지 못할 것이다. 자투는 이미 이쪽으로 불화살을 조준하기 시작했다.

벨칼리스가 한숨을 쉰다. "나도 모르겠어, 데카. 나는……."

아돠파가 갑자기 말한다. "쉿, 저 소리 들려?"

멀리서 쉬잉 하는 소리가 들린다. 곧이어 공포 어린 외침이 터진다. 모두 와르투베라의 성벽 위에서 나는 소리다. 이그사의 날갯소리처럼 들리지는 않는다. 이그사의 날갯짓은 좀 더 펄럭거린다. 이 소리는 마치 거대한 새처럼 좀 더 우아하다. 들어본 소리다. 사실 아주 여러 번 들어본 소리다.

가만히 있던 아샤가 말한다. "내가 생각하는 그걸까?"

브리타가 만든 돌벽 한쪽 틈으로 밖을 내다본 내 눈이 커진다. 전쟁의 여왕이 밤을 날아서 오고 있다. 달이 없는 창공에 그녀의 몸이 부드럽게 빛난다. 멜라니스다. 뒤따라 이그사가 날아온다.

어떻게 온 거지? 그리고 왜 온 거지?

나는 조금 주저하며 부른다. "멜라니스?"

"돌 밑에 웅크리고서 뭐 하는 거야, 영광스러운 누루?" 첫 자손이 물으며 아무렇지 않게 급강하해서 성벽 위의 자투 하나를 잡아챈다. 잔뜩 장식된 갑옷으로 보아 사이필 사령관이다.

"제발 놔주세요." 키 작고 건장한 남자가 징징댄다. 켈레치 대장이 봤다면 얼마나 수치스러워했을까. 켈레치 대장은 내가 와르투베라에 살 때 지휘관이었던 키가 크고 엄한 남자다. 그라면 절대 징징대지 않을 것이다. "제발요……." 사이필 사령관이 울부짖는다.

멜라니스가 지겹다는 듯 흘긋 보더니 "좋아" 하고서 그를 떨어뜨린다.

멜라니스의 갑작스러운 등장에 나는 여전히 어리둥절한 채 쳐다보고만 있는데, 벨칼리스가 가방에서 바그바를 꺼내고 내용물을 재빠르게 섞기 시작한다. 폭파를 준비하는 거다. 내 표정을 보더니 쏘아붙인다. "주의가 산만한 지금 아니면 기회는 없어."

나는 그제야 정신을 차리고 다른 친구들을 돌아보며 명령한다. "대비해. 벨칼리스가 곧 바그바를 던질 거야."

내가 미처 몸을 웅크리기도 전에 벨칼리스가 갑자기 뛰쳐나가더니 케이타가 사전에 알려준 성문의 한 지점에 바그바를 던진다. 그 즉시 폭발한다. 나무 조각과 돌덩어리가 날리면서 지역 전체가 울린다. 비명 소리가 늘어간다. 불타는 냄새, 살 익는 냄새가 퍼진다. 귀가 먹먹하다. 바위 보호막 뒤에서 나와 보니 성문 있던 자리에 구멍이 나 있다.

"성벽을 접수해!" 우리 뒤에서 고함이 터지더니 카르모코들이 우리를 지나쳐 달려 나가고 알라키 군대가 그 뒤를 따른다.

아돠파, 아샤, 케이타는 폭발 때문에 멍해 있다가 불길을 뛰어넘어 따라간다. 나는 아직 그대로 서 있다. 벨칼리스는 내 앞에서 폭발의 여파로 여전히 부들부들 떨고 브리타는 의식을 잃은 채다.

벨칼리스가 브리타를 품에 안는다. "난 기운 좀 차릴 동안 브리타를 돌보고 있을게." 벨칼리스의 목소리가 지나치게 큰 걸 보니 폭발에 청력이 손상된 모양이다. 너무 가까이에 있었지만 곧 회복할 것이다. 벨칼리스가 재촉하며 손짓한다. "어서 가."

하지만 엄폐물 주위를 둘러보니 불길은 여전하고, 열기와 시체 타는 냄새가 갑자기 확 끼쳐와 몸이 떨린다. 나는 두 손을 모으고 심호흡한다. 이겨내려고 애쓴다. '내가 통제한다, 내 기억이 아니라.' 나 자신에게 엄하게 상기시킨다. '기억에 굴복하지 않는다. 겁먹지 않는다.'

갈색 손이 내 앞으로 뻗어온다. "도와줄까?" 어찌 된 일인지 케이타가 돌아와서 묻는다.

케이타는 내 옆에 서서 우리 앞에 솟아오른 불길을 바라본다. 이상하게도 눈빛이 아득하다. 케이타가 말한 대로 불꽃에 매료된 듯하다. 아니, 케이타의 시선에 깃든 건 두려움일까? 그 모습은 정신 없던 내 머릿속을 단숨에 얼려버릴 만큼 나를 불안하게 한다.

나는 케이타의 손을 잡은 다음 그의 얼굴을 내 쪽으로 돌리고 심호흡한다. 그리고 부드럽게 말한다. "불에 맞서야 할 시간이야, 케이타. 우리 둘 다." 나는 케이타의 얼굴 위로 전투 가면을 내려준다. 가면이 그가 입은 갑옷과 마찬가지로 신성한 금으로 만들어져서 다행이다. 열기로부터 케이타를 보호해줄 것이다. 물론 날쌔게 움직여야겠지만.

"준비됐어?"

"준비됐어." 케이타가 끄덕이고 우리는 화염 속으로 뛰어든다.

불길은 뜨겁다. 생각했던 것보다 훨씬 더 뜨겁다. 하지만 열기는 잠시뿐이고 우리는 곧 반대편에 다다른다. 벨칼리스가 폭파시킨 커다란 구멍을 통해 와르투베라 외벽으로 진입한다. 내가 불에 대한 기억을 극복하는 것이 얼마나 쉬웠는지, 충격을 받아 멍하니 있을 때 알라키 군대와 죽음비명들이 빠르게 돌진한다. 그러더니 재빨리 멈춰 선다.

발소리가 들린다. 무겁고 규칙적인 익숙한 소리다.

위증자들의 행렬이 외벽과 내벽을 연결하는 다리를 건너 행진하더니 와르투베라 내벽 중앙에 있는 작은 안뜰을 가로질러 일렬로 선다. 그들을 지휘하는 죽음비명을 바로 알아본다. 무시무시한 꽃잎 모양의 창을 든 오요모신의 자투 대장이다.

나를 보더니 으르렁거리며 히죽댄다.

"누루, 여기서 널 찾을 줄 내가 어떻게 알았을까?"

28

나는 그놈의 말을 이해할 수 있다는 데 충격을 받아 그저 쳐다보기만 한다. "말을 알아들을 수 있네……." 나도 모르게 입을 벌리고 앞으로 나선다.

멜라니스가 내 뒤로 재빨리 하강한다. 이그사도 함께다. 멜라니스가 으르댄다. "데카. 불경스러운 괴물에게 말 걸지 마."

자투 대장과 나, 둘 다 멜라니스를 무시한다. 자투 대장이 우아하게 어깨를 으쓱하며 그르렁거린다. "당연히 알아들을 수 있지." 무시무시한 크기에도 고상을 떨고 있다는 걸 이제야 깨닫는다. "전에는 그저 듣지 않았던 거지. 아니면 들으려고 했는데 이른바 너의 어머니들이 방해했을 수도. 인제 보니 작은 꽃 모양 목걸이를 안 하고 있네. 그들의 영액으로 고약한 냄새를 풍기던 거 말이야." 마지막 부분에서는 빈정거린다.

나는 반사적으로 목을 만졌다가 곧바로 손을 내리고 반격한다. 그가 입은 흉갑을 향해 턱짓한다. "넌 또 카두스를 입었네. 엔고마를 피하려고 그걸 쓰다니, 영리한 방법이군. 다행히도 우린 너희 비밀을 알아. 그리고 이제 우리도 그걸 이용해서 헤마이라를 나갈 거야." 친구들을 돌아보니 전투 태세를 취하고 있지만 수적으로 너무 불리하다.

자투 죽음비명 대장이 갑자기 껄껄 웃음을 터뜨린다. 그러면서 날카로운 갈퀴 손으로 눈물을 닦는다. "엔고마? 고대의 신비한 도구가 널 헤마이라에 들어오지 못하게 막았다고 생각하는 거야? 이 도시는 네게 늘 열려 있었어. 사실 언제나 환영했지. 너도 알겠지만, 이두구께서는 두 팔 벌려 널 원하거든. 네가 이곳에 있는 걸 원하지 않은 건 네 어머니들이야. 네가 아는 걸 원치 않으니까……."

"알다니 뭘?"

내 옆에서 멜나니스가 갑자기 동요한다. "말은 그만하고 싸워야지, 누루. 우린 여기서 나가야 해."

하지만 나는 멜라니스의 방해에 짜증이 나, 주위를 가리키며 묻는다. "어떻게 나가요?"

위증자 죽음비명의 수가 많지는 않아도 그들 하나가 우리 서넛과 맞먹는다. 우리만 탈출한다면 상관없겠지만 지금은 와르투베라 전체와 함께 가야 한다. 대부분의 알라키가 너무 약해진 상태여서 학살자에게는 힘없는 여자와 다름없다. 우리는 함정에 빠진 것과 마찬가지다.

나는 카르모코들을 힐끗 본다. 뭔가 방법이 있는지 알아보려 하지만, 죽음비명 대장의 관심이 내게 집중된 틈을 타서 수군거리고 있을 뿐이다.

죽음비명 대장이 다시 한 걸음 앞으로 나선다. 흉측한 비웃음으로 입을 뒤튼다. 멜라니스 쪽은 거들떠보지도 않고 말을 계속한다. "생각해봐라, 누루. 그들이 어째서 엔고마라는 계략을 만들어냈을까? 왜 너를 냄새 나는 영액으로 구속하고 네 형제의 말을 듣지 못하게, 네가 타고난 능력을 제대로 이용할 수 없게 했을까? 어째서 널 타락시키려 하는 걸까?"

죽음비명 대장의 말이 마음속으로 미끄러져 들어오며 내 모든 두려움과 의심을 건드린다. 어머니들이 나를 속이면서 내가 알지 못하는 어떤 목적을 위해 나를 이용하고 있다는 의심.

어머니들은 나를 사랑하지 않는다는 두려움.

나는 고개를 젓고 소리친다. "아니야. 넌 그저 내 마음을 어지럽히려는 거야." 그의 웃음에 담긴 오만함과 교활한 눈빛이 보인다. 이놈의 말에 약간의 진실이, 어쩌면 많은 진실이 들어 있을지도 모른다. 하지만 그 진실은 숨겨진 특정 의도 혹은 음모와 뒤섞여 있다. 죽음비명 대장에게 물으며 나는 아티카를 꽉 쥔다. "원하는 게 뭐야?"

내 옆에서 멜라니스는 이제 입에 거품을 물며 씩씩댄다. "죽여버려, 누루. 아니면 내가 죽인다."

죽음비명이 멜라니스를 향한다. "그런 다음에 뭘 하려고, 멜라니스? 소중한 어머니들에게 날아가겠다고? 말해봐, 날개 없이 그럴 수 있을까?" 멜라니스가 자기 말을 알아듣지 못한다는 걸 알고 조롱한다.

내가 놀라서 멜라니스에게 경고하려 할 때, 멜라니스가 순식간에 공중으로 날아오른다.

너무 늦었다. 날랜 쉬익 소리와 함께 창이 날개를 꿰뚫자 멜라니스가 추락한다.

"감히!" 멜라니스가 고함을 지르며 떨어져 바닥을 구른다. 날개가 헛되이 퍼덕인다.

창을 던진 죽음비명 대장이 히죽거리며 성벽을 신속히 오르더니 어둠 속으로 사라진다.

"감히 내 자매에게 더러운 소리를!" 멜라니스가 자투 죽음비명 대장에게 으르렁거린다.

벨칼리스와 친구들이 달려가 멜라니스를 안전한 곳으로 끌고 간다. 하지만 나는 머리가 빙빙 돌아 꼼짝하지 못하고 그냥 남아 있다. 방금 퍼뜩 깨달은 게 하나 있다. 멜라니스는 창이 던져지기 전에 움직였다. 내가 죽음비명의 협박을 듣고 경고하기 전이었다. 멜라니스가 나나 죽음비명의 몸짓을 읽은 것도 아니었다. 무슨 일이 벌어질지 이미 알았다. 아니, 죽음비명의 말을 들었던 거다. 그렇다면 멜라니스는 그의 말을 이해했다는 말이 된다. 아마 내내 그랬겠지.

나는 멜라니스를 돌아본다. 마음속에서 충격과 배신감이 들끓는다. "멜라니스, 그의 말을 이해하는 거죠?"

첫 자손은 반항적으로 나를 쳐다보더니 이를 악물고 날개에서 창을 떼어낸다.

멜라니스가 일어서며 날개를 흔든다. 나는 한발 물러난다. 배신감이 커진다. "계속 이해했던 거죠?"

내 뒤에 있는 죽음비명 대장이 재미있어한다. "당연하지. 저 여자는 네 어머니들이 제일 좋아하는 빛의 알라키야. 왜 우리가 저 여자를 가둬두려고 그렇게 애를 썼겠어? 왜 그들이 저 여자를 해방시키려고 그렇게 애를 썼겠어?"

나는 이제 들끓는 모든 감정에 압도되어 휘청거린다. 멜라니스는 위증자 죽음비명들이 하는 말을 알아들을 수 있다. 내가 그렇지 못했을 때도 내내 알아듣고 있었다. 나만이 어머니들의 모든 언어를 이해한다고 생각했다. 그것이 누루의 의미라고 생각했다. 다른 누구도 할 수 없는 일을 나는 할 수 있다고 생각했다.

그런데 멜라니스도 위증자들과 대화할 수 있었다. 하지만 한 번도 말해주지 않았다. 상처받은 나는 멜라니스에게 묻는다. "왜죠? 왜 알려주지 않았어요? 어째서 누구에게도 알려주지 않았나요?"

멜라니스는 늘 그랬듯 침묵을 지킨다. 자투 죽음비명이 멜라니스를 대신해서 깩깩거린다. "답은 간단해, 누루. 어머니들이 아무에게도 말하지 말라고 한 거지. 그들은 소중한 딸들이 우리의 존재를 아는 것조차 원치 않았어. 너도 알다시피 그들에게 우리는 원치 않은 자손이거든. 고깃덩어리만도 못하지." 그 목소리에는 떨림이 숨겨져 있다. 내가 눈치채지 못하기를 바라는 울림이 엿보인다. 불현듯 멜라니스의 기억 속 남자가 생각난다. 어머니들을 올려다보는 눈에 담긴 고통이 떠오른다. 금빛 존재들에게 자신을 사랑해달라고 부탁하는 또 다른 자투다. 아무 소용 없었다.

나는 죽음비명에게 돌아선다. 피곤하다. 이제 너무너무 피곤하다. 내가 힘없이 묻는다. "원하는 게 뭐야?"

죽음비명이 대답한다. "너. 이두구에게 필요한 건 오직 너 하나야. 나머지는 다 타버려도 돼." 죽음비명이 부하들을 향하더니 창을 들어 올린다. "단 한 명도 남김없이 쓸어버려. 누루만 빼고."

포효와 함께 죽음비명들이 우리를 향해 돌진한다. 그러나 내가 아티카를 들어 올려 방어를 준비할 때, 위쪽에서 등골이 오싹해지는 비명이 울려 퍼진다. 모두 올려다보자 성벽 위에 사유리가 서 있다. 웬 황금 창을 쳐든다.

사유리가 포효한다. "피의 자매들이여! 동족을 지켜라!"

그리고 사방이 거대한 몸들로 뒤덮인다. 안개가 솟아오르며 한때 와르투베라에 갇혀 있던 죽음비명들이 자신들보다 더 커다란 보라색 죽음비명들을 파헤친다. 한 무리의 죽음비명이 다른 죽음비명들을 쓸어버리는 것이다. 귀를 찢는 포효로 대기가 갈라진다. 죽음비명들이 이빨과 손톱을 쓴다. 심지어 무기까지 들고 날뛴다.

손 하나가 나를 잡아당긴다. 브리타가 깨어나 나를 안전한 곳으로 데려가려고 한다. "어서, 데카!" 브리타가 외치며 나를 연기 속으로 끌고 들어간다.

나는 브리타를 따라 여전히 타오르는 불길을 뚫고 안뜰로 간다. 와르투베라의 죽음비명 한 무리가 지키는 와중에, 카르모코들과 키작고 혈색 좋은 자투 그리고 잘 모르는 다른 두 명이 마차에 소녀들을 네다섯 명씩 태운다.

도착한 나는 어리둥절한 표정으로 브리타를 바라본다. 아직 멍한 상태다. "무슨 일이야? 방금 뭐지? 그 죽음비명들은 다 어떻게 된 거야?"

날개를 끌고 절뚝거리며 다가온 멜라니스가 대답한다. "사유리야. 사유리가 와르투베라의 모든 죽음비명을 불렀어. 그렇게 짐승 같은 모습을 하고도 우리에게 충성스럽지. 사유리는 피의 자매들을 절대로 자투의 손에 넘기지 않을 거야."

나는 멜라니스를 노려보며 냉랭하게 묻는다. "우리에게라고요? 우리라고 하지 말아요. 나와 주변 사람들에게 거짓말하는 이를 내 동료라고 할 수 없어요." 멜라니스가 사유리를 묘사하는 방식에 대해서는 굳이 언급하지 않는다. 멜라니스의 어떤 태도에 내가 반발하는지 멜라니스는 이해하려 하지 않을 것이다.

이제 멜라니스를 알겠다. 멜라니스의 사고방식을 이해한다. 너무 많은 단서가 있었다. 멜라니스의 수많은 사소한 말을 나는 그저 무시하고 옛 시대의 잔재일 뿐이라 생각했다. 하지만 모두 아주 큰 그림의 일부였다. 아주 끔찍한 그림의 일부. 멜라니스의 눈에는 중요한 사람이 있고 그렇지 않은 사람이 있다. 여신들과 알라키만이 가치가 있다. 나머지는 모두 불 타 죽어도 된다.

멜라니스가 어깨를 으쓱한다. "때로 우리 이익을 위해 거짓말이 필요하지. 해치려는 자들로부터 우리를 지켜주기도 하거든."

"이두구 같은 자 말인가요?"

"그렇지." 멜라니스가 인정한다.

"그러니까 당신도 이두구의 존재를 인정하는군요. 그를 아는 거예요. 원래 알고 있었어요." 어머니들도 마찬가지라는 뜻이다.

멜라니스는 그저 눈만 깜박인다. 그리고 내 모든 의심이 확인된다. 멜라니스와 금빛 존재들은 이두구를 알고 있었다. 남성 죽음비명들을 알고 있었다. 그러나 우리에게는 절대 말해주지 않고 우리를 주샨으로 보내 카디리와 앙고로를 잡아 오게 했다.

그럼 앙고로는 무엇이지? 어째서 내가 그 정체를 알게 될 위험을 감수하면서까지 필사적으로 앙고로를 찾으려 하는 걸까? 금빛 존재들이 말한 대로 앙고로가 그들의 힘을 빼앗아 가는 신비한 도구가 아니라는 걸 이제는 확신한다. 전에 생각한 대로 일종의 무기인 걸까? 어쩌면 사람일까? 하얀손이 기억하지 못하는 대재앙과 관련이 있을까?

왜 어머니들은 내가 앙고로를 찾으면 그냥 넘겨줄 거라 생각했을까?

'목걸이······.' 머릿속에 그것이 떠오른다. 구속. 금빛 존재들은 내가 어떻게 할지 전혀 걱정하지 않았을 것이다. 목줄을 채웠기 때문이다. 언제나 순종적이고 항상 그들의 것이 되도록 만들어주는 목걸이. 그러나 나는 목걸이를 벗었다.

나는 멜라니스를 향해 또 한 걸음 내디딘다. "이두구는 괴물일지도 모르죠. 우리 종족을 먹이로 삼는 악마일 수도 있어요. 하지만 적어도 내가 아는 한, 내게 거짓말한 적은 없어요."

"요점이 뭐지?"

"내가 모르는 진실이 있고 말해주려는 신은 하나뿐이라는 거예요." 나는 숨을 깊이 들이마신다. 이제부터 하는 말은 나를 어머니들로부터, 그동안 알게 된 모든 것으로부터 돌이킬 수 없을 만큼 멀어지게 할 것이다. "나는 이두구와 말해볼 거예요. 어머니들이 내게 말하지 않는 것이 무엇인지 알아내야겠어요."

"그래서 전장에서 피의 자매들을 버리고 그저 너만의 이기적인 대의를 추구하겠다?" 멜라니스의 눈이 이상하게 번쩍거린다. 그리고 의심의 여지 없이 어머니들이 그 눈을 통해 나를 지켜본다는 것을 깨닫는다. 어머니들이, 그 아득한 힘이 느껴진다. 하지만 더 이상 예전과 같은 영향을 미치지는 않는다.

나는 내벽의 안뜰을 뒤돌아본다. 시간이 지날수록 비명이 줄어든다. 위증자들이 거대하고 압도적이겠지만 수십 년 동안 분노와 공격성을 축적한 와르투베라의 죽음비명들 앞에서는 버티지 못한다. 위증자들은 이미 전투에서 졌다.

마침내 내가 말한다. "무슨 전장이요? 무덤만 보이는데요. 전투는 끝났어요. 이 대화도 그렇고요."

멜라니스가 순식간에 내 팔을 잡는다. 너무 빨라서 움직이는지도 몰랐다. "이러면 다시는 아베야에서 환영받지 못해." 멜라니스의 목소리가 겹겹이 들려온다. 마치 어머니들이 멜라니스를 통해서 말하는 것 같다.

나는 그 손을 내려다보며 천천히 손가락을 팔에서 떼어낸다. "나는 누루예요. 금빛 존재들의 유일한 순혈 딸이죠. 당신은 내게 이래라저래라할 수 없어요. 나한테 거들먹거리는 것도 안 돼요. 오로지 어머니들만이 아베야에서 나를 추방할 수 있어요. 그리고 당신은 어머니가 아니죠……. 아닌가요?" 이 질문은 순전히 떠보느라 덧붙였다.

대답이 없어서 나는 자리를 뜬다. 더 이상 어머니들에게 조종당하지 않을 것이다. 꼭두각시 역할은 끝이다.

"데카! 데카! 이러지 마!" 뒤에서 멜라니스가 소리친다. 목소리가 여전히 여러 겹이다.

하지만 나는 더 이상 멜라니스의 말을 듣지 않는다. 더 이상 어머니들의 말을 듣지 않는다.

나는 카르모코들 쪽에 들른다. 마차에 소녀들을 거의 다 태웠다. 아까 봤던 키 작고 혈색 좋은 자투, 카르모코 캘더리스의 연인 루스탐이 도왔다. 케이타의 친구들인 체르노르와 아쇼크도 함께했다. 심경의 변화가 있었나 보다. 잘된 일이다. 그들에게 칼을 들이대기 싫었으니까.

카르모코 탄디위에게 가까이 가자 그녀가 말한다. "이걸로 작별이겠네."

"그렇네요" 하고 대답하고 캘더리스와 탄디위 그리고 다른 카르모코들에게 공손히 머리를 숙인다. "여러분 모두를 만나서 기뻤어요. 더 나은 상황에서 다시 만나기를 바라요. 난 계속 가야 해요. 이제 소녀들을 도시 밖으로 내보내고 도중에 다른 훈련소도 도와주세요. 나는 해야 할 일이 있어요."

그런 다음 내 친구들에게 돌아가 단호히 말한다. "가자. 이두구가 대신전에서 우리를 기다리고 있어. 은혜를 베풀어야지."

29

도시의 거리가 대혼란에 빠져 있는 동안 우리는 대신전을 향해 언덕을 오르기 시작한다. 아샤, 리안, 메루트, 가잘은 카르모코들과 다른 피의 자매들과 함께 헤마이라를 빠져나가 여신들의 군대가 기다리는 곳으로 갈 것이다. 나는 그들에게 아베야 공격 계획을 지휘관들에게 알리라고 지시했다. 멜라니스가 시간 내서 경고해줬을 것 같지는 않았다. 정보를 듣고 어떻게 할지는 그들에게 달렸다.

우리 일행 중 소녀들과 죽음비명들은 와르투베라에 있던 마차 두 대에 나눠 탔다. 뻣뻣한 천 덮개 아래서 가능한 한 꼼짝하지 않으려 조심한다. 아칼란이 앞장서고 소년들이 마차를 몬다. 아칼란이 대신전 안팎을 잘 알고 있으니 가장 적합한 안내자다. 게다가 가장 각오에 불타고 있기도 하다. 지난 며칠간 모든 일을 겪고 마침내 아칼란은 악몽의 집으로 돌아갈 준비가 되었다. 최악의 기억이 많이 서린 장소에서 악몽에 맞설 준비가 된 것이다. 그러나 신전에서 내 예상대로 일이 흘러간다면 아칼란에게는 더 큰 용기가 필요할 것이다.

"그래서 어머니들이 정말 멜라니스를 통해서 얘기했다고 생각하는 거야?" 이 질문은 이제 완전히 회복한 브리타에게서 나왔다. 멜라니스와 무슨 일이 있었는지 설명을 듣고 걱정한다.

다른 친구들은 잠들어 있다. 이그사의 작게 코 골며 내쉬는 숨결이 내 땋은 머리 사이로 드나든다. 그래서 속삭이는 목소리로 대답한다. "멜라니스의 눈을 통해서 어머니들이 보이는 듯했어. 어머니들의 힘도 느꼈고. 어디서든 알아챌 수 있거든."

"왜 어머니들이 네가 이두구와 이야기하기를 원치 않을까?"

"나도 모르겠어. 하지만 의심 가는 구석은 있어."

브리타가 손을 뻗어 내 손을 감싼다. "괜찮을까, 데카? 만약 어머니들이 뭔가 더 큰 걸 숨기는 거라면? 우리가 지금까지 발견한 것보다 훨씬 더 큰 무언가를 말이야. 감당할 수 있겠어?"

"너는?"

브리타가 눈살을 찌푸려서 나는 다시 설명한다.

"이건 나만큼이나 너희 모두에게 영향을 미치는 문제야. 만일 어머니들이 중요한 걸 숨기고 있다면, 난 어머니들에게 돌아가지 않을 거야……. 그렇다면 너희도 아베야로 돌아가지 못할지도 몰라. 너희도 배신자로 여겨질 테니까."

예감이 무겁게 가슴을 짓누른다. 숨이 막힌다. 내가 친구들을 집에서 데리고 나오는 것이다. 지금 우리에게 존재하는 유일하고 안전한 장소로 돌아가지 못하게 막는 것이다.

절망적인 심정이 되어 브리타에게 더 가까이 다가간다. "나와 함께 가지 않아도 돼. 그냥 집으로 돌아가도 돼. 그러면 어머니들이 널 받아주실 거야."

브리타가 눈을 굴리며 코웃음을 친다. "정말 그럴까, 데카? 정말 내가 널 떠날 거라고 생각해? 네가 있는 곳이 집이야. 모두가 있는 곳이 내 집이야. 와르투베라에 있을 때도 끔찍했지만, 너희가 있기 때문에 거기가 집이었어."

"내 말이 그 말이야." 벨칼리스가 말하며 나를 향해 돌아눕는다. 벨칼리스도 깨어 있었나 보다. "넌 화도 잘 내고 어리석지만, 그래도 내 가족이야."

"동감이야." 아돠파가 외치며 우리 발치에서 몸을 일으킨다.

행복한 마음에 눈물이 차올라 속삭인다. "사랑해, 이 얼간이들. 너희도 내 집이야."

브리타가 씁쓸하게 말한다. "와르투베라가 불탔으니 이제 그건 확실하네. 빌어먹을 인간으로 가득 찬 빌어먹을 곳이었지만 그래도 한때는 우리 집이었는데, 안 그래?"

내가 킬킬 웃는다. "메루트네 팀이 호되게 채찍질당해서 우리가 위로하려고 간식 만들었던 거 기억나?"

브리타가 회상하며 웃는다 "부엌에서 땅콩 가루를 몽땅 훔쳤지."

"나스라 사감장이 너무 화나서 몇 주 동안 불을 뿜었잖아." 아돠파가 깔깔거린다.

"룬구로 우릴 전부 때렸지만 아무도 입을 열지 않았지. 그런 시절이었어." 브리타가 한숨을 쉰다. "그때는 모든 게 단순했는데. 잔인했지만 단순했어."

모두에게 내가 말한다. "곧 머지않아 다시 단순해질 거야. 잔인한 일은 없을 거야."

마차는 덜컥거리며 앞으로 나아가 대신전에 가까워진다.

주위로 점점 더 많은 발굽 소리가 지나가고 긴박한 외침과 명령이 뒤따른다. 대신전에서 나오는 자투들이 헤마이라 성벽으로 향하며 탈출하는 알라키와 죽음비명들을 막으려 한다. 다른 훈련소에서도 피의 자매들이 탈출하고 있다. 몇몇 자투가 아칼란에게 비키라고 소리치지만 아칼란은 무시하고 꾸준히 마차를 몬다. 마침내 자투들의 고함이 멀어지고 마차의 속도가 느려진다.

바퀴가 멈추자 몸이 굳고 긴장으로 근육이 뭉친다. 도착했다.

우리가 나가자 대신전은 조용하다. 지평선에 햇살 몇 가닥이 슬금슬금 떠오른다. 와르투베라에서 어제 초저녁에 전투를 시작했는데, 드디어 아침이다. 몇 되지 않던 대신전의 자투와 위증자 죽음비명들은 헤마이라의 성벽으로 떠난 지 오래다. 멀리 보이는 성벽은 빛과 소음에 휩싸였다. 여신들의 군대도 카두스를 지니고 헤마이라로 들어온다. 도망치는 알라키를 돕고, 원하는 여성 누구든 해방시킬 준비가 되어 있다. 대신전 잠입에 완벽한 시간이다.

아칼란이 우리를 작은 뒷문으로 안내하자 나는 친구들을 돌아보며 묻는다. "준비됐어?"

"당연하지." 케이타가 말하고 내 손을 꼭 쥔다.

나는 안절부절못하고 주저하다 솔직하게 말한다. "무엇을 찾게 될지는 나도 몰라."

"우리가 함께하는 한 그건 중요하지 않아." 브리타가 말하며 내 다른 손을 잡는다.

나는 자신 없이 고개를 끄덕이며 이그사를 본다. 이미 새의 모습을 하고 주변을 날아다니는 이그사에게 묻는다. '우리를 이두구에게 데려다줄래?'

'데카.' 이그사가 대답하고, 내가 문을 열자 날개를 퍼덕거리며 들어간다. 이그사가 우리를 목적지로 인도하리라 확신하며 따라간다. 이그사는 신성한 존재에 민감하다. 어디를 찾아봐야 할지 알 것이다.

좁은 복도에 있던 경비병들이 우리를 보자 펄쩍 뛴다. 그러나 그들이 비명을 지르기도 전에 니미타가 달려들어 갈퀴 손으로 갑옷을 꿰뚫는다. 칼로 버터를 자르는 것보다도 빨랐다. 솔직히 대비가 제대로 돼 있지 않은 게 재미있기까지 하다. 위증자 죽음비명들의 갑옷에 그 모든 신성한 금을 쏟아부은 신관들이 정작 자기 경비병들에게는 입히지 않았다니. 이그사가 계속해서 우리를 이끌고 나아가며 날카로운 눈으로 신전 복도와 방을 살핀다. 신전을 돌며 기도하는 신관과 수련생 무리를 조심스럽게 피한다. 아칼란이 설명하길, 고위 신관들은 헤마이라 성벽의 자투에게 가서 신의 가호를 내려주고 있거나 너무 나이가 많아서 너무 늦은 시간이나 이른 시간에는 잘 거라고 한다. 그나마 다행이다. 신관들을 죽이는 데 문제가 있는 건 아니지만 이곳에 남아 있는 대부분은 수련생이다. 겨우 턱수염이 나기 시작한 청소년으로 한밤중에 신전 불을 지킨다. 수련생이 아니면 낮은 계급의 신관이다.

신전으로 더 깊이 들어갈수록 장식이 더 화려해진다. 벽에 새겨진 조각과 구석구석 두루마리로 가득 찬 선반들. 하지만 저번에 그 문들을 통해 들어간 곳에서 봤던 조각들은 못 찾겠다. 황금 줄로 엮인 그 조각들이 계속 신경 쓰인다. 아마 내부 성소 가까이에 있을 것이다. 그곳이 이두구가 머무는 장소일 테고. 만약 이두구가 어머니들과 같은 존재라면 우리가 대신전 경내에 들어선 순간 우리의 존재를 감지하고 그곳에서 기다리고 있을 것이다. 다행스럽게도 이두구는 어머니들처럼 함정을 설치하는 데 관심이 없다. 하긴 헤마이라 전체가 그의 영역이라는 점을 생각하면 그럴 필요도 없다.

잠시 비행하던 이그사가 방향을 틀어 어두운 구석으로 향한다. 나선형으로 올라가는 계단을 희미한 횃불이 간신히 비추어 그 끝은 어둠에 잠겨 있다.

"이두구가 저 위에 있어?"

'데카.' 이그사가 쩍쩍인다.

"이 계단은 본 적이 없어." 아칼란 말에 돌아보니, 혼란스러운 표정이다.

퀘쿠가 인상을 쓴다. "신전 곳곳을 다 가본 줄 알았는데."

아칼란이 말한다. "여기는 아니야. 수련생들은 여기까지 오는 게 허락되지 않아."

"그렇다면 우리가 맞게 온 거야." 나는 말하고 이그사를 따라 계단을 오른다. 계단은 으스스하게 어둡고 텅 비어서 우리가 걷는 발걸음 소리가 새벽 대기에 메아리친다.

마치 이두구가 우리 접근을 막는 방해물을 최소화해둔 것 같다. 그럴 만도 하다. 이두구는 우리가 오기를 바란다. 그 생각을 하니 불안해질 수밖에 없다.

이그사가 마침내 우리를 거대한 목재 문으로 이끈다. 신관들이 신비한 도구를 보호하는 데 쓰기 좋아하는 문이다. 황금 태양 상징인 한 쌍의 쿠루가 손잡이 역할을 하고 바닥에는 더 큰 쿠루가 금으로 새겨져 있다. 문에 다가갈수록 공기가 바뀌어 짙고 무거워진다. 문 앞에 서자 팔의 솜털이 곤두서고 목덜미가 따끔거린다. 익숙하고 불길한 느낌이다.

이두구다. 그가 이곳에 있다.

그 존재를 의식했는데도 처음으로, 그 존재의 작열감에 주눅 들지 않는다. 대신 나는 이그사를 건너다본다. '잘했어' 하고 소리 없이 전한다.

'데카.' 이그사가 기뻐한다.

나는 다른 사람들을 돌아본다. "여기서 기다려."

황당하다는 듯 코웃음 소리가 들린다. 케이타가 내게로 걸어오며 말한다. "어림없어. 같이 갈 거야."

"나도." 브리타가 말하고 재빨리 리를 쳐다본다.

브리타와 리가 눈빛을 교환한다. 그러더니 놀랍게도 리가 브리타를 꼭 껴안은 채 정수리에 입을 맞추고 브리타는 리의 가슴에 얼굴을 묻는다. 브리타의 얼굴이 붉어진다. 우리 모두 놀라서 지켜보는 동안 리가 브리타 귀에 뭔가 속삭이고 뒤로 물러선다.

"우린 여기서 기다리면서 최대한 오래 문을 지킬게." 리가 큰 소리로 말한다. 시선은 여전히 얼굴을 붉힌 브리타에게 고정되어 있다. 나직한 다음 말은 오로지 브리타만을 위한 게 분명하다. "행운이 함께하기를."

"너도." 대답한 브리타의 얼굴이 새빨갛다. 내 표정을 보더니 더 빨개지며 쏘아붙인다. "아무 말도 하지 마, 데카. 진짜 말하지 마."

"난 아무……." 나는 급히 손을 올리며 말하려 하지만 마치지 못한다.

문이 삐걱거리며 저절로 열린다. 문이 활짝 열려 안을 처음 제대로 들여다보자 입이 떡 벌어진다.

앞에 펼쳐진 방이 엄청나게 크다. 불가능할 정도로 거대하다. 금빛 존재들의 성전 전체에 필적할 정도로 높이 솟았다. 대신전 위의 작은 탑에 있을 만한 것이 아니다. 세상 어느 탑에도 이런 방은 있을 수 없다. 하지만 나는 이 방의 존재 방식과 이유에는 관심이 없다. 내 관심은 온통 방 저 끝에 있는 것을 향한다. 네 개의 거대한 황금 왕좌가 있고 마찬가지 크기의 황금 인물상이 황금 왕좌에 각각 앉아 있다. 나는 그것들을 바라본다. 움직일 수도, 숨을 쉴 수도 없다. 충격에 발이 굳었다.

"저 황금상들은……."

경악한 브리타가 휘청이며 내 곁으로 온다. "어머니들 같아. 어머니들과 똑같이 생겼어."

"하지만 남자들이야." 눈앞에 보이는 것을 이해하려고 애를 쓰자 피가 머리로 몰린다.

왕좌의 황금상들은 금빛 존재들과 똑같다. 같은 얼굴, 같은 옷차림. 모든 것이 똑같다. 다만 모두 남자라는 것만 제외하고. 어머니들의 완벽한 남성 복제품이 깊은 잠에 빠져 앉아 있다. 그중 하나는 날개까지 가지고 있다, 어머니 베다처럼. 기억이 머릿속을 스친다. 이제야 실타래가 풀린다. 무자비의 존재에게 손을 내미는 아뇩, 아뇩이 자신과 자매들이 한 일에 대해 느끼는 죄책감. 그리고 문이 처음 우리를 이곳으로 데려왔을 때 본 조각들은, 네 명의 여전사가 자신들과 연결된 네 명의 남자와 싸우는 모습이었다. 그 전사들이 금빛 존재들이었다. 금빛 존재들이 이 신들과 싸운 것이다.

인돌로의 환영이 머릿속에 떠오른다. 황금 줄로 묶인 두 생명체. 그리고 모든 것이 맞아떨어진다. 그동안 이두구가 하나의 존재라고 생각했다. 멀리 떨어진 곳에 숨어서 우리의 수색을 비웃는 하나의 신비한 존재라고. 그러나 하나의 신비한 존재가 아니라 넷이라면? 네 명의 남성 신, 금빛 존재들의 형제 넷. 네 명의 무자비한 존재들.

그것은 어머니들의 거짓말이 내가 아는 것보다 더 크다는 뜻이다. 어머니들만 오테라를 창조한 게 아니다. 어머니들의 남자 형제들도 있었다. 그 형제들도 내내 존재해온 것이다.

브리타가 묻는다. "이게 뭐야, 데카? 어떻게 저것들이 여기 있는 거지?"

나는 브리타의 질문에 답을 할 수 없다. 머리가 멍하다.

공기가 짙어지고 이두구의 존재감이 압도한다. 그가, 아니 그들이 지켜본다. 기다린다……. 하지만 목적이 무엇인지는 여전히 모른다.

나는 그들을 올려다보며 도발한다. "이거 무슨 장난 같은 건가?

우리를 속이는 거지?" 답은 없다. 네 개의 왕좌를 본다. "당신들이 금빛 존재들의 형제? 그래서 그때 날 여기로 데려온 거야? 내가 당신들에 대해 알 수 있게?"

이제야 왜 우리가 그 문들에 사로잡혀서 동부 지방에서 이곳까지 이동됐는지 알겠다. 아마 이 형제들을 한꺼번에 이두구 혹은 무자비의 존재들로 부르는 거겠지. 뭐라고 부르든, 그들이 나를 이곳으로 데려오려고 한 것이다. 나와 이야기하기 위해서. 하지만 그러기 전에 내가 문을 바꿔서 빠져나갔다.

하지만 나는 이곳에 돌아왔다. 다시 시작점이다.

내 질문에 대한 답으로 방에 힘이 솟구친다. 일렬로 쭉 놓인 화로에서 잇달아 불꽃이 일어나며, 황금상들이 놓인 제단으로 나를 인도한다. 내가 할 일은 그저 계단을 올라 황금상들 앞에 서는 것이다. 그러면 내 질문에 답을 얻을 것이다.

'답은 핏속에 있다……' 그 말에 전율이 흐른다.

내 뒤에서 어쩔 줄 모르고 불안해하는 브리타를 돌아보고 말한다. "넌 이제 가야 해. 너와 케이타는 다른 친구들에게 탈출을 준비시켜. 나는 여기에서 물어봐야 할 게 있어." 그리고 좀 부드럽게 덧붙인다. "무슨 일이 일어나면, 케이타에게 지휘를 맡으라고 해줘."

"하지만, 데카……."

"내가 가야 해, 브리타. 난 알아야 해."

브리타가 끄덕이며 한숨을 쉰다. "알았어. 조심해, 데카"

브리타를 안으며 말한다. "너도 조심해, 브리타."

그런 다음 브리타는 돌아간다.

나는 무릎을 꿇고 장화에 숨겨둔 단검을 꺼낸다. 여신들을 해방할 때 썼던 의례용 단검처럼 장식된 것은 아니지만 칼은 칼이다. 그리고 그 칼을 휘두르는 이가 나인 한, 제구실을 할 것이다. 어머니 아녹이 예전에 한 말을, 왜 목걸이를 들여다보게 했는지 이제는 이해한다. 이 순간을 위해 준비시킨 것이다. 진실의 이해와 마주하게 될 이 순간을. 내가 해야 할 일은 저 계단을 올라가 액체 상태인 이두구의 피를 얻는 것이다. 그러면 답을 찾을 것이다. 그러고 나면 어머니들의 진실을, 오테라의 진실을 스스로 판단할 수 있을 것이다.

계단을 오른다.

제일 먼저 닿은 황금상은 나이 든 근엄한 남자다. 세월에서 얻은 지혜가 눈에 담겼고 넓은 코와 장난기 어린 표정은 어머니 아녹과 거의 똑같다. 나는 잠시 그 자리에 서서 바라본다. 이것이 잠들어 있는 이두구일까? 나는 그렇게 부르기로 한다. 그저 여러 명칭 가운데 하나일 뿐이라도. 잘 모르겠지만 이것을 덮은 금 안에 영액이 들어 있다는 것은 안다. 피부 아래로 감지되는 미묘한 따끔거림과 함께 힘이 파도처럼 밀려온다. 손바닥을 단검으로 가르고 기다리자 피가 솟는다.

'만지고 보아라……' 머릿속에서 목소리가 속삭인다. 내 목소리인지 이두구의 목소리인지 잘 모르겠다.

어쨌든 나는 큰 소리로 대답한다. "좋아, 모든 것을 보여줘."

그리고 금에 손을 댄다.

30

어두운 천상의 바다로 돌아왔다. 소용돌이치는 은하들이 지나가고 먼 우주에서 태양들이 태어나고 죽는다. 나만이 그대로 남아 지켜본다. 그곳, 그 장막 너머에서, 보이지 않는 장벽 너머에서 세계가 나뉘고 산맥 하나가 놓인다. 그 위로 야생이 번창해도 바로 알아본다. 노요산맥이다. 가장 높은 봉우리에는 아무것도 없지만 앞으로 성전이 자리할 것이다. 그러나 산맥 아래 평원은 대혼돈이다. 군대가 충돌하고 갑옷과 갑옷이 부딪고 검과 검이 마주친다. 그리고 나는, 우리는 자리에 그대로 있다. 그들을 도울 수 없다. 나는 이제 우리를 느낄 수 있다. 여러 존재가 하나로 융합됐지만, 각각 뚜렷이 구분된 의식을 가진다. 슬픔이 우리를 압도한다. 멀리 있지만 강력하다. 푸른색과 은색이 비탄을 물들여, 천상에 일렁이는 금빛을 흐린다. 절망에 반응하는 천둥이 지글거리고 바다가 요동친다.

오랜 세월 우리는 인류가 야만적인 파괴와 전쟁 본능을 무시하도록 도왔지만 실패했다. 우리가 아무리 애써도 인류는 늘 저항한다.

그 허약한 필멸의 몸으로 우리에게서 달아난다. 하지만 그들의 두려움을 비난할 수 없다. 가장 강한 인간을 제외한 모든 이가 우리를 보는 것만으로 재로 변한다. 우리를 대변하기 위해 선지자를 키우면 곧 광기로 타락한다. 소통할 수조차 없는데 어떻게 인간을 도울 수 있을까?

우리의 접근이 인간에게 죽음의 전조가 된다면 어떻게 다가갈까?

수수께끼가 우리를 괴롭히고, 실망은 초록과 주황으로 물든다. 불안에 감응하여 멀리 있는 화산이 폭발한다.

'우리가 모습을 바꿔 그들처럼 필멸의 존재로 보이게 되면 어떻게 될까?' 이 생각이 의식에 번져나간다. 숙고할수록 청자빛으로 강화된다. 서풍이 휘돌고 꽃이 핀다.

우리 의식의 또 다른 존재가 사색한다. '하지만 어떻게? 인간은 일단 두 형태로 나뉘며 예외자를 의심스럽게 본다. 우리가 있는 그대로 나타나면 의심하지 않을까?'

'우리는 둘이 될 수 있다.' 그 생각이 우리 집합체에 파문을 일으킨다. '우리 각자는 분리될 수 있다. 남성과 여성으로. 아니면 그에 최대한 비슷하게.'

'남성과 여성⋯⋯.' 단순한 생각이 우리를 불안하게 한다. 인간은 남성과 여성이라는 구분에 따라 자신들을 가르기 좋아한다. 하지만 그렇게 간단히 분류되지 않는다. 너무 많은 차이가 존재한다. 정말 너무 많다. 하지만 인간은 쉽게 가늠할 수 없는 사람을 해치려는 성향이 있다. 남성인지 여성인지 선택하도록 강요한다. 양자택일이다. 우리도 선택해야만 한다고 생각해서⋯⋯ 우리 자신을 그런 제한된 형태에 가둔다. 우리의 불안은 빨강과 주황으로 솟아나, 드넓은 숲을 사막으로 시들게 한다.

또 다른 존재가 콧방귀 뀐다. '어쩌나 품위 없는지. 우리는 스스로를 가르고 싶지 않다. 영원히 분리되고 싶지 않다.' 우리 집합체는 여럿일 수 있지만 우리는 또한 하나기도 하다. 우리를 서로 연결하고 또 대우주의 다른 모든 것과도 연결해주는 끈으로 묶여 있다.

또 다른 존재가 사색한다. '아마도 우리는 그런 영구적인 조치를 취할 필요가 없을 것이다.'

우리는 돌아선다. 저 아래 땅으로 관심을 향한다. 그곳에 우아한 형태의 작은 피조물이 덤불 속에서 휙휙 움직인다. 두 몸체가 빛나는 황금 줄로 연결되어 있다.

또 다른 존재가 기뻐하며 속삭인다. '인돌로라고 불리는 것이다. 두 개의 분리된 조각이지만 하나의 완전체다.'

우리는 몸을 낮춰 그 형태를 지켜본다. 놀랍게도 이 피조물, 인돌로는 우리를 봐도 불타서 재가 되거나 달아나지 않는다. 그저 우리와 마주 볼 뿐이다. 두 쌍의 금빛 눈이 사려 깊게 깜박인다.

'인돌로.' 우리는 중얼거린다. 이 생각이 점점 더 우리의 관심을 끈다. '아마도 우리는 저것이 될 것이다.'

나는 숨을 헐떡이며 잠에서 깬다.

깜박거리며 눈을 뜨니 신전은 비었다. 화로에서 탁탁거리는 불꽃을 제외하면 고요하다. 세상에 나 혼자인 것 같다. 하지만 그렇지 않다는 걸 안다. 문밖 어딘가에 친구들이 있다. 귀를 쫑긋 세우면 친구들의 숨죽여 움직이는 소리가 들린다. 움직임 하나하나가 뚜렷하고 비정상적으로 느리다. 와르투베라의 동굴에서 그랬던 것처럼 공기가 느껴진다. 내가 너무 빨리 움직여서 다른 모든 것이 달팽이의 속도로 기어가는 듯하다. 하지만 지금 그런 것은 아니다. 나는 빨리 움직이지 않는다. 아니, 사실 전혀 움직이지 않고 있다. 이두구가 시간을 왜곡하고 있다. 아니면 이 방 전체가 왜곡 작용을 하는 건지도. 여신들의 방과 마찬가지다. 다만 이 방에는 별의 강물 대신, 신전 전체가 숨겨져 있다. 옛날이었다면 이 방을 기적이라 불렀겠지만, 이제는 이게 무엇인지 안다. 변덕스러운 신들의 변덕스러운 마음이다.

나는 황금상들에 가까이 다가가, 그들이 생기를 띠었음을 알아차린다. 온기가 올라오고 마치 숨을 쉬는 듯하다. 그리고 내 손바닥은 금으로 범벅되어, 갑옷에 덧대어진 안감으로 닦아낸다. 그러니까 내가 맞았다. 이것들은 잠들어 있는 이두구다. 그러나 그들을 가두고 있는 금에 내 피를 묻혀도 어머니들처럼 깨어나지는 않는다. 여전히 얼어붙어서 움직이지 않는다. 나는 인상을 쓴다. 어머니들이 그랬던 것처럼 그들은 여전히 갇혀 있는 걸까?

아니, 그럴 리 없다. 그들은 계속 나와 소통했다.

나는 그들을 올려다보며 묻는다. "어째서 기억을 보여준 거지? 당신들이 금빛 존재들의 형제임을 증명하기 위해서?"

"형제라고?" 경멸 어린 대꾸가 피부 아래에서 파동한다. 천 개의 목소리가 하나로 말한다. 눈을 들어 보니 이두구의 입이 움직인다. 그들을 덮은 황금 아래로 파동이 보인다. "모든 것을 보고 나서도 정말 그렇게 생각하나?"

"그렇다면 어떻게 생각해야 해? 당신들은 어머니들의 다른 한쪽 같은 거야? 한때 하나였다고? 인돌로처럼?"

"그때도 지금도 언제나. 완전히 똑같은 존재다."

나는 신전 주위를 가리킨다. "그럼 이건 뭐야? 서로 다른 신전, 알라키의 희생, 피, 싸움. 어째서 다른 한쪽과 그냥 다시 합치지 않는 거지?"

이두구의 진노가 바닥을 우그러뜨린다. "우리의 유대를 끊기로

354

선택한 게 그들이었으니까! 기억을 봤잖아! 우리를 여기에 가둔 게, 세상에서 우리를 감춘 게 그들이야. 우리 아이들을 모두 차지하려 훔쳐 갔지. 알라키도 자투도 모두 데려갔어. 자기들이 생각한 세계의 이상에 그들을 맞춰 넣었어."

장면이 뇌리를 스친다. 하얀손이 그들의 모든 영광 속 황금 웅덩이에서 출현한다. 모든 성별의 존재, 끝없는 가능성의 존재 그리고 그들이 창조된 정수만큼 신성한 존재로. 그러나 어머니들은 하얀손의 외모에 기함하며 다른 면모를 모두 거부하고 오직 여성스러운 면모만 남을 때까지 깎아냈다. 그동안 이두구는 장막 뒤에서 무기력하게 지켜본다. 그러고 나서 어머니들이 새로운 아이들을 창조한다. 여성을 높이고 남성과 얀다우는 무시한다. 인간들과 함께 신나서 나중에 오테라가 된 제국을 건설한다. 그동안 이두구는 중간계의 감옥에 갇힌 채 지켜본다. 천상의 영역은 빨강, 주황, 빨강으로 변하며 분노, 격분과 흑회색 황폐와 굶주림에……

나는 기억에서 뛰쳐나온다. 더 이상 감당할 수가 없다. 너무 강렬하고 압도적이다. 게다가 반쪽의 이야기다. 이두구의 입장에 불과하다. 예전이라면 온전한 진실로 받아들였겠지만, 나는 더 이상 순진하지 않다. 어머니들이 이두구를 감옥에 가둔 이유는 듣지 못했으니까. 또한 이두구의 힘이 강해졌을 때 어떻게 그렇게 오랫동안 어머니들과 알라키들에게 숨길 수 있었는지도. 이 기억은 날조되었다. 게다가 하얀손에 대해서 그랬듯이 온당하지도 못하다.

분노가 타올라 포효한다. "거짓말! 모두 거짓말이야! 남자를 다른 모든 것보다 우위에 두는 남성 신들이 하얀손 같은 존재를 존중했다고? 하얀손 운명에 눈물을 흘렸다고? 내가 어머니들을 미워하게 하려는 편리한 거짓말이겠지. 어머니들의 모든 행동을 의심하게 하려는 거짓말이겠지." 이미 나 혼자 시작한 일을 하는 데 도움은 필요치 않다.

물론 이 대답은 이두구를 불쾌하게 한다. "거짓말이라고 했나, 데카?" 비웃음이 돌아온다. "넌 앙고로를 찾으려고 이곳까지 왔어, 안 그래? 네 어머니들이 그게 뭔지는 알려줬나? 힘을 주는 황금 왕좌라고 했나?"

나도 비웃는다. "그럼 어쩔 건데? 나한테 넘겨줄 거야?"

이두구는 아무 말도 듣지 못한 듯 다른 말을 잇는다. "금빛 존재들은 네게 우리 존재를 알려주지 않았어. 다른 신들이 있다는 사실을 부정했지. 자기들이 유일한 신이라고 했어. 알라키와 자투의 유일한 창조자라고. 말해봐. 왜 그랬을까? 왜 모든 숭배와 영광을 자기들만 차지하고 우리는 숨기고 굶긴 걸까?"

방 안에 목소리가 울리면서 머릿속에 한 장면이 떠오른다. 장막 뒤에서 이두구가 금빛 존재들을 바라본다. 적황색 분노가 들끓는다. 그러나 또 다른 색이 그 감정 아래로 슬며시 흘러든다. 너무 짧게 봐서 무엇인지 이해하기도 전에 사라져버렸다. 엷고 황량한 검은색, 무력감, 굶주림……

그리고 마침내, 며칠 전 아침 하얀손이 한 말의 의미를 이해한다. '이름이 존재에 힘을 주는 거야. 심지어 신들에게도.'

깨달음이 나를 뒤흔든다. 어머니들은 이두구에게서 이름과 정체성을 빼앗았다. 그렇게 해서 섬김받을 기회를 허용하지 않았다. 신들이 살려면 숭배가 필요하다. 인간의 복종과 믿음이 신을 지탱한다. 그러나 금빛 존재들은 이두구가 숭배에 굶주리다가 죽도록 장막 뒤로 추방했다. 매우 느리고 고통스러운 죽음이 되었을 것이다.

그러나 그들은 여전히 존재한다.

어떻게 아직 살아 있는 거지? 이성적 사고가 다시 부상하여 이두구의 주장에서 허점을 찾아낸다. 당연히 그들의 의식은 오래전에 소멸했어야 한다. 그저 우주를 떠도는 에너지 정도만 남았어야 한다. 어떻게 살아남아 이 대신전에서 내게 말을 하는 걸까, 만일…….

잠깐.

'이건 오요모의 신전.'

오요모…….

숨을 헉 들이마시고 외친다. "너희가 오요모를 창조한 거군! 양식을 얻기 위해 새로운 정체성을 만들어낸 거야!"

이제 알겠다. 자투가 금빛 존재들을 기습해서 가둘 수 있었던 것도 당연하다. 어머니들이 모르는 새 이두구가 자투를 이끌었다. 어머니들은 이두구가 장막 뒤에 확실히 감금되어 서서히 굶어 죽어간다고 생각했으니까. 하지만 금빛 존재들이 눈치채지 못하는 사이에 이두구가 오요모라는 새로운 정체성을 만들어냈고, 자투들이 '무한의 지혜들'이라는 새로운 길을 따르도록 조종했다. 멜라니스의 기억에서 본 것, 절망에 빠져 어머니들을 쳐다보던 자투의 기억이 사실이라면 자투들은 당연히 끌렸을 것이다. 나는 이미 첫 자손이 남자를 대하는 방식을 봤다. 열등하다는 듯 내려다봤다. 당연히 자투들은 오요모의 군림을 받아들였을 것이다. 전적으로 남자가 지배하는 세계를 약속한 신이었으니까. 여성들이 복종을 강요당하고 마지막 남은 알라키들을 찾아 처형하기 위해 매년 모두 특별한 의례를 치르는 세계.

어머니들이 세상을 지배할 때, 어머니들은 성별을 기반으로 위계를 만들었다. 그래서 이두구도 기회를 얻자 똑같이 했다. 하지만 차이점은 이두구가 훨씬 앙심을 품고 금빛 존재들이 키운 아이들을 학살했다는 것이다. 그 희생을 이용해 영양을 섭취하고, 오래 굶주렸던 힘에 탐닉했다.

분노가 몸을 휩쓴다. 분노가 너무나 강력해 말문조차 막힌다. "무한의 지혜들과 신전들, 모두 숭배받으려고 너희가 만들어낸 거야! 얻어낸 힘을 사용해서 어머니들과 아이들에게 복수하려고!"

나는 격노한다. 모든 것이 너무 사악하고 뒤틀려 있어서 이해하기 어렵다. 내가 겪었던 모든 고난, 지하 감옥의 악몽, 이르푸트에서 여성으로 사는 괴로움 전부 이두구 때문이었다. 그들에게 먹이가 필요했기 때문이다. 그래, 금빛 존재들이 그들을 가두었다. 하지만 극단으로 몰아간 것은 그들이다. 오테라를 뒤틀리고 사악한 곳으로 변형시킨 것은 이두구다. 불현듯 이르푸트에서 두르카스 장로가 수없이 하던 말이 떠오른다. '단순히 기도만 암송해서는 숭배가 아니다. 순종의 행위를 수행해야 숭배다.' 그리고 이두구는 무한의 지혜들을 이용해 여성에게 완전한 순종을 요구했다. 그러니 무한의 지혜들을 따르느라 여성이 더 천천히 걸으려 노력할 때마다, 머리를 숙이고 말을 참고 자신을 작게 만들 때마다, 그 모든 행동이 이두구를 위한 숭배가 되었다. 내 복종과 고통이 그들의 먹이였다.

그 모든 처참함과 끔찍함이 그들을 살아 있게 지킨 것이다. 그들이 계속 음모를 꾸미도록 도운 것이다.

나는 분노에 가득 찬다. "모두 당신 책임이었어! 순수의 예식, 죽음의 칙령, 모든 일, 그 모든 피와 고통! 당신 때문에 내가 고문당하고 계속 죽임을 당했어! 당신 때문에 내 친구들이 모두 고통받았고 모든 오테라 여성이 계속 고통받는 거야. 항상 당신 때문이었어!"

신들이 맞받아 고함친다. "아니, 금빛 존재들 때문이지! 우릴 가둔 건 그들이야! 우린 살길을 찾아야 했어, 위장해서 양분을 얻더라도!"

너무 화가 난 상태로 소리 지르느라 목에 핏대가 선다. "아니, 알라키를 희생시켜서 살았지! 너희는 우리를, 자기 자식을 먹이로 삼

358

앴어. 아직도 그 짓을 하면서 우리 몸을 너희의 놀이터로 이용하지! 너희가 우리 아버지라면, 우리 조상이라고 주장하려면 헤마이라 전역 단상에 묶인 알라키들은 뭐지? 신전과 감옥에 갇혀 너희가 배불리 먹을 피를 흘리는 소녀들은 뭐야?"

대답이 없자, 나는 이두구를 노려본다. "대답 못 하겠지, 안 그래? 너희가 하는 짓은 정당화될 수 없어. 장막 뒤에서 나오지도 못하지. 그리고……."

나는 말을 멈추고 눈을 깜박이며 깨닫는다.

우리가 대화하는 내내 이두구는 조금도 움직이지 않았다. 손가락조차 꼼짝하지 않았다. 실제로 저 황금 뒤에서 파문을 일으키는 것은 그들의 입뿐이다. 다른 것은 움직일 힘이 없는 것처럼. 이제 나는 떠올린다. 북쪽 지방에서 우리를 헤마이라로 데려왔을 때, 우리를 한 장소에서 다음 장소로 급작스레 이동시켰다. 문을 유지할 힘이 충분치 않은 것처럼 말이다. 그뿐만이 아니다. 그들은 미리 숭배자가 모인 곳에만 나타났다. 그들의 이름 아래 희생이 치러진 곳에서만 나타났다. 오요모신, 주샨, 그 골목. 모두 이두구가 나타나기 위해서는 누군가 죽거나 멜라니스처럼 고문당했다.

말이 되지 않는다. 이두구가 그동안 오요모로서 숭배받았다면, 금빛 존재들의 두 배, 아니 세 배의 힘을 가지고 있어야 한다. 그러나 그들은 자리에서 벗어나지도 못하고 여전히 거짓 이름 뒤에 숨어 어머니들의 전면적인 관심과 분노를 끌지 않으려고 한다.

왜지?

인돌로의 모습이 퍼뜩 생각난다. 한쪽에서 벌어진 일은 다른 쪽에서도 벌어진다…….

그리고 마침내 깨닫는다.

씁쓸함에 북받쳐 나는 그저 웃고 또 웃는다. "너희는 여전히 갇

혀 있군, 그렇지?" 예상대로 이두구가 대답하지 않아 나는 압박한
다. "너희는 오요모를 만들어내서 자투들이 믿게 했어. 자투들이
어머니들을 가두도록 조종하기도 했지. 하지만 모두 역효과를 낳았
어, 그렇지? 당신들은 여전히 이어져 있으니까. 분리된 몸을 가져
도 여전히 하나의 존재인 거지. 자투가 어머니들을 가두자 너희의
몸도 이렇게 돼버렸어. 그리고 너희에게는 누루가 없으니 해방될
수 없는 거야. 온갖 계략을 짜냈어도 그것까지는 생각하지 못했군.
그리고 나는 너희를 풀어주려 하지 않고."

팽팽한 침묵이 흐른다. 그을은 노랑, 격노의 주황이 주변에서 번
득인다. 휴화산처럼 속에서 끓는 이두구의 분노가 보이는 듯하다.

그들을 자극한다. "언제?"

한숨이 방을 가로지르고 신들이 마침내 인정한다. "유감스러운
실수였어. 하지만 곧 바로잡을 거야. 연결을 끊고 다른 반쪽을 완전
히 파괴할 거야."

나는 비웃으며 말한다. "어떻게? 너희가 어머니들에게 하는 짓
이 그대로 너희 자신에게도 벌어질 텐데."

"네가 하면 다르지……." 음흉한 속삭임이 내 세상을 그 쪽으로
기울게 한다.

현기증이 인다. 어머니들을 죽이라는 제안인가? 도저히 이해가
가지 않는다. 그러나 이들은 아주 확고하다. 명백하게 내게 원하는
것이 바로 그것이다. 나를 여기 데려온 진정한 이유인 것이다. 정말
내가 어머니들을 죽일 수 있다고 믿는다.

나는 조용히 말한다. "나는 금빛 존재들을 해방시키기 위해 창조
되었어. 당신들 사이에 무슨 일이 있었든 상관없이, 나는 어머니들
의 딸이야. 알라키나 자투처럼 당신들과 어머니들 사이의 아이가
아니라."

이두구가 다시 침묵한다.

마침내 돌아온 반응은 재미있다는 듯한 킬킬거림이다. "그들이 그렇게 말했니?" 이 말을 듣자 열기가 목을 타고 오른다. "그들이 널 창조했다고? 네가 그들의 진짜 딸이라고? 거짓말, 전부 거짓말이야. 네게 진실을 보여주마."

금이 씌워진 손이 불쑥 다가온다. 너무 커서 내 몸 전체를 덮자, 그 한 번의 접촉으로 나는 쓰러진다. 황금 눈물방울이 푸른 바다로 떨어진다. 온 세상이 나의 도착을 기뻐하는 듯하다. 분홍과 황금 환희가 하늘을 물들인다. 물 위에서 무지개가 웃음 짓는다. 내가 태어난 광경이다. 어머니들의 이야기와 똑같다. 나는 어머니들의 눈에서 떨어진 황금 눈물이었다. 자신들이 영원히 갇힌 것이 아님을 확인하기 위한 어머니들의 마지막 필사적인 시도였다.

그러나 가까이서 자세히 보니, 그 눈물은 어머니들 눈에서 떨어지는 것이 아니다. 늘 그렇게 들었는데, 대신 그것은……. 그만 겁에 질려 화들짝 기억에서 빠져나온다. 이두구가 또 조종하려 한다. 이번에는 내 출생에 대한 거짓 기억을 보여준다. "아니야! 너희가 보여주는 건 아무것도 보지 않겠어! 난 너희 복수의 도구가 되지 않을 거야!"

진실을 아는 다른 방법이 있다. 내 손바닥에 묻은 이두구의 피를 간직했다가 나중에 조사할 수 있다. 내 머릿속에 밀어 넣으려는 기억을 믿는 대신 실제 무슨 일이 있었는지 알아볼 것이다.

"난 여길 떠날 거야, 지금 당장. 날 막을 순 없어."

"우리 말을 믿지 않는구나. 그렇지, 데카?" 낮고 졸린 듯한 탄식이 대답으로 돌아온다. 이두구의 존재감은 이미 줄어들고 있다. 어머니들이 지치면 잠들듯, 그들도 다시 잠에 빠져들 것이다. "그렇다면 너 자신의 힘을 믿거라. 네 눈으로 직접 보거라."

황금빛 손이 다시 한번 덮친다. 그 손에 닿는 순간 나는 헐떡이며 깨어난다.

일어나자, 방 안 내 주변이 밝다. 불안할 정도로 환하다. 화로가 모두 타오른다. 화로에 드리워졌던 그늘은 사라졌다. 그동안 내가 정말 잠들었던 걸까? 처음에 내가 깨어났다고 생각한 이후에도? 방금 본 게 전부 꿈이었나?

"깨어났구나! 어머니들께 감사하게도." 브리타의 목소리가 귓가에 들린다. 깜짝 놀라 고개를 돌리니, 브리타와 케이타가 내 뒤에 서 있다. 이그사도 옆에 있다. 모두 안도하는 듯하다. 아주 무척 안도하는 듯하다. 시간이 얼마나 지난 거지?

브리타가 눈에 걱정을 한가득 담고 나를 본다. "괜찮아, 데카? 한 시간이 넘었어. 필요한 답 얻었어? 걱정 많이 했어. 어서 여길 나가야 해. 이곳의 모든 게 옳지 않게 느껴져."

대답이며 내가 끄덕인다. "그래. 어서……."

공중에서 이상하게 지글거리는 소리에 말을 멈춘다. 문이다.

그쪽을 향해 몸을 돌리자 갑자기 작고 마른 위증자 죽음비명이 케이타 뒤에 서 있다. 다른 죽음비명과 달리 표면이 기이한 푸른빛을 띤 보라색이다. 사방에서 문이 더 열리고, 다른 우루니들, 그러니까 아칼란, 리, 라민, 퀘쿠도 굴러 나온다. 자투가 그들 뒤에 서 있다. 더욱 많은 문에서 위증자 죽음비명들이 더 나타난다. 수십 개의 문이다. 게다가 케이타와 우루니들은 얼어붙어 움직일 수도 말할 수도 없는 듯하다.

"아침 인사를 드린다, 누루." 케이타 뒤의 죽음비명이 말한다. 물을 필요도 없이 안다. 카디리다.

카디리의 눈에 예의 그 표정이 담겨 있다. 이두구를 위해 단상 위의 소녀들을 희생시킬 때 지었던 표정. 카디리의 손톱이 케이타 등을 향한다. 내 몸이 차갑게 식는다.

"케이타……."

카디리가 말한다. "이두구께서 나를 부활시킬 때, 그분들은 네가 결코 이성에 귀 기울이지 않을 거라 알려주셨지. 그래서 내가 보여 줘야 해. 진실을 보여줘야 해. 네가 직접 볼 수 있도록. 기억해라." 카디리의 눈에 불경한 광신이 담겨 있다. "모두 널 위한 것이다. 이 희생을 네게 바친다. 데카, 신들의 앙고로여. 이것이 네게 양분이 될지어다. 신성한 모든 것에 죽음을 가져오는 자여."

그러고 나서 장로는 케이타의 목을 벤다.

31

케이타의 피가 새빨갛다. 무슨 색일 거라 생각했는지 모르겠다. 케이타 목에서 꿀렁꿀렁 쏟아져 나오는 피를 보며 나는 얼어붙는다. 피가 흐르고 또 흐른다. 그 아래 분홍색에서 쏟아져 나온다. 아름다운 갈색 피부 아래로 보이는 분홍색이 너무 비현실적이다.

꿈꾸고 있는 걸까? 꿈이어야만 한다. 지금 보이는 것이 현실일 리 없다. 방이 빙빙 돈다. 빛, 움직임, 색, 비명. 너무나 많은 비명.

근처 어딘가에서 브리타가 울고 있다. "리…… 리가……." 브리타가 나를 본다. 눈에 눈물이 가득하다. 리를 팔에 안고 있다. 그 끔찍한 붉은색이 리의 목에서도 쏟아져 나온다. "저들이 죽이고 있어……. 안……."

브리타가 무슨 말을 하는지 모르겠다. 물속을 걸어가는 것 같다. 모든 것이 무겁게 느껴진다. 간신히 움직인다. 누워 있는 케이타만 눈에 들어온다. 끔찍한 붉은색이 쏟아지고 또 쏟아진다. 뭘 해야 할지 모르겠다. 어째서 아무것도 할 수 없는지 모르겠다. 왜, 대체 왜 케이타 목에서 붉은색이 흘러내리는 거지?

"케이타?" 케이타에게 다가가려 하지만 다리가 풀린다. 그래서 기어서 그 옆으로 간다. 있는 힘을 모두 그러모아 케이타를 내 무릎으로 끌어당긴다. "케이타, 제발. 말 좀 해봐, 그냥……."

케이타가 말하려 하지만 입가로 피가 울컥한다. 케이타가 기침하자 옷에 붉은 피가 튄다. 안 돼, 안 돼, 안 돼……. 케이타의 목을 손가락으로 누르자 손이 떨린다.

흐르는 피를 막아보려 노력한다. 상처를 맞잡아 꼭 쥐어서 아물게 하려 해보지만 소용이 없다. 그래서 전투 상태에 들어가 내가 바꿀 수 있는 내부의 무언가가 있는지 찾아본다. 몇 달 전에 브리타를 살릴 수 있었으니까, 죽음에서 *끄*집어낼 수 있었으니까 케이타도 치유할 수 있을 것이다. 하지만 다시 생각하니 케이타는 인간이다. 너무나 절망스럽게도 가차 없이 인간이다. 그래서 전투 상태에서 빠져나와 여전히 쏟아지는 붉은색을 본다. 흐르고 또 흐른다.

케이타의 눈에서 빛이 거의 사라지고 목에서 그렁거리는 소리가 들린다. 나는 상처 입은 동물처럼 울부짖으며 애원한다. "케이타, 안 돼. 제발, 제발. 우리 인돌로잖아, 기억하지? 너랑 나, 둘이서 하나. 안 돼, 케이타. 안 돼……."

아무것도 중요치 않다. 케이타가 계속 그렁거린다. 그 소리가 너무 끔찍해서 머리통에서 귀를 잡아 뜯고 싶다. "케이타, 제발……." 나는 애원하며 필사적으로 갑옷 아래 안감 천을 있는 대로 뜯어 케이타의 목 주변을 감싼다. 하지만 피는 계속 흘러나온다.

내가 속삭이며 미친 듯이 케이타의 입술에 키스한다. "여기 나와 함께 있어줘. 내 곁에 있어줘."

작고 약한 움직임에 얼굴을 든다. "데카……." 케이타가 고통스럽게 말을 뱉으며 속삭이자 목에서 피가 뿜어져 나온다. 깨진/유리

같은, 톱날 같은 목소리가 나를 저민다. 케이타가 손을 들어 내 얼굴을 만지려 하지만 떨어진다. 내가 그 손을 잡아 뺨 위에 놓는다.

"나 여기 있어, 케이타. 내 곁에 있어줘." 내 뺨에 눈물이 흘러내리고 케이타는 웃음 지으려 한다. 하지만 입술은 위로 곡선을 그리지 못한다. "자." 나는 서둘러 케이타의 입술 끝을 민다.

케이타가 웃을 수 있게 하면 이 모든 것이 사라질지도 모른다. 케이타의 상처가 사라질 것이다. 지금 상황은 현실이 아닐 것이다. 이런 일이 일어났을 리가 없다. 하지만 내가 무슨 짓을 해도 케이타의 입술은 올라가지 않는다. 그리고 이제 내 손길 아래서 차갑게 식어간다. 아마포처럼 생기 없고 창백하다. 눈빛도 마찬가지다. 빛이 사그라든다. 케이타의 피부가 잿빛으로 창백해진다.

설상가상으로 케이타 가슴에서 나는 그렁거리는 소리마저 점점 느려진다. 내가 무기력하게 바라만 보는 동안 한 번, 두 번 그렁거리더니 그냥 그렇게 멈춘다. 케이타가 죽었다. 나는 그곳에 앉아 있다. 움직일 수 없고 아무것도 할 수 없다.

나는 그냥 그곳에 앉아 있다.

이그사가 내 앞에서 서성거린다. 이그사의 거대한 몸이 장벽이 되어, 내 주위를 맴도는 자투를 막아준다. 하지만 나는 그것조차 알아채지 못한다. 브리타가 멀리서 울부짖는다. 브리타도 나처럼 고통스러울 테지만 나는 움직이지도 못한다. 내가 아는 것이라곤 케이타가 이곳에 있었다는 것이다. 케이타는 아름다웠고 나의 것이었으며 이제 사라졌다. 내 소중한 친구. 내 전투 동반자. 내가 울어도 나를 망가졌다거나 지겹다거나 가치 없다고 생각하지 않는 몇 안 되는 사람 중 하나. 내가 만났던 소년 중 가장 놀랍고 아름답고 빛나던 존재가 사라졌다. 아, 어머니들이여, 케이타가 죽었다. 이제 다시는 케이타를 만나지 못한다. 알라키는 인간이 죽으면 가는 곳으로 가지 않기 때문이다. 게다가 나는 알라키조차 아니다. 나는 결코 죽지 않을 테니 항상 혼자일 것이다. 언제나 혼자다.

케이타의 생명 없는 몸을 내려다본다. 조금의 움직임도 없이 내 무릎 위에 누워 있다. 갑자기 하늘을 찢어버릴 정도의 분노로 가득 찬 나는 비명을 지른다. "절대 날 떠나지 않을 거라고 했잖아! 약속 했잖아, 너랑 나, 우린 함께일 거라고!"

나는 케이타를 흔든다. 혐오스럽고 역겨운 시체를 흔든다. "우린 영원히 함께일 거라고 했잖아!"

흐느낌이 터져 나와 손에 얼굴을 묻다가, 손이 축축해서 흠칫한다. 손이 빨갛다. 케이타의 피로 뒤덮였다. 나 때문에 흘린 피다. 케이타를 가질 자격이 내게 없었기 때문이다. 내가 너무 많은 사람을 죽였기 때문에, 너무 많은 죽음에 책임이 있기 때문에 케이타를 빼앗겼다. 아, 어머니들이여, 케이타가 죽었다.

피를 문질러 없애려 하지만 아무 소용이 없다. 손을 갑옷에 아무리 세게 문질러도 붉은 얼룩이 남았다. 금빛이 남았다. 내 손에서 금빛이 반짝인다. 그 밉고 혐오스러운 금이.

'잠깐.'

꼼짝하지 않는 시신을 내려다보는데 내 몸의 모든 근육이 팽팽하게 당겨진다. 내 손가락에 금이 있다. 케이타의 핏속에서 금이 반짝인다. 이제 그 피가 케이타의 몸 위로 퍼진다. 케이타의 몸에서 나오는 열기에 뒤섞인다. 케이타가 뜨겁다. 지독하게 뜨겁다 못해 끓는다. 우리 주변의 방도 마찬가지다.

"무슨 일이지?" 브리타가 혼란스러워한다.

브리타를 흘긋 보니, 희미하게 반짝거리는 땀과…… 금으로 뒤덮인 것을 발견한다. 브리타의 무릎 위에 누운 리 때문이다. 그가 금에 뒤덮여 있다. 둘러보니 아칼란, 퀘쿠, 라민 모두 마찬가지다.

너무나 혼란스럽다. 이들 모두 금빛 잠에 빠지고 있다. 하지만 말이 되지 않는다. 이들은 모두 인간이다. 필멸의 존재다. 케이타 몸속을 봤고 죽음을 봤다. 케이타의 몸에서 본 건 그게 다였다.

'내가 자세히 보지 못한 게 아니었을까?'

의문이 나를 멈춘다. 그러다 브리타의 질문에 대답하는 목소리가 울린다. "데카 때문이다, 데카가 그렇게 한 거야."

나는 고개를 들어 여전히 방 가운데 서 있는 카디리를 발견한다. 갈퀴 손에 케이타의 피가 묻었고 눈에서는 끔찍한 광신이 빛난다. 더구나 장로는 혼자가 아니다. 자투와 죽음비명 부대가 장로 뒤에서 칼을 겨눈다. 흉갑의 카두스가 격렬하게 진동한다. 그에 반응하는 내 머리의 울림은 미약하지만, 이마에서 땀이 비 오듯 흘러내린다. 케이타의 체온은 빠르게 오르고 있지만 이제 이유를 따져 물을 시간이 더는 없다. 자투와 위증자들이 우리 눈앞에 있고, 격투 자세로 보아 우리를 해치려는 의도가 분명하다. 검과 날카로운 손톱을 들어 올려 준비를 마쳤다. 그들이 무엇을 원하는지, 왜 이곳에 있는지 안다. 우리를 죽이기 위해서다. 이 신전에서 우리가 절대 나가지 못하도록 하기 위해서다.

카디리가 갈퀴 손을 들어 올린다. 그 끝에서는 여전히 케이타의 피가 뚝뚝 떨어진다. 카디리가 근처에 있는 자투에게 손짓하자 자투가 재빨리 앞으로 걸어가 무릎을 꿇는다. 카디리가 말하며 끔찍한 손톱을 철컥거린다. "잘 봐라, 데카. 이해할 때도 됐잖아. 언제나 너였어. 이두구의 말씀대로 언제나 너야. 네가 앙고로야. 황금 왕좌이자 힘의 원천이지. 금빛 존재들이 너를 이곳으로 보냈어. 열등한 동물인 양 목줄을 채워서 이두구를 베어버리라고 말이야. 하지만 이두구께서는 지혜로 그들의 힘을 분열시켰어. 네게 자유를 줬지. 잘 봐라, 데카. 너의 이른바 어머니들은 죽음을 꾀하려고 너를 이용했지만 우리는 네 힘을 이용해 생명을 낳을 거다. 네 이름으로 이 희생을 바친다, 데카."

카디리가 자투의 목을 똑바로 찌른다.

몸이 차가워진다. 망연자실하게 바라보는 동안 익숙하고 끔찍한 붉은색의 피가 쏟아진다. 하지만 피는 빠르게 황금빛으로 바뀐다. 케이타와 리 그리고 다른 소년들에게 일어난 것과 똑같다. 하지만 이전과는 달리 나는 바라만 보며 방관할 수 없다. 또 다른 자투가 내 친구들처럼 조건부 불사의 몸이 되게 놔둘 수 없다.

나는 힘겹게 손을 들어 올린다. 저 자투와 카디리 대신관, 이곳의 어느 누구도, 무슨 일이 있더라도 내 친구들을, 내가 사랑하는 이들을 해칠 힘을 얻게 둘 수는 없다.

나는 가능한 많은 힘을 실어 명령한다. "물러나라."

움직이는 자투가 한 명도 없다.

유일한 움직임이 무릎에서 느껴진다. 케이타가 움직인다. 케이타가 깨어나면 최악의 상황이다. 이 방에는 내 명령에 영향받지 않는 자투로 가득하니까.

카디리가 기쁜 듯 미소를 짓는다. "목소리를 써봐야 소용없다는 걸 알아야지, 누루. 이두구의 표시가 우리를 보호해주는데." 카디리가 흉갑 위 카두스를 두드린다. "너의 그 능력은 여기선 아무 힘이 없어. 그리고 네 친구들도 곧 모두 죽어 사라질 거다. 널 위해 마련된 길에서 네 주의를 흐트러뜨리는 방해물은 사라져야 하니까."

브리타가 눈에 살기를 띠며 일어난다. "내가 가만있지 않아."

카디리는 브리타를 제대로 쳐다보지도 않고 대수롭지 않게 비웃는다. "뭘 어쩌려고, 알라키?"

"이렇게."

브리타가 손짓하자 바닥이 뒤틀리며 카디리와 그의 부하들이 날아간다. 카디리는 공중에서 재빨리 몸을 비틀어 두 발로 착지하지만, 몇몇 자투는 벽에 부딪혀 그 충격으로 죽는다. 다른 자투들은 팔다리가 부러진다. 나는 그저 엄숙하게 지켜본다. 이런 일을 당해 마땅한 자들이다.

카디리 뒤에서 지휘관 자투 하나가 외친다. "저 여자를 멈춰! 당장 저 여자를 멈춰!"

아직 움직일 수 있는 자투와 죽음비명들이 브리타를 향해 달려든다. 브리타가 다시 손짓한다. 하지만 이번에는 바닥이 거의 움직이지 않는다. 브리타는 좌절하며 다시 시도한다. 아무 일도 일어나지 않는다.

나는 놀라서 달려간다. 브리타가 아까 힘을 쓴 후 충분히 쉬지 못한 것이다.

지휘관도 알아채고 소리친다. "힘이 빠졌네. 죽여!"

가장 가까이 있는 위증자가 브리타에게 달려든다. 그러나 폭발하며 불기둥이 된다.

주위를 둘러본 나는 어리둥절해진다. 이상한 일이 일어난다. 케이타가 바닥에서 일어난다. 눈에서 불꽃이 튀어 오른다. 주변의 자투들을 집어삼킬 정도로 타오른다. 마치 케이타가 알라그바가 된 것 같다. 사후대지에서 악인을 처벌하는 정령 말이다. 더 많은 자투가 불타고 더 많은 불길이 케이타의 몸에서 솟구친다. 다만 그 불길이 케이타를 태우지는 않는다. 피부가 벗겨지거나 오그라들지 않는다. 몸이 탈 때의 끔찍한 냄새도 나지 않는다. 케이타는 멀쩡하다. 사실 멀쩡한 것 이상이다.

케이타는 힘으로 가득 차 있다.

"케이타?" 내가 중얼거린다. 보이는 것을 믿을 수가 없다.

어떻게 이런 일이 가능한지 모르겠다. 케이타는 방금 죽었다. 그런데 다시 살아나서 불을 조종한다고? 무슨 일이 벌어지는 거지? 엄청난 일이 벌어지는데 정작 나는 전혀 이해가 가지 않는다.

경악한 것은 나뿐만이 아니다. 카디리가 고함친다. "이게 어찌된 일이지? 무슨 일이야?"

"신성한 재능이지." 케이타의 목소리가 이두구의 것처럼 겹겹이 중첩되어 들린다. "재능을 받으려면 여신의 축복을 받아야 해. 당신은 데카가 불에 타기를 원했지. 우리가 재로 되어 사라지기를 바랐어. 이제 당신 차례야."

케이타가 손짓한다. 이번에는 방 안의 모든 자투와 위증자들이 화염에 휩싸인다. 갑옷 안에서 몸이 타고 지글거리자 모두 비명을 지른다. 살이 타는 악취에 오래된 익숙한 공포가 밀려들지만 나는 두렵지 않다. 조금도 동요하지 않는다. 저들이 내게서 케이타를 빼앗으려 했다. 나의 유일하고 진정한 가족인 내 친구들을 빼앗으려 했다. 이것은 응징이다. 당하는 것이 마땅하다.

차가운 코가 닿는다. '데카?'

나는 이그사를 내려다본다. '이곳을 떠날 시간이야. 다른 사람들을 데리러 가자.'

'데카.' 이그사가 대답하고 서둘러 움직인다.

브리타가 리를 안아 든다. 브리타는 창백하고 피곤해 보인다. 재능을 쓰느라 지친 것이다.

내가 다가가 "괜찮아?" 하고 묻지만 겁에 질린 브리타는 시선을 리에게 고정하고 있다.

"아직 금빛 잠에서 깨어나지 않았어. 왜 깨어나지 않는 거지, 데카?"

"내가 볼게." 나는 브리타 옆에 서서 리를 바라보며 전투 상태로 들어간다. 리의 몸속에서 벌어지는 일을 보니, 절로 눈썹이 올라간다. 리의 핵심이 변하고 있다. 리의 정수를 감싼 금줄기가 천천히 리와 하나가 된다. 케이타를 보면서도 놓친 과정이다. 충분히 오래 보지 않아서 보지 못했다.

"곧 깨어날 거야." 브리타에게 말하며 방을 훑어본다. 다른 우루니들도 금빛 잠에 빠져 있다. 그들도 변이 중이다. 금이 그들을 몸속에서 변화시킨다.

"모두 깨어날 거야."

이제야 알겠다. 전투 상태 덕분에 상황을 이해할 수 있고 확신할 수 있어 안심이 된다.

하지만 시야가 원래대로 돌아와서 뒤돌아보니, 이상한 점이 있다. 까맣게 탄 자투 하나가 나에게 기어온다. 검게 변한 몸으로 바닥을 긁는다. 그의 내부에서 금색이던 영혼이 칙칙한 흰색으로 흐려진다. 모습도 변한다. 점점 더 커진다. 굉장히 익숙한 형태로 변한다. 위증자 죽음비명이다.

이런 식으로 변하는 것이다.

"죽음비명으로 변하고 있어." 친구들에게 외치지만 아무도 내 말을 듣지 않는다. 다들 자신의 짝을 걱정하느라, 벨칼리스는 아칼란을, 아돠파는 퀘쿠를 보고 있다. 라민만이 홀로 바닥에 쓰러져 있다. 아샤가 노요산으로 돌아갔기 때문이다.

침착하게 이그사에게 말한다. '라민을 부탁해.'

이 자투들이 죽음비명이 되어도 상관없다. 여기서 부활하지는 않을 테니까. 아까 본 것이 사실이라면, 위증자 죽음비명들은 어딘가 땅속 깊은 곳에서 태어난다. 아마도 노요 산지 안쪽일 것이다. 외진 곳이라 땅에서 솟아나는 위증자를 목격한 이가 없었다. 당분간은 문제 되지 않을 테니 다행이다, 내게 마지막으로 할 일이 있으니까.

방의 끝으로 간다. 불에 타지 않은 마지막 위증자가 한 명 남았다. 카디리다. 겁쟁이인 그는 화로 뒤에 몸을 웅크리고 있다. 케이타가 나를 위해 살려뒀다. 다정한 녀석. 나중에 감사의 키스를 해줘야지.

카디리가 고개를 들었고, 이미 내 손에는 준비된 아티카가 들려 있다. 카디리도 내 눈에 담긴 결의를 본 것이 분명하다. 그러니 미친 듯이 머리를 흔들며 눈을 크게 뜨겠지. 그가 애원한다. "데카. 네가 지금 무슨 짓을 하는 건지 생각해봐. 나를 베면 내 군대는 절대 멈추지 않을 거야. 지금도 군대가 노요산에 모이고 있어. 내 연락을 받지 못하면 이틀 안에 군대가……."

칼날이 번쩍이고 장로의 머리가 피를 흩뿌리며 바닥에 떨어진다.

나는 사납게 웃는다. "이번에도 되살아나 보시지." 비웃으니 흡족하다. 그런 다음 몸을 굽혀 흉갑을 떼어내다가 사악하게 번득이는 카두스 때문에 인상을 쓴다.

뒤에서 뜨거운 열기가 느껴진다. 돌아보니 케이타가 걸어온다. 그러면서 불길이 케이타의 피부 속으로 휘몰아 들어가 천천히 사라진다.

"케이타!" 나는 아티카와 흉갑을 내동댕이치고 달려가 껴안는다. 케이타의 몸이 여전히 뜨거워도 개의치 않는다. 주변에 대학살의 교향곡이 펼쳐져도, 불에 탄 시체들이 숯이 되어 바닥을 굴러도 신경 쓰지 않는다. 내 관심은 오직 케이타가 앞에 있다는, 살아 있다는 데 있다.

"케이타! 케이타! 살아 있구나!" 나는 헐떡이며 케이타가 숨 막혀 할 때까지 키스를 퍼붓는다.

케이타는 얼떨떨한 표정으로 자기 몸을 내려다본다. "그런 것 같네."

"넌 진짜 자투였어! 그보다, 심지어 이제 불사신이야!"

뭐, 불사신에 가깝다. 하지만 그건 상관없다. 어떻게 그런 선물을 받았는지는 아직 모르겠지만, 케이타와 다른 우루니들도 알라키와 같은 수명을 가질 것이다. 이두구와 카디리의 말은 받아들일 수가 없다. 내가 앙고로라니, 금빛 존재들이 이곳으로 나를 보내면서 찾으라고 한 바로 그 힘이라니. 그 주장을 어떻게 생각해야 할지 모르겠다. 내가 목격한 모든 경이에도 불구하고, 그저…… 기묘하게 느껴진다.

"이것도 놀랍네." 약간 불안해 보이는 케이타가 살육의 현장을 둘러본다. 자투 시신 일부가 꿈틀거린다. 금빛 잠의 분명한 표시가 여기저기서 보인다. 물론 위증자들은 움직이지 않는다. 보통의 죽음비명과 마찬가지로 그들은 부활하지 못한다. "이곳을 떠나야 해. 새벽이 훨씬 지났어."

나는 고개를 끄덕인다. "카디리가 이미 지금도 군대가 아베야로 향하고 있다고 했어." 정신이 번쩍 든다. 그제야 생각이 난 것이다. 내가 금빛 존재들을 어떻게 생각하는지와 상관없이, 아베야 사람들을 버려둘 수 없다. 그곳 사람들도 자투 공격에 대비하고는 있겠지만 이두구 전 군대의 일제 공격에는 준비돼 있지 않다.

나는 케이타의 손을 잡고 소리친다. "어서 가자." 그리고 아티카와 흉갑을 집어 들고 케이타를 잡아당긴다. "이틀이면 도착할 거라고 했어."

문을 향해 달려가면서 나는 마지막으로 이두구의 황금상들을 돌아본다. 황금 장막 아래에서 움직이지 않는 얼굴들을. 그들은 자투를 위해 문을 여느라 모든 에너지를 소진하고 깊이 잠들었다. 계획이 잘 풀리면 다시 깨어날 일은 없다.

"다시 돌아올게." 나는 약속의 증표로 바닥에 침을 뱉는다.

그러고는 성큼성큼 방을 나간다.

복도로 나오니 긴장한 카티야와 니미타가 복도에 서 있다. 계단을 오르는 발소리와 명령하는 소리가 들린다. 밖에는 훨씬 많은 자투가 있다. 소리로 미뤄보아 수백이다.

카티야가 나를 보고 안도한다. "데카, 우리 포위됐어! 아래층 복도를 막긴 했는데……."

공성 망치의 쿵쿵거림이 카티야의 뒷말을 대신한다.

좌절감에 신음을 내지르는데 내 손에 비늘 달린 머리가 들이밀어진다. 내려다보니 이그사가 아직 거대한 본신으로 나를 뚫어지게 응시한다. '나……' 하지만 말은 그것뿐이다.

나는 찌푸린다. '너?' 당황해서 내가 묻지만 이그사는 대답하지 않는다.

대신 이그사는 자박거리며 벽 쪽으로 가더니 끙끙거리기 시작한다. 나는 당혹하여 쳐다본다. 이그사의 근육이 꿈틀거리고 울렁거리며 등뼈를 따라 이마까지 뿔이 솟아난다. 이그사가 다시 변신하고 있다. 하지만 이제까지와는 다르다. 새로운 짐승으로 변하는 것이 아니라 몸이 자란다. 점점 더 커진다. 게다가 마치 성숙하는 것처럼 생김새가 좀 더 뚜렷해지고 다듬어진다. 다리와 가슴이 너무 거대해져서 복도에 꽉 들어찬다.

그렇게 자라서 복도 공간이 충분하지 않자 이그사의 엉덩이 아래 몸체가 늘어나며 우리가 있는 곳까지 뻗어온다.

나는 놀라서 다른 사람들을 뒤로 민다. "모두 벽에 붙어!"

'이그사, 이제 멈춰야 해.' 내가 생각을 전한다. 하지만 이그사는 계속 자라고 또 자란다. "이그사?" 당황해서 외친다.

이그사가 끙끙대고 대답은 하지 않는다. 급속한 성장을 통제할 수 없는 것 같다. 더 이상 커질 공간이 부족하다는 것이 문제다. 주변의 벽은 오테라에서 가장 단단한 암석인 엔고르로 만들어졌다.

우리가 깨려면 상당한 시간이 걸릴 거다. 그때까지…….

내가 겁에 질려 속삭인다. "이그사. 이그사, 이제 그만 멈춰야해, 이제 그만……."

"내가 해볼게." 브리타가 리를 조심스레 바닥에 내려놓고는 벽으로 걸어간다.

브리타가 벽에 손바닥을 대고 집중한다. 얼마 안 되어 내 혈관이 따끔거리고 브리타의 힘이 다시 한번 치솟는다. 그런데 이번에는 지난번과는 달리 침착하다. 통제되고 있다. 브리타가 한번 숨을 들이마시고 내쉬더니 벽을 밀자 벽이 바깥쪽으로 폭파된다.

이그사가 그리로 곧장 튀어나가더니, 거대하고 뿔이 여럿 달린 회색 짐승, 매머드 크기에 다다랐다가 곧 더 커진다. 그리고 이그사의 어깨에서 길고 깃털 달린 날개가 펼쳐진다. 그제야 성장이 느려지고 마침내 멈춘다.

초저녁 공기가 들썩이고 이그사가 우리를 돌아본다. 기뻐하는 표정이지만 피곤해 보인다. 완전히 변이를 마친 이그사는 바다 드라코스와 더욱더 닮아 보인다. 머리 앞쪽에서 등뼈를 따라 뿔이 위풍당당하게 솟았고 다리 하나가 말 한 마리 크기다. 발톱은 망치만 하다. 언젠가 더 커질 줄 알았지만 이렇게 산만 한 야수가 될 줄이야.

이그사가 신나서 말한다. '어서 타, 데카! 이그사를 탈 거지?'

나는 끄덕이며 다른 사람들을 돌아본다. "어서 타! 서둘러!"

친구들이 재빨리 올라타자 이그사가 하늘로 날아오른다. 한 번의 날갯짓에 이미 우리는 대신전 위로 솟았다. 끔찍한 장소와 모든 공포를 뒤로하고 떠난다. 아래 남은 자투가 노려보며 무기를 흔들지만 우리는 무시하고 최종 목적지 아베야로 향한다. 하지만 우선 잠시 들러야 할 곳이 있다.

32

우리는 알라키 군대 진영에 착륙한다. 다른 마차들은 이미 도착했다. 이그사는 재빨리 이전의 황소 크기로 줄어든다. 예상대로 우리는 엔고마에 다치지 않고 날아왔다. 카두스를 사용한 다른 모든 이와 마찬가지로 불타지 않은 것이다. 우리는 순식간에 둘러싸인다. 전날 밤 치른 격렬한 전투의 여파로 군대는 모두 경계 태세를 취하고 있었다. 성벽 위에서는 여전히 불이 타오르고 불길을 끄려고 애쓰는 자투의 외침이 멀리서 들려온다. 지난밤 헤마이라는 피를 흘렸지만, 결국 저 성벽은 언제나처럼 그대로 버티고 있다.

"영광스러운 누루." 진영 내 웅성거림이 물결처럼 퍼진다. 알라키 군대는 물론 뒤쪽에 웅크린 여자들과 아이들, 심지어 소수의 남자까지 웅성거린다. 도시를 급하게 탈출한 뒤 회복 중인 사람들이다.

내 앞에 공손히 무릎을 굽히는 사람들에게 인사하려고 고개를 끄덕이고 있을 때 친숙하고 어두운 피부의 유연한 근육질이 인파를 뚫고 나온다. "데카, 케이타, 너희 괜찮아?" 아샤가 묻는다. 메루트, 가잘, 제네바도 뒤따른다.

멜라니스는 보이지 않는다. 있을 거라고 예상한 것도 아니었지만. 날개 달린 첫 자손은 어머니들에게 이른바 내 배신행위를 자세히 보고하기 위해 떠난 지 오래일 것이다. 멜라니스의 눈을 통해 이미 모든 것을 봤을 텐데도.

나는 심란하게 고개를 끄덕인다. "소식을 전하려고 잠깐 들렀어. 이두구의 군대가 아베야를 공격할 거야. 가능하면 모두 돌아가야 해."

아샤가 즉시 대답한다. "난 너희와 같이 갈게."

나는 끄덕이며 지친 손짓으로 친구들을 가리킨다. 다들 녹초가 되어 이그사 옆에 쭈그리고 있다. "아돠파 좀 도와줘. 라민이 막 금빛 잠에서 깨어났어. 다른 우루니도 모두."

"뭐라고?"

놀란 아샤가 서둘러 아돠파에게 가고 메루트도 뒤를 따른다. 군중이 갑자기 흩어지자 엄격한 첫 자손, 부사바 장군이 보인다. 헤마이라 공성전의 사령관이다. 나도 처음 성벽에 배치되고 몇 달 동안 여러 번 부사바 장군과 함께 싸웠다. 장군은 동부 지방 출신의 키가 크고 근엄한 여성이다. 밝은 갈색 피부에 긴 검은 머리를 투구 꼭대기부터 땋아 내렸다. 고질적인 눈의 깜박거림과 근육 경련도 그녀의 권위에는 조금도 영향을 끼치지 못한다. 쾌활한 둥근 얼굴과 커다란 보조개도 마찬가지다.

부사바 장군이 내 앞에서 급히 무릎을 굽히더니, 흐트러진 내 상태를 보고 다소 놀란 듯 눈이 커진다. "영광스러운 누루, 상당한 시련을 겪은 것 같군. 음식과 쉴 곳을 드릴까?" 그렇게 말하고 나서 머리가 두 번 움찔거린다.

나는 고개를 젓는다. "아니에요. 경고를 전하기 위해 들른 것뿐이니까. 이두구의 군대가 아베야로 향하고 있어요. 벌써 도착했을지도 몰라요. 카디리는 이틀이라고 했지만 그 말이 사실일지는 모르죠. 동원할 수 있는 모든 사람을 찾아 데리고 가요. 우리의 집을 지켜야죠."

장군은 언제나처럼 침착하고 효율적으로 이 말을 받아들인다. "그럼 포위 공격은?"

나는 헤마이라를 돌아본다. 저 낯익은 회색 성벽은 한때 내게 경이로운 존재였다. "우리 자매들도 구했고 도망 나온 사람들도 있으니까. 이제 헤마이라는 우리에게 별 의미 없어요. 공성전을 끝내도 돼요."

부사바 장군이 내게 무릎을 굽힌다. "말씀대로 하지, 영광스러운 누루." 곁의 보좌관에게 말하는 동안에도 머리가 다시 한번 경련한다. "지휘관들을 불러라. 즉시 철수한다." 그렇게 말하고 나를 향해 고개를 끄덕인다. "영광스러운 누루."

나도 머리를 숙인다. "장군."

이번에는 진영 바깥쪽으로 간다. 카르모코들과 루스탐, 리안 그리고 카만다 경과 레이디 카만다가 재빨리 다가온다. 카만다 경의 황금 의자는 영지의 우아한 타일 바닥에서처럼 흙과 자갈 위에서도 잘 움직인다. 리안이 곧장 카티야에게 달려온다. 만나자마자 카티야의 거대한 몸이 리안의 작은 몸을 끌어안는다.

카르모코 탄디위가 머리를 살짝 숙이며 말한다. "데카, 네가 원한다면 우리의 검들은 네 것이야. 우리도 너와 함께 아베야로 가겠어."

그 묵직한 제안이 가늠할 수 없을 만큼 내 마음을 따뜻하게 한다. 하지만 나는 한숨을 쉬고 고개를 젓는다. 여신들의 도시에서 내가 받을 대접을 고려하면 인간 동지들을 데려가는 것은 좋은 생각이 아닐 수도 있다. "그 친절을 받아들일 수 있으면 좋겠지만 양심상 당신들과 함께 갈 수가 없어요. 특히 당신과는요." 나는 카르모코 휴온을 바라본다.

카르모코 휴온이 눈을 깜박이더니 조용히 말한다. "아는구나."

가녀린 체구에도 건장한 자투를 손쉽게 다루던 카르모코 휴온의 첫 수업을 회상하며 나는 고개를 끄덕인다. 그때 이미 알았던 것 같다. 쭉 알고 있었다. 결국 나는 말한다. "네."

"나는 여자야." 카르모코 휴온이 말하고 입매를 굳힌다.

나는 고개를 다시 기울인다. "한 번도 아니라 생각한 적 없어요."

카르모코 휴온이 한숨을 쉰다. "아베야는 나 같은 사람들을 위한 천국이라고 생각했어."

"나도 그렇게 생각했죠, 한때는요." 예전에는 나도 아베야가 카르모코 휴온을 기꺼이 받아들일 것으로 생각했다. 자신을 자기 내면대로 받아들이기로 선택한 여성을, 운명이 출생 시 부여한 육체가 아니라 이 세상에서 자신의 여성성을 주장하기 위해 싸워온 여성을 인정할 것이라고 말이다. 하지만 이제는 나도 잘 모르겠다.

나는 좋게 말을 돌린다. "내 생각에 당분간은 자기만의 길을 찾는 게 더 나을 듯해요."

카르모코 캘더리스가 어이없다는 표정으로 혀를 찬다. "우아한 헛소리 작작 해. 자기만의 길이라니, 말이 돼?"

다행스럽게도 훨씬 눈치 빠른 카르모코 탄디위가 앞으로 나선다. "우리한테 못 하고 있는 말이 뭐지, 데카? 휴온이 가지 않길 원하는 건 알겠는데, 나는 어째서지? 캘더리스는?"

나는 입술을 깨물고 한숨 쉬며 진실을 이야기하기로 결심한다. "난 두려워요. 당신들이 아베야에 가서 어머니들을 섬기게 된다면 언젠가 나랑 칼을 맞대게 될지도 몰라요."

탄디위가 대답한다. "아하. 그런 이유로군."

나는 레이디 카만다에게 고갯짓한다. "게다가 출산도 임박했으니까요." 나는 전투 상태로 레이디 카만다를 볼 수 있다. 아기들이 나올 준비가 됐다.

"또 쌍둥이예요!" 카만다가 신나서 하는 말을 듣고 나는 놀란 척한다. "알라키 중 한 명이 말해줬어요. 아주 민감한 여성이었죠. 출산하러 캄비아다의 여름 별장으로 갈 거예요." 레이디 카만다가 카만다 경을 향해 다정하게 웃음 짓고 카르모코 탄디위에게 주저하듯 묻는다. "탄디위, 너도 같이 갈 거지?"

근육질의 카르모코가 대답한다. "물론이지. 난 당신 거야, 알잖아."

레이디 카만다가 환하게 웃는다.

나도 깊이 사랑하는 한 쌍을 보며 웃음 짓는다.

"원한다면 당신 친구들도 환영이에요." 레이디 카만다가 리안과 카티야를 보며 덧붙이지만 그 둘은 고개를 젓는다.

"난 데카와 함께 갈 거예요." 카티야가 죽음비명 목소리로 으르렁거리며 전투 수화도 사용한다.

리안이 카티야의 손을 잡고 조용히 말한다. "카티야가 가는 곳이면 어디든 나도 가요."

나는 고개를 끄덕이고 더욱 마음을 채우는 온기를 느낀다. 우리 우루니를 제외하고 리안처럼 충직하고 진실한 남자를 만난 적이 없다. 앞으로도 그럴 것이다. 리안과 카티야의 사랑은 진실로 카티야가 말한 그대로다.

카르모코들과 레이디 카만다, 카만다 경에게 무릎을 굽혀 인사한다. "가르쳐주고 베풀어준 모든 것에 깊이 감사드려요. 여러분께

행운이 함께하길 빌어요."

그들이 내 어깨를 두드리고 카르모코들이 나를 보며 웃음 짓는다.

카르모코 탄디위가 조용히 말한다. "네게도 행운이 함께하기를, 이르푸트의 데카."

"우린 다시 만날 거예요."

카르모코 휴온이 말한다. "당연한 말씀."

그렇게 마무리된다.

곧 친구들과 나는 이그사의 등에 올라타 하늘로 솟아오른다. 헤마이라의 성벽을 뒤로하며 이번에야말로 모든 것이 밝혀지길 기원한다.

저녁 하늘에서 태양의 마지막 불씨가 사그라질 때, 이그사가 마침내 사막의 작은 오아시스 가장자리에 내려앉는다. 이그사가 지친 나머지, 근육이 움찔거린다. 내내 사막의 맹렬한 태양 아래를 날아왔다. 어느 때보다 지치고 목마를 것이다. 이그사가 오아시스 중앙에서 솟는 물속으로 뛰어들자 우리는 신속하고 체계적으로 야영할 채비를 한다. 묻지 않아도 우리 모두는 이그사가 한계에 다다랐고 더 이상 우리를 태울 수 없다는 것을 안다. 지금은 먹고 씻을 시간이다. 쉬고 정비할 시간. 카르모코들이 우리에게 가르쳐준 가장 중요한 원칙 중 하나다. 심신을 새롭게 할 시간을 가져야 함을 명심하라.

알라키의 삶은, 사실상 모든 전사의 삶은 짧고 잔혹할지 모른다. 그러니 우리는 되도록 순간을 즐기고 사소하고 단순한 것에서 행복을 찾아야 한다. 아무리 절박하게 필요해도 속도만 계속 올릴 수는 없다. 나는 온종일 문을 열어보려고 애썼지만 성공의 기미는 조금도 없었다. 그건 아베야에 도착하려면 적어도 이틀은 걸린다는 뜻이다. 이두구의 군대가 도착한 이후에 우리가 도착할 것이다.

우리가 환영받을지도 알 수 없다. 지금까지 일어난 일을 생각하면 그러지 못할 가능성도 크다.

참으로 이상하게도 바로 얼마 전까지 그런 일이 가능할 거라고 상상조차 하지 못했다.

아돠파와 아샤가 저녁거리를 사냥하기 위해 어둠 속으로 들어가고 브리타와 나는 조용히 씻기로 의기투합하여 물웅덩이의 건너편 가장자리로 간다. 비누나 양동이는 물론 없고 모래와 물뿐이지만 우리에게는 충분하다. 급박한 여정을 감안하면 솔직히 기대 이상이다.

우리는 말없이 씻기만 한다. 이따금 새들의 울음이나 지저귐만이 고요를 깰 뿐이다. 지난 몇 시간, 아니 지난 며칠 너무나 많은 일이 일어났고, 우리 둘 다 말도 못 할 지경이다.

서로의 머리를 감겨주다가 어느 순간 브리타가 멈추더니 손에 얼굴을 묻고 흐느끼기 시작한다. 나는 브리타를 꼭 안는다. 그리고 나도 운다. 끝나지 않을 것 같은 몇 분 동안 우리는 그냥 서서 울면서 지난 며칠의 모든 두려움과 좌절감을 흘려보낸다.

마침내 눈물이 마르고 우리는 일어나 옷을 입고 친구들이 피워놓은 활활 타오르는 모닥불로 조용히 돌아온다. 케이타가 그제야 씻으러 가면서 지나치는 우리에게 고개를 끄덕인다. 다른 친구들은 이미 한창 아돠파와 아샤가 잡아 온 통통한 가젤 두 마리를 함께 먹고 있다. 이그사는 다리뼈 하나를 통째로 갉아먹느라 우리가 다가가도 쳐다보지도 않는다. 다들 배 채우느라 바빠서, 우리 없이 식사를 시작한 데 멋쩍어하는 기색을 보이는 건 라민과 벨칼리스뿐이다. 퀘쿠, 아샤, 리는 육즙 흐르는 고기를 뜯고, 아돠파는 손으로 작은 고기 조각을 집어 메루트에게 먹인다. 메루트를 살찌우느라 행복해하는 콧소리를 작게 내면서 말이다.

브리타가 친구들에게 손가락질한다. "이 탐욕스러운 먹보들아, 기다리지도 못하냐?"

리가 그저 웃는다. "그게, 난 방금 사후대지에서 돌아왔잖아. 진짜로. 그 장막을 넘어갔다가 오는 건 정말이지 허기지는 일이라고." 리는 구운 고기 다리 하나를 뜯더니 열심히 씹으며 육즙 가득한 고기를 맛본다.

브리타가 리에게 다가가다가 멈춰 선다. 갑자기 감정이 격해지고 온몸이 떨린다.

리가 놀라며 조심스레 살핀다. "무슨 일이야? 왜 날 그런 눈으로 보는 건데?" 리가 나를 돌아보며 묻는다. "브리타가 왜 이러는 거야?"

"이 멍청아, 너 죽은 줄 알았잖아." 브리타가 리의 어깨를 찰싹 때린다. "네가 죽은 줄 알았다고. 죽은 줄로만 알았단 말이야!" 브리타가 리를 계속 때린다.

리가 브리타의 손을 피하려고 애쓴다. "그러게, 난 아얏! 난 죽었었지. 아얏! 그리고 살아났고. 아야! 그리고 아마 너희처럼 불멸일걸. 그리고……." 브리타가 달려들어 너무 깊이 입을 맞추는 통에 리는 말을 맺지 못한다.

아칼란이 짜증스레 한숨을 내쉰다. "이렇게 모두의 완벽한 식사를 망치다니."

벨칼리스가 아칼란을 팔꿈치로 찌른다. "쉿, 이 질투의 화신아."

아칼란이 툴툴거린다. "무슨 질투?"

"모든 사랑에 대한 질투지." 아돠파가 말하고는 메루트에게 키스를 퍼붓는다. 브리타와 리는 마침내 서로에게서 떨어진다.

브리타가 곧 다시 흐느낀다. 리가 브리타를 안아 올리더니 이마

384

를 맞댄다. 리가 나지막한 목소리로 달랜다. "나 여기 있잖아. 날
봐, 브리타. 이렇게 살아 있어." 리가 우리를 돌아본다. "실례 좀 할
게." 그러더니 일어나서 재빨리 오아시스 건너편으로 브리타를 이
끈다.

라민이 웃는다. "완전 낭만적이네. 나까지 행복하다."

아돠파는 이제 메루트 머리에 턱을 괴며 남은 우리를 바라본다.
"감정 표현 더 해야 할 사람 있어? 그렇다면 제발 알려주라. 나도
자리 좀 뜨게."

아돠파의 위선에 퀘쿠가 입을 떡 벌린다. "메루트는 아예 네 무
릎에 앉아 있어. 방금까지 키스도 했잖아!"

"뭐, 우린 그래도 돼. 이렇게 오래 생이별했던 연인인데. 안 그래,
내 사랑?" 아돠파가 메루트의 귀에 키스하고 메루트는 깔깔댄다.

퀘쿠가 눈을 굴린다. "너희 둘 좀 씻어야 하지 않나?"

"사돈 남 말 하네. 구린내 씨, 너야말로 냄새가……."

퀘쿠가 단호하게 손가락을 든다. "그만. 오늘은 그만해, 아돠파.
내가 얼마나 엄청난 일을 겪었는데, 바로 불경스러운 언사를 또
들어야겠어? 죽었다 살아났다고. 적어도 하루 정도는 괴롭히지 말
아줘."

아돠파가 삐죽거린다. "그래도 이제 막 재미있어졌는데. 따끈따
끈한 새 욕도 생각해냈는데."

메루트가 킥킥 웃는다. "그건 내가 들어줄게."

"다들 씻으러 가지 그래." 벨칼리스가 말하더니 아돠파를 쳐다보
며 덧붙인다. "물웅덩이 저쪽 건너편은 제법 오붓해."

메루트가 아돠파를 보며 웃는다. "거긴 우리가 좀 쓰자."

아돠파가 끄덕이고 메루트와 함께 멀리 간다. 벨칼리스, 퀘쿠, 아
칼란이 그 뒤를 따라간다. 아마도 물웅덩이에서 각자 조용한 곳을

찾으려는 거겠지.

그들이 자리를 뜨고 잠시 후에 케이타가 돌아온다. 씻었는지 얼굴이 물기로 반짝인다. 오 분도 걸리지 않았을 것이다. 인생 대부분을 군인으로 살아온 케이타는 먹고 씻고 잠드는 데 필요한 시간이 정말이지 짧다.

케이타가 나를 당겨 옆에 앉힌다. 그러고는 라민과 아샤를 흘긋 본다. "너희는 씻으러 안 가?"

"다른 애들이 끝날 때까지 기다릴 거야."

라민이 어깨를 으쓱하며 말하자 아샤가 이어 말한다. "나도."

나는 손가락을 케이타의 손에 엮고 어깨에 머리를 기댄다. "기분이 어때?"

케이타가 으쓱인다. "살아 있는 기분이야. 그 정도면 충분하지, 안 그래?"

케이타의 목소리에 말하지 않은 것이 담겨 있다. 너무나 많은 것이 담겨 있다. 나는 무슨 말을 해야 할지 몰라 그저 가만히 있는다.

아샤와 라민이 서로를 바라보더니 말없이 눈빛을 교환한다. 둘이 재빨리 일어선다. "조용한 곳을 찾아봐야겠다."

그렇게 말한 라민이 오아시스의 다른 쪽으로 걸어가고 아샤도 함께한다.

이제 케이타와 나만 남았다. 케이타가 피식 웃더니 나를 바라보며 말한다. "고마운 친구들이네."

나는 끄덕이고 케이타의 눈을 쫓는다. "지금은 모두에게 조용한 장소가 필요한가 봐. 진짜로 기분이 어때?"

케이타가 손가락을 들어 올리자 손가락 끝에서 불꽃이 나타난다. 케이타가 손가락에서 손가락으로 그 불꽃을 옮긴다. 케이타의 시선이 불꽃에 고정돼 있어 내 눈과 마주치지 않는다. "잘 모르겠어. 너무나 많은 일이 벌어졌지……. 내가 죽었고 이제 불멸이 됐어. 뭐, 조건부 불멸이지만. 내 최종 죽음이 어떤 걸지 누가 알겠어."

케이타가 어깨를 으쓱인다. "솔직히 무언가가 느껴지기를 기다리고 있어. 공포, 걱정, 두려움…… 어떤 것이든. 하지만 그냥 평범하게 느껴져. 그리고 그게 무서워. 뭔가 더 심오한 것을 느껴야 하잖아. 안 그래, 데카?"

나는 얼굴을 찌푸린다. "뭔가를 더 느낄 필요가 있을까?"

케이타가 다시 어깨를 으쓱인다. "대부분은 그럴 거야. 난 그렇게 생각해. 대부분의 사람은 아마 그럴 거야."

"넌 대부분의 사람이 아니야."

"아니지. 난 괴물이니까."

케이타가 하는 조용한 말에 내 심장이 덜컹 내려앉는다. "케이타, 너……."

케이타가 손을 들어 내 말을 막는다. "불을 말하는 게 아니야, 데카. 내가 저지른 모든 일과 살인을 말하는 거야. 넌 아니라고 하지만, 난 그래. 그래서 느끼지 못하는 거겠지. 열심히 애썼는데도 안되더라. 뭔가 괴물 같은 데가 있어, 그렇지 않아? 때로는 모든 게 현실이 아닌 것처럼 느껴져. 내가 그냥 둥둥 떠다니는……."

눈물이 밀려든다. 저 말. 케이타가 하는 말속에 너무나 커다란 고통이 있다. 너무 많은 공포가 숨어 있다. 케이타는 아직 그걸 감당할 수 있는 상태가 아니다. 그래서 조각나는 것이다.

나는 케이타에게 팔을 두르고 가슴에 머리를 묻으며 케이타를 내게 묶어두기 위해 노력한다. "넌 괴물이 아니야, 케이타. 넌 그저 군인으로 키워진 소년일 뿐이야. 그들이 그렇게 만든 거야. 날 이렇게 만든 것처럼. 네가 괴물이라면, 나도 괴물이야."

케이타는 그저 나를 바라본다. 얼마 후에 마침내 고개를 끄덕인다. "어쨌든, 이제 적어도 왜 불에 타는 악몽을 계속 꾸는지는 알았어."

삐딱하게 들리지만 지금 당장 케이타를 몰아붙이면 안 된다. 그래서 케이타가 여전히 손가락 이쪽저쪽으로 튕기고 있는 불꽃에 내 손가락을 대보다가 뜨겁게 데어 급히 뒤로 물린다. 그러고 나서 궁금해 물어본다. "아프지 않아?"

케이타가 고개를 젓는다. "그냥 기분이 이상해. 따끔거리는 것 같아. 거의 그래."

"그 느낌 나도 알아." 나는 웃어 보이고는 케이타를 다시 올려다본다. 심각하게 말한다. "케이타, 아까 네가 누워 있는 걸 보고 나 진짜……."

케이타가 내 입술에 손을 올리고 고개를 젓는다. "지난 일이야. 난 안전해. 우린 안전해."

말문이 터지더니 멈추지 않는다. "진짜 그럴까? 넌 나 때문에 거의 죽을 뻔했어. 내 존재만으로 널 위험에 빠뜨린 거야. 내 말은, 넌 가르 파투의 집으로 갈 수도 있었어. 어디로든 가서 나이 들어 죽을 수 있었다고. 그런데 지금 넌……."

케이타가 대꾸한다. "불멸의 몸이지, 너처럼."

나는 다시 케이타를 바라본다. 그리고 낮게 속삭이며 머뭇머뭇 고백한다. "내가 널 이렇게 만든 거야, 그렇지?"

케이타가 끄덕인다. "맞아, 데카."

그 말이 어깨에 산처럼 무겁게 내려앉는다.

"오요모신과 그 골목의 자투들, 그들의 금빛 잠도 역시 나 때문이지?" 인정할 수 없던 또 다른 질문. 그래서 케이타에게 대답을 맡긴다.

"그래."

"어떻게 확신해?"

"내가 죽을 때, 마지막으로 본 것이 네 얼굴이었으니까. 그리고 사후대지에서 돌아올 때, 이곳으로 날 부른 게 네 목소리였어. 내게 불을 사용하라고 말했지." 케이타가 내 턱을 들어 올리고 눈을 들여다본다. "아마도 그래서 기분 나쁘지 않은 것 같기도 해. 너였으니까. 언제나 너였어."

나는 어떻게 대답해야 할지 몰라 고개를 끄덕인다. 하지만 꺼내기 두려운 말을, 그동안 내내 하고 싶지 않았던 말을 하려고 한다. 내가 속삭인다. "내가 신이라고 생각하니, 케이타?"

케이타가 고개를 젓는다. "아니."

나는 숨을 내쉰다.

"하지만 신이 될 수는 있다고 생각해."

안도감이 산산조각 난다.

떨리는 손으로 이두구의 피를 닦은 옷 조각을 보여주고 허둥대며 말한다. "이두구의 피가 조금 있어."

"내일 가면서 답을 찾아보면 되겠네. 지금은 우리 앞에 있는 것에 집중해야 해. 먹고 기력을 회복해야지." 케이타가 음식을 가리킨다.

나는 마지못해 아샤가 구해 온 구운 다육 식물을 먹는다. 즙이 꽉 찬 통통한 사막 과일이 재처럼 느껴진다. 식욕이 사라지고 음식이 배 속에 숯덩이처럼 얹힌다. 간신히 눈물은 흘리지 않는다. 그러다가 케이타가 나를 쳐다보는 걸 눈치챈다.

"왜?"

"자유 의지였어." 케이타가 마침내 말한다.

내가 그저 바라보기만 하자 케이타가 설명한다. "전엔 선택의 여지가 없었어. 그저 따라야 할 길이 있었지. 미리 정해진 좁은 길이었어. 가족의 복수조차 예상대로 흘러간 길이고. 그러다 널 만났지. 그 이후로 내가 한 모든 일은 내 의지대로 한 거야. 내 행동에 네 책임은 없어, 데카. 네 행동에 내 책임이 없는 것처럼. 네가 날 부르는 소리를 들었을 때도 돌아오지 않을 수 있었어. 하지만 돌아왔지, 자유 의지였어. 내가 원해서 여기 있는 거야, 데카. 그리고 내가 원해서 널 사랑하는 거야. 아무도 내게 강요하지 않아. 내가 선택한 거야."

이 선언은 내 마음이 감당할 수 있는 것 이상이다. 그 누구도 이렇게 유려하게 설명해준 적이 없다. 그리고 꼭 필요한 말만 하는 케이타가 해준 설명이다. 나는 눈물을 참으며 케이타 손을 꼭 잡는다.

"나도 널 사랑해."

이건 내가 지금까지 했던 말 중에서도 가장 중요한 사랑의 선언이다. 이틀 안에 아베야로 돌아가 이두구의 군대를 피하면서 어머니들에게 맞서야 한다. 모든 것이 잘못되고 최악의 상황이 우리에게 닥치더라도 이 선언이 케이타를 지켜주기에 충분하기를 바란다.

33

다음 날 아침 일찍 이두구의 피가 묻은 천을 만지니 순식간에 그들의 기억 속으로 빠져들었다. 나는 오콧이다. 이두구 중 하나이며 아눅의 상대다.

나는 우리의 결속에서 균열을 발견한다.

균열은 천천히 시작된다. 이런 일이 그렇듯이. 말 한마디, 감정의 번뜩임 한 번, 평온하던 날의 뇌우 한차례. 아주 오래전에 나는 아눅을 완벽하게 이해했다. 아눅은 나였고 나는 아눅이었다. 나의 상대, 완벽한 동등자. 그러나 아눅과 내가 하나였던 건 이미 천 년 전이다. 이제 우리는 서로 다른 실체다. 우리는 거의 연결돼 있지 않다. 우리를 묶은 줄이 너덜너덜 해어졌다. 아눅과 오콧. 하나가 아닌 둘이다. 공동체 대신 남성과 여성이다.

분열되기 전의 우리에게는 이름이 없었다. 필요 없었다. 우리는 그저 존재했다. 그러다가 둘이 됐고, 남성으로 지정된 이들은 자매들과 같은 글자로 시작되는 이름을 정했다. 나만이 그러지 않았다.

대신 아녹의 이름과 발음, 리듬, 의미가 비슷한 것으로 정했다. 우리가 언제나 하나라는 것을 보여주기 위해서. 아녹과 오콧. 하나의 암흑의 양면.

그러나 점점 더 그녀는 내게 무언가를 숨긴다. 언뜻언뜻 알아챘다. 초록색, 회색, 흰색. 기만, 악의, 불안. 한때 우리 안에 존재하지 않았던 색이다. 이제 그것들은 내 안에 있고 그녀 안에 있다. 우리 모두의 안에 있다. 다만…….

"창조……. 느껴지지 않아, 오콧?" 효베가 뇌까린다. 그의 심란함이 우리의 결속을 뒤흔든다.

나는 내면을 들여다본다. 그리고 알아챈다. 내 본질, 우리의 본질과 다른 것이 섞이고 있다. 인간의 것이다. 아녹과 내가 출산하고 있다. 이미 다수를 낳았다. 그럼에도 나는 드러나지 않는다. 요청되지 않았다.

빨간 분노, 주황색. 내 감정이 하늘을 뒤흔든다. 화산이 폭발하고 재와 분노가 대기에 자욱하다.

나는 포효한다. "아녹! 뭘 하는 거야?"

나는 장막을 향해 돌진하지만 걷히지 않는다. 내 명령에는 열리지 않는다.

에트즐리가 천계의 다른 한쪽에 나타나 경멸 어린 시선으로 쳐다보자 나는 이유를 깨닫기 시작한다. 에트즐리는 그곳에서 흐르며 햇빛과 물질의 형태로 반짝인다. 에트즐리와 나머지가 인류에게 모습을 보이기로 결정했을 때 선택한 형태다.

에트즐리가 침착하게 단언한다. "더 이상 너희에게 장막은 열리지 않을 거야."

"그게 무슨 말이야, 에트즐리?" 에트즐리 상대인 에탈이 으르렁거리며 지진을 일으켜 근처의 밀림이 둘로 나뉜다.

에탈이 장막을 힘껏 치지만 장막은 그를 쉽게 튕틴낸다. 그곳의 성운들이 에탈의 힘에 맞서 굳건히 버틴다. 에탈이 다시 한번 시도하지만, 결과는 같다. 내 안에서 어두운 초록색의 공포가 솟아오른다. 에탈은 여기 갇혔다. 우리 모두 갇혔다.

"정의야." 에트즐리 옆에 나타난 다른 자매들이 에트즐리의 말을 따라 한다. "우리는 인류에게 평화를 가져다주기 위해 왔어. 하지만 너희가 평화를 파괴했지. 서로의 군대에 싸움을 붙였어. 가족을 서로의 적으로 돌렸지."

줄을 타고 광경이 번쩍인다. 인간의 군대가 충돌한다. 수천 구의 시체가 땅에 널브러진다.

에탈이 씩씩댄다. "보다 높은 깨달음으로 이끌려는 노력이었어!"

베다가 날개를 퍼덕이며 묻는다. "그런 거라고, 에탈? 그럼 이렇게 물어볼게. 너희는 즐거웠니? 인간에게 전쟁을 일으키면서 즐거웠어?"

에탈은 침묵한다. 그리고 나는 섬광을 본다. 빨간색, 초록색, 흰색의 분노, 기만, 악의가 차례로 일어난다. 줄에 주의를 기울이고 있으니 에탈이 숨기지 못하는 감정이 보인다.

아녹이 묻는다. "넌 어때, 효베?"

똑같은 섬광이다. 똑같은 분노, 악의, 불안. 모두 이전엔 숨겨져 있어 내가 보지 못한 것들이다. 핑계 대는 인간의 습성이 우리 공동체를 감염시켰다.

나는 형제들을 향한다. 배신감이 싸늘한 순백처럼 나를 관통해 찌른다. "사실이야? 너희가 인류에 전쟁을 강요했어? 서로 싸우게 했어? 인간은 나무판 위에서 조각을 움직이며 놀길 좋아하지. 너희도 그랬던 거야?"

침묵이 피어나며 가장자리가 수정처럼 날카롭다. 빙산이 모양을 갖춘다.

형제들의 감정을 들여다볼 필요가 없다. 침묵으로 충분하다. 그
들은 우리의 상대가 비난하는 일을 해왔다. 재미를 위해 인간의 생
명을 가지고 놀았다.

짙고 가혹한 푸른색이 내 슬픔을 드러낸다. 자매들에게 요청한
다. "날 풀어줘. 난 전쟁을 일으키지 않았어. 인류를 발전시키려고
노력했을 뿐이야."

"하지만 넌 남자야. 네가 선택한 칭호가 널 만들었어. 공격, 지
배, 기만으로 이끌었어. 너도 저급한 충동에 빠질지도 모르는 위험
을 우리는 감수할 수 없어." 휴이리의 목소리에 경멸이 가득하다.

분노가 나를 휩쓴다. 압도적인 밝은 빨간색이다. 우리가 인간에
대해 말했던 것과 똑같다. 하지만 나는 인간이 아니다. 설사 인간이
더라도 생리적으로 휴이리가 비난하는 일을 저지를 리가 없다.

나는 장막을 내려치고 소리친다. "날 여기 가둘 순 없어!"

그렇게 하는 순간 실수했음을 깨닫는다. 에트즐리의 눈이 결심으
로 가득 찬다. 에트즐리의 결의가 우리의 줄을 통해 스며든다. 에트
즐리가 결정한다. "우리는 이렇게 해야만 해."

휴이리와 베다가 동의한다. "너희와 인류를 위해서야."

"아녹." 나의 아녹을 돌아본다. 내 반쪽. 내 모든 의도를 이해하
는 존재.

아녹이 흘러나오다가 멈춘다. 황량한 보라색과 파란색이 아녹의
감정을 물들인다. 슬픔. 후회. 내 비탄이 커지며 단단해진다. 번개
가 치고 호수를 잿더미로 만든다.

아녹이 나를 버린다. 내 상대가 나를 버리고 있다.

나는 포효하며 우리의 유대를 통해 아녹에게 다가간다. "아녹!
날 풀어주는 걸 요구해, 아녹!"

아녹이 움직이지 않자, 내 안 깊은 곳으로부터 색의 소용돌이를 소환한다. 빛의 폭발, 온기, 끝없는 어둠. 그 모든 것이 그녀의 이름이 가지는 광휘를 아우르는 측면이다. 인간이 발음하는 글자 아래 숨겨진 진정한 이름 말이다. 그 이름을 통해서만 나는 아녹을 움직일 힘을 가지며 그건 그녀 역시 마찬가지다.

나 이외에 남성으로 지정된 다른 존재들도 그렇게 한다. 상대방의 가장 심원한 이름을 부른다. 진정한 정체성을 부른다. 그 정체성을 엮어 넣어 만든 물질과 햇빛의 새 그릇 덕분에 그들은 필멸자들의 숭배를 받는다.

그러나 어떤 이름도 통하지 않는다. 어떤 색상도 어떤 감정도.

우리의 상대들은 천천히 장막에서 멀어진다. 살펴보니 우리 결속은 저쪽에서 끊겼다. 그저 아주 미미한, 연결됐던 흔적만이 남아 있다. 끝없는 흰색으로 공포가 나를 덮친다. 우리는 우주다. 우리 부류는 서로 분리되어 존재할 수 없다. 쌍을 이뤄낸 균열은 우리를 약화시켰다. 위태로워졌다.

"아녹! 아녹!" 계속 부르지만 소용없는 일이다.

아녹은 떠났다.

황폐함이 혼란과 분노로 나를 검게 만든다. 아녹이 거짓말했다. 나를 속였다. 자신이 선택한 진정한 이름을 내게 알려주지 않았다. 하긴…… 나도 마찬가지였다. 슬픔이 얼음장 같은 푸른색과 냉랭한 보라색으로 내 존재 안에 가라앉는다. 겨울 폭풍이 해안선을 내려친다. 끊어진다는 게 이런 것인가? 둘로 쪼개져 각자의 존재를 보호하는 것? 아녹은 진정 내게서 보호돼야 했던 걸까? 나는 진정 아녹으로부터 분리돼야 했던 걸까?

나는 단일체를 응시한다. 분열된 적 없는 존재다. 그들은 내내 지켜보고 있었다. 조용하고 사려 깊게. 단 한 번도 갈라진 적이 없고 그럴 생각도 없는 그들은, 지금 우리 감정의 복잡성을 이해할 수 없다. 이제 우리가 그들의 감정을 진정으로 헤아릴 수 없게 된 것처럼.

내가 묻는다. "어떻게? 어떻게 그들은 이런 힘을 얻었지?"

단일체가 가까이 흘러와 냉정하게 바라본다. 우리와 달리 그들은 이름을 선택한 적이 없다. 우리로부터, 나머지 우주로부터 분리될 그 어떤 표식도 선택하지 않았다.

그들의 설명이, 가장 깊고 어두운 우주로부터 차갑게 속삭인다. '숭배였지. 너희의 다른 자아들은 인간 숭배의 힘을 발견했다.'

내가 그들에게 묻는다 "우리를 도와줄 수 있나? 우리를 풀어줄 수 있어?"

'아니…… . 우리는 맹세한 대로, 목적대로 중립을 지킬 것이다. 너희가 갈라졌으니 우리는 균형을 유지할 수 있을 뿐.'

파랑, 보라, 검정. 절망, 슬픔, 체념. 내 감정은 이제 그것으로 가득 찬다. 단일체가 나를 편안하게 감싼다. 광대함으로 나를 쉽게 아우른다. 천 년 동안 나는 너무 작아졌다. 예전보다 훨씬 작아졌다. 그들은 나를 어루만지며 편안한 노랑과 주황 온기를 발산한다. 그 존재가 너무 친숙하게 느껴진다. 존재 자체의 안정감.

그들이 우르릉거린다. '절망하지 마라, 오콧. 우리가 균형을 기울일 작은 도움을 줄 수 있다.'

'어째서 우리를 도우려는 거지?'

그들은 본성상 나머지 우리에게 간섭하지 않는다.

단일체의 본질이 잘게 흔들린다. '너희가 분리됐으니 우리는 어떤 대가를 치르든 균형을 유지해야 한다.'

"무엇을 할 수 있지?"

'장막 너머에서 숭배를 얻는 방법을 알려줄 수 있다.'

폭신한 무릎 위에서 깨어나 보니 태양이 하늘에 낮게 걸리고 따뜻한 저녁 바람이 옷 위로 지나간다. 멍하니 허둥지둥 일어나 보니 다른 친구들은 두셋씩 모여 이그사 등 위에 웅크리고 있다. 케이타는 이그사의 머리 뿔 옆에 앉아 리안과 대화한다. 브리타만이 내가 깨어난 것을 알아챈다. 그러고 보니 내내 브리타의 무릎을 베고 누워 있었다.

브리타가 조급하게 묻는다. "그래서? 뭘 봤어?"

나는 힘겹게 일어나 앉아 생각을 정리한다. 오콧의 머릿속을 부유하면서 많은 것을 목격했다. 이미 알게 된 것을 확인한 것이 많다. 가장 중요한 확인은 그 줄에서 본 섬광들이다. 싸우고 있는 수많은 군대, 들판에 흩어진 시체. 이두구를 장막 뒤에 가둔 어머니들의 결정은 절대적으로 정당했다. 남성 신들이 재미를 위한 대의 없는 전쟁을 부추기고 오락 삼아 무수한 이를 죽였다면, 그들은 자유를 누릴 자격이 없다. 하지만 가엾은 오콧은 면죄됐어야 하지 않을까? 오콧은 관계없었다. 형제들 행위에 휩쓸린, 억울한 방관자였다.

이제는 더 이상 결백하지 않지만.

내가 주산에서 느꼈던, 그 불쌍한 소녀들의 희생으로 포식하던 존재가 오콧이었다. 아버지가 돌아가신 직후 내가 그 골목에서 들은 것도 그의 목소리였다. 이두구가 내게 말을 걸었을 때도 오콧의 목소리가 가장 먼저였다. 무자비의 존재. 오콧은 자신을 그렇게 불렀다. 오콧에게 연민을 느꼈더라도 그가 감금된 이후 천 년 동안 잔학 행위를 저질렀다는 사실은 용납할 수 없다.

그리고 이제 나는 하얀손이 이름을 밝혀내라고 한 이유를 알게 됐다. 신성한 이름은 힘을 가진다. 신을 그 자신으로 만드는 힘이다. 내가 금빛 존재들이나 이두구 각각의 진짜 이름을 모른다는 것이 유감스럽다. 그것을 이용할 능력도 없지만. 그런데 기억이 조작된 하얀손이 어떻게 내게 그런 걸 알려줄 수 있었는지 의문이다.

브리타가 건네준 물주머니에서 물을 들이켠다. 이그사의 힘겨운 날갯짓을 보니 착륙이 머지않았다. "착륙하면 모든 걸 설명해줄게. 내가 잠든 사이에 하얀손이 오진 않았어?" 나는 힘없이 묻는다. 중대한 일이 있으면 기민한 첫 자손이 나타나지 않을 리 없다.

브리타가 고개를 젓는다. "아니. 코빼기도 안 보였어."

"무소식이 희소식이지." 나는 안심해서 밝게 말한다. 이두구의 군대가 벌써 아베야를 공격하고 있다면 하얀손은 곧장 우리에게 알려줬을 거다. 그 점에 대해서는 의심의 여지가 없다.

하얀손이 아직 오지 않았다는 건 우리에게 아직 시간이 있다는 것이다.

이그사가 으르렁거린다. 곧 착륙한다는 뜻이다. 그래서 나는 이그사를 꽉 잡고 흥미롭게 주변을 관찰한다. 예전과는 다른 경로다. 원정 때는 사방이 그저 모래 언덕이었다. 부드러운 주황빛 태양 아래 대지에 바오바브나무가 늘어서고, 빠르게 어두워지는 하늘이 보라색과 금색 띠로 물든다.

이그사가 착지하는 순간, 케이타가 뛰어내려 달려온다. "괜찮아, 데카?" 그렇게 묻는 케이타의 근육이 굳어 있다.

그의 태도가 모든 것을 말해준다.

케이타는 감정이 너무 깊어질 때마다 내면에 단단히 가둬 흘러넘치지 않도록 한다. 굉장히 걱정하고 있던 것이다. 다들 극도로 긴장했을 것이다. 이두구의 군대가 아베야를 공격하고 있을 가능성뿐만 아니라 우리가 아베야에서 환영받을 것인가에 대해서도. 하지만 모든 것을 본 후의 나는 더 이상 그렇게 걱정하지 않는다. 우리가 자신에게 해야 할 질문은, 어머니들 곁에 남기를 원하는가다. 어머니들의 조작과 거짓말을 알게 된 지금, 나는 그러지 않으리라 거의 확신하지만 아직 모든 답을 얻은 것은 아니다. 아녹의 기억을 들여다봤을 때 보았던, 구덩이로 떨어지던 형상들이 뭔지 여전히 모르겠다. 하얀손이 이야기해준 대재앙과 어떤 상관이 있는지도 모르겠다. 아마도 이두구의 기억을 다시 파헤치면 알아낼 수 있겠지만, 이번에 거의 온종일 걸린 시간을 생각해보면 지금은 위험한 것 같다.

나는 케이타와 이마를 맞대고 끄덕이고 나서 케이타를 안는다. "괜찮아."

친구들이 이그사에서 내릴 때, 우리는 몸을 뗀다. 이그사가 변신하기 시작한다. 그런데 평소의 새끼 고양이나 황소 크기 본체가 아니다. 뿔 달린 푸른 점박이 표범 크기다. 날렵하고 힘차게 밤의 밀림을 활보하는 짐승 크기에, 푸른 털과 비늘 위로 황금 줄무늬가 나타난다. 눈 주위는 더 많은 금색 무늬가 장식됐다. 그게 다가 아니다. 머리에서 꼬리까지 쭉 돋아난 뿔에 더 많은 금빛이 소용돌이친다.

나는 그 모습에 압도되어 입을 떡 벌린다. 이그사를 향해 외치며 달려간다. '이그사! 아름다워!'

이그사가 내 가슴에 발을 대고 까칠까칠한 혀로 얼굴을 핥는다. 그 무게에 내가 비틀거린다. 이그사는 거대하지만 자신을 아기라고 여긴다. '이그사 예뻐.' 동의하는 이그사가 지쳐 보인다.

나는 이그사 귀에 입을 맞춘다. '맞아, 넌 예뻐. 이렇게 예쁜 건 처음 봐. 하지만 더 이상 널 안고 다닐 수는 없을 것 같아.'

이그사가 끄덕이며 몸을 물린다. '이그사는 안겨서 다니고 싶지 않아. 이그사 피곤해. 이그사 잘래.' 그러더니 천천히 거대한 바오바브나무 둥치로 가서 기대어 쓰러진다. 곧이어 부드럽게 코 고는 소리가 들린다.

친구들에게 시선을 돌리자 내 주위로 모인다. 모두의 눈에 다양한 감정이 깜박인다. 호기심, 불안, 두려움. 몸을 움직이며 친구들에게 말한다. "자, 해줄 얘기가 많아."

친구들을 가장 큰 바오바브나무로 이끈다. 성긴 나뭇잎은 지는 태양을 막지 못한다. 이런 바오바브나무는 그늘이 아니라 굳건한 뿌리 때문에 모임 장소가 된다. 각각 천 년 넘게 자란 나무들이라 그 아래 앉는 것은 마치 모든 것을 목격하고 증언하는 고령의 할머니 앞에 앉는 것과 같다. 은회색 둥치 앞에 케이타가 앉아 옆자리를 두드린다. 나는 그곳에 자리 잡고 케이타 어깨에 머리를 기댄다. 그런 단순한 접촉이 위안을 준다. 브리타와도 마찬가지다. 브리타도 내 옆에 앉는다. 브리타가 조바심에 발을 구르지만 나는 경험한 것을 말로 옮기기 위해 약간의 시간이 필요하다.

뜸을 들이다가 말을 시작한다. "알라키와 자투는 모두 금빛 존재들과 이두구에게서 태어났어. 금빛 존재들이 우리의 어머니라는 건 사실이야. 하지만 이두구는 우리의 아버지들이야. 우리를 창조하는 데 똑같은 몫을 했어."

침묵이 어둠을 덮고 두꺼비와 귀뚜라미 울음소리만 들린다. 우리 모두 이럴 거라 예상하기는 했지만, 나와 마찬가지로 다른 아이들에게도 충격적인 소식이다. 아칼란이 먼저 입을 뗀다.

"그러니까 어머니들이 거짓말했다는 게 사실이구나." 조용히 말하는 아칼란 얼굴에 배신감이 서린다.

나는 끄덕인다. "그들은 어떤 결속을 공유하는 듯해. 인돌로처럼 묶인 거지. 그런데 그 끈이 늘어나다가 한계에 이르렀고 이두구는 끊으려고 해."

벨칼리스가 찌푸린다. "하지만 이두구가 어머니들과 함께 자살할 생각은 아니겠지? 인돌로 같은 거라면 말이야, 맞지?" 내가 끄덕이자 벨칼리스가 다른 아이들에게 설명한다. "인돌로의 한쪽이 죽으면 다른 한쪽도 죽어. 그러니까 금빛 존재들과 이두구가 서로 연결되어 있다면, 한쪽을 죽이면 다른 쪽도 죽는 거지."

"이두구에겐 방법이 있어. 바로 나야." 내 말에 다들 혼란스러운 표정이 돼서 나는 설명을 덧붙인다. "이두구는 내가 앙고로라고 했어. 금빛 존재들이 얘기하던 힘의 근원 말이야."

브리타가 기겁한다. "잠깐, 뭐라고? 그게 무슨 말이야, 네가 앙고로라니?"

내가 말을 잇는다. "이두구가 하는 말이, 자신들을 죽이기 위해 어머니들이 날 보냈다는 거야. 안세타 목걸이에 내가 그렇게 하도록 만드는 뭔가가 있었다고. 그래서 이두구는 항상 모든 곳에 카두스를 둔 거야. 카두스는 어머니들의 힘을 차단해서 내가 길들지 않도록 생각과 의지의 자유를 줬어. 그리고 헤마이라를 봉인한 것도 어머니들이래. 엔고마는 존재하지 않는대. 여태 우리를 태운 건 어머니들의 힘이었대."

이제 절대적인 침묵이 깔린다. 모두 내 말을 이해하려 노력하는 중이다.

마침내 아칼란이 당황하는 목소리로 말한다. "왜? 어째서 그렇게까지 하는 거지?"

벨칼리스가 대답한다. "뻔하지 않아? 지배야. 신들은 오테라에 내려온 이후 늘 우리를 조종했어. 먼저 그런 결정을 내린 건 어머니들이야. 어머니들은 여성이 되기로 선택했기 때문에 여성을 높이려 했어. 그러자 이두구는 남성에게 같은 일을 했지. 그리고 거기서 더 나아가 우리 종족을 죽이고 모두를 억압했어. 마치 가장무도회에서 영원히 연기해야 하는 사람처럼, 배정받은 역할을 완벽히 연기하지 못하면 벌을 받게 됐어. 우리 모든 삶이 그들에게는 그저 오락거리야. 말 그대로 그들의 오락을 위한 양식인 거지."

나는 벨칼리스의 말에 모두 동의하며 끄덕인다. 그러고는 마음을 졸인다. "다른 것도 있어."

아샤가 한숨을 쉰다. "또 뭔데?"

"다섯 번째 신이 있어. 다른 신처럼 둘로 갈라지지 않고 따로 남아 있었어. 다른 신들이 단일체라고 불렀어."

이 소식에 다들 자세를 바로 한다. 리가 의욕적인 표정으로 묻는다. "그 신이 아직도 있어?"

내가 정정한다. "그 신'들'이야. 그들은 특정한 실체보다는 존재감에 가까워." 나는 어깨를 으쓱한다. "나도 잘 몰라. 내가 아는 건 그들이 중립적이었고 세상의 균형을 유지하는 게 임무라고 여겨서 장막 뒤에 남았다는 게 전부야."

리가 안심한 듯 말한다. "그렇다면 같은 편이네."

나는 다시 어깨를 으쓱한다. "잘 모르겠어. 사실 그들은 모든 것을 초월한 듯해. 무엇보다 균형에만 신경 쓰는 것 같아."

브리타가 말한다. "하지만 우리 모두 세계의 일부잖아. 그건 뭔가 의미가 있잖아. 그래야 해."

내가 다시 어깨를 으쓱한다. "나도 모르겠어. 여전히 이해 가는 게 별로 없어. 하지만 왜 신들이 힘을 얻으려 싸우는지는 알아. 어머니들이 이두구를 장막 너머로 추방했을 때 힘에 굶주리게 했어. 그래서 이두구가 결국 오요모를 창조한 거야. 숭배를 먹기 위해서였지. 하지만 그건 그들의 진정한 이름이 아니었기 때문에 필요한 만큼의 힘을 얻지 못했어."

나는 친구들을 둘러보며 내가 하려는 말이 얼마나 중요한 것인지 강조하려고 애쓴다. "신들에게는 진정한 이름이 전부야. 그걸 알고 있다면 그들에게 명령도 할 수 있어."

"이두구는 금빛 존재들의 진짜 이름을 알아?" 벨칼리스가 질문한다.

나는 고개를 젓는다. "아니, 어느 쪽도 상대의 진짜 이름을 알지 못해."

브리타가 간절하게 말한다. "하지만 넌 그들의 기억을 볼 수 있잖아. 이름을 찾을 수 있어."

나는 고개를 젓는다 "그럴 수 있다고 해도 그들의 이름은 말이 아니야. 그건 색채고 감정이야. 심지어 구름 같기도 해. 인간은 그 이름을 말할 수 없어."

브리타가 말하며 미간을 좁힌다. "하지만 넌 인간이 아니잖아, 데카. 알라키도 아니고. 우리는 네가 알라키인 척 생각하고 싶지만."

벨칼리스가 덧붙인다. "넌 우리보다는 신에 가깝지. 자투를 무한처럼 불사신으로 만들기도 했잖아. 또 뭘 할 수 있을까?"

'신들을 죽이는 것⋯⋯.' 떠오른 생각에 나는 전율한다.

"내 생각에 더 중요한 질문은 이제 우리가 어디로 가느냐가 아닐까?" 라민이 조용히 묻자 퀘쿠가 덧붙인다.

"아베야까지 하루도 채 안 남았어. 계획을 세워야 해."

나는 생각해본다. "내가 떠나기 전에, 어머니 아녹이 안세타 목걸이의 영액에 대해 알려줬어. 그래서 아녹의 기억을 볼 수 있었지. 아녹은 내가 모든 것을 보기를, 이 여정을 거치기를 바랐던 것 같아. 아녹의 남성 상대인 오콧도 마찬가지고. 내가 본 것이 그의 기억이었어. 그가 가진 분노에도 오콧 또한 내가 모든 걸 알기를 원했어. 그 둘이 화해를 바라서 그런 건지 궁금해. 아마도 화해시키는 것이야말로 우리가 할 수 있는 유일한 일이겠지. 양쪽이 다시 합칠 수 있도록 돕는 일 말이야."

"아니면 한쪽이 다른 한쪽을 죽이도록 돕든가." 케이타의 말이

창처럼 내 심장을 꿰뚫는다. 하얀손의 말도 떠오른다. '신들이 춤을 추면 인간은 경련한다.' 금빛 존재들과 이두구가 불화를 해결할 수 없다면, 그들은 너무나 많은 춤을 출 것이고 그들의 진노에 오테라의 모든 것이 파괴될지도 모른다.

"그럴지도 모르지." 마침내 내가 말하며 새삼 공포에 휩싸인다. "하지만 우리가 알아낸 모든 것을 어머니들도 알고 있었을 거야. 지금도 우리를 지켜보고 있을지 몰라." 어머니들이 그러는 걸 수없이 봤다. 멀리서 사람들이 무엇을 하는지 들여다본다. 엄청난 힘이 들기 때문에 자주 하지는 않지만, 염려되는 일이 있다면 할 것이다. "가서 어머니들과 이야기해보자. 해결책을 찾아봐야지."

"어머니들이 들을 거라고 생각해?"

나는 브리타 질문에 대답하지 못하고 어깨를 으쓱한다. 어머니들이 무엇을 할지 누가 알겠나.

우리는 이제 어머니들의 비밀을 안다. 자신들의 주장처럼 강력하지는 않음을 안다. 그런 식의 탄로를 좋아할 이는 없다. 특히나 신들이라면 더더욱. 특히나 나를 조종하던 안세타 목걸이를 벗어버렸으니까. 목걸이는 아직 내 옷 속 주머니에 갖고 있지만 다시 하지는 못하겠다. 예전처럼 자랑스럽게 목에 걸 수는 없다.

모든 것을 알게 되니, 다시는 어머니들에게 조종당하기 싫다. 하지만 그렇다고 해서 다시 어머니들과 평화롭게 살지 못하는 건 아니다. 어머니들이 더 나은 오테라를 건설하려 한다면 내가 그들 곁에 남을 수도 있다. 하지만 그렇지 않다면…….

앞으로 몇 시간 후면, 내 길이 어느 쪽인지 알게 될 것이다. 그저 친구들과 함께 살아남기를 바란다.

나는 일어선다. 이제 대화는 그만하고 싶다. "난 문 여는 연습 하러 가볼게."

혹시 모르지. 내일 아베야에 도착하기 전에 문 여는 데 성공할 수 있을지도.

34

다음 날 노요산맥이 보이기 시작한다. 멀리 솟은 울창한 봉우리 가운데 금빛 존재들의 성전이 조그만 황금 점처럼 보인다. 이그사의 머리 뒤쪽에 걸터앉아 그곳을 바라본다. 하지만 거의 반년 전 사지절단 상태로 갔던 날 이후 처음으로, 저 산을 보는데도 기쁘지가 않다. 대신 머릿속에 의심과 걱정이 가득하다. 이두구는 무엇을 하고 있을까? 아직 아베야 성전으로 쳐들어가지 않았을까? 어머니들은 어떨까? 내가 다시 어머니들 앞에 선다면 어떤 반응을 보일까? 나를 피할까? 환영할까? 더 잘하겠다고 약속할까? 실낱같은 희망이 자라난다. 안세타 목걸이를 꺼내 손에 든다. 언제나처럼 차갑고 무겁게 느껴진다. 그 힘의 한기가 슬그머니 스며든다. 벌써 사고가 힘겨워진다. 몸도 마찬가지다. 목걸이가 상기시킨다. 내가 어머니들에게 기대하는 것은 부모에게 안심을 얻고자 애쓰는 아이가 소망하는 것과도 같다. 이것은 현실이다.

브리타가 목걸이를 보더니 불안해한다. "왜 꺼낸 거야?"

나는 목걸이를 들여다본다. "어머니들이 왜 거짓말했는지 계속 생각 중이야. 내가 진짜 앙고로고 신들을 죽일 수 있다면, 적어도 일부라도 진실을 말하고 싶지 않았을까? 그러면 이두구와 싸우는 데 이용할 수 있잖아? 내 말은, 난 어머니들을 사랑했으니 어머니들을 위해서라면 무슨 일이든 했을 텐데, 왜 그랬을까?"

벨칼리스도 생각했던 질문을 내놓는다. "알라키 중에 어째서 멜라니스만 능력을 되찾았는지 궁금하지 않아? 우리는 빼고 말이야."

나는 어깨를 으쓱한다. "글쎄. 다른 알라키들도 결국에는 모두 능력을 되찾을 거잖아." 적어도 어머니들은 그렇게 말했다.

벨칼리스가 날카롭게 말한다. "근데 왜 멜라니스가 제일 먼저야? 예를 들면 하얀손은 왜 아니었어? 하얀손이 가장 오래된 알라키잖아."

벨칼리스가 뭔가 지적하고 싶어 한다는 것을 알 수 있다. 하지만 알아맞히기 게임을 하기에는 너무 피곤하고 초조하다. 나는 한숨을 쉰다. "하고 싶은 말이 있으면 그냥……."

나는 순간 말을 멈춘다. 기억 조각 하나가 머릿속을 스친다. 처음 멜라니스를 만졌을 때 나는 정말 이상한 감각을 잠시 느꼈다. 번개가 몸을 관통하는 듯했다. 잊고 있었다니 믿을 수 없을 지경이다.

내가 경악하며 말한다. "내가 만졌어. 멜라니스가 치유되던 중간에 내가 만졌어."

생각이 소용돌이친다. 조각이 마침내 제자리를 찾는다. 그때 나를 관통한 감각이 기억을 엿본 것 때문이라고 여겼다. 하지만 그게 아니었다면? 내 힘이 멜라니스의 능력을 불러낸 것이었다면? 이두구가 말한 내 힘…….

'언제나 너였어.' 카디리와 케이타도 그렇게 말했다.

그런 의미였을까?

벨칼리스가 말한다. "오요모신에서 처음 카두스를 본 후 넌 변하고 있어. 넌 그때 처음 자투를 부활시켰지. 더 빠르고 더 강해졌고. 문도 조금이지만 사용했어⋯⋯."

"다시 할 수 있는 건 아니지만." 내가 씁쓸하게 말하며 지난밤과 오늘 아침의 노력을 떠올린다. 대신전과 와르투베라에서처럼 다시 해보려 했지만 또 실패했다.

"게다가 넌 점점 더 강해지고 있어. 특히 안세타 목걸이를 벗고 나서부터는."

브리타가 깨달음에 눈을 크게 뜬다. "잠깐만. 우리도 마찬가지였어! 네가 목걸이를 벗기 전에는 나도 간신히 조약돌을 변형시키는 게 다였어. 그런데 그 후에는⋯⋯."

"별일 아닌 듯 바위 요새를 만들어냈지!"

내가 소리치자 벨칼리스가 생각하며 덧붙인다.

"그리고 난 몸 전체를 금으로 바꿔서 방패처럼 사용했어. 잠깐, 시험해볼 게 있어." 벨칼리스가 칼자루에서 단검을 뽑더니 손바닥을 가르고 헐떡이며 말한다. "이것 봐."

전처럼 피가 퍼져나간다. 하지만 지금은 움직임이 훨씬 느리고 힘겹다. 그러더니 손목에 닿기 직전에 멈춘다.

나는 떨면서 재빨리 안세타 목걸이를 꾸러미에 도로 집어넣는다. 그렇게 해서 목걸이가 내 몸에 닿지 않게 만들고, "다시 해봐" 하고 재촉한다.

벨칼리스가 끄덕인다. 손을 꼭 쥐어 피가 더 솟아나게 하더니 팔을 들어 올린다. 피가 즉시 움직이며 팔을 따라 어깨까지 거침없이 퍼져나가 굳는다. 내가 꾸러미를 풀어 안세타 목걸이에 손가락을 대자 피가 다시 움직임을 멈춘다.

"잠깐, 나도 해볼게." 브리타가 말하더니 옷에서 조약돌을 꺼낸다.

내가 안세타 목걸이를 만지자 브리타도 간신히 모양을 바꾸는 정도에 그친다. 하지만 내가 목걸이에서 손가락을 떼자 브리타 손에서 날카롭게 빛나는 돌 단검이 만들어진다.

브리타가 헐떡이며 말한다. "너야. 우리를 강하게 만드는 게 바로 너야. 우리에게 힘을 주는 건 어머니들이 아니라 너야."

벨칼리스가 날카롭게 지적한다. "그래서 어머니들이 네게 거짓말한 거야. 힘을 가지고 있는 건 너니까."

벨칼리스가 손을 들고 숨을 들이켠다. 피가 다시 손바닥 안으로 들어가며 상처가 치유되어 처음부터 없었던 것처럼 멀쩡해진다. 벨칼리스는 능력을 완전히 통제하고 있어서 굳이 전투 상태를 이용해서 확인해볼 필요도 없다.

나는 안세타 목걸이를 내려다본다. 마치 공격 직전의 도사린 뱀 같다. 어떤 면에서는 그렇다. 어머니들은 내게 이것을 선물하면서 무척 기뻐했다. 내가 이것을 마치 오테라의 왕관인 양 목에 걸었을 때 너무나 뿌듯해했다. 그리고 그동안 내내 어머니들은 내 능력을 차단하고 내 정체를 숨기기 위해 목걸이를 이용했다.

나는 누루다. 어머니 넷이서 낳은 유일한 자식. 어머니들은 늘 그렇게 말했다. 하지만 지금 생각해보면 그것조차 거짓일 수 있다. 나는 이두구가 내게 보여준 광경을 받아들이고 싶지 않았다. 하늘에서 거세게 쏟아져 내리던 금. 솔직히 무엇을 본 것인지도 이해가 가지 않는다. 그럼에도 노력해봐야 한다. 내가 누구고 무엇인지에 대한 진짜 진실을 꿰뚫어야 한다. 이런 생각을 하는 동안에도 다른 기억이 번뜩 스친다. 단일체가 냉랭하게 오콧을 바라보던 모습. 나는 오테라의 다섯 번째 신이 어떻게 생겼는지 기억하지 못한다. 그들의 존재는 제대로 헤아릴 수조차 없다. 하지만 한 가지는 기억한다.

그들은 안전하게 느껴졌다. 어쩐지 친숙하게 느껴졌다. 그들의 존재가 아득히 멀리 있음에도 말이다.

나는 그 느낌에 의지한다. 내 정체에 대한 이두구의 주장은 진실 여부를 알 수 없다. 어머니들에게 가면 무슨 일이 벌어질지도 알지 못한다. 하지만 이것만은 안다. 오늘 무언가 잘못되더라도 오테라 어딘가에 숨어 있는 마지막 신이 더 있다. 균형을 흔들 수 있는 존재, 단일체가 있다. 그리고 만일 모든 것이 산산조각 나고 제국 전체가 잿더미로 무너지더라도 희망은 있다. 무슨 일이 일어나는지 지켜보고 오테라의 균형을 회복시키고자 그들이 행동할 거라는 희망이다.

35

노요 산지 아래쪽에 도착하자 뭔가 잘못되었다는 느낌이 든다. 나는 케이타를 껴안은 채 이그사 꼬리 쪽에 앉아 있다가 느낀다. 허 공에 나타난 갑작스러운 기세. 거추장스러운 묵직함을 곧바로 알 아챈다. 이두구다. 어떻게 해서인지 그들이 왔다. 보이지 않지만 넷 모두 산 위에 떠 있다. 끈적거리고 어두운 존재감이 늦은 저녁 공기 에 퍼진다. 어떻게 왔지? 아직 대신전에 갇혀 있을 줄 알았다. 오랫 동안 그들 신체를 구속해온 황금 때문에 이럴 힘이 없을 줄 알았다. 내 생각이 틀렸나 보다. 돌연 그들의 힘이 압도적으로 드러난다. 추 악함이 숨 쉬는 공기를 오염시킨다. 그곳에서 감정이 발산한다. 증 오, 분노, 시기. 이두구는 상대를 공격할 준비가 되어 있다. 두려워 해온 전투가 벌써 시작됐다.

나는 화들짝 케이타의 품에서 빠져나오며 어떻게 이런 일이 가능 한 건지 이해해보려고 애쓴다. 하지만 그러다가 끔찍한 것에 시선 이 사로잡힌다. 산지를 둘러싼 유리의 강에 거대한 구멍이 생겼다.

어머니들이 '개화'를 창조한 이래로 유리의 강은 경계선 역할을 해왔다. 어머니들의 힘이 어디까지 자라났는지 보여주는 표시다. 그러나 넓은 면적이 폭파되었고, 물결치는 모래 속에서 솟아났던 날카로운 흑요석 파편이 사방에 흩어졌다.

나는 겁에 질려 속삭인다. "안 돼…….."

케이타가 나를 보고 놀라서 묻는다. "무슨 일이야, 데카?"

"이두구야! 그들이 여기에 있어!"

"뭐? 어떻게?"

"나도 모르겠어!"

하지만 기억이 머릿속을 번뜩 스친다. 대신전에서 이두구의 거대한 황금빛 손이 내게 뻗었다. 그러고 보면 오콧의 존재는 내가 그의 숭배자들 가까이 갔을 때 언제나 나타났다. 나는 어리석음을 자책하며 욕설을 중얼거린다. 멍청한 데카, 이두구가 금의 장막에 갇혀 있다고만 생각하다니. 그들은 내내 자유로웠다. 내가 어머니들을 감옥에서 풀어준 순간 그들도 속박에서 풀려났다. 그들을 꼼짝하지 못하도록 한 것은 금이 아니라 어머니들과의 연결이었기 때문이다. 나는 어머니들을 해방시킴으로써 그들도 해방시켰다. 그들이 대신전에서 움직일 수 없을 거라고 생각한 걸 알면 나를 얼마나 비웃을까.

나는 이그사에게 소리친다. "내려가."

나의 거대한 동반자가 재빨리 모래 위에 착륙하며 쿵 소리를 낸다. 모두 뛰어내려 주위를 둘러보더니 경악한다. 유리의 강이 정말 망가졌다.

"군대가 뚫고 지나갔나 보네." 라민이 눈을 가늘게 뜨고 말하더니 강가에 있는 케이타와 함께 내게 온다. 라민은 우리 중 최고의 추적자다. 빠르게 내려앉는 어둠 속에서 라민이 무릎을 꿇고 파괴

흔적을 조사한다. "투석기를 사용해서 돌파했을 가능성이 커. 빠르게 움직이고 있어. 속도를 보니 군대가 이미 산에 올라갔을 거야."

브리타가 올려다보고 인상을 쓴다. "그건 이상한데. 군대가 올라갔는데 왜 이렇게 조용하지?"

내가 미간을 좁힌다. 브리타의 말이 맞는다. 우거진 밀림에 움직임이 없다. 소음도 없다. 군대가 오르고 있다면 짐승이 소동을 일으켰을 것이다. 새가 푸드덕거리며 날아가고 여우원숭이와 표범이 모두 달아났을 것이다. 그러나 금빛 존재들의 성전은 아직 고요하다. 북소리도 횃불도 없다. 이상하다. 어머니들은 노요 산지를 다시 구축하며 천 개의 경고 체계와 경보 장치를 만들었다. 하지만 어느 하나 감지되지 않는다. 마치 뭔가가 산 전체의 소리를 죽인 것 같다. '잠깐······.' 자세히 보다가 발견한다. 노요산의 봉우리가 연무에 휘감겼다. 훈련받지 못했다면 저녁 안개라 넘겼겠지만 나는 아니다.

바로 답이 나온다. "이두구가 숨기고 있어! 군대의 움직임을 가리고 있는 게 분명해!"

그래서 전에 그토록 힘을 아낀 것이다. 내게 말을 걸고 신전으로 향한 문들을 여는 데 필요한 만큼만 사용하면서. 여신들보다 훨씬 약해서가 아니었다. 그저 때를 기다리고 있었다. 산 전체를 가리려면 엄청난 양의 힘이 필요하다. 남자들의 군대를 산 위로 잠입시키면서 알라키들이 알아채거나 여신들이 깨지 않도록 하는 것은 쉬운 일이 아니다. 이두구는 상당 기간 매우 주의 깊게 작전을 세웠음이 틀림없다.

나는 재빨리 깊은 전투 상태로 들어가 감각을 긴장시킨다. 고요를, 이두구가 만든 환영을 밀어낸다. 그러자 소리가 들린다. 군화 소리의 먼 반향. 다행히 아직은 산 위가 아니라 산 아래쪽이다. 이두구의 군대는 아직 본격적으로 진입하지 못했다. 게다가 그리 진입하고 싶은 것 같지도 않다. 발소리는 목적지를 향한 군대의 일사불란한 행군처럼 들리지 않는다. 머뭇거리며 탐색하고 있다.

'뭘 하는 거지?'

질문을 곱씹을 시간이 없어서, 나는 이그사에게 달려간다. "어서 가야 해." 다른 친구들도 불러 모은다.

이그사가 끄덕인다. '테카, 타.' 우리가 자기 등에 탈 수 있도록 이그사가 무릎을 꿇는다.

다른 친구들이 머뭇거리자 내가 소리친다 "뭘 기다리는 거야? 어서 타!"

모두 서둘러 달려들어 이그사에 올라탄다. 나는 이그사 머리 중앙에 난 뿔 뒤에 자리를잡고 묻는다. "모두 준비됐지?"

브리타가 대답한다. "응."

나는 이그사에게 말한다. '출발하자.'

이그사가 먼지기둥을 일으키며 하늘로 솟아오른다. 날갯짓 몇 번에 산 아래 군대가 시야에 들어온다. 그들을 살펴보는 동안 내 두개골 아래쪽에서 둔중한 욱신거림이 시작된다. 수천수만의 진짜 자투와 위증자 죽음비명들이 흉갑에 카두스가 새겨진 갑옷을 입고 내 힘을 막는다. 그 인원수만으로 숨이 턱 막히고 눈이 휘둥그레진다. 대체 이 자투들이 어디서 온 거지? 이두구가 오테라 전역에서 군대를 키우고 있다가, 오늘을 위해 숨겨두었다가 이렇게 모아들인 것이 틀림없다.

군대와 무기의 규모를 재빨리 헤아리다가 입이 바짝 말라 억지로 마른침을 삼킨다. 이두구의 공격 전략을 더 잘 간파하기 위해 주의를 기울인다. 이 정도의 군대가 의미하는 것은 단 한 가지다. 완전하고 철저한 말살. 그러나 어머니들을 향한 것이 아니다. 이해하는 동시에 순수한 공포가 솟구친다. 이두구는 자신들을 죽이지 않고는 어머니들을 죽일 수 없다. 그러나 어머니들의 자손은 모두 죽일 수 있다. 어머니들을 숭배하는 모두를 죽일 수 있다. 이두구는 어머니들에게 손가락 하나 까딱할 필요가 없다. 굶주리게 해서 굴복시키면 된다. 나는 군대를 바라본다. 머리가 빠르게 돌아가고 가슴이 두근거린다. 그러다 갑자기 이상한 지점이 눈에 띈다. 위증자 죽음비명 부대가 어느 거대한 구멍 주위에 몰려 있다.

왠지 굉장히 낯익은 광경이다. 깨닫는 데 시간이 좀 걸린다. 산기슭에서 자기 종족을 꺼내는 것이다. 흙에 묻힌 거대한 보라색 형체를 꺼내고 있다.

케이타가 소리친다. "저 죽음비명들은 뭘 하는 거지?"

이그사가 산 위로 날아오르느라 바람이 거세게 휘몰아친다.

나는 눈에 더 힘을 준다. 제대로 보고 있는 건지 확인하기 위해 애쓴다. "산에서 다른 위증자들을 꺼내고 있어!"

하지만 왜지? 땅속으로 아베야에 접근하려는 걸까? 땅굴로 어머니들에게 들키지 않으려는 작전인가? 왠지 아닌 것 같다. 무언가로 신경이 날카로워진다. 기억해내야 할 게 있다. 다시 한번 그쪽을 자세히 살펴보려고 노력한다. 그러나 고함이 터지고 미친 듯한 북소리가 뒤를 잇는다. 자투 사령관이 우리를 발견하고 투석기를 우리 쪽으로 돌린다.

'조심해, 이그사!' 바위가 날아오자 내가 소리친다.

이그사가 즉시 몸을 기울인다. 엄청난 덩치에도 불구하고 맹공격을 재빠르게 피한다. 쏜살같이 날아서 이리저리 빠져나가며 산 위로 향한다. 곧 사정거리에서 벗어난다. 하지만 이그사의 움직임이 점점 무거워지고 호흡이 거칠어진다. 온종일 날았으니 거의 한계에 다다랐다.

'거의 다 왔어, 이그사. 넌 할 수 있어.'

'데카.' 이그사가 힘없이 대답하며 힘겹게 나아간다.

호수 바로 너머에 있는 착륙장에 충돌하듯 이그사가 내려앉자 호수 둘레의 경비들이 깜짝 놀란다. 너무 지쳐서 더 가지 못한다. 위쪽인 이곳은 아래보다 안개가 더 짙다. 그래서 경비들이 이그사를 보지 못했다. 안개가 주위를 맴돌며 내 감각을 무디게 한다. 다른 사람들에게는, 어머니들에게는 어떻게 작용하는지 무한만이 알겠지.

'어머니들의 감각을 무디게 하고 잠들게 해서 주위에서 무슨 일이 벌어지는지 깨닫지 못했다면?' 나는 암울한 표정으로 얼른 이그사에서 내린다.

내가 명령한다. "전투를 준비하라! 자투가 산에 올라온다. 남자 죽음비명들도 데리고 온다."

경비 한 명이 입을 벌린다. "하지만······."

내가 으르댄다. "전투를 준비하라! 누루가 명령한다, 당장!"

경비가 잽싸게 달려가며 외친다. "경보를 울려라. 공격이다! 경보를 울려라!"

병사들이 이리저리 뛰어다니기 시작하자 나는 이그사를 돌아본다. 너무 힘겹게 숨 쉬는 바람에 그르렁거리며 옆구리를 떤다. '괜찮니, 이그사?'

이그사가 간신히 고개를 끄덕인다.

'새끼 고양이로 변해서 힘을 회복할 때까지 숨어 있어. 그럴 수 있지?'

이그사가 다시 끄덕이며 몸을 줄인다. 타닥거리며 수풀 속에 숨는 것을 보고 나는 친구들을 뒤쫓아 달려간다. 친구들은 호숫가에서 형성 중인 물의 다리를 기다린다. 물의 다리의 바닥과 난간이 벌써 생겨났다. 나도 건너가기 위해 달린다. 그러나 물의 다리는 이내 무너진다. 나는 충격에 빠져 멈추었다가 다시 물에 다가간다. 아무 것도 없다. 수면이 미동조차 하지 않는다.

한기가 밀려든다. '물의 다리는 여신들에게 충성하는 이에게만 만들어져.'

브리타가 물 앞으로 나선다. "내가 해볼게."

다리가 만들어지다가 곧 무너진다. 마치 확신이 없는 듯한 무너짐. 마지막 순간에 마음이 변한 것 같다.

아돠파가 말하며 앞으로 나온다. "내가 해볼게."

아돠파가 물 앞에 서지만 아무 일도 일어나지 않는다. 다리가 솟아날 기미조차 없다.

침묵이 팽팽하다. 서로의 눈을 마주할 수조차 없다.

브리타가 겁에 질려 속삭인다. "다리가 나타나지 않아. 왜 다리가 안 생기는 거지?"

"왜인지 알잖아." 벨칼리스의 시선이 우리를 훑는다. "우리 모두이유를 알아."

'우리가 의문을 품었기 때문이야……'

이쯤 되면 경비대가 쳐다볼 것이다. 아니, 우리 주위에 있는 모두가 지켜보고 있을 것이다. 나는 도전적으로 친구들을 둘러본다. "난 모르겠어. 내가 아는 건, 우리가 어머니들에게 가야 한다는 거야."

다리가 있든 없든, 건널 방법을 찾아야……

호수 중앙에 물결이 이는 것을 보고 숨을 삼킨다. '아바바!' 조용히 호수 깊은 곳을 헤엄치고 있었을 아바바를 생각하지 못했다. 전에 어머니 아녹이 했던 대로 물을 두드린다. 그에 반응한 잔물결이 물 위를 가로지르자 안도감이 퍼진다.

나는 잔물결을 응시한다. 불현듯 의혹에 휘감긴다. 이래서 아녹이 아바바 소환하는 방법을 알려준 걸까? 지금 일어나고 있는 일을 예상했을까? 그 생각을 밀어내는데, 낮은 으르렁거림이 울려 퍼지고 철회색 비늘이 물을 가른다. 거대한 파충류의 머리가 깊은 곳에서 솟아오른다.

아바바가 온다.

리가 입을 떡 벌린다. "세상 만상에, 저게 대체 뭐야?"

"아바바야." 내가 웃으며 일러준다. 거대한 동물이 호숫가에 머리를 내려놓는다. 내가 다가가 엄청나게 큰 콧구멍 끝을 쓰다듬고 반갑게 인사한다. "안녕."

아바바가 쿵쿵거리며 물고기 냄새가 좀 나는 촉촉한 콧바람을 뿜는다.

"부탁할 게 있어."

또다시 촉촉한 콧바람. 아바바가 듣고 있는 것 같다.

"나와 친구들을 건너편으로 데려다줄 수 있겠니?" 나는 손짓으로 친구들을 가리킨다.

파충류의 노란 눈이 느리게 깜박이며 허락한다.

나는 친구들을 돌아본다. "타자."

모두 아바바에게 다가간다. 하지만 브리타는 얼굴이 창백해진 채 뒷걸음친다. "아니, 아니야. 난 사양할게."

나는 인상을 쓴다. "어째서? 방금까지 이그사도 탔잖아."

"바로 그거야. 이그사도 탔어. 널 사랑해, 데카. 하지만 이건 거절할게. 난 이미 하늘 높은 곳까지 올라갔다 왔어. 그것만으로도 비정상이야. 비자연스러운 거지. 그런데 내 몸보다 열 배는 큰 주둥이를 가진 짐승을 타라고? 말 한마디 나눠본 적이 있는 것도 아니고. 그리고 이 호수에 빠진 사람들에게, 물의 다리가 나타나지 않는 사람들한테 무슨 일이 벌어지는지 우리 다 알잖아. 싫어, 난 못 해. 사양할게."

"브리타." 내가 입을 여는데 리가 브리타에게 다가가 손을 내밀어 낮고 부드러운 어조로 말한다. "내가 잡아줄게. 너한테 어떤 일도 일어나지 않게 할 거야. 데카도 마찬가지고. 너도 알잖아."

브리타가 그 손을 내려다본 뒤 리와 마주 보자, 나는 묘한 감정을 느낀다. 브리타가 마침내 리의 손을 잡자, 무슨 감정인지 깨닫는다. 슬픔이다. 나는 더 이상 브리타에게 유일한 존재가 아니다.

오랫동안 브리타에게는 나뿐이었다. 케이타도 물론이고. 하지만 이제 브리타에게는 리가 있다.

리를 바라보는 브리타의 눈빛에서 알 수 있다. "약속하는 거지?"

리가 끄덕인다. "약속해."

리가 끌어당기자 브리타가 끌려간다.

그 둘이 함께 아바바에게 다가가는 동안 케이타가 내게 와서 말한다. "서둘러, 데카. 어머니들을 깨워야 해."

어머니들에 대한 우리 감정이 어떻든, 이두구가 어머니들의 집과 그 안에 있는 모든 사람을 파괴하게 내버려둘 수는 없다. "지금가." 우리는 아바바의 등에 함께 올라탄다. 거대한 파충류가 호숫가를 떠나며 낮게 으르렁거리는 소리가 사방에 메아리친다.

"아, 배 아파." 아바바가 헤엄치기 시작하자 브리타가 배를 움켜쥔다. "생리가 시작됐다고 말하기 적당한 때는 아닌데?" 벨칼리스가 짜증스레 몸을 돌리자 브리타가 으쓱댄다. "뭐! 규칙적인 걸 어쩌라고!"

나는 그만 고개를 젓는다. 긴장이 살짝 풀리지만 큰 차이는 없다. 아바바가 호수를 미끄러지듯 가로지르는 동안 머릿속에서 온갖 생각이 들끓는다. 우리가 당면한 모든 것이 한꺼번에 뇌리를 스친다.

이두구 군대가 왔는데 어머니들은 너무 깊이 잠들어 알아채지 못한다. 우리가 어머니들을 깨우려고 애쓰는데도 물의 다리가 솟지 않는다. 우리가 어머니들에게 충성스럽다고 인정하지 않았다. 우리가 의문을 품었기 때문이다. 어머니들이 용납하는 것보다 더 많은 질문을 하기 때문이다. 그리고 지금 우리는 어머니들을 깨우러 간다. 우리가 깨우는 것이, 내가 깨우는 것이 어머니들에게는 불만스러울 수도 있다.

그 생각만으로도 두려움이 엄습한다. 하지만 선택의 여지가 없다. 나는 그저 한 명의 소녀일 뿐이다. 혼자 이두구에게 대항할 수는 없다. 내 곁의 친구들만으로는 아베야 전체를 지켜낼 수 없다.

아바바는 몇 분 만에 우리를 호수 건너편으로 데려간다. 그동안에도 내내 북소리가 울리고 알라키가 많이 나타난다. 모두 훈련받은 대로 전투 위치로 달려간다.

무사히 도착한 후, 나는 아바바의 코를 타고 내려와서 아바바를 올려다본다. "도와줘서 고마워."

아바바는 쿵쿵대며 축축한 숨을 내쉬더니 다시 물속으로 미끄러져 들어간다. 그저 잔물결이 한번 일더니 사라진다. 팽팽한 긴장감 속에서 나는 친구들을 향해 명령을 내린다. "케이타, 아돠파, 아샤. 너희는 가서 장군들에게 무슨 일이 벌어지고 있는지 알려. 그리고 여신들의 방으로 데려와."

셋은 고개를 끄덕인다. 케이타가 내 손을 꼭 쥔다. "무사해야 해, 데카."

"당연하지."

뺨에 내 키스를 받고 케이타는 떠난다.

"벨칼리스, 너와 우루니들은 모두를 깨워."

그들은 즉시 임무를 수행하기 위해 내달린다.

이제 브리타와 카티야 그리고 다른 죽음비명들만 남았다. "브리타, 너와 죽음비명들은 인간과 아이들의 안전을 지켜줘. 혼란에 빠져 다치지 않도록."

브리타가 끄덕인다. "당연하지, 우리한테 맡겨둬." 그러더니 동작을 멈춘다. "괜찮겠니, 데카? 너 혼자 갈 필요는 없어."

"난 혼자가 아니야. 마음은 너와 함께야."

브리타가 끄덕이더니 속삭이며 손을 꼭 쥔다. "나도." 그러고는 떠난다.

들어가 보니 성전 중앙의 광장은 소란과 공포로 가득하다. 알라키들이 이리저리 뛰어다니고 에쿠스들은 투창을 챙긴다. 에쿠스와 자투는 전투에서 기다란 무기를 선호한다. 죽음비명도 갑옷을 입는다. 알라키 자매들이 피 흘려 만든 지옥의 갑옷으로 신체의 약한 부분을 가린다. 북소리는 더욱 크게 울린다. 각각의 박자로 군인들에게 제 위치를 명령한다. 그 밖의 사람들, 특히 민간인들은 공격에 대비해 만들어둔 대피소로 달려간다. 몇몇 대피소는 주변 산에 흩어져 있고 일부는 훨씬 멀리 노요 산지를 둘러싼 사막에 있다. 바로 이런 비상사태에 대비한 장소다. 하얀손은 언제나 우리에게 혹시 아베야가 함락될 경우에 대비한 대책을, 또 그에 더한 대책을 세우도록 했다.

낯익은 하얀 두 형체가 나를 향해 달려온다. 어둠 속에서 몸이 빛난다. 투창과 방패를 든 브라이마와 마사이마다. 마사이마가 말한다. "누루, 진짜 자투가 공격하고 있다고 들었어."

브라이마가 이마의 검은 줄무늬 갈기를 힘주어 흔든다. "많은 수의 병사가 가까이 왔다고."

"알아. 난 어머니들을 깨우러 갈게."

"레이디가 방금 그러려고 갔어." 마사이마가 하얀손을 언급한다. 하얀손은 한때 '에쿠스 레이디'로 알려졌다. 하얀손은 살아온 시대마다 이름을 바꾸는 버릇이 있다. "복도에서 따라잡을 수 있을 거야."

나는 둘에게 고개를 끄덕인다. "잘됐다. 전장에서 너희에게 행운이 함께하기를."

둘이 합창한다. "너에게도."

그러고 나서 그들은 다른 친구들에게 달려간다. 내 길을 계속 가는 동안 가슴에서 심장이 고동친다. 너무 많은 일이 일어나고 있다. 해결돼야 할 일이 너무 많다. 하지만 어머니들이 나를 거부하면 어쩌지? 어머니들의 방으로 통하는 문은 오로지 어머니들이 아끼는 이에게만 열린다. 물의 다리가 그랬던 것처럼 어머니들이 내 질문을 불충이라 판단한다면? 주머니를 내려다본다. 천으로 안전하게 싸서 넣어둔 안세타 목걸이를 다시 걸까도 잠시 생각한다. 아마 그러면 분위기가 더 나을 것이다. 그렇게 내 믿음과 순종을 보여준다면……. 하지만 안 된다. 나는 고개를 저으며 자신을 배반할 생각을 떨쳐버린다. 이제 이르푸트의 소녀처럼 행동할 수는 없다. 마을 원로들에게 살려달라고, 다르다는 이유로 해치지 말라고 애원하던 기억……. 금빛 존재들이 진정 내 어머니들이라면 무슨 일이 있더라도 나를 받아들일 것이다.

내 마음이 온갖 감정과 두려움으로 소용돌이친다. 그때 복도로 이상한 냄새가 스며드는 것을 느낀다. 처음에는 희미해서, 여신들의 방에 거의 다다라서야 알아챈다. 구역질 나는 단내가 짙게 부패한 냄새를 가리고 있다. 발걸음이 느려진다. 이게 무슨 냄새지? 이 냄새는 뭔가……. 출처를 찾기 위해 둘러보다가 불현듯 복도가 텅 비었음을 깨닫는다. 바깥은 난리 법석인데 이곳에는 오직 어둠과 정적 그리고 냄새뿐이다. 하얀손은 어디에 있지? 이곳을 지키던 많은 경비와 죽음비명들은 다 어디 있는 걸까? 마치 바깥에 내려앉은 암울이 이곳까지 뒤덮은 것 같다.

저쪽 어디선가 발 끄는 소리에 급히 몸을 돌린다. "하얀손, 당신이에요?"

그러나 귀를 찢는 비명이 들린 후 거대한 죽음비명이 달려든다. 나는 재빨리 옆으로 피한다. 밝은 보라색 피부를 가로지르며 번뜩이는 금빛 핏줄, 위증자다. 벌써 여기, 금빛 존재들의 성전 한복판에 나타났다. '어떻게?'

놈이 손톱을 번쩍이며 다시 달려든다. 놈의 눈에 간신히 억눌린 광기가 번뜩인다.

나는 서둘러 뒤로 돌며 단검 하나를 빼 든다. 이 정도 크기의 죽음비명이면 가까이에서 갈비뼈 사이로 심장을 찌르는 게 낫다. 하지만 어설프게 또 다른 공격을 해 오자, 미간이 구겨진다. 죽음비명의 움직임이 이상하다. 마치 자기 팔다리를 제어하지 못하듯 어설프다. 자기 다리에 걸려 넘어지는 아이 같다. 방금 다시 태어난 걸까? 그런 느낌이다. 이 죽음비명은 이제 막 양육 호수 속에 있던 알에서 깨어나 헤엄쳐 나온 것 같다. 아니면 남자 죽음비명이 부활하는 땅속 구멍에서 나왔든가.

놈의 동료들은 어디에 있지? 선발대의 일부인가? 하지만 그건 아닐 것이다. 복도에서 다른 죽음비명은 감지되지 않는다. 게다가 이 죽음비명은 엄중한 임무를 수행하기에는 방향감각이 너무 없다.

놈이 다시 공격하자 나는 그 무게와 속도를 역으로 이용해서 쉽게 넘어뜨린다. 그런 다음 배 위에 올라타고 목을 노려 아티카를 쳐든다. 그러다가 놈의 옆구리에서 이상한 움직임을 느끼고 즉시 물러난다.

"이게 대체 무슨⋯⋯."

나는 죽음비명을 내려다보고 충격에 말을 잃는다.

죽음비명 옆구리에서 낯익은 검은 덩어리가 꿈틀거린다. 한 송이 검은 흡혈꽃이다. 그 꽃잎에 금이 아로새겨졌다. 나는 죽음비명을 다시 보다가 그 광기 어린 눈과 마주친다. "계조 황제?"

죽음비명의 입에서 일련의 쉬익 소리가 나온다. 시간을 들여 듣자 단어들이 조합된다. 낯익은 귀족적 말투다. "……해야 해……. 전에…… 그들이…… 먹었어……."

내가 물으며 일어난다. "뭐라고? 제대로 말해봐."

"악은…… 멈춰야 해……. 악을."

"무슨 말인지 모르겠어."

놈에게 가까이 무릎을 구부리다가 휘둘러지는 칼날 같은 손톱에 급히 물러난다. 전 황제가 포효하며 달려든다. "방관하지 않겠어! 아이들을 다 잡아먹는 걸 보고만 있지 않을 거야, 타락한 자들의 딸!"

여전히 이해하지 못한 채 응시하자 황제가 다시 손톱을 휘두른다. 움직임은 더욱 제멋대로다.

"계조 황제!" 나는 혀를 차며 공격을 멈추게 하려 애쓴다. 황제는 생전에 이미 미쳐가고 있었지만 부활한 지금은 이성의 힘을 다 잃은 듯하다.

내 말을 전혀 듣지 않는다. 황제는 다시 돌진하더니 놀랍게도 중간에 관심을 잃는다.

"그들을 막아야 해." 황제가 중얼거리며 복도 끝의 문으로 눈을 돌린다. 여신들의 방이다.

황제가 비틀거리며 가버리지만 나는 막지 않는다. 연이어 떠오른 생각이 머릿속을 점령한다. 황제가 죽음비명이 된 건 놀라운 일이 아니다. 남성 죽음비명에 대해서는 이미 알고, 황제는 내가 마지막으로 보았을 때 거의 죽기 직전이었다. 하지만 무언가가 있다. 나를 걱정시키는 짐작이, 꼭 기억해내야 하는 무언가가 있다. 생각해 내려고 애쓰지만 이런 냄새 속에서는 힘들다. 지독한 냄새에 인상 이 절로 구겨진다. 게조 황제는 이제 문 앞에 있다. 익숙지 않은 갈 퀴 손으로 자물쇠를 열 수 없어 서투르게 문을 할퀸다. 정말 부활한 지 얼마 되지 않은 게 분명하다. 어쩌면 오늘 일찍 죽었을지도 모른 다. 그러면 저렇게 혼란스러워하고 정신 나간 이유가 설명된다. 나 는 옆으로 다가가다가 황제가 몇 차례 공격을 가하자 재빨리 물러 난다.

마침내 황제가 공격을 멈춘다. 나는 그의 거대한 팔 아래로 슬며 시 팔을 뻗어 문을 당긴다. 문이 너무나 무겁다. 어머니들은 방문객 을 원하지 않는 것 같다. 아니, 어쩌면 그들이 원하지 않는 건 나일 것이다. 그래도 나는 어머니들에게 말을 걸어야 한다. 잠에서 깨워 야 한다.

그런 마음으로 나는 온 힘을 모아 문을 연다. 그리고 여신들의 방 으로 들어간다.

그리고 내 앞에 놓인 악몽을 본다.

36

 방에 들어서자 먼저 보이는 것은 죽음비명들이다. 모두 보라색인 죽음비명들이 어머니들의 왕좌 앞 바닥에 늘어져 덩굴에 뒤덮여 있다. 멀리서 보면 자는 듯 보일 수도 있겠다. 하지만 신음이 솟는다. 발작적 울부짖음이 고통을 호소한다. 감긴 눈꺼풀 뒤에서 눈알이 경련한다. 죽음비명들의 몸을 휘감은 덩굴 때문이다. 흡혈꽃 송이가 이미 잔뜩 여기저기 맺혔다. 날카로운 작은 뿌리가 약한 곳의 살점을 파고들며 통통한 꽃잎이 펄떡인다. 죽음비명의 검푸른 피를 만끽한다. 희생자의 살갗에 잿빛 염증이 퍼지고 저마다 썩으며 고름이 흐른다.

 귀에 이명이 울리더니 무서운 현기증이 인다. 모든 것이 이상하게 느껴진다. 멀어진다. 죽음비명들의 신음, 흡혈꽃의 꿈틀거림, 그 냄새……. 계조 황제에게 들러붙었던 끔찍하게 들큼한 냄새가 방 전체에 가득하다. 출처를 깨닫는다. 덩굴이 내뿜는 것이다. 피를 빨고 또 빠는 동안 겁에 질린 희생자들을 진정시키기 위한 향이다. 미끈한 초록 덩굴에서 금빛이 번뜩이며, 포식할수록 더 많은 흡혈꽃이 자란다. 검은 별 모양 흡혈꽃에 황금 잎맥이 새겨졌다. 줄기가 얽힌 경로를 눈으로 훑으며 계단 위 제단을 향한다. 세 여신이 잠들어 있다. 한 명만 빼고.

어머니 에트즐리다.

왕좌 위에 두꺼비처럼 몸을 웅크리고 앉은 어머니 에트즐리 무릎 위에 죽음비명이 놓여 있다. 밝은 보라색의 작은 죽음비명은 등에 희끄무레한 금빛 가시가 나 있고 몸 여기저기 흡혈꽃이 솟아났다. 그 광경을 보며 나는 공포에 숨죽인다. 죽음비명의 크고 검은 눈이 고통과 두려움에 활짝 열리고 표피에는 회색 염증이 만발했다. 그의 몸에 휘감긴 덩굴은 어머니 에트즐리와 이어진다. 악의에 찬 신성한 덩굴이 먹이를 취하고 또 취하며 지독한 냄새를 뿜는다.

나는 눈앞의 광경을 거부하듯 멍하니 서 있다. 그러다가 내 옆에서 포효가 터진다. "악마!" 제조 황제가 소리 지른다.

황제가 어머니 에트즐리에게 달려들지만 에트즐리는 귀찮은 듯 손짓한다. 바닥에서 덩굴이 솟아 황제를 휘감더니 흡혈꽃이 피기 시작한다. 뾰족한 뿌리가 황제의 피부를 파고든다. 전 황제는 즉시 제자리에 못 박히고 단단히 감긴 덩굴이 꿈틀대며 움직인다. 이미 유독한 꽃향에 더해 썩은 내가 진동한다.

시간이 얼마나 지났을까. 에트즐리가 나를 보고 몸을 일으킨다. 하지만 느릿한 움직임이다. "데카……." 에트즐리 특유의 나른한 목소리다. 놀라움이 서린 표정이다. 머리는 천둥구름에 감싸여 불쾌를 드러낸다. "어떻게 문을 열었지? 잠겨 있었는데."

"모르겠어요." 대답하는 내 목소리가 이상할 정도로 멀리서 들린다. "그냥 열었어요." 생각이 덧없이 흩어진다. 정신을 모으려 애써보지만, 머리로 피가 너무 빨리 몰려들어 기절할 것 같다. "무슨 일인 거죠?" 어리둥절한 어린아이처럼 질문한다. "그 죽음비명에게 뭘 하는 거예요?"

에트즐리가 인상을 쓴다. 비인간적인 얼굴에 드러난 인간적인 표정이 기이하다. 에트즐리의 하얀 눈이 내 눈을 들여다본다. "넌 이걸 봐서는 안 돼. 보지 말 것을 명령한다."

그 말이 내 두개골에 울려 퍼진다. 나를 깊숙이 관통하는 명령에 심장마저 따른다. '보지 마, 보지 마…….' 주위의 어둠이 희미해진다. 덩굴이 분해된다. 남은 것은 여느 때와 같이 필멸자의 눈에 비치던 여신들의 방이다. 순백의 공간, 하늘을 반영하는 천장, 영혼을 정화하는 광경. 다만 오늘 천장에 보이는 하늘은 불길하다. 어둡다. 별은 흔적조차 없다. 이유가 있을 텐데 왜 그런 건지 잊어버렸다. '생각해. 생각해, 데카.' 정신을 집중하지만 생각이 자꾸 날아가버린다. 절대 잡히지 않는 작은 나비처럼. 이제 머리가 둥둥 울린다. 마치 일종의 장벽이, 내 뇌를 감싸는 천이 있는 것 같다.

그러나 나는 목적이 있어서 이곳에 왔다. 스스로에게 상기시키며 머리를 흔들고 집중해보려 노력한다. 어머니들에게 전해야 할 중요한 소식이 있다. 제단을 돌아보지만 에트즐리뿐이다. 이상한 표정으로 나를 바라본다. 왜 저렇게 보는 거지?

"제발, 도와줘!" 젊은 남자의 목소리가 외친다.

내 뇌를 덮고 있던 천이 사라지며 어두운 방으로 돌아간다. 에트즐리가 왕좌에서 깨어나 무릎 위의 죽음비명을 덩굴로 질식시킨다. 죽음비명의 눈에서 눈물이 흐른다. 절망과 공포가 눈물 속에서 빛난다. 그는 너무 젊어 보인다. 너무너무 젊다. 죽었을 때 내 또래 정도였을 것이다.

그는 어쩌다 저렇게 된 걸까? 그 생각이 아득히 떠오른다. 의심의 여지 없이 이건 내 공포 반응이다. 남자 죽음비명은 땅속에서 부활하는 것 아닌가? 그 생각을 하자 저 자투의 기억이 자극된다. 아직 해독하지 못한 기억이다. 나는 그것을 떨쳐 버린다.

죽음비명이 울부짖는다. "제발! 도와줘!"

그 말이 나를 퍼뜩 깨운다. 달려가며 손을 뻗는다. "어머니 에트즐리, 멈추세요!"

그러나 에트즐리의 입술이 비틀리며 죽음비명을 내려다본다. 불쾌한 듯 비웃는다. "조용히 해." 명령하며 죽음비명의 입을 두드린다.

그 소년은, 소년임에 분명한 죽음비명이 끔찍하게 숨 막히는 소리를 낸다. 그러더니 입이 불가능할 정도로 넓게 비틀리며 열린다. 작은 금빛 흡혈꽃이 스르르 나오더니 찬란하게 빛나는 꽃잎을 펼친다. 황금 뿌리가 소년의 얼굴 전체로 퍼지고 식물이 배를 불리며 지나간 자리가 썩는다. 배가 빵빵한 거머리가 소년 깊숙이 박혀 있다. 몇 초가 지나지 않아, 맹공으로 소년의 몸이 잿빛이 되더니 죽는다. 내 눈앞에서 불그스레한 진창으로 녹아버린다.

너무 빨리 일어난 일이라 나는 움직일 시간이, 소년을 구할 기회가 없다. 무슨 일이 일어나고 있는지 이해할 기회조차 없다. 나는 제단 바닥에 주저앉는다. 서 있을 기운조차 없다. 어머니들에 대해 알게 된 모든 것에도 불구하고, 내가 경험한 그 모든 것에도 이건 정말 이해가 가지 않는다. 이해할 생각도 못 하겠다.

"대체 왜? 왜 그런 거죠?" 내가 속삭인다. 슬픔과 공포로 말문이 막힌다. 누구도 저런 식으로 죽어서는 안 된다. 비록 자투일지라도.

에트즐리가 아무렇지 않게 대답한다. "우리가 양식을 얻어야 하기 때문이야, 힘을 얻어야 하기 때문이지. 그게 저 종족의 존재 이유야. 이 모든 것의 이유지. 우리를 먹이고 힘을 주는 것."

에트즐리가 손짓하자 방 안의 모든 덩굴이 진동하기 시작한다.

꽃잎과 줄기가 으스스한 소리를 낸다. 나는 별 모양 꽃을 보며 공포에 몸서리친다. 게걸스레 달싹이는 검은 꽃잎. 같은 꽃잎이 산 전체를 뒤덮고 있다. 모든 벽에, 모든 구석에, 발길 닿는 모든 곳에 흡혈꽃이 있다. 항상 흡혈꽃이 있다. 그리고 애트즐리는 그 꽃을 이용해서 그녀와 다른 여신들에게 먹이를 공급한다…….

이해가 나를 깨부순다.

공격받아도 에트즐리가 걱정하지 않는 건 당연하다. 이두구의 군대가 쳐들어왔는데도 산의 자연이 아무 경보를 울리지 않은 것이 당연하다. 에트즐리는 군대가 오기를 '바란다'. 진정한 자투가 밀림을 뚫고 들어오길 '바란다'. 그곳에는 흡혈꽃 덩굴이 다음 식사를 기다린다. 에트즐리가 바란다는 건, 어머니들 모두가 바란다는 의미다. 나는 잠든 여신들을 한 명 한 명 응시하며 역겨움을 느낀다. 그들은 모두 연결돼 있어서 넷의 의지가 하나로 얽힌다. 이곳에서 벌어지는 모든 일이 그들의 의지라는 의미다. 상황이 얼마나 끔찍한지 깨닫는 순간 온몸에 전율이 흐른다. 모든 것이 계획된 것이다.

어머니들이 앙고로라는 것을 찾으라고 나를 보냈을 때, 그들이 실제로 보낸 건 미끼였다. 이두구가 거부할 수 없는 미끼. 어머니들이 약해졌다고 이두구가 생각하리라는 것을, 어머니들은 알았다. 이두구가 나를 유혹하거나 납치하려고 할 것이고 내가 가능한 한 저항하리라는 것도 알았다. 나는 그렇게 이두구와 숨바꼭질했고 어머니들은 지금을 기다렸다. 남성 신들이 과감하게 행동하며 자기 아들들로 이뤄진 군대를 이곳으로 보내는 순간을 기다렸다. 수천의 진정한 자투가 도착하고, 어머니들을 위한 가축이 도살될 순간을.

어머니들이라니.

그 단어의 위화감이 나를 꿰뚫는다. 금빛 존재들은 어머니라 불릴 자격이 없다. 그들은 어떤 명칭으로도 불릴 자격이 없다. 그들은 자기 상대의 자식을 거리낌 없이 죽인다. 자신들이 직접 황금 속에서 낳은 아이인데도. 그들의 관심사는 오로지 오래전 잃어버린 힘을 되찾는 것뿐이다. 그리하여 내가 그들을 해방시킨 이래로 그래왔듯이 계속해서 우위를 지키는 것뿐.

이제 나는 온몸이 떨리는 상태에서 묻는다. "당신들은 우리를 해방시키기 위해 왔다고 했잖아요. 우리를 더 높은 존재로 이끌기 위해서 왔다고요." 속삭이는 내 목소리는 내 심정 그대로 부서졌다.

"우리의 상대를 물리친 뒤에 그렇게 할 거야. 하지만 그러기 위해선 양분을 취해야 하지. 힘을 되찾아야 해."

에트즐리는 눈도 깜박하지 않고 거짓말을 뱉는다. 하지만 에트즐리는 진심으로 그렇게 믿는 거다, 그렇지 않은가? 광기에 굴복한 모든 이가 그러듯, 에트즐리는 자신이 생각하는 현실에 대한 정의를 믿는다. 그리고 에트즐리의 현실은 더 많은 숭배와 희생을 요구한다. 이두구와 마찬가지다.

신들은 모두 가짜다. 하나같이 모두 다. 이제야 사유리가 무슨 말을 하려 했는지 알겠다.

나는 그곳에 서서 에트즐리를 바라보며 묻는다. "그러니까 다른 어머니들도 다 아는 건가요?"

확인해야 한다. 다른 금빛 존재들도 에트즐리를 감염시킨 광기의 먹이가 되었는지를 알아야 한다.

충격적이게도 에트즐리는 고개를 끄덕인다 "우리는 깨어난 이후 줄곧 이날을 준비해왔어." 그 선선한 어투는, 무슨 일이 벌어지는지 내가 다 알아버려도 전혀 신경 쓰이지 않는 듯하다.

나를 어떻게 다뤄야 할지 계획이 있기 때문이라고, 나는 본능적으로 알아챈다. 하지만 어차피 나는 지금 끔찍한 진실에 사로잡혀 더 이상 어찌할 바를 모르겠다.

에트즐리는 주저 없이 말을 계속한다. "우리가 이렇게 먹이 취하는 방식을 혐오스러워하긴 했지. 나머지에겐 결벽증이 있거든. 죽음과 삶이 모두 떼려야 뗄 수 없는 하나의 원임을 잊은 듯해. 그래서 이렇게 하는 거야. 내가 충분한 힘을 줄 때까지 그들은 잠들어 있는 거지. 그게 우리 협약이야. 내가 먹이를 주고 그들이 흡수한다. 가장 만족스러운 합의지."

'내가 먹이를 주고 그들이 흡수한다.' 그 말이 내게 스며들어 모든 것을 끔찍하게 끓어오르는 흰색으로 물들인다. 물론 다른 여신들은 에트즐리가 무엇을 하는지 알고 승인했다. 단지 나는 그들의 장기 말이었을 뿐이다. 신들 사이의 정교하고 혐오스러운 게임 속에서 움직이는 작은 조각이었다.

나는 방을 둘러본다. 덩굴에 뒤덮인 죽음비명들이 드러누워 썩고 있다. 몸 가장자리가 녹아내린 죽음비명도 보인다. 에트즐리가 죽인 소년도 마찬가지다. 힘을 키우기 위해 여태껏 그랬던 걸까? 이 문 뒤에서 남자 죽음비명들을 먹어온 걸까? 우리가 모르는 다른 무엇을 더 먹어왔을까? 아이들을 잡아먹던 금빛 존재들에 관한 이야기를 오테라 사람들은 옛날부터 들어왔다. 다 거짓말인 줄 알았는데……. 이 여신들이, 이 악마들이, 가능하다면 아이들도 잡아먹었으리라는 것은 이제 의심의 여지가 없다.

나는 금빛 존재들을 바라본다. 그들의 거대한 형상은 너무 멀고 차갑다. 그러나 그들을 에워싼 황금이 맥동한다. 금이 그들 모두를 연결한다. 에트즐리와 먹이를 연결하는 덩굴도 마찬가지다. 여신들이 함께 먹고 있다. 두개골을 두드리는 두통이 시작되고 목구멍으로 구역질이 솟구친다. 오, 무한이여, 토할 것 같다. 내가 먹은 모든 게 쏟아져 나올 것 같다.

에트즐리가 일어나 계단을 미끄러지듯 내려온다. 그녀의 눈에서 번득이는 표정을 분간할 수 없다. "넌 우리 보호막을 침범하지 말았어야 했어. 보호막으로 이 방 전체를 둘러쌌는데 네가 깨뜨린 거야. 불경을 저지른 거지."

에트즐리가 게조 황제에게 무심하게 손짓한다. 그러자 더 많은 흡혈꽃이 황제 위에 피어난다. 뿌리가 그의 몸을 파고든다. 덩굴이 거머리처럼 미끄러지고 맥동하자 전 황제가 고통에 찬 비명을 지르며 순식간에 녹아내린다. 살과 뼈가 해체되어 사라지고 바닥에는 꿈틀대는 덩굴 더미만 남는다.

나는 꼼짝하지 않고 바라본다. 더 이상 무엇을 해야 할지 모르겠다. 어떻게 느껴야 할지조차 모르겠다. 게조 황제는 적이었다. 내 고통의 많은 부분에 책임이 있는 남자였다. 그런데 갑자기 바닥의 흙이나 마찬가지가 되었다. 덩굴이 핥아 먹는 핏자국에 불과하게 되었다.

덩굴은 내가 한때 어머니들 중 하나라 여겼던 악마 같은 존재에 의해 만들어졌다.

나는 에트즐리를 올려다보며 말한다. "그를 죽일 필요는 없었잖아요. 그런 식으로는 아니에요."

"데카, 너도 알다시피 그는 죽기로 정해져 있었어."

황제 옆구리에 피어 있던 흡혈꽃은 에트즐리의 불만과 허기의 표식이었다. 나도 모르게 내가 지켜보는 동안, 얼마나 오랫동안 에트즐리는 그를 먹고 있었던 걸까? 얼마나 오래 그를 맛보았을까? 하얀손이 야자주를 맛보듯…….

"자비로운 방식으로 죽일 수도 있잖아요."

하지만 내가 왜 이런 성가신 질문을 하는지도 모르겠다. 앞에 보이는 괴물은 내가 생각했던 존재가 아니다. 신이 아니다. 사후대지의 가장 어두운 구덩이에서 나온 악마다. 그리고 자신을 감히 내 어머니들 중 하나라고 부른다. 나는 외면하려, 움직이려 애쓴다. 하지만 발이 꼼짝도 하지 않는다. 충격에 빠졌다. 그래서 불신에 얼어붙은 마음으로도 여전히 여기서 서 있다.

에트즐리가 자리에서 떠오르더니 내 주위를 빙빙 돈다. 비록 그녀의 몸이 햇살처럼 허공을 부유하지만 내 본능은 그녀가 빛과 공기의 존재가 아니라 먹이를 노리는 포식자임을 알려준다. 에트즐리가 가까이 다가오자 솜털이 바짝 곤두선다. 눈치챘는지 에트즐리가 빙긋 웃는다. "데카, 더 중요하게 따져봐야 할 문제가 있어. 내 명령을 묵살하고 벗어났는데, 어떻게 그게 가능했지?"

어린 죽음비명의 울부짖음. 그것이 나를 깨워 현실을 보여줬다. 그러나 에트즐리에게 그런 말은 하지 않는다. 대신 그녀를 다시 쳐다본다. 다만 이번에는 곁눈질로 본다. 정면으로 마주했다간 또다시 환영에 갇힐 거다.

"전에 내게 몇 번이나 명령을 내렸나요?" 적어도 한두 번은 그랬다는 걸 안다.

햇빛을 받는 날렵한 어깨가 태평하게 으쓱거린다. "많지는 않아." 그러더니 골똘히 중얼거린다. "목줄을 벗어버려서 그런 거네, 못된 아이로군."

'목줄.' 그 단어가 나를 관통한다. '목걸이'가 아니고 '선물'도 아니다. '목줄'이다. 그들은 나를 동물로 본다.

에트즐리가 갑자기 단호하게 말한다. "상관없어. 우리가 이번엔 널 더 단단히 묶을 거니까."

에트즐리가 내게 손을 뻗으며 입을 연다. 나를 묶기 위한 더 많은 명령을 내리려는 것이다. 다시 한번 나를 무지한 도구로 만들려는 것이다. 하지만 내가 허용하지 않을 것이다. 이제는. 절대로 다시는.

에트즐리가 알아채기 전에 나는 매우 빠르게 움직이며 아티카로 그녀의 흉곽을 깔끔하게 찌른다. 여신의 거대한 크기에 비하면 아티카는 제일 작은 과도 정도밖에 되지 않지만 묘책을 부리기에는 충분하다. 에트즐리가 비명을 지르고 반짝이는 하얀 액체가 뿜어져 나온다. 그녀의 영액이 나를 뒤덮는다. 에트즐리 뒤로, 다른 여신들이 왕좌에서 몸을 떤다. 그들에게도 고통의 물결이 지나가는 것이다.

"무슨 짓을 한 거지, 데카?" 에트즐리가 외치지만 내게는 거의 들리지 않는다. 번개가 내 몸을 꿰뚫는다.

그리고 나는 다른 곳에 있다.

내가 아른거린다.

우리가 아른거린다. 우리 색채가 너무 밝게 반짝여, 우리가 우리 집단을 갉아먹는다. 그들에게서 남은 것을 갉아먹는다. 자신들을 여성이라 지정한 존재는 오래전에 사라졌다. 필멸의 세계에 굴복했다. 그리고 자신들을 남성으로 지정한 존재도 다를 바 없다. 초록색과 흰색이 그들 사이로 흐른다. 시기와 증오다. 치명적인 감정이다. 인간의 감정이다. 이전의 우리에게는 불가능했던 감정이다. 그게 전부가 아니다. 우리 형제자매 내부에서 또 다른 무언가가 나타난다. 새롭고 걱정스러운 색이 나타난다. 그것이 갈라지고 쪼개진다. 메스껍고 악을 쓰는 흰색이 밀려들고 밀려나며 거대한 물결이 된다.

'광기……' 그것이 우리 집단을 감염시켰다.

불안이 그은 보라색으로 파고들며 우리의 잘못을 곰곰이 생각한다. 최근 우리는 많은 잘못을 저질렀다. 우리 집단의 일부가 인류에 집착하도록 허용한 것이 맨 처음 저지른 가장 큰 잘못이었다. 그들은 인간을 우리처럼 만들고자 했다. 더 높은 존재로 인도하고자 했다. 그 대신, 반대 상황이 일어났다. 인간은 우리처럼 되지 않았다. 우리가 인간처럼 돼버렸다. 이제 우리 형제자매는 자초한 대로 오테라에만, 네 개의 대륙이 연결된 제국 오테라에만 존재한다. 우리 집단에 유일하게 남아 있는 단일체인 우리는 나머지 세계의 인류를 보호해왔다. 우리 형제자매로부터 숨기고 안전하게 지켜왔다. 형제자매를 가른 장막이 아닌, 우리가 직접 만든 장막 뒤에서 나머지 세계를 형제자매의 눈에서 숨겨왔다. 하지만 결국 그들은 그곳으로 관심을 돌릴 것이다. 그들은 오테라를 넘어 계속할 것이다. 그 하얀 광기가 더욱 더 쪼개져 마침내 인간 세계 전체가 파괴될 때까지.

우리는 한숨을 쉰다. 최근 배워서 즐겨 쓰는 매우 인간적인 표현 방식이다. 마음을 진정시키는 초록빛과 금빛 물결이 우리를 휘감는다. 무지개가 아롱거리며 푸른 대양을 가로지르고 돌고래가 춤추며 즐거운 행렬을 만든다.

다른 장막 너머에서 오콧이 다가온다. 그는 변덕스럽지만 사려 깊다. 천 년쯤 지나니 점점 더 인간이 되어간다. 끔찍한 흰색 광기가 그 안에서도 어른거리지만 다른 남성 신들보다는 잘 조절한다.

오콧이 말한다. "걱정스러운 일이 있나 보군, 단일체여."

그들이 우리에게 부여한 이름이 '단일체'다. 그렇게 또 다른 불안의 덩굴손이 스르르 밀려든다. 예전에는 이름이 쓸모가 없었다. 우리는 모두인 동시에 하나였다. 하지만 이제 우리는 지정해야 한다. 우리가 분리돼 있음을 보여주기 위해 자신을 표시해야 한다.

'너희와 여성으로 지정된 이들 사이의 갈등이 이 세계를 파괴할 거야. 우리는 보았어, 우주에 모이는 운명의 실을.'

오콧이 끄덕인다. 그의 인간적인 버릇 중 하나다. "우리도 그런 결론에 도달했어. 내 안에서 무언가가 자라고 있어. 이상한 무언가가."

'광기⋯⋯.' 우리가 그 단어를 속삭이자 오콧이 한숨을 쉰다. 음울한 파랑색과 흰색의 바다가 부푼다. 수용. 체념.

오콧이 말한다. "우리도 알아. 우리 안에서도 그들 안에서도 감지했어. 병처럼 자라고 있어. 오래 견딜 수 없을 거야."

우리 내부에서 불확실의 파랑과 주황이 싹트고 시든다. 무지개가 즉각 눈에 띄지 않게 죽는다.

아무도 눈치채지 못한다. 오콧을 제외하고는. 그가 더 가까이 온다. "너희는 우리를 어떻게 할지 결정하지 못했군. 분명 인간적인 감정이야, 단일체여."

'우리는 중립을 유지하기로 맹세했다.'

"균형을 유지하기로 맹세했지. 인간의 안전을 지킨다는 의미고. 좋든 싫든 그들은 이 세상에서 가장 수가 많은 지적인 존재니까. 필요악이지."

우리는 또다시 한숨을 쉰다. 맹세가 너무 많고 약속도 너무 많다. 하지만 그것이 우리를 형성한다. 결국 목적이 우리를 정의한다⋯⋯. 마침내 우리가 말한다. '이것 없이 저것을 어떻게 성취할지 모르겠군.'

"둘 다 성취하면 되지." 오콧이 더 가까이 다가온다. "너희는 이제 우리 모두를 합친 것보다 훨씬 강력해. 해결책을 보내줘. 조정자를 보내줘."

'너희처럼 우리도 분리되라고?' 이 계획에 대해 우리가 느끼는 혐오감으로 산이 갈라진다.

오콧이 불안하게 하얀 눈으로 우리를 응시한다. "아니, 단일체여. 오테라로 내려오라는 의미야. 이곳에 와서 우리의 생명을 끝내. 그것이 너희가 보는 실이 합쳐지는 것을 막을 유일한 방법이야. 우

리는 이 세상의 역병. 우리가 세상을 파괴하기 전에 너희가 우리를
파멸시켜야 해."

금 한 방울이 떨어지고…… 떨어지고……. 하지만 그것은 여신
들의 눈에서 떨어지는 것이 아니다. 그것은 하늘에서 떨어진다. 우
주에서 떨어진다.

'오테라로 내려와. 이곳에 와서 우리의 생명을 끝내. 단일체여,
너희가 우리를 파멸시켜야 해.'

나는 헐떡이며 깨어난다.

37

정신을 차려 보니 에트즐리가 옆구리에서 아티카를 잡아 빼고 있다. 에트즐리가 쓰러졌던 바닥이 갈라졌고 너무 많은 영액이 뿜어나와 피부가 은색으로 변했다. 다른 여신들도 마찬가지다. 그들을 덮고 있던 금에 은이 스민다. 그들은 여전히 잠들어 있지만 에트즐리의 고통과 두려움을 느낄 수 있음이 분명하다. 에트즐리는 움직이려 하지만 몸이 강가로 나온 물고기처럼 퍼덕인다. 나는 아티카를 내려다본다. 바닥에 떨어진 아티카에 영액이 묻어 있다. 작은 칼 하나가 이 모든 파괴를 이루었다.

'오직 신만이 신에게 상처를 입힐 수 있다.' 그 말이 머리를 맴돈다. 진실임을 안다. 황금 방울이 떨어지는 것을 봤으니까. 내 존재를 이루는 말과 명령을 들었으니까. 그동안 어머니들이 막아왔음이 분명한 명령이다.

'넌 우리를 파멸시켜야 해.'

이제 내 정체의 진실을 안다. 나는 단일체다. 아니, 적어도 내 일부는 단일체다. 내가 내 정체를 몰랐던 이유가, 남신들의 존재도 몰랐던 이유가 있을 것이다. 금빛 존재와 이두구에 대해 내가 알게 된 것으로 미뤄보면, 내 일부가 아주 깊이 봉인되어 내가 접근할 수 없기 때문일 것이다. 현재 내가 아는 것은 다음과 같은 사실뿐이다. 나는 에트즐리나 다른 금빛 존재들의 딸이 아니다. 나는 완전히 별개의 존재다. 그들 모두를 죽일 수 있는 힘을 가진 존재. 그리고 에트즐리도 그것을 안다.

애트즐리 얼굴에 한 번도 본 적이 없는 표정이 떠오른다. 두려움이다. 깊고 압도적인 두려움.

모두 나 때문이다.

그동안 에트즐리와 금빛 존재들은 나를 애완동물처럼 취급하면서 조종해왔다. 그러나 그들은 내 힘을 알고 있었다. 내가 두려운 존재임을 알고 있었다.

온몸에서 분노가 폭발한다. "거짓말했군." 내가 말하며 아티카를 집어 들어 다시 겨눈다. "지금까지 내게 거짓말했어."

내가 달려들지만 에트즐리는 이제 평정을 되찾았다. 에트즐리가 손짓하니 덩굴이 입을 벌리고 나를 향해 달려든다. 쉭쉭거리고 끽끽거리는 통통한 꽃잎에서 무시무시한 금맥이 고동친다. 나는 펄쩍 뛰어 피하면서 동시에 다른 아티카를 꺼내 들고 단호하게 덩굴을 난도질하기 시작한다. 덩굴을 파괴해야 한다. 또 누구를 해치기 전에 뿌리 뽑아야 한다.

내가 계속 덩굴을 자르는 동안 인간의 것이 아닌 끽끽 소리가 난다. 곧이어 고통과 두려움에 찬 비명이 더해진다. 놀랍게도 에트즐리에게서 나는 소리다. 내가 덩굴을 찌를 때마다 에트즐리가 자신이 찔린 것처럼 움츠린다.

그 깨달음에 내 눈이 커진다. 이 덩굴은 에트즐리의 일부, 그 존재의 연장인 것이다.

에트즐리가 소리친다. "데카, 무슨 짓이지? 넌 우릴 해치고 있어. 네 어머니들을 해치다니!"

나는 맹렬하게 덩굴을 베며 소리친다. "당신들은 내 어머니가 아니야! 다시는 어머니라고 하지 마! 난 진실을 봤어! 장막 뒤에서 내려오는 걸 선택했어. 당신들을 멈추기로 했어! 내가 막을 거야!"

에트즐리가 미친 듯이 머리를 흔든다. "네가 본 건 다 환상이야." 에트즐리의 시선이 나를 사로잡는다. 눈에서 흰색이 번쩍인다. "날 믿을 것을 명령한다. 네가 본 모든 것을 잊어라. 내게 너의 힘을 넘겨!"

재빨리 눈을 감아 명령이 내 눈을 꿰뚫지 못하도록 한다. 하지만 그다음 에트즐리의 목표는 내 눈이 아니었다. 내 주머니 속에 있던 안세타 목걸이다. 목걸이가 세차게 꿈틀거리며 내 배를 뱀처럼 둘러싸고 조인다. 목걸이 연결 고리에서 뿌리가 솟아나 내 피부를 뚫고 하얗게 작열하는 고통을 선사한다. 서둘러 벗겨내보려 하지만 점점 더 내 몸을 파고들며 지독하게 익숙한 꿈틀거림을 시작한다. 목걸이의 별들이 작은 흡혈꽃으로 피어난다. 그것들은 에트즐리의 연장이다. 이 방 사방에서 꿈틀거리는 덩굴과 마찬가지다. 죽음비명들을 먹이로 삼던 방식 그대로 나를 먹는다.

목걸이가 점점 더 조이며 꽃들이 파고든다. 그리고 마침내 내부의 무언가가 갈라지며 무릎이 꺾인다. 바닥에 쓰러진 내 눈앞에 검은 점들이 떠다닌다. 너무 고통스럽다. 너무너무 고통스럽다. 공기가 짙어져서 숨도 쉬지 못할 것 같다. 거친 헐떡임과 갈라진 한숨이 입에서 터져 나온다. 피를 빼는 꽃이 뿌리 내린 곳마다 고통의 작은 점이 폭발한다. 계속 파고들며 내 안의 무언가를 변화시킨다. 존재하는지조차 몰랐던 무언가를 움직인다. 이제 느낄 수 있다. 내 배 속 깊은 곳에 어떤 종류의 힘이 있고 흡혈꽃이 그것을 향해 몰려든다.

에트즐리가 비틀거리며 왕좌로 돌아간다. 은색이 여전히 살갗을 덮고 있지만 옆구리의 상처는 빠르게 봉합된다. 목소리에 승리감이 담긴다. "우리가 바로 이런 사태에 대비하지 않았겠니? 우린 널 알아, 데카. 우린 언제나 널 알고 있었어. 네가 이런 형태가 되기 전부터도. 너희는 모두 도구일 뿐이야. 우리에게 힘을 주는 식량원이자 우리 마음대로 사용할 그릇이지. 그래서 우리가 그렇게 조심스레 길러낸 거야." 에트즐리가 사악하게 인간적인 소리로 킬킬거린다. "누루라는 명칭도 그래. 얼마나 쉽게 우리 거짓말을 믿던지. 그 말이 최초의 인간 언어로 무슨 뜻인지 아니? 졸개라는 뜻이야."

나는 지금 너무 고통스러워서 에트즐리가 하는 말의 잔인성도 잘 인식할 수가 없다. 하지만 그다지 놀라지도 않는다. 지난 몇 주 동안 이런 상황에 대비해왔으니까. 지금 겪는 배신을 각오해왔으니까.

피를 마시는 소리가 높아진다. 목걸이의 흡혈꽃이 내 몸에서 잔치를 벌인다. 에트즐리가 읊조린다. "그래, 바로 그거야, 졸개. 우리를 먹여, 우리에게 네 힘을 줘."

에트즐리가 손짓하자 배 속에서 무언가가 꿈틀거린다. 또 다른 새로운 흡혈꽃이 모양을 갖춘다. 움직이면서 곤두서고 뿌리가 내 가슴과 목구멍을 얽으며 파고든다. 숨구멍이 모두 막혀 힘겨운 호흡도 소용없다. 소년 죽음비명이 죽을 때도 이랬을까? 이 공포, 고통을 느꼈을까? 절망이 나를 압도한다. 아이러니도 덮친다. 어머니들은 우리 구세주, 우리 보호자라더니 오요모보다 더 나쁘다. 심지어 신화를 만들어낸 이두구보다도 나쁘다. 나를 자신들의 딸이라 부르면서 실은 졸개로 보고 먹이로 삼으며 내 힘을 고갈시키고 있었다. 내내 금빛 존재들은 온갖 방법으로 나를 이용하고 있었다.

눈꼬리에서 눈물이 한 방울 흘러내린다. 너무 어리석었다. 어째서 금빛 존재들의 본모습을 보지 못했을까? 피에 굶주린 덩굴식물로 가득한 밀림과 괴물이 가득한 호수를 만들어 적을 죽이고 파괴하려는 모습을 보면서도, 왜 의심하지 않았을까. 몇 번이고 나를 보내 적들과 싸우게 하면서도 자신들은 안락한 성전에 머무는 행태를 보면서 어째서 의문을 품지 않았을까? 내가 사랑하고 숭배한 그들은 가짜였다. 게조 황제가 경고한 대로, 괴물이었다. 나는 알아채지 못했다. 조금도 생각해보지 않았다. 나는 게조 황제를 거치며 내가 저지른 실수로부터 배웠다고 생각했다. 하지만 배운 게 없었다.

이제 금빛 존재들은 과거의 내가 그들을 해방시킨 이 방에서 나를 없애려 한다. 나는 이곳에서 죽을 것이다. 그러고 나서 그들은 수천, 수만을 더 죽일 거다. 어쩌면 수십만을.

나는 에트즐리의 눈에서 광기와 복수를 봤다. 일단 나를 처리하고 나면 내 친구들을 찾을 것이다, 내가 사랑하는 모두를. 그 불쌍한 자투 소년을 죽일 때처럼 즐기면서 죽일 것이다.

'안 돼!' 나는 조용히 비명을 지른다. 여기서 이렇게 죽을 수는 없다. 에트즐리가 저지른 짓과 저지르려고 하는 일은 벌받아야 마땅하다.

'데카!' 문이 산산조각 나며 이그사가 방으로 뛰어든다. 케이타와 브리타가 이그사 등에 타 있고 다른 친구들도 뒤에 있다.

"데카, 무슨 일이야?" 브리타가 기겁하며 이그사에서 뛰어내려 달려온다.

벽을 이루던 덩굴이 쑥 떨어지더니 뱀 떼처럼 바닥을 기어 브리타와 친구들 주위로 밀려든다.

케이타가 고군분투하며 뿌리치려 애쓴다. "이게 뭐야? 어머니 에트즐리, 뭐 하는 거죠?"

케이타가 숨을 들이쉰다. 그가 불꽃을 불러내려 하자 그것을 감지한 내 피부 아래에서 피가 따끔거린다. 불꽃은 케이타의 피부 밖으로 나오지 못하고 사그라지며 붉은빛만 남는다.

"어째서 내 불을 쓸 수 없는 거지?" 케이타가 나와 마주 보려 애쓰지만 덩굴이 케이타의 몸 위로 기어올라 꼼짝하지 못한다.

에트즐리가 비웃는다. "내 앞에서 그런 역겨운 짓을 하게 내버려 둘 줄 알았니? 우리가 딸들에게만 부여한 재능을 흉내 내다니." 에트즐리가 내게로 몸을 돌린다. "그리고 너, 우리 불충하고 어리석은 딸아, 감히 우리 아들들한테도 재능을 주다니!"

내가 빽 고함친다. "난 당신의 딸이 아니야!"

에트즐리가 혐오스러워하는 표정을 짓는다. 내 몸에서 덩굴이 더 깊이 파고들며 뿌리를 내리자 회색으로 썩은 부분이 커진다. 나는 고통에 하얗게 질려 비명을 지른다. "제발! 아파, 너무 아파!"

'데카!' 이그사가 소리치고 더 큰 크기로 폭발하듯 커지며 자신을 덮고 있는 덩굴을 뜯어낸다. 그러자 달려오는 이그사에게 더 많은 덩굴이 달려든다. 하지만 이그사는 덩굴을 피하며 미끄러지듯 내 앞에 멈춰 선다.

내가 헐떡이며 눈물을 흘린다. "목걸이야. 나한테서 목걸이를 벗겨내야 해."

다행히도 이그사는 주저하지 않는다. '데카' 하고 응답하더니 내 배를 물어뜯어낸다.

나는 극심한 고통에 비명 지른다. 흡혈꽃도 저항하지만 이그사는 더욱 세게 뿌리를 잡아당긴다. 아까처럼 에트즐리도 비명을 지른다. 이그사가 목걸이를 훼손하자 에트즐리의 몸도 고통받는다. 예상대로다. 목걸이도 에트즐리의 연장이다. 모든 금빛 존재들의 연장.

"멈춰!" 에트즐리가 필사적으로 포효한다. 에트즐리가 손짓하자 덩굴들이 이그사의 목을 감고 세게 조인다. 이그사의 목구멍에서 커헉 소리가 난다.

그럼에도 이그사는 굴복하지 않는다. 내 배를 더욱 파고들어 더 세게 당긴다. 덩굴이 피부와 뼈 속에서 꿈틀거리며 비명을 지른다.

"이그사!" 내가 헐떡이며 황금빛 피눈물을 흘리고 이그사는 온 힘을 다해 마지막으로 잡아당긴다.

목걸이가 내 살덩이와 함께 뜯겨 나온다. 하지만 곧바로 뱀처럼 꿈틀거리며 다시 나를 향해 기어 온다. 나는 몸을 굴려 피한다. 그리고 힘이 다시 밀려든다. 거의 무의식적으로 힘을 발산하며, 필사적으로 역겨운 목걸이에서 벗어난다. 목걸이 역시 훌쩍 덤벼드나 싶더니 갑자기 불길에 휩싸이며, 방 안의 모든 덩굴이 폭발한다. 케이타의 힘 역시 돌아온 것이다. 케이타와 친구들이 빠르게 풀려나는 동안, 나도 얼른 일어서려고 애를 쓴다. 그리고 돌아보자 목걸이는 불타면서도 여전히 나를 향해 기어 온다. 목걸이가 곧추서며 나를 다시 얽어매려던 순간, 나는 목걸이를 짓밟는다. 목걸이의 작은 꽃들이 폭발하여 금백색의 핏방울로 흩어지자 안도감이 밀려든다.

에트즐리가 고통에 비명을 지르며 왕좌에서 늘어지고, 친구들은 충격과 걱정으로 눈을 크게 뜨고 내게로 달려온다. 케이타도 걱정스럽게 여신들을 쳐다본다. 에트즐리는 멍하니 앉아 꼼짝하지 못하는 듯하다. 하지만 안도하긴 이르다. 사실 에트즐리의 침묵은 행동보다 더 걱정스럽다. 무슨 일을 꾸미고 있을지 알 수 없기 때문이다. 내가 예상하지 못하는 끔찍한 무언가를 꾸미고 있을 것이다.

케이타가 간신히 에트즐리에게서 눈을 떼고 묻는다. "모든 게 우리가 두려워하던 대로인 것 같아, 안 그래?"

"더 나빠. 여신들은 남성 죽음비명들을 잡아먹고 있었어. 힘을 얻기 위해 또 무슨 짓을 했을지 알 수 없어. 그들은 이두구의 군대가 오기를 바랐어. 그들을 잡아먹고 다시 완전한 힘을 얻으려고 말이야. 그 때문에 다른 여신들이 잠들어 있는 거야. 먹이를 기다리면서."

케이타의 눈이 휘둥그레진다. 그러나 금세 냉정해지며 미간을 좁힌다. 언제나 침착하게 대처하는 믿음직한 케이타. "계획이 뭐야?"

"여신들이 완전한 힘을 얻지 못하도록 막는 거야. 그들을 죽여야 해." 나는 케이타와 브리타를 번갈아 바라보며 슬프게 웃는다. "우리는 죽은 자들이야, 그렇지?"

브리타가 나를 따라 웃고 내 손을 꼭 쥐고 말한다. "곧 그렇게 될지도 모르지만 난 언제나 너와 함께야, 데카."

"나도 그래." 케이타가 동의하며 나를 껴안는다.

우리 주위의 다른 친구들도 고개를 끄덕인다. 벨칼리스, 리, 아칼란, 메루트와 함께 다시 뭉친 쌍둥이, 라민, 퀘쿠, 리안. 모두가 내 가족이자 내 집이다. 그들도 나처럼 이것이 우리가 함께할 마지막 순간이 될 수 있다는 걸 안다. 우리 모두 바로 이곳, 이 방에서 죽을지 모른다는 걸 안다. 더 나쁘게는 멜라니스처럼 어딘가에 갇혀 영원히 고통받을 수 있다는 걸 안다. 하지만 그렇더라도 그들은 준비가 되어 있다. 결과에 상관없이 나와 함께 죽거나 살 준비가.

이것이 바로 내가 그들을 지켜내야 하는 이유다.

나는 친구들에게 웃어 보인다. 괴롭고도 즐거운 표정으로 내 사랑과 감사를 보여준다. 나는 마지막일지 모를 명령을 내린다. "에트즐리의 덩굴에서 죽음비명들을 풀어줘. 나는 신들과 싸우러 갈게."

38

내가 제단으로 향하는 계단을 오를 때도 에트즐리는 여전히 은빛으로 창백하다. 내게서 모든 힘을 흡수했지만 여전히 약해진 상태다. 다른 여신들 쪽을 흘긋 보니 그들도 마찬가지로 은빛에 덮여 있다. 하나에게 일어나는 일이 실제로 나머지에게도 일어나는 것이다. 어디까지 이어질지 궁금하다. 에트즐리를 죽이면 다른 여신들도 죽는 걸까, 모두가? 나는 아녹을 바라본다. 아녹은 내게 할머니 같은 존재였다. 소중한 친구기도 했다. 아녹이 나를 이 길로 인도했고 안세타 목걸이에 숨겨진 진실을 보여줬다. 이런 식으로 끝나리라는 것도 분명 알았을 것이다. 그리고 베다, 그렇게 상냥한 그녀가 에트즐리의 광기에 동조했다는 것이 믿기 어렵다. 내가 진정 그 둘을 죽일 수 있을까?

에트즐리가 있는 왕좌에 가까워질수록 잘 모르겠다. 만일 내가 금빛 존재들을 죽이면 결과적으로 이두구 또한 죽을 것이다. 그러면 오테라는 어떻게 되지? 지진, 화산, 수많은 역병이 뇌리를 스쳐

서 애써 눌러 내린다. 내가 행동하지 않으면 결과는 훨씬 나쁠 것이다. 내가 지금 신들을 죽이지 않으면, 그들은 권력을 추구하다가 제국 전체를 파괴할 것이다. 금빛 존재와 이두구가 권력 싸움에서 이기기 위해 무슨 짓을 해왔는지 나는 이미 보았다. 양쪽 중 하나가 남아, 아무것도 모르는 오테라의 시민을 아무런 제약 없이 잡아먹을 수 있게 된다면 또 어떤 짓을 더 저지를지 누가 알겠는가.

일단 에트즐리와 이야기해야 한다. 몇 달 전에 나눠야 했던 대화다. 한때 내 혈육이라 공언했던 괴물들을 내가 어떻게 해야 할지, 그 대화가 결정할 것이다.

에트즐리의 왕좌 앞으로 가니, 여신은 고통에 몸을 잔뜩 웅크리고 있다. 내 몸에서 안세타 목걸이를 끊어낸 것이 그녀에게 영향을 끼쳤음이 분명하다. 어떤 깊숙한 영향이, 내가 칼로 찔렀을 때의 상처를 악화시킨 것이다. 에트즐리가 누군가에 의해 신체적 상처를 입은 게 이번이 처음 아닌지 궁금하다. 그럴 만도 하다. 그 오랜 세월 자투에 의해 감금되었음에도, 자투는 여신들에게 상처를 입힌 적이 없다. 오직 신만이 신을 해칠 수 있다. 그래서 에트즐리는 상처 입은 동물처럼 옆구리를 움켜쥐고 있다. 내가 멈춰 서자 악의에 찬 표정을 짓는다.

에트즐리가 씩씩댄다. "데카, 네가 감히……."

나는 에트즐리의 말을 끊으며 말한다. "나한테 거짓말했어. 모두에게 거짓말을 했지. 그동안 너희는 너희가 자애롭다고, 오요모보다 낫다고 했어. 하지만 이걸 봐. 너희는 네 자식들을 먹고 있었잖아!"

나는 제단 아래를 가리킨다. 죽음비명들을 에워쌌던 모양대로 덩굴 재가 남아 있다. 내 친구들이 아직 살아 있는 죽음비명들을 풀어준다. 그리고 나서 죽음비명들을 에쿠스에게 데려가고, 에쿠스들은 그들을 산 아래 피난처로 인도할 것이다. 그러나 에트즐리는 그것에 대해서는 아무 말도 하지 않는다. 에트즐리가 그들을 막으려고 하지 않았다는 점과 지금까지 꼼짝도 않고 아무 말 없었다는 점이 나를 불안하게 한다. 에트즐리는 확실히 뭔가 계획하고 있다. 경계해야 한다. 뭔가 드러날 때까지 기다려야 한다.

여신이 이를 악문다. 반항하는 인간적인 표정이다. "그들의 에너지에는 영액이 들어 있지. 가장 강력한 식량 자원이야." 에트즐리의 말은 무심한 설명조다. 그런 것도 생각하지 못한 내가 멍청하단 듯이.

미간이 좁아진다. "그게 문제라고 생각하지 않아? 자기 자식들을 죽이는 짓이?"

"그들은 숭배를 통해 결국 에너지를 우리에게 줬을 거야. 난 그저 그 과정을 단축시킨 거야."

"정말 그랬을까?" 나는 에트즐리를 응시하며 얼굴에 혐오감을 드러낸다. 그러면서도 시선은 조심스레 에트즐리의 눈을 피한다.

에트즐리가 짜증 내며 또 다른 주장을 펼친다. "모든 필멸자는 죽기 마련이야. 그 존재의 조건이지. 우리를 위해 죽는 건 그들이 가질 수 있는 가장 위대한 목적이야. 우리는 그들의 신이야. 다른 사람도 아닌 넌 그걸 이해해야지, 데카."

혐오감이 나를 휩쓴다. 지독하게 추하다. "괴물이라는 생각밖에 안 드네." 나는 조용히 단언한다. "이제 너희를 끝장내야겠어."

아티카를 들어 공격하려 할 때 하얀 회오리바람이 밀려든다.

멜라니스가 벌써 날개를 겨눈다. "내가 왔어요, 신성한 어머니." 멜라니스가 가쁜 숨을 쉰다. 방금 불러서 왔나 보다. "다른 자매들도 오는 중이에요."

에트즐리가 만족스럽게 히죽인다. 조용히 앉아서 한 일이 지원을 요청한 것이다. 에트즐리가 근엄한 표정으로 멜라니스에게 고개를 끄덕인다. "딸아, 누루가 우리에게 반기를 들었다. 우리를 대신해 자기가 너희의 신이 되려는 음모야. 그녀를 죽여라. 배신자 데카를 죽여라."

멜라니스 입가에 경건한 미소가 번진다. "최고의 영광입니다."

첫 자손이 너무나 빠르게 나에게 돌진한다. 계단에 머리를 부딪혀서 눈앞에 별이 보인다. 순식간에 날아오는 날카로운 날개 끝을 간신히 피한다. 하지만 갑옷이 종잇장처럼 갈라져 벌어진다. 나는 놀라서 재빨리 몸을 굴려 다시 일어선다. 내 모든 감각이 경계 태세다. 멜라니스 한 명도 겨우 상대하는데 더 많은 첫 자손이 나타나면 끝이다.

멜라니스가 내 속도에 감명받은 듯하다. "며칠 새 훨씬 빨라졌구나, 누루." 그렇게 말하더니 천장으로 날아오른다. 그리고 날개를 활처럼 휘어 다시 덤빈다.

날개 끝을 아티카로 겨우 막는다. 그러나 멜라니스가 노리던 틈을 내어준 꼴이 된다. 멜라니스가 손으로 검을 뽑아 내 옆구리를 찌르고 칼날을 비튼다. 고통이 신경을 관통한다. 나는 재빨리 피하고 다른 쪽으로 달아난다. 하지만 멜라니스가 따라온다.

달아나면서 설득하려 애쓴다. "멜라니스, 이러지 마." 나는 헐떡이며 또 다른 일격을 피한다. "어머니들이 당신에게 거짓말한 거야. 우리 모두에게 거짓말했어. 그들은 우리의 유일한 부모가 아니야. 다른 신들도 있었어. 어머니들의 남성 상대자, 이두구가 있어. 금빛 존재들은 그들과 권력 다툼을 하면서 내내 우리를 조종해왔어. 이 전투조차 그들이 자투 군대를 먹이로 삼기 위해 이용하는 거야, 흡혈꽃으로 그들을 먹으려고."

멜라니스가 환성을 지른다. "훌륭해! 우리 어머니들에게 더더욱 감동했어."

멜라니스가 돌진하며 날개를 펄럭인다. 나는 아티카 하나로 날개를 막고 다른 하나로 검에 반격한다. 슬슬 멜라니스 공격 방식에 익숙해진다. 날개로 찌르며 막고, 검으로 찌르며 막는다. 나는 쉽게 요리조리 피한다. 내 두 검은 너무나 빨리 번뜩여, 바람과 강철이 뒤섞인 물건처럼 보인다. 그러는 동안 계속 멜라니스에게 말한다.

"멜라니스! 자기 자식들을 잡아먹고 있었어! 그게 잘못이라고 생각하지 않아?"

멜라니스가 어깨를 으쓱한다. "남자들만이야. 게다가 그건 너의 다른 신들이 더하지. 그들은 우리 종족을 먹이로 삼잖아."

나는 비틀거리며 뒷걸음친다. 눈을 크게 뜬다. "이두구에 대해 알아?" 나는 멜라니스가 기억을 잃어버린 줄 알았다.

멜라니스가 나를 향해 날개 젓는다. "어머니 에트즐리가 자애롭게도 내 기억을 돌려줬어. 나는 이두구에 대한 모든 것을 알아. 우리 형제들이 반란을 일으킨 이유도."

"그런데도 괜찮은 거야? 어머니들이 우리에게 거짓말하고 우리를 먹이로 삼는 게? 무고한 사람들을 잡아먹는 게?" 나는 멜라니스의 눈을 바라보며 거기에서 어떤 종류의 감정을, 연민을 찾는다.

멜라니스는 오랜 세월 오요모신에서 화염 속에 죽었다 되살아나기를 반복했다. 분명히 멜라니스는 지배와 학대에 분노하고 공감할 수 있다…… . 멜라니스의 눈에 감정이 떠오른다. 가까이서 알아보고 눈이 커진다. 그 표정에는 내가 바랐던 연민이 없다. 대신 다른 것이 있다. 깊고 어둡고 고소해하는 무언가가.

멜라니스가 의기양양하게 말한다. "아직 모르겠니, 누루 데카? 난 우리 형제들은 신경 안 써. 그들은 가축만도 못해. 우리 아래야. 나는 하나의 세상을, 오직 하나의 세상만을 추구해. 우리 어머니들과 자매들이 지배하던 시대, 인간과 남자들이 제자리로, 우리 발아래로 돌아간 세상을."

멜라니스가 비웃으며 날개를 다시 솟구친다. "영광스러운 누루, 다른 세상은 용납할 수 없어."

멜라니스가 내리꽂는다. 하지만 이번에는 나도 준비가 되었다. 날개가 아래로 펄럭이는 순간, 검을 들어 올린 내가 관절 사이를 깔끔하게 베어 반으로 자른다. 멜라니스가 비명을 지르며 추락한다. 허둥거리는 날갯짓에 바람과 피가 뿌려진다. 멜라니스가 몸부림치는 동안, 친구들이 다시 들어와 상처 입은 죽음비명들을 피신시킨다.

브리타가 눈을 부릅뜨고 조심하며 첫 자손의 날개를 피해 내게 달려온다. "죽음비명들은 다 데리고 나갔어. 우리가 말한 대로 산에서 도망치고 있어."

고개를 끄덕이고 멜라니스를 가리킨다. 날개에서 벌써 새 뼈가 돋아난다. 아티카를 손에 쥐며 말한다. "멜라니스를 붙잡아둬. 나는 다른 할 일이 있어."

에트즐리에게 다시 간다. 왕좌에 그대로 앉은 채 나를 지켜보는 에트즐리는 내가 다가가도 움직이지 않는다. 손가락 하나 까딱하지 않는다. 경계심에 등골이 쭈뼛거린다. 왜 움직이지 않지? 아까 공격했을 때도 이랬다. 움직이더라도 왕좌에서 벗어나지 않았다. 나는 눈살을 찌푸린다. 내가 정말로 에트즐리에게 위협을 가하는데도 어째서 이 방에서 나가지 않는 거지? 왜 어머니들을 더 안전한 곳으로 옮기지 않는 거지? 왜 도망가지 않지? 이제야 생각해보니 자투가 어머니들을 가두었을 때도 똑같았다. 금빛 존재들은 달아나지 않았다. 쉽게 도망칠 수 있을 때조차.

깨달음이 다른 기억을 자극한다. 복도를 덮고 있던 안개, 내가 문

을 열자 놀라워하던 에트즐리. '우리의 보호막을 통과할 수 없었을 텐데, 어떻게 문을 열었지?'

더 많은 기억이 뇌리를 스친다. 여신들은 언제나 문을 잠그고 자손들이 이 복도를 다니지 못하게 했다. 쉴 때 방해받고 싶지 않다고 했다. 의구심이 인다. 이 방 안에 있는 무언가 때문에 여신들이 이곳에 머물러야만 하는 건 아닐까? 그것 때문에 여기에 철저히 뿌리를 내리게 되어서, 위험해도 탈출할 수 없는 걸까?

이두구는 알았을 것이다. 왜 그런지 알고 있을 것이다. 그래서 여신들을 이곳에 가두도록 자투를 도울 수 있었다……. 그렇다면 나도 이용할 수 있다.

나는 에트즐리에게 아티카를 겨눈다. "여기에 뭐가 있지? 당신과 다른 어머니들을 이 방에 묶어두는 게 뭐야?"

사악한 미소로 에트즐리의 입이 삐죽거린다. "영리한 데카, 넌 늘 영리한 아이였지. 천 년 만에 처음으로 알아챈 게 너구나."

즉시 신경이 곤두선다. "뭘 알아채?"

"이것."

에트즐리가 손짓하자 발밑에서 바닥이 부서진다.

39

멜라니스와의 싸움이 나를 기습에 대비하게 했다. 그래서 바닥이 우르르 울리는 순간 반응하여, 제단 아래 계단으로 뛰어오른다. 방 가운데 바닥이 무너진다. 너무 갑작스러운 붕괴라 아샤가 굴러떨어질 뻔한다. 하지만 브리타가 재빨리 손짓하자 나타난 석판이 밑에서 아샤를 받친다. 게다가 놀랍게도 아샤는 석판에서 뛰어오르더니 갑작스레 휘몰아치는 바람을 타고 구덩이 위에 둥둥 뜬다. 그러고 나서 구덩이를 벗어나 단단한 바닥에 착지한다. 아샤를 맞이하는 아돠파가 눈매를 좁히며 집중하고 있다. 쌍둥이가 느닷없이 보여주는 새로운 힘에 목뒤 털이 곤두선다. 이것이 쌍둥이가 잠깐 언급했던 신성한 재능이다. 나타난 재능이 이 하나만은 아닐 것이다.

바닥이 무너지자 멜라니스는 다치지 않은 한쪽 날개를 황급히 퍼덕인다. 구덩이 옆 바닥에 착지하며 숨을 몰아쉰다.

방 중앙의 구덩이는 산의 중심부까지 뚫려 있다. 어둡고 끝이 없다. 그러나 비어 있지는 않다.

괴로워하는 씩씩거림과 그르렁거림의 불협화음이 높아진다. 너무나 비참한 소리다. 잠시 후 저 아래 펼쳐진 상황을 이해한다. 저 주받은 자들의 울부짖음. 나는 내려다보며 공포에 목이 멘다. 끝없는 구덩이 벽에는 에트즐리 덩굴에 묶인 특유의 보라색 형체가 수천이다. 씻씻거리는 흡혈꽃이 꿈틀거린다. 내 몸에서 힘이 빠진다. 그저 서 있을 수밖에 없다. 궁금했다. 어째서 남성 죽음비명은 잘 보이지 않는 건지, 어째서 양육 호수의 알에서 여성만 나오는 건지. 자투와 함께 등장한 위증자들을 봤을 때도 왜 그렇게 수가 적고 드문지 궁금했다.

이제 진실을 알게 됐다. 남성 죽음비명은 전혀 희귀한 존재가 아니다. 그들은 드물지 않다. 여성만큼이나 많다. 그들은 내내 이곳에 있었다. 금빛 존재들 발아래에 갇힌 채로.

그 사악함이 나를 산산조각 낸다. 그래서 여신들이 되도록 이 방을 떠나지 않는 것이다. 왕좌를 떠나지 않는 것이다. 숭배도 먹이가 되었을 것이다. 하지만 그들에게 진짜 힘을 준 것은 고통이다. 자기 아들의 고통. 그들은 자손에게 영원한 고통을 선고했다.

몸이 떨린다. 온몸 구석구석 분노와 경악으로 쿵쾅거린다.

죽음비명들의 씩씩거림과 그르렁 소리가 뒤섞이며 단어가 되고 문장을 이룬다. 애원한다. "우리를 풀어줘……. 우리를 죽여줘……."

여러 죽음비명의 말이 한데 섞이며 고통의 폭풍이 귓가에 퍼붓는다. 금빛 존재들은 어떻게 이걸 견디지? 어떻게 이런 고통에 냉담할 수 있을까? 자투의 봉기는 당연하다. 여신들을 가두기 위해 모든 노력을 다한 것도 당연하다. 이두구가 사악하고 악의적일 수 있지만 그들의 상대도 그들과 똑같다. 심지어 더 나쁘다.

나는 계속 구덩이를 응시한다. 더 이상 견딜 수 없다. 이들이 내가 그토록 숭배해온 신들이 맞는 것일까? 그동안 내가 이런 이들을 위해 싸워왔나?

나는 에트즐리를 향해 몸을 돌린다. 에트즐리는 여전히 그곳에 앉아 평온한 표정이다. 더 많은 덩굴이 에트즐리 주위를 기어 다니고. 구덩이의 죽음비명에게서 피를 빨며 거머리처럼 맥동한다.

"악마!" 그 말이 내 입에서 터져 나온다. 모든 숨이 증오로 가득 찬다. "당신은 가장 악독한 악마야, 내가 끝장내겠어!"

나는 아티카를 높이 들며 에트즐리에게 달려든다. 그러나 에트즐리는 유려하게 일어나더니 손등으로 나를 쳐낸다. 나는 구덩이 한가운데로 빠진다. 브리타가 소환한 석판이 내가 심연으로 추락하지 않도록 막아주고, 아돠파가 보내는 바람이 내가 부드럽게 착지하도록 돕는다. 덕분에 나는 구름처럼 쉽게 튀어 오를 수 있다.

브리타가 외친다. "이런 건 맡겨둬, 데카!"

"고마워!" 내가 제단으로 뛰어올라 에트즐리에게 다시 달려가며 말한다.

에트즐리가 일어서고 역겨운 덩굴이 뿌리처럼 에트즐리의 다리를 타고 내려가 구덩이 속으로 기어든다. 이제 그 옆에서 다른 여신들이 조금씩 움직인다. 충분한 힘을 얻어서 그런지 아니면 에트즐리가 깨워서 그런지 모르겠다. 어느 쪽이든 상관없다. 그들을 막아야 한다. 덩굴을 끊어야 한다. 아티카를 겨누고 뛰어오른다.

그러나 에트즐리는 한 손으로 칼날 두 개를 모두 잡고 살이 베여도 꿈쩍하지 않는다. 에트즐리가 다시 공격하기 전에 나는 뒤로 뛰어 피한다.

다음 공격을 위해 자세를 잡을 때, 익숙한 목소리가 울린다.

"이게 다 뭐지?" 하얀손이 물으며 걸어 들어온다.

에트즐리 눈에 승리가 번득인다. 에트즐리는 하얀손을 돌아보고 환영의 미소를 짓는다. "사랑하는 딸아, 누루가 반역하고 우리를 공격하고 있어. 데카를 막아."

온몸이 굳고 두려움이 요동친다. 하얀손이 왔다. 옆구리에 검을 차고. 내가 검을 맞대고 싶지 않은 단 한 명이 있다면 그건 바로 그녀다. 나를 신전 지하에서 구해준 이래로 하얀손은 늘 내 스승이었다. 대모와 같은 존재였다. 비록 좀 멀게 느껴지고 때로는 잔인하기도 했지만, 하얀손과 싸우고 싶지 않다. 그러나 망설임은 치명적인 실수가 될 것이다. 하얀손은 언제나 죽이기 위해 싸운다.

언제나.

하얀손 옆에서 멜라니스가 일어나 비틀거린다. 날개에서는 여전히 피가 흐른다. 멜라니스가 말한다. "어서, 자매여. 내가 도와줄게."

그들이 에트즐리에게 걸어갈 때, 내가 손을 들어 올리며 말한다. 급하게 불쑥 튀어나와서 말이 되는지 모르겠다. "남성 죽음비명들을 죽이고 있었어요, 하얀손. 어머니들은 그동안 계속 우리 남자 형제들을 죽이고 있었어요. 괴물이라 비난받던 그대로였어요. 그래서 자투가 반란을 일으킨 거예요. 이곳의 남자 죽음비명들을 여신들이 잡아먹고 있었기 때문에요."

나는 구덩이를 가리킨다. "보세요, 직접 보세요."

하얀손이 내려다보며 눈살을 찌푸린다. 성가심? 분노? 모르겠다. 하얀손이 에트즐리를 돌아보며 가볍게 묻는다. "다시 태어난 자투들인가?"

에트즐리는 무심하게 손을 저으며 질문을 물리친다. "그들은 우리에게 중요하지 않아. 너와 우리 딸들과는 다르지. 넌 우리에게 충성을 맹세했어. 넌 저들처럼 우리를 외면하지 않았지. 저들은 우리를 가두었어. 감금했어. 그러니 이것이 저들의 운명이야. 자, 어서.

넌 우리 딸이야, 그렇지 않니?" 이 질문에는 함의가 들어 있다. 너무나 미묘한 함의라, 하얀손이 굳는 걸 나만 알아챈다.

에트즐리는 눈치채지 못한다. "넌 우리 첫 아이야. 네가 이 일을 끝내야 해."

하얀손이 고개를 끄덕이며 검을 빼 들자, 가슴이 철렁한다. 하얀손이 제단을 오른다. 나를 바라보는 눈빛이 단호하다. "하얀손." 나는 눈물을 흘리며 애원한다. '제발, 제발, 제발……'

그러나 하얀손은 체념한 표정으로 계속 다가온다. "이 일을 해야 해." 하얀손이 말하더니 내게 달려든다.

나는 몸에 힘을 주고 충돌에 대비한다. 하지만 하얀손이 중간에 몸을 틀더니 에트즐리를 향한다. "저들은 우리 형제들이었어!" 하얀손이 소리치며 깜짝 놀란 여신을 공격한다.

"감히!" 여신 대신 멜라니스가 하얀손에게 달려들지만 하얀손이 재빨리 피하더니 멜라니스의 배를 가른다. 멜라니스는 검을 들 틈조차 없었다.

"주제를 알아!" 하얀손이 고함치고 다시 에트즐리에게 주의를 돌린다. 하얀손이 계속 여신을 세차게 공격하자, 나는 안도와 감사의 마음이 넘친다.

여신이 분노한다. "뭐 하는 거야! 감히 날 공격해?"

하얀손은 비난을 무시하면서 에트즐리를 계속 공격한다. 하얀손이 나를 흘긋 본다. "초대라도 기다리는 거야, 데카? 에트즐리를 끝내!"

나는 퍼뜩 뛰쳐나가 다른 쪽에서 에트즐리를 공격하지만, 여신은 쉽게 공격을 피한다. 이제 아주 많은 힘을 흡수한 에트즐리의 움직임은 더 이상 인간과 흡사하지 않다. 여러 개의 팔이 검을 튕겨낸다. 피부가 금속의 경도로 두꺼워지더니 불처럼 뜨거워진다. 그래도 하얀손과 나는 계속 공격한다. 우리 중 하나가 비틀거리면 다른 하나가 넘겨받아 공격하며 베고 친다. 그러다가 덩굴을 목표로 삼아 그것을 에트즐리에게서 잘라내려 한다. 하지만 소용없다.

"저 둘을 도와!" 멀리서 누가 외친다.

벨칼리스다.

벨칼리스도 싸움에 뛰어든다. 온몸이 황금빛인 벨칼리스가 단검으로 에트즐리를 벤다. 여신은 분노에 찬 비명을 지르고 케이타의 화염이 덩굴을 태우자 더더욱 분개한다.

에트즐리가 점점 더 많은 덩굴을 만들어낸다. 덩굴이 에트즐리에게서 튀어나와 나뭇잎 달린 검은 구렁이처럼 구덩이 속 죽음비명들 위를 기어 다니며 에트즐리의 힘을 강화시키고, 그녀는 시간이 지날수록 더 강해진다.

우리도 만만치는 않다. 에트즐리가 우리 중 누구를 구덩이에 처넣어도, 우리를 잡아줄 바닥을 브리타가 만들어낸다. 또 아돠파와 아샤가 바람을 이용해서 부드러운 착지를 돕는다.

우리 모두가 에트즐리에게 대항한다. 하지만 여신이 점점 더 많은 죽음비명을 먹다가 마침내, 확연히 모이는 힘이 느껴진다. 다른 여신들이 깨어난다. 아눅은 이미 기지개를 켠다. 아눅의 어깨가 펴지며 몸이 금색에서 평소의 어두운 색으로 변한다. 지켜보는 내 마음이 가라앉는다. 아눅이 싸움에 합류한다면 우리에게는 맞설 방법이 없다. 하지만 이제 선택의 여지는 없다. 아눅이 일어난다. 완전히 깨어났다.

아눅이 우리 격투를 응시한다. 혼돈을 파악하는 그녀의 이마 주위로 천둥 구름이 모여든다. 그런 다음 아눅이 손짓하자 투명한 유리 벽이 바닥에서 솟아나 하얀손과 나를 에트즐리에게서 떼어놓는다. 아눅이 에트즐리를 바라보며 침착하게 묻는다. "이게 다

뭐지?"

"우리 딸들이 반란을 일으켰어." 에트즐리가 격분하며 대답한다. "우리가 이두구의 군대를 먹고 힘을 얻는 것을 막으려고 해."

에트즐리 말에 분노가 폭발한다. 내 모든 분노와 좌절이 극에 달한다. "난 당신의 딸이 아니야! 전혀 딸이 아니었어, 당신도 알잖아!"

깊은 대지의 헤아릴 수 없는 어둠을 담은 눈이 나를 향한다. 아눅이 조용히 말한다. "그럼 진실을 아는구나."

나는 분노하여 말한다. "전부 다! 내가 단일체에게서 내려왔다는 것을 알아. 당신들이 자기 아들들을 먹고 있었다는 것을 알아. 당신들이 괴물이라는 것도 알아. 이두구와 똑같아! 당신들 모두 타락했어!"

아눅이 엄숙하게 고개를 끄덕인다. "그렇다면 우리를 파멸시킬 만큼 충분히 아는구나." 그러더니 에트즐리를 보며 말한다. "자매여."

에트즐리가 웃음 짓는다. "응?"

아눅은 응답 대신 에트즐리의 목을 잡고 바닥으로 누른다. 내가 충격에 빠져 보고 있자 아눅이 내게 손짓하여 급히 말한다. "가라, 데카. 너희가 이 산을 빠져나갈 수 있도록 내가 이들을 막고 있을게."

나는 입을 떡 벌린다. "대체 무슨 말인지……."

아눅이 단언한다. "우리를 집어삼키는 광기가 결국 이 세상을 파괴할 거야. 네 나머지 힘을 찾아서 우리를 끝내는 데 사용해. 네 필멸자 어머니가 방법을 알 거야."

"내 어머니?" 아버지가 어머니에 대해 한 말을, 어머니가 살아 있고 아버지에게 나를 찾으라고 했다는 말을, 그저 망상이라고 생각했다. 죽어가는 남자의 마지막 환상이라고 생각했다.

아눅은 그렇게 생각하지 않는 듯 말한다. "넌 이미 네 어머니를 어디에서 찾을지 알고 있어."

'가르 나심……' 아버지의 마지막 말이 떠오른다.

"기억해, 데카. 네가 열쇠야. 그리고 곧 네 힘이 다른 아이들을 깨워서 우리에게 맞설 수 있게 될 거야. 우리를 파멸시켜라, 아이야!" 아눅이 부르짖는다. "우리를 해방해! 이 세상을 우리에게서 구해줘."

에트즐리가 아눅에게 맞서 싸운다. "아눅, 이건 미친 짓이야. 날 풀어줘!"

그러나 검은 여신은 굳건히 버틴다. 아눅이 내게 포효한다. "가라! 어서 달아나!"

나는 몸을 휙 돌린다. "이그사, 변신해!"

'데카.' 이그사가 응답한다.

브리타가 재빨리 만들어준 다리를 이용해 구덩이를 건너 질주하는 동안 죽음비명들의 절규가 내 귀를 울린다. 고통에 가득 찬 신음에 내 영혼이 아프다. 나는 발걸음을 머뭇거린다. 우리가 탈출한 후에도 저 죽음비명들은 계속 이곳에 갇혀 여신들의 먹이가 될 것이다. 죽음비명들은 이곳에 영원히 남겨질 것이다. 이 끝없는 고통의 순환에 갇힌 채로. 그런 일이 일어나게 내버려둘 수는 없다. 여신들이 더 부풀고 강력해지는 동안, 저 죽음비명들이 더한 비참을 겪도록 내버려둘 수는 없다.

'네 힘이 다른 아이들을 깨울 거야……' 아눅의 말이 머릿속에서 울린다. 내가 할 수 있는 일이 있음을 상기시킨다.

나 혼자서 구덩이 속 죽음비명들을 구할 수는 없지만 그럴 수 있는 아이들의 재능을 깨울 수 있다. 내 뒤에서 달려오는 하얀손을 돌아본다. 하얀손의 힘에 대해, 전성기의 그녀가 일군 참화에 대해 들었다.

"하얀손, 당신의 신성한 재능은 뭐였나요?" 내가 묻는 이 질문은 제안이기도 하다.

하얀손이 자진해서 동의해야만 내가 하얀손의 힘을 풀어줄 수 있다. 케이타의 말대로, 자유 의지여야만 한다.

첫 자손은 무슨 뜻인지 알겠다는 듯, 계속 걸으며 전투 장갑을 벗는다. 장갑 안의 손은 전혀 특별해 보이지 않는다. 하얀손의 다른 부분과 똑같이 어두운 갈색이고 작은 편에 속한다. 손톱이 없어지니 뭉툭해 보인다. 그래도 나는 그 손이 힘을 품고 있다는 것을 안다. 한때 도시를 무너뜨린 정도의 힘을.

하얀손이 마침내 대답하며 내게 손을 내민다. "재. 한때 모든 것을 잿더미로 만드는 힘을 가지고 있었지."

"그 힘을 다시 갖게 될 거예요." 하얀손의 손에 내 손을 얹고 전투 상태로 빠져든다. 뼛속 깊이 숨겨진 능력을 감지하고 숨을 내쉰다. 그 능력이 곧 되살아나기를 바란다.

집중하자 곧 하얀손에게 빠져드는 기분이 된다. 그녀의 손이 밝게 빛난다. 하얀손의 능력이 일어나 내 능력과 만난다. 나는 손끝을 통해 힘을 흘려보낸다. 별빛이 뻗어 나오고 비틀리며 하얀손의 존재 주위를 돈다. 내 안 깊은 곳에서 열기와 온기가 솟아난다. 이것이 힘을 깨울 때의 감각이다. 신성한 재능이 다시 한번 살아나도록 도울 때의 느낌이다.

손가락 끝에 상처가 생겨도 아무렇지 않다. 쏟은 힘 때문에 피부에 물집이 잡히다가 벌어져도 기쁨만을 느낀다. 하얀손의 손에서 빛이 난다. 그녀의 손가락 끝 각각에 힘이 집중된다.

나는 안도하며 웃는다. 해냈다. 하얀손의 재능을 되살렸다.

하얀손의 재능이 완전히 깨어난 것이 확실해지자, 나는 물러나 구덩이를 향해 돌아선다. "저 덩굴, 저것들을 파괴할 수 있겠어요?"

하얀손이 고개를 끄덕이더니 구덩이 옆에 무릎을 꿇고 흡혈꽃 덩굴에 손을 올려놓는다. 손에서 힘이 뻗어나가며 번쩍거린다. 하얀손의 재능이 모양을 갖춘다. 하얀손이 속삭인다. "내 명령을 따르라. 재가 되어라."

거의 즉시 덩굴이 분해된다. 하나만이 아니다. 보면서 놀라는 동안, 하얀손의 재가 뻗어나가며 구덩이 안의 모든 흡혈꽃이 잿빛으로 쪼그라들고 흩어진다.

에트즐리가 제단에서 분노하며 아녹을 뿌리치려고 애쓴다. "무슨 짓이야? 이럴 순 없어! 안 돼! 안 돼!"

하지만 너무 늦었다. 덩굴은 이제 죽어간다. 덩굴 하나하나가 모두 잿빛으로 흩어진다. 이제 남은 일은 하나다. 나는 이그사에 올라타 친구들을 돌아본다. 내 손끝에서 떨어지는 피는 무시한다. 하얀손의 힘을 깨우며 생긴 상처가 아직 낫지 않았지만 어차피 치유를 기대하지는 않았다. 안세타 목걸이가 내 안의 깊은 곳에서 무언가를 바꿔놓았다. 내가 가졌는지도 몰랐던 힘을 바꿔놓은 것이다. 그리고 이제 그 결과를 감당해야 한다. 나는 죽지 않을지 모르지만, 내 육체는 아닐지도 모른다.

이것이 진짜 내 몸일 경우에 말이다. 하지만 모든 일을 겪고 나니, 이 몸이 내 것이 아닐 가능성도 무시할 수 없다. 어쨌든 나중에 해도 되는 걱정이다.

나는 고통을 참으며 다른 사람들에게 말한다. "우리는 성전을 파괴해야 해. 완전히 무너뜨려서 여신들이 절대 다시는 먹이를 취하는 데 사용하지 못하도록 해야 해."

브리타가 둘러보며 묻는다 "어떻게? 어머니들이……."

내가 고개 저으며 말한다. "그렇게 부르지 마. 여신들은 더 이상 우리 어머니가 아니야."

브리타가 말을 이해하고 고개를 끄덕인다 "금빛 존재들이 땅 자체에서 성전을 일으켰어. 그걸 어떻게 파괴하지?"

대답하는 데 불과 몇 초밖에 걸리지 않는다. "내 힘을 너희와 나눌 거야. 너희를 더 강하게 만들 거야. 나머지는 너희가 하면 돼. 저 죽음비명들이 고통받도록 놔둘 수 없어. 이곳에서 누구라도 고통받게 둘 순 없어."

케이타가 고개를 끄덕인다. 그의 눈은 이미 화염으로 가득하다. 그가 말하면서 아돠파와 아샤를 돌아본다. "내가 이곳을 불태우겠어. 내 불꽃을 퍼지게 할 수 있지?"

둘이 끄덕인다.

브리타가 생각에 잠겨 주변을 다시 돌아보고 말한다. "아마 난 성전 자체가 무너지게 할 수 있을 거야. 다시는 일어나지 못하게 만들 거야."

나는 손을 내밀며 말한다. "그렇게 해줘."

브리타, 케이타, 벨칼리스, 쌍둥이가 손을 내 손에 올려놓는 순간 나는 전투 상태로 빠져들어 다시 힘을 불러온다. 다시 열기가 오르고 불꽃이 튀며 친구들의 열기와 함께 쌓인다. 친구들 내면에 숨겨진 힘을 불러내 최대의 잠재력까지 증폭시킨다.

"데카, 네 손이!" 브리타가 기겁한다.

손에 더 많은 상처가 생겼지만 나는 고개를 젓는다. "상관없어. 조금만 더."

그들 내부의 힘을 계속해서 부채질한다. 그리고 마침내 느낀다. 존재하는 잠재력을. 파괴의 능력을. 나는 거기 숨을 불어넣고 그것이 소멸의 하얀빛이 되자 기뻐한다.

나는 뒤로 물러난다. "너희는 이제 준비됐어." 말하고 나서 이그사에게 걸어간다.

이그사가 우리를 등에 태우고 공중으로 날아오르자, 케이타가 손짓한다. 불기둥이 구덩이를 뚫고 들어가 죽음비명들을 불태운다. 아돠파의 바람이 불길을 이끈다. 구덩이를 휩쓰는 화염의 기세가 너무 강력해서 하얀손이 덩굴에 한 것처럼 모든 것을 재로 만든다. 죽음비명들이 울부짖는다. 하지만 이것은 고통의 비명이 아니다. 감사의 한숨, 안도의 신음이다.

"고마워." 죽음비명 하나가 화염에 타들어가면서 말한다. 불에 타서 사라지면서 웃음 짓는다.

지켜보며 눈물을 흘린다. 슬픔, 분노, 수천 가지 부서진 감정을 느낀다. 내가 한때 금빛 존재들과 첫 자손들에게 느꼈던 모든 사랑과 희망도 함께 흘려보낸다. 내가 오테라를 더 나은 곳으로, 모두가 평등한 곳으로 만들 거라며 느꼈던 모든 희망을. 브리타의 몸이 내 옆에서 진동하자 그에 응답하는 대지가 우르르 울린다. 나는 멍하니 지켜본다. 힘이 모이며 땅이 휘고 뒤틀린다. 그러더니 대지가 물결치며 여신들의 방을 산산이 부순다. 멜라니스가 비명을 지르며 구덩이 속으로 굴러떨어진다. 천장 파편이 비처럼 쏟아져 내린다. 경이롭던 천장은 영원히 사라졌다. 하지만 나는 신경 쓰지 않고 친구들과 하늘 높이 날아오른다. 연무가 꺼지고 이른 아침 별빛이 반짝인다.

아베야가 우리 아래 버려져 있다. 아이들과 인간들은 이미 도망쳤고, 대부분의 알라키와 에쿠스도 그 뒤를 따랐다. 유일하게 남아 있는 건 어머니들의 가장 충성스러운 자손이다. 에트즐리가 호출했을 때 오려고 했던 자들. 그들이 살기 띤 눈으로 우리를 지켜보지만 우리는 그들 손이 닿지 않는 곳에 있다.

이두구와 군대는 후퇴해 그들의 신전으로 돌아갔다. 내가 에트즐리를 찌른 순간 이두구들도 달아났음이 분명하다. 에트즐리를 찔렀다는 건 그들 모두를 찌른 거다. 그러나 그들은 곧 돌아올 거다. 나는 확신한다. 오테라의 신들은 어느 한쪽이 패권을 잡고 다른 쪽을 말살시킬 때까지 전쟁을 끝내지 않을 거다. 제국 전체를 파괴하는 한이 있더라도 말이다.

하지만 그렇게 두지 않을 거다.

내 안에서 강철 같은 회색으로 결의가 솟는다. 오테라를 근본부터 찢어발기는 신들을 나는 더 이상 좌시하지 않을 것이다. 우주라는 장기판의 나무 말인 양 필멸자를 가지고 노는 그들을 더 이상 그냥 두고 보지 않을 테다.

아녹은 내게 신을 죽일 힘이 있다고 했고 나는 그 말이 사실임을 안다. 내 깊은 곳 어딘가에 단일체의 불씨가 있고 내가 찾아낼 것이다. 나를 다시 온전하게 만들도록 알아낼 것이다. 내가 사랑하는 사람들은 물론 힘없고 약한 자들을 지키기 위해서. 신들은 더 이상 오테라를 짓밟지 못한다. 나는 더 이상 그들의 특사 혹은 졸개 노릇에 만족하며 방관하지 않을 것이다. 내 목적을 완수할 때가 왔다. 신들을 죽일 때가 왔다.

그리고 그러기 위해 내가 해야 할 모든 일을 견뎌낼 것이다.

이제 우리는 가르 나심으로 향한다. 더 이상 그 문들을 이용할 수 없으니 여러 달이 걸릴 여정이 시작된다. 사막 위를 날아가며 나는 케이타의 어깨에 머리를 얹는다. 주위에서는 코 고는 소리가 들린다. 모두 녹초가 되어 더 이상 깨어 있을 수 없다. 하얀손, 브리타, 케이타 그리고 나만 아직 정신을 차리고 위험에 대비해 지평선을 훑는다. 금빛 존재들의 성전은 우리 뒤로 멀리 있다. 하지만 우리 앞에 무엇이 있을지 누가 알까? 이 새로운 여정에서 어떤 공포와 경이에 맞닥뜨릴지 누가 알까? 내가 유일하게 아는 것은 그 끝 어딘가에서 어머니가 해답을 가지고 기다린다는 것이다. 빨리 어머니를 찾고 싶다. 어서 빨리 어머니를 다시 만나고 싶다.

케이타가 내 턱을 손으로 감싼다. "괜찮아, 데카? 손은 어때?"

나는 어깨를 으쓱하고 손끝을 내려다본다. 손끝에 있는 상처와 같은 것이 팔 여기저기에도 생겨났다. 우리가 탈출한 지 몇 시간이 지났는데도 치유되지 않는다. 금방 치유되리라 기대하지도 않는다.

케이타의 눈에 걱정이 피어난다. "낫지 않는 거야?"

나는 고개를 젓는다. 왜 그런지는 알고 있다. 안세타 목걸이가 파고들어 내 몸에 뿌리를 내렸을 때, 내 안의 무언가를 변화시켰다. 중요한 무언가를 바꿔놓았다. 게다가 친구들에게 너무 많은 힘을 주느라 이 손실을 심화시켰다.

친구들을 강하게 만들며 나는 약해진 것이다. 아주 많이 약해졌다. 그러나 위증자들을 구하고 혐오스러운 성전을 무너뜨렸으니 그럴 가치가 있었다.

하얀손이 가까이 온다. "좀 보여줘." 요구하며 내미는 손에는 다시 전투 장갑을 끼고 있다.

내 손을 보고 하얀손이 무겁게 체념하듯 한숨을 쉰다. "이럴 줄 알았어. 정수는 신성하지만, 그걸 담은 그릇은 아직 그렇지 않아."

브리타가 묻는다. "그게 무슨 뜻이죠?"

하얀손이 설명한다. "데카의 몸이 망가지고 있어. 우리에게 힘을 주느라 너무 무리한 거야. 데카가 자신의 신성한 부분과 다시 연결되는 일이 더욱 시급해졌어."

브리타가 하얀손을 보며 얼굴을 찌푸린다. "아직도 무슨 말을 하는지 모르겠어요."

"간단해. 데카가 임무를 완수하고 몸이 망가지는 걸 막기 위해선 자신의 신성과 다시 연결돼야 해. 다시 말하면, 데카가 신이 되어야 한다는 거지," 하얀손이 의미심장하게 나를 응시한다. "오테라의 새로운 신이."

나는 케이타 옆에서 몸을 웅크린다. 하얀손 말에 남아 있던 힘마저 빠진다. 그 말의 무게가 나를 짓누른다. 사막 가장자리의 오아시스에 착륙한 이그사에서 내리는 동안 압박감은 점점 더 강해진다.

'신이 돼야 한다니…….' 생각이 계속 머릿속을 맴돈다. 대체 어떻게 하는 걸까? 그리고 만일 그렇게 된다면, 금빛 존재들이나 이두구처럼 나도 숭배가 필요할까? 아니면 단일체처럼 멀리 떨어진 우주의 존재가 되는 걸까?

생각에 깊이 잠긴 채 물가로 걸어가는데 내 뒤로 두 개의 그림자가 드리운다. 브리타와 케이타다. "신이라고?" 브리타가 고개를 흔들며 혀를 찬다. "정말 쉬운 일이 없네. 그렇지, 데카?"

"그러게."

"하지만 그래서 우리가 있잖아." 케이타가 나를 감싸 안으며 말한다. 그러더니 머리를 맞댄다.

나는 고마워하며 웃음 짓고 브리타도 나에게 팔을 두른다. "무슨 일이 있더라도 우리가 네 곁에 있어, 데카. 언제나."

케이타가 덧붙인다. "좋을 때나 나쁠 때나, 이 세상에서도 다음 세상에서도 우리가 있어."

브리타가 속삭인다. "언제나."

'언제나…….'

그 말이 나를 적시고 위로하며 내면의 질문과 걱정을 밀어낸다. 미래가 생각보다 빨리 올 것을 안다. 그리고 그 미래는 새로운 과업으로 채워질 것이다. 신성을 되찾아 신들과 싸우는 데 써야 한다. 비록 겁나지만 위축되지는 않는다. 왜냐하면 내게는 친구들이 있다. 이제 그들 모두 상상을 초월할 정도로 강력하다. 내가 흔들리면 친구들이 나를 지탱하고 인도할 것이다. 내가 넘어지면 그들이 다음 단계로 나아갈 것이다.

설령 그들이 못 해도, 내가 있다.

지난 몇 달의 시간이 가르쳐준 게 있다면, 나, 데카는 생각했던 것보다 훨씬 유능하다는 것이다. 더 이상 이르푸트의 조용하고 순진한 소녀가 아니다. 어리석게 자신을 받아들이지 못하면서 다른 사람들이 나를 받아들여주길 바라던 소녀가 아니다. 군대를 물리쳤고, 신들과 싸웠다. 내가 바라는 일은 무엇이든 할 수 있다는 것을 안다. 그리고 지금 바라는 것은 나 자신이 신이, 오테라의 새로운 신이 되는 것이다. 아니다. 나는 그 생각을 떨쳐버린다. 그 이상을 원한다. 숭배와 희생에 의존하는 약탈적인 존재 이상을 원한다.

내가 진정으로 원하는 것은 칼날이 되는 것이다. 모든 신을 쓰러뜨리는 칼날이. 금빛 존재와 이두구처럼 오테라 사람들에 대한 소유권을 주장하는 모든 존재에 대항하는 칼날이 되는 것이다. 은빛 달을 올려다보니 얼마 전에 하얀손이 했던 말이 마음속에서 메아리친다. '이름이 존재에 힘을 주는 거야…….' 그 말이 사실이라면, 내게는 이미 새로운 이름, 새로운 칭호가 있다. 앙고로, 신들을 베는 자.

금빛 존재와 이두구는 쉬면서 앞으로 올 날을 위해 힘을 모으는 것이 좋을 것이다. 왜냐하면 나는 앙고로인 데카니까. 그리고 내가 신들을 잡으러 가고 있으니까.

작가의 말

먼저 내 대담무쌍한 편집자 켈시 호튼에게 감사해요. 이 이야기를 믿고 필요한 시간과 공간을 허락해주어 정말 고마워요.

내 비평 파트너인 PJ, 너무나 많은 이 책의 판본을 반복해서 읽어주고 어떻게 써야 할까 고민하며 좌절하던 나를 참아줘서 정말 고마워요. 또 내 온갖 불평불만을 들어주고 언제나 최고의 응원을 해줘서 정말 감사해요.

앨리스 S-H, 처음부터 이 시리즈에 믿음을 가지고 출판될 가치가 있는 이야기라고 말해줘서 고마워요. 이 시리즈를 세계적으로 알리기 위해 해준 모든 일에 감사해요.

조니 타라조수, 또다시 놀라운 표지에 감사해요. 당신은 이 시리즈를 축복하는 표지의 신이에요.

레이 섀펄, 표지 작업에 애써줘서 정말 고마워요. 정말 멋져요. 열세 살의 내가 원했던 모든 것이 들어 있어요. 고마워요.

케이트, 이 책, 이 시리즈를 세계에 내놓은 당신의 끝없이 용감한 노력에 감사해요. '금색 피의 소녀들'이 내가 꿈도 꾸지 못한 곳들로 뻗어나가다니, 온 세상을 가진 듯해요.

조슈아 R, 무슨 말이 필요할까요? 나를, 내 이메일을 상대해줘서 고마워요. 극도로 짧은 마감 이메일과 며칠 동안이나 계속되는 횡설수설의 긴 이메일을 번갈아 보냈었네요. 당신이 해준 모든 일에 감사해요. 그냥 최고예요.

샤메이저 앨리, 미뤄진 마감과 기타 등등 쉽지 않았다는 것 알고 있습니다. 그럼에도 일이 계속 진행될 수 있게 해줘서 고마워요. 언제 만나면 술 한잔 사겠습니다.

케네스 크로스랜드, 나는 평생 내 단어들을 책에서 보기를 염원했어요. 그런데 당신이 그 단어들에 생명을 불어넣고 근사하게 보이게 만들어줬어요. 정말정말 고맙습니다.

애드리언 웨인트럽, 나와 내 책을 미국 전역의 교사와 사서들에게 선보여줘서 고맙습니다. 『금색 피의 소녀들』 시리즈가 필요한 사람들에게 전해진다는 건 큰 의미예요.

영업팀 전체에게. 펠리시아 프레이저, 베키 그린, 에니드 차반, 킴벌리 랭거스. 이 시리즈를 지속적이고 대대적으로 광고해줘서 고마워요. 해준 모든 일에 감사드립니다. 이 시리즈가 어디까지 가는지 지켜보는 게 언제나 경이로워요.

콜린 펠링엄과 타마르 슈워츠, 이 책을 위한 두 분의 지칠 줄 모르는 노고에 감사드립니다. 책 속 단어들을 놀랍고 시리즈에 어울리도록 해줘서 고마워요. 아, 그리고 마감 어긴 것과 등장인물 이름을 수시로 바꾼 것 등등도 참아줘서 고맙습니다.

디지털팀 전체에게. 케이트 키팅, 엘리자베스 워드, 젠 인제타, 에마 벤쇼프, 모두의 노고에 감사드려요. 소셜미디어에 관한 조언도 고마워요. 언젠가 틱톡에서 내가 여러분을 자랑스럽게 만들 수 있길요.

베벌리, 변함없는 옹호자가 되어줘서 『금색 피의 소녀들』 시리즈를 믿어줘서 고맙습니다. 당신의 지지를 받아서 세상을 얻은 듯해요.

바바라 마커스, 『금색 피의 소녀들』 시리즈를 믿고 세상에 알려줘서 고맙습니다. 내가 어렸을 때, 이런 책이 출간되기를 꿈꿨어요. 그리고 이렇게 출간되었네요.

멜라니, 가능성에 대한 내 이해를 넓혀줘서 고맙습니다. 언제나 개척자로, 진정한 자신으로 있어줘서 고마워요. 당신의 존재만으로도 내겐 영감이 됩니다. 이 책에는 보기보다 훨씬 많은 당신이 있어요.

금색 피의 소녀들 2

1판 1쇄 인쇄 2023년 12월 11일
1판 1쇄 발행 2023년 12월 20일

지은이 나미나 포르나 **옮긴이** 김지은 이수영
펴낸이 김영곤 **펴낸곳** (주)북이십일 아르테

책임편집 원보람 **일러스트** 산호 **디자인** 데시그
문학팀장 김지연 **문학팀** 권구훈
해외기획실장 최연순
출판마케팅영업본부장 한충희
출판영업팀 최명열 김다운 김도연
마케팅2팀 나은경 정유진 박보미 백다희 이민재
제작팀 이영민 권경민

출판등록 2000년 5월 6일 제406-2003-061호
주소 (우 10881) 경기도 파주시 회동길 201(문발동)
대표전화 031-955-2100 **팩스** 031-955-2151

ISBN 979-11-7117-214-6 04840
        979-11-7117-215-3 (세트)